文史合璧

先秦卷

金振华　陈桂声　**主编**

陈桂声　沈董妹　**编著**

苏州大学出版社

图书在版编目(CIP)数据

文史合璧.先秦卷/金振华,陈桂声主编;陈桂声,沈堇妹编著.—苏州:苏州大学出版社,2016.1
ISBN 978-7-5672-1287-9

Ⅰ.①文… Ⅱ.①金… ②陈… ③沈… Ⅲ.①古典散文—散文集—中国—先秦时代 Ⅳ.①I262

中国版本图书馆 CIP 数据核字(2015)第 294481 号

文 史 合 璧
先秦卷

金振华　陈桂声　主编
陈桂声　沈堇妹　编著

责任编辑　唐明珠

苏州大学出版社出版发行
(地址:苏州市十梓街1号　邮编:215006)
常州市武进第三印刷有限公司印装
(地址:常州市武进区湟里镇村前街　邮编:213154)

开本 787 mm×960 mm　1/16　印张 16.25　字数 286 千
2016 年 1 月第 1 版　2016 年 1 月第 1 次印刷
ISBN 978-7-5672-1287-9　定价:40.00 元

苏州大学版图书若有印装错误,本社负责调换
苏州大学出版社营销部　电话:0512—65225020
苏州大学出版社网址　http://www.sudapress.com

金振华　陈桂声

中国是有着悠久历史的伟大而文明的国家。在数千年的历史长河中,历代史学家和散文家留下了难以计数的史著和历史散文。从先秦至近代,中国有着完整的历史记载,一部二十四史,就足以证明中华民族绵延不绝的五千年文明史是何等的辉煌。

浩如烟海的历史典籍,是我们的先哲留给后人的宝贵文化遗产。中国人尊重历史,敬畏历史,须臾不敢忘记历史的经验和教训。因此,中国人从来就爱读史著,喜谈历史,这也是我们民族的优良传统。历史学家研究历史,主要是把历史典籍作为宝贵史料来阅读和剖析,从中寻绎历史的真相和发展轨迹。但是,更多的中国人却把史著当作文学作品来欣赏,在品味历史的同时,沉浸在文学的滋养之中。历史和文学完美地结合在一起,水乳交融,这是中国史著的一大特色。

中国的优秀史学家,不仅有着杰出的史德、史识和史才,是撰写信史的良史,同时还是颇具文学造诣的作家。而不少掉鞅文坛的大作家,往往也是秉笔直书的史家。这样,在他们的笔下,历史就不是枯涩乏味的陈年旧事流水账,而是波澜壮阔的鲜活画卷。《尚书》记载的"盘庚",《左传》铺叙的"曹刿论战"、"晋公子重耳之亡",《史记》描述的"完璧归赵"、"鸿门宴",《汉书》歌颂的"苏武牧羊"等,无一不在忠实记录历史的同时,运用文学艺术的手段,将史实描写得栩栩如生,既使人走进历史,洞察往事,又令人领略到文学的艺术魅力,一举两得,堪称文史珠联璧合,众美毕集,相得益彰。

写到这里,我们想起了一个发生在五代南唐的历史小故事。在欧阳修主持撰写的《新五代史·南唐世家》中有这样一段记载:

煜尝以熙载尽忠,能直言,欲用为相,而熙载后房妓妾数十人,多出外舍私侍宾客,煜以此难之,左授熙载右庶子,分司南都。熙载尽斥诸妓,单车上道,煜喜留之,复其位。已而诸妓稍稍复还,煜曰:"吾无如之何矣!"是岁,熙载卒,煜叹曰:"吾终不得熙载为相也。"欲以平章事赠之,问前世有此比否,群臣对曰:"昔刘穆之赠开府仪同三司。"遂赠熙载平章事。

马令《南唐书》、陆游《南唐书》及《宋史》分别有《李煜传》、《韩熙载传》,记录此事详略不一。韩熙载是南唐大臣,许多人通过欣赏著名的《韩熙载夜游图》得知其人其事。其实,韩熙载是个有才干和有抱负的人,而李煜也不是一个只知填词听经、吟风弄月的昏君。李煜很想任用韩熙载为相,但因为韩熙载在生活上放纵不羁,有毁坏礼仪法度之嫌,故而迟迟不予重用,将其贬职。但韩熙载在外放南都赴任前,竟"尽斥诸妓,单车上道",颇有痛改前非、脱胎换骨而戮力王室的气概。这令皇上喜出望外,立马"复其位",并打算给予升迁。但是,韩熙载在官复原职后,渐渐故态复萌,使得李煜始料未及,"吾无如之何矣"、"吾终不得熙载为相也"二语,似乎令读者看到了李煜的极度失望之情。因此,直至韩熙载离世,李煜也未能授予他相位,只是追赠了一个"平章事"的虚衔而已。

这个描述当是史实,给我们展现了李煜和韩熙载生平思想的另一面,还原了历史人物的真实全貌。同时,我们在阅读和鉴赏这段文字时,又不能不感受到其中生动的文学性,无论是情节安排的波折、语言运用的生动,还是人物性格的多样变化和形象的鲜活传神,都令人赞叹不已。可见,历史的真实和文学的敷演,在中国古代史著中,结合得是如此的和谐完美。

中华民族走过了五千年的光辉历史,并将继续前行。在面向未来的时候,我们更要铭记历史,从历史中学习和汲取知识与营养,这有助于我们更好地继承优秀文化传统,在未来的征途上创造更加辉煌的文明。我们组织编写的这套"文史合璧"丛书,选择中国古代优秀历史著作和历史散文中富有文学色彩和艺术魅力的篇章,精心注释,加以精辟赏析,为读者品鉴和欣赏古代历史和文学提供了一个别样的选择。相信广大读者通过阅读,能更好地体味到"文史合璧"、"文史一家"的魅力和内涵,更加倾心和热爱祖国优秀的文学、史学文化。

2015 年 12 月于苏州

目录

前　言 ……………………………………………… 1

《尚书》
盘庚(上) ………………………………………… 1
盘庚(中) ………………………………………… 6
盘庚(下) ………………………………………… 9
无逸 ……………………………………………… 12
秦誓 ……………………………………………… 15

《左传》
郑伯克段于鄢 …………………………………… 18
周郑交质 ………………………………………… 22
石碏谏宠州吁 …………………………………… 23
臧僖伯谏观鱼 …………………………………… 25
郑庄公戒饬守臣 ………………………………… 27
臧哀伯谏纳郜鼎 ………………………………… 30
季梁谏追楚师 …………………………………… 33
曹刿论战 ………………………………………… 36
齐桓公伐楚盟屈完 ……………………………… 38
宫之奇谏假道 …………………………………… 40
齐桓下拜受胙 …………………………………… 43
阴饴甥对秦伯 …………………………………… 45
子鱼论战 ………………………………………… 47
重耳走国 ………………………………………… 49

介之推不言禄	56
展喜犒师	58
晋楚城濮之战	60
烛之武退秦师	68
蹇叔哭师	70
秦晋殽之战	72
郑子家告赵宣子	75
郑败宋师获华元	78
晋灵公不君	81
王孙满对楚子	84
齐晋鞌之战	86
齐国佐不辱使命	90
楚归晋知罃	92
吕相绝秦	94
祁奚荐贤	99
驹支不屈于晋	100
祁奚请免叔向	103
子产告范宣子轻币	106
晏子不死君难	108
季札观周乐	109
子产坏晋馆垣	113
子产择能使才	117
子产不毁乡校	119
子产论尹何为邑	120
子产却楚逆女以兵	122
子革对楚灵王	125
子产论政宽猛	129

《国语》

祭公谏追犬戎	131
召公谏厉王弭谤	135
单子知陈必亡	137
里革断罟匡君	141
敬姜论劳逸	143

叔向贺贫 ………………………………… 146
　　王孙圉论楚宝 …………………………… 148
　　勾践灭吴 ………………………………… 150

《战国策》
　　苏秦始将连横 …………………………… 156
　　司马错论伐蜀 …………………………… 162
　　范雎说秦王 ……………………………… 166
　　吕不韦贾于邯郸 ………………………… 171
　　邹忌讽齐王纳谏 ………………………… 175
　　冯谖客孟尝君 …………………………… 176
　　颜斶说齐宣王 …………………………… 180
　　赵威后问齐使 …………………………… 185
　　齐后破环 ………………………………… 187
　　江乙对荆宣王 …………………………… 189
　　庄辛论幸臣 ……………………………… 190
　　赵武灵王胡服骑射 ……………………… 194
　　鲁仲连义不帝秦 ………………………… 203
　　触龙说赵太后 …………………………… 208
　　鲁共公择言 ……………………………… 211
　　唐且不辱使命 …………………………… 213
　　燕昭王复国求贤 ………………………… 215
　　乐毅报燕惠王书 ………………………… 218
　　公输盘为楚设机 ………………………… 225

《公羊传》
　　吴子使札来聘 …………………………… 228

《晏子春秋》
　　二桃杀三士 ……………………………… 231
　　社鼠猛狗 ………………………………… 234
　　晏子不与崔、庆盟 ……………………… 236
　　晏子荐御者为大夫 ……………………… 238
　　晏子使楚不入小门 ……………………… 240

南橘北枳……………………………………………………………… 242

李　斯
谏逐客书………………………………………………………………… 244

前言

　　《礼记·玉藻》云："动则左史书之，言则右史书之。"汉班固《汉书·艺文志》亦云："古之王者世有史官，君举必书，所以慎言行，昭法式也。左史记言，右史记事，事为《春秋》，言为《尚书》，帝王靡不同之。"中国历史悠久，文化发达，重视历史记载，而承担历史记载和史著撰写的文人，除了具备优良史德和杰出史才、史识外，往往兼有优秀的文学才华。在他们的笔下，历史不是已经逝去的陈年往事，不是枯燥乏味的史料堆积，而是活生生的人和事。先秦史著就是这样的史学兼文学的典范。所以，中国历来有"文史不分家"的说法，在一个方面也就是指史家和文学家两种身份，在很多情况下是统合在一起的。这样，我们在阅读史书时，其实也是在品味文学的精华。

　　中国的历史散文，源远流长，成果丰富。自先秦以来，无论正史野乘，记事记言，多有美文佳作，不仅内容叙事详赡，史料丰实，而且描述生动，语言精彩，深受人们喜爱，传诵不已。在殷墟发现的甲骨文中，我们的先人已有了叙事完整的文字，堪称中国最早的历史散文。传至今天的儒家经典《尚书》，为史料丰富的早期典籍，其中含有不少精彩的散文作品，如《盘庚》上、中、下三篇等，一直为后人所激赏。

　　春秋战国是中国历史散文史上一个成就辉煌的黄金时期，各诸侯国多撰有史书，著作如林。而孔子修订《春秋》，继之有《左氏》、《公羊》、《穀梁》三传问世，将中国史著编纂推向一个高峰。《国语》与《战国策》均为国别体史著。《国语》分别记载周、鲁、齐、晋、郑、楚、吴、越历史，传说亦为《左传》作者左丘明所撰，汇总八国史料，丰富翔实。《战国策》非一人一时一地所著，大约最后成书于秦汉之际，写西周、东周及秦、齐、楚、赵、魏、韩、燕、宋、卫、中山各国之事，主要记述战国时期纵横家的政治主张和言行策略。这些诞生于不同时期、由不同作者撰写的史著，与诸子散文一起，筑起了先秦散文史上的两大高峰，构成了中国文化史和文学史上具有特殊意义的光辉篇章。史学家的如椽巨笔，不仅给后人展现了波澜壮阔的历史画卷，又精细描绘，将历史写得生动活泼,使读者在感受悠久历史文化的同时,也深深沉浸在文学的滋养之中。历史记录和文学创造如此美妙结合,既不失历史的真实性,又富于无限的艺术魅力,令人赞叹。

《尚书》是先秦历史散文中成书年代较早的著作,现今我们看到的《尚书》是后人考订、整理的本子。《尚书》以记言为主,在立意谋篇上亦颇见工夫,结构完整,论述周密。《盘庚》、《无逸》、《秦誓》等篇说理透辟,从中亦可看到上古时期政治家和统治者对于治国理政的清新认识和谋画,富于警戒和借鉴意义。尽管这些以对话形式构成的散文,大多讨论政治和战争等问题,但于事件、人物的交代、记叙,主旨清晰,层次分明,既简明扼要,又详略得当。而且,在语言的使用上,《尚书》也极具特色,富于变化。虽然唐人韩愈说《盘庚》篇等"佶屈聱牙"(《进学解》),古奥难懂,其实也不乏有生命力的精彩语言,如"若网在纲,有条而不紊"、"若火之燎于原,不可向迩,其犹可扑灭"、"永肩一心"等,生动形象,熔炼精警,直至今日,犹为人所常用。

如前所述,春秋时各诸侯国多有本国史书,如晋有《乘》,楚有《梼杌》,赵有《世本》,秦有《秦记》,魏有《竹书》,等等,但皆已散佚。而《春秋》为鲁国史书,问世亦较早,相传曾得到孔子的修订,后被尊为儒家经典,流传至今,但记事简略。于是有左氏、公羊、穀梁为之作传,增添大量史料,成为巨著。编年体史著《春秋三传》记近三百年历史,各有特色,而以《左传》最称白眉。《左传》融记言和记事于一体,详赡完备,各国纷繁复杂的历史事件,在作者的笔下,细加梳理和勾勒,充分展现了春秋时代的风云变幻。如以文学欣赏的眼光看,不少篇章在记叙历史的同时,还塑造了富有典型性格、鲜活生动的人物形象。《左传》串连各国史事,剪裁取舍,详略得当,有条不紊,脉络清晰。无论是写战争,还是写外交,《左传》总是能把事件写得富于故事性和戏剧性,并且善于在激烈的矛盾冲突描写中,展现人物的性格特征。如"庄公十年"之"齐鲁长勺之战(曹刿论战)",记一介乡民曹刿勇赴国难,主动请缨,为国君出谋划策,击退齐军的侵略,留下了"一鼓作气"大败敌军的千古佳话;"僖公二十三年、二十四年"记载的"重耳走国(晋公子重耳之亡)",写晋公子重耳自鲁僖公五年出奔,至鲁僖公二十四年,流亡各国十九年,最终回国夺得政权,登上大位,为晋文公,励精图治,终至称霸诸侯。晋文公从一个仓皇出逃,中途耽于逸乐、不思进取的贵公子,在众臣的帮助下,逐渐磨炼为一个成熟的政治家,其曲折经历,波澜起伏,扣人心弦。《左传》以简练的文笔清晰地描述了这一切,如果联系后来"僖公二十七年、二十八年"的"城濮之战"等重大事件,则非常完满地呈现了晋文公的传奇人生,犹如一部长篇小说的精彩梗概,读来令人拍案叫绝。而这样的文史并佳、脍炙人口的篇章,在《左传》中俯拾皆是,难以一一罗列。

《国语》虽长于记言,然在一些具体事件的描述上,却时见虚构。这种做法于历史研究或成障碍,但对于文学欣赏,却增添了更多乐趣。如《越语上》之"勾践灭吴",记叙吴、越相争,吴王夫差之刚愎自用、越王勾践之忍辱负重,吴国佞臣之贪利卖国、越国臣民之同仇敌忾,两相对照,形象鲜明,作者描绘细腻,情节生动,极为传神。后代取材于吴越之争及西施故事的小说、戏曲大量出现,更是为人们喜闻乐见,广受欢迎,影响深远。

《战国策》记策士言行,较之《国语》,尤多虚拟故事。但是,其在人物形象塑造、个性刻画、故事情节敷演、语言运用诸方面,文学色彩亦更为浓郁。在《战国策》中,我们看到果断破环、毅然维护国家尊严和利益的齐后,以民为本、重民轻君的赵威后,义不帝秦的侠士鲁仲连,逞志纵才、谋求高官厚禄的辩士苏秦,"立国家之君"而赢利无数的政治商人吕不韦,等等。一系列各具个性、面目迥异的历史人物,在史著中活跃着他们的身影;一桩桩纵横捭阖的历史事件,如同生动的话剧,呈现在读者的面前。展卷在手,精彩纷呈,令人如行山阴道上,目不暇接。

《尚书》及《春秋三传》、《国语》、《战国策》,是先秦史著的主体,开创了中国史著编纂的优秀传统。孔子曰:"质胜文则野,文胜质则史,文质彬彬,然后君子。"(《论语·雍也》)史著要求实录,但过于质朴,则味同嚼蜡,令人不忍卒读;若侧重文采,过分虚构,则不免浮夸虚饰,难称信史。因此,如何做到文质彬彬,既记述真实可信,又富于可读性和艺术魅力,是史家的一大难题。但是,先秦的历史学家恰如其分地处理了"质"与"文"的关系,为我们奉献了完美的历史著作。先秦史书写人、记事及记言,由简到繁,由质朴到富赡,而且不时见到各类传说及神话色彩的故事掺杂其间,使得历史事件和历史人物的记叙和描述更加富于文学性和可读性。可以说,先秦的史著,既是信史,又是文学佳作。在这一层意义上,以左丘明为代表的先秦史学大家,也堪称文学巨擘。

先秦历史散文对后代产生了不可估量的影响,西汉司马迁撰《史记》,就从中撷取大量史料,并在记述人物活动与事件发展乃至语言风格上,也多有吸收和发展。历代史家如汉代贾谊、晁错、班固及唐宋八大家等的史著、政论文,直至元明清三代的记叙文,莫不受到先秦历史散文优秀传统的滋润。至于后代的小说、戏曲,更是在先秦历史散文中发掘和搜寻素材,创作出人民大众喜闻乐见的历史演义和传统剧目,使人既欣赏到文学艺术的美丽,又获得历史知识的教育,也培育了对中华文化和历史的热爱和自豪情感。

在继承和宏扬中华优秀传统文化的今天,有选择地阅读一些历史著作,在追寻历史踪迹的同时,感受和品味文学艺术的魅力,不失为一种惬意的享受。苏州大学出版社策划编选《文史合璧》丛书,为实现这一愿望提供了很好的机会。我们有幸承担其中"先秦卷"的编著,感到非常高兴。我们在编著时遵循了以下三点原则:一是尽量选取一些记述历史上重大事件或有影响人物的章节;二是这些章节又必须是富于文学色彩、传诵不衰的佳作;三是所选文章均按作家生活或作品产生年代先后为序排列,以便读者在阅读时能领略历史演进的脚步。同时,为了便于读者阅读,我们为每篇文章都撰写了"题解",并对一些语辞做了注释,在篇末还撰有赏析文字,希望能对读者朋友有所帮助。

由于我们识见有限,本书难免存在不足之处,敬祈读者不吝批评指正。

2015年10月陈桂声识于苏州大学

《尚书》

盘　庚（上）

【题解】 本文选自《尚书·商书》。《尚书》是先秦的一部记载上古历史的书，尚通“上”，意思是上古之书，后代称为《书经》，分《虞书》、《夏书》、《商书》、《周书》，是儒家经典之一。《盘庚》见于《商书》，分上、中、下三篇，叙商王盘庚迁都之事。盘庚要迁国都至殷（在今河南省安阳市），遭到贵族反对，于是三次发表讲话，陈述迁都的益处和意义。本篇是上篇，即盘庚的第一次讲话，表明迁都的决心，要求贵族臣民与之同心同德，鼎力合作。

【原文】

盘庚五迁①，将治亳殷②，民咨胥怨③。作《盘庚》三篇。

盘庚迁于殷，民不适有居④，率吁众戚出⑤，矢言⑥曰：“我王来，既爰宅于兹⑦，重我民⑧，无尽刘⑨。不能胥匡以生⑩，卜稽曰其如台⑪。先王有服⑫，恪谨天命⑬，兹犹不常宁⑭，不常厥邑，于今五邦⑮。今不承于古⑯，罔知天之断命⑰，矧曰其克从先王之烈⑱？若颠木之有由蘖⑲，天其永我命于兹新邑⑳，绍复㉑先王之大业，厎绥四方㉒。”

盘庚敩于民㉓，由乃在位㉔，以常旧服㉕，正法度㉖。曰：“无或敢伏小人之攸箴㉗。”王命众悉至于庭㉘。

王若㉙曰：“格汝众㉚，予告汝训㉛，汝猷黜乃心㉜，无傲从康㉝。古我先王，亦惟图任旧人共政㉞。王播告之修㉟，不匿厥指㊱。王用丕钦㊲，罔有逸言㊳，民用丕变㊴。今汝聒聒㊵，起信险肤㊶，予弗知乃所讼㊷。非予自荒兹德㊸，惟汝含德㊹，不惕予一人㊺。予若观火㊻，予亦拙谋作乃逸㊼。若网在纲，有条而不紊㊽；若农服田，力穑乃亦有秋㊾。汝克黜乃心，施实德于民㊿，至于婚友，丕乃敢大言汝有积德(51)。乃不畏戎毒于远迩(52)，惰农自安(53)，不昬作劳(54)，不服田亩(55)，越其罔有黍稷(56)。”

“汝不和吉言于百姓(57)，惟汝自生毒(58)，乃败祸奸宄(59)，以自灾于厥身(60)。乃既先恶于民(61)，乃奉其恫(62)，汝悔身何及(63)！相时憸民(64)，犹胥顾于箴言⑥,其发有逸口⑥,矧予制乃短长之命⑥!汝曷弗告朕⑥,而胥动以浮言⑥,恐沈于众⑩?若火之燎于原,不可向迩,其犹可扑灭⑪!则惟汝众自作弗靖⑫,非予有咎⑬。"

"迟任⑭有言,曰:'人惟求旧,器非求旧,惟新⑮。'古我先王,暨乃祖、乃父,胥及逸勤,予敢动用非罚⑯?世选尔劳⑰,予不掩尔善⑱。兹予大享于先王,尔祖其从与享之⑲。作福作灾⑳,予亦不敢动用非德㉑。"

"予告汝于难㉒,若射之有志㉓。汝无侮老成人㉔,无弱孤有幼㉕。各长于厥居㉖,勉出乃力㉗,听予一人之作猷㉘。无有远迩㉙,用罪伐厥死㉚,用德彰厥善㉛。邦之臧㉜,惟汝众㉝;邦之不臧,惟予一人有佚罚㉞。凡尔众,其惟致告㉟,自今至于后日,各恭尔事㊱,齐乃位㊲,度乃口㊳。罚及尔身㊴,弗可悔㊵。"

——《尚书》,孔颖达疏,中华书局1980年版影印世界书局缩印清阮元刻《十三经注疏》校刊本,下同

【注释】　① 盘庚五迁:盘庚(要进行商朝的)第五次迁都。盘庚,子姓,名旬,商朝第二十代天子,公元前1401年至公元前1374年在位。五迁,成汤建立商朝,定都于亳,即今河南省商丘市。后因天灾人祸各种原因,曾四次迁都,而此番盘庚又要迁都,所以说是五迁。　② 将治亳殷:打算(迁都至)亳殷。将,想要,打算。治,国都所在地,这里作动词用,把(亳殷)作为国都。亳殷,在今河南省安阳市。　③ 民咨胥怨:人民哀叹,竞相怨恨。咨,叹息,哀叹。胥怨,相怨恨。胥,相互。　④ 不适有居:不(愿意)去(新的)居所。不适,不往,不到。有居,居所。　⑤ 率吁众戚出:(人民)都呼吁众贵戚出来。率,都,全部。吁,呼告。戚,贵戚,贵族。　⑥ 矢言:直言。　⑦ "既爰宅"句:已经换了住所到了此地。既,已经。爰,换,变更。宅,住所。兹,这里。这里应该指商朝当时的都城奄(今山东省曲阜市),而且迁都至奄也只有二十余年,所以下文说"于兹新邑"。　⑧ 重我民:重视臣民的生命。　⑨ 无尽刘:不使人民全都被诛杀。尽,全部。刘,诛杀。　⑩ 胥匡以生:相互救助而生存。匡,救助。　⑪ "卜稽"句:(即使)占卜求问又怎么样。卜稽,占卜求问。如台,奈何,怎样。这里似乎是说,要生存主要靠相互救助,而不是占卜求问然后迁都。　⑫ 有服:有事,这里应指国家的大事。服,事情。　⑬ 恪谨天命:恭恭敬敬地遵从天命。恪,恭敬。　⑭ "兹犹"句:(即使)这样还是不能长期安宁(长久安居于一个地方)。　⑮ "不常"二句:(因为)不能常(定都)在一个地方,到今天(再迁都)是第五次了。厥,其。邑,都城,京师。　⑯ 不承于古:不继承古制。这里的意思是不遵循先王的做法,又要轻率迁都。　⑰ "罔知"句:不知晓上天的意志。罔,无,不。断,决定。　⑱ "矧(shěn)曰"句:况且说(什么)能够继承先王的伟业。矧,况且。克,能够。从,跟从,这里是继承发扬的意思。烈,光辉,辉煌。　⑲ "若颠木"句:就像倒下的树木重发新枝。颠,倒下,仆倒。

由蘖,树木枯槁或被砍伐后重发的枝条。 ⑳"天其"句:上天命我们永远在这新都城居住生活。新邑,新的京师,奄为商朝都城,不过二十余年,年头不长,所以说是新邑。 ㉑绍复:继承恢复。绍,继承。 ㉒厎(dǐ)绥四方:平定四方。厎,同底,定。绥,安抚。 ㉓敩(xiào)于民:教导民众。敩,教诲,教导。 ㉔由乃在位:通过你们这些身居官位的人。由,通过。乃,你,你们,这里指那些反对迁都的贵族们。在位,居官位,做官。 ㉕以常旧服:以以往的事例。以,用,按照。旧服,旧的事例。 ㉖正法度:端正、合乎法令制度。正,端正。 ㉗"无或"句:不要胆敢压制民众的意见。这里是说盘庚认为民众是支持自己迁都的,反对迁都的是贵族。无或,不要。伏,隐瞒不达,这里是压制的意思。小人,相对贵族而言,民众。攸,助词,无义。箴,告诫,这里是意见的意思。 ㉘"王命众"句:王(盘庚)命令大家全到朝廷上来。悉,全部。众,这里应该指反对迁都的贵族们。 ㉙若:和气。这里是指盘庚和颜悦色地对人们发表讲话。 ㉚格汝众:来,你们大伙儿。格,来,这里有大家上前来,听我说的意思。汝,你,你们。 ㉛予告汝训:我告诉你们。予,我。训,教诲。 ㉜"汝猷(yóu)黜"句:你们(好好)想想,放弃反对之心。猷,谋划,考虑。黜,摈弃。乃心,你们的心,这里指反对迁都之心。 ㉝无傲从康:不要傲慢,要走康庄大道,从心所安。傲,傲慢。康,安乐,安宁。 ㉞"亦惟"句:也想着(考虑)任命(有经验的)老臣共谋政事。惟,思考。图,考虑。 ㉟播告之修:(向大家)布告修政之事。播告,四处告知。修,治理,这里指所做的政事。 ㊱不匿厥指:不隐瞒这一想法。匿,隐瞒。指,旨意,意向。 ㊲王用丕钦:先王行事(治国理政)极为恭敬谨慎。用,行事。丕,大。钦,恭敬。 ㊳逸言:过失之言。 ㊴民用丕变:人民的生活、行为大变(而从教化)。这里的意思是说人民得到教化,有了大变化。 ㊵聒聒:不停地说,嚷嚷,喧闹。 ㊶起信险肤:站出来说那些恶意中伤之言。起信,起来申诉。险肤,恶意中伤之言。 ㊷"予弗知"句:我不知晓你们所争论、喧嚷的是什么。讼,争吵,喧嚷。 ㊸自荒兹德:自己废弃这(恭敬为政的)大德。 ㊹惟汝含德:我想(认为)你们怀有恶德。含德,这里指怀有恶德,指反对者隐匿不良用心。 ㊺"不惕"句:(只是)不畏惧我一人。惕,畏惧。 ㊻观火:看得很清楚。 ㊼"予亦"句:也是我笨拙的谋划,造成了你们的错误言论。拙,笨拙,不高明。作,造成。这里的意思是我太过软弱,太迁就你们了,你们才敢这样激烈地反对我。 ㊽"若网"二句:就像网系在纲上,有条理而不乱。纲,提网的总绳。紊,乱。 ㊾"若农"二句:就像农夫种田,努力耕作才有丰收。服田,种田。力穑,努力耕作。穑,耕耘庄稼。有秋,丰收,丰年。 ㊿"汝克黜"二句:你们能够摈弃反对(迁都)之心,为人民施行实实在在的恩德。实德,实惠。 ㉛"至于"二句:(实德)施及到亲戚朋友,我才敢说你们积了大德。婚友,有婚姻关系的亲戚、朋友。 ㉜"乃不畏":你们不怕大的灾祸是远是近。戎,大。毒,灾祸。迩(ěr),近。这里的意思是不迁都的话灾祸早晚要发生,不能苟且偷安。 ㉝惰农自安:懒惰的农夫自我安逸。 ㉞不昏((mǐn))作劳:不勤敏劳作。昏,糊涂,不明事理。 ㉟不服田亩:不在田地上耕作。 ㉠"越其"句:于是没有收成。越,于是。黍稷,黍和稷,古代主要农作物,这里指五谷。 ㉡"汝不和"句:你们不以好话善言给百官以解释(迁都的必要性)。和,平和。吉言,好话,善言。百姓,这里是百官的意思。 ㉢汝自生毒:自生毒害。这里是指反对迁都的贵族们产生害人之举。 ㉣败祸奸宄(guǐ):取败招祸,违法作乱。奸宄,违法作乱。这里指贵族们不能做解释让百官民众明白迁都的好处,那是自招祸败。　⑥⓪"以自灾"句:自己给自身招来灾祸。　⑥①"乃既"句:你们已经先得罪了民众。既,已经。恶,得罪,冒犯。　⑥②乃奉其恫:还带着你们的痛苦。恫,痛。这里是指如不迁都,祸害将会降临,带来痛苦。　⑥③悔身何及:痛悔还来得及吗?以上三句是说反对迁都者害人不利己。　⑥④相(xiàng)时憸((xiān))民:观察时机的小民。相时,观察时机。憸,奸佞,邪僻。　⑥⑤"犹胥顾"句:还会相顾及规谏劝戒的话。顾,顾,重视,从而内省。箴言,规谏劝戒之言。　⑥⑥发有逸口:说出不实的话。逸口,过分不实之言。　⑥⑦"矧予"句:况且我掌握着你们的生死命运。制,控制。短长,死与生。　⑥⑧"汝曷(hé)"句:你们为何不把实情告诉我。曷,何。　⑥⑨"而胥"句:反而相互用不实之言来蛊惑人心。动,改变,动摇,这里有蛊惑的意思。浮言,无根据的不实之言。　⑦⓪恐沈于众:恐怕你们会使大众沉溺。沈,同"沉"。这里的意思是浮言会误导大众。　⑦①"若火之"三句:就像火在草原上燃烧,不可让它靠近,还能够扑灭。向,接近,靠近。这里的意思是现在情况还不是很严重,浮言的影响还能够消除。　⑦②"则惟"句:是你们自己造成的不安定。　⑦③非予有咎:(如果我惩罚你们)不是我的错。咎,过错。　⑦④迟任:古代贤人。　⑦⑤"人惟"三句:人是老的好,器物不能一味求旧,要更新。惟新,即维新,更新。这里的意思是说,治国理政要依靠老臣,但器物是需要更新的。　⑦⑥"古我"五句:以前我的先王与你们的祖、父一起安逸、劳苦,我敢使用不当之罚吗?胥,相与,一起。逸勤,安乐和劳苦。动用,使用。非罚,不该施行的处罚、惩罚。这里的意思是说,自古以来,君臣应该同享乐,共患难,我哪敢对你们施以不当处罚?盘庚说明迁都不是对贵族的处罚,也不敢用惩罚来胁迫贵族同意迁都。　⑦⑦世选尔劳:细数你们的功劳。选,数。世,功劳。　⑦⑧不掩尔善:不掩盖你们的优点。善,优点。　⑦⑨"兹予"二句:如今我大祭先王,你们的祖先也一起受祭祀。享,献上供品祭祀祖先。古代把功臣灵位置于祠庙中配享、附祭。　⑧⓪作福作灾:(你们要)作福还是招灾。作福,做善事而获福祉。　⑧①"予亦"句:我也不敢使用不该有的赏赐。非德,不当之赏。以上二句的意思是,做好事,自有好报;但做了恶事,自会灾祸临门。　⑧②告汝于难:告知你们行事是很难的。　⑧③若射之有志:就像射箭有靶心(射中不容易)。志,准,靶心。　⑧④"汝无侮"句:你们不要欺侮老成人。老成,年高有德之人。这里的意思是说,老成人都赞成迁都,而你们不同意,是不尊重年高德重之人。　⑧⑤无弱孤有幼:不可不关心孤幼。弱,轻视,不重视。这里的意思是说,不迁都,对孤幼有害,是对他们的漠不关心。　⑧⑥长于厥居:长久地生活在这个地方。　⑧⑦勉出乃力:尽心贡献你们的力量。以上二句是说,知道你们希望长久居于此地而不迁徙,但还是要你们努力行动起来,随我迁都。　⑧⑧"听予"句:听从我一人所作的谋划。猷,计划,这里指迁都的决定和安排。　⑧⑨无有远迩:不分远近。远迩,远近,这里指关系亲疏。　⑨⓪用罪伐厥死:因罪处罚去除用死刑。用,采用(这样的方法)。伐,去除。这里的意思说,即使处罚也不再用死刑了。　⑨①彰厥善:表彰其善行美德。　⑨②邦之臧:邦国的美好。臧,善,美好。　⑨③惟汝众:靠你们大家。　⑨④"惟予"句:只由我一人来承受处罚。佚罚,失当而受处罚。以上二句是说,国家治理好了,是靠你们大家,是大家的功劳;如果治理不善,那是我的过失,由我一人承担处罚。　⑨⑤"凡尔众"二句:你们所有的人,我都告诫过了。　⑨⑥各恭尔事:各自恭谨地做好自己的事。意思是大家要在自己的职位上尽心尽责。　⑨⑦齐乃位:摆正自己的位置。　⑨⑧度乃口:管好自己的口。度,法令制度。这里的意思是说,不要信口开河,发表与法令制度不符的言论。 (99)罚及尔身:处罚到你身上。 (100)弗可悔:不要后悔。以上二句的意思是说,如果不听我的教诲和劝告,到时候受处罚,你可别后悔。

【赏析】 盘庚迁都,是商朝历史上的一件大事。为了寻找更有利于生存和发展的地方,盘庚决定将国都从奄迁至亳殷。但是,他的决策遭到了贵族们的质疑和激烈抵制,反对声浪之大,已到了严重阻碍盘庚实施迁都计划的地步了。为了扫除贵族们的思想障碍,动员全国的力量,完成迁都大业,盘庚一而再、再而三地发表讲话,训诫、说服持反对意见的贵族,终于实现了迁都的目标。本文发表于盘庚迁都前,是《盘庚》三篇中最长的一篇。

针对贵族们反对迁都的理由,盘庚一一驳斥。首先,盘庚明确表明自己迁都的坚定决心,绝不隐瞒。接着,他批评众反对者吵吵嚷嚷,大不恭敬,鼓噪不负责任的议论。然后自我批评,说是自己没有做好工作,才使你们不畏惧我,不服从我的安排。盘庚告诉众人,只有有条不紊地规划,努力实施,才会有收获,有成功,反之,不仅会一无所获,而且还会灾祸降身。盘庚告诫众人,必须行善行,以人民利益为重,不要一意孤行,自取祸败。他警告反对者,不要忘记天子是掌握着生死予夺大权的,赏罚分明,到时候如果受处罚,千万别后悔。同时,盘庚也谆谆教诲他们,在错误细小的时候,还来得及改正,一旦酿成大错,那就后悔莫及了。最后,盘庚表示希望和众贵族一起治理国家,并要求他们各尽职守,否则,处罚将无情降临。

盘庚的讲话富于条理。全文不仅层层驳斥了贵族们反对迁都的谬论,还指出他们这样做不仅不利于国家的安宁,实际上还伤害了人民的利益。针对贵族们的激烈反对,盘庚表示出绝不退却和妥协的意志,利用自己的权威和权力,向他们发出了严正警告。同时,他也向贵族们保证,只要认真执行他迁都的计划,将既往不咎,不会严酷处罚犯了罪的人,还会表彰做了善事的人。盘庚恩威并重,有理有节,既威慑了反对者,也安抚了人心,以保障迁都之事的顺利推进。

唐人韩愈在《进学解》一文中说:“周诰殷盘,佶屈聱牙。”其中所说的“殷盘”就是指《盘庚》,意思是说《盘庚》篇文辞艰涩,难以读懂。确实,《盘庚》篇不够通顺畅达,对辞句的理解,历代也多有歧义。但是,通读全文,我们还是能体会到文章逻辑严密,说理清晰,结构谨严,语言精彩。其中“若网在纲,有条而不紊;若农服田,力穑乃亦有秋”、“若火之燎于原,不可向迩,其犹可扑灭”等,富于哲理和警戒意义,千古传诵,至今仍有鲜活的生命力。此外,通过一番训诫,盘庚力排众议,高屋建瓴,向着正确的目标挺进,坚毅不拔、恩威并施的形象也栩栩如生地呈现在读者面前,令人钦佩。

盘 庚 (中)

【题解】 本文选自《尚书·商书》。《盘庚》见于《商书》,分上、中、下三篇,叙商王盘庚迁都之事。详见《盘庚》(上)题解。本篇是中篇,即盘庚的第二次讲话。

【原文】

盘庚作①,惟涉河以民迁②。乃话民之弗率③,诞告用亶④。其有众咸造⑤,勿亵在王庭⑥。

盘庚乃登进厥民⑦。曰:“明听朕言⑧,无荒失⑨朕命!呜呼!古我前后⑩,罔不惟民之承⑪。保后胥戚⑫,鲜以不浮于天时⑬。殷降大虐⑭,先王不怀厥攸作⑮,视民利用迁⑯。”

“汝曷弗念我古后之闻⑰?承汝俾汝,惟喜康共⑱,非汝有咎,比于罚⑲。予若吁怀兹新邑,亦惟汝故,以丕从厥志⑳。”

“今予将试以汝迁㉑,安定厥邦。汝不忧朕心之攸困㉒,乃咸大不宣乃心㉓,钦念以忱,动予一人㉔。尔惟自鞠自苦㉕,若乘舟㉖,汝弗济㉗,臭厥载㉘。尔忱不属㉙,惟胥以沈㉚。不其或稽㉛,自怒曷瘳㉜?汝不谋长,以思乃灾㉝,汝诞劝忧㉞。今其有今罔后㉟,汝何生在上㊱?今予命汝一,无起秽以自臭㊲,恐人倚乃身㊳,迂乃心㊴。予迓续乃命于天㊵,予岂汝威㊶,用奉畜汝众㊷。”

“予念我先神后之劳尔先㊸,予丕克羞尔㊹,用怀尔㊺。然失于政,陈于兹,高后丕乃崇降罪疾㊻,曰:‘曷虐朕民㊼?’汝万民乃不生生㊽,暨予一人猷同心㊾,先后丕降与汝罪疾㊿,曰:‘曷不暨朕幼孙有比(51)?’故有爽德(52),自上其罚汝(53),汝罔能迪(54)。古我先后既劳乃祖乃父(55),汝共作我畜民(56),汝有戕则在乃心(57)!我先后绥乃祖乃父(58),乃祖乃父乃断弃汝(59),不救乃死(60)。”

“兹予有乱政同位(61),具乃贝玉(62)。乃祖乃父丕乃告我高后曰:‘作丕刑于朕孙(63)!’迪高后丕乃崇降弗祥(64)。”

“呜呼!今予告汝:不易(65)!永敬大恤(66),无胥绝远(67)!汝分猷念以相从(68),各设中(69)于乃心。乃有不吉不迪(70),颠越不恭(71),暂遇奸宄(72),我乃劓殄灭之(73),无遗育(74),无俾易种于兹新邑(75)。”

"往哉！生生！今予将试以汝迁⑯，永建乃家⑰。"

【注释】　①作：起身。　②"惟涉河"句：考虑渡黄河迁徙民众的方法。涉，涉水，渡。河，黄河。　③"乃话民"句：于是告诉民众中不遵从教诲的人。话，说。率，遵循。　④诞告用亶(dǎn)：广泛告知善言。诞，大。亶，忠厚。这里是好言相劝、忠告的意思。　⑤有众咸造：有很多人都来拜访。咸，都。造，造访，拜访。　⑥"勿亵"句：没有在王庭上轻慢无礼貌的。亵，轻慢无礼，不严肃。王庭，殷天子宫廷。　⑦登进厥民：让那些人登台阶进来。登进，升进，使上前。厥，这，其。　⑧明听朕言：明明白白地听我说话。朕，我，后代专门用作君王、天子自称。　⑨荒失：荒废。　⑩古我前后：因此在我之前的先王们。古，通"故"，因此，所以。前后，前前后后，这里是指殷代先君一代一代前后相继。　⑪"罔不"句：无不一心考虑安宁且养育人民。罔，无。承，承安，太平安宁。　⑫保后胥戚：养育帝王所有的亲戚。保，养育。后，君王，帝王。胥，全部。戚，亲戚。　⑬"鲜(xiǎn)以"句：很少有不按照天时行事的。鲜，少。浮，航行，这里的意思是行事。天时，天命。　⑭殷降大虐：上天降大灾于殷。虐，灾害。　⑮"先王"句：先王不再留恋这故土而起身(迁移)。怀，留恋，舍不得。厥，这。攸，住所。作，起身。　⑯视民利用迁：以人民利益为重而迁徙。视，这里是依照的意思。　⑰"汝曷"句：你们为何不想想我们先王(多次迁徙)的事。曷，何，为什么。古后，先君，先王。闻，故事(以前做的事例)，传闻。　⑱"承汝"二句：使你们安宁，让你们迁徙，是想要与你们共享康乐。俾，使，让。　⑲"非汝"二句：不是说你们有过错而要惩罚你们。咎，过失，错误。比于罚，比照法令处罚。比，比照，按照。　⑳"予若呼"三句：我好言呼吁迁至那个新都，也是为了你们，从而很好地继承先王之志。若，和善。呼，呼吁。怀，向往。新邑，新都城。丕从，继承光大。丕，大。志，先王之志，这里指先王的做法。　㉑"今予"句：现在我打算把你们迁徙。试，用，这里是指要用实际行动。　㉒"汝不忧"句：你们不考虑到我心中的窘困。忧，忧虑，担心。攸，语助词，无义。困，窘困。　㉓"乃咸"句：你们大家都不说出自己的心里话。乃，你，你们。宣，宣说。乃心，你们内心(的话)。　㉔"钦念"二句：(用)恭敬诚恳的念头来鼓励我。钦念，恭敬的想法、念头。忱，真诚，诚恳。动，感动，鼓励。一人，天子自称。　㉕"尔惟"句：你们只是自己制造困窘，自己受苦。鞠，困窘。这里的意思是说反对迁都者是自找困苦。　㉖若乘舟：好比坐船。　㉗汝弗济：你们不渡过河。济，渡河。　㉘臭厥载：(使财物)腐臭在这船上。载，指船。这里的意思是呆在船上，不愿意过河，最终财物都在船上腐臭了。　㉙尔忱不属：你们(所谓)的忠诚比不上(先贤)。不属，不及，不如。　㉚惟胥以沈：只有都沉于水中。沈，即"沉"。这里的意思是指如同渡河一样，反对者不愿意过河，让大家同归于尽。　㉛不其或稽：不自我查考一下。稽，考核，查考。这里的意思是说反对者也不好好查考一下历史上先王曾多次迁都的史实。　㉜自怒曷瘳(chōu)：自我生气(得病)怎么痊愈。瘳，病愈。　㉝"汝不"二句：你们不谋划长远的事，来想想你们(可能遇到)的灾祸。谋，谋划。长，长远的事。　㉞汝诞劝忧：你们说些夸诞的话，助长了忧虑(的氛围)。诞，虚妄夸诞。劝，鼓励，助长。　㉟"今其"句：如今这样有今天没有明天。这里是指反对者只顾今天的小利，而不考虑将来长远的大利益。　㊱汝何生在上：

你们怎能保持自己的地位。生,生存,生活。上,民众之上。这里是说反对者如果这样目光短浅的话,是不能保持自己贵族地位的。 ㊲"今予命"句:现在我命你们做到一点,不要产生污秽(犯错误),自我腐臭败烂。起,产生。 ㊳恐人倚乃身:恐怕别人靠在你们身上。这里的意思是说担心别人利用你们。 ㊴迁乃心:迁移、改变你们的思想。迁,改变。㊵"予迓续"句:我承迎天命。迓,迎。续,继承,承接。 ㊶予岂汝威:我岂是威胁你们。汝威,即威汝,威胁你们。 ㊷用奉畜汝众:是养育你们一众人。奉畜,抚养,养育。㊸"予念我"句:我念及我的先王关爱、慰劳你们的先人。这里的意思是说商朝先王对贵族们的先人关爱慰劳有加。 ㊹予丕克羞尔:(使)我能重用你们。丕,大。这里的意思是你们都是先王功臣的后裔,所以我要重用你们。 ㊺用怀尔:因而对你们怀有仁义之心。 ㊻"然失于政"三句:但是(如果我)失于理政(使国家混乱),久居此地(不迁徙),(那么)祖先成汤一定会反复降罪,怨怒、指责我。陈,久久。崇,重复。疾,怨怒,指责。㊼曷虐朕民:为何虐待我的臣民。虐,残害。 ㊽"汝万民"句:你们万民不奋力前进。生生,进进,不间断地奋力前进。 ㊾"暨予"句:与我同心同德。暨,与,和。猷,谋划,计划。 ㊿"先后"句:先王(也会)大降罪并怨怒你们。先后,先世君王。 (51)"曷不"句:为何不和我的幼孙团结在一起。幼孙,盘庚自称。比,相比,和睦,在一起。这里应该有辅助的意思。 (52)爽德:失德,罪过。爽,丧失。 (53)自上其罚汝:(成汤)在上看见你们不遵祖训,就会下罚你们。 (54)汝罔能迪:你们无法逃避。迪,行,出走。这里是躲避、逃避的意思。 (55)"古我"句:从前我的先君优待、重用你们的(先人)祖、父(一起治国)。(56)"汝共"句:(现在)你们和我共同养育人民。这里的意思是反对者们应该和盘庚共同承担起治国重任。畜,抚育,养育。 (57)"汝有戕"句:你们有残害人之心。戕,残害。这里指贵族们反对迁都客观上是害了人民。 (58)"我先后"句:我先王(会把你们的作为)告知你们的祖、父(先人)。绥,告知。 (59)"乃祖"句:你们的祖、父(先人)一定会抛弃你们。断弃,抛弃断绝。 (60)不救乃死:不救你们于死地。 (61)"兹予"句:如今我有理政的人与他的祖、父(先人)居于同样的位置。乱,治理。同位,居于同等位次,职位相同。这里是说反对者继承祖、父的职位。 (62)具乃贝玉:供置着钱帛珠玉。具,供置,置办。以上二句是说贵族们身居高位,不与天子同心,不为人民着想,只是一心积聚财物。 (63)"作丕刑"句:对他们行大刑。这里是说贵族们的先祖看见后代如此作为,大为忿怒,要求先王成汤降大刑于这些不肖子孙。 (64)"迪高后"句:成汤大降不祥(于你们)。迪,句首助词,无义。弗祥,不祥,灾祸。 (65)不易:不改(迁都决心)。易,改变。 (66)永敬大恤:永远敬重我的忧虑。敬,敬重。恤,忧虑,指盘庚忧国忧民。这里是说你们要尊重和敬重我的忧国之心。 (67)无胥绝远:不要(与我)相互隔绝疏远。 (68)"汝分"句:你们的职分是跟随、服从我的计划。分,职分,应尽的本分。 (69)设中:合乎中正之道。这里的意思是要贵族们把心思端正,要为国为民着想。 (70)不吉不迪:不善不道(之人)。迪,道,道义。(71)颠越不恭:废失(为臣之道)而不恭顺。颠越,废弛缺失。 (72)暂遇奸宄:一时遇上了奸佞之徒。奸宄,违法作乱之人。这里是说反对者暂时遇上坏人而受蒙蔽做坏事。 (73)劓(yì)殄(tiǎn)灭之:严惩消灭他们。劓,古代刑罚,割鼻子。殄,灭绝。 (74)无遗育:不要遗漏养育。这里的意思是说对坏人一定要灭绝,不能养恶成患。 (75)"无俾"句:不要使他们(坏人)换地方到这新的都城去蕃衍泛滥。俾,使。易种,蕃衍蔓延。易,蔓延,传播。

⑯ 试以汝迁:准备让你们迁徙。　⑰ 永建乃家:建立你们永久的家园。

【赏析】　盘庚迁都,遇到的巨大阻力,主要来自于安于现状、固守财富的贵族。为了使反对者们放弃抗拒迁都的念头,贵为天子的盘庚第二次对他们发表讲话。承继了第一次讲话的风格,盘庚还是从先王的遗训和成规切入,反复强调迁都是上天和先王的旨意,也是为了人民的安宁和利益。并且,相较第一次讲话,此番训诫盘庚加重了惩戒和警告的意味。

在第一次讲话中,盘庚重在说明迁都的必要性和意义。但是,第二次讲话,盘庚把重点放在了警告贵族们要考虑反对迁都的后果上。他明确表示,如果贵族们执迷不悟,一味地反对迁都,那么,不光会激怒先王,也会激怒他们的祖先,先王会惩罚他们,他们的祖先也会抛弃他们。如果说,这还是一种精神上的威吓,那么,盘庚还明确宣示,他认为反对迁都的行为是邪恶的,将对反对者施行严厉惩处,绝不姑息。甚至,盘庚发誓要把奸佞之徒灭绝,以保障迁到新都城后没有违法犯罪的现象。这可是摆在面前的震慑和威胁,足以使反对迁都的贵族们心惊胆颤。

显而易见,盘庚对贵族们的自私和顽固已经忍无可忍了,决心剪除邪恶,扫除障碍,以实现迁都和复兴商朝的大业。文中没有看到贵族们是否听从了盘庚训诫,但也没有听到像第一次讲话时贵族们发出的抗拒声浪。这也意味着,反对迁都的贵族们,在盘庚耐心的劝说和强大的压力下,已经词穷理屈,只有听命相随,迁往新邑了。

文章辞锋遒劲,风格爽利,进一步刻画了盘庚忧国忧民、勇于开创、意志坚定、不畏险阻的性格,也展现了其君临天下、傲视万方的雄才大略,为后人所敬仰。

盘　庚（下）

【题解】　本文选自《尚书·商书》。《盘庚》见于《商书》,分上、中、下三篇,叙商王盘庚迁都之事。详见《盘庚》(上)题解。本篇是下篇,发表于迁都之后。

【原文】

盘庚既迁①,奠厥攸居②,乃正厥位③,绥爱有众④。曰:"无戏怠⑤,懋建大命⑥!今予其敷心腹肾肠⑦,历告尔百姓于朕志⑧。罔罪尔众⑨,尔无共怒⑩,协比谗言予一人⑪。古我先王将多于前功⑫,适于山⑬。用降我凶德⑭,嘉绩于朕邦⑮。今我民用荡析离居⑯,罔有定极⑰,尔谓朕曷震动万民以迁⑱?肆上帝将复我高祖之德⑲,乱越我家⑳。朕及笃敬㉑,恭承民命㉒,用永地于新邑㉓。肆予冲人㉔,非废厥谋㉕,吊由灵㉖;各非敢违卜㉗,用宏兹贲㉘。"

"呜呼㉙!邦伯师长、百执事之人㉚,尚皆隐哉㉛!予其懋简相尔,念敬我众㉜。朕不肩好货㉝,敢恭生生㉞。鞠人谋人之保居㉟,叙钦㊱。今我既羞告尔于朕志,若否㊲,罔有弗钦㊳!无总于货宝㊴,生生自庸㊵。式敷民德㊶,永肩一心㊷。"

【注释】 ① 既迁:已经迁都。既,已经。 ② 奠厥攸居:建立了这里的宗庙宫室,于是定居下来。奠,设置祭品祭祀,这里指建立了宗庙宫室。厥,这里。攸,于是。居,居所,居住。 ③ 乃正厥位:于是摆正郊庙和朝社的位置。郊庙,天子祭天地与祖先。郊,祭天地。庙,祭祖先。朝社,朝廷和社稷。以上祭祀,各有方位,如祭天在郊南,祭地在郊北。 ④ 绥爰有众:安抚臣民。绥爰,安抚。有,助词,无义。众,应该主要指当初反对迁都的贵族们。 ⑤ 无戏怠:不要逸乐怠惰。戏,游戏,逸乐。怠,懒惰。 ⑥ 懋(mào)建大命:努力建立(实现)天命。懋,勤勉,努力。大命,天命,这里应该指天子之命。此句是盘庚要求臣民努力完成迁都后的各种建设,复兴殷商的大业。 ⑦ "今予"句:现在我向你们说说心中真诚的话。敷,传布,这里是宣说的意思。心腹肾肠,真情实意。心腹,衷情,真心。肾肠,诚意。 ⑧ "历告"句:把我的想法都告诉你们。历,尽,全部。百姓,百官。 ⑨ 罔罪尔众:不处罚你们。罔,不。罪,惩罚,治罪。 ⑩ 尔无共怒:你们不要一起生气、忿怒。 ⑪ "协比"句:联合起来一起说我的坏话。协,汇合,这里有联合的意思。比,朋比,勾结。一人,天子自称。 ⑫ "古我"句:以前我的先王(想要)建立超越前人的功绩。多,大。前功,前任的功绩、功业。 ⑬ 适于山:居住于山险之处。这里是说居山上,可避水患。 ⑭ 用降我凶德:以减轻我们的凶灾。用,以。降,减少,减轻。凶德,违背仁德的恶行,这里指灾难。 ⑮ "嘉绩"句:(立)善功于我们国家。嘉绩,美善的功绩。 ⑯ "今我"句:如今我们人民的居所动荡离散,流离失所。荡析,动荡离散。离居,离开居处,流离失所。 ⑰ 定极:安定的居所。极,屋脊的栋梁,指住所,这里也指天子的宫殿,所以有定都的意思。 ⑱ "尔谓"句:你们责怪我为何惊动万民来迁都。曷,何,为什么。震动,惊动,这里是兴师动众的意思。 ⑲ "肆上帝"句:(这是表示)如今上帝要复兴我高祖(成汤)的大德。肆,今。高祖,开国君王,殷商的开国天子是成汤。德,美德,仁德,这里也指大业。 ⑳ 乱越我家:治理好我们国家。乱,治。越,治理。 ㉑ 朕及笃敬:我继位后(理当)诚恳恭敬(继承先王大业)。朕,天子自称。及,兄传位于弟,盘庚继位于其兄阳甲。笃敬,忠厚诚恳,恭敬严肃。 ㉒ 恭承民命:恭恭敬敬地遵奉民众的意旨。 ㉓ "用永地"句:建立(可以)永久居住的新都。永地,永久居住之地。新邑,新都。 ㉔ 肆予冲人:如今我还是个年幼的人。冲人,孩童,这是盘庚的自谦辞。这里的意思是我盘庚年幼无知,多有冒犯,请多多原谅。 ㉕ 非废厥谋:不是要(故意)废弃你们的谋划。谋,谋划,计划,这里是指反对迁都的贵族们的意见。　㉖吊由灵:最终采用最好的(计划)。吊,至,来到。灵,善,这里指天命。此句的意思是众说纷纭,最终是遵照了天命而行事。㉗各非敢违卜:(这些)都不是胆敢违背卜筮所言。卜,卜筮,占卜以定吉凶。　㉘用宏兹贲:来宏扬广大(迁都之业)。宏,光大。贲,大,这里指迁都大业。　㉙呜呼:叹词,表示感叹、慨叹。　㉚"邦伯"二句:州牧、三公六卿、主事官员等众人。邦伯,方伯,州牧,一州之长,后代用以称刺史、太守等地方行政长官。师长,众官之长,朝廷上的三公六卿等高官。百,众多,表示多。执事,主事官员。　㉛尚皆隐哉:希望都要审核啊。尚,庶几,希望。隐,隐括,审度,查核。这里的意思是希望众官要好好考虑,同心协力复兴大业。㉜"予其"句:我非常努力地帮助你们,你们要想着爱敬我的人民。懋,大,盛大。简,大。相,佑助,相助。　㉝不肩好货:不任用贪货之人。肩,任用。好,贪好。货,钱物。㉞敢恭生生:敢于任用不断进取之人。恭,尊重,这里有重用的意思。生生,进进,不断进取。　㉟"鞠人"句:为穷人谋居所。鞠人,穷困的人。谋人,为人谋划。　㊱叙钦:奖励勤于做事有功的人。叙,奖励,论功赏赐。钦,恭敬。　㊲"今我"二句:如今我把我的意旨都告知了你们,你们认为对否。若,善,对,同意。丕,或即不(fǒu),同"否",不对,不认可。　㊳罔有弗钦:不要不恭敬。这里的意思是说,无论大家认为我说得对或不对,都要把意见说出来,不要隐瞒,否则是大不敬。　㊴无总于货宝:不要积聚财宝。总,汇集,积聚。货宝,财货珍宝。　㊵生生自庸:以不断进取为追求目标,建立功勋。自庸,自己有建树。庸,功勋。　㊶式敷民德:将善德布告公示于人民。　㊷永肩一心:永存忠心。肩,担负,这里是持有的意思。一心,忠心。以上二句的意思是说,广布善德,大家忠心不二,一起努力建成大业。

【赏析】　经过两次训诫,盘庚终于使得贵族们跟随他一起完成了迁都的艰难之举。一旦到了新的都城,就要开始新的建设,开创新的事业。这需要团结所有人的力量,尤其是作为朝廷支柱的贵族们,更是盘庚治国理政的基础。所以,这第三次讲话,与前两次相比,表现出明显不同的口吻和风格。

盘庚实现了迁都目的后,立即着力于新都城的建设。他并没有对先前的反对者秋后算账,而是告诫他们,抛弃以前的成见和不满,把思想统一到他复兴殷商的远大理想上,把精力集中到建设新家园的宏伟大业上。因此,他要求众人忠于自己,坦诚相见,同心合力,共襄盛举。盘庚首先与众人推心置腹,袒露自己的心声,并诚恳地要求众人和他一起不断进取,谋求为人民造福。同时,作为君临天下的最高统治者,盘庚也时时居高临下,发出警戒之言,警告贵族们不得一心向私,贪图财货,而是要以民生疾苦为念,并表明论功行赏和惩罚奸恶的严正态度。一番话,使读者看到了一个勤勉、严厉、权威但又不失仁慈、公正、开明的仁君形象。

本文较之上篇和中篇,在篇幅上要短小得多。这一方面是盘庚已经把迁都的必要性和意义阐述得十分透彻清晰,另一方面是迁都目标已经达成,贵族们反对与否,都已没有必要再细加理论了,现在最迫切的是务实,即着手建设新都,这才是眼前最大的紧要事,需要凝聚人心、集中人力物力,而不是争论对与错的时候了。所以,盘庚把此次讲话的重点放在了安抚人心,并提出奋斗目标上。这也体现出盘庚作为一个最高统治者,具有清醒的头脑和高超的领导艺术,不愧为一代圣君、中兴之主。

无　　逸

【题解】　本文选自《尚书·周书》,旧传为周公所作,学界一般认为这是周公对周成王的一篇诫勉谈话。周武王姬发死后,儿子成王继位,但年幼而不能理政,由武王弟弟周公姬旦摄政。待到雒邑(今河南省洛阳市)建成,周朝政权趋于稳固,周公将朝政归还成王,并与之作了一番交谈,告诫其要继承先辈美德,勤政爱民,以保江山长治久安。所谓无逸,即不可贪图安逸。

【原文】
周公①曰:"呜呼②!君子,所其无逸。先知稼穑③之艰难,乃逸④,则知小人之依⑤。相⑥小人,厥⑦父母勤劳稼穑,厥子乃不知稼穑之艰难,乃逸,乃谚,既诞⑧。否则侮厥父母,曰:'昔之人无闻知⑨。'"

周公曰:"呜呼!我闻曰:昔在殷王中宗,严龚⑩,寅畏天命⑪,自度⑫,治民祗惧⑬,不敢荒宁⑭。肆中宗之享国⑮,七十有⑯五年。其在高宗⑰,时旧劳于外⑱,爰暨小人⑲。作⑳其即位,乃或亮阴㉑,三年不言。其惟不言,言乃雍㉒。不敢荒宁,嘉靖殷邦㉓。至于小大㉔,无时或怨㉕。肆高宗之享国,五十年有九年。其在祖甲㉖,不义惟王㉗,旧为小人㉘。作其即位,爰知小人之依,能保惠㉙于庶民,不敢侮鳏寡㉚。肆祖甲之享国,三十有三年。自时厥后立王㉛,生则逸㉜。生则逸,不知稼穑之艰难,不闻小人之劳,惟耽乐之从㉝。自时厥后,亦罔或克寿㉞,或十年,或七八年,或五六年,或四三年。"

周公曰:"呜呼!厥亦惟我周太王㉟、王季㊱,克自抑畏㊲。文王卑服㊳,即康功田功㊴。徽柔懿恭㊵,怀保㊶小民,惠鲜鳏寡㊷。自朝至于日中、昃㊸,不遑暇食㊹,用咸和万民㊺。文王不敢盘于游田㊻,以庶邦惟正之共㊼。文王受命惟中身㊽,厥享国五十年。"

周公曰："乌虖！继自今嗣王(49)，则其无淫于观、于逸、于游、于田，以万民惟正之共(50)。无皇曰(51)：'今日耽乐(52)。'乃非民攸训(53)，非天攸若(54)，时人丕则有愆(55)。无若殷王受之迷乱(56)，酗于酒德(57)哉！"

周公曰："乌虖！我闻曰：'古之人犹胥训告，胥保惠，胥教诲(58)，民无或胥诪张为幻(59)。'此厥不听，人乃训之(60)，乃变乱先王之正刑，至于小大(61)。民否则厥心违怨(62)，否则厥口诅祝(63)。"

周公曰："乌虖！自殷王中宗及高宗及祖甲及我周文王，兹四人迪哲(64)。厥或告之曰：'小人怨汝詈汝(65)。'则皇自敬德(66)。厥愆，曰：'朕之愆。'允若时(67)，不啻(68)不敢含怒。此厥不听，人乃或诪张为幻，曰小人怨汝詈汝，则信之(69)。则若时(70)，不永念厥辟(71)，不宽绰(72)厥心，乱罚无罪，杀无辜。怨有同(73)，是丛于厥身(74)。"

周公曰："乌虖！嗣王其监于兹(75)。"

【注释】 ① 周公：姬姓，名旦，周武王姬发之弟。旧传周武王死后，其子成王年幼，由周公摄政，辅佐成王治理天下，在周成王成年后，把政权交与周成王，后世尊为圣贤。 ② 乌虖：即"呜呼"，叹词。 ③ 稼穑：农耕。 ④ 乃逸：这两个字当是衍文。 ⑤ 小人之依：民众心内的苦痛。小人，底层民众。依，隐（于内心的苦衷）。 ⑥ 相（xiàng）：观察。 ⑦ 厥：其，他。 ⑧ "乃逸"三句：又放纵荒逸，又自以为是，既而虚妄欺诈。乃，又，又是。谚，通"喭"，鲁莽粗俗。诞，虚妄荒诞，欺诈。 ⑨ "否则"以下：于是欺侮轻视其父母，说是以前的人没有知识见闻（不懂享受）。否则，即"丕则"，于是。 ⑩ "昔在"二句：从前殷王中宗非常庄严。殷王中宗，据说是殷朝第七世天子祖乙。严龚，严肃恭敬。龚，通"恭"。 ⑪ 寅畏天命：敬畏天命。寅，恭敬。天命，上天赋予的使命，即君权（古人认为君权神授）。 ⑫ 自度：自我约束。度，规范，检束。这里的意思以天命为己任，因而不敢放纵。 ⑬ 治民祗惧：治理人民谨慎小心。祗惧，敬畏谨慎。祗，敬。 ⑭ 荒宁：荒废懈怠而贪图安逸。 ⑮ "肆中宗"句：因此中宗在位。肆，这里是因此的意思。享国，在位。 ⑯ 有：通"又"。 ⑰ 高宗：殷朝第十一世天子武丁。 ⑱ 时旧劳于外：那时有过长时期在外劳作（的经历）。时，通"是"，这。旧，久，长久。 ⑲ 爰暨小人：于是接近底层民众。爰，于是。暨，到。 ⑳ 作：开始。 ㉑ 乃或亮阴：于是常常沉默寡言。亮阴，古时帝王居丧，沉默不言，这里当指其沉稳。 ㉒ 言乃雍：言谈（令人）欢悦。雍，和谐欢悦。 ㉓ 嘉靖殷邦：教化美好，使殷朝天下和睦安定。 ㉔ 小大：大小臣民。 ㉕ 无时或怨：任何时候没有什么不满和怨言。 ㉖ 祖甲：武丁之子。祖甲有兄祖庚，贤良，武丁打算废祖庚而立祖甲，祖甲以为不义，逃于民间。 ㉗ 不义惟王：（祖甲认为自己）为王是不义的。 ㉘ 旧为小人：长期在民间做庶民。旧，久。 ㉙ 保惠：保护并给予恩惠。 ㉚ 鳏寡：鳏夫寡妇。鳏，无妻或失偶的男人。 ㉛ 自时厥后立王：从此以后立王。 ㉜ 生则逸：继位就贪图安逸。生，这里指继位。 ㉝ 惟耽乐之从：只是想着沉溺于享乐。耽乐，过度逸乐。 ㉞ 罔或克寿：没有一个能够长寿的。罔,无,或,有(人)。克,能够。 ㉟周太王:周公的曾祖父。 ㊱王季:周公的祖父。 ㊲克自抑畏:能够做到慎密敬畏。抑,谨慎,慎密。 ㊳文王卑服:文王穿着粗劣的衣服。一说,文王做卑贱的事。文王,即周文王,姬姓,名昌,周朝开国君主,为后来的周武王灭商奠定了基础,周武王建立周朝后,追尊为文王。 ㊴即康功田功:从事安居和开垦土地的事业。即,接近,这里是亲自劳作的意思。康功,建房子。康,屋宇开阔。田功,耕作。 ㊵徽柔懿恭:品德仁善,深美谦恭。 ㊶怀保:安抚保护。 ㊷惠鲜鳏寡:恩惠及于鳏夫寡妇。鲜,应为于。 ㊸"自朝(zhāo)"二句:从早上到中午,直至太阳西斜。昃(zè),太阳西斜。 ㊹不遑暇食:没有时间吃饭。不遑,没有空,没时间。暇食,坐下来悠然进食。 ㊺用咸和万民:来使各方人民和睦安宁。用,以。咸,全部。和,和睦。 ㊻盘于游田:乐于游玩打猎。盘,娱乐,欢乐。游田,游猎,打猎。田,狩猎。 ㊼"以庶邦"句:恭谨地对待邦国人民的事。庶邦,分封的各诸侯国。惟正,唯以正道(对待)。共(gōng),恭敬。 ㊽"文王"句:文王受命继位诸侯是在中年。中身,中年。传周文王享年九十七岁。 ㊾嗣王:继位之王。 ㊿"则其"五句:没有(敢于)沉溺于游览、安逸、游乐、打猎的,只是恭谨地处理万民的事。淫,没有节制,过度。 ㉛无皇曰:即无况曰,不要比方这样说。 ㉜今日耽乐:今日且尽情乐一乐(下不为例)。 ㉝非民攸训:不是所用来对民众的教诲。攸,所。训,教导,教诲。 ㉞非天攸若:不是所顺应上天的(做法)。若,顺从。 ㉟愆(qiān):过失。 ㊱"无若"句:不要像殷王纣那样迷惑错乱。受,殷商天子纣,传为暴君。 ㊲酗于酒德:因为酗酒而做出不好的事。酒德,这里是指不好的(酗酒)品德。 ㊳"古之人"三句:先人犹且相互训告,相互保护施恩,相互教诲。胥,相互。训,告诫。保惠,保护并施以恩惠。 ㊴诪(zhōu)张为幻:欺诈诳骗。诪张,欺骗,欺诳。幻,虚假,惑乱。 ㊵"此厥"二句:这一点如不听的话,那么臣子就会顺从他行事了。训,这里是顺从、遵循的意思。这里的意思是如不能听取训告的话,那么,臣子们就会顺从他,不再有忠言进谏了。 ㊶"乃变乱"二句:于是就开始从小处到大处改变先王正常的法度。正刑,正常的法度,这里指正常的政令和刑罚。 ㊷违怨:怨恨。违,恨,怨恨。 ㊸诅祝:祈求鬼神把厄运加于敌方。 ㊹迪哲:践行圣明之道。迪,蹈行,践行。哲,明智,智慧(之道)。 ㊺怨汝詈(lì)汝:恨你骂你。詈,骂。 ㊻皇自敬德:对自己的德行更为谨慎。皇,也作兄,通况,愈加。 ㊼允若时:真是这样。允,诚,确是。若,像。时,是,这样。 ㊽不啻:不仅,不但。 ㊾信之:(有人诳骗你,说人们在恨你骂你,你就)相信这样的话。 ㊿则若时:与"允若时"同义。 ㉛厥辟(bì):这为君(之道)。辟,君王。 ㉜宽绰:器量宽宏。 ㉝怨有同:怨恨会聚集。同,聚。 ㉞是丛于厥身:这就会集中在你身上。丛,丛集。 ㉟"嗣王"句:继位者要以这篇谈话中的道理为鉴戒。嗣王,指周成王。兹,这。

【赏析】 周公姬旦是中国周代著名的政治家,辅佐周成王,鞠躬尽瘁,在历史上传为美谈。

统治一个国家,执掌天下大权,自然要保障其江山稳固,长治久安。但是,作为最高统治者,往往会因为自己至高无上的地位,不受任何约束,而耽于享乐,荒废政务,最终导致天下大乱,众叛亲离,丧失政权,国破家亡。这在历史上代不乏见。周代文、武二王打下江山,兢兢业业,励精图治,开创一大好局面。但是,打江山不易,守江山更难。周成王年幼登基,不更世事,如何守住政权,更上层楼,实在是攸关周朝生死存亡的大事。周公于此极为不安。此篇告诫文字,就是在这样的背景下产生的。

　　文章通篇为周公的训诫。作为一个长辈,同时又是臣子,这双重身份使这篇训诫既表现出长辈的殷切期望,又体现了臣子的满腔忠诚。文章紧紧围绕着"无逸"二字展开论述。周公列举了商、周两朝圣明天子敬畏天命、摒弃淫逸,体谅民意、恩泽天下,而久享江山的事例,也将耽于逸乐而乱政亡国的君主,作为反面例子,以示警戒。周公在谈话中反复阐申"无逸"的至关重要,一字一句,皆是从真心流出,殷殷之情,深切真挚,令人感佩。

　　先秦早期散文,多无标题。《无逸》一题,或亦为后人所拟,但极为准确精审地概括了文章的主旨。文章对民间平民及至天子在安逸享乐之事上不同的态度与做法进行比较,紧扣"无逸"这一中心思想,立论抒意,令人信服。诵读之馀,也使后人警醒,启迪颇深。

秦　誓

【题解】　本文选自《尚书》,是《尚书》中的最后一篇。按照汉代《尚书序》的说法,鲁僖公三十二年、三十三年(公元前628年、公元前627年),秦穆公轻信在郑国掌管郑国都北门的秦将杞子的建议,发兵袭征郑国,被晋襄公率领大军大败于崤(在今河南省洛宁县),秦军三帅百里孟明视、西乞术、白乙丙被俘。晋旋即将三人放归,秦穆公不以为罪,而是自责犯了大错。《秦誓》一文或即作于此时。誓,文体名,有告诫和约束的意思。

【原文】
公曰:"嗟①!我士②,听,无哗③。予誓告女群言之首④。"

"古人有言曰:'民讫自若⑤,是多般⑥。'责人⑦,斯无难⑧;惟受责俾如流⑨,是惟艰哉⑩。"

"我心之忧,日月逾迈⑪,若弗员来⑫。惟古之谋人⑬,则曰未就予忌⑭;惟今之谋人,姑将以为亲⑮。虽则员然⑯,尚猷询兹黄发⑰,则罔所愆⑱。"

"番番良士⑲,旅力既愆⑳,我尚有之㉑。仡仡㉒勇夫,射御弗违㉓,我尚弗欲㉔。惟截截善谝言㉕,俾君子易辞㉖,我皇多有之㉗?"

"昧昧㉘我思之:如有一介臣㉙,断断猗㉚,无他伎㉛。其心休休㉜焉,其如有容㉝。人之有伎,若己有之㉞;人之彦圣㉟,其心好之。弗啻㊱若自其口出,是能容之㊲。以保我子孙,黎民亦职有利㊳哉。人之有伎,冒嫉以恶之㊴;人之彦圣,而违之㊵,俾弗达㊶,是不能容。以不能保我子孙,黎民亦曰殆㊷哉。"

"邦之杌陧㊸,曰由一人㊹。邦之荣怀㊺,亦尚一人之庆㊻。"

【注释】　①嗟:叹词。　②士:这里当指臣下将士。　③哗:喧哗。　④"予誓告"句:我发誓要告诉你们最重要的话。女,即"汝",你,你们。群言之首,所有谈话中最紧要、最基本的部分。　⑤民讫自若:人(如果)以为自己做的事都是对的、好的。民,有人。若,好,善。　⑥是多般(pán):(如自以为是)这就会有很多的邪僻之事产生。般,邪僻。　⑦责人:责备、批评别人。　⑧斯无难:这不难。斯,这。　⑨"惟受责"句:唯有接受别人的批评,从善如流。俾,比,择善而从。如流,这里指接受批评,乐于改正,从善如流。　⑩是惟艰哉:这才是难事啊。是,这。　⑪逾迈:消逝,过去。　⑫若弗员(yún)来:似乎不会再回来。员,旋转,这里指时间不会倒流。　⑬谋人:谋臣。　⑭未就予慭(jì):不能成就我的大志。慭,志。　⑮姑将以为亲:姑且以为是亲近的人(听信他们)。　⑯虽则员然:虽说是这样。员,云,说。然,这样。　⑰"尚繇(yóu)"句:尚且要向年长之人咨询。询,咨询。兹,这。繇,由,通过。黄发,头发变黄白,指老年人。　⑱则罔所愆(qiān):那就没有什么过失、错误。罔,无。愆,即"愆",过错。　⑲番(pó)番良士:年老的贤臣。番番,即"皤皤",白首,这里应指元老。　⑳旅力既愆:力气已经衰弱了。旅力,这里指膂力。愆,这里是失去、丧失的意思。　㉑我尚有之:我仍然要亲近他们。尚,仍然,还是。有,通"友",亲近。　㉒仡(yì)仡:勇武强壮,这里是有勇无谋的意思。　㉓射御弗违:射箭、骑马、驾车技艺高超。违,过失,错误。　㉔弗欲:不愿亲近(他们)。欲,喜好,喜爱。　㉕截截善谝(pián)言:善于巧言欺骗。截截,巧言辩说。谝言,巧言。　㉖俾君子易辞:使得君子改变(正确的)做法。俾,使得。易辞,改变王命。辞,这里指王命。　㉗我皇多有之:我能多多地亲近这样的人吗?皇,大。　㉘昧昧:沉思的样子。　㉙介臣:有独特节操的大臣。介,独特节操。　㉚断断猗(yī):忠诚专一。断断,专诚。猗,同"兮",啊。　㉛伎:本领,才能。　㉜休休:心胸宽容。　㉝其如有容:有很大的器量。容,包容,宽容。　㉞"人之有伎"二句:别人拥有本领、才能,就像自己拥有一样(而不妒忌)。　㉟彦圣:美善而聪明睿智。彦,美善。　㊱弗啻:不啻,相当于,如同。　㊲是能容之:这是(他)能容纳众善。　㊳"黎民"句:对庶民也有利。职,尚,还。　㊴冒嫉以恶(wù)之:妒忌而厌恶他。冒嫉,即"冒疾",妒忌。冒,通"媢",嫉妒。恶,厌恶。　㊵违之:阻挠他。违,这里有阻挠、改变的意思。　㊶俾弗达:使之不能实施。达,达到(目的)。　㊷殆:危险。　㊸邦之杌陧(wù niè):国家的危急不安。邦,邦国。杌陧,即"阢陧",倾危不安。　㊹曰由一人:(应该)说系于国君和大臣身上。一人,天子自称,但秦穆公只是诸侯国君,所以,这里应该指国君和大臣。　㊺ 荣怀:国家繁荣昌盛则万民归附。怀,归向依附。　㊻ 尚一人之庆:依赖于一人(国君与大臣)的美德所赐。尚,主要(依赖)。庆,善。

【赏析】　常言道:"人非圣贤,孰能无过。"即如圣贤,也难免有过,何况人君人臣。在秦袭郑国之前,秦国老臣蹇叔认为秦军兴师动众,千里奔袭,将士疲惫,且必然为人所知而严加防备,因此必败无疑。但秦穆公固执己见,一意孤行,结果不出蹇叔所料,在崤地被前来救郑的晋师打败(晋、郑同姓),秦军三帅也当了俘虏。面对如此惨败,秦穆公痛定思痛,对众大臣发表了这一篇谈话。

文章的中心是阐申人君在纳谏与用人上的正确做法。首先,秦穆公告诫臣下不要自以为是,否则,将会铸成大错。但他也认为,人要做到从善如流,并不是一件容易的事。因此,他自责未能向年高德重的老臣等虚心咨询求教,反而轻信一般臣子不负责任的话语,直至做出轻率的决定;接着,秦穆公又表明自己不愿亲近没有智谋的所谓勇夫,而那些巧言令色、见识浅陋的人,更是要疏远他们(这实际上在隐隐责备自己轻信杞子的话);然后,秦穆公又阐述了人君要信任忠心耿耿的大臣,以保障国家和黎民的安全和利益,反之,则会对国家和黎民带来极大的危害;最后,秦穆公深有体会地说,一个国家的安危,其实是由人君和大臣的贤明或鄙劣来决定的。

秦穆公认为人君和大臣的贤良是决定一个国家与人民的命运的关键和唯一因素,这自然是失之偏颇的。但是,他还是阐发了一些发人警醒的有益观点。作为人君或大臣,必须要远小人、亲君子,要善于辨别什么是正确的建议,什么是夸夸其谈、误国误民的歪招。而要做到这一点,首先要求人君或位高权重者有海纳百川和从善如流的胸怀,要见善而喜、嫉恶如仇。人君或位高权重者身负国家和人民的重托,责任非同小可,更不容轻忽渎职。这些,也都是有儆戒意义的,值得后人重视和借鉴。

文章不长,但辞句简练,语气恳切,含意丰富而又深刻,出自胸臆之间,不见丝毫矫揉造作之意。

《左传》

郑伯克段于鄢

【题解】 本文选自《左传·隐公元年》。《左传》的作者传为春秋末年鲁国人左丘明,生平不详。鲁国有史书《春秋》,传为孔子予以修订删定,记事简略。先秦时对《春秋》作注解和阐释的有《公羊传》、《穀梁传》和《左传》,以《左传》最为有名。全书记事自鲁隐公元年(公元前722年)至鲁哀公二十七年(公元前468年),凡255年间周朝及各诸侯国的历史事件,内容丰富,且富于文学色彩,也是先秦散文的杰构。本篇写郑庄公与母亲武姜、弟弟共叔段争权夺利,互相残害,母子交恶,后和好如初的故事。

【原文】

初,郑武公娶于申①,曰武姜②。生庄公及共叔段③。庄公寤生④,惊⑤姜氏,故名曰寤生,遂恶之⑥。爱⑦共叔段,欲立之⑧。亟⑨请于武公,公弗许。

及庄公即位,为之请制⑩。公曰:"制,岩邑⑪也,虢叔⑫死焉,佗邑唯命⑬。"请京⑭,使居之,谓之京城大叔⑮。祭仲⑯曰:"都城过百雉,国之害也⑰。先王之制:大都不过参国之一⑱,中五之一,小九之一。今京不度⑲,非制也,君将不堪⑳。"公曰:"姜氏欲之,焉辟害㉑?"对曰:"姜氏何厌之有㉒?不如早为之所㉓,无使滋蔓㉔,蔓,难图㉕也。蔓草犹不可除,况君之宠弟乎?"公曰:"多行不义必自毙,子姑待之㉖。"

既而大叔命西鄙、北鄙贰于己㉗。公子吕曰:"国不堪贰,君将若之何㉘?欲与大叔,臣请事之㉙;若弗与,则请除㉚之。无生民心㉛。"公曰:"无庸,将自及㉜。"大叔又收贰以为己邑,至于廪延㉝。子封曰:"可矣,厚将得众㉞。"公曰:"不义不昵,厚将崩㉟。"

大叔完聚㊱,缮甲兵㊲,具卒乘㊳,将袭郑。夫人将启之㊴。公闻其期㊵,曰:"可矣!"命子封帅车二百乘以伐京㊶。京叛大叔段,段入于鄢㊷,公伐诸鄢。五月辛丑,大叔出奔共。

《书㊸》曰:"郑伯克段于鄢。"段不弟,故不言弟㊹;如二君,故曰克⑤;称郑伯,讥失教也⑯;谓之郑志,不言出奔,难之也⑰。"

遂置姜氏于城颍,而誓之曰⑱:"不及黄泉,无相见也⑲。"既而⑳悔之。颍考叔为颍谷封人㉑,闻之,有献于公㉒,公赐之食,食舍肉㉓。公问之,对曰:"小人有母,皆尝小人之食矣,未尝君之羹,请以遗之㉔。"公曰:"尔有母遗,繄我独无㉕!"颍考叔曰:"敢问何谓㉖?"公语之故,且告之悔。对曰:"君何患焉㉗?若阙地及泉,隧而相见,其谁曰不然㉘?"公从之。公入而赋㉙:"大隧之中,其乐也融融㉚!"姜出而赋:"大隧之外,其乐也泄泄㉛。"遂为母子如初㉜。

君子曰:"颍考叔,纯孝也,爱其母,施及㉝庄公。《诗㉞》曰:'孝子不匮,永锡尔类㉟。'其是之谓乎㊱。"

【注释】 ① "郑武公"句:郑武公娶申国之女。郑武公,姬姓,名掘突,死后谥号武。郑国,春秋时诸侯国,在今河南省新郑市一带。申,春秋时诸侯国,姜姓,在今河南省宛县一带。 ② 武姜:因其夫为郑武公,而其娘家姜姓,所以称为武姜。 ③ "生庄公"句:武姜生了郑庄公和共(gōng)叔段(两个儿子)。庄公,郑武公之子,继位为郑庄公,即下文所称之郑伯,公元前743年至公元前701年在位。共叔段,本名段,郑庄公之弟,所以称叔段。叔,排行第三。后叔段出奔共国(今河南省辉县),故又称共叔段。 ④ 寤生:逆生,出生时脚先出来。寤,逆,倒着。 ⑤ 惊:使惊惶恐惧。 ⑥ 遂恶(wù)之:于是厌恶他(庄公)。 ⑦ 爱:这里是偏爱的意思。 ⑧ 立之:立共叔段(为太子)。 ⑨ 亟:一再,屡次。 ⑩ 请制:请求把制封给共叔段。制,又名虎牢,在今河南省荥阳县一带。 ⑪ 岩邑:险要的城邑。岩,险要。 ⑫ 虢叔死焉:虢国国君死在那里。虢,国名,制为其属地,为郑国所灭。 ⑬ 佗(tā)邑唯命:其他城邑就听从吩咐。佗,他。 ⑭ 京:地名,在今河南省荥阳县一带。 ⑮ 大叔:太叔。大,太的古字。 ⑯ 祭(zhài)仲:郑国大夫,字子封。 ⑰ "都城"二句:封邑的城墙超过百雉,是国家的祸患啊。百雉,三百丈。雉,城墙面积高一丈长三丈为一雉。按当时的礼制,侯伯(如郑庄公)的都城不得超过三百雉,而共叔段所在的都邑不能超过一百雉。害,灾害,祸患。 ⑱ "大都"句:大的城市不得超过国都的三分之一。叁国之一,即国都的三分之一。叁,通"三"。 ⑲ 不度:不合法度。 ⑳ 不堪:不能忍受。 ㉑ 焉辟(bì)害:如何避开其害。焉,如何,怎么。辟,避开,避免。 ㉒ 何厌之有:有什么可以满足的呢?意为贪得无厌。 ㉓ 为之所:为他(大叔段)安排一个合适的地方。所,安置一个地方。 ㉔ 滋蔓:滋长蔓延。指祸害蔓延扩大。 ㉕ 图:谋划对付。 ㉖ "多行"二句:不义之事做多了,必然会自取灭亡,你姑且等待结果。毙,失败。姑,姑且。 ㉗ "命西鄙"二句:命令西鄙、北鄙(在忠于郑庄公的同时)效忠于自己。鄙,边邑,边境城市。贰,二心,不专一。 ㉘ "公子吕"三句:国家不能承受音两个国君,您打算怎么办。公子吕,郑国大夫。堪,承受。将,打算。若之何,怎么办。 ㉙ "欲与"二句:想要(把王位)给共叔段,请允许我去侍奉他。与,给与。事,侍奉,服务,效力。

㉚ 除:除掉,灭。　㉛ 无生民心:不要冷落、疏远了民心。　㉜ "无庸"二句:不用(担心),(他)将自招灾祸。自及,自己遭受(灾祸),自取灾殃。　㉝ "大叔"二句:大叔段又把西鄙、北鄙收归己有,领地一直到达廪延。廪延,在今河南省延津县、汲县一带。　㉞ "可矣"二句:行了,(大叔段再)扩大势力,将要人多势众了。厚,壮大,扩大。这里的意思是说,不能再坐视大叔段壮大势力了。　㉟ "不义"二句:(对国君)不义,(对兄长)不亲近,扩大势力就会崩溃。昵,亲近。崩,溃败。　㊱ 完聚:修葺城池,积聚粮食。这里指准备充足。　㊲ 甲兵:兵器。　㊳ 卒乘(shèng):军队和战车。卒,士兵。乘,这里指战车。　㊴ 将启之:准备打开城门。启,开启。　㊵ 期:(共叔段叛乱的)日期。　㊶ "命子封"句:命令子封率二百辆战车攻伐京。　㊷ 鄢:春秋时国名,在今河南省鄢陵县一带,为郑武公所灭。　㊸ 书:这里指《春秋》原文。　㊹ "段不弟(tì)"二句:大叔段没有遵循孝悌的礼仪,所以不称之为弟。不弟,没有遵循孝悌的礼仪。弟,通"悌",孝敬恭顺,后一个弟是弟弟的意思。古人认为弟要顺从和敬爱兄长,称作孝悌。　㊺ "如二君"二句:如同两个国君(相争战),所以(不用战胜)用克。克,战胜,攻取。　㊻ "称郑伯"二句:称之为郑伯(而不是郑庄公),是批评他对弟弟没有尽到教诲的责任。失教,失于教诲。郑国封为伯爵,这里称郑伯,不称郑庄公,含有一定的贬斥之意。　㊼ "谓之"三句:称(这是)郑庄公内心(想做的事),不说是大叔段主动逃奔共地,是责备他(郑庄公)。难(nàn),责备,责难。这里是说郑庄公原本就要除掉自己的弟弟,放任大叔段犯下大错,然后一举歼灭,用心不良,所以,《春秋》没有说大叔段逃奔共地。　㊽ "遂置"句:于是把武姜安置在城颍。置,这里有软禁的意思。城颍,郑国地名,在今河南省临颍县一带。　㊾ "不及"二句:不到黄泉,再不相见。黄泉,人死后入土安葬的地方,这里指阴间。这里的意思是死不相见。　㊿ 既而:没多久。　51 "颍考叔"句:颍考叔是郑国颍谷封人。封人,管理疆界的官员。颍谷,郑国边境的地名,在今河南省登封县。　52 有献于公:向郑庄公进献(贡品)。　53 食舍肉:留下肉不吃。舍,舍弃,放下。　54 "小人"四句:小人的母亲,尝遍了我敬献的食物,但没有尝过国君的肉羹,请允许我(带回去)给母亲。羹,肉羹。遗(wèi),赠送,馈赠。　55 "尔有"二句:你有母亲(可以)送东西(给她),就我没有(母亲可送)。繄(yī),助词,无义。独,只是,单单。　56 敢问何谓:斗胆问一下这是怎么说。　57 君何患焉:您担心什么啊。这里的意思是说您不用有顾虑。　58 "若阙地"三句:如果掘地到地下,在隧道里相见,谁能说不是呢。阙,通"掘"。泉,这里指地下。隧,这里作动词用,(通过)隧道。然,是,对。　59 赋:吟诵(诗)。　60 "大隧之中"二句:大隧道之中,(母子之情)和谐快乐啊。融融,和乐。　61 "大隧之外"二句:大隧道之外,(母子之情)和睦快乐啊。泄(yì)泄,和睦快乐的样子。　62 "遂为"句:于是,作为母子,武姜和郑庄公和好如初。　63 施及:施与,给与,这里是影响到的意思。　64 诗:《诗经》。　65 "孝子不匮"二句:这两句是《诗经·大雅·既醉》中的诗句,意思是孝子的行为和美德没有竭尽的时候,能(把孝道)永远赐予你的同类。匮,穷尽。锡,赐予。尔类,和你一样的人。　66 其是之谓乎:(说的)就是颍考叔吧。其,表示推测,或许。

【赏析】　《郑伯克段于鄢》是《左传》中的名篇,历代为人传诵。文章记述郑庄公与母亲武姜和弟弟共叔段三人的家庭、政治矛盾,复杂曲折,富于戏剧性。

仅仅是因为儿子的难产，武姜就对郑庄公厌恶嫌弃，这表现了武姜近乎偏激的个性特征。武姜于是偏爱次子共叔段，并千方百计为共叔段谋取政治地位，以排斥郑庄公，这也反映了古代宫廷内部争权夺利的残酷和激烈。

文章的主角有三人：郑庄公、武姜和共叔段。这三人是母子、兄弟的关系，但又是政治对手，为了国君的宝座，展开了一场生死决斗。武姜先是向郑武公为共叔段谋求太子的名分，不成；接着又生一计，向郑庄公为共叔段索要险要之地制邑，郑庄公不许，转而请得京邑，作为共叔段的封邑。于是，武姜与共叔段以京邑为基地，图谋篡夺国家政权。在武姜与共叔段步步紧逼，其谋位篡权阴谋和举动不断升级的过程中，大臣们屡屡向郑庄公发出警示，但郑庄公按兵不动，似乎是在养虎成患。其实，郑庄公为了占领所谓的道德高地，在可掌控的范围内，倒是希望武姜和共叔段在篡权的道路上走得远一点，达到犯下不可宽恕的罪行的地步，然后一举收拾，彻底根除。

武姜和共叔段最终失败了，共叔段出逃共地，武姜被儿子郑庄公软禁在城颍，并发誓"不及黄泉，无相见"。但是，无论怎样，共叔段是郑庄公的嫡亲弟弟，武姜是郑庄公的母亲，如此对待，有悖伦理，必然为人所诟病。于是，郑庄公表示悔意，其实是希望能摆脱道德的谴责。在颍考叔的建议下，郑庄公与武姜在隧道中重新相见。

诚然，武姜厌恶郑庄公是没有道理的，共叔段对君位的觊觎和谋反也不可加以肯定。但是，如果郑庄公一开始就设法制止武姜和共叔段的图谋与行为，那么，也许武姜和共叔段也不至于走上灭亡之路。其实，一切均在郑庄公的控制之下，郑庄公挖下了一个深坑，诱使武姜和共叔段跳了下去。因此，从某种程度上说，武姜和共叔段的谋反篡权是郑庄公故意养成的。作者对郑庄公的做法表示了不满，在文中进行了贬斥，字里行间，用所谓的"春秋笔法"，如特意强调《春秋》说"郑伯克段于鄢"，不称庄公而称郑伯，以指斥郑庄公对弟弟不予教诲。

文章叙事波澜起伏，迂回曲折，但层次分明，因果交代清晰，且富有戏剧性。在矛盾激烈的冲突中，人物性格通过各自的言行一一凸显，复杂而不乏真实。而在语言运用上，虽然简洁，但鲜明生动，如"大隧之中，其乐也融融"、"大隧之外，其乐也泄泄"，非常准确地描述出武姜与郑庄公母子二人重新见面时的复杂心态，耐人寻味。

周郑交质

【题解】 本文选自《左传·鲁隐公三年》。鲁隐公三年（公元前720年），周室和郑国互派人质，但由于缺失信任，最终双方关系破裂交恶。

【原文】

郑武公、庄公为平王卿士①。王贰于虢②，郑伯怨王③。王曰："无之。"故周、郑交质④。王子狐⑤为质于郑，郑公子忽⑥为质于周。

王崩⑦，周人将畀虢公政⑧。四月，郑祭足帅师取温之麦⑨；秋，又取成周之禾⑩。周、郑交恶⑪。

君子⑫曰："信不由中⑬，质无益⑭也。明恕而行⑮，要之以礼⑯，虽无有质，谁能间⑰之？苟有明信⑱，涧溪沼沚之毛⑲，蘋蘩蕰藻之菜⑳，筐筥锜釜之器㉑，潢污行潦之水㉒，可荐于鬼神㉓，可羞于王公㉔，而况君子结二国之信㉕，行之以礼㉖，又焉用质㉗？《风》㉘有《采蘩》㉙、《采蘋》㉚；《雅》㉛有《行苇》㉜、《泂酌》㉝，昭忠信㉞也。"

【注释】 ①"郑武公"句：郑武公、郑庄公当上周平王的卿士。郑武公，郑国国君，姬姓，名掘突，公元前771年至公元前744年在位；郑庄公，郑武公之子，名寤生，公元前743年至公元前701年在位。父子二人受封卿士，相继以诸侯身份在周朝京师洛阳执掌实权。周平王，姬姓，名宜臼，自镐京（今陕西省西安市一带）东迁京师至雒邑（今河南省洛阳市），为东周第一代天子，公元前770年至公元前720年在位。卿士，这里指执掌周朝政事的大臣。 ②王贰于虢：周平王（想要）把权力一分为二，给西虢公一半。贰，有二心，这里是指打算分权，不使郑庄公专权。虢，西虢公（周平王东迁后，西虢迁至今河南省陕县一带，称南虢公），周朝宗室，卿士。 ③怨王：责怪、抱怨周平王。 ④交质：交换人质。 ⑤王子狐：周平王之子姬狐。 ⑥郑公子忽：郑国公子姬忽。姬忽是太子，后即位，为郑昭公。 ⑦王崩：周平王驾崩。崩，天子死称崩。 ⑧"周人"句：周天子打算赋予虢公执政大权。畀(bì)，赋予，托付。 ⑨"郑祭(zhài)足"句：郑国祭足率领军队掠取了温地的麦子。祭足，即祭仲，郑国大夫。帅，率领。温，周朝京畿内小国，在今河南省温县一带。 ⑩成周之禾：成周的庄稼。成周，即雒邑，周朝京师，天子所辖之地。 ⑪交恶(wù)：互相憎恨、仇视。 ⑫君子：德才兼备之人，这里是《左传》作者要借君子之名义发表议论。 ⑬信不由中：信任不是发自内心。信，忠信，诚实不欺。由中，即"由衷"，出自内心、真心。 ⑭质无益：（交换）人质也无益（没有用）。 ⑮明恕而行：（以）明信宽厚的态度相待。明恕，宽厚，互为体察、体谅。 ⑯要(yāo)之以礼：以礼来互相约束。要，约束。礼，道德规范和行为准则。 ⑰间(jiàn)：挑拨离间。 ⑱苟有明信：假如有诚心。苟，假如，如果。

明信,诚心、恭敬之意。 ⑲"涧溪"句:山涧、溪流、水池、小块陆地上生长的微小植物。沼,水池。沚(zhǐ),水中小块陆地。毛,这里指微小的植物。 ⑳"苹蘩"句:苹、蘩、蕴、藻之类的野菜。苹,生于浅水中的一种野草。蘩,即蓬蒿。蕴,一种水草。藻,藻类植物。 ㉑"筐筥(jǔ)"句:筐、筥、锜、釜之类的器物。筐,竹筐之类的盛物器。筥,圆形的盛物竹器。锜,有足的釜。釜,类似鼎的煮食物的炊器。 ㉒"潢污"句:污染的脏水。潢污,积聚而不流动的水。行潦,沟中流动的水。 ㉓可荐于鬼神:可用来作为祭祀鬼神的祭品。荐,祭品,这里作动词用,祭祀(时进献的祭品)。 ㉔可羞于王公:可以作为款待王公的菜肴。羞,进献食物。 ㉕信:盟约。 ㉖行之以礼:按照礼仪做事,规范行为。 ㉗又焉用质:又哪里用得着人质。焉,哪里。 ㉘风:《诗经》有十五国风,共一百六十篇。 ㉙采蘩:《诗经·国风·召南》中的篇名。 ㉚采蘋:《诗经·国风·召南》中的篇名。 ㉛雅:《诗经》有《小雅》和《大雅》,分别有七十四篇和三十一篇。 ㉜行苇:《诗经·大雅·生民之什》中的篇名。 ㉝泂酌:《诗经·大雅·生民之什》中的篇名。 ㉞昭忠信:昭示忠信。

【赏析】 周平王是天子,郑庄公只是一个诸侯,两者地位是不平等的,郑庄公理应恭恭敬敬效忠周平王,尽心竭力为王室服务。但是,现实是周王室已经日趋衰微,无法再号令天下,而诸侯国中的强者羽翼却日渐丰满,于是,周天子的地位就江河日下,卿士如郑庄公也越来越狂妄自大,不可一世。郑庄公作为诸侯国国君,竟然可以和周天子交换人质,以换取所谓的"忠信",这本身就是对忠信的一大讽刺。在这里,读者看到,自周平王东迁以后,进入所谓的东周,周王室已经失去了管辖天下的能力和权力,孔子所谓的"礼崩乐坏"局面已经产生并逐渐发展。这是本文给我们的第一个印象。

姑且撇开周朝中央政府和诸侯国的关系不论,文章谈到的"忠信"问题,还是有值得肯定的见解的。无论是国与国还是人与人,双方交往,必以忠信即凭忠诚讲信用为本。言不由衷,言而无信,是无法建立良好的互利和友好关系的。用人质来约束两国关系,实在是下下之策。纵观历史,凡是以人质来表示忠信的,无一不以失败告终。所以,文章说"信不由中,质无益也。明恕而行,要之以礼,虽无有质,谁能间之",是很有道理的。要有忠信,还要有明恕之道,"要之以礼";既要有自律、自觉,也要有优良的品德,有礼法的约束。这样,才能真正做到言信行果。

石碏谏宠州吁

【题解】 本文选自《左传·隐公三年》。卫国大夫石碏(què)对卫庄公宠爱公子州吁的做法进行劝谏,认为对孩子要严格教育,使之有良好的道德和行为规范,那才是真正的爱护。

卫庄公娶于齐东宫得臣之妹①,曰庄姜②,美而无子,卫人所为赋《硕人③》也。又娶于陈④,曰厉妫⑤。生孝伯,早死。其娣戴妫⑥,生桓公⑦,庄姜以为己子。公子州吁⑧,嬖人⑨之子也,有宠而好兵⑩,公弗禁。庄姜恶之⑪。

石碏谏曰;"臣闻爱子,教之以义方,弗纳于邪⑫。骄奢淫泆,所自邪也⑬。四者之来,宠禄过也⑭。将立州吁,乃定之矣⑮;若犹未也,阶之为祸⑯。夫宠而不骄,骄而能降,降而不憾,憾而能眕者,鲜矣⑰。且夫贱妨贵,少陵长,远间亲,新间旧,小加大,淫破义,所谓六逆⑱也。君义,臣行,父慈,子孝,兄爱,弟敬,所谓六顺⑲也。去顺效逆⑳,所以速祸㉑也。君人者㉒,将祸是务去㉓,而速之,无乃㉔不可乎!"弗听。

其子厚与州吁游㉕,禁之,不可。桓公立,乃老㉖。

【注释】 ①"卫庄公"句:卫庄公娶齐国太子得臣的妹妹(为妻)。卫庄公,卫武公之子,名杨。得臣,齐国世子(太子,居东宫)。 ②曰庄姜:名叫庄姜。齐国为姜姓,因嫁与卫庄公,所以称庄姜。 ③硕人:《诗经·卫风》有《硕人》篇,歌颂庄姜美丽俊好。 ④陈:诸侯国,在今河南省淮阳市及安徽省亳州市一带。 ⑤厉妫(guī):陈国为妫姓。 ⑥其娣戴妫:厉妫的妹妹戴妫。娣,女弟,妹妹。古代多有妹妹从姐随嫁的习俗。生子完、晋。 ⑦桓公:戴妫所生完,因被庄姜所喜,立为太子,继位为桓公。 ⑧州吁:卫庄公宠妾所生,淫逸暴戾。卫桓公十六年(公元前719年),州吁与大夫石碏之子厚合谋,弑桓公而自立,不足一年,众叛亲离,石碏大义灭亲,设计联合陈国等,诛杀州吁及己子厚,拥立公子晋即位。 ⑨嬖(yìng)人:这里指地位低贱者。 ⑩有宠而好兵:得到宠爱且喜好兵器(武力)。 ⑪恶(wù)之:厌恶他(州吁)。 ⑫"臣闻"三句:我听说爱孩子,就应该教给他做人的道理,不能让他接受邪恶的事物。义方,道义和规范,指做人应走的正道。纳,接受,归向。 ⑬"骄奢"二句:骄横奢侈、过度逸乐,是邪恶产生的根源。淫,过分放纵。泆,安逸。所自邪,邪恶自那里产生。 ⑭"四者"二句:骄、奢、淫、泆四者的产生,是因为宠爱和待遇过多的结果。禄,这里是指给予的钱财。 ⑮"将立"二句:(如果)打算立州吁(为太子),则请(早日)确定名分。将,打算。 ⑯"若犹"二句:如果不能确定(立他为太子),那这样就是让他一步步走向祸乱。阶,阶梯,途径。 ⑰"夫宠而"五句:受到宠爱而不骄矜,骄矜了能减少或停止,罢止(骄矜)而没有遗憾和不满,有了遗憾和不满而仍能稳重地自我克制,(这样的人)太少了。降,减少或停止。憾,遗憾和不满。眕(zhěn),稳重和克制。鲜(xiǎn),少。 ⑱六逆:六种倒行逆施的行为,即上文所说的"贱妨贵(低贱者阻碍和损害高贵者)"、"少陵长(年少的欺侮年长的)"、"远间亲(关系远的疏离关系亲的)"、"新间旧(关系新的离间关系旧的)"、"小加大(小辈凌驾于长辈)"、"淫破义(逸乐无度破坏义方)"。 ⑲六顺:六种顺应道义的行为,即上文所说的"君义(君主行大义)"、

"臣行(臣子有好品行)"、"父慈(做父亲的对孩子慈爱)"、"子孝(做儿子的孝顺父母)"、"兄爱(做兄长的爱护弟弟)"、"弟悌(做弟弟的敬爱顺从兄长)"。行,德行,品行。悌,敬爱兄长。 ⑳去顺效逆:离弃顺应道义的行为而仿效倒行逆施的做法。 ㉑速祸:招祸。速,请,招致。 ㉒君人者:统治人的人。君,这里作动词用,统治。 ㉓将祸是务去:努力把祸害除去。将,把。是,重复指代。祸。务,致力,努力。去,除去。 ㉔无乃不可乎:(自我招祸)不是不可以吗? 无乃,莫非,难道。这里是反问句,意思是难道可以自己给自己招祸吗? ㉕游:交友,往来。 ㉖老:告老致仕(退休,引退)。

【赏析】 如何教育子女,历来是为人父母者面临的大问题。石碏的主张是"教之以义方,弗纳于邪"。其实,这是人人都懂的道理,只是,懂得这个道理,并不意味着能做到这一点。

在石碏看来,所谓的"义方"就是"六顺",与古代社会倡导的三纲五常是一致的。且不论石碏所说"义方"的具体含义,他提出要以正确的道义教诲和引导子女,使之避开和免于邪恶思想行为侵害的观点,是我们都应该赞同和实行的。然而,在现实生活中,我们常常看到,父母宠爱甚而溺爱孩子,对孩子的种种不良嗜好和行为视而不见,听而不闻,放纵孩子迷失方向,陷于邪恶,乃至走上犯罪的不归路,到头来悔恨莫及,痛苦万分。文中的州吁后来果然肆意妄为,弑君篡权,最终众叛亲离,落得个被诛杀的可悲下场。

俗话说:"祸福无门,惟人自招。"人自己有什么样的思想行为,就会导致什么样的结果。"去顺效逆",就是自招灾祸;反之,则会福安临门:这也是值得我们牢记的。

臧僖伯谏观鱼

【题解】 本文选自《左传·隐公五年》。鲁隐公在春天打算去棠邑观赏捕鱼,臧僖伯力谏不可,认为不按礼法行事,即是乱政。然鲁隐公不听,执意前往。

【原文】

春,公将如棠观鱼者①。臧僖伯②谏曰:"凡物不足以讲大事,其材不足以备器用,则君不举焉③。君将纳民于轨物者也④。故讲事以度轨量,谓之'轨'⑤;取材以章物采,谓之'物'⑥。不轨不物,谓之乱政⑦。乱政亟行⑧,所以败⑨也。故春蒐⑩、夏苗⑪、秋狝⑫、冬狩⑬,皆于农隙以讲事也⑭。三年而治兵⑮,入而振旅⑯,归而饮至⑰,以数军实⑱。昭文章⑲,明贵贱⑳,辨等列㉑,顺少长㉒,习威仪㉓也。鸟兽之肉不登于俎㉔,皮革、齿牙、骨角、毛羽不登于器㉕,则君不射㉖,古之制也。若夫山林川泽之实㉗,器用之资㉘,皂隶之事㉙,官司之守㉚,非君所及㉛也。"

公曰:"吾将略地㉜焉。"遂往,陈鱼㉝而观之。僖伯称疾不从㉞。《书㉟》曰:"公矢鱼与棠㊱。"非礼㊲也,且言远地㊳也。

【注释】　①"公将"句:鲁隐公打算到棠邑去看捕鱼。公,鲁隐公,姬姓,名息,公元前722年至公元前712年在位。如,去,往。棠,棠邑,鲁地,在今山东省鱼台县。观鱼,观看捕鱼。鱼,"渔"的古字,捕鱼。　②臧僖伯:鲁国大夫,老臣。　③"凡物"三句:大凡物品如不能用于谋议祭祀、征伐之事,其材物不能用来充作兵器或农具,那么国君是不会去举办或获取的。讲,谋划,演习,这里是谋议的意思。大事,这里指祭祀和征伐等事。材,材料,物品。器用,这里指兵器和农具。举,这里是举行或获取的意思。　④"君将"句:(作为)国君(应该是)把人民纳入法度准则中去的。将,乃,是。纳,使进入,引导。轨物,准则。　⑤"故讲事"二句:因此谋划大事要以法度为准则,这称之为"轨"。故,因此。讲事,商议、谋画军政大事。度,衡量。轨量,法度。　⑥"取材"二句:选用材物能彰显色彩的,这称之为"物"。　⑦乱政:败坏(的)国政。　⑧亟行:快速实行。　⑨败:衰败。　⑩春蒐:君王在春天的打猎。蒐,搜索,打猎,猎取不孕之兽。　⑪夏苗:君王在夏天的打猎。苗,为苗除害,打猎。　⑫秋狝(xiǎn):君王在秋天的打猎。狝,打猎,捕获。　⑬冬狩:君王在冬天的打猎。狩,打猎。　⑭"皆于"句:都是在农闲时举行的。农隙,农闲。讲事,谋议军政大事,这里是举行祭祀、演习的意思。上述打猎之事,其实都带有军事演习目的。　⑮三年而治兵:三年(要进行一次)大练兵。治兵,古代在秋季进行的练兵仪式,这里指练兵,军事演习。　⑯入而振旅:(练兵结束)整队班师。振旅,整队班师。　⑰归而饮至:回来后在宗庙饮酒(庆功)。饮至,这里指在宗庙祭祀宴饮,庆祝练兵凯旋。　⑱以数军实:清点猎物。军实,战果,这里指猎物。古代军事演习往往采取围猎的形式。　⑲昭文章:昭明、彰显车服旌旗的色彩。昭,显示。文章,车服旌旗的色彩。　⑳明贵贱:明确贵贱的地位。　㉑辨等列:辨明等级品位的高低。　㉒顺少长:理顺年少和年长辈分的进退礼节。　㉓习威仪:教习、熟悉祭祀及待人接物等的礼仪。习,教习,熟悉。威仪,祭享典礼、待人接物等方面的礼仪。　㉔"鸟兽"句:鸟兽的肉不能用于祭祀。俎,古代祭祀、燕飨时盛放祭品或食物的礼器。　㉕"皮革"句:(鸟兽的)皮革、齿牙、骨角、毛羽等不能充作兵器或农具。　㉖不射:不射杀,不猎取。　㉗实:(出产的)物品,物产。　㉘资:财物。　㉙皂隶之事:下等仆役的工作。皂隶,低贱的仆役。　㉚官司之守:有关官员的职守。官司,这里指主管部门的官员。　㉛及:这里指亲自过问、参与。　㉜略地:巡视边境。略,巡行,巡视。　㉝陈鱼:陈列渔具。　㉞称疾不从:称(自己有)病而不跟随(前往观鱼)。　㉟书:这里指《春秋》原文。　㊱矢鱼与棠:在棠邑让渔人陈列渔具(供其观赏捕鱼)。矢鱼,陈列渔具。矢,陈献。　㊲非礼:不符合国君应该遵从的礼仪。

㊳ 远地：远方之地。棠邑在鲁国国都曲阜北边，有近二百里之遥。

【赏析】 鲁隐公身为一国之君，当以国事为重，万不可贪图逸乐，荒废国政。但是，他竟然仅仅是为了观赏渔民捕鱼，而要远赴边境之地棠邑，显然不符一个国君所应该遵循的治国理政要道。而且，即使有臧僖伯的直言谏阻，鲁隐公仍然执意前往，尤其显得十分荒唐。

臧僖伯认为国君对待事物，应从是否于国于民有用有利出发，必须考虑到是否符合治国理政的法度准则。国君的所作所为，符合法度准则，即称之为"轨物"，否则，即为"乱政"。而国君身体力行，遵循法度准则，也就能将人民引导到正确的轨道上去。且不论臧僖伯所言"轨物"的具体所指，仅就其道理而言，无疑是掌握国家权力的统治者须臾不可轻忽的。

文章短小精悍，说理层层推进，直言不讳，不容辩驳。面对臧僖伯的谏阻，鲁隐公也自知理亏，但竟然还是不愿纳谏，一意孤行。读者通过臧僖伯的一番谏言，看到了一个头脑清醒、坚持原则、公心为国的忠臣楷模。相形之下，一句"吾将略地焉"，极为生动形象地揭示出鲁隐公知错不改的性格特征。因此，文章虽然不见对人物外貌、个性等的直接描绘和刻画，但通过其对话及行为，却也能使读者看到其独特面貌以及内心思想。这就是《左传》文章的魅力所在。

郑庄公戒饬守臣

【题解】 本文选自《左传·隐公十一年》。鲁隐公十一年（公元前712年），郑国与齐、鲁两国一起攻伐弱国许国，并占领其地。郑庄公对许国大夫及驻守许国的郑国大臣分别做了告诫和训示，声明郑国并无吞并许国之意，被人誉为知礼之君。

【原文】
秋七月①，公会齐侯、郑伯伐许②。庚辰③，傅④于许。颍考叔取郑伯之旗蝥弧以先登⑤，子都自下射之⑥，颠⑦。瑕叔盈⑧又以蝥弧登，周麾而呼⑨曰："君登矣⑩！"郑师毕登⑪。壬午⑫，遂入许⑬。许庄公奔卫⑭。齐侯以许让公⑮。公曰："君谓许不共⑯，故从君讨之。许既⑰伏其罪矣，虽君有命，寡人弗敢与闻⑱。"乃与郑人。

郑伯使许大夫百里奉许叔以居许东偏⑲，曰："天祸许国⑳，鬼神实不逞于许君㉑，而假手于我寡人㉒。寡人唯是一二父兄不能共亿㉓,其敢以许自为功乎㉔?寡人有弟,不能和协,而使糊其口于四方,其况能久有许乎㉕?吾子其奉许叔以抚柔此民也㉖,吾将使获也佐吾子㉗。若寡人得没于地㉘,天其以礼悔祸于许㉙,无宁兹㉚,许公复奉其社稷㉛,唯我郑国之有请谒焉㉜,如旧昏媾㉝,其能降以相从也㉞。无滋他族,实逼处此,以与我郑国争此土也㉟。吾子孙其覆亡之不暇,而况能禋祀许乎㊱?寡人之使吾子处此,不惟许国之为,亦聊以固吾圉也㊲。"

乃使公孙获处许西偏,曰:"凡而器用财贿㊳,无置于许。我死,乃亟去之㊴!吾先君新邑于此,王室而既卑矣,周之子孙日失其序㊵。夫许,大岳之胤㊶也。天而既厌周德矣,吾其能与许争乎㊷?"

君子谓:"郑庄公于是乎有礼㊸。礼,经国家,定社稷,序人民,利后嗣者也㊹。许无刑而伐之,服而舍之,度德而处之,量力而行之,相时而动,无累后人,可谓知礼矣㊺。"

【注释】　①秋七月:鲁隐公十一年七月。　②"公会"句:鲁隐公联合齐僖公、郑庄公一起讨伐许国。许,诸侯国,姜姓,在今河南省许昌市一带。　③庚辰:七月一日。　④傅:靠近,到达,这里有保卫的意思。　⑤"颖考叔"句:颖考叔手持郑庄公的旗帜蝥(máo)弧先登上(许国城墙)。蝥弧,郑庄公指挥作战的军旗。颖考叔,郑国大夫。　⑥"子都"句:子都(因妒忌颖考叔得头功而)从下面射他。子都,郑国大夫。　⑦颠:颠仆,倒下。　⑧瑕叔盈:郑国大夫。　⑨周麾而呼:(向)四周挥舞旗帜大叫。周,四周。麾,指挥军队作战的旗帜,这里名词兼动词用,挥舞旗帜。呼,叫。　⑩君登矣:国君登上(许国)城墙了。　⑪郑师毕登:郑国军队全部登城。毕,全部。　⑫壬午:七月三日。　⑬入许:攻入许国。　⑭奔卫:逃奔卫国。卫,姬姓,诸侯国,在今河南省东北部。　⑮"齐侯"句:齐僖公把许国给鲁隐公。让,(把好处)给(他人)。　⑯不共(gōng):不(为周天子)供职进奉。共,供奉职责。　⑰既:已经。　⑱"虽君"二句:虽然您赐命(我收下许国),但我不敢从命。寡人,鲁隐公的谦称。与(yù)闻,参与。　⑲"郑伯"句:郑庄公派许国大夫百里拥奉许叔居于许国东部偏远处。百里,复姓,这里指许国大夫。许叔,许庄公之弟穆公。偏,偏远。　⑳天祸许国:上天降祸于许国。　㉑"鬼神"句:鬼神确实是对许国不满意。不逞,不满意。　㉒"而假手"句:而借我郑国之手(惩戒许国)。假手,借助别人的力量(来达到目的)。　㉓"寡人"句:我只有一两个父兄(还)不能相安和睦。父兄,伯父、叔父及堂兄弟。共亿,相安,和谐。　㉔"其敢"句:哪敢以(攻占)许国作为自己的功业呢。　㉕"寡人有弟"四句:我有弟弟,但不能和谐相处,而使他谋生于四方,哪里能长久占有许国呢。四方,四处,各地。况,何况。鲁隐公元年(公元前722年),郑庄公的弟弟大叔段图谋夺位,被郑庄公镇压,大叔段逃至共国(在今河南省辉县)。　㉖"吾子"句:你尊奉许叔安抚许国的人民。吾子,对对方的尊称,这里指百里。抚柔,安抚。　㉗"吾将"句：我打算让获来辅佐你。获，公孙获，郑国大夫。其实，是派公孙获监视、警戒许国。　㉘"若寡人"句：如果我百年之后。没于地，死后葬于地下。没，通"殁"，死。　㉙"天其"句：上天以礼相待，后悔降祸于许国。　㉚无宁兹：但愿如此。这里有如果这样的意思。无宁，宁可，这里有希望、但愿的意思。兹，这，这样。　㉛"许公"句：许国国君恢复自己的国家政权。社稷，土神和谷神，指国家。　㉜"唯我"句：只是我们郑国有请求。请谒，请求。焉，代词兼助词。　㉝如旧昏媾：像多年的亲戚（那样）。昏媾，即婚媾，姻亲。　㉞"其能"句：（希望）能放下身段应允（我们的请求）。降，降低身份，屈尊。　㉟"无滋"三句：不要滋生异族（之心），（我们郑国）实在是迫不得已驻守许国，（因此不要）和我们来争夺（许国）这块土地。滋，滋长，滋生。他族，异族。这里有警告许国不要试图对抗郑国的意思。　㊱"吾子孙"二句：我们郑国的子孙（因为担心）覆亡而自顾不暇，哪里能占有许国。况，何况。禋（yīn）祀，祭祀上天的仪式，这里指国君、朝廷以国家名义的祭祀礼仪，表示对国家的拥有。　㊲"寡人"三句：我让你在许国（尊奉许叔），不仅是为了许国，也是靠你来稳固我们郑国的边境。不唯，不仅，不只是。聊，依靠，依仗。圉（yǔ），边境。　㊳器用财贿：各类用具和财物。器用，这里应主要指农具和兵器。财贿，财物，财货。　㊴亟去之：立即撤走（器用财贿）。亟，快速，急速。去，这里是撤离的意思。　㊵"吾先君"三句：我先父东迁新邑，（而）周王室已经日渐卑微衰落，周王室的子孙也渐渐失去原有的地位了。先君，郑庄公的父亲郑武公。新邑，郑武公东迁至此，在今河南省新郑市。序，位次，这里指地位。　㊶大岳之胤：大岳的后代。大岳，传为许人的祖先，是神农氏的后代，尧舜时四岳之一。岳，即四岳，辅佐禹治水有功，赐姓姜，为诸侯之长。胤，后代。　㊷"天而"二句：上天已经厌恶周王室（无德），我们郑国难道能与许国相争吗？其，难道。周室为姬姓，郑国也是姬姓，所以郑庄公这样说。　㊸"郑庄公"句：郑庄公在这件事上是符合礼的。礼，国家和社会生活中各种规章制度和准则。　㊹"礼"五句：礼是治理国家、安定社稷、管理人民、利于子孙后代的制度准则。后嗣，后代继承者，子孙。　㊺"许无刑"七句：许国（国君）丧失法度，因而（要）讨伐许国，降服它后又放弃（不占有）它，揣度自己的德行来（适当）安排它，估摸自身的力量而行事，观察时机而（适时）行动，不拖累危害后代子孙，可以称得上是知礼了。刑，法度。舍，舍弃，放弃。度，揣摩，这里是考虑的意思。相时，观察时机。累，拖累，使人受罪。

【赏析】《左传·隐公元年》有《郑伯克段于鄢》一节，叙郑庄公剪除其弟共叔段、置母于他邑、后凿隧道与母相见一事，充分刻画了郑庄公工于心计、面慈心狠的性格特征。在本文中，郑庄公与齐、鲁两国一起攻伐弱国许国，并占领其地，却又表示此举乃不得已为之，实在是虚伪之至。

　　通观全文，我们发现，作者实际上对郑庄公不乏好词，赞赏郑庄公是有德知礼之君。在鲁隐公婉拒戍守许国后，郑庄公毫不犹豫地接手此事。他一方面使许国大夫百里将许穆公放逐于许国东边偏远之地（此时许君庄公已逃亡卫国，穆公继位），一方面派遣大臣公孙获镇守许之西境。郑庄公分别对百里和公孙获做了戒饬。他对百里说：出兵许国，是上天假郑、齐、鲁之手惩戒其罪,还假惺惺地要百里辅佐许穆公安抚许国人民,郑国绝无吞并许国之意,希望两国如同亲戚般友好往来;对公孙获说:许国是有德大岳之后,郑国是绝不会与许国相争的。一番话,说得似乎极为诚恳有理。但是,我们还是从中听到了郑庄公的真实意图:"聊以固吾圉也。"这才是郑庄公派兵戍守许国的真正目的。许、郑相邻,再往南就是强大的楚国,所以,郑庄公一边把许穆公置于许国东边偏远处,一边派自家大将镇守许之西边疆界,既消除许国复辟的隐患,又巩固了郑国的边界。所有的一切,都是为了郑国的利益,"固吾圉"三字,道破天机。所以,虽然作者对郑庄公赞扬有加,但通过郑庄公的话语,客观上剖示了其善加伪装、自我美化的真实面貌。文中盛赞郑庄公攻伐"无刑"之许国,"服而舍之"、"度德而处之"、"量力而行之"、"相时而动"、"无累后人",是"知礼"之君。其实,"服而舍之"、"量力而行之"、"相时而动"、"无累后人"确是有之,但"度德而处之"则未必了。

  文章主要由郑庄公的戒饬之词组成,很好地塑造了一个善于伪装、巧于言辞、外表仁慈、内藏祸心的两面人形象,生动鲜活,令人印象深刻。

臧哀伯谏纳郜鼎

  【题解】 本文选自《左传·桓公二年》。公元前710年春,宋戴公之孙太宰华父督(宋督)杀死司马孔父嘉,并占有了孔父嘉妻。国君宋殇公大怒,华父督杀宋殇公,另立宋庄公。因害怕诸侯会惩罚自己,华父督对齐、陈、郑、鲁等国行贿。鲁桓公接受了华父督送来的郜(gào)国制造的大鼎。鲁国大夫臧哀伯认为此事不合礼法,极力谏阻,受到了周朝官员的由衷赞赏。

  【原文】
  夏四月①,取郜大鼎于宋②,纳于大庙③,非礼④也。
  臧哀伯⑤谏曰:"君人⑥者,将昭德塞违⑦,以临照⑧百官,犹惧或失之⑨,故昭令德⑩以示子孙。是以清庙茅屋⑪,大路越席⑫,大羹不致⑬,粢食不凿⑭,昭其俭⑮也;衮冕黻珽⑯,带裳幅舄⑰,衡统纮綖⑱,昭其度⑲也;藻率鞞鞛⑳,鞶厉游缨㉑,昭其数㉒也;火龙黼黻㉓,昭其文㉔也;五色比象㉕,昭其物㉖也;锡鸾和铃㉗,昭其声㉘也;三辰旂旗㉙,昭其明㉚也。夫德,俭而有度,登降有数㉛。文物以纪之㉜,声明以发之㉝,以临照百官,百官于是乎戒惧㉞,而不敢易纪律㉟。今灭德立违,而置其赂器㊱于大庙,以明示百官。百官象之㊲,其又何诛焉㊳?国家之败,由官邪㊴也;官之失德,宠赂章㊵也。郜鼎在庙,章孰甚焉㊶?武王克商,迁九鼎于雒邑,义士犹或非之㊷,而况将昭违乱之赂器于大庙。其若之何㊸?"

公不听。周内史㊹闻之,曰:"臧孙达其有后于鲁乎㊺?君违,不忘谏之以德。"

【注释】　①夏四月:夏季四月。　②"取郜"句:获取宋国(送来)的郜国大鼎。郜,诸侯国,姬姓,在今山东省成武县一带,为宋国所灭。　③纳于大庙:置放在太庙。纳,接收,藏于。大庙,君王的祖庙。大,"太"的古字。　④非礼:不合礼法规矩。　⑤臧哀伯:即臧孙达,鲁国大夫臧僖伯之子。　⑥君人:统治人民。君,这里作动词用,君临,统治。　⑦昭德塞违:彰明发扬美德,杜绝阻塞错误。昭,显扬,显示。塞,阻塞。违,邪行,错误的行为。　⑧临照:太阳光辉普照。这里指君王的榜样和恩德。　⑨惧或失之:恐怕,担心会失去美德。　⑩令德:美德。令,美好,善。　⑪"是以"句:因此清庙用茅草铺屋顶。清庙,这里指君王的祖庙,即太庙。　⑫大路越(huó)席:君王的车铺上草垫。大路,即大辂,亦称玉辂,君王所乘坐的车。越席,蒲草编织的席子,坐垫。　⑬大羹不致:祭祀用的肉羹不和上五味。大羹,不和以五味的肉汁。　⑭粢食不凿:供祭祀的饭食(所用的粮食)不精细舂打。粢食,以黍、稷所做用以祭祀的饭食。凿,冲击,冲刷,这里是舂打的意思。　⑮俭:节俭。　⑯衮冕黻珽(fú tǐng):礼服礼帽配饰。衮,君王及上卿穿的绘有卷龙的礼服。冕,君王、大臣参加重大仪式所戴的礼帽。黻,祭祀时用的用熟牛皮制成的大巾,盖在膝上。珽,君王所持的玉笏。笏,拿在手中的板子,用玉、象牙、竹木等制成。⑰带裳幅舄(xì):衣裳鞋子等。带,衣带。裳,男女下身穿的裙子,这里指衣服。幅,即行縢(téng),裹脚布。縢,约束,缠绕。舄,有木制复底的鞋子。　⑱衡纮(dǎn)纮綖(yán):礼帽上的各种饰物等。衡,一种用来把礼帽固定在头发上的簪子。纮,礼帽上用来系玉坠的丝绳。纮,帽子上的带子。綖,帽子上的饰物。　⑲度:礼仪法度。　⑳藻率(lǜ)鞞鞛(bì pěng):藻率,用牛皮等制成的垫子,上面装饰有各种玉器。鞞鞛,刀鞘上的装饰物。㉑鞶厉游(liú)缨:鞶厉,束腰的大带子。厉,大带子下垂的部分。游,旌旗上的飘带。缨,帽子或器物上的带子。　㉒数:礼数,仪节。　㉓火龙黼(fǔ)黻:君王服饰上火与龙的图案等花纹。火龙,火与龙的图案。黼黻,礼服上绣的华美花纹。　㉔文:文采,花纹。㉕五色比象:用五色花纹图案来比拟象征天地四方。比象,比拟,象征。　㉖物:天地万物(各有其色彩)。　㉗锡鸾和铃:车上的各种铃铛。锡,马额上的铃。鸾,马嚼子上的铃。和,马车横木上的铃。铃,挂在旂(qí)上的铃。旂,即旗,画有两龙、竿头挂铃的旗。㉘声:(各有应该发出的)声响。　㉙三辰旂旗:日、月、星三辰的旗。三辰,日、月、星。㉚明:光明。　㉛登降有数:升降有差别。登降,升降,这里是增减的意思。有数,有差别,依照礼数规定而有不同。　㉜文物以纪之:以装饰器物表明礼乐来维系制度。文物,这里指明确贵贱等级的礼仪制度。　㉝声明以发之:以发出和声表明文明来宣扬声威教化。声明,声威教化和文明。　㉞戒惧:警戒畏惧。　㉟易纪律:违反法纪制度。易,改变,这里是违背的意思。纪律,纲纪法度。 ㊱ 赂器:贿赂的器物。 ㊲ 象之:效法这样的行为。象,学习,效法。之,代词,指行贿受贿的行为。 ㊳ 其又何诛焉:那又怎么处罚(他们)呢? 诛,惩罚,责罚。这里的意思是说臣子效法国君的不良行为,做君王的又怎能责罚他们呢? ㊴ 官邪:官员做违法的事。邪,邪行,坏事。 ㊵ 宠赂章:(君王)私宠和贿赂得以盛行。宠,私宠。赂,贿赂。章,彰显,这里是盛行的意思。 ㊶ 章孰甚焉:这样明目张胆的事还有什么比它更过分的呢? 章,这里是公然的意思。孰,什么,谁。甚,过分,严重。这里是指鲁桓公公然纳郜鼎并置放于太庙的事,是公然在臣子面前宣扬邪恶的行为,影响恶劣。 ㊷ "武王"三句:(从前)周武王攻克商朝都城朝歌(在今河南省淇县),将象征国家权力的九鼎迁至雒邑(在今河南省洛阳市),义士们犹且要非难他。武王,即周武王,周文王之子,名发,灭商建立周朝,登天子位,分封诸侯。义士,指反对周武王伐纣的伯夷、叔齐,此二人在商朝灭亡后,发誓不与周朝合作,不食周粟,饿死在首阳山(或说在今山西省永济县)。 ㊸ 其若之何:那怎么办? 这里的意思是决不能这么做。 ㊹ 周内史:周朝的内史。内史,协助天子管理爵、禄等政务的官员。 ㊺ "臧孙达"句:臧孙达将会有子孙在鲁国(长久地得到庇佑)吧。

【赏析】 作为一国之君,治国理政,当严守礼制法度,并身先垂范,为百官楷模,这样才能警戒臣下,清明政治。然而,鲁桓公却欣然接受了华父督的贿赂,并且公然把受贿之物置于神圣的太庙之中。臧哀伯认为此举于礼不合,于是力谏鲁桓公,希望他改正错误,拒绝贿赂,但不为鲁桓公所听。

　　文章主要由臧哀伯的一番谏议组成。臧哀伯从治国理政所必须遵循的礼乐制度等入手,具体论述了为什么要严肃各种制度规章,来约束自君王到臣下的行为,以保障国家政权的长治久安。其中,他尤其强调的是,国君的品德是最为重要的。国君的一举一动,都是大臣们效法的榜样。如果国君能做到树立高尚道德,杜绝邪恶贪欲,那么,百官就会畏惧法纪制度,不敢有所违背。反之,就会使百官目无纲纪,违法作恶。如果是由于国君开了坏头,导致了百官的效法犯罪,那么,怎么能够惩罚他们呢? 所以,古人有这样的话:"君子之过,如日月之蚀。"(见《论语》)意思是君子犯了错误,就好比日食和月食,人人都看得见。所以,作为国君,尤其要谨慎,不可给臣下做坏榜样。

　　臧哀伯尖锐地指出:国家的衰败,在于官员的失德邪恶;官员的失德邪恶,在于国君的宠信和贪贿。这涉及一个执政者自律树德的问题,要求在上者清正廉明,以德服众,而在下者见贤思齐,这样才能上下同德,齐心向善。

　　诚然,臧哀伯所谓的礼,是指上古社会的礼乐制度。但是,其所告诫的坚持原则、拒绝贿赂、树德为善、不生非分之念、不做非分之事的思想,还是值得后人借鉴和汲取的。

季梁谏追楚师

【题解】 本文选自《左传·桓公六年》。鲁桓公六年(公元前706年),楚国侵犯随国,并故意示弱于小国随国,诱其放松警惕,伺机灭之。随国国君中计,要追击楚师,大夫季梁告诫随君,作为小国,如要抵抗大国,必须忠于民而信于神,只有利民敬神,才能免于灾难。随君采纳了季梁的谏议,致力修政,楚师不敢轻举妄动。

【原文】

楚武王侵随①,使薳章求成焉②,军于瑕以待之③。随人使少师董成④。

斗伯比⑤言于楚子曰:"吾不得志于汉东也⑥,我则使然⑦。我张吾三军⑧,而被吾甲兵⑨,以武临之⑩,彼则惧而协来谋我⑪,故难间⑫也。汉东之国,随为大⑬。随张⑭,必弃小国。小国离⑮,楚之利⑯也。少师侈⑰,请羸师以张之⑱。"熊率且比⑲曰:"季梁⑳在,何益㉑?"斗伯比曰:"以为后图㉒,少师得其君㉓。"王毁军而纳少师㉔。

少师归,请追楚师。随侯将许之㉕。季梁止之曰:"天方授楚㉖,楚之羸,其诱㉗我也。君何急㉘焉?臣闻小之能敌大也,小道大淫㉙。所谓道,忠于民而信于神也㉚。上思利民㉛,忠也;祝史正辞㉜,信也。今民馁而君逞欲㉝,祝史矫举以祭㉞,臣不知其可㉟也。"公曰:"吾牲牷肥腯㊱,粢盛丰备㊲,何则不信㊳?"对曰:"夫民,神之主㊴也,是以圣王先成民,而后致力于神㊵。故奉牲以告曰'博硕㊶肥腯',谓民力之普存也㊷,谓其畜之硕大蕃滋也㊸,谓其不疾瘯蠡也㊹,谓其备腯咸有也㊺。奉盛㊻以告曰'洁粢丰盛',谓其三时不害而民和年丰也㊼。奉酒醴㊽以告曰:'嘉栗旨酒㊾',谓其上下皆有嘉德而无违心也㊿。所谓馨香(51),无谗慝(52)也。故务其三时(53),修其五教(54),亲其九族(55),以致其禋祀(56)。于是乎民和而神降之福,故动则有成(57)。今民各有心(58),而鬼神乏主(59),君虽独丰(60),其何福之有(61)?君姑修政(62),而亲兄弟之国(63),庶免于难(64)。"

随侯惧而修政,楚不敢伐(65)。

【注释】 ①楚武王侵随:楚武王侵犯随国。楚武王,芈(mǐ)姓,名熊通,公元前740年至公元前690年在位。随,诸侯国,姬姓,位于汉水之东,在今湖北省随州市一带。 ②"使薳(wěi)章"句:(楚武王)派遣薳章去议和。薳章,楚国大夫。求成,求和,楚为大国、强国,所以这里应是议和的意思。 ③"军于瑕"句:驻军在瑕地来等待(消息)。军,这里作动词用,驻扎。瑕,地名,在今湖北省随州市。待之,等待薳章议和的消息,这里有驻军威胁随国的意思。 ④"随人"句:随国派遣少师来主持议和的事。少师,职官名,不详其姓氏。董,主持,主管。成,这里指媾和,和约。 ⑤斗伯比:楚国大夫。 ⑥"吾不得志"句:我们不能得志于汉水以东的地方。不得志,不能实现志向、愿望,这里指楚国不能吞并那些小国。汉东,汉水之东。 ⑦我则使然:是我们自己造成(这种局面)的。使然,使得(事情是)这样(的)。然,这样。 ⑧我张吾三军:我们夸耀自己的三军。张,张扬,张狂,这里指炫耀武力。三军,诸侯大国军队分上、中、下三军,这里统指军队。 ⑨被吾甲兵:披着盔甲,拿着兵器。被,穿着。甲兵,盔甲和兵器,这里指军队。这里的意思是军队严阵以待,准备打仗。 ⑩以武临之:以武力威胁他们。武,武力。临,这里是威胁的意思。 ⑪"彼则"句:他们就会害怕,协同结盟来对付我们。协,合作,联合。谋,图谋,这里是对付、抵御的意思。 ⑫故难间(jiàn):因而难以离间(他们)。故,所以,因此。间,离间,挑拨。 ⑬随为大:(在小国中)随国为最大。 ⑭随张:随国张扬。张,这里是骄傲自大的意思。 ⑮小国离:(其他)小国疏离(随国)。离,离开,分离,疏远。 ⑯利:有利。 ⑰侈:骄傲,放纵,自大。 ⑱"请羸(léi)师"句:请让军队(假装)疲惫无力来使随国自大。羸,疲惫,衰弱,这里作动词用,使疲惫。张之,使之(少师)骄傲张狂。张,这里作动词用,使张狂。这里是说楚军故意摆出疲弱的样子来麻痹随人,令随人自以为楚师不堪一击,高估自身力量。 ⑲熊率且比:楚国大夫。 ⑳季梁:随国大夫,贤臣。 ㉑何益:有什么用。益,帮助,好处。 ㉒以为后图:将之(麻痹少师使他自大)作为将来的计划。后,以后,将来。图,谋划。这里是说少师得到随国国君的宠信,慢慢会对随君起到影响的。 ㉓得其君:得到他们国君(的宠信)。 ㉔"王毁军"句:楚王故意损毁军容,(然后)接见少师。毁军,损毁军容。纳,接见,接待。 ㉕随侯将许之:随侯将要同意少师(追逐楚军的意见)。随侯,随国国君,名不详。许,许可,同意。 ㉖天方授楚:上天正授予楚国(好运道)。方,正。 ㉗诱:引诱。 ㉘何急:为何这么急切。急,这里有急于求成的意思。 ㉙"臣闻"二句:我听说小国之所以能打败大国,(是因为)小国有道而大国失道。道,道义,正义。淫,过分,过度,这里有骄纵的意思。 ㉚"忠于民"句:忠于人民而取信于神鬼。信,取信。 ㉛上思利民:国君想着(如何)有利于人民。 ㉜祝史正辞:主管祭祀者(祷告)言辞正确。祝史,主管祭祀的官员。 ㉝"今民馁"句:如今人民挨饥受饿而国君(却只知)满足(个人)欲望。馁,饥饿。逞,放纵。 ㉞"祝史"句:主管祭祀的官员用谎话来祭祀、祷告。矫举,说谎。 ㉟不知其可:不知道这是对的,意思是不认为这样做是对的。可,认为是,认为对。 ㊱牲牷(quán)肥腯(tú):(用于祭祀的牲畜)毛色纯而完整,肥大壮硕。牷,祭祀用的色纯而完整的牲畜。肥,牛羊肥壮。腯,猪肥大。 ㊲粢盛丰备:祭器中的谷物十分丰盛完备。粢,黍、稷等谷物。盛,盛放在器物内。 ㊳何则不信:怎么就不忠信了。 ㊴神之主:鬼神之主。主,根本,主体,基础。 ㊵"是以"二句:因此圣明君王首先要成就人民,然后尽力祭祀鬼神。成民,这里是使人民获利、安居乐业的意思。致力,尽力,竭力。 ㊶ 博硕:都是大的意思,这里指牲畜肥壮。㊷“谓民力”句:是说人民普遍存有财力。 ㊸“谓其畜”句:是说人民养的牲畜肥大且繁殖增加。蕃滋,繁育,增长,非常繁盛。 ㊹“谓其”句:是说(牲畜)不长疥癣(毛皮光润)。瘯(cù)蠡(luǒ),疥癣等皮肤病。 ㊺“谓其备腯”句:是说准备用于祭祀的牲畜应有尽有。咸,全部,都。 ㊻ 奉盛:捧着盛放祭品的器具。奉,通捧。 ㊼“谓其三时”句:是说春、夏、秋三季不受影响、无灾害而人民欢和大丰收。三时,春、夏、秋三季农作之时。㊽ 酒醴:酒。醴,甜酒。 ㊾ 嘉栗旨酒:美酒。嘉栗,或说是嘉美的酒器。 ㊿“谓其上下”句:是说上上下下的人都有美德而无违逆邪妄之心。 (51) 馨香:散播很远的香气,指香气浓郁。 (52) 谗慝(tè):邪恶奸佞之人。谗,奸邪。慝,邪恶。 (53) 务其三时:努力在春、夏、秋三季做农活。务,致力。 (54) 修其五教:修整五常的教育。五教,即五常之教,指父义、母慈、兄友、弟恭、子孝五种伦理道德的教育。 (55) 亲其九族:亲睦九族。九族,从自己算起,上推至四世高祖,下推至四世玄孙。或说父族四、母族三、妻族二为九族。这里是泛指亲族。 (56) 致其禋(yīn)祀:致力于祭祀天地祖宗。禋,恭敬的意思。 (57) 动则有成:做事就能成功(有成就)。 (58) 各有心:各怀二心(不团结)。 (59) 乏主:缺乏主心骨。(60) 君虽独丰:虽然只有国君您的祭品丰盛。独,独有,只有。 (61) 何福之有:哪来什么福呢? (62) 姑修政:姑且修整(国内)政教。姑,姑且。这里是说要先把国内的事办好。(63) 兄弟之国:指与随国一样面临大国、强国欺凌、侵犯威胁的小国。 (64) 庶免于难:或许可以避免(亡国的)灾难。庶,也许,或许。 (65) 伐:侵犯,攻打。

【赏析】 楚强随弱,力量对比悬殊,楚国之所以没有灭掉随国,是随国时刻保持警惕,联合其他小国、弱国,结为同盟,一起抵御侵犯。为此,楚国故意向随国示弱,以助长随国的骄慢之气,离间随国与其他国家的联盟,来各个击破,实现吞并随国等弱小国家的企图。

在随侯为楚国和使者少师所惑、准备轻率行动之时,随国贤臣季梁的一番话,惊醒了随侯,从而避免了随国因不自量力、以卵击石而导致亡国的灾难。季梁认为,小国、弱国不是不能战胜大国、强国,关键在于是否能站在道义的高地,只要忠于人民,取信鬼神,团结友爱,努力农事,民和年丰,那就会得到鬼神保佑降福,避免灾难。姑且撇开季梁所谓的鬼神降福不论,仅就其所谓的忠于人民、修养美德、不违农时、修五教、亲九族等而言,还是颇有见地的。尤其是他把人民看作鬼神的灵魂,实际上是把人民当作主体,只有人民,才是国家真正的基础和保障。一个国家,一个民族,只有内部团结,铸成钢铁长城,才能确保国家安宁、民族幸福。两千五百年前的政治家,就有如此深邃的思想,不由使人油然而生钦佩之意。

文章以季梁的谏言为中心。季梁围绕“忠于民信于神”这个主题,做多方面的论述,强调上下修德、人民团结、努力生产、富国利民,高屋建瓴,层层推进,立论谨严,令人信服。

曹刿论战

【题解】 本文选自《左传·庄公十年》。鲁庄公十年(公元前 684 年),齐国兴师讨伐鲁国,交战于长勺(在今山东省曲阜市一带)。齐鲁两国同处今山东半岛,一在东北,一在西南,齐强鲁弱,但结果是鲁国战胜了齐国,其中鲁国平民曹刿起到了很关键的作用。本文对此做了深刻而又生动的描述。

【原文】

十年春,齐师伐我①,公将战②。曹刿请见③。其乡人曰:"肉食者谋之,又何间焉④?"刿曰:"肉食者鄙⑤,未能远谋。"

乃入见。问:"何以战⑥?"公曰:"衣食所安,弗敢专也,必以分人⑦。"对曰:"小惠未遍,民弗从也⑧。"公曰:"牺牲玉帛,弗敢加也,必以信⑨。"对曰:"小信未孚,神弗福也⑩。"公曰:"小大之狱,虽不能察,必以情⑪。"对曰:"忠之属⑫也,可以一战。战则请从⑬。"

公与之乘⑭,战于长勺。公将鼓之⑮。刿曰:"未可。"齐人三鼓。刿曰:"可矣。"齐师败绩⑯。公将驰之。刿曰:"未可。"下视其辙,登轼⑰而望之,曰:"可矣。"遂逐齐师。

既克⑱,公问其故。对曰:"夫战,勇气也。一鼓作气,再而衰,三而竭⑲。彼竭我盈⑳,故克之。夫大国,难测也,惧有伏焉㉑。吾视其辙乱㉒,望其旗靡㉓,故逐之。"

【注释】 ① 我:指鲁国。 ② 公将战:鲁庄公准备迎战(抵抗)。公,鲁庄公,姬姓,名同,公元前 693 年至公元前 662 年在位。将,准备,打算。 ③ 曹刿(guì)请见:曹刿请求入见(鲁庄公)。 ④ "肉食者"二句:有做官的人在谋画,(你)又何必要参与其中呢?肉食者,吃肉的人,这里指享受锦衣玉食的达官贵人。间(jiàn),参与。 ⑤ 鄙:浅陋。这里指目光短浅。 ⑥ 何以战:即以何战,靠什么打仗。以,凭,靠。 ⑦ "衣食"三句:在衣食等物质生活方面,不敢独自享受,一定要分给他人。专,独享。安,安逸。 ⑧ "小惠"二句:小恩小惠没有普遍施予(人民),人民是不会跟随听从(你的)。未遍,没有普遍(施惠)。 ⑨ "牺牲"三句:祭祀用的物品,按规定数量供奉,不敢任意增加;对神灵祷告,一定诚信。牺牲,古代祭祀时供奉的牛羊等物品。信,诚实,诚信。 ⑩ "小信"二句:小小的忠信,还未能使神灵信服,不会降福(于你)。未孚(fú),没有做到使(神灵)信服。孚,使相信。福,这里是降福、保佑的意思。 ⑪ "小大"三句:无论是小案件还是大诉讼,虽然不能做到明察秋毫,但一定认真处理,(做出)合乎情理(的判决)。察,明察。情,这里应指民心。　⑫忠之属：这是属于忠心为民办事一类的。忠，无私忠诚，尽心竭力。属，种类，同类。　⑬从：跟从，一起去。　⑭公与之乘(shèng)：鲁庄公和曹刿一起坐战车(前往战场)。乘，战车，这里作动词用，坐战车。　⑮鼓之：击鼓出击。鼓，擂鼓。古代擂鼓进攻，鸣金(敲锣)收兵。　⑯败绩：败退，溃败。　⑰登轼：登上战车前的横木(以望远)。轼，古代车前供人凭靠和扶持的横木。　⑱既克：胜利之后。既，已经。克，战胜。　⑲"一鼓"三句：第一通鼓能振奋战士的士气，第二通鼓时战士的士气已经减弱衰退了，第三通鼓时战士的士气就完全泄尽了。作，振作，激发。气，士气，勇气。　⑳彼竭我盈：他们的士气已经泄尽，而我们(才擂第一通鼓)战士的士气正好高涨。　㉑惧有伏焉：恐怕他们(齐军假装败退)有埋伏。惧，恐怕，担心。　㉒辙乱：(战车慌乱败退)车辙杂乱无章。辙，车辙。　㉓旗靡：战旗倒伏。靡，倒下，倒伏。

【赏析】《曹刿论战》(亦有拟题为《齐鲁长勺之战》)是早期中国战争史上有名的以弱胜强的范例。

文章分为三个层次：首先是鲁国面临强大齐国的入侵，情势危急，而朝中大臣(肉食者)却目光短浅，无所筹划。在国家生死存亡关头，身为平民的曹刿不顾乡人反对，决意面见国君，献上自己的救国之策。其次，曹刿详细询问了鲁庄公御敌的准备情况，认为对臣民的小恩小惠以及对神灵祖先的诚意祭祀等，均不能用以抗击齐军的进攻，而只有出以公心，勤于政务，为民办事，才能赢得人民的信任和拥戴，才能使人民齐心合力，与国君、朝廷一起抗击侵略者。最后，在战争开始后，两军对垒，鲁庄公急于出击，而曹刿力主以逸待劳，消磨和弭灭敌军的士气，积蓄与激发己方将士的士气，结果，精悍且士气高涨的鲁军一举击溃庞大但士气低落衰竭的齐军，大获全胜。而在齐军溃败时，还有一个小插曲，即鲁庄公迫不及待要乘胜追击，被曹刿阻止。待到曹刿观看战场实际情况后，断定齐军不是佯败，才纵兵追击。毛泽东在《中国革命战争的战略问题》中曾这样评论这场战争："当时的情况是弱国抵抗强国。文中指出了战前的政治准备——取信于民，叙述了利于转入反攻的阵地——长勺，叙述了利于开始反攻的时机——彼竭我盈之时，叙述了追击开始的时机——辙乱旗靡之时。虽然是一个不大的战役，却同时是说的战略防御的原则。"

全文虽然短小，但层次清晰，叙述有序，且不乏跌宕起伏，引人入胜。文章用简练的语言，不仅将事件描述完整，而且还刻画了曹刿的鲜明形象。文中"一鼓作气"等词语，富含哲理，给人以永久的启迪。

曹刿是一介平民，在国难当头之际，他毅然决然挺身而出，体现了中华民族以国家民族为重，愿意为之奉献一切的优良品德和传统。这也是值得后人赞赏和学习继承的。

齐桓公伐楚盟屈完

【题解】 本文选自《左传·僖公四年》。齐桓公率领多国军队攻伐楚国,但楚国没有畏敌,而是采取了有理有节的外交行动,并表达了不畏强敌、坚决捍卫疆土安全的意志,终于迫使齐国放弃了侵犯楚国的军事行动。

【原文】

四年①春,齐侯以诸侯之师侵蔡②。蔡溃③。遂伐楚④。

楚子使与师言曰⑤:"君处北海,寡人处南海,唯是风马牛不相及也⑥。不虞君之涉吾地也⑦,何故?"管仲对曰⑧:"昔召康公命我先君大公曰⑨:'五侯九伯,女实征之,以夹辅周室⑩。'赐我先君履,东至于海,西至于河,南至于穆陵,北至于无棣⑪。尔贡包茅不入,王祭不共,无以缩酒,寡人是征⑫。昭王南征而不复,寡人是问⑬。"对曰:"贡之不入,寡君⑭之罪也,敢不共给⑮?昭王之不复⑯,君其问诸水滨⑰!"

师进,次于陉⑱。

夏⑲,楚子使屈完如师⑳。师退,次于召陵㉑。齐侯陈㉒诸侯之师,与屈完乘而观之㉓。齐侯曰:"岂不穀是为㉔?先君之好是继㉕。与不穀同好㉖,何如?"对曰:"君惠徼福于敝邑之社稷,辱收寡君,寡君之愿也㉗。"齐侯曰:"以此众战㉘,谁能御㉙之?以此攻城,何城不克?"对曰:"君若以德绥诸侯㉚,谁敢不服?君若以力㉛,楚国方城以为城,汉水以为池,虽众,无所用之㉜。"

屈完及诸侯盟㉝。

【注释】 ① 四年:鲁僖公四年,即公元前 656 年。 ②"齐侯"句:齐桓公率领诸侯国军队侵犯蔡国。齐侯,齐桓公,姜姓,名小白,公元前 685 年至公元前 643 年在位,春秋五霸之一。齐为侯爵,所以称齐侯。以,将,这里是率领的意思。参加此次战争的除齐师外,尚有鲁、宋、陈、卫、郑等诸侯国的军队。蔡,诸侯国,姬姓,在今河南省汝南县、上蔡县一带。 ③ 溃:败退,溃败。 ④ 遂伐楚:于是(就)攻伐楚国。遂,于是。楚,诸侯国,芈(mǐ)姓,在今湖北省、湖南省并扩及河南省、安徽省、江苏省、江西省和四川省、重庆市,疆域辽阔,春秋战国时强国、大国。 ⑤"楚子"句:楚君派使臣到齐师军营说。楚子,楚为子爵,所以称楚子。与,和。 ⑥"君处"三句:您居处于北海之滨,我居处于南海一隅,只怕是马牛雌雄相诱都不成。北海,这里指渤海,齐国北面濒临渤海。寡人,楚君谦称。南海,南边之海,其实楚国不临海,这里是指与楚国相距遥远。风,这里指兽类雌雄互相引诱。这三句是说齐、楚两国相距那么远,是一点关系都连不上,为什么远道而来侵犯我们呢? ⑦"不虞"句:不料您来到了我们的土地上。不虞,没想到,意料不到。虞,料想,猜想。涉,进入,来到。 ⑧管仲对曰:管仲对答说。管仲,齐国大夫,姓管,名夷吾,字仲,辅助齐桓公称霸诸侯,影响深远。对,回答,对答。 ⑨"昔召(shào)康公"句:从前召康公赐命我们祖先太公说。召康公,周成王时太保召公奭(shì),封于召(在今陕西省岐山县一带),死后谥号康。先君,对本国已故君王的称呼。大公,即太公,姜姓,名尚,周朝功臣,封于齐(在今山东省北部),齐国始祖。 ⑩"五侯"三句:五侯九伯,你都可以征讨,来辅佐周朝王室。五侯,公、侯、伯、子、男五等爵的诸侯。九伯,九州诸侯。这里统指天下诸侯。女,即汝,你。实,助词,加重语气。夹辅,辅佐。周室,周朝王室。 ⑪"赐我"五句:赐给我们先君(太公)鞋子,(可以)东到海边,西抵黄河,南达穆陵,北至无棣。履,鞋子,这里是说赐给齐国有踏遍大片土地的权力。海,这里指渤海、黄海。河,黄河。穆陵,这里指穆陵关,在今山东省临朐县。无棣,在今山东省无棣县。 ⑫"尔贡"四句:你们楚国不向周王室进贡,不献纳包茅,(以致)周王的祭品(都)不能供给,无法缩酒,所以我们来征讨(索讨)。包茅,祭祀时用来滤酒的菁茅,包裹好置于匣中,楚国出产此种特产。不入,不进纳,不进贡。王祭,周王的祭祀。共,即供,供给。缩酒,祭祀时用菁茅滤酒去渣。是,代词,指包茅。征,征讨,索取。 ⑬"昭王"二句:周昭王南巡而未能回去,我们来追问这件事。昭王,即周昭王,晚年荒于国政,南巡至汉水(长江中游支流,主要流经今湖北省),人民用胶黏接船只载其渡河,船至江心解体沉没,周昭王溺亡。 ⑭寡君:楚王,这里是楚国使臣谦称自己国君。 ⑮共给:即供给。 ⑯不复:没有回去。 ⑰"君其"句:您或许(该)去水边问问吧。其,大概,或许。 ⑱次于陉(xíng):驻扎于陉。次,驻扎。陉,楚地,或在今湖北省应山县一带。 ⑲夏:鲁僖公四年(公元前656年)夏天。 ⑳"楚子"句:楚君派遣屈完前往齐师。屈完,楚国大夫。如,往,去。 ㉑召(shào)陵:地名,在今河南省偃师县一带。 ㉒陈:陈列,排列。 ㉓乘而观之:乘车(一起)观看队列。乘,这里作名词兼动词用,乘车。 ㉔岂不穀是为:难道我是这样做。不穀,不善,君侯的谦称。是为,即为是,做这样的事。是,代词,这样(的事)。 ㉕"先君"句:(这是)继承我们先君(与楚国)的友好关系。是,代词,这里指齐、楚两国的友好关系。 ㉖同好:共同(维持两国)友好关系。 ㉗"君惠"三句:齐君您施恩惠求福于我们楚国的社稷之神,屈驾接受我们国君,这是我们楚君的愿望。惠,(施)恩惠。徼(yǎo),求取。敝邑,谦称,这里指楚国。社稷,土神和谷神,亦指国家。辱,使……蒙受屈辱。寡君,谦辞,这里指楚君。这里是说齐国如接受楚国订立和约的请求,是对楚国施恩。 ㉘以此众战:指挥这样的大军作战。以,用,凭借,这里是率领、指挥的意思。众,众将士,这里指齐军等多国军队。 ㉙御:抵御,抵抗。 ㉚"君若"句:齐君您如果凭借高尚德行来安抚诸侯各国。绥,安抚。 ㉛以力:用强力。 ㉜"楚国"四句:楚国将以方城作为城墙,以汉水作为护城河,(这样,你们)虽然将士众多,也没什么可用之处。方城,山名,在楚国北部,位于今河南省叶县。无所用之,没地方可用。 ㉝"屈完"句:(于是)屈完和齐国等诸侯国订立盟约。盟,这里作名词兼动词用,订立盟约。

【赏析】 齐桓公即位后,图谋扩张,企图称霸天下。而南方的楚国,则是齐国面临的一个强敌,如果能消灭并吞并楚国,无疑能极大地增强齐国的实力。因此,齐桓公俨然以周王室权威的维护者自居,联合各诸侯军队,大举进犯楚国。

大兵压境,来势汹汹,大有一举覆灭楚国之势。然而,拥有强大国力的楚国,既不慌张恐惧,也没有贸然迎战。齐桓公打着楚君不履行尊奉周王室职责而兴师问罪的旗帜,于是,楚君遣使者前往齐师,据理驳斥。然而,齐桓公没有接见楚国使者,而是由重臣管仲指斥楚国有两大罪状:一是不向周王室进贡,二是周昭王南巡死于楚国境内的汉水之滨。楚国使者承认没有进贡之事属实,但否认应为周昭王溺亡负责。接着,楚君又派遣大夫屈完与齐桓公直接对话。齐桓公趾高气扬,陈列大军,威慑屈完。屈完毫不畏惧,表达了不与齐国为敌、愿意修好的愿望,但如若齐国执意进犯,那么,将不惜决一死战,保卫国土。在屈完有理有节又展现抗战决心的情况下,齐桓公不得不收敛野心,与楚国订立了盟约。一场一触即发的大战,终于经外交谈判而化为玉帛。古人所谓的"折冲于樽俎",在本文中得到了充分的体现。

文章语言简练,尤其是屈完对齐桓公的一番表述,不卑不亢,软中带硬,反倒把炫耀武力、不可一世的齐桓公给震慑住了。但同时我们也看到,屈完身后是楚国辽阔的疆域和强大的国力,这才是楚国避免与齐国发生大战的根本原因。

宫之奇谏假道

【题解】 本文选自《左传·僖公五年》。虞国是个小国,虢国与虞国相邻,也是个小国,而晋国是个大国。鲁僖公二年(公元前 658 年),晋国军队曾向虞国假道进攻虢国。三年后,晋军再次向虞国假道,虞国大夫宫之奇力陈假道之危害,然不为虞国国君所听。晋军灭虢后班师,顺道灭了虞国。

【原文】
晋侯复假道于虞以伐虢①。

宫之奇谏曰:"虢,虞之表②也。虢亡,虞必从之③。晋不可启④,寇不可玩⑤。一之谓甚,其可再乎⑥?谚所谓'辅车相依,唇亡齿寒⑦'者,其虞、虢之谓也。"

公曰:"晋,吾宗⑧也,岂害我哉?"对曰:"大伯、虞仲,大王之昭也⑨。大伯不从,是以不嗣⑩。虢仲、虢叔,王季之穆也⑪,为文王卿士,勋在王室⑫,藏于盟府⑬。将虢是灭,何爱于虞⑭!且虞能亲于桓、庄乎,其爱之也⑮?桓、庄之族何罪,而以为戮⑯,不唯逼乎⑰?亲以宠逼,犹尚害之,况以国乎⑱?"

公曰:"吾享祀丰絜⑲,神必据我⑳。"对曰:"臣闻之,鬼神非人实亲,惟德是依㉑。故《周书》㉒曰:'皇天无亲,惟德是辅㉓。'又曰:'黍稷非馨,明德惟馨㉔。'又曰:'民不易物,惟德繄物㉕。'如是,则非德民不和,神不享矣㉖。神所冯依㉗,将在德㉘矣。若晋取虞,而明德以荐馨香,神其吐之乎㉙?"

弗听,许晋使㉚。宫之奇以其族行㉛,曰:"虞不腊㉜矣。在此行也,晋不更举㉝矣。"

冬,十二月丙子朔㉞,晋灭虢,虢公醜㉟奔京师㊱。师还,馆于虞㊲,遂袭虞,灭之。执虞公,及其大夫井伯,以媵秦穆姬㊳。而修虞祀㊴,且归其职贡于王㊵。故《书》㊶曰:"晋人执虞公。"罪虞公,言易也㊷。

【注释】 ① "晋侯"句:晋侯再次向虞国借道来征伐虢(guó)国。晋侯,即晋献公,姬姓,名诡诸,公元前676年至公元前651年在位。复,再次。假道,借道。虞,姬姓,诸侯国,在今山西省平陆县。虢,诸侯国,姬姓,在今山西省平陆县。　② 表:外面。这里是屏障的意思。　③ 从之:随着虢国(的灭亡而被并吞)。　④ 晋不可启:晋国是不能招致、引发(其侵略野心)的。启,招致,引发。　⑤ 寇不可玩:对强寇是不可以玩忽、轻视的。玩,玩忽,轻视。　⑥ "一之"二句:有一次(借道)已经是过分了,难道可以有第二次吗?甚,过分。再,再次。　⑦ "辅车"二句:脸颊和牙床是互相靠在一起的,嘴唇失去了,牙齿就会受冷。比喻互为依靠的事物,利害关系紧密,缺一不可。辅,面颊。车,牙床。　⑧ 宗:同宗,同一个祖先。周朝是姬姓,晋与虞都是姬姓的诸侯国。　⑨ "大伯"二句:大伯,即泰伯,与最早封于虞国的虞仲以及王季都是周天子之子。泰伯不愿继位,远走吴地(今长江三角洲一带),所以下文说"大伯不从"。大王,即太王,周朝天子始祖。昭,古代宗庙制度规定,始祖在神庙居中,其子则居左,称为昭;子之子居右,称为穆。　⑩ 不嗣:没有继位。嗣,继承君位。　⑪ "虢仲"三句:虢仲、虢叔都是王季之子,王季为昭,所以虢仲、虢叔二人为穆。　⑫ "为文王"二句:是周文王的执政大臣,功在王室。文王,即周文王,姬姓,名昌,周朝开国君主,为后来的周武王灭商奠定了基础,周武王建立周朝后,追尊为文王。卿士,总管朝廷政事的大臣。勋,功勋。　⑬ 藏于盟府:那些记录和文献都藏在盟府。盟府,掌管保存盟约文书的官府。　⑭ "将虢"二句:(晋国连王室后裔的)虢国也要并吞灭掉,还能爱惜照顾虞国吗?将,打算。爱,怜惜,珍惜。　⑮ "且虞"二句:况且虞国能亲过桓、庄吗?晋献公怜爱他们了吗?桓、庄,即桓叔、庄叔,都是晋献公的从祖兄弟,晋献公认为二人权势逼人,将二人杀死。　⑯ 戮:杀。　⑰ 不唯逼乎:不就是因为威胁

(到了晋献公的地位)吗？逼,这里是威胁的意思。 ⑱"亲以"三句:即使是亲戚兄弟,也会因为地位尊崇、权势逼人而要加害,何况国与国之间呢。宠,尊崇,显耀。 ⑲ 享祀丰絜:祭祀祖先神灵时,祭品丰盛干净。絜,同"洁",清洁干净。 ⑳ 据我:保佑我。据,依从,靠近,这里有保佑的意思。 ㉑ "鬼神"二句:鬼神不是因为某人而亲近他,只是亲近品德高尚的人。依,依附,接近,这里也有保佑的意思。 ㉒《周书》:即《尚书》之《周书》。 ㉓ "皇天"二句:皇天不会无故亲近某人,只是保佑有德之人。辅,辅助,帮助,这里有保佑的意思。这两句话见于《周书·蔡仲之命》。 ㉔ "黍稷"二句:黍稷不是香气远溢的,只有美德才是真正芳香远闻的。馨,香气远闻。这两句话见于《周书·君陈》。 ㉕ "民不"二句:人们祭祀时,祭品没有改变(不同),但神灵只享受有德之人奉献的物品。易物,换物品。繄(yī)物,这物品。繄,代词,是,这。这两句话见于《周书·旅獒》。 ㉖ "如是"三句:这样的话,如果无德,人民就不和谐,神灵也不会享受祭品。是,代词,这样,这种情况。 ㉗ 冯(píng)依:依靠,依仗,这里有保佑的意思。冯,同"凭"。 ㉘ 将在德:乃是那有德之人。将,乃是。 ㉙ "若晋"三句:如果晋国攻取虞国,而彰明自己的德行,献上馨香的祭品,神灵会不受而吐掉吗?荐,奉献(祭品)。 ㉚ 许晋使:答应了晋国使臣(的要求)。 ㉛ 以其族行:带着家族离开(虞国)。 ㉜ 不腊:不出今年腊月(就会灭亡)。 ㉝ 不更举:(顺便灭了虞国)不必再次举兵。更,再,又。 ㉞ 朔:旧历每月初一日。 ㉟ 醜(chóu):虢国国君名。 ㊱ 京师:东周京城,在今河南省洛阳市。 ㊲ 馆于虞:停留于虞国。馆,接待宾客的馆舍,这里是驻扎的意思。 ㊳ "执虞公"三句:抓捕了虞国国君以及大夫井伯等,来作为秦穆姬的陪嫁(奴隶)。执,拘捕。媵(yìng),臣仆陪嫁。秦穆姬,晋献公女儿,嫁给秦穆公。 ㊴ 修虞祀:(继续)进行祭祀虞国祖先的事。修,从事,做,行。 ㊵ "归其"句:把原先虞国对周天子的贡纳继续下去。职贡,诸侯国对周室按时的贡纳。 ㊶《书》:指《春秋》经文。 ㊷ "罪虞公"二句:归罪于虞国国君,认为其太轻忽(晋国而丢失江山)。易,轻视,轻忽。

【赏析】 春秋时,群雄争霸,夹在大国、强国之间的小国、弱国,往往是前者侵犯、吞并的对象。为了生存,像虞国这样的小国,不得不与晋国这样的大国结盟,以寻求保护。但是,这并不意味着小国在大国的保护伞下,可以长治久安,高枕无忧。在怀有虎狼之心的大国面前,小国必须时时保持高度的警惕,善于识破大国的险恶用心,最大限度地保护自己免遭灭顶之灾。而小国之间互相支持,所谓"抱团取暖",也可增强力量,使大国在侵略小国时,有所顾忌和迟疑。可是,虞国国君却不懂得这个至关紧要的生存之道,一而再地允许晋国借道进攻虢国,最终,在虢国灭亡之后,自己也成了晋军的阶下囚。

虞国不是没有有识之士,大夫宫之奇就力谏假道之危害,认为假道将导致国家灭亡。文章以虞国国君同宫之奇的对话组成:虞国国君认为自己与晋国同宗同姓,因此晋国必定不会加害于己;宫之奇认为在政权争夺中,唯一值得考虑的就是利益、权力,任何其他因素都是虚假的。虢国国君是周天子的后裔,较之虞国,与晋国关系更为密切亲近,晋国尚且要兴师吞灭之,那在晋国身旁的虞国,还能依赖其眷顾而保全吗?虞国国君没有正面回答宫之奇的论点,而是认为自己对神灵虔诚,因而会得到保佑。这也是愚不可及的想法,自然为宫之奇所驳斥。遗憾的是,虞国国君执迷不悟,其结局不出宫之奇所料,晋国在灭掉虢国后顺道也灭了虞国。

宫之奇的分析与判断是合乎常理的,其道理也不是特别艰深,但虞国国君却执迷不悟,这是十分遗憾的事,无怪乎连《春秋》作者也不予同情。文章在叙述这一切时,主要采用驳论的方式,宫之奇的逐一批驳,不仅针对要害,一语中的,且步步深入,逻辑严密,令人信服,毋庸置疑,以至于虞国国君没有任何反驳之语。文中引及的"辅车相依,唇亡齿寒"等语尤其生动形象,富含哲理,耐人寻味。

齐桓下拜受胙

【题解】　本文选自《左传·僖公九年》。鲁僖公九年(公元前651年)夏季,齐桓公在葵丘与诸侯会盟。其时,齐国称霸天下,如日中天。在那次会盟时,周襄王派人送来赏赐,齐桓公下阶拜受,表现出对周天子的臣服与恭敬。

【原文】

夏,会于葵丘①,寻盟②,且修好③,礼也。

王使宰孔赐齐侯胙④,曰:"天子有事于文武⑤,使孔赐伯舅⑥胙。"齐侯将下拜⑦。孔曰:"且有后命⑧。天子使孔曰:'以伯舅耋老⑨,加劳赐一级⑩,无下拜。'"对曰:"天威不违颜咫尺⑪,小白余敢贪天子之命⑫?无下拜,恐陨越于下⑬,以遗天子羞⑭。敢不下拜!"

下拜,登受⑮。

【注释】　①葵丘:地名,属宋国,在今河南省民权县。　②寻盟:重温盟约。寻,重温,重申。盟,对上天立誓缔约,订立盟约。鲁僖公八年(公元前652年)春,齐国与宋、卫、曹、许、陈等国会盟于洮(在今山东省鄄城县),所以此次称寻盟。　③修好:缔结友好关系。修,构建,建立。　④"王使"句:周襄王派宰孔带去祭祀用的酒肉赐予齐桓公。周襄王,姬姓,名郑,公元前651年至公元前619年在位。宰孔,孔姓官员。宰,职官名。齐侯,即齐桓公,姜姓,名小白,为春秋五霸之一,公元前685年至公元前643年在位。胙(zuò),祭祀用的酒肉。　⑤"天子"句:天子有事向文王、武王祷告祈福。天子,指周襄王。文,周文王,姬姓,名昌,周朝开国君主,为后来的周武王灭商奠定了基础,周武王建立周朝后,追尊为文王。武,周武王,周文王之子,名发,灭商建立周朝,登天子位,分封诸侯。

文、武二王,历代尊为明君。这里是说周襄王在宗庙祭祀周文王、周武王。　⑥伯舅:周天子对同姓诸侯之大国称伯父,小国称叔父,对异姓诸侯称伯舅。　⑦下拜:下台阶拜受(赏赐)。　⑧且有后命:而且此后还有赐命。后,指赐胙后。　⑨耋(dié)老:年老。耋,八十岁称耋,也有说七十岁称耋。这里是年老的意思。　⑩加劳赐一级:嘉奖慰劳,特赐升一等(爵位)。加,通"嘉",褒奖。级,官爵、封爵的等第。　⑪"天威"句:天子之威不远我咫尺。违,远。颜,面前。咫尺,形容距离短。这里的意思是天子之威不远,常在面前,岂敢不敬畏。　⑫"小白余"句:小白我怎敢受天子恩赐(而不下拜)。余,我。贪,贪图。　⑬恐陨越于下:(我)担心(不下拜)会使礼义丧失在诸侯间。陨越,丧失,坠落。下,下面,指诸侯间。这里的意思说,如果不下拜受赏赐,破坏了礼义,会给下面的诸侯国开一个坏头。　⑭以遗天子羞:而给天子留下羞辱。遗,遗留。羞,羞辱,耻辱。这里是说不下拜受赏赐,会使周天子遭受羞辱。　⑮登受:登上台阶,拜受赏赐。

【赏析】　周襄王时,周室已日渐衰微,而诸侯中的强国如齐国,成了实际上的天下领袖,不仅小国、弱国听命于齐国等大国、强国,连周天子亦要讨好齐桓公这样的霸主。

　　文章写齐桓公与诸侯重申盟约,以巩固自己的霸主地位。周襄王派宰孔前往赐胙。周天子祭祀先王的物品,如要赏赐,也应赏给姬姓诸侯,而不该赏赐给姜姓的齐桓公,这不符合礼仪制度。但是,周襄王显然是要安抚和讨好齐桓公。不仅如此,周襄王还免去了齐桓公的下拜之礼,这更是破坏了固有的君臣大礼。但是,齐桓公非常恭敬,在接受周襄王的赏赐时,仍然严格按照礼仪制度,下拜受赐,在众诸侯面前树立了敬奉周天子权威、不敢有丝毫越礼的榜样。

　　齐桓公的谦恭和尊敬,看似忠诚,其实不免挟天子以令诸侯之嫌。在众诸侯面前,齐桓公显然有着特殊的地位,而且,还得到了周天子的褒奖。他越是尊崇周天子,越是证明其地位和权力是周天子认可的,他具有号令天下的合法性。

　　那么,周襄王如此褒奖和赏赐齐桓公,是真的对齐桓公极为赞赏而特别恩宠吗?其实,周襄王这样做也是出于无奈。为了维持周室表面上的地位和权力,使诸侯国继续尊奉周室为天子,享受诸侯国的朝觐和进贡,周襄王不得不做出让步,满足像齐国这样的大国、强国的欲望。周室的内心是十分不满的。鲁僖公九年(公元前651年)秋季,齐桓公再度在葵丘与各国诸侯会盟,宰孔又去了。在返回京师的路上,宰孔见到了赶来参加会盟的晋献公,就对他说:齐桓公不勤于修德,而是勤于谋求远方的利益,到处攻伐,天下大乱。他要求晋献公不要去参加会盟,而要致力于帮助周室平定变乱,从而劝返了晋献公。("秋,齐侯盟诸侯于葵丘,曰:'凡我同盟之人,既盟之后,言归于好.'宰孔先归,遇晋侯曰:'可无会也,齐侯不勤德而勤远略,故北伐山戎,南伐楚,西为此会也,东略之不知,西则否矣,其在乱乎。君务靖乱,无勤于行.'晋侯乃还。")可见,周襄王与齐桓公都在"演戏"给别人看,至于内心的真实想法,各自心照不宣。

文章没有议论,只是白描,如实叙述。但是,通过人物对话和行动,文章刻画出了齐桓公受宠若惊、谦恭有礼的生动形象。而在"下、拜、登、受"的一系列动作中,我们也看到了一个工于谋算、善于表演的齐桓公。

阴饴甥对秦伯

【题解】 本文选自《左传·僖公十五年》。秦国攻打晋国,俘获晋惠公。秦国有意放归晋惠公,但未下决心。阴饴甥奉命与秦国议和会盟,终于说动秦国,放回晋惠公。

【原文】
十月①,晋阴饴甥会秦伯②,盟于王城③。

秦伯曰:"晋国和④乎?"对曰:"不和。小人耻失其君而悼丧其亲,不惮征缮,以立圉也⑤。曰:'必报仇,宁事戎狄⑥.'君子爱其君而知其罪,不惮征缮,以待秦命⑦。曰:'必报德,有死无二⑧.'以此不和。"

秦伯曰:"国谓君何⑨?"对曰:"小人戚,谓之不免⑩;君子恕,以为必归⑪。小人曰:'我毒秦⑫,秦岂归君?'君子曰:'我知罪矣,秦必归君。贰而执之⑬,服而舍之⑭,德莫厚焉⑮,刑莫威焉⑯。服者怀德⑰,贰者畏刑⑱,此一役⑲也,秦可以霸⑳。纳而不定㉑,废而不立㉒,以德为怨㉓,秦不其然㉔.'"秦伯曰:"是吾心也㉕。"

改馆晋侯㉖,馈七牢㉗焉。

【注释】 ①十月:鲁僖公十五年(公元前644年)十月。 ②"晋阴饴甥"句:晋国的阴饴甥会见秦穆公(议和)。阴饴甥,晋国大夫。秦伯,即秦穆公,嬴姓,名任好,春秋五霸之一,公元前659年至公元前621年在位。 ③盟于王城:在王城会盟。王城,地名,在今陕西省大荔县。 ④和:和协,一致。 ⑤"小人"三句:小人们对失去国君感到耻辱,又悼念(因打仗而)丧命的亲人,(因此)不怕征收赋税,整治武备,立太子圉(yǔ)为国君(与秦国抗衡)。小人,这里应指晋国国民。不惮,不怕。征,征收(赋税)。缮,修整(武备)。圉,即晋怀公,姬姓,名圉,公元前637年即位,第二年即为伯父重耳所杀。 ⑥"必报仇"二句:一定要报仇,宁可投奔效劳戎狄。事,服事。戎狄,古代称西北少数民族。这里是指宁可以戎狄为国君,也要与秦国抗争。 ⑦"君子"三句:君子爱国君且知道犯了罪过,(也不怕)征收赋税,整治武备,来等待秦国放归晋君。君子,指晋国大臣们和有识之士。这里的意思是晋国还在全力准备,积聚力量,表明自己不是一味乞和。 ⑧"必报德"二句:一定报答(秦国放归晋君的)恩德,没有二心。 ⑨国谓君何:晋国国内怎么议论晋君的。 ⑩"小人戚"二句:小人悲戚,说晋君不免(被害)。这里是说晋国国民很悲观。 ⑪"君子恕"二句:君子说会(得到秦国)宽恕,认为一定会放归(晋君)。这里是说晋国君子很乐观。 ⑫毒秦:严重伤害了秦国。毒,伤害。在晋国三次有难的时候,秦国皆施以援手,但在秦国有饥荒时,晋国却拒绝帮助,所以,这里说对秦国伤害很大。 ⑬贰而执之:有二心而拘禁他。贰,二心。 ⑭服而舍之:臣服了就放归他。服,服罪,臣服。 ⑮德莫厚焉:恩德没有比这更深厚的。 ⑯刑莫威焉:刑罚没有比这更威严的。以上二句是说秦国恩威并重,宽严分明。 ⑰服者怀德:臣服的人感怀(秦国的)恩德。 ⑱贰者畏刑:有二心的人畏惧(秦国的)刑罚。 ⑲此一役:这一件事,这里指秦国得人心和镇服各诸侯国就在俘获和放归晋惠公之事上实现。 ⑳霸:称霸。 ㉑纳而不定:(如果)收纳了(晋惠公)而不让(他复国)安定(国家)。 ㉒废而不立:废了(晋惠公)而不再让(他回国)立为国君。 ㉓以德为怨:把恩德变为怨仇。 ㉔秦不其然:秦国不会这样做。然,这样。 ㉕是吾心也:(这)正是我内心所想的啊。 ㉖改馆晋侯:改用国宾馆让晋惠公居住。馆,这里作动词用,使之居住。 ㉗馈七牢:用七牢招待(晋惠公)。馈,进食招待人。七牢,古代天子用牛、羊、豕三牲各七赐食诸侯。这里指优待晋惠公,同时也表现了秦穆公僭越名分、居高临下的霸主神态。

【赏析】 秦、晋两国,都是春秋时的大国、强国,经常互相联合,也不时有争端和战争。这一次秦国大胜,俘获晋国国君,但考虑到当时的形势,秦国还没有做好吞并晋国的准备,也还无此力量,因此有意放归晋惠公,以暂时维持两国的关系。在这种情况下,晋侯派遣阴饴甥与秦穆公议和,虽说是战败方与战胜方的会盟,但也不是完全居于下风。

阴饴甥是个富于智慧和颇具胆识的外交家。他作为战败方的谈判代表,必须表现出承认失败的恭敬态度,但他也清楚地认识到,基于晋国的大国地位以及现存实力,晋国远未到任人宰割的地步。所以,阴饴甥一方面谦恭地感谢秦穆公的恩德,一方面将晋国国内存在的对抗秦国和交好秦国两种截然不同的态度告诉秦穆公。这其实是在警告秦国,如果不放归晋惠公,就等于把晋国逼上绝路,那秦国就将面对一个上下同仇敌忾的敌国,而这个敌国有着强大的国力和武备。阴饴甥不卑不亢,软中带硬,使得秦穆公不得不认真权衡,最终决定礼待晋惠公,并送其回国复位。文章虽然短小,但叙述条理清晰,人物生动传神。阴饴甥善于抓住对方心理,一番对话,要言不烦,语言精准,说理透辟,极富说服力。

常言道:"弱国无外交。"阴饴甥作为战败国的外交代表,勇敢地捍卫了国家利益。在这里,除了他的机智和才能外,晋国所具备的强大实力和国民勇气,是其最终获得成功的根本保障。

子鱼论战

【题解】 本文选自《左传·僖公二十二年》。鲁僖公二十二年(公元前638年),宋国与楚国交战,宋襄公在战场上不听大夫子鱼劝谏,大讲仁义,结果惨败。子鱼批评宋襄公不知战争规律,并发表了对战争的见解。

【原文】
楚人伐宋以救郑①,宋公将战②。大司马固谏曰③:"天之弃商久矣,君将兴之,弗可赦也已④!"弗听。

宋公及楚人战于泓⑤。宋人既成列⑥,楚人未既济⑦。司马曰:"彼众我寡,及其未既济也,请击之。"公曰:"不可。"既济而未成列,又以告⑧。公曰:"未可。"既陈⑨,而后击之,宋师败绩⑩。公伤股⑪,门官歼焉⑫。

国人皆咎公⑬。公曰:"君子不重伤⑭,不禽二毛⑮。古之为军也,不以阻隘也⑯。寡人虽亡国之余⑰,不鼓不成列⑱。"子鱼曰:"君未知战⑲。勍敌之人,隘而不列,天赞我也⑳。阻而鼓之,不亦可乎?犹有惧焉㉑!且今之勍者,皆吾敌也。虽及胡耇,获则取之,何有于二毛㉒?明耻教战,求杀敌也㉓。伤未及死,如何勿重㉔?若爱重伤,则如勿伤㉕;爱其二毛,则如服焉㉖!三军以利用也㉗,金鼓以声气也㉘,利而用之,阻隘可也;声盛致志㉙,鼓儳㉚可也。"

【注释】 ①"楚人"句:楚国军队讨伐宋国以救助郑国。鲁僖公二十二年三月,郑文公派使节前往楚国访问,宋襄公认为这是对自己的不恭,于是出兵攻打郑国。 ②宋公将战:宋襄公准备迎战。将,准备,打算。宋公,宋襄公,子姓,名兹父,春秋五霸之一,公元前650年至公元前637年在位。 ③"大司马"句:大司马坚决劝谏(不要迎战)。大司马,主管国家军队的最高长官,即宋公子子鱼,是宋襄公的庶出兄长,曾任宋国公相。固,一再,坚决。 ④"天之"三句:上天抛弃殷商很久了,您想要振兴它,是不可赦免的逆天之罪。宋为殷商后裔,宋襄公称霸天下,企图复兴殷商大业。其实此时宋国已是国力疲弱,不足以对抗强大的楚国。　⑤ 泓:水名,在今河南省柘城县。　⑥ 既成列:已经排好阵形。既,已经。列,列队成形。　⑦ 未既济:尚未渡过河。　⑧ 又以告:再次将情况告知(宋襄公,请求出击)。　⑨ 既陈:已经列好阵形。陈,同"阵",(排列好)阵形。　⑩ 败绩:溃败,败退。　⑪ 伤股:伤了大腿。　⑫ 门官歼焉:守门官(都被)歼灭在那里。门官,战争中守卫在国君左右的勇猛护将。　⑬ 咎公:归罪于宋襄公。咎,过失,罪过,这里作动词用,归罪。　⑭ 不重(chóng)伤:不再次伤害已经受伤的人。重,重复。　⑮ 不禽二毛:不擒拿头发灰白之敌。禽,通"擒",捉拿。二毛,头发有黑有白,呈两种颜色,指年长者。　⑯ "古之"二句:古代治军作战,不攻击陷于险境之敌。阻隘,险要之地。　⑰ 亡国之馀:已亡殷商的残余。这里是宋襄公的自谦。　⑱ 不鼓不成列:不击鼓进攻未排好队形的军队。古代击鼓进攻,鸣金(敲锣)收兵。　⑲ 君未知战:您不懂得作战之道。　⑳ "勍(qíng)敌"三句:强劲之敌,处于险境且未成队列,这是上天在帮助我们。勍,强有力。赞,帮助。　㉑ "阻而"三句:(敌人陷于)险境(我们)进攻他们,不也可以吗?(即使如此)还担心(不能取胜)。惧,恐怕,担心。　㉒ "虽及"三句:虽然是年长者,抓获了就当作俘虏,分什么二毛不二毛。胡耇(gǒu),老年人。　㉓ "明耻"二句:懂得(畏战会受罚的)耻辱,教导(将士)打仗,是为了杀敌(立功)。　㉔ "伤未"二句:击伤他但还未到死,怎么不再次打击他(至死)。　㉕ "若爱"二句:如果因怜惜而不予再次伤害,那不如一开始就不伤害他。爱,同情,怜爱。　㉖ "爱其"二句:因怜惜他年老(不擒获他),则不如就向他投降。服,顺从,投降。　㉗ "三军"句:三军是要用来打仗的。利用,物尽其用。　㉘ "金鼓"句:鸣金击鼓是用以壮大声势(鼓舞士气)的。声气,(以击打金鼓的)声音来激发士气。　㉙ 声盛致志:声势盛了就能增强斗志。　㉚ 鼓儳(chán):击鼓(打击)不整齐的军队。鼓儳,乘敌方阵列不整齐时,即鸣鼓进击。儳,不整齐。

【赏析】　俗云:"春秋无义战。"在长达四百余年的春秋期间,各类大大小小的战争,接二连三,殆无虚日。诸侯国之间弱肉强食,你争我斗,表面上奉周天子为君王,实质上都是为了吞并他国,领袖天下。宋襄公在当时也挟天子以令诸侯,为各国霸主。但是,当此时,宋国国力大不如前,日显颓势,因此,征伐郑国,已是力不从心,而与强大的楚国对抗,更是不自量力,加之战术错误,最终一败涂地,也是不可避免的结局。

宋襄公以霸主自居,视伐郑为分内之事,已属失却自知之明,犯了战略方针错误。既而在整个战役中间,又接连坐失战机,一错再错,终遭败绩。其实,宋襄公身边有着头脑清醒、实事求是、审时度势、指挥得当的大臣。在宋襄公伐宋以及要迎战楚军时,子鱼就陈陈不可,不为所听。战争开始时,在楚军尚未渡河、队伍未成列及正在渡河之际,正是乘势出击、一举获胜的大好时机,子鱼屡次催促宋襄公发动进攻,但无奈均被拒绝。当楚军一切准备妥切,两军对垒开战,宋师立即溃不成军,不仅国君卫士被歼,连宋襄公自己也狼狈受伤。

按理说，在遭受如此惨败、国人纷纷责怪的情况下，宋襄公应该认真反思，接受教训。然而，令人齿冷的是，宋襄公却依然自以为是，自夸秉持仁义，是道德高尚的君子，一副虽败犹荣的得意神态。子鱼对此忍无可忍，终于毫不客气地批评宋襄公"未知战"，并阐申了战争的原则、军队的责任和天职、战术手段等，真知灼见，令人钦佩，只可惜遇上了一个糊涂愚蠢的国君。毛泽东在《论持久战》中讥讽宋襄公是"蠢猪式的仁义道德"，虽嫌刻薄，但将之作为反面典型，引以为戒，还是有道理的。

文章主要以宋襄公和子鱼两人的对话构成，语言富于个性，使读者从中看到宋襄公和子鱼在认识事物、分析形势和战略战术上截然不同的做法，刻画了两人的独特面貌，并通过人物形象的树立，给后人留下了有益的启迪。

重耳走国

【题解】　本文选自《左传·僖公二十三年、二十四年》，亦有拟题为《晋公子重耳之亡》。晋公子重耳自鲁僖公五年（公元前655年）出奔，至鲁僖公二十四年（公元前636年）回国即位，为晋文公，称霸诸侯。本文记载其流亡各国十九年及最终回国夺得政权、登上大位的曲折经历，颇为生动精彩。

【原文】

晋公子重耳之及于难也①。晋人伐诸蒲城②。蒲城人欲战，重耳不可，曰："保君父之命而享其生禄③，于是乎得人④。有人而校⑤，罪莫大焉。吾其奔⑥也。"遂奔狄⑦。从者狐偃、赵衰、颠颉、魏武子、司空季子⑧。狄人伐廧咎如⑨，获其二女叔隗、季隗⑩，纳诸公子⑪。公子取⑫季隗，生伯儵、叔刘⑬；以叔隗妻⑭赵衰，生盾。将适齐⑮，谓季隗曰："待我二十五年，不来而后嫁。"对曰："我二十五年矣，又如是而嫁，则就木焉⑯。请待子⑰。"处狄十二年而行⑱。

过卫⑲，卫文公不礼⑳焉。出于五鹿㉑，乞食于野人㉒，野人与之块㉓，公子怒，欲鞭之。子犯曰："天赐也。"稽首，受而载之㉔。

及齐，齐桓公㉕妻之，有马二十乘㉖，公子安之㉗。从者以为不可㉘。将行㉙，谋于桑下㉚。蚕妾在其上㉛，以告姜氏㉜。姜氏杀之，而谓公子曰："子有四方之志，其闻之者，吾杀之矣㉝。"公子曰："无之㉞。"姜曰："行也。怀与安，实败名㉟。"公子不可㊱。姜与子犯谋，醉而遣之㊲。醒，以戈逐子犯㊳。

及曹㊴,曹共公闻其骈胁,欲观其裸㊵。浴,薄而观之㊶。僖负羁㊷之妻曰:"吾观晋公子之从者,皆足以相国㊸。若以相㊹,夫子必反其国㊺。反其国,必得志于诸侯。得志于诸侯,而诛无礼,曹其首也㊻。子盍蚤自贰焉㊼。"乃馈盘飧㊽,置璧㊾焉。公子受飧反璧㊿。

及宋�,宋襄公赠之以马二十乘。

及郑㊾,郑文公亦不礼焉。叔詹㊾谏曰:"臣闻天之所启,人弗及也㊾。晋公子有三㊾焉,天其或者将建诸,君其礼焉㊾。男女同姓,其生不蕃㊾。晋公子,姬出也,而至于今,一也㊾。离外之患,而天不靖晋国,殆将启之,二也㊾。有三士足以上人而从之,三也㊾。晋、郑同侪,其过子弟,固将礼焉,况天之所启乎㊾?"弗听。

及楚㊾,楚子飨之㊾,曰:"公子若反晋国,则何以报不穀㊾?"对曰:"子女玉帛㊾,则君有之。羽毛齿革㊾,则君地生焉。其波及晋国者,君之馀也㊾。其何以报君㊾?"曰:"虽然㊾,何以报我?"对曰:"若以君之灵㊾,得反晋国,晋、楚治兵㊾,遇于中原㊾,其辟君三舍㊾。若不获命㊾,其左执鞭弭㊾、右属櫜鞬㊾,以与君周旋㊾。"子玉请杀之㊾。楚子曰:"晋公子广而俭㊾,文而有礼㊾。其从者肃而宽㊾,忠而能力㊾。晋侯无亲,外内恶之㊾。吾闻姬姓,唐叔之后,其后衰者也,其将由晋公子乎㊾。天将兴之,谁能废之?违天必有大咎㊾。"乃送诸秦㊾。

秦伯纳女五人㊾,怀嬴与焉㊾。奉匜沃盥㊾,既而挥之㊾。怒曰:"秦、晋匹也㊾,何以卑我㊾!"公子惧,降服而囚㊾。他日,公享之㊾。子犯曰:"吾不如衰之文也。请使衰从㊾。"公子赋《河水》㊾,公赋《六月》㊾。赵衰曰:"重耳拜赐㊾。"公子降㊾,拜,稽首,公降一级而辞㊾焉。衰曰:"君称所以佐天子者命重耳,重耳敢不拜㊾。"

二十四年,春,王正月㊾,秦伯纳之㊾,不书,不告入也㊾。及河㊾,子犯以璧授公子,曰:"臣负羁绁㊾从君巡于天下,臣之罪甚多矣。臣犹知之,而况君乎?请由此亡㊾。"公子曰:"所不与舅氏同心者,有如白水㊾。"投其璧于河。济河㊾,围令狐㊾,入桑泉㊾,取臼衰㊾。二月,甲午㊾,晋师㊾军于庐柳。秦伯使公子絷如晋师㊾,师退,军于郇㊾。辛丑,狐偃及秦、晋之大夫盟于郇㊾。壬寅,公子入于晋师。丙午㊾,入于曲沃㊾。丁未㊾,朝于武宫㊾。戊申㊾,使杀怀公于高梁㉔。不书,亦不告也。

　　吕、郤畏逼㉕,将焚公宫而弑晋侯㉕。寺人披㉖请见,公使让之㉗,且辞㉘焉,曰:"蒲城之役,君命一宿,女即至㉙。其后余从狄君以田渭滨㉚,女为惠公来求杀余,命女三宿㉛,女中宿至㉜。虽有君命,何其速也。夫袪犹在,女其行乎㉝。"对曰:"臣谓君之入也,其知之矣。若犹未也,又将及难㉞。君命无二,古之制也㉟。除君之恶,唯力是视㊱。蒲人、狄人,余何有焉㊲?今君即位,其无蒲、狄㊳乎?齐桓公置射钩而使管仲相,君若易之,何辱命焉㊴?行者甚众,岂唯刑臣㊵。"公见之,以难告㊶。三月,晋侯潜会秦伯于王城㊷。己丑晦㊸,公宫火,瑕甥、郤芮不获公,乃如河上㊹,秦伯诱而杀之。晋侯逆夫人嬴氏以归㊺。秦伯送卫于晋三千人,实纪纲之仆㊻。

　　初㊼,晋侯之竖头须㊽,守藏者㊾也。其出㊿也,窃藏(51)以逃,尽用以求纳之(52)。及入(53),求见,公辞焉以沐(54)。谓(55)仆人曰:"沐则心覆,心覆则图反,宜吾不得见也(56)。居者为社稷之守(57),行者为羁绁之仆(58),其亦可也,何必罪居者(59)?国君而雠匹夫,惧者甚众矣(60)。"仆人以告,公遽(61)见之。

【注释】　①"晋公子"句:晋公子重耳遭受了灾难。重(chóng)耳,姬姓,曾流亡国外十九年,回国即位,为晋文公,励精图治,晋国大盛,称霸天下,为春秋五霸之一,公元前636年至公元前628年在位。鲁僖公四年(公元前656年),晋献公听信宠姬骊姬谗言,赐太子申生自缢而死。其余二子重耳、夷吾出奔,重耳奔蒲(重耳采邑,在今山西省隰县),夷吾奔屈(夷吾采邑,在今山西省吉县)。明年,重耳逃离晋国。　②"晋人"句:晋军征伐蒲城。蒲城,在今山西省蒲城县。晋献公担心重耳在蒲城积聚力量,图谋夺位,所以起兵征伐。　③"保君父"句:依仗君父的恩命而享受采邑的封禄。保,依仗。命,赐予(名号)。生禄,供给生活的封禄(从所封土地人民得到的各种生活物资)。　④于是乎得人:从这里得到人心(拥戴)。是,代词,这里,指封邑。　⑤有人而校:得民心而(与君父)对抗。校,即较,抗衡,较量,为敌。　⑥奔:逃亡。　⑦狄:上古民族名,散处于今山东省、山西省、河南省等地,分赤狄、白狄、长狄,各有支系,因主要活动于北方,故称之为北狄。　⑧"从者"句:跟从的人有狐偃、赵衰(cuī)、颠颉(xié)、魏武子、司空季子。狐偃,重耳舅父,字子犯。赵衰,字子馀。颠颉,重耳臣子。魏武子,又名胥阝。司空季子,重耳臣子。以上诸人,在重耳回国即位后,都任为晋国大夫。　⑨"狄人"句:狄人攻伐廧(qiáng)咎如一族。廧咎如,赤狄部落名,隗(wěi)姓,一般认为活动在今河南省安阳市一带。　⑩"获其"句:俘获了隗的两个女儿叔隗和季隗。叔隗,隗的三女。季隗,隗的四女。叔,排行三。季,排行四。　⑪纳诸公子:献给公子(重耳)。纳,献。　⑫取:选取。　⑬伯儵(shū)、叔刘:大儿子伯儵、三儿子叔刘。伯,排行第一。叔,排行第三。 ⑭ 妻:嫁给。这里作动词用,(给赵衰)做妻子。 ⑮ 将适齐:打算前往齐国。将,想要,打算。适,去,前往。齐,齐国,春秋时大国、强国,在今山东省北部。 ⑯“我二十五年”三句:我(已)二十五岁了,(怎么可能再)像这样(过二十五年)而嫁,(那时)我已经死了。如是,像这样,指再过二十五年。就木,进棺材。 ⑰ 请待子:请允许我等你(回来接我)。 ⑱“处狄”句:在狄人那里待了十二年才起身离开。 ⑲ 卫:诸侯国,在今河南省濮阳市一带,姬姓,时国君为卫文公,初名辟疆,后改名毁,公元前659至公元前635年在位。 ⑳ 不礼:没有以礼接待。 ㉑ 出于五鹿:(离开卫国都城)出外到了五鹿。五鹿,卫地,在今河南省濮阳市。 ㉒ 野人:居住国都郊野的人,这里指郊外的人。野,郊外,离城市较远的地方。㉓ 块:土块,泥块。 ㉔“稽首”二句:磕头(表示感谢),装在车上载走。因土块代表土地,预兆重耳将来回国获得政权。稽首,磕头至地,表示恭敬。 ㉕ 齐桓公:齐国国君,姜姓,名小白,公元前685至公元前643年在位,当时称霸诸侯。齐桓公礼待重耳,下文说妻之(将姑娘嫁给他),还送他礼物(二十辆车)。 ㉖ 有(yòu)马二十乘(shèng):还有二十辆车(八十匹马)。有,又,另有。乘,车,一车四马。 ㉗ 安之:安然自得,安于现状。㉘ 不可:不可这样(不思进取)。 ㉙ 将行:准备动身出行(离开齐国)。将,准备,打算。㉚ 谋于桑下:在桑树下商量、谋划。 ㉛ 蚕妾在其上:养蚕女奴在桑树上(采桑叶而偷听到谈话)。蚕妾,养蚕女奴。 ㉜ 姜氏:齐桓公赠送给重耳的妻子齐姜,齐国为姜姓。㉝“子有”三句:你有远大志向,偷听到这一点(所谈计划)的人,已被我杀了。这里是姜氏试探重耳内心的真正想法。四方之志,志在天下。四方,天下。 ㉞ 无之:没有这回事。㉟“行也”三句:走吧。贪恋和安于(舒适、安逸的生活),是真的会败毁人的名声的。怀,贪恋。名,声名,名誉。 ㊱ 不可:不同意(离开齐国)。 ㊲ 醉而遣之:(把重耳)灌醉后,打发他上路(离开齐国)。 ㊳ 以戈逐子犯:拿起戈矛追逐子犯。逐,追逐。 ㊴ 及曹:抵达曹国。曹,诸侯国,在今山东省曹县一带,其时国君曹共公,姬姓,名襄,被封为伯爵,公元前653年至公元前618年在位。 ㊵“曹共公”二句:曹共公听闻重耳是骈胁,就想看看他的裸身。骈胁,肋骨连成一片。骈,并排。胁,肋骨。 ㊶ 薄而观之:靠近观看。薄,接近,靠近。 ㊷ 僖负羁:曹国大夫。 ㊸“吾观”二句:我观察晋公子的随从者,(才能)都足以担任相国。 ㊹ 若以相:如果让他们(随从者)来辅佐(重耳)。相,辅助,帮助。㊺“夫子”句:那个人必定会回到他的国家。夫,这,那。子,对男子的美称、尊称,这里指重耳。反,即“返”。 ㊻“得志于”三句:得志于诸侯,然后讨伐(曾经对他)无礼的国家,曹国是第一个。诛,讨伐。 ㊼“子盍”句:你何不自己表现与人不同呢。盍,何,怎么。自贰,自己做得不一样。贰,不同。这里是僖负羁之妻要僖负羁与曹国其他人不一样,礼待重耳。 ㊽ 乃馈盘飧(sūn):于是送上一盘餐食。飧,这里指酒食。 ㊾ 置璧:在酒食中放上玉璧(以表敬意)。 ㊿ 反璧:归还玉璧(不受)。反,即“返”,返还。 (51) 及宋:到达宋国。宋,诸侯国,子姓,在今河南省商丘市,此时国君为宋襄公,名兹甫,公元前650年至公元前637年在位。 (52) 及郑:抵达郑国。郑,诸侯国,姬姓,在今河南省新郑市,此时国君为郑文公,名踕(jié),公元前672 至公元前628年在位。 (53) 叔詹:郑国贵族,郑文公之弟。 (54)“臣闻”二句:我听闻上天所开导的智慧(的人),常人是不能企及(赶上)的。启,开导(其心智,使其获胜)。及,赶上。 (55) 有三:有三点(与众不同之处)。 (56)“天

"其或者"二句：上天可能有意要建立他(使其成就大业)，您还是礼遇他吧。或者，或许。建诸，建之乎，建立其(功业)。礼，这里作动词用，礼待，礼遇。　㊼"男女"二句：男女(夫妇)同姓，其所生子孙不会繁盛。重耳之父晋献公诡诸与母狐都是姬姓。蕃，兴旺。古代认为同姓成亲，子孙不能旺盛，故同姓不通婚。　㊽"晋公子"四句：晋公子重耳是姬姓母亲所生，但一直活到今天(并不因为同姓而夭亡)，此其一。这里是说重耳与众不同。　㊾"离外"四句：蒙受流亡在外的灾难，而上天不安定晋国，大概是要为他(重耳)开启(复国之路，让他去做国君，安定国家)，此其二。殆，大概。靖，安定。启，打开，开启。　㊿"有三士"二句：拥有三位士就足以居于人之上而使人跟随他，此其三。三士，指狐偃等人。士，有智慧的贤者。上人，凌驾于他人之上。　㊶"晋郑"四句：晋国和郑国是同辈(地位相当)，他们经过同辈子弟(的国家)，当然要礼待他，何况他是上天开导的人。同侪(chái)，同辈。子弟，这里指兄弟。晋、郑二国均是姬姓，都是周室子弟后裔。　㊷及楚：抵达楚国。楚，位于长江流域的大国，芈(mǐ)姓，此时国力强盛，疆域扩及今长江中下游及河南省、四川省，此时国君为楚成王，名恽(yùn)，公元前671至公元前626年在位。　㊸楚子飨(xiǎng)之：楚君设宴款待重耳。楚子，楚成王，北方诸侯鄙视楚国，称楚君为子，而楚君自称为王。飨，设宴款待。　㊹不穀：不善，楚君谦称。穀，善，良。　㊺子女玉帛：人民珍宝财富。子女，男和女，指人民。玉帛，指财富。　㊻羽毛齿革：飞禽走兽、各类象牙皮革等。　㊼"其波及"二句：扩散到晋国的(东西)，只是您多余的东西。这里指楚国地广人多物博。　㊽其何以报君：那用什么来报答您(楚君)？这里的意思是没有什么可以用来报答您的。　㊾虽然：即使这样。　㊿"若以"句：如托您的灵气(托您的福)。　㊶治兵：(征伐)交战，打仗。　㊷中原：这里指北方。　㊸辟君三舍：(向后退兵)避开您(的军队)九十里。辟，退避。舍，一舍三十里。　㊹获命：批准，应允。　㊺左执鞭弭：左手拿着马鞭和弓。弭，弓。　㊻右属櫜(tuó)鞬：右手佩着櫜鞬。属，佩戴。櫜鞬，装弓箭的器具。櫜，口袋。鞬，置于马上放弓箭的器具。　㊼周旋：相互追逐。　㊽子玉请杀之：子玉请求杀了他(重耳)。子玉，楚国令尹(相当于相国)，名得臣。　㊾广而俭：志向广远而能自我约束。俭，约束，限制，节制。这里是说重耳志向远大但不张扬。　㊿文而有礼：文质彬彬有礼仪。　㊶肃而宽：神态严肃而待人宽厚。　㊷忠而能力：忠诚而能胜任(使命)。能力，具备胜任使命的能力和条件。　㊸"晋侯"二句：晋君众叛亲离，国内外都厌恶他。晋侯，即夷吾，此时已继位为晋惠公，公元前650年至公元前637年在位。恶之，厌恶他。　㊹"吾闻"三句：我听闻唐叔的晋国会是最后衰落的，这是指晋公子(重耳)要执政吧。唐叔，即唐叔虞，周武王幼子、周成王之弟，封于晋，为晋国始祖。这里的意思是说晋国国运非常长久。　㊺"天将"三句：上天要想使晋国兴盛，谁能阻止呢？违背天意必定会有大灾难。将，打算。废，中止，停止。咎，灾祸，灾难。　㊻乃送诸秦：于是把(重耳一行)送往秦国。秦，当时国力强盛的诸侯国，国君为秦穆公，即下文所说的秦伯，嬴姓，名任好，公元前659年至公元前621年在位。　㊼"秦伯"句：秦穆公把五个女子嫁与重耳。纳，献，这里是客气的说法。　㊽怀嬴与焉：怀嬴也在这五人之中。怀嬴，秦穆公女儿，曾嫁给晋惠公之子圉(当时在秦国为人质)。圉逃归晋国，继位为晋怀公。此次，秦穆公又把怀嬴嫁与重耳作媵妾。　㊾奉匜沃盥：捧持盛水器浇水伺候重耳洗手。奉，通"捧"。匜，即"匜"(yí)，盛器，可盛水用于盥洗。沃，浇。盥，以手接水洗手。　㊿既而挥之:洗完后挥手令(怀嬴)退下。　㉑秦晋匹也:秦、晋是平等的(国家)。匹,相当,相配。㉒卑我:看低我。卑,卑贱,低贱,这里作动词用,(把我看得)卑贱。㉓降服而囚:脱去衣服,自我囚禁(向怀嬴请罪)。㉔享之:宴请他(重耳)。享,宴请。㉕"吾不如"二句:我不如赵衰有修养、懂礼节,请您让赵衰随从(您去赴宴)。文,这里意思较复杂,根据文意,应为态度柔和、熟悉礼节仪式、能言有辩才等。㉖《河水》:学者认为即《诗经·小雅》中的《沔水》一诗,开首有"沔彼流水,朝宗于海"句。重耳吟诵此诗,是颂扬秦国海纳百川,晋人均向往、归向秦国。㉗《六月》:《诗经·小雅》中有《六月》一诗,开首有"六月栖栖,戎车既饬"句,意为急急忙忙,战车已备好。此诗是叙尹吉甫辅佐周宣王北伐获胜之事。这里是说秦穆公祝愿重耳重返晋国,成为辅佐周天子的诸侯。栖栖,急忙不安。㉘"赵衰曰"二句:赵衰说:"重耳拜谢(秦王)所赐。"拜赐,拜谢所赐。这里是赵衰要重耳感谢秦穆公的良好祝愿,以示恭敬。　㉙降:下(台阶,表示隆重、郑重)。　㉚辞:辞谢。㉛"君称"二句:您吟诵诗歌,勉励重耳以辅佐天子为使命,重耳怎敢不拜谢。　㉜王正月:周历正月,此年为公元前 636 年。王,周天子。　㉝秦伯纳之:秦穆公(派军队用武力)帮助重耳进入晋国。纳,使进入。　㉞"不书"二句:(《春秋》)没有记载,(是因为)没有告知(鲁国)进入晋国(这件事)。《春秋》是鲁国的史书,《左传》是对《春秋》作阐明的史著。　㉟及河:到达黄河(边)。及,到,到达。河,在古代著作中一般指黄河。　㊱负羁继(xiè):承受马络头和缰绳。羁,套于马头的络头。继,缰绳。这里是说(跟随重耳流亡)鞍前马后奔波效劳。　㊲请由此亡:请(允许我)从此流亡国外。这里是说狐偃见重耳将回国,大功告成,担心君臣可共患难,但不能同享福。　㊳"所不与"二句:如有不能和舅父同心(的念头),就像这白水那样。这里是说以黄河水为证,一定和狐偃同心一意。㊴济河:渡过黄河。济,渡,渡过。　㊵围令狐:包围令狐。令狐,晋国地名,在今山西省临猗县。　㊶入桑泉:进入桑泉。桑泉,在今山西省运城市。　㊷取臼衰(cuī):收取臼衰。臼衰,在今山西省运城市。　㊸甲午:初四日。　㊹晋师:晋怀公的军队。晋怀公派军队阻止重耳回国。　㊺"秦伯"句:秦穆公派公子絷前往晋师(劝说退兵,不要阻止重耳回国)。　㊻军于郇(xún):(晋师)驻扎于郇。郇,在今山西省临猗县。　㊼"辛丑"二句:辛丑日,狐偃和秦、晋两国的大夫在郇地达成盟约。辛丑,十一日。　㊽壬寅:十二日。㊾丙午:十六日。　㊿曲沃:在今山西省曲沃县。　(51)丁未:十七日。　(52)朝于武宫:在武宫进行朝拜。武宫,重耳祖父晋武公的神庙。　(53)戊申:十八日。　(54)"使杀"句:(重耳)派人在高梁杀了晋怀公。高梁,在今山西省临汾市。　(55)"吕、郤"二句:吕甥、郤芮二人害怕(受到重耳的)逼迫,打算焚烧晋文公的宫殿并杀了他。吕甥(亦作瑕吕饴生,故下文称瑕甥)、郤芮,均为晋惠公、晋怀公的旧臣。畏,害怕。逼,逼迫,威胁。将,打算,想要。公,晋文公重耳。弑,下杀上称为弑。晋侯,即重耳。　(56)寺人披:阉人披。寺人,宫中君主的近侍,多以阉人充任,后代称为太监。披,人名。　(57)公使让之:晋文公重耳派人责备、谴责他(披)。让,责备,谴责。　(58)辞:推辞(不接见)。　(59)"蒲城"三句:在蒲城那一仗,(晋)献公命你一夜(天)到达,(而)你立即抵达。女,通"汝",你。这里是指责寺人披效忠晋献公,曾奉命到蒲城和狄刺杀重耳,十分迅速。重耳开始逃亡时,曾至自己的采邑蒲城,后又避入狄的部落。　(60)"其后"句:那以后我随着狄的首领到渭河边打猎。狄君,狄部落的首领。田,打猎。渭,黄河支流,主要流经今陕西省中南部。滨,水边。

(131) 命女三宿:命令你三夜(抵达)。 (132) 女中宿至:你中宿就到了。中宿,(三夜中的)第二夜(天)。 (133)"夫袪"二句:那袖管还在,你走吧。夫,那,这。袪,袖管。那次寺人披没能刺杀重耳,只砍断了他的一条袖管。 (134)"臣谓"四句:臣下以为您(虽然)已进入晋国(登上君位),当然应该知道为君之道,(但)好像并未明白这一点,(恐怕)又要有灾难了。入,进入(回到晋国)。知之,知道为君之道。及难,遇上灾难。难,祸患。 (135)"君命"二句:(对)君主的旨命,(臣子)不能有二话(坚决执行,不能违抗)。 (136)"除君"二句:(为)国君除恶,一定要全力以赴。唯力是视,只是按照自己的能力(而行),尽力而为。是,重复指代词,指力。 (137)"蒲人"二句:蒲人、狄人,与我有什么关系呢?这里是指当时重耳在蒲城和狄的部落,等于是蒲人、狄人(而不是晋国的公子)。 (138) 其无蒲、狄乎:难道没有在蒲城和狄地时遇到的那样的敌人吗?这里是指现在仍然有人要害晋文公。其,加重语气,用于反问,难道。 (139)"齐桓公"三句:齐桓公搁置了管仲射中自己钩一事而用他为相,而您如果和齐桓公不一样(而记仇),那何必要您下命令呢(我自己会离开)?钩,衣带上上的钩。辱命,这里是有辱您、(使)受辱的意思。鲁庄公九年(公元前685年),鲁国攻打齐国,帮助公子纠(齐桓公庶兄)与齐桓公争夺大位,管仲效力于公子纠,射中齐桓公腰带上的钩,后齐桓公夺得政权,不计前嫌,重用管仲为相。 (140)"行者"二句:(如果晋文公不宽恕曾效忠晋惠公、晋怀公的人,那么)离开晋国的人会很多,岂止是我一人。刑臣,受过(宫)刑的臣子,披是阉人,所以自称刑臣。 (141) 以难告:把(在吕甥、郤芮二人图谋)发难的事告诉(晋文公)。 (142)"晋侯"句:晋文公悄悄地和秦穆公在王城会面(避难)。潜,暗中,秘密。王城,秦国地名,在今陕西省大荔县。 (143) 己丑晦:三月的最后一天。己丑,三月。晦,旧历每月第一天称朔日,十五日称望日,最后一天称晦日。 (144) 如河上:到黄河边上。如,往,到。 (145)"晋侯"句:晋文公迎接夫人怀嬴回到晋国。逆,迎接。 (146)"秦伯"句:秦穆公派了三千人的卫队到晋国,充实其仆从队伍。实,充实。纪纲,这里指担任警卫任务的仆从。 (147) 初:起先,这里指重耳回国后不久的时候。 (148) 竖头须:名叫头须的小臣。竖,地位低下的小吏。 (149) 守藏者:看守库藏的人。 (150) 其出:重耳离开(晋国)。其,指重耳。 (151) 窃藏:窃盗库藏的东西。 (152)"尽用"句:用所有(窃得)的东西来谋求重耳回国。纳,使进入(晋国)。 (153) 及入:等到(重耳)回国。 (154) 公辞焉以沐:晋文公以正在洗头(为由)推却(不见头须)。沐,洗头发。 (155) 谓:(头须)告诉。 (156)"沐则"三句:洗头发就要低下头(脸朝下),那心(也)朝下;心朝下就(意味着)想法错了,理应我不得被接见了。覆,翻转向下。图,意图,想法。反,与正确相对的反面。宜,理应如此。 (157)"居者"句:在国内的人是国家的守护者。社稷,国君所祭祀的土神和谷神为社、稷,也指称国家。这里所说的意思是留在国内未跟随重耳流亡的人也是国家的守护者。 (158)"行者"句:跟随(重耳)流亡的是鞍前马后奔波效力的人。 (159) 何必罪居者:何必要加罪于留在国内的臣子呢? (160)"国君"二句:(作为)国君而要报复平常的人,(那)恐惧(国君)的人会很多。雠,报复。这里指如是这样,晋文公会失去众人拥戴。 (161) 遽:立即,快速。

【赏析】 晋文公重耳从被迫出逃,流亡各国,至复国即位,历时十九年,整个过程起伏跌宕,极为曲折生动,是《左传》中有名的史实,也是极富戏剧性的人物传记。

重耳在流亡前,虽已有四十多岁,但作为贵公子,一直养尊处优,未经磨砺,不谙世道。在国内政局骤变之际,他可说是仓皇出逃,茫茫然不知所向。在狄人部落,共待了十二年,除了没有更好的去处外,也是因为得到了狄人的善待,这也可见那时民族之间的和善关系。此后,他先后到了卫、齐、曹、宋、郑、楚、秦等大小国家。这些国家的国君有礼待他的,也有不予欢迎,甚至对之轻薄无礼的。这让重耳尝尽了世态的炎凉,懂得了世道人心的复杂。当然,重耳也不是一下子就成熟起来的。在齐国,齐桓公不仅赠送美女做其妻室,而且还为他提供优裕的物资生活待遇,这使得重耳"乐不思晋",忘记了肩负的回国夺取政权的历史使命,似乎甘心永远寄人篱下做寓公了。在妻子及众大臣的帮助下,重耳渐渐变得意气奋发,胸怀大志,牢记使命,以登上晋国大位、建立强大国家为己任,终于在秦穆公的帮助下,成功地达到了自己的目标。更有意思的是,在重耳回国即位后,一面诛杀佞臣、叛臣,一面任用贤能,改良国内政治,展开外交活动,还以广博的胸怀,宽恕且任用了一些曾为晋惠公、晋怀公做事甚至伤害过自己的人,来换取他们尽忠效命,表现出一个杰出君主应有的风度和气魄。这样,晋文公励精图治,很快使晋国强盛起来,经过与楚国在城濮的一场大战,大获全胜而成为挟天子以令诸侯的天下霸主。

晋文公重耳在位虽然仅有短短九年(公元前636年至公元前628年),但取得了彪炳史册的成就,溯其根源,不能不归功于十九年的流亡生涯给他的磨练和智慧。《左传》以简练的文笔清晰地描述了这一切,如果接续后来的"城濮之战"等重大事件,则非常完满地勾勒出晋文公的传奇人生,从文学的角度看,犹如一部长篇小说的精彩梗概,读之令人不忍释手。

介之推不言禄

【题解】 本文选自《左传·僖公二十四年》。晋公子重耳流亡各国十九年后,最终在秦穆公的帮助下,回国夺取政权,即位为晋文公,赏赐跟随其流亡的诸大臣。介之推不愿领赏享禄,得到其母赞同,一起隐于绵山而终。

【原文】
晋侯赏从亡者①,介之推不言禄,禄亦弗及②。

推曰:"献公之子九人,唯君在矣③。惠、怀无亲④,外内弃之⑤。天未绝晋,必将有主⑥。主晋祀者,非君而谁⑦?天实置之⑧,而二三子以为己力⑨,不亦诬乎⑩?窃人之财,犹谓之盗,况贪天之功以为己力乎⑪？下义其罪，上赏其奸，上下相蒙，难与处矣⑫！"其母曰："盍亦求之，以死谁怼⑬？"对曰："尤而效之，罪又甚焉，且出怨言，不食其食⑭。"其母曰："亦使知之若何⑮？"对曰："言，身之文也⑯。身将隐，焉用文之？是求显也⑰。"其母曰："能如是乎？与女偕隐⑱。"遂隐而死。

晋侯求之，不获，以绵上为之田⑲，曰："以志吾过，且旌善人⑳。"

【注释】 ①"晋侯"句：晋文公赏赐跟随一起流亡的人。晋侯，晋文公，姬姓，名重耳，曾流亡国外十九年，回国即位，为晋文公，励精图治，晋国大盛，称霸天下，为春秋五霸之一，公元前636年至公元前628年在位。从亡者，跟从流亡的人。 ②"介之推"二句：介之推不求赏赐，就没得到封禄。介之推，姓介名推，之为助词，无义。言，诉说，诉求，这里有请求的意思。禄，封禄，受封而得到的封禄。弗及，（封赏）没有给（介之推）。 ③"献公"二句：晋献公有九个儿子，只有晋文公重耳还在。 ④惠、怀无亲：晋惠公、晋怀公众叛亲离。无亲，没有亲近的人。 ⑤外内弃之：国内外（诸侯、臣民）都抛弃他们。 ⑥"天未"二句：上天没有绝灭晋国，那一定会有明主（产生）。 ⑦"主晋祀"二句：主持晋国祭祀的人，除了晋文公还有谁呢？主晋祀，意思是主持晋国政权。 ⑧天实置之：上天确是安排晋文公执掌国家政权。置，设立，设置，这里有受之天命的意思。 ⑨"而二三子"句：而那几个人以为是靠了自己的力量（重耳才得以复国的）。二三子，指跟随重耳流亡的诸大臣。 ⑩不亦诬乎：不也很荒唐吗？诬，虚妄，不实，这里有荒唐的意思。 ⑪"窃人"三句：偷窃他人财物，尚且称之为盗，何况贪图上天赐予的功劳当作自己力量所得。贪天之功，贪图上天赐予的功劳，指贪图不属于自己的功劳。 ⑫"下义"四句：在下（的臣子）把（"贪天之功，以为己力"这样）有罪的事粉饰为正义的，在上（的国君）赏赐那些奸猾之徒，上下相互欺蒙，（实在是）难以和他们相处了。义，这里作动词用，当作（正义）。处，相处，这里指共事。 ⑬"盍亦"二句：何（不）也去求赏呢？（否则，直至死）又去埋怨谁呢？盍，何，怎么。怼（duì），怨恨。 ⑭"尤而"四句：（既然认为贪天之功为己有）是错误而去仿效它，罪过更为严重。而且（我已对这样的错误）发出不满和批评，（所以）不能领受晋文公的封赏了。尤，罪过。甚，过分，严重。怨言，这里指不满和批评。食，前一个食为食用即领受的意思，后一个食是指晋文公的赏赐。 ⑮"亦使"句：也让（晋文公）知道（未赏赐你的）情况。 ⑯"言"二句：言辞，是人身上的文饰。文，文饰，这里指人的外在表现。 ⑰"身将隐"三句：自身打算要隐逸，还要用什么文饰。（如用了）那是在求彰显自己。将，打算，想要。焉，怎么，哪里。显，彰显而让人知道。 ⑱"能如是"二句：能做到这样吗？（我）和你一起归隐。女，通"汝"，你。 ⑲"以绵上"句：把绵上之地作为介之推的祭田。绵上，在今山西省介休市、灵石县、沁源县一带。 ⑳"以志"二句：用以记载我（忽略贤臣）的过失，且表彰善人。志，记载。旌（jīng），表彰。

【赏析】 晋公子重耳流亡各国十九年，在临近古稀之年，终于回国登上君位,自然要封赏那些跟随其历尽磨难的忠臣,而各大臣也把领受封赏看作情理之中的事。但是,介之推却认为,这十九年来的风风雨雨,最终取得的成功,都是上天的安排,并非人力所成,更不是臣子们的功劳。因此,他自己没有去邀功讨赏,还激烈批评晋文公封赏和忠臣领赏的行为。

　　介之推认为,封赏诸臣,是在表明晋文公的成功是人力所成就,是重耳与臣子们的努力得来的。文中提到了"惠、怀无亲,外内弃之"、"天未绝晋,必将有主",意思是指为国君者,是要顺应天命的,如果暴虐无道,则终将众叛亲离,为天下人所抛弃。而重耳的即位是上天所安排,是要重耳作为一个明君,继承和发展晋国的社稷。所以,这是"天之功"。而如今,那些臣子们一个个沾沾自喜,以为自己立下了大功,纷纷居功受赏,在介之推看来,这是有罪的,是奸邪之徒。在这样的情况下,介之推觉得再也不能与他们同流合污,而决定远避隐居。对于这个决定,介之推的母亲一开始并不确信,所以,她带有试探性地询问介之推,是否向晋文公求赏,得到的是斩钉截铁的否定。介之推向母亲表明自己不求功与名的坚定决心,其母予以支持,母子二人一起隐于绵山,终老山中。

　　民间对介之推有很多传说,尊之为贤人,留下了如寒食节等民间风俗,两千五百多年来,一直受到人们的怀念。

展喜犒师

【题解】　本文选自《左传·僖公二十六年》。齐孝公率军侵犯鲁国,鲁僖公派展喜前往齐营,借犒师为名,陈述大义,终于使齐孝公退兵还师,避免了一场战争。

【原文】

　　齐孝公伐我北鄙①。公使展喜犒师②,使受命于展禽③。

　　齐侯未入竟④,展喜从之⑤,曰:"寡君闻君亲举玉趾⑥,将辱于敝邑⑦,使下臣犒执事⑧。"齐侯曰:"鲁人恐⑨乎?"对曰:"小人⑩恐矣,君子则否。"齐侯曰:"室如县罄⑪,野无青草⑫,何恃⑬而不恐?"对曰:"恃先王之命⑭。昔周公、大公⑮,股肱周室⑯,夹辅成王⑰。成王劳之⑱,而赐之盟⑲。曰:'世世子孙,无相害也。'载在盟府⑳,大师职之㉑。桓公是以纠合诸侯㉒,而谋其不协㉓,弥缝其阙㉔,而匡救其灾㉕,昭旧职㉖也。及君即位,诸侯之望㉗曰:'其率桓之功㉘。'我敝邑用不敢保聚㉙。曰：'岂其嗣世九年，而弃命废职，其若先君何㉚？'君必不然㉛。恃此以不恐。"

齐侯乃还㉜。

【注释】 ①"齐孝公"句：齐孝公攻伐我北部边境。齐孝公，姜姓，名昭，公元前642年至公元前633年在位。我，鲁国。鄙，边境。 ②"公使"句：鲁僖公派遣展喜去犒劳齐师。展喜，鲁国大夫。 ③"使受命"句：让他（展喜）去向展禽请教（犒劳齐师的辞令）。使，让。受命，这里是请教的意思。展禽，名获，展喜之兄，鲁国大夫。 ④竟：通"境"，边境，疆界。 ⑤从之：这里是迎上前去的意思。 ⑥"寡君"句：我们国君听说您亲自动身。寡君，谦辞，指鲁僖公。举，抬起。玉趾，尊称人的脚步。 ⑦将辱于敝邑：打算要来到我国。将，打算。辱，受辱。这里是屈驾的意思。敝邑，谦辞，指鲁国。这里是对齐国将要入侵鲁国的婉转说法。 ⑧执事：执掌职守的官员。这里指齐师。 ⑨恐：恐慌，害怕。 ⑩小人：平民。 ⑪室如县磬：府库内一无所有。室，这里指国家府库。县磬，空乏无物。县，"悬"的本字。磬，尽。 ⑫野无青草：旷野中（连）青草都不长，形容不长五谷粮食及果蔬之类。 ⑬恃：依仗，凭借。 ⑭先王之命：先王的遗命。这里指下文所说的周成王曾告诫"世世子孙，无相害也"的话。 ⑮周公、大公：周公，姬旦，辅佐周成王，鲁国的祖先。大公，即太公姜尚，封于齐，齐国的祖先。大，"太"的古字。 ⑯股肱周室：辅佐周室。股肱，大腿和胳膊，比喻辅佐君王的得力大臣，这里作动词用，辅佐。 ⑰夹辅成王：辅佐周成王。夹辅，辅佐。 ⑱劳之：慰劳赏赐周公、大公。 ⑲赐之盟：赐予他们盟约。 ⑳载在盟府：记载（的盟书）藏于盟府。盟府，保存盟约文书的官府机构。 ㉑大师职之：太师负责掌管盟约。职，主管。 ㉒"桓公"句：齐桓公因此纠合诸侯。桓公，即齐桓公，齐国国君，姜姓，名小白，春秋五霸之一，公元前685至公元前643年在位。是以，即"以是"，因此。纠合，集合，聚集。 ㉓谋其不协：谋求解决诸侯间的矛盾。不协，不协调，矛盾。 ㉔弥缝其阙：弥补诸侯间的裂痕。阙，裂痕，疏失，缺漏，这里也有不和谐、矛盾的意思。 ㉕匡救其灾：救助诸侯间的灾难。匡救，匡正补救。 ㉖昭旧职：昭明原有的职守。昭，昭明，发扬光大。旧职，原来的（辅佐周室的）职守。 ㉗望：希望，愿望。 ㉘"其率"句：（能）继承齐桓公的功业。其，表示推测或愿望，有大概或应当可以的意思。率，遵循，继承。 ㉙"我敝邑"句：我们鲁国因而不敢治兵屯粮。保，修城保卫。聚，聚众储粮。 ㉚"岂其"三句：难道他（齐孝公）继位才九年，就会抛弃自己（辅佐周室）的使命、废掉自己的职守，那怎么对得起他的先君（齐桓公）。嗣世，继位。若何，怎么。 ㉛不然：不这样。然，这样，如此。 ㉜还：回去，这里是退兵的意思。

【赏析】 鲁国是周朝开国宗室周公之后，而齐国为周朝建国功臣姜尚之后，同处今之山东半岛，一在北，一在西南，鲁弱齐强。齐国国君齐孝公之父齐桓公为春秋霸主，及齐孝公继位，依仗强大国力，图谋侵犯鲁国。在这样的危急关头，鲁国显然没有力量迎战。为了保全国家，鲁僖公派遣展喜前往，展开外交活动。展喜在行前,遵照鲁僖公的指示,先向兄长展禽做了请教。

展喜在齐师尚未入境之际,先行来到齐营。当齐孝公问到"鲁人恐乎"时,展喜的回答是"小人恐矣,君子则否"。那么,为什么君子不恐惧呢?展喜告诉齐孝公,鲁、齐同为忠心辅佐周室的功臣后裔,曾有盟约,世世代代不加相害。齐桓公称霸天下,也仍是尽心尽力协调诸侯国的关系,维护周室的统治。这是天下人的愿望,也是齐国作为一个强国的职责和义务。鲁国信任齐国,从不考虑修兵筑城保卫自己国家,也不相信继位才九年的齐孝公会背叛先君的遗愿和功业,废弃自己的职守,来侵犯他国。这是鲁国君子之所以不惧怕的原因。换言之,如果鲁国小人所惧怕的情况产生的话,那么,齐孝公自然也应归属于小人之类了。在展喜善加辩说、巧妙应对下,理屈词穷的齐孝公不得不放弃了攻伐鲁国的念头。

这是一个典型的折冲樽俎的事例。文章虽然简短,描述也主要以对话组成,但是,通过人物之间的话语,我们还是能看到齐孝公和展喜不同的表现和性格特征。在齐孝公问展喜"鲁人恐乎"及"(鲁国)室如县罄,野无青草,何恃而不恐"时,读者似乎看到了一个恃强自傲、不可一世的霸主形象,而在展喜一番义正词严的陈述后,即行退师,并未见其有任何反驳,可见其自知理亏而无言以对,其骄横之气即使没有消退,也被展喜暂时压下去了。而展喜引经据典,处处以周室大义为重,占据道德高峰,为维护鲁国安全,能言善辩,无畏无惧,也树立了一个正义凛然的使臣形象。

晋楚城濮之战

【题解】 本文选自《左传·僖公二十八年》。春秋诸侯各国争雄,北方的齐国此时独步天下。晋国公子重耳复辟即位,为晋文公,励精图治,也企图称霸。而南方的楚国疆域辽阔,国力强盛,威逼北方诸雄,致使齐、晋等均视之为心腹大患。于是,在鲁僖公二十八年(公元前632年)春,晋、楚两国军队在城濮(在今山东省范县)进行了一场大战。结果晋军大胜,奠定了其称霸的基础。

【原文】

宋人使门尹般如晋师告急①。公②曰:"宋人告急,舍之则绝③,告楚不许④。我欲战矣,齐、秦未可,若之何⑤?"先轸⑥曰:"使宋舍我而赂齐、秦,藉之告楚⑦。我执曹君,而分曹、卫之田以赐宋人⑧。楚爱⑨曹、卫,必不许也。喜赂怒顽⑩,能无战乎?"公说⑪,执曹伯,分曹、卫之田以畀⑫宋人。

楚子入居于申⑬，使申叔去穀⑭，使子玉去宋⑮，曰："无从⑯晋师。晋侯⑰在外十九年矣，而果得晋国。险阻艰难，备尝之矣；民之情伪⑱，尽知之矣。天假之年，而除其害⑲。天之所置，其可废乎⑳？《军志》㉑曰：'允当则归㉒。'又曰：'知难而退。'又曰：'有德不可敌㉓。'此三志㉔者，晋之谓㉕矣。"

子玉使伯棼㉖请战，曰："非敢必有功也，愿以间执谗慝之口㉗。"王怒，少与之师，唯西广、东宫与若敖之六卒实从之㉘。

子玉使宛春㉙告于晋师曰："请复卫侯而封曹，臣亦释宋之围㉚。"子犯㉛曰："子玉无礼哉！君取一，臣取二，不可失矣㉜。"先轸曰："子与之㉝。定人之谓礼㉞，楚一言而定三国，我一言而亡之㉟。我则无礼，何以战乎？不许楚言，是弃宋也。救而弃之，谓诸侯何㊱？楚有三施，我有三怨，怨仇已多，将何以战㊲？不如私许复曹、卫以携之㊳，执宛春以怒楚，既战而后图之㊴。"公说㊵，乃拘宛春于卫，且私许复曹、卫。曹、卫告绝㊶于楚。

子玉怒，从晋师。晋师退。军吏曰："以君辟㊷臣，辱也。且楚师老㊸矣，何故退？"子犯曰："师直为壮，曲为老。岂在久乎㊹？微楚之惠不及此，退三舍辟之，所以报也㊺。背惠食言，以亢其仇㊻，我曲楚直。其众素饱㊼，不可谓老。我退而楚还，我将何求？若其不还，君退臣犯，曲在彼矣。"退三舍。楚众欲止，子玉不可。

夏四月戊辰，晋侯、宋公、齐国归父、崔夭、秦小子憖次于城濮㊽。楚师背酅而舍㊾，晋侯患之㊿，听舆人之诵㉛，曰："原田每每，舍其旧而新是谋㉜。"公疑焉㉝。子犯曰："战也。战而捷，必得诸侯㉞。若其不捷，表里山河㉟，必无害也。"公曰："若楚惠何㊱？"栾贞子㊲曰："汉阳诸姬，楚实尽之㊳。思小惠而忘大耻，不如战也。"晋侯梦与楚子搏，楚子伏己而盬其脑，是以惧㊴。子犯曰："吉。我得天，楚伏其罪，吾且柔之矣㊵。"

子玉使斗勃㊶请战，曰："请与君之士戏㊷，君冯轼㊸而观之，得臣与寓目㊹焉。"晋侯使栾枝对曰："寡君闻命㊺矣。楚君之惠，未之敢忘，是以在此㊻。为大夫退，其敢当君乎㊼？既不获命㊽矣，敢烦大夫㊾，谓二三子㊿，戒尔车乘㉛，敬尔君事㉜，诘朝将见㉝。"

晋车七百乘，韅、靷、鞅、靽㉔。晋侯登有莘之虚以观师㉕，曰："少长有礼，其可用也㉖。"遂伐其木以益其兵㉗。己巳㉘，晋师陈于莘北㉙，胥臣以下军之佐当陈、蔡㉚。子玉以若敖六卒将中军㉛，曰："今日必无晋矣㉜。"子西将左㉝，子上将右㉞。

胥臣蒙马以虎皮㉟，先犯㊱陈、蔡。陈、蔡奔㊲，楚右师溃。狐毛设二旆而退之㊳，栾枝使舆曳柴而伪遁㊴，楚师驰之㊵。原轸、郤溱以中军公族横击之㊶。狐毛、狐偃以上军夹攻子西，楚左师溃。楚师败绩㊷。子玉收其卒而止㊸，故不败。

晋师三日馆谷㊹，及癸酉㊺而还。甲午㊻，至于衡雍㊼，作王宫于践土㊽。

乡役之三月㊾，郑伯如楚致其师㊿，为楚师既败而惧，使子人九行成于晋(101)。晋栾枝入盟(102)郑伯。五月丙午(103)，晋侯及郑伯盟于衡雍。丁未(104)，献楚俘于王(105)，驷介百乘(106)，徒兵千(107)。郑伯傅王(108)，用平礼也。己酉(109)，王享醴(110)，命晋侯宥(111)。王命尹氏及王子虎、内史叔兴父策命晋侯为侯伯(112)，赐之大辂之服(113)、戎辂之服(114)，彤弓一(115)，彤矢百(116)，玈弓矢千(117)，秬鬯一卣(118)，虎贲(119)三百人。曰："王谓叔父，敬服王命，以绥四国，纠逖王慝(120)。"晋侯三辞(121)，从命(122)。曰："重耳敢再拜稽首，奉扬天子之丕显休命(123)。"受策(124)以出，出入三觐(125)。

卫侯(126)闻楚师败，惧，出奔楚，遂适陈(127)，使元咺奉叔武以受盟(128)。癸亥(129)，王子虎盟诸侯于王庭(130)，要言(131)曰："皆奖王室，无相害也(132)。有渝此盟，明神殛之，俾队其师，无克祚国，及而玄孙，无有老幼(133)。"君子谓是盟也信，谓晋于是役也能以德攻(134)。

初(135)，楚子玉自为琼弁玉缨(136)，未之服(137)也。先战(138)，梦河神(139)谓己曰："畀余，余赐女孟诸之麋(140)。"弗致(141)也。大心与子西使荣黄谏(142)，弗听。荣季曰："死而利国，犹或为之，况琼玉乎(143)！是粪土也，而可以济师，将何爱焉(144)？"弗听。出，告二子曰："非神败令尹(145)，令尹其不勤民(146)，实自败(147)也。"既败，王使谓之(148)曰："大夫若入，其若申、息之老何(149)？"子西、孙伯曰："得臣将死，二臣止之，曰：'君其将以为戮(150)。'"及连谷而死(151)。

晋侯闻之，而后喜可知(152)也。曰："莫余毒也已(153)！"蒍吕臣实为令尹(154)，奉己而已，不在民矣(155)。

【注释】 ①"宋人"句:宋国派遣门尹般到晋军告急。宋,诸侯国,子姓,在今河南省商丘市一带。门尹,管门的官员。般,人名。如,去,到。楚军攻打叛楚的宋国,宋人向晋国求救。 ②公:即晋文公,姬姓,名重耳,曾流亡国外十九年,回国即位,为晋文公,励精图治,晋国大盛,称霸天下,为春秋五霸之一,公元前636年至公元前628年在位。 ③舍之则绝:如舍弃宋国(不救),则会断绝两国关系。 ④告楚不许:请楚国退兵则(楚)不会答应。 ⑤"我欲战矣"三句:我们打算开战,齐、秦(虽是与晋国为同盟,但)尚未答应参战,怎么办?齐、秦未可,齐国和秦国还未同意(参战)。若之何,怎么办。 ⑥先轸(zhěn):晋国中军主将。 ⑦"使宋"三句:让宋国(暂时)背离我们,去贿赂讨好齐、秦,借助齐、秦去劝说楚国(退兵)。藉,借助,凭借。 ⑧"我执"三句:我们拘捕曹国国君,将曹、卫的土地分(一部分)给宋国。执,拘捕,扣押。曹君,即曹共公,姬姓,名襄,公元前653年至公元前618年在位。因曹国被封为伯爵,故下文称曹伯。卫,诸侯国,姬姓,在今河南省北部一带。此时,晋国已将曹、卫两国先后征服。 ⑨爱:怜爱,眷顾。 ⑩喜赂怒顽:喜欢贿赂,怒恨顽劣(不听话)。这里的意思是说,齐、秦受了礼物(贿赂),一定喜悦,愿意去劝说楚国退师,而楚国必然不答应,齐、秦就会恼怒,与晋师一起对抗楚军。 ⑪说(yuè):喜悦,高兴。 ⑫畀(bì):给与,赐与。 ⑬"楚子"句:楚君进驻于申。楚子,即楚成王,芈(mǐ)姓,名恽(yùn),公元前671至公元前626年在位。楚国原来被封为子爵,北方诸国均称楚君为楚子,但楚君在本国自称为王。申,周朝封伯夷之后于申(在今河南省南阳市),春秋时为楚国所灭。 ⑭使申叔去谷:令申叔撤离谷地。申叔,楚大夫,曾奉命征伐齐国,占领谷地(齐国西面边境要塞,在今山东省东阿县)。去,离开,这里是撤军的意思。 ⑮使子玉去宋:令子玉撤离宋国。子玉,名得臣,楚国令尹(楚国最高执政官员,相当于相国),此次伐宋大军的统帅。 ⑯无从:不要进逼。从,进逼,追逐。 ⑰晋侯:晋文公。晋国被封为侯爵,故称晋侯。 ⑱民之情伪:人心民情的真伪。 ⑲"天假"二句:老天爷让他多活几年,除掉了他的对手。重耳复国当上国君时,已经六十六岁了。假,给予。 ⑳"天之"二句:(这是)老天爷要帮助他,怎么能违背呢?置,设置,安排,这里是指天意。废,废弃,这里是违背、推翻的意思。 ㉑《军志》:兵书。 ㉒允当则归:适当平允,就该停止。允当,适当,不过分。归,回去,这里是停止的意思。 ㉓有德不可敌:有德之人是不可抵挡的。敌,对抗,抵挡。 ㉔三志:指上述三句兵书的话。 ㉕晋之谓:(上述兵书所讲的都)说的是晋国。这里是指晋国占有力量和道义上的优势。 ㉖伯棼(fén):楚国大夫斗越椒。 ㉗"非敢"二句:不敢说一定胜利,(只是)想找个机会堵住(说我坏话)搬弄是非者的口。间执,堵塞。间,阻隔。执,拿住,控制。谗慝(tè),进谗言陷害。楚国人蔿(wěi)贾曾说子玉一定会失败,子玉认为这是故意诬陷打击他,所以,他要请战,用一场胜仗来证明自己,击碎谗言。 ㉘"王怒"三句:楚王生气,给了子玉少量部队,只有西广、东宫、若敖共六百名兵士。西广,楚军部队名称,即西军,亦即右军。东宫,太子住东宫,这里指太子的卫队。若敖,楚国祖先的名号,这里指楚国特种部队。卒,一卒为一百人(齐国一卒为二百人)。 ㉙宛春:楚国大夫。 ㉚"请复"二句:请恢复卫国国君的地位,并把夺去封给宋国的土地还封给曹国(使其复国),我就解去宋国之围。臣,子玉谦称。释,解除,这里是撤兵解围的意思。 ㉛子犯:晋国大夫狐偃,晋文公的母舅。 ㉜"君取一"三句:君主只获得一项利益,臣子获得二项利益,不可(同意他的要求而)失去(决战的机会)。君,指晋文公。一,指楚军撤退、宋国解围一事。臣,指子玉。二,指恢复卫侯君位和重建曹国二事。 ㉝ 子与之:您(姑且)同意他(的要求)。与,允许,同意。 ㉞ 定人之谓礼:能使人民安定这被称为礼。 ㉟ "楚一言"二句:楚人一句话使三方(宋、卫、曹)得以安定,我们(晋国)一句话使三方都失去安定(而灭亡)。 ㊱ 谓诸侯何:这怎么在诸侯间解释呢? ㊲ "楚有"四句:楚国对三方有恩德,而我们(晋国)则使三方怨恨,怨仇已多,我们凭什么来打仗?何以,即"以何",凭什么,靠什么。 ㊳ 携之:挑拨(曹、卫与楚国的)关系。携,挑拨离间。 ㊴ "执宛春"二句:扣押宛春来激怒楚国,打完仗后想办法解决这些问题。既,已经,终尽。图,谋划,设法。 ㊵ 说:喜悦,高兴。 ㊶ 告绝:宣告断绝(关系)。 ㊷ 辟(bì)退避,退让。 ㊸ 老:疲惫,士气不振。 ㊹ "师直"三句:军队师出有名,士气就会旺盛,理屈无正义就会士气衰落不振,难道还在于在外作战日子的长短?直,有理,正义。曲,理屈不正。 ㊺ "微楚"三句:(如果)不是楚国的恩惠,我们也不会有今天这个地步(也没有今天的成功),(因此)后撤九十里来躲避楚军,是用以报答楚君的恩德。微,不是,没有。舍,古代行军以三十里为一舍。重耳流亡时,楚国曾予以善待和帮助,重耳承诺如将来晋、楚交战,晋师一定退避三舍,来报答楚君恩德,所以子犯这样说。 ㊻ "背惠"二句:背恩忘义,言而无信,来激发对方仇恨。亢,激起。激发。 ㊼ 素饱:这里是一贯不缺粮草的意思。素,一直,向来。饱,吃饱。这里指楚军粮草充足。 ㊽ "夏四月"六句:四月初三日,晋文公、宋成公、齐国的国归父和崔夭、秦国的小子憖(yìn)都进驻于城濮。晋侯,晋文公。宋公,宋成公。国归父、崔夭,齐国贵族。小子憖,秦国公子。上述诸人均作为盟军将帅,领兵共同参与此次战争。 ㊾ 背酅(xī)而舍:背靠酅地而驻军。酅,地势险要的丘陵山地。舍,军营,这里作动词用,安营扎寨。 ㊿ 患之:担心战争的结果。 ㉛ 舆人之诵:众人所唱的歌词。舆人,众人。诵,这里指歌词。 ㉜ "原田"二句:原野上田地里一片茂盛,舍弃旧的谋取新的。每每,青草茂盛的样子,这里借喻晋军人数众多,士气高涨。新是谋,即谋新,是,重复指代词,即新。舍旧谋新,是指要抛弃楚国曾有恩于晋的想法,(专心致志)谋求新的成功。 ㉝ 公疑焉:晋文公对此(舍旧谋新的说法)有疑虑。 ㉞ 必得诸侯:一定得到各诸侯国(的拥护而成为天下领袖)。 ㉟ 表里山河:有黄河为表(屏障),有太行山为里(内部险要地势)。这里是说即使这一仗不能打赢,晋国(位于今山西省)地理形势很好,足以抵御外敌。 ㊱ 若楚惠何:那楚国曾经对我的恩惠怎么办呢? ㊲ 栾贞子:晋军将领栾枝。 ㊳ "汉阳"二句:汉水以南各姬姓封地,都为楚国所占有。汉,汉水,主要流经今湖北省(楚国中心地带在此)。阳,水之北、山之南称为阳。诸姬,周朝为姬姓,曾封很多子孙为诸侯国于汉水流域,后来有不少被楚国吞并。晋国亦是姬姓,所以下文说"思小惠而忘大耻",是要晋文公不能只想着楚国的恩惠,而忘了同姓诸侯国被楚灭掉的耻辱。 ㊴ "晋侯"三句:晋文公梦见和楚君搏斗,而被楚君趴伏在身上,吮吸自己的脑汁,因此感到恐惧。盬(gǔ),吸食,饮。是以,即"以是",因此。 ㊵ "我得天"三句:我们(晋国)得到上天(的帮助和支持),楚国伏罪,并且我们可以征服他们了。柔,柔化,软化,使变弱。这里是子犯为晋文公圆梦,说晋文公被楚君压倒,面朝天,表明得到上天眷顾,而楚君趴伏,是面朝地,表示伏罪,脑汁可以使物品软化,意味着可以打败楚军,使楚国屈服。 ㊶ 斗勃:楚国大夫,字子上。 ㊷ "请与"句:请(让我的士兵)和您(晋文公)的士兵一起玩一玩。这里子玉派斗勃对晋文公说的话,表现其轻敌自负。 ㉓冯(píng)轼:凭靠车上的横木。冯,同"凭"。轼,车箱前供人凭靠的横木。 ㉔寓目:(参与)观看。 ㉕闻命:受命或接受教诲,这里是知道了的意思。 ㉖"楚君"三句:楚君的恩惠,(我们)不敢忘记,所以(撤军)到这里。未之敢忘,即"未敢忘之"。是以,即"以是",因此。 ㉗"为大夫"二句:(由于念及楚君之恩)为你大夫(尚且)退避(三舍),怎敢抵挡国君(楚君)呢? 大夫,指子玉。 ㉘既不获命:(我们撤军避让)既然得不到你们的认可、允许。获命,得到应允。 ㉙敢烦大夫:斗胆烦请大夫。大夫,指斗勃。 ㉚谓二三子:转告你的将帅。二三子,指子玉等楚军将帅。 ㉛戒尔车乘(shèng):准备好你们的战车。戒,准备。尔,你,你们。乘,车,这里指战车及军队。 ㉜敬尔君事:恭敬、谨慎地对待你们国君的事。这里是告诫子玉不要骄傲轻敌。 ㉝诘朝将见:明日一早相见(开战)。诘,翌,明,次。 ㉞鞹(xiǎn)、靷(yǐn)、鞅(yāng)、靽(bàn):战马的装备。鞹,置于马背(一说马腹)的皮带。靷,缰绳或置于马胸的皮带,可使马拉车前行。鞅,置于马脖的皮带,一说置于马腹。靽,驾车时置于马后股的皮带。这里指晋军装备精良,准备充分。 ㉟"晋侯"句:晋文公登上有莘(shēn)的废城墙来观战。有莘,古国名,姒姓,在今山东省曹县。虚,即"墟",这里指废城墙。 ㊱"少长"二句:下级和上级排列有序,是可以派上用处的。这里指晋军上下一致,很有战斗力。 ㊲"遂伐"句:于是砍伐树木来增加军队的武器。木,树。益,增益。兵,兵器。这里指伐树制作武器。 ㊳己巳:四月初四。 ㊴陈于莘北:布阵于有莘之北。陈,通"阵",布阵。莘北,有莘之北,即城濮。 ㊵"胥臣"句:胥臣率领下军抵挡陈、蔡军队。胥臣,晋军下军副帅。下军,古代大国军队编制,分上、中、下三军,弱国、小国军队则分上、下二军。陈,诸侯国,妫(guī)姓,在今河南省淮阳市及安徽省亳州市一带。蔡,诸侯国,姬姓,在今河南省上蔡一带。陈、蔡二国为楚国盟国,亦出兵参战。 ㊶"子玉"句:子玉以若敖的六百人统率中军。将,统率,指挥。 ㊷"今日"句:今天必定没有晋国了。这里的意思是一定会灭掉晋师。 ㊸子西将左:子西统率左军。子西,楚国司马(最高军事长官)斗宜申,在此次战役中担任副统帅。左军,位于左翼的军队。 ㊹子上将右:子上统率右翼的军队。 ㊺"胥臣"句:胥臣用虎皮蒙于马身(表示威严,震慑敌方)。 ㊻先犯:首先进攻。 ㊼奔走,败逃。 ㊽"狐毛"句:狐毛设立两面大旗,(装出)要退却(的样子)。狐毛,狐偃(子犯)之兄。旆(pèi),旌旗。 ㊾"栾枝"句:栾枝用战车拖着枯树枝(扬起灰尘)假装逃走。舆,车。曳(yè),拖,拉。柴,枯树枝。伪,伪装,假装。遁,逃走。 ㊿驰之:追逐晋师。 51"原轸"句:原轸、郤(xì)溱率领中军精锐部队从横向进击楚军。原轸,即先轸,晋中军主将。郤溱,晋中军副将。公族,诸侯或君主的同族,这里指国君直属的部队。 52败绩:大败。 53收其卒而止:收兵停止。 54"晋师"句:晋师在楚军军营吃住了三天。馆,居住。谷,粮食。这里指楚军仓皇溃逃,一切物资都来不及撤走。 55癸酉:四月初八。 56甲午:四月二十九日。 57衡雍:郑国地名,在今河南省原阳县。 58"作王宫"句:在践土建立王宫。践土,郑国地名,在今河南省荥阳县。周襄王准备亲自慰问晋军,因此筑临时王宫迎候。 59乡(xiàng)役之三月:城濮之战前三个月。乡役,以前的战役,这里指刚结束的城濮之战。乡,通"向",从前,原先。 60"郑伯"句:郑文公到楚军献上郑国军队(由楚国使用)。郑伯,及郑文公,姬姓,名踕(jié),公元前672年至公元前628年在位,郑国国君被封为伯爵,故称郑伯。 61"使子人九"句:派子人九往晋师求和。子人九,郑国大夫。行成,议和。 ⑩²入盟:接受结盟。入,接受。 ⑩³五月丙午:五月十一日。 ⑩⁴丁未:十二日。 ⑩⁵献楚俘于王:把楚军俘虏献于周襄王。 ⑩⁶驷介百乘(shèng):(献上)百辆战车。驷介,四匹马拉的车。驷,四匹马。介,马的披甲、装备。 ⑩⁷徒兵千:步兵千名。 ⑩⁸傅王:辅佐周王。郑国国君从前曾辅佐周平王招待晋文侯姬仇,此次也用同样的礼节招待晋文公,所以下文说"用平礼",即用周平王时的礼节。 ⑩⁹己酉:十四日。 ⑩王享醴:周襄王参加正式宴会。享醴,享受美酒,这里指参加宴会。享,享受。醴,甜酒,美酒。 ⑪命晋侯宥:命晋文公加餐(以示奖赏)。宥,通侑,劝食。 ⑫"王命"句:周襄王命尹氏及王子虎、内史兴父以书面任命晋文公为诸侯领袖。尹氏、王子虎、叔兴父,均为周室大臣。内史,周室掌管策命的官员。策命,封官授爵的文书,任命状。侯伯,诸侯领袖。 ⑬大辂(lù)之服:坐大车的衣服。辂,用金装饰的大车,一般为帝王所乘。 ⑭戎辂之服:坐战车的衣服。戎,兵车。 ⑮彤弓一:一张朱漆的弓,天子赐有功诸侯用以征伐。彤,红色。 ⑯彤矢百:一百支红色的箭。 ⑰旅(lú)弓矢千:千支黑色的箭。旅,黑色。 ⑱秬(jù)鬯(chàng)一卣(yǒu):美酒一卣。秬鬯,以黑黍和郁金香草酿造的酒,用于祭祀或赏赐有功诸侯。卣,盛酒器。 ⑲虎贲:勇士。贲,通"奔",奔走,如虎奔走,形容勇猛。 ⑳"王谓"三句:周襄王告诉晋文公,要敬服周王之命,来安抚四方之国,纠举和斥逐对周王不利的坏人。叔父,晋侯为周朝同姓诸侯,周天子称同姓诸侯为叔父。纠逖(tì),督察惩治。慝,这里指恶人。 ㉑三辞:推辞了三次。 ㉒从命:遵从了周襄王的任命。 ㉓"重耳"句:重耳斗胆再拜磕头,遵奉、颂扬天子英明的意旨。再拜,拜了两次,表示恭敬。稽首,磕头至地。丕显,伟大,英明。休命,美好的意旨。 ㉔受策:接受任命。 ㉕出入三觐:进出朝拜三次。觐,朝见天子。 ㉖卫侯:即卫成公,卫国国君,姬姓,名郑,两度为君,公元前634年指公元前633年、公元前631年至公元前600年在位。 ㉗适陈:到陈国。适,到。 ㉘"使元咺(xuān)"句:派遣元咺陪同叔武(前往晋师)接受盟约。元咺,卫国大夫。奉,辅佐,这里是陪同的意思。叔武,卫君的兄弟,摄政卫国。 ㉙癸亥:五月二十八日。 ㉚"王子虎"句:王子虎在周襄王住所与诸侯订立盟约。王庭,周襄王住所。 ㉛要言:盟约(的内容)。 ㉜"皆奖"二句:都是扶助周朝王室,不要互相侵犯。奖,帮助。相害,互相加害。 ㉝"有渝"六句:如果违背盟约,圣明的神灵就会诛杀他,让他的军队坠灭,不能享有国家(政权),及至他的子孙,不分老幼(都要遭受灾祸)。渝,改变,这里是违背的意思。殛(jí),诛杀。俾,使。队(zhuì),即"坠",丧失。克,能,能够。祚国,即国祚,国运,这里指国君之位。玄孙,第五代孙,这里泛指后代子孙。 ㉞"君子"二句:君子认为这盟约是真诚有信用的,晋军在此战役中,能站在道德高地进行攻伐(是正义的)。信,诚实守信。能以德攻,这里是指晋军为扶助王室,师出有名,依仗道义来战胜楚军。 ㉟初:起初,指战争开始前。 ㊱琼弁玉缨:装饰有美玉的帽子。琼,美玉。缨,系帽子的带子。 ㊲未之服:即未服之,还没有戴它(帽子)。 ㊳先战:开战前。 ㊴河神:黄河之神。河,黄河。 ㊵"畀余"二句:(把帽子)给我,我赐给你孟诸这个地方。孟诸,位于宋国的一块沼泽地,在今河南省商丘市一带。麋,通"湄",岸边水草相接之处。这里是说,如果子玉把这顶饰有美玉的帽子送给河神(扔到黄河里,祭祀河神),河神将帮助他取得战争胜利,得到宋国的地方。 ㊶弗致:不给(不愿祭神)。 ㊷"大心"句:大心和子西让荣黄去劝说(子玉把帽子给河神)。大心,即下文的孙伯,子玉的儿子。荣黄,即下文的荣季,楚国大夫。 ⑭"死而"三句:牺牲自己的生命而有利于国家,都可以去做,何况是美玉。这里是批评子玉把美玉看得比生命和国家利益还重。 ⑭"是粪土"三句:这(琼弁玉缨)就如粪土一般,而可以用来帮助楚师,有什么可吝惜的呢?是,指"琼弁玉缨"。济,帮助。爱,舍不得,吝惜。 ⑭非神败令尹:不是神灵(因得不到帽子而)使子玉失败的。 ⑭不勤民:不对国事尽心。勤民,尽力于人民的事,这里指尽心于国事。 ⑭自败:自己打败了自己。 ⑭王使谓之:楚君派人告诉子玉。 ⑭"大夫"二句:你如安然回来,怎么面对申、息二地的父老? 息,在今河南省息县一带。这是楚王要求子玉按照惯例,为战败承担责任而自杀。 ⑮"得臣"三句:得臣(子玉)准备自杀,但我们(子西、孙伯)阻止了他,说是国君您准备(亲自)杀他。这里的意思是说,本来子玉是要自尽的,但子西他们说,等等看,也许楚君会宽恕他。 ⑮及连榖而死句:等到到了连榖(还没有得到楚君赦免的消息,子玉就)自杀了。连榖,楚国地名,未详所在。 ⑮喜可知:喜悦之情可想而知。这是指晋文公大喜。 ⑮莫余毒也已:即莫毒余,没有威胁、危害我的人了。毒,危害。 ⑮"蒍吕臣"句:蒍吕臣顶替子玉当了令尹。蒍吕臣,楚国大夫。实,(因有空缺,须)充实,这里是顶替的意思。 ⑮"奉己"二句:只能管好自己不出差错而已,不能为国为民多做贡献了。

【赏析】《晋楚城濮之战》描述的是春秋时一场有名的大战役。

晋文公重耳流亡国外十九年中,宋、齐、秦等国均待之以礼(秦国还帮助重耳复国夺取政权,为晋文公),但曹、卫、郑等国却并未善待他。因此,在楚国讨伐叛楚的宋国时,晋文公随即出兵救宋,同时荡灭曹、卫。此时,晋、楚两国均联合盟国,互为对峙,终于在城濮爆发了一场大战。从表面看来,战争的起因都是晋、楚双方为了保护自己的盟国免遭对方的侵犯,而实质上是双雄的争霸天下。

文章从战略和战术两个方面生动而详细地描述了这次战役的全过程。首先,楚师攻打宋国,是因为宋国背叛了楚国,但在晋师一方看来,宋国是弃暗返明,回归周室,必须救助。所以,晋师与楚师对峙,是有关维护周室天子权威和天下秩序的大事,是正义的,而楚师是为了称霸天下,无视周天子权威,是非正义的。其次,晋文公在占领道义高地的基础上,在外交上也进行了努力,争取齐、秦两个强国及其他盟国的支持。此外,晋国君臣将帅对战争双方的形势、力量等考虑周详,小心谨慎,而楚军主帅子玉却自负轻敌、刚愎自用,埋下了失败的隐患(后楚君令子玉自尽谢罪,其实楚君也不能卸脱用人不当的责任)。还有,开战后,晋师准备充分,装备精良,战术得当,一举击溃楚军,自然是情理之中的事了。最终,战胜楚师后,晋文公实际上已经是众望所归的诸侯领袖了,但他仍然毕恭毕敬,尊奉和维护周天子至高无上的地位,以获取周天子的委任,名正言顺地获得统率各诸侯国的权力,完满地达到了称霸天下的目的。

文章在描述这场战役的过程中,有一些小细节,安插巧妙而又适宜,如子犯为晋文公圆梦、子玉吝于琼弁玉缨等,不仅形象地表现了晋国君臣同心同德、团结一致,而楚师则上下离心离德、意志不一,而且也很好地凸显了人物的性格特征,如晋文公的战战兢兢、慎戒虑患,子玉的吝惜自私、自以为是,给人以深刻的印象。值得指出的是,作为历史著作,文章在结构上,主要是按时间顺序进行叙述,但又适当运用了倒叙、插叙手法,使得情节演变跌宕有致,有一种灵动之气。而这种手法,在《左传》中的运用随处可见,非常自由和娴熟,对后代叙事文学如小说创作艺术颇有影响,这不能不使人极为叹服。

烛之武退秦师

【题解】 本文选自《左传·僖公三十年》。秦、晋两个大国,联合围攻小国郑国。在此危急情况下,郑国大夫烛之武不顾个人安危,夜入秦营,说动秦穆公,分化秦、晋联盟,挽救了郑国被并吞的命运。

【原文】

九月甲午,晋侯、秦伯围郑①,以其无礼于晋②,且贰于楚③也。晋军函陵④,秦军氾南⑤。

佚之狐言于郑伯曰⑥:"国危矣,若使烛之武见秦君⑦,师必退。"公从之⑧。辞曰:"臣之壮也,犹不如人;今老矣,无能为也已⑨。"公曰:"吾不能早用子,今急而求子,是寡人之过也。然郑亡,子亦有不利焉⑩!"许之⑪。

夜缒而出⑫,见秦伯曰:"秦、晋围郑,郑既知⑬亡矣。若亡郑而有益于君,敢以烦执事⑭。越国以鄙远,君知其难也⑮,焉用亡郑以陪邻⑯?邻之厚,君之薄也⑰。若舍郑以为东道主,行李之往来,共其乏困,君亦无所害⑱。且君尝为晋君赐矣,许君焦、瑕,朝济而夕设版焉,君之所知也⑲。夫晋,何厌之有⑳?既东封郑㉑,又欲肆其西封㉒,若不阙秦㉓,将焉取之㉔?阙秦以利晋,惟君图之㉕。"秦伯说㉖,与郑人盟㉗。使杞子、逢孙、杨孙戍之㉘,乃还。

子犯请击之㉙。公㉚曰:"不可。微夫人之力不及此㉛。因人之力而敝之,不仁㉜;失其所与,不知㉝;以乱易整,不武㉞。吾其还也。"亦去之㉟。

【注释】 ①"晋侯"句:晋文公、秦穆公围攻郑国。晋侯,即晋文公,姬姓,名重耳,曾流亡国外十九年,回国即位,为晋文公,励精图治,晋国大盛,称霸天下,为春秋五霸之一,公元前636年至公元前628年在位。秦伯,即秦穆公,嬴姓,名任好,春秋五霸之一,公元前659年至公元前621年在位。郑,诸侯国,姬姓,在今河南省新郑市,此时国君为郑文公,名踕(jié),公元前672至公元前628年在位。 ②无礼于晋:晋文公重耳在国内政乱时逃亡避走过郑,郑文公未予礼待。 ③贰于楚:对楚国效忠。贰,有二心。 ④晋军函陵:晋国军队驻扎在函陵。军,驻扎。函陵,在今河南省新郑市。 ⑤秦军氾(fàn)南:秦国军队驻扎在氾水之南。氾水,在今河南省中牟县。 ⑥"佚之狐"句:佚之狐对郑文公说。佚之狐,郑国大夫。之,介于姓与名之间的助词,烛之武的之也是这个作用。郑伯,即郑文公,因郑国封伯爵,所以称郑伯。 ⑦见秦君:去求见秦穆公。 ⑧从之:同意佚之狐(的建议)。 ⑨"辞曰"五句:(烛之武)推辞说:"我壮年时,尚且不如人,如今老了,(更是)没有能力做(这样的事)了。"这里有埋怨郑文公以前没有重用自己的意思。 ⑩"吾不能"五句:我不能早一点重用你,现在事情紧急而求你处理,是我的过错。但郑国一旦灭亡,对你也有不利。子,对男子的尊称,美称。 ⑪许之:(烛之武)答应了郑文公(的请求)。 ⑫缒而出:用绳子拴住身子出城。缒,用绳子拴住上或下。 ⑬既知:已知。既,已经。 ⑭"若亡郑"二句:如果灭了郑国对您(秦国)有益,那么(我们)就斗胆麻烦您的手下(这么做)。执事,主管官员,这里是对秦穆公的尊称。 ⑮"越国"二句:越过(晋)国而以郑国为边境,您知道是困难的事。越,超越。国,这里指晋国。郑国位于秦、晋两国之间。 ⑯"焉用"句:何必用灭亡郑国这样的方法来使邻国疆土增加呢?焉,何苦,为什么。陪,增益,增加。邻,这里指晋国。 ⑰"邻之厚"二句:邻国实力增加,就是您的实力削弱。厚,增加,雄厚。薄,少,削弱。 ⑱"若舍郑"四句:如果(您)放弃(灭掉)郑国,使郑国成为东道主,您的外交使臣往来时,(我们)可以予以供给其物资的不足,这对您也没有什么害处。行李,这里指使者。共,通"供"。乏困,(物资)缺乏,不足。 ⑲"且君"四句:况且您曾经对晋惠公有过恩惠(秦国曾出兵帮助晋惠公回国登上国君宝座),(晋惠公)答应给您焦、瑕二地,但早上晋惠公渡过黄河,晚上就在那里修筑城墙(以抵御秦军)。赐,恩惠。许,答应(给予)。焦、瑕,二地均在今河南省陕县一带。济,渡过。设版,修筑城墙。版,这里指修筑城墙等工事的工具。这里是说晋国不讲信用。 ⑳何厌之有:有什么满足的呢(不会满足)? ㉑东封郑:把东边的郑国作为边境。封,分界处。 ㉒肆其西封:扩展晋国西边的疆界。肆,扩展。 ㉓阙秦:侵损秦国(的土地)。阙,侵犯,减损。 ㉔焉取之:从哪儿夺取疆土?焉,哪里。 ㉕唯君图之:希望您(好好)考虑此事。唯,希望,请求。 ㉖说(yuè):喜悦,高兴。 ㉗盟:结为同盟。 ㉘"使杞子"句:派遣杞子、逢(páng)孙、杨孙三员大将率领镇守郑国。杞子、逢孙、杨孙,均为秦国大夫。戍,驻军守卫。 ㉙子犯请击之:子犯请求攻打秦军。晋大夫狐偃,字子犯。 ㉚公:晋文公。 ㉛"微夫人"句:不是因为他(秦穆公)的力量(帮助),我不能到达今天的地位。微,没有,无。重耳流亡国外,得到秦君的帮助,复国登上国君之位,为晋文公。 ㉜"因人"二句:依赖他人力量(成功后)而损伤他,是不仁之举。因,通过,凭借。 ㉝"失其"二句:失去与秦国的同盟关系,是不明智的。 ㉞"以乱"二句:以(同秦军)互相冲突来替换两军的团结一致,不是用兵作战之法。易,替换。整,整一,一致。武,这里指用武要遵循的道义准则。　㉟ 去之：离开郑国。去，离开。

【赏析】　孔子的学生子路曾夸言，他可在三年之内，使一个夹在大国之间且又有战争又有饥荒的"千乘之国"（中等国家）的人民变得勇武，知晓礼义。对此，孔子大不以为然。（见《论语·先进》）可见，一个小国、弱国，夹于大国、强国之间，要谋求生存，是何等的困难。而本文中的郑国，正面临着被两个大国包围夹击、生死存亡命悬一线的紧要关头，如用武力抵抗，无异于以卵击石。但是，郑国成功地化解了这一场危机，至少暂时保住了国家的安全。这一切，应当归功于烛之武高超的外交才能和勇气及智慧。

　　俗话说，国家之间，没有长远的朋友，只有永久的利益。秦国和晋国，互相帮助，通婚联姻，留下了秦晋之好这样动人的成语。但是，美好的外表，掩藏不了两国各自的核心利益，即谁也不愿意对方比自己更强大。烛之武正是利用了这一心理，成功地说服了秦穆公放弃与晋文公的这次联合行动，进而派兵镇守郑国来防御晋军。这是不是秦国对郑国特别友好呢？显然不是，三员大将驻守郑国，其实等于是控制了郑国的命脉。而晋国之所以退师，也不是文中所言的"不仁"、"不武"，而是权衡利弊，晋文公认为尚无必要为此事而毁弃与秦国的同盟，同样也是基于自己的最大利益。

　　烛之武游说秦穆公，字字句句触动秦国的利益，因此，取得了预期的效果。文章仅三百余字，短小精悍，但分析透彻，层层进逼，立论合理，令人毋庸置疑，有极强的说服力。

蹇叔哭师

【题解】　本文选自《左传·僖公三十二年》。鲁僖公三十年（公元前630年），晋国以郑国背晋向楚，起兵讨伐。作为盟国，秦穆公亦出兵相助。晋、秦围郑，形势危急。郑国大夫烛之武说动秦穆公退师，秦穆公派杞子、逢孙、杨孙戍守郑国。杞子向秦穆公密送情报，请求秦军攻占郑国。蹇(jiǎn)叔认为不可行，但秦穆公执意出师。

【原文】
　　杞子自郑使告于秦①，曰："郑人使我掌其北门之管②，若潜师③以来，国④可得也。"穆公访诸蹇叔⑤。蹇叔曰："劳师以袭远⑥，非所闻也。师劳力竭，远主⑦备之，无乃⑧不可乎？师之所为，郑必知之，勤而无所⑨，必有悖心⑩。且行千里，其谁不知？"

公辞焉。召孟明、西乞、白乙⑪，使出师于东门之外。蹇叔哭之，曰："孟子！吾见师之出而不见其入也！"公使谓之曰："尔何知！中寿，尔墓之木拱矣⑫！"

蹇叔之子与师⑬，哭而送之曰："晋人御师必于崤⑭。崤有二陵焉：其南陵，夏后皋⑮之墓也；其北陵，文王⑯之所辟风雨也。必死是间⑰，余收尔骨焉。"

秦师遂东⑱。

【注释】 ①"杞子"句：杞子从郑国派人报告秦国（国君）。杞子，秦国大夫。秦穆公，嬴姓，名任好，春秋五霸之一，公元前659年至公元前621年在位。 ②管：钥匙。这里指掌管城门。 ③潜师：秘密出兵。潜，秘密，暗地。 ④国：国都。 ⑤"穆公"句：秦穆公就此事向蹇叔咨询。访，咨询。诸，"之于"二字的合音。蹇叔，秦国大夫。 ⑥劳师以袭远：(使自己)军队疲劳而去袭击远方的敌国。劳，使疲劳。 ⑦远主：远方之主，这里指郑国国君。 ⑧无乃：恐怕，大概。 ⑨勤而无所：辛辛苦苦(做了)而没有成效。勤，辛苦，劳累。所，处所，这里指目的地。 ⑩悖心：反叛之心。这里指秦军远袭郑国，为了保密，不公布出兵的目的地，致使秦军将士辛苦劳累而不知为何出师，产生不满和叛逆之心。 ⑪孟明、西乞、白乙：三人皆为秦国将领。孟明，秦国大夫百里奚之子，名视，下文蹇叔称之为孟子。西乞，名术。白乙，名丙。 ⑫"尔何知"三句：你知道什么？(假如你只有)中等寿命，你墓地的树已经长得很粗了。中寿，寿命六十岁。拱，两手或两臂合围。这里是秦穆公认为蹇叔老糊涂了。一说，中，音(zhòng)，终止的意思，中寿，即寿命到头了，是说蹇叔现在该死了，等军队凯旋时，墓地的树木也长得很粗了。 ⑬与师：参与此次出征的军队。 ⑭"晋人"句：晋国军队阻击一定是在崤(xiáo)地。崤，崤山，在今河南省洛宁县，分东、西二崤，地势险要，为古代军事要地。 ⑮夏后皋：夏朝天子皋。 ⑯文王：即周文王，姬姓，名昌，周朝开国君主，为后来的周武王灭商奠定了基础，周武王建立周朝后，追尊为文王。 ⑰是间：其间。是，这，其。 ⑱遂东：与师向东(出发)。东，这里作动词用，向东。

【赏析】 鲁僖公三十年(公元前630年)，晋、秦两国曾联合伐郑，但秦国在烛之武的游说下，背弃晋、秦同盟，半途而返。自然，郑国作为一个小国、弱国，依然为晋、秦所控制。而杞子在得到戍守郑国都城城门的机会后，竟然要秦军偷袭郑国，里应外合，一举独占郑国。此时，作为春秋诸侯各国霸主的晋文公重耳刚死，秦穆公以为称霸机会降临，于是，决意兴师袭郑。

然而，郑国虽然是个小国、弱国，但也不是任人宰割、束手待毙的羔羊。而晋国是个大国、强国，出于自身利益，也不会坐视秦国独占郑国。加之相对晋国而言，秦国离郑国更远。兴师动众，远袭他国，难以保密，郑国必然会早做准备,严阵以待,而晋国也会出兵布阵,围歼来敌,因此,秦国此次军事行动毫无胜算。蹇叔作为秦国老臣,头脑清醒,远谋深虑,力陈"劳师袭远"的严重后果,企图谏阻秦穆公出师伐郑。遗憾的是,秦穆公不为所听,贸然兴师,结果,不出蹇叔所料,在崤山遭遇晋师伏击,一败涂地。

《孙子兵法》的"计"篇说:"攻其无备,出其不意。""军争"篇中又说:"以近待远,以佚待劳。"撇开秦师袭郑是否正义不论,仅就战略战术而言,秦穆公也是犯了兵家之大忌。后来在晋、秦崤之战中,无论是郑国的众志成城、决一死战,还是晋军的以逸待劳、迎头痛击,都证明了秦穆公的狂妄无知。

文中,蹇叔的论述切合客观实际,一片忠心可鉴,但秦穆公急于称霸,忠言逆耳,勃然大怒。文章虽然短小,但通过人物对话,读者看到了蹇叔的智慧、忠诚和秦穆公的愚昧、无礼,也树立了两个性格特征截然相反的人物形象。

秦晋崤之战

【题解】　本文选自《左传·僖公三十三年》。鲁僖公三十二年(公元前628年),戍守郑国国都的秦国大将杞子密报秦穆公,要秦国出兵袭郑,里应外合,一举占领郑国。秦穆公不听老臣蹇叔谏阻,执意兴师,派大将百里视、西乞术、白乙丙率军远袭郑国。结果,鲁僖公三十三年(公元前627年),秦、晋战于崤山,秦军大败。

【原文】

三十三年春,秦师过周北门①,左右免胄②而下,超乘者三百乘③。王孙满④尚幼,观之,言于王⑤曰:"秦师轻⑥而无礼,必败。轻则寡谋⑦,无礼则脱⑧。入险⑨而脱,又不能谋,能无败乎?"

及滑⑩,郑商人弦高将市于周⑪,遇之,以乘韦先,牛十二犒师⑫,曰:"寡君闻吾子将步师出于敝邑,敢犒从者⑬。不腆⑭敝邑,为从者之淹⑮,居则具一日之积,行则备一夕之卫⑯。"且使遽告于郑⑰。

郑穆公使视客馆⑱,则束载、厉兵、秣马矣⑲。使皇武子辞焉⑳,曰:"吾子淹久㉑于敝邑,唯是脯资饩牵竭矣㉒。为吾子之将行也㉓,郑之有原圃㉔,犹秦之有具囿㉕也,吾子取其麋鹿,以闲敝邑,若何㉖?"杞子奔齐,逢孙、杨孙奔宋㉗。孟明㉘曰:"郑有备矣,不可冀㉙也。攻之不克,围之不继㉚,吾其还也。"灭滑而还。

晋原轸㉛曰:"秦违蹇叔㉜,而以贪勤民㉝,天奉㉞我也。奉不可失，敌不可纵㉟。纵敌，患生㊱；违天，不祥。必伐秦师！”栾枝㊲曰：“未报秦施而伐其师，其为死君乎㊳？”先轸㊴曰：“秦不哀吾丧而伐吾同姓，秦则无礼，何施之为㊵？吾闻之：‘一日纵敌，数世之患也。’谋及子孙，可谓死君乎㊶！”遂发命㊷，遽兴姜戎㊸。子墨衰绖㊹，梁弘御戎㊺，莱驹为右㊻。夏四月辛巳，败秦师于崤㊼，获百里孟明视、西乞术、白乙丙以归。遂墨以葬文公，晋于是始墨㊽。

文嬴请三帅㊾，曰：“彼实构吾二君，寡君若得而食之，不厌，君何辱讨焉㊿？使归就戮于秦，以逞寡君之志，若何(51)？”公许之。先轸朝(52)，问秦囚(53)。公曰：“夫人请之，吾舍之矣。”先轸怒曰：“武夫力而拘诸原，妇人暂而免诸国(54)，堕军实而长寇仇(55)，亡无日矣！”不顾而唾(56)。公使阳处父(57)追之，及诸河(58)，则在舟中矣。释左骖(59)，以公命(60)赠孟明。孟明稽首(61)曰：“君之惠，不以累臣衅鼓(62)，使归就戮于秦，寡君之以为戮，死且不朽。若从君惠而免之，三年将拜君赐(63)。”

秦伯素服郊次(64)，乡师(65)而哭，曰：“孤违蹇叔，以辱二三子(66)，孤之罪也。”不替(67)孟明，曰：“孤之过也，大夫何罪？且吾不以一眚掩大德(68)。”

【注释】 ① 周北门：周朝国都的北门。东周建都于雒邑（在今河南省洛阳市）。② 免胄：脱去头盔。胄，头盔。这里指脱下头盔，以示对周天子的尊敬。 ③“超乘（shèng）者”句：（然后）跳跃上战车的将士有三百辆（之多）。这里指既下车向周天子致敬，然后立即跳跃上车，表现秦军的轻狂无礼。超，跳跃。乘，车，这里指战车。 ④ 王孙满：周襄王之孙。 ⑤ 王：周天子。 ⑥ 轻：轻狂，轻慢。 ⑦ 寡谋：缺乏谋略。 ⑧ 脱：疏忽，疏略，大意。 ⑨ 险：险境，险地。 ⑩ 滑：诸侯国，姬姓，为晋所灭，郑地，在今河南省睢县一带。 ⑪“郑商人”句：郑国商人弦高准备到周京城去做买卖。市，交易，买卖。⑫“以乘（shèng）韦”二句：先以四张熟牛皮献上，再用十二头牛来犒劳秦师。乘韦，四张熟牛皮。先，古人送礼，先轻后重，作为礼物，四张熟牛皮相较于十二头牛为轻，所以先行献上。 ⑬“寡君”二句：我们国君听闻秦师行军进出敝国，敢不犒劳贵军？寡君，这里是对郑国国君的谦称。敢，哪敢。从者，跟随的人，这里指秦军。 ⑭ 不腆：不丰厚。腆，丰厚。这里是说郑国（虽然）不丰厚、不富裕。 ⑮ 淹：停留。 ⑯“居则”二句：住下来（一天）就供给一天的钱物粮食，离开的话就准备一晚的保卫工作。积，储积的钱物等。卫，保卫，警卫。 ⑰“且使”句：并且派人急速禀告郑国。使，派人。遽，驿站的马、车，这里是说弦高派人乘驿站的马车，一站一站接力急速赶往郑国都城，报告秦师来袭。 ⑱ 客馆：接待宾客的处所。这里指杞子等人的住所。 ⑲“则束载“三句：捆好物品、磨快兵器、喂饱战马。则，早已。厉，磨砺。秣（mò），牲口的饲料，这里是喂养的意思。此处是指杞子等已做好准备，等秦师袭来，里应外合。 ⑳“使皇武子”句：派皇武子（去向杞子等）告知（郑国的决定）。皇武子，郑国大夫。辞，致辞，告知。这里是说郑国要驱逐杞子等人。 ㉑ 淹久：长期逗留。 ㉒“唯是”句：只是（敝国）食物已耗尽了。脯资，干肉与粮食。饩牵，牛、羊、猪等牲畜。 ㉓“为吾子”句：或许你们也打算走了吧。吾子，敬语，指杞子等人。将，打算。 ㉔ 原圃：郑国的苑囿。 ㉕ 具囿：秦国的苑囿。 ㉖“吾子”三句：你们（到自家苑囿去）猎取麋鹿，让我们的苑囿空闲（安宁）一下，怎么样？闲，安静，安宁。这里是郑国对杞子等人下逐客令。 ㉗“杞子”三句：杞子逃奔齐国，逢孙、杨孙逃亡宋国。逢孙、杨孙，秦将军，受秦穆公之命与杞子一起戍守郑国。 ㉘ 孟明：即百里视，秦大夫百里奚之子，孟明是他的字。 ㉙ 冀：企图谋取。 ㉚ 继：后继接应。 ㉛ 原轸（zhěn）：晋大夫。 ㉜ 蹇叔：秦老臣，极力谏阻秦穆公袭郑，不为所听。 ㉝ 以贪勤民：因为贪婪而使人民劳苦。勤，辛劳，劳苦。 ㉞ 天奉：上天赐予。奉，给予，赐予。 ㉟ 纵：放纵。 ㊱ 患生：祸患产生。 ㊲ 栾枝：晋国大夫。 ㊳“未报”二句：尚未报答秦国的恩惠而去攻打其军队，（这样做）考虑到已故国君（文公）了吗？晋文公重耳得到秦穆公的帮助而回国夺取君位，此时刚死不久，所以栾枝对攻打秦师提出疑问。 ㊴ 先轸：即原轸。 ㊵“秦不哀”三句：秦国不为我们的国丧而举哀，反而征伐我们的同姓国，这是秦国无礼，还谈什么报恩？吾丧，指晋文公死。同姓，晋国与郑国均为姬姓。 ㊶“谋及”二句：为子孙而谋取利益，可以说（也）是为了已故的国君啊。 ㊷ 发命：发布命令。 ㊸ 遽与姜戎：急速联合、发动姜戎的军队。遽，急速。姜戎，春秋时西戎的一种，姜姓，这里是指姜戎的军队。 ㊹ 子墨衰（cuī）绖（dié）：晋襄公（就）换上黑色丧服。子，指晋襄公。墨，黑色。衰，丧服。绖，系在丧服上的麻带。 ㊺ 梁弘御戎：梁弘为晋君驾车。梁弘，晋国大夫。戎，战车。 ㊻ 莱驹为右：莱驹担任右卫。莱驹，晋国大夫。 ㊼ 崤：崤山，在今河南省洛宁县，分东、西二崤，地势险要，为古代军事要地。 ㊽“遂墨”二句：于是穿黑色丧服安葬晋文公，从此晋国的丧服就开始用黑色的了。于是，从此，从这次（开始）。 ㊾“文嬴”句：文嬴请（释放）秦国的三个将帅。文嬴，晋文公之妻。三帅，即百里视、西乞术、白乙丙。 ㊿“彼实”四句：他（杞子等）其实是挑拨秦、晋二国的关系，我们秦君就是吃了他们的肉，都不会解恨，何劳您屈尊惩治他们呢？构，挑拨离间。寡君，谦辞，指秦穆公。不厌，不满足。辱，屈尊。讨，惩治、诛杀有罪者。 (51)“使归”三句：让他们回去，在秦国受诛杀，来满足秦君的心志，怎么样？戮，杀。逞，满意，称心。若何，怎么样。 (52) 朝：朝见（晋君）。(53) 秦囚：秦军囚犯（俘虏），即百里视、西乞术、白乙丙三人。 (54)“武夫”二句：将士们奋力在战场上将他们俘获，（而）妇人的谎话就使他们免于受到晋国的惩治。原，原野，这里指战场。暂，通“渐”，欺诈（之言）。 (55)“堕（huī）军实”句：毁了战果而助长了敌寇（的力量）。堕，毁弃。 (56) 不顾而唾：不回头而吐唾沫。顾，回头。 (57) 阳处父：晋国大夫。(58) 及诸河：到达黄河边。河，黄河。 (59) 释左骖：解下车左边的马。骖，驾车时位于两边的马。 (60) 以公命：以晋襄公之命。 (61) 稽首：磕头至地。 (62)“不以”句：不把俘获之臣的血来祭战鼓。累臣，被捆绑之臣，这里指俘虏。累，通缧，绳索，这里是捆绑的意思。衅鼓，杀人以血涂鼓，是古代战争的一种祭礼。 (63)“若从”二句：如果因晋君的恩惠而不被诛，（那么）三年后将来拜答晋君的恩赐。这里的意思是说，三年后，将要报此次失败之仇。 (64)“秦伯”句：秦穆公穿着白色衣服在郊外（迎接百里视等人）。 (65) 乡师：朝着

(被释放回来的百里视等)秦军将士。乡,通"向",朝。 ⑯以辱二三子:让你们受了屈辱。二三子,指百里视等人。 ⑰不替:不予抛弃。替,废弃。 ⑱"且吾"句:况且我不会(因为)一个错误而掩盖(其)大功德。眚(shěng),过失,错误。

【赏析】 鲁僖公三十二年(公元前628年),秦穆公在接到杞子情报和建议后,不听老臣蹇叔的忠告和谏阻,于次年春出师远袭郑国。这是一次天时、地利、人和诸要素皆不具备的战争,从一开始就注定了失败的命运。本文就描述了秦军在偷袭途中不得不半道而返、遭遇晋军伏击而大败于崤山的历史事件。

秦军失败了,晋师胜利了,但有趣的是,两国所分别得到的教训却是截然相反。秦穆公完全认识到自己的错误,不仅没有惩罚打了败仗、做了俘虏的百里视等将领,反而肯定他们的功德。而晋襄公却听信了文嬴的花言巧语,轻率地决定放还危险的敌方囚房。如果说,秦穆公没有采纳蹇叔的正确意见而铸成大错,但痛定思痛,接受教训,改弦更张,凝聚人心,为以后的扩张和战争打下了坚实的基础,那么,相反,作为胜利一方的国君晋襄公,虽然有原轸这样的能臣的辅佐,却犯了更大的无以换回的错误。两相比较,孰英明,孰昏庸,不言而喻。文章就这样通过具体的情节,非常成功地塑造了人物形象,且给人以深刻的启示。

本文中,值得一提的是其中穿插的一个小情节:商人弦高的"犒劳"秦师。郑国商人弦高,为了保卫自己的祖国,冒着生命危险,不惜牺牲自己的资产,为郑国赢得了抵御强敌的时间,表现出强烈的爱国精神,令人油然而生敬意,也感动了左丘明,书诸史册,名垂千秋。

郑子家告赵宣子

【题解】 本文选自《左传·文公十七年》。晋国称雄,各国臣服,但晋灵公以为郑国投靠楚国,因此,在平定宋国之时,不与郑穆公会见。郑国执政郑子家致函晋国上卿赵盾,严词声明,郑国并无二心,倘若晋国一意孤行,陵逼郑国,那么郑国将背水一战,保卫国家。

【原文】
晋侯合诸侯于扈①,平宋②也。于是晋侯不见郑伯③,以为贰于楚④也。

郑子家使执讯而与之书⑤,以告赵宣子⑥曰:"寡君⑦即位三年,召蔡侯而与之事君[8]。九月，蔡侯入于敝邑以行[9]，敝邑以侯宣多之难[10]，寡君是以不得与蔡侯偕[11]。十一月，克减侯宣多而随蔡侯以朝于执事[12]。十二年六月，归生佐寡君之嫡夷[13]，以请陈侯于楚而朝诸君[14]。十四年七月，寡君又朝，以蒇陈事[15]。十五年五月，陈侯自敝邑往朝于君。往年[16]正月，烛之武往朝夷也[17]。八月，寡君又往朝。以陈、蔡之密迩于楚，而不敢贰焉，则敝邑之故也[18]。虽敝邑之事君，何以不免[19]？在位之中[20]，一朝于襄[21]，而再见于君[22]，夷与孤之二三臣，相及于绛[23]。虽我小国，则蔑以过之[24]矣。今大国曰：'尔未逞吾志[25]。'敝邑有亡，无以加焉[26]。古人有言曰：'畏首畏尾，身其馀几[27]？'又曰：'鹿死不择音[28]。'小国之事大国也，德，则其人也；不德，则其鹿也[29]。铤而走险[30]，急何能择[31]？命之罔极[32]，亦知亡[33]矣。将悉敝赋以待于儵，唯执事命之[34]。文公二年[35]，朝于齐[36]；四年，为齐侵蔡[37]，亦获成于楚[38]。居大国之间而从于强令，岂有罪也[39]？大国若弗图[40]，无所逃命[41]。"

晋巩朔行成于郑[42]，赵穿、公婿池为质焉[43]。

【注释】 ①"晋侯"句：晋灵公在扈地会见各诸侯国国君。晋侯，晋灵公，姬姓，名夷皋，公元前620年至公元前607年在位。扈，地名，当时属郑国，在今河南省原阳县。 ② 平宋：平定宋国。宋，诸侯国，子姓，在今河南省商丘市一带。当时宋国发生内乱，晋国率各诸侯国讨伐平乱。 ③"于是"句：当时，晋灵公不见郑穆公。于是，在此时，当时。是，代词，这里指那个时候。郑伯，即郑穆公，姬姓，名兰，公元前628年至公元前606年在位。 ④ 贰于楚：对楚国效忠。贰，有二心，背叛。楚，诸侯国，芈(mǐ)姓，在今湖北省、湖南省并扩及河南省、安徽省、江苏省、江西省和四川省、重庆市，疆域辽阔，春秋战国时强国、大国。 ⑤"郑子家"句：郑子家派通讯官员带上信函。郑子家，即郑公子归生之字，姬姓，为郑国执政大臣。执讯，掌管国家政事的官员。 ⑥ 赵宣子：即赵盾，晋国上卿，执政大臣。 ⑦ 寡君：对本国君主的谦称，这里指郑穆公。 ⑧"召蔡侯"句：(郑穆公即位的第三年即公元前626年)召请蔡侯和他一起服事晋国。召，召请，邀请。蔡侯，即蔡庄侯，姬姓，名甲午，公元前645年至公元前612年在位。事，服事，听命。 ⑨"蔡侯"句：蔡侯来到敝国准备(一起)成行。 ⑩ 侯宣多之难：侯宣多作乱。侯宣多，郑国大夫，专权作乱。难，作乱，变乱。 ⑪ 偕：同，这里是同行的意思。 ⑫"克减"句：平息了侯宣多之乱后，与蔡侯一起朝见晋君。克减，剪除消灭，平定。执事，主管官员，这里是对晋灵公的尊称。 ⑬"归生"句：归生我辅佐我们国君的嫡子夷。嫡夷，郑穆公的嫡子名夷，为太子，即位为郑灵公，公元前606年至公元前605年在位。 ⑭"以请陈侯"句：来为陈侯相楚国请命，使之能朝见晋君。陈侯，即陈共公，妫(guī)姓，名朔，公元前631年至公元前614年在位。 ⑮以葴(chǎn)陈事:以完成陈国朝见(晋君)的事。葴,完成,成功。 ⑯往年:以前,有一年。 ⑰"烛之武"句:烛之武辅佐太子夷前往朝见(晋君)。烛之武,郑国大夫,曾孤身入秦国军营,说服秦师退兵,使郑国免于战祸亡国之难。朝夷,即夷朝。 ⑱"以陈蔡"三句:使得陈、蔡二国(虽然)与楚国关系密切,但不敢对晋国有背叛之心,那是因为郑国(努力说服)的缘故啊。迩,近,陈、蔡二国与楚国接壤,这里指关系密切。故,缘故,原因。 ⑲"虽敝邑"二句:虽然我们(这么尽心尽力地)侍奉、效忠晋君,为何还不能免罪呢?敝邑,对自己国家的谦称。 ⑳在位之中:(郑穆公)在位期间。 ㉑一朝于襄:一次朝见晋襄公。襄,指晋襄公,姬姓,名欢,公元前627年至公元前621年在位。 ㉒再见于君:两次朝见晋灵公。再,二次。 ㉓相及于绛:相继到绛(朝见晋君)。绛,晋国国都,在今山西省绛县。 ㉔"虽我"二句:虽然我们是小国,但(奉事大国之礼)没有超过我们的。蔑,无,这里的意思是没有其他诸侯国向我们那样恭敬地奉事大国的。 ㉕尔未逞吾志:你们未能满足我们的愿望。尔,你,你们,指郑国。逞,满意,称心如愿。志,志愿,愿望。 ㉖"敝邑"二句:我们郑国只有灭亡(这一条路可走了),(那奉事晋国之礼就)不能再增加了。这里的意思是说,晋国把我们郑国逼上死路,那我们何必还要奉事晋国呢。 ㉗"畏首"二句:顾虑重重,怕这怕那,那么,自身不畏惧的还剩下多少呢?畏首畏尾,首尾都怕,什么都担心恐惧。身其馀几,自身还剩下多少,还有什么不害怕的?意思是说既是如此,那就干脆什么都不怕了。 ㉘鹿死不择音:鹿临死时,(安身)不选择是否有庇荫处。音,通"荫",庇荫地方。这里的意思是说,晋国陵逼太甚,郑国没有活路,那就会不顾一切,奋起反抗。 ㉙"小国"五句:小国奉事大国,(如)大国以德相待,则尽人道之礼;(如)不以德相待,则(小国就)成为不择处所的鹿了。这里的意思是说,晋国如善待郑国,郑国也将恭恭敬敬奉事晋国;否则,郑国就会反抗。德,恩惠,恩德,这里作动词用,以仁爱、恩惠之举相待。 ㉚铤而走险:因无路可走而采取冒险行动。铤,快速奔走。 ㉛急何能择:事急了有什么可选择的。 ㉜命之罔极:(晋国的)命令无休止。命,命令,这里指晋国的苛责。罔极,无穷尽。 ㉝知亡:知道(自己不免)灭亡。这里是说无论是奉事还是背叛,反正都是死路一条。 ㉞"将悉"二句:准备把自己所有的赋税置于儵(tiáo)地,听凭您的命令。赋,赋税,这里是指财力物力。儵,位于晋、郑边境。这里的意思是郑国将倾全国之力,与晋国决一死战,拼个鱼死网破。 ㉟文公二年:郑文公二年,公元前671年。 ㊱朝齐:朝见齐国。齐,齐国,姜姓,位于今山东省北部,是春秋时强国,齐桓公是五霸之一。 ㊲为齐侵蔡:协助齐国侵犯蔡国。 ㊳获成于楚:获得楚国的盟约(与楚国结盟寻求保护)。成,和解,媾和,订立和约。 ㊴"居大国"二句:(小国)夹居于大国之间,曲从于大国之命(是别无选择),这难道有罪吗? ㊵弗图:不(为我们)考虑。图,考虑,谋划,这里是体恤的意思。 ㊶无所逃命:没有地方可以逃命。这里是说无路可逃,就拼死一战。 ㊷"晋巩朔"句:(晋君派)巩朔到郑国订立和约。巩朔,晋国大夫。 ㊸"赵穿"句:赵穿和晋灵公女婿池作为人质(留于郑国)。赵穿,晋国大夫。

【赏析】 大国欺凌、威逼小国、弱国,是春秋时的普遍现象。作为一个小国、弱国,郑国夹居于晋、齐、楚、秦等国之间,如居于虎穴狼窝,其处境可想而知。

尽管郑国施展了灵活的外交技巧,委蛇周旋于虎狼大国之间,但是,仍然不能满足晋国的要求。晋国认为郑国没有绝对忠于自己,而是向着楚国,于是公开在外交场合冷落、逼辱郑国。这对郑国而言,是一个有关生死存亡的极大威胁。因此,郑子家驰函晋国执政大臣赵盾,陈述了郑国的想法,并表明了坚决维护郑国国家安全的严正立场和坚强意志。

诚然,作为小国、弱国,郑国能做到屈从于大国、强国意志,尽力恭顺奉事。但这不是说,小国、弱国不能有自己的一条生路,不能维持生存。况且,小国、弱国也不是全然没有自己的尊严和权利,不能将之逼上绝路。因此,郑子家正告晋国,一旦把郑国逼至绝境,那么,郑国将会倾尽全力,决一死战,以维护郑国最后的国家利益和尊严。郑子家的信函有理有节,且充溢着凛然正气和无畏精神,显然震慑了晋国,也赢得了对方的敬畏,最后,两国媾和,郑国暂时摆脱了灭亡的命运。

常言道:"弱国无外交。"这话是有一定道理的。但是,作为小国、弱国,如果一味委曲求全、谄媚奉迎,全然丧失国格,那就会被大国、强国视为鱼肉,任人宰割,加速灭亡。只有自强自尊,保持一定的威慑力,才有可能赢得大国、强国的尊重,在弱肉强食的世界上生存。这正是郑子家信函对后人的有益启示。

郑子家信函语辞委婉而不乏犀利,柔中带刚,表达精准而清晰,具有较强的震撼力,是一篇不可多得的好文章。

郑败宋师获华元

【题解】 本文选自《左传·宣公二年》。郑宋两国交战,宋国执政大臣华元指挥处置失误,被打败,自身亦为郑人擒获。后逃归,为宋人嘲讽。

【原文】

二年①,春,郑公子归生受命于楚②,伐宋③。宋华元、乐吕御之④。二月,壬子,战于大棘⑤。宋师败绩⑥。囚⑦华元,获⑧乐吕,及甲车四百六十乘⑨。俘二百五十人,馘⑩百人。

狂狡辂郑人⑪,郑人入于井⑫,倒戟而出之⑬,获狂狡。

君子⑭曰:"失礼违命⑮,宜其为禽⑯也。戎⑰,昭果毅以听之之谓礼⑱。杀敌为果⑲,致果为毅⑳,易㉑,戮㉒也。"

将战㉓,华元杀羊食士㉔,其御羊斟不与㉕。及战㉖,曰:"畴昔之羊,子为政;今日之事,我为政㉗。"与入郑师㉘,故败㉙。

君子谓羊斟非人㉚也,以其私憾㉛,败国殄民㉜,于是刑孰大焉㉝?《诗》㉞所谓"人之无良㉟"者,其羊斟之谓乎㊱!残民以逞㊲。

宋人以兵车百乘㊳,文马百驷㊴,以赎华元于郑㊵。半入㊶,华元逃归。立于门外,告㊷而入。见叔牂㊸,曰:"子之马然也㊹。"对曰:"非马也,其人也㊺。"既合而来奔㊻。

宋城㊼,华元为植㊽,巡功㊾。城者讴曰㊿:"睅其目,皤其腹,弃甲而复!于思于思,弃甲复来[51]!"使其骖乘谓之曰[52]:"牛则有皮,犀兕尚多,弃甲则那[53]!"役人[54]曰:"从其有皮,丹漆若何[55]?"华元曰:"去之[56],夫其口众我寡[57]。"

【注释】　① 二年:鲁宣公二年,即公元前607年。　②"郑公子"句:郑国公子归生奉楚国之命。公子归生,郑国公族(诸侯的同族)。受命,奉命。当时,郑国与楚国结为联盟。　③ 宋:诸侯国,子姓,在今河南省商丘市一带。　④"宋华元"句:宋国大臣华元和乐(yuè)吕率军抗御。乐吕,宋国司寇(掌管刑狱、纠察等的大臣)。　⑤ 大棘:地名,在今河南省。　⑥ 败绩:败退,溃败。　⑦ 囚:囚禁,这里是被俘虏的意思。　⑧ 获:俘获。但下文没有关于乐吕的消息,因此,很可能已被郑人斩杀。　⑨"及甲车"句:以及甲车四百六十辆。甲车,兵车,战车。乘(shèng),车,这里作量词用,辆。　⑩ 馘(guó):左耳朵。古代打仗以割取所杀敌人或俘虏的左耳来计数论功。　⑪"狂狡"句:狂狡遇上了郑国军人。狂狡,宋国大夫。辂(yà),通"迓",迎,这里是迎面遇上的意思。　⑫ 入于井:逃入井中。前面"郑人"二字似为衍文,或应置于"倒戟"之前。　⑬"倒戟"句:(郑人)把戟倒着放入井中,(让狂狡抓着)把他拉出来。戟,一种合戈、矛为一体的兵器。以上二句,或是说郑人隐于井中,而狂狡不知,把郑人拉出来,自己反被俘虏了。　⑭ 君子:德才兼备之人。这里是《左传》作者借君子名义发表议论。　⑮ 失礼违命:不合礼节,违背天命。　⑯ 宜其为禽:被擒获也是必然的。宜,应该,理所当然。禽,"擒"的古字,被俘。　⑰ 戎:战车,兵器,军队,这里是指战争、作战。　⑱"昭果毅"句:表现出果断和毅力称之为礼。昭,显扬,显示。果毅,果断勇毅。礼,这里指精神品德和态度。　⑲ 杀敌为果:(奋勇)杀敌称为果。　⑳ 致果为毅:(能)杀敌得果称为毅。致,达到。　㉑ 易之:反过来。易,换,改变。这里的意思是不能表现出果毅。　㉒ 戮:杀。这里是被杀的意思。　㉓ 将战:准备打仗,开战之前。将,将要,准备要。　㉔ 杀羊食(sì)士:杀羊犒劳将士。食,拿食物给人吃。　㉕"其御"句:他(华元)的驾车人羊斟不给。羊斟,为华元驾驭战车的人。不与,不给。这里是说华元没有犒赏羊斟。　㉖ 及战:到了开战打仗(时)。及,到。　㉗"畴昔"四句:日前杀羊犒赏(的事),你做主;今日(驾车作战)的事,我做主。畴昔,以前,日前。为政,做主的意思。这里是羊斟表达对华元犒赏不公的不满。　㉘ 与入郑师:(驾车)与华元冲入郑国军中。　㉙ 故败:所以失败。故,因此,所以。这里是说羊斟因心怀不满，没有尽心驾驭战车而导致失败。 ㉚ 非人：坏人，恶人。 ㉛ 私憾：私人怨恨。 ㉜ 败国殄（tiǎn）民：（使）国家失败，（使）人民死亡。殄，灭绝，杀尽。 ㉝“于是”句：在此事上罪行有什么比他还大的呢？刑，造成的伤害，这里是罪行的意思。孰，什么，谁。 ㉞《诗》：《诗经》。 ㉟ 人之无良：人的（品行）不良。无良，不良。这是《诗经·墉风·鹑之奔奔》中的句子。 ㊱“其羊斟”句：这说的是羊斟啊。其，这。 ㊲ 残民以逞：残害人民来使自己称心快意。逞，称心如愿。 ㊳ 百乘（shèng）：百辆。 ㊴ 文马百驷：文马四百匹。文马，毛色斑驳有文采的马。驷，四匹马。以上二句是说宋国用四马所驾的车一百辆。 ㊵“以赎”句：来向郑国赎取华元。 ㊶ 半入：（车马才）献上了一半。这里是说宋国刚把一半的车马献给了郑国，下文就写华元逃回来了。 ㊷ 告：禀告，说明情况。 ㊸ 叔牂（zāng）：即羊斟。 ㊹ 子之马然也：是你马的原因才导致失败的。 ㊺“对曰”三句：（羊斟）回答说：“不是马，是人（的原因）。”对，回答，应答。 ㊻ 既合而来奔：说完，（羊斟）就投奔了鲁国。既，已经，过了。合，回答。来奔，来投奔。 ㊼ 宋城：宋国修整城墙。城，这里作动词用，修整、修筑（城墙）。 ㊽ 植：主持和监督工程的将领。 ㊾ 巡功：巡视工程进展等情况。 ㊿ 城者讴曰：修城的人唱道。讴，齐声歌唱。 (51)“睅（hàn）其目”五句：鼓着眼睛，挺着肚子，吹着胡子，丢弃兵器而回来。睅，鼓，突出。皤（pó），肚子大。甲，盔甲和兵器。复，逃回来。于思，胡子多的样子。这是修城者讽刺华元打了败仗不知羞耻。 (52)“使其”句：让同车的下属对修城的人说。使，指派，指使。骖乘（shèng），驾车站在旁边的人，这里指同车的下属。骖，驾车时位于两边的马。 (53)“牛则有皮”三句：牛还有皮，犀和兕（sì）的角还很多，丢了一些甲又何妨。犀，犀牛。兕，一种似牛的东吴，皮厚，可制甲。那（nuó），怎样，如何，奈何。 (54) 役人：服劳役的人。 (55)“从（zòng）其”二句：纵然还有皮，那皮上所涂的丹砂和漆又怎么办呢。从，“纵”的古字。 (56) 去之：离开他们。去，离开。 (57)“夫其”句：他们人多嘴巴众，我们人少嘴巴寡（说不过他们）。夫，发语词，无义。

【赏析】 郑、宋交战，宋军主帅华元不仅大败，而且自身也被俘囚禁。华元失败的原因，并不在于人马不多、武器短缺，而是他没有很好地善待部下，凝聚军心。

在开战前夕，华元宰羊犒赏军士，但他偏偏忘记了犒赏为自己驾驭战车的部下羊斟。羊斟心怀怨恨，上了战场后，不听华元命令，擅自冒进，以致华元指挥失当，全军溃败，连自己也当了俘虏。羊斟把私人恩怨带到战场上，发泄于战争中，固然是罪不可恕。但是，华元赏赐不公，也是有过失的。可是，当华元回到宋国后，居然并不责怪羊斟，而是认为责任在驾车的马身上，也可谓糊涂透顶。倒是羊斟知道自己犯下了大罪，逃奔鲁国避难去了。事情还没完。在宋国修整城墙时，役人讽刺华元丢盔弃甲、败逃归来，华元还要强为辩解，依然没有悟解到自己的错误，真是愚钝和蒙昧到了极点。

文章通过华元打败仗和督工修城二事，运用简练而富于个性的语言，生动地塑造了一个糊涂无能又自以为是的将帅形象。值得指出的是：一、作者夹叙夹议,在真实描写华元的昏聩糊涂和羊斟的败国殄民的同时,还忍不住直接对之进行批评和抨击。叙事中发表作者看法,是早期史著的一大传统,后代历史演义作品中多议论,显然是这一传统影响所致。二、作者借役人和华元部属的对唱,进一步讽刺了华元的不知错、不认错和自以为是。这与作者议论互为补充,更深入地刻画了其性格特征。三、作者采用了倒叙和插叙的手法,不但使事件叙述更为完整,在结构上也显得更加灵活。

晋灵公不君

【题解】　本文选自《左传·宣公二年》。鲁文公七年(公元前620年),晋襄公之子夷皋继位,为晋灵公。晋灵公不行君道,大夫赵盾数次劝阻无果,反倒使晋灵公想要除掉他。赵盾逃亡但未出境。赵穿杀晋灵公,赵盾返回国都。史官董狐认为赵盾作为上卿,没有尽到责任,等于是他杀了国君。

【原文】

宣公二年,晋灵公不君①。厚敛以雕墙②。从台上弹人,而观其辟丸也③。宰夫胹熊蹯不孰④,杀之,置诸畚⑤,使妇人载以过朝⑥。赵盾、士季⑦见其手,问其故而患之⑧。将谏⑨,士季曰:"谏而不入⑩,则莫之继⑪也。会请先⑫,不入,则子⑬继之。"三进及溜,而后视之⑭。曰:"吾知所过矣,将改之。"稽首⑮而对曰:"人谁无过!过而能改,善莫大焉。《诗》曰:'靡不有初,鲜克有终⑯。'夫如是⑰,则能补过者鲜矣。君能有终,则社稷之固也,岂惟群臣赖之⑱。又曰:'衮职有阙,惟仲山甫补之⑲。'能补过也。君能补过,衮不废⑳矣。"

犹不改。宣子骤谏㉑。公患之㉒,使钽麑贼之㉓。晨往,寝门辟矣㉔。盛服将朝㉕,尚早,坐而假寐㉖。麑退,叹而言曰:"不忘恭敬,民之主也㉗。贼民之主,不忠;弃㉘君之命,不信㉙。有一于此,不如死也。"触槐㉚而死。

秋九月,晋侯饮㉛赵盾酒,伏甲㉜将攻之。其右提弥明知之㉝,趋登㉞曰:"臣侍君宴,过三爵,非礼也㉟。"遂扶以下。公嗾夫獒焉㊱。明搏而杀之。盾曰:"弃人用犬,虽猛何为㊲!"斗且出㊳。提弥明死之㊴。

初㊵,宣子田于首山㊶,舍于翳桑㊷。见灵辄㊸饿,问其病,曰:

"不食三日矣。"食之㊹,舍其半㊺。问之,曰:"宦㊻三年矣,未知母之存否㊼。今近焉㊽,请以遗之㊾。"使尽之㊿,而为之箪食与肉[51],置诸橐[52]以与之。既而与为公介[53],倒戟以御公徒[54],而免之[55]。问何故,对曰:"翳桑之饿人也。"问其名居[56],不告而退[57]。遂自亡[58]也。

乙丑[59],赵穿攻灵公于桃园[60]。宣子未出山而复[61]。大史[62]书曰:"赵盾弑[63]其君。"以示于朝[64]。宣子曰:"不然[65]。"对曰:"子为正卿[66],亡不越竟[67],反不讨贼[68],非子而谁[69]?"宣子曰:"乌呼[70]!'我之怀矣,自诒伊戚[71]。'其我之谓矣[72]!"

孔子曰:"董狐,古之良史[73]也,书法不隐[74]。赵盾,古之良大夫也,为法受恶[75]。惜也[76],越竟乃免[77]。"

【注释】 ①"宣公"二句:鲁宣公二年,晋灵公不行国君之道(不像个国君)。宣公二年,即公元前607年。晋灵公,姬姓,晋文公之孙,晋襄公之子,名夷皋,公元前620年即位,不行君道,公元前607年为晋襄公女婿赵穿所杀。 ②厚敛以雕墙:征收重税,绘饰宫墙。厚,加重。敛,赋税。雕,绘饰,画。 ③"从台上"二句:从高台上用弹弓弹人,观看人们躲避弹丸(来取乐)。辟,即"避",躲避。 ④"宰夫"句:厨师煮熊掌没熟。宰夫,厨师。胹(ěr),烹煮,炖。熊蹯,熊掌。孰,即"熟"。 ⑤置诸畚:把他(厨师)放在簸箕里。畚,簸箕一类的筐。 ⑥朝(cháo):朝廷,这里指宫中。 ⑦赵盾、士季:均为晋国大夫。赵盾,嬴姓,赵氏,名盾,谥号宣子,史称赵宣子,晋国名臣。士季,大夫士为之孙,名会。 ⑧"问其故"句:询问把厨师杀了的原因,很担心(晋灵公)这种行为。患,担忧,忧虑。 ⑨将谏:准备谏阻(晋灵公的残暴行径)。将,打算,准备。 ⑩不入:不接受。入,采纳,接受。 ⑪莫之继:即莫继之,没有继续(进谏)的人。 ⑫先:先去(进谏)。 ⑬子:对男子的美称,这里称赵盾。 ⑭"三进"二句:(士季)拜见三次,直至屋檐下,(晋灵公)才看见(正视)他。进,朝见。溜(liù),屋檐滴水(的地方)。这里指晋灵公知道士季的来意而不愿见他。 ⑮稽首:(士季)叩头至地。 ⑯"靡不"二句:做事无不有个好的开端,但很少能有坚持到最终的。靡,无,不,没有。初,开始,开端。鲜,少。克,能,能够。终,最后,最终。这是《诗经·大雅·荡》里的诗句。 ⑰夫如是:事情如(像《诗经》说的)那样。夫,这里指改正错误这类事情。是,这样,那样。联系下一句,是说改正错误起头容易,坚持到底不多,真能改过的很少。 ⑱"君能"三句:您能坚持到底(改正错误),那就是国家的稳固安定,(而)不仅是我们群臣能得益。社稷,土神和谷神,这里指国家。固,(根本)稳固、安定。岂惟,难道只是,不仅,何止。赖,得益,获益。 ⑲"衮职"二句:国君有过失,唯有仲山甫能补正他。衮职,帝王的职责,这里指晋灵公。阙,缺失,过错。仲山甫,周宣王时有名的大臣。补,补正,匡正。这是《诗经·大雅·烝民》中的诗句。 ⑳衮不废:国君的职责(就)不旷废(了)。衮,国君穿的绘有卷龙的礼服,这里指国君及其所履行的职责,君位。这里的意思是说如能改过自新,则晋灵公君位就不会丢失。 ㉑骤谏:

屡次谏阻。骤,多次,屡次。　㉒ 公患之:晋灵公厌恶赵盾的谏阻。患,厌恶。　㉓ "使鉏(xū)麑(ní)"句:派鉏麑去刺杀他(赵盾)。鉏麑,晋国力士。贼,这里是刺杀的意思。　㉔ 寝门辟矣:卧室门开了(已起床)。寝门,卧室门。辟,打开。　㉕ 盛服将朝:穿戴隆重整齐准备上朝。将,准备。朝,上朝,朝见。　㉖ 假寐:和衣小睡。　㉗ "不忘"二句:(独处而)不忘对国君的恭敬,(真是)人民的好公卿。主,这里是对公卿大夫的敬称。　㉘ 弃:背弃。　㉙ 不信:没有信用。　㉚ 触槐:头撞槐树。　㉛ 饮(yìn):使喝,这里是说晋灵公赐赵盾喝酒。　㉜ 伏甲:埋伏兵士。甲,甲士,兵士。　㉝ "其右"句:赵盾的卫士提(chí)弥明知道了(伏兵刺杀)的事。提弥明,晋国力士,居于车的右边,为赵盾御敌的卫士。　㉞ 趋登:快步走上(大殿)。趋,奔跑。　㉟ "臣侍"三句:臣子侍候国君宴会,酒过三杯,(就)不符合礼仪了。爵,饮酒器。礼,礼仪制度。　㊱ 公嗾夫獒焉:晋灵公呼叫那只猛犬。嗾,呼叫,指使狗(发出的声音)。獒,猛犬。　㊲ "弃人"二句:抛弃人(不用而)使用狗,即使凶猛又有什么用。虽,即使。何为,这里是有何用的意思。　㊳ 斗且出:(赵盾)边(与獒)搏斗边退出(宫中)。且,边……边……。　㊴ 死之:(提弥明)为赵盾而死。　㊵ 初:当初,这里是以前的意思。　㊶ "宣子"句:赵盾在首山打猎。田,田猎,打猎。首山,即首阳山,一般认为在今山西省永济市。　㊷ 舍于翳桑:住宿在翳桑。舍,住宿。翳桑,一般认为是地名。　㊸ 灵辄:人名。　㊹ 食(sì)之:给他(食物)吃。　㊺ 舍其半:留下其中的一半。　㊻ 宦:(做)奴仆。　㊼ 存否:是否在世。　㊽ 今近焉:如今已近家了。　㊾ 请以遗(wèi)之:请允许我把这一半食物给我的母亲。遗,给,留给。　㊿ 使尽之:让他吃完这些食物。尽,这里是吃尽、吃完的意思。　㉛ "而为之"句:并为他准备了一筐饭和肉。箪,用竹子或芦苇编成的盛器,用来盛放食物。　㉜ 置诸橐(tuó):放在口袋里。橐,装物的口袋。　㉝ "既而"句:不久(灵辄)加入了晋灵公的卫士行列。既而,不久。与,参加,加入。介,甲士,卫士。　㉞ "倒戟"句:反过来抵御(刺杀赵盾的)晋灵公的兵士。倒戟,倒转兵器。戟,一种合戈、矛为一体的兵器。徒,兵卒,兵士。　㉟ 免之:(使赵盾)免于被害。　㊱ 名居:姓名和居住地址。　㊲ 不告而退:不告诉(赵盾)而退去了。　㊳ 遂自亡:(赵盾)于是(就)自己逃亡了。亡,逃亡。　㊴ 乙丑:(鲁宣公二年九月)二十二日。　㊵ "赵穿"句:赵穿攻杀晋灵公在桃园。桃园,晋灵公的园囿。　㊶ "宣子"句:赵盾没有走出(晋国边境的)山而回来。山,这里指晋国边境处的山。复,回来。　㊷ 大史:史官,这里指晋国太史董狐。大,即"太"。　㊸ 弑:下级杀上级(臣杀君、子杀父)为弑。　㊹ 以示于朝:将之公示于朝廷。　㊺ 不然:不对,不是这样。　㊻ 正卿:上卿,最高执政官,相当于后代的宰相。　㊼ 亡不越竟:逃亡(但)没有越过边境。竟,通"境",边境。　㊽ 反不讨贼:回来(又)不讨伐(弑君的)叛臣贼子。反,即返,返回。　㊾ 非子而谁:不是您又是谁呢?　㊿ 乌呼:叹气的声音。　㉛ "我之"二句:(因为)我怀念祖国,(反而)给自己带来了忧伤。怀,怀念。诒,遗留,这里是带来的意思。伊戚,这忧伤。伊,这,这个。戚,忧伤。《诗经·小雅·小明》中有"心之忧矣,自诒伊戚"的诗句。　㉜ 其我之谓矣:大概说的是我啊。其,大概。　㉝ 良史:优秀史官。　㉞ 书法不隐:(史官)记事原则是不(为任何人)隐瞒事实。书,书写,记录。法,原则。隐,隐讳。　㉟ 为法受恶:由于(史官的)记事原则而遭受恶名。　㊱ 惜也:可惜啊。　㊲ 越竟乃免:越过国境(离开晋国)就能免除(弑君的罪名)。

【赏析】 本文是《左传》中一个很精彩的故事。

赵盾在晋国权倾朝野,作为上卿,他辅佐年幼的晋灵公,执掌着晋国朝政。但是,晋灵公完全不像个国君,不仅荒废国事,耽于享乐,而且残忍暴虐,滥杀无辜。赵盾忧于国事,屡次进谏。晋灵公恼怒在心,几次三番要除掉赵盾。在这种情况下,赵盾作为辅国大臣,无奈而选择了逃亡,但又不愿离开晋国。在赵穿杀了晋灵公后,赵盾即返回国都。国君被杀,史官自然要书诸史册,但写的是"赵盾弑其君"。明明是晋襄公的女婿杀了晋灵公,为什么要归罪于赵盾呢?孔子认为,史官没有错,因为赵盾是晋国的执政大臣,治理国家,当然也负有辅佐、保护国君的重任。在国君不行君道时,要尽力谏阻,而当国君遇到危难时,更须奋力救护。赵盾虽然曾冒死进谏,但没有保护好国君,因此就要承担弑君之责。对此,孔子认为,假如赵盾逃出晋国,那就可以免去弑君的罪责了。这似乎是说,赵盾未逃离晋国,那就还在其位,必须履行职责。一旦出境,等于不再是晋国上卿,也就不能怪罪于他了。不管这样说是否有理,可以看出孔子对赵盾还是非常赞赏的。

文章不长,但故事极具戏剧性,其中塑造的人物形象也颇为生动。赵盾、士季、钮麑、提弥明、灵辄等人,一个个都个性鲜明。文章通过一个细节,一个动作,或一句话语,就将人物与众不同的性格特征凸显于读者面前,如钮麑的忠信、提弥明的勇武、灵辄的拼死报恩,令人印象深刻。而描述灵辄救护赵盾时,文章运用了插叙手法,不仅交代了倒戈原因,也使得关目设置尤显生动灵活,在艺术上颇有特色。

王孙满对楚子

【题解】 本文选自《左传·宣公三年》。楚庄王屯兵周天子疆界,并对前来劳军的周朝大夫王孙满询问九鼎的大小轻重,暴露了其夺取天下的野心。王孙满对之做了义正词严的驳斥,指出得天下在有德,不在鼎。

【原文】

楚子伐陆浑之戎①,遂至于雒②,观兵于周疆③。定王使王孙满劳楚子④。楚子问鼎之大小轻重焉⑤。

对曰:"在德,不在鼎⑥。昔夏之方有德也⑦,远方图物⑧,贡金九牧⑨,铸鼎象物⑩,百物而为之备⑪,使民知神奸⑫。故民入川泽山林,不逢不若⑬。螭魅罔两⑭,莫能逢之⑮。用能协于上下⑯,以承天休⑰。桀有昏德⑱,鼎迁于商⑲,载祀六百⑳。商纣暴虐㉑,鼎迁于周㉒。德之休明㉓,虽小,重也;其奸回昏乱㉔,虽大,轻也。天祚明德㉕,有所底止㉖。成王定鼎于郏鄏㉗,卜世三十㉘,卜年七百㉙,天所命也。周德虽衰㉚,天命㉛未改。鼎之轻重,未可问也。"

【注释】 ①"楚子"句:楚庄王攻伐陆浑戎。楚子,楚庄王,芈(mǐ)姓,名侣,公元前613年至公元前591年在位。陆浑戎,西北允姓族,后移居今河南省伊川县,命名为陆浑。戎,古代北方以游牧为主的民族。 ②雒:东周京师,在今河南省洛阳市。雒,通"洛"。 ③观兵于周疆:在周天子的疆界炫耀兵力。观兵,显示兵力以威胁。 ④"定王"句:周定王派遣王孙满去慰劳楚军。定王,周天子,姬姓,名瑜,公元前606年至公元前586年在位。王孙满,周朝大夫。劳,慰劳。 ⑤"楚子问鼎"句:楚庄王(向王孙满)询问九鼎的大小轻重。鼎,古代用青铜或陶土制成的器具,其中君王用于宗庙祭祀等的,为国家权力的象征。这里指九鼎。相传夏禹铸九鼎,象征天下九州,为夏、商、周的传国重器,代表国家政权和帝位。这里是指楚庄王有夺取周朝天下的野心。 ⑥"在德"二句:(享有天下)在于德,不在于有九鼎。 ⑦"昔夏之"句:从前夏朝在有德(之时)。方,在,当。 ⑧远方图物:远方各国献上描绘山川奇异之物的图画。 ⑨贡金九牧:即九牧贡金,驻守各地的行政长官进献黄铜。贡,进贡。金,亦为金属的统称,上古时称铜为赤金,所以将铜也称为金。九牧,九州的长官,这里指各地。 ⑩铸鼎象物:铸鼎来象征百物。这里指夏禹收九州之金(铜)铸九鼎而象百物,后代以此来为君王歌功颂德。象物,描摹取法物象。 ⑪备:齐备,完备。 ⑫神奸:害人的鬼神怪异之物,后也指奸诈狡猾的人。 ⑬不逢不若:不遇上鬼神怪异之物。不若,不祥之物。若,顺,利。 ⑭螭(chī)魅罔两:山川中害人的精怪。魑魅,害人的山泽神怪。罔两,即"魍魉",山川精怪。 ⑮莫能逢之:不能遇上。这里是说因为九鼎上铸有神怪等不祥之物的形象,使人们知晓而避免灾异。 ⑯"用能"句:因而能上下协和。用,因此,因而。协,和协,同心。 ⑰以承天休:来继承上天赐予的福佑。 ⑱桀有昏德:夏桀昏聩无德。昏德,昏乱的恶德。桀,夏朝最后一个君主,姒姓,名履癸,传为暴君。 ⑲鼎迁于商:九鼎迁到了商朝的朝廷。这里是指商朝取代了夏朝。 ⑳载祀六百:载年六百。载祀,载年,记录的年份。这里是指商朝维持了六百年。 ㉑商纣暴虐:商纣王暴虐无道。纣,商朝最后一个君主,子姓,名受,传为暴君。 ㉒鼎迁于周:九鼎迁到了周朝的朝廷。这里是指周朝取代了夏朝。 ㉓休明:美好清明。 ㉔奸回昏乱:奸恶邪僻之人混乱无德。奸回,奸恶邪僻。 ㉕天祚明德:上天赐福于(有)美德(之君)。天祚,上天赐福。祚,福,福运。明德,清明美德。 ㉖有所底(zhǐ)止:有所终止。底,到达。 ㉗"成王"句:周成王正式将九鼎安放在郏鄏。周成王,姬姓,名诵,公元前1042年至公元前1021年在位。定鼎,将九鼎正式安置,这里指最终将郏鄏(jiá rǔ)定为京师。郏鄏,周朝京师,在今河南省洛阳市。周武王将九鼎迁至郏鄏,至周成王定鼎。 ㉘卜世三十:国运有三十世。卜世,占卜预测传国的世数,指国运。 ㉙卜年七百:国运有七百年。卜年,占卜预测统治国家的年数,国运的年数。 ㉚周德虽衰:周朝的德治虽然已显衰微。 ㉛天命:上天的意旨。

【赏析】　楚国处于南方,国土辽阔,物产富饶,且文化与中原各国有明显的差异和特色。作为一个大国、强国,楚国一直威胁北方各诸侯国,甚至觊觎周朝天下。因此,楚庄王屯兵雒邑,炫耀武力,周定王遣使劳军,更是使楚庄王忘乎所以,竟然询问九鼎的形制,充分暴露了其图谋天下的野心。

王孙满作为周天子的使臣,面对楚庄王的狂妄和挑衅,无畏无惧,对之做了义正辞严的驳斥。诚然,夏铸九鼎,历朝传承,已成为国家天下政权的象征,但其终究只是象征而已。作为天子君王,管辖国土,治理人民,需要有统治的合法性。古代帝王,声称"君权神授",是奉上天意旨君临天下。但是,上天也不是随意地把这统治权力赐予任何人的,而是只有具备大德之圣贤,才能获得上天的赐福庇佑,才能有统治天下的权柄。九鼎作为权力的象征,也只有仁德之君才能拥有。一旦失去仁德,九鼎必然转移,夏、商、周三代的鼎革,就是最好的证明。而如今,周朝的天命还远未完结,周朝的合法性和国运还将继续下去,因此,楚庄王的妄想是不可能实现的。王孙满深刻地指出,享有天下,"在德,不在鼎",仁德才是最重要的,而奸佞之徒虽然看似强大,实则不值一提,正所谓"德之休明,虽小,重也;其奸回昏乱,虽大,轻也"。

王孙满所言,虽然是两千六百年前的事,但至今仍不乏警醒意义。今人常说,得民心者得天下,有德之人才能得民心,才能得天下,也就是这个意思。

齐晋鞌之战

【题解】　本文选自《左传·成公二年》。鲁成公二年(公元前589年),齐、晋两国在鞌进行了一场规模较大的战争。齐军骄傲轻敌,晋军同仇敌忾,结果,晋军大胜,巩固了霸主地位。

【原文】

癸酉①,师陈于鞌②。邴夏御齐侯③,逢丑父为右④。晋解张御郤克⑤,郑丘缓为右⑥。齐侯曰:"余姑翦灭此而朝食⑦!"不介马而驰之⑧。郤克伤于矢⑨,流血及屦⑩,未绝鼓音⑪,曰:"余病矣⑫!"张侯曰:"自始合⑬,而矢贯余手及肘⑭,余折以御⑮,左轮朱殷⑯,岂敢言病⑰。吾子忍之⑱!"缓曰:"自始合,苟有险⑲,余必下推车,子岂识之⑳?——然子病矣㉑!"张侯曰:"师之耳目㉒,在吾旗鼓㉓,进退从之㉔。此车一人殿之㉕,可以集事㉖,若之何其以病败君之大事也㉗？擐甲执兵㉘，固即死也㉙。病未及死，吾子勉之㉚！”左并辔㉛，右援枹而鼓㉜，马逸不能止㉝，师从之。齐师败绩㉞。逐之，三周华不注㉟。

韩厥梦子舆谓己曰㊱：“旦辟左右㊲。”故中御而从齐侯㊳。邴夏曰：“射其御者，君子也㊴。”公曰：“谓之君子而射之，非礼㊵也。”射其左，越㊶于车下；射其右，毙于车中。綦毋张丧车㊷，从韩厥曰：“请寓乘㊸。”从左右㊹，皆肘之㊺，使立于后。韩厥俛定其右㊻。

逢丑父与公易位㊼。将及华泉㊽，骖絓于木而止㊾。丑父寝于轏中㊿，蛇出于其下，以肱(51)击之，伤而匿之(52)，故不能推车而及(53)。韩厥执絷马前(54)，再拜稽首(55)，奉觞加璧以进(56)，曰：“寡君使群臣为鲁、卫请(57)，曰无令舆师陷入君地(58)。下臣不幸(59)，属当戎行(60)，无所逃隐(61)。且惧奔辟而忝两君(62)，臣辱戎士(63)，敢告不敏(64)，摄官承乏(65)。”丑父使公下(66)，如华泉取饮(67)。郑周父御佐车(68)，宛茷为右(69)，载齐侯以免(70)。

韩厥献丑父，郤献子将戮之(71)，呼(72)曰：“自今无有代其君任患者，有一于此，将为戮乎(73)？”郤子曰：“人不难以死免其君(74)，我戮之不详(75)。赦之，以勤事君者(76)。”乃免之(77)。

【注释】 ① 癸酉：鲁成公二年六月十七日。 ② 师陈于鞌：齐国军队布阵在鞌地。陈，同阵，布阵。鞌，齐地，在今山东省济南市。 ③ 邴（bǐng）夏御齐侯：邴夏给齐君驾车。邴夏，齐国大夫。齐侯，齐顷公，姜姓，名无野，春秋霸主齐桓公之孙，公元前598年至公元前572年在位。 ④ 逢（páng）丑父为右：逢丑父居于车右（任卫士，御敌保护国君）。逢丑父，齐国大夫。 ⑤“晋解（xiè）张”句：晋军解张为郤克驾车。解张，晋国大夫，下文称之为张侯。郤克，此次齐、晋之战中的晋军主帅。 ⑥ 郑丘缓为右：郑丘缓居于车右（任卫士，御敌保护主帅）。郑丘缓，晋国大夫。郑丘，复姓。 ⑦“余姑”句：我姑且（先）消灭了晋军然后吃早饭。姑，姑且，暂且。翦（jiǎn）灭，剪除消灭。翦，消灭。此，这里指晋军。朝（zhāo）食，早餐。 ⑧“不介马”句：不给马套上铠甲（骑着裸马）就驰骋出击。介，铠甲，这里作动词用，（给马）披甲。 ⑨ 伤于矢：被箭射中受伤。矢，箭。 ⑩ 屦（jù）：鞋，这里指战靴。 ⑪ 未绝鼓音：进攻的鼓音未断绝。古代以击鼓号令将士进攻。 ⑫ 余病矣：我受重伤了。病，重病，这里是指受伤很重。 ⑬ 自始合：自从交战开始。合，这里指交战。 ⑭“而矢”句：箭（就）贯穿了我的手臂。贯，贯穿。 ⑮ 折以御：（我）折断箭（继续）驾车。 ⑯ 左轮朱殷：（流血使得）左边的车轮都成了暗红色。朱殷，深红色。殷，深红色，这里指流血很多。 ⑰ 岂敢言病：哪里敢说（自己）受了重伤。 ⑱ 吾子忍之：你忍一下吧。吾子，对男子的尊称，带有亲热的意思。 ⑲ 苟有险：只要有危险。苟，假如，只要。 ⑳ 子岂识之：你难道不知道这个情况吗？这里是说郤克你难道不知道大家都在冒着生命危险拼死作战吗? ㉑ 然子病矣:但你却说自己受了重伤。 ㉒ 师之耳目:军队的耳朵和眼睛。这里是说主帅的旗帜和战鼓就是队伍作战的方向。 ㉓ 旗鼓:主帅的旗帜和战鼓。 ㉔ 进退从之:(队伍)前进和后退都随着帅旗和战鼓(的指挥)。㉕"此车"句:这辆(主帅的)车,有一人镇守(指挥)。殿,这里是镇守的意思。 ㉖ 集事:成事,成功。 ㉗"若之何"句:怎能够因重伤而坏了国君的大事?若之何,这里是怎么能够的意思。其,加重语气的助词。以,因为。败,败坏,毁坏。 ㉘ 擐(huàn)甲执兵:穿上铠甲,戴上头盔,拿起兵器。擐,穿着。甲,甲胄,铠甲、头盔。兵,兵器,武器。 ㉙ 固即死也:本来就是走向死地。固,原本。即,接近,走向。这里是说打仗就是会死人的。㉚"病未及"二句:受伤(但)未到死的程度,你(就)努力坚持。 ㉛ 左并辔(pèi):把马缰绳一并用左手拉着(驾车)。驾车者本来是左右手拉缰绳,现在腾出右手,用于作战。㉜"右援枹(fú)"句:右手拿着鼓槌击鼓。援,拿,持。枹,鼓槌。 ㉝"马逸"句:战马狂奔停不下来。逸,奔跑。 ㉞ 败绩:溃败。 ㉟"逐之"二句:追逐齐军,绕着华不注山转了三圈。周,这里作动词用,绕。华不注,山名,在今山东省济南市一带。 ㊱"韩厥"句:韩厥梦见子舆告诉自己说。韩厥,晋国大夫。子舆,韩厥的父亲。 ㊲ 旦辟左右:明日一早(要)避开(战车的)左右(而居于中间)。韩厥不是主将,应该居左,不该居中。㊳"故中御"句:因此(韩厥就)居中驾车而追逐齐顷公。从,紧追,追逐。 ㊴"射其"二句:射杀(中间)那个驾车者,是(他们的)主帅。君子,这里指军队的主帅。 ㊵ 非礼:不合礼仪。 ㊶ 越:倒下,跌落。 ㊷ 綦毋(qí wú)张丧车:綦毋张失去了战车。綦毋张,晋国大夫。綦毋,复姓。 ㊸ 请寓乘(shèng):请(让我)搭乘(你的)车。寓,寄乘。乘,车。㊹ 从左右:跟随在(车的)左右。从,跟随。 ㊺ 皆肘之:(都被韩厥)用胳膊肘子挡开。肘,这里作动词用。 ㊻"韩厥"句:韩厥(于是)俯下身子扶定在车右被射毙的人。俯,低身。 ㊼"逢丑父"句:逢丑父与齐顷公换了位置。这里是指逢丑父担心被晋军追上而伤及齐顷公,所以交换位置,让晋军误认为自己即是齐顷公。 ㊽ 华泉:位于华不注山下的一个泉水名。 ㊾"骖(cān)絓(guà)"句:车被树绊住而停了下来。骖,三马驾车,两旁的马称骖。絓,通"挂",绊住。木,树。 ㊿ 辗(zhàn)中:车中。辗,用竹木制成带有车厢的车子。 (51) 肱:胳膊。 (52) 伤而匿之:受了伤而隐瞒(不说)。匿,隐匿,隐瞒。(53)"故不能"句:因此不能将(绊住的)车推出而被(韩厥)追上。及,追及。 (54)"韩厥"句:韩厥拉着绊马索来到齐顷公马前。执,拿着。絷(zhí),绊马索。 (55) 再拜稽首:拜了两拜,叩头至地,这里指韩厥对齐顷公礼节隆重。再拜,行拜礼两次。稽首,叩头至地。(56)"奉觞"句:捧着酒杯,加上玉璧进献(齐顷公)。觞,一种盛酒器。璧,圆形、扁平且带孔的玉器。 (57)"寡君"句:我们国君派我们来完成鲁国、卫国的请求。寡君,对自己国君的谦称。在齐晋鞌之战前,齐国攻打鲁国,卫国侵犯齐国,鲁、卫二国皆战败,求救于晋,所以韩厥这样说。 (58)"曰无令"句:说是不让(我们)大量军队进入您的国土。舆(yú),众多。 (59) 下臣不幸:下臣我并不希望(参与这样的事)。下臣,自谦辞。不幸,这里指不希望发生但又无可避免。 (60) 属(zhǔ)当戎行(háng):正好遇上(齐国)军队(与之作战)。属,正好,恰巧。当,遇上。戎行,战车的行列,这里指齐国的军队。 (61) 无所逃隐:没有地方可逃避。逃隐,逃避隐藏。 (62)"且惧"句:并且害怕(因为)逃避而给(晋、齐)两国国君带来耻辱。奔辟,逃跑躲避。辟,退避,躲避。忝(tiǎn),羞辱,有愧于。 (63) 臣辱戎士:我

使将士们受辱。这是韩厥自谦的说法,意思是由于我也加入了军队,而使将士们受到羞辱。　㉞敢告不敏:斗胆禀告我是(一个)不聪敏的人。敢,胆敢,这里是冒昧的意思。不敏,不聪敏,无才。　㉟摄官承乏:担任官职(只是)充数。摄官,任官职。承乏,自谦辞,承接空缺的职位。　㊱丑父使公下:逢丑父让齐顷公下车(伺机逃跑)。　㊲如华泉取饮:(齐顷公假装)到华泉去取水。如,去,往。　㊳"郑周父"句:郑周父驾御副车。郑周父,齐国大夫。佐车,副车,不该是国君乘坐的车。　㊴宛茷(fá)为右:宛茷在车右(担任卫士)。宛茷,齐国大夫。上述二句是指逢丑父冒充齐国国君,而让齐顷公成功逃走。㊵免:逃脱。　㊶将戮之:打算杀了他。将,打算。戮,杀。　㊷呼:大叫。　㊸"自今"三句:从古至今,还没有人代替自己的国君承担忧患灾难的,(现在)有一个在此,将要被杀吗? 自今,从古至今。任,担任,承担。患,忧患,灾难。　㊹"人不难"句:人不把用自己的死来使国君逃生为难事。这里是指逢丑父不惜以死保护齐顷公。　㊺不祥:不吉利。㊻"赦之"二句:放了他,来鼓励侍奉、效命国君的人。勤,慰问,这里有鼓励的意思。㊼乃免之:于是赦免了逢丑父。

【赏析】　春秋战事频仍,虽说是"春秋无义战",但每场战争都会给人以有益的启示,齐晋鞌之战也不例外。

齐、晋都是春秋时的大国、强国,两强交战,胜负难料。俗云"狭路相逢勇者胜",其实,准确地说,应是"智者胜"。这次战争的发生地在齐国,原本应是齐国占有地势之利,而晋国出兵远征,自然是处于劣势。但是,也许正因为如此,晋国上下都不敢轻敌,同仇敌忾,奋勇出击,拼死杀敌。而齐国在齐顷公亲临战场的情况下,却犯了一连串的战略战术错误:首先是自大轻敌,接着是丢失出击射毙敌方主帅的机会,最终落得个大败溃逃的下场。

文章十分形象生动地描绘了齐、晋双方军队将士的激战场面。晋国将军个个奋不顾身,一往无前,浴血沙场,视死如归。而齐国一方,尽管由于齐顷公的狂妄愚昧,齐军溃败,但是,齐国将士仍然表现出忠于国君和国家的英勇品质。这一切,作品通过诸如晋军郤克身负重伤、解张被箭穿手臂、韩厥驾车追敌以及齐军逢丑父与齐顷公交换位置、郑周父和宛茷护送齐顷公脱走等情节,刻画得极为生动。文章其实并未以成败论英雄,而所描写的逢丑父等大臣为了保护齐顷公,不惜牺牲自己,可谓赤胆忠心,天地可鉴,感动了晋国将士,也感染了后世读者。

作为一篇描写战争的叙事片断,本文在展现战争的激烈和残酷的同时,还把战争的主角塑造得形象鲜活,个性突出,而情节的跌宕起伏,又能扣人心弦。其中关于战前韩厥梦见其父托梦一节,更证明插叙在《左传》中不仅已是常见的叙事手法,而且运用自如娴熟,尤为令人叹服。

齐国佐不辱使命

【题解】 本文选自《左传·成公二年》。鲁成公二年(公元前589年),晋、齐二国大战,齐师败北。齐顷公派大臣宾媚人携珍宝等前往求和。面对晋国的武力要求,宾媚人有理有节,予以驳斥拒绝,并表明了决一死战的坚定决心。

【原文】

晋师从①齐师,入自丘舆②,击马陉③。齐侯使宾媚人赂以纪甗、玉磬与地④,不可,则听客之所为⑤。

宾媚人致赂,晋人不可,曰:"必以萧同叔子为质⑥,而使齐之封内尽东其亩⑦。"对曰:"萧同叔子非他,寡君⑧之母也;若以匹敌⑨,则亦晋君之母也。吾子布大命于诸侯,而曰必质其母以为信,其若王命何⑩?且是以不孝令也⑪。《诗》曰:'孝子不匮,永锡尔类⑫。'若以不孝令于诸侯,其无乃非德类也乎⑬?"

"先王疆理天下,物土之宜而布其利⑭,故《诗》曰:'我疆我理,南东其亩⑮。'今吾子疆理诸侯,而曰'尽东其亩'而已。唯吾子戎车是利⑯,无顾土宜⑰,其无乃非先王之命也乎?反先王则不义⑱,何以为盟主⑲?其晋实有阙⑳!"

"四王之王㉑也,树德而济同欲焉㉒;五伯之霸㉓也,勤而抚之㉔,以役王命㉕。今吾子求合诸侯,以逞无疆之欲㉖。《诗》曰:'布政优优,百禄是遒㉗。'子实不优而弃百禄㉘,诸侯何害㉙焉?"

"不然,寡君之命使臣,则有辞矣㉚。曰:'子以君师辱于敝邑㉛,不腆敝赋以犒从者㉜。畏君之震,师徒桡败㉝。吾子惠徼齐国之福㉞,不泯其社稷㉟,使继旧好㊱,唯是先君之敝器土地不敢爱㊲,子又不许㊳,请收合馀烬㊴,背城借一㊵。敝邑之幸,亦云从也㊶。况其不幸,敢不唯命是听㊷?'"

【注释】 ①从:追逐。 ②丘舆:齐国境内地名,在今山东省益都县。 ③马陉:齐国境内地名,在今山东省益都县。 ④"齐侯"句:齐君派遣宾媚人携带纪甗(yǎn)、玉磬及(割让)土地(的允诺),作为礼物(前往晋国求和)。齐侯,即齐顷公,姜姓,名无野,公元前598年至公元前572年在位。宾媚人,齐国上卿,辅佐国君的大臣。纪甗,齐国灭亡纪国所获得的宝器。纪,诸侯国,姜姓,在今山东省寿光市,为齐所灭。甗,炊器,以青铜或陶制成。玉磬,玉制的打击乐器,也是灭亡纪国所得。地,指齐国灭亡纪国及攻打鲁国所获得的土地。赂,财物,这里作动词用,是赠送(财物)的意思。　⑤"不可"二句:(如晋国)不同意(议和),那就听凭他们所为。　⑥"必以"句:必须让萧同叔子(来晋国)做人质。萧同叔子,齐顷公的母亲。质,人质。据《公羊传·成公二年》载,晋使郤克曾出使齐国,因跛足(瘸腿),行走不便,登殿上台阶时,萧同叔子躲在帷幕后窥见,发出笑声,晋人以为受到侮辱,所以此次要将她作为人质,以报受辱之仇。　⑦"而使"句:而且要把齐国境内田亩的田垄(田埂)都改成东西向。这不仅是为了侮辱齐国,也为了便于晋军自西向东行进。　⑧寡君:对自己国君的谦称,这里指齐顷公。　⑨若以匹敌:如果平等地对比(的话)。匹敌,相当,对等。　⑩"吾子"三句:您(晋君)向诸侯国发布大命,但是说一定要以齐君之母为人质,这对于王命而言是为什么? 吾子,对晋君的敬称,这里是指晋景公,姬姓,名獳(rú),公元前599年至公元前581年在位。大命,天子之命,天子对天下子民的教化。若何,为什么。这里是说晋君既然是说代行天子之命,却要以他国国君之母为人质,将置天子之命于何地? 这是大不敬的行为。　⑪"且是以"句:况且这是以不孝来诏令天下。　⑫"《诗》曰"三句:《诗经》中说:"孝子(的美德)是不会竭尽,永远会赐予他的同类的。"匮,竭尽。锡,赐。尔类,他的族类。这是《诗经·大雅·既醉》中的句子。《诗》,即《诗经》。　⑬"其无乃"句:这恐怕不是以孝德赐予同类(之举)吧。无乃,恐怕。德,这里作动词用,以孝德赐予的意思。这里是指晋君不施行以德教化天下的仁政。　⑭"先王"二句:先王治理天下,划分土地田垄,依照物产出产的要求,来布置而使其适宜种植。疆,划分田界。理,治理。这里是指划分田垄需要因地制宜,来获得收益。　⑮"故《诗》曰"三句:所以《诗经》里说:"治理国土田亩,有南北向,有东西向。"南,指南北向。东,则指东西向。这是《诗经·小雅·信南山》中的句子。　⑯"唯吾子"句:只是便利晋军战车的行进。戎车,战车。是,用于宾语和其动词之间,把宾语提前,起强调作用,这里指(战车推进的)便利。　⑰土宜:土地田亩的适宜性。　⑱"反先王"句:违反先王之命则为不义。不义,不符合道义。　⑲盟主:晋国在当时是诸侯国的霸主。　⑳其晋实有阙:晋国实有不对的地方。其,表示论断。阙,过失。　㉑四王之王(wàng):四王称王(天下)。四王,夏禹、商汤、周文王、周武王四位圣贤天子。后一个王,作动词用,统治,称王。　㉒"树德"句:施行德政而帮助诸侯国成就共同的愿望。树德,施行德政,以高尚道德教化天下。济,渡过,这里是帮助成功的意思。同欲,有共同愿望的人。　㉓五伯(bà)之霸:五伯称霸(天下)。五伯,指春秋时五个霸主:齐桓公、晋文公、宋襄公、楚庄公、秦缪公(即秦穆公)。　㉔勤而抚之:尽力地帮助诸侯。勤,尽心尽力。抚,安抚,爱护。　㉕以役王命:来为王命服务。役,服务,效劳。　㉖"今吾子"二句:如今晋君您要会合诸侯(做盟主),来满足您的永无穷尽的欲望。合,会合,这里有号令(诸侯)的意思。无疆,无穷。　㉗"《诗》曰"三句:《诗经》里说:"施政宽和,百福汇聚。"敷政,施政。优优,宽和的样子。百禄,多福,百福。遒(qiú),聚合,汇集。这是《诗经·商颂·长发》中的句子。　㉘"子实"句:您不(施行)宽和(的仁政)而放弃百福。　㉙何害:为何损害(别的诸侯国)。　㉚"不然"三句:不同意的话,而我们国君派使臣来(议和而遭拒绝),那我们就有话(可说)了。然,这里是同意、赞成的意思。有辞,有话,有理。　㉛"子以"句:您率晋师来到齐国。辱,有辱,这里是指晋军屈驾来到齐国,是敬语。敝邑,指齐国,是谦辞。 ㉜"不腆"句:(我们的)财富(虽然)不丰厚,(但还是能)拿来犒劳您的军队。腆,丰厚。从者,指晋师。这里有齐国虽然不强大,但还是有与晋师决战的意志。 ㉝"畏君"二句:畏惧您的震怒,齐师败逃。师徒,军队。桡(náo)败,失败。桡,屈服,这里是失败的意思。 ㉞"吾子"句:晋君您赐予我们齐国恩惠。徼(yāo),求取。这里的意思是晋国不亡齐国,赐予了齐国福气。 ㉟"不泯"句:不灭亡我们的国家。泯,消灭。社,土神;稷,谷神,这里指国家政权。 ㊱使继旧好:使得(我们两国能)继承、维系以前的友好关系。 ㊲"唯是"句:只是先王留下来的器物和土地(我们)不敢吝惜。这里的意思是齐国愿意把这些都呈送给晋国来求和。 ㊳子又不许:晋君您又不答应。 ㊴请收合馀烬:(那么)请允许我们收拾起残军。馀烬,灰烬,这里指残败的军队。 ㊵背城借一:背城一战。 ㊶"敝邑"二句:(假如)我们有幸打胜了,也要听从贵国议和。幸,这里是侥幸打胜仗的意思。从,随从,听从。 ㊷"况其"二句:何况我们不幸战败了,(那)还敢不听从晋国之命吗?敢,岂敢。

【赏析】 晋强齐弱,两军交战,齐师败绩。但是,齐国也是一个大国,不能轻言投降。在这种不利的情况下,齐国采取了议和的策略来保存实力,以图东山再起。于是,齐侯派遣宾媚人前往晋国媾和,晋国提出了议和的两个条件:一是要齐侯的母亲到晋国做人质,一是要改变齐国田垄的走向。前者是肆意侮辱齐国的尊严,后者是为了进一步进攻齐国。

　　面对着晋国的侮辱和野心,宾媚人不卑不亢,保持国家尊严,坚持平等地位,驳斥了晋国的无理要求,并警告晋国,如果不答应议和,那就与晋国决一死战。宾媚人站在道德的高地,首先指出"挟天子以令诸侯"的晋景公以他国国君之母为人质,是以不孝来诏令天下,是有违先王大德的;接着又指出改变田垄走向是违背因地制宜、不利物产出产的行为,进而还揭露了晋国要利用齐国田垄走向的改变,来为自己战车推进创造便利条件的企图;然后还以历史和现实中圣贤之君和诸侯霸主治国及号令天下的正确做法为例,指出晋君的做法是弃福求祸,损人而不利己;最后警告晋国,如果一意孤行,不放弃不合理的要求来答应议和,那么,齐国将与晋国决战,而且胜败输赢还未能预料。宾媚人义正词严,柔中带刚,有理有节,狠刹了晋国的骄横之气,成功地捍卫了国家尊严。

　　文章语言畅达,说理透彻,层次分明,结构谨严,读来酣畅淋漓,令人不忍释手。

楚归晋知罃

【题解】 本文选自《左传·成公三年》。鲁宣公十二年(公元前597年),晋、楚战于邲(在今河南省荥阳市东北),晋俘楚庄王之子榖臣,楚俘晋大夫荀首之子知罃（yīng）。楚共王立，荀首请求以穀臣及战死之楚将连尹襄老尸体，换还知罃。本文即记载描述了楚共王送别知罃时二人的一段对话，表现了知罃以国家利益为重、忠诚不二的品质。

【原文】

晋人归楚公子穀臣，与连尹襄老之尸于楚，以求知罃①。于是荀首佐中军矣②，故楚人许之③。

王送知罃，曰："子其怨我乎？"对曰："二国治戎④，臣不才，不胜其任，以为俘馘⑤。执事不以衅鼓⑥，使归即戮⑦，君之惠也。臣实不才，又谁敢怨⑧？"

王曰："然则德我乎⑨？"对曰："二国图其社稷⑩，而求纾⑪其民，各惩其忿⑫，以相宥⑬也，两释累囚⑭，以成其好⑮。二国有好，臣不与及⑯，其谁敢德？"

王曰："子归何以报我？"对曰："臣不任⑰受怨，君亦不任受德。无怨无德，不知所报。"

王曰："虽然⑱，必告不穀⑲。"对曰："以君之灵⑳，累臣得归骨于晋，寡君之以为戮，死且不朽。若从君之惠而免之㉑，以赐君之外臣㉒首，首其请于寡君，而以戮于宗㉓，亦死且不朽。若不获命㉔，而使嗣宗职㉕，次及于事㉖，而帅偏师㉗，以修封疆㉘，虽遇执事，其弗敢违㉙，其竭力致死㉚，无有二心，以尽臣礼。所以报也！"

王曰："晋未可与争。"重为之礼㉛而归之。

【注释】 ① 知罃：即荀罃，字子羽，晋大夫荀息后裔，晋悼公时任中军帅。晋、楚邲（bì）之战中，为楚所俘，囚近十年。其父荀首，晋国大夫，在邲之战中，率军射杀楚国大将连尹襄老，生俘楚公子穀臣。 ②"于是"句：当时荀首辅佐晋军统率中军。于是，当时。佐，辅佐，副手。中军，古代行军作战分左、中、右或上、中、下三军，主将所在为中军，发号施令和指挥作战。实际上，荀首就是中军统帅。 ③ 故楚人许之：楚国同意了晋国的请求。楚人，这里应指楚共王，芈（mǐ）姓，名审，公元前590年至公元前560年在位。许之，答应晋国的请求。 ④ 治戎：打仗。 ⑤ 俘馘（guó）：俘虏。馘，割下的耳朵，上古时作战，割取敌人左耳以计数论功，这里指俘虏。 ⑥ "执事"句：您没有杀我。执事，负责具体事务的官员，这里不直接指楚王，而是称其手下，以示尊敬。衅鼓，杀人或牲畜，以血涂鼓行祭，这里指处死。 ⑦ 即戮：就死。即，接近，靠近。戮，杀。 ⑧ 又谁敢怨：即又敢怨谁。怨，怨恨，仇恨。 ⑨"然则"句：那么感激我吗？然则，那么。德，这里作动词用，感恩。 ⑩ 图其社稷：谋求自己国家（利益）。图，谋求。社，土神；稷，谷神；这里指国家。 ⑪ 纾:宽舒。这里指解除人民的困难。 ⑫ 各惩其忿:(两国)各自克制自己的忿恨。惩,克制,抑制。 ⑬ 相宥(yòu):相互原谅。宥,宽恕,原谅。 ⑭ 两释累囚:两国(相互)释放囚犯。累,即"缧",绳索,这里指捆绑。 ⑮ 好:友好,通好。 ⑯ 不与及:不得参与。及,参与。这里是说知罃认为两国通好各为社稷,而自己并未对此有所贡献,谈不上感谢谁。 ⑰ 不任:不胜,这里指不能承受。 ⑱ 虽然:即使如此。然,如此,这样。 ⑲ 不穀:不善,古代君侯谦称,我。 ⑳ 以君之灵:托您的福。灵,威灵。 ㉑ "若从"句:如果因为您的恩惠而免于依国法处死。 ㉒ 外臣:诸侯国大夫对他国国君的自称,这里指荀首本人。 ㉓ 戮于宗:被处死在宗庙。 ㉔ 不获命:不被处死。获命,这里是指得到处死(知罃)的命令。 ㉕ 使嗣宗职:让(我)继承世袭的职位。宗职,祖宗世袭的职位。 ㉖ 次及于事:依次执掌军职。 ㉗ 帅偏师:率领军队。帅,率领。偏师,主力部队以外的军队。 ㉘ 修封疆:治理、守卫边疆。修,治理。封疆,疆土。 ㉙ 弗敢违:不敢违抗君命(而徇私)。这里指如果遇到楚军,照样要迎战。 ㉚ 竭力致死:竭尽全力,拼死战斗。 ㉛ 重为之礼:很隆重地为知罃举行了送别仪式。礼,仪式。

【赏析】 为臣者各事其主,当尽忠尽力。知罃身为晋国大将,而被俘于楚,已是一大耻辱,当以死报国,这是古代士大夫所恪守的节操和品德。然而,晋、楚两国处于各自的利益,决定交换俘虏,于是,知罃得以获释而返回晋国。楚王似乎对此举很是得意,在放归知罃前,与知罃做了一番交谈,自以为于知罃有恩,言语之间,不乏得意之色,却不料知罃毫不领情。

在知罃看来,晋、楚两国,无论是兵戎相向,抑或通和交好,都是"图其社稷,求纾其民"。所以,在郑之战中,自己落马被俘,囚禁楚国十年,是战争无情,怨不得他人;而此番两国惩忿相宥,互换俘虏,只是各有所求,各得所需,也无庸对谁感恩戴德。知罃这一番义正词严的陈述,完全出乎楚共王的意料。不过,可贵的是,楚共王并未因此而恼羞成怒,而是对知罃的忠心报国精神和凛然大义表示了由衷的敬佩,并为知罃举行了隆重的送行仪式。

文章不长,仅是一个小片段,而且主要由对话组成,并未见知罃与楚共王的表情、神态。但是,从两人的话语中,读者不难听出二人各自的个性、心态、神情以及潜台词。尤其是知罃其人,不卑不亢,有礼有节,坚持原则,始终将国家利益置于最高地位,值得为后人称道。

吕相绝秦

【题解】 本文选自《左传·成公十三年》。秦国与晋国会盟于令狐,继而背弃。吕相奉晋厉公之命,前往秦国宣告两国绝交。吕相不辱使命,严词指斥秦国的背信弃义,展现了高超的外交才能与辩士风格。

【原文】

夏四月戊午①，晋侯使吕相绝秦②，曰："昔逮我献公及穆公相好③，戮力同心④，申之以盟誓⑤，重之以昏姻⑥。天祸晋国，文公如齐，惠公如秦⑦。无禄⑧，献公即世⑨。穆公不忘旧德，俾我惠公用能奉祀于晋⑩。又不能成大勋⑪，而为韩之师⑫。亦悔于厥心⑬，用集我文公⑭。是穆之成⑮也。"

"文公躬擐甲胄⑯，跋履山川⑰，逾越险阻，征东之诸侯虞、夏、商、周之胤而朝诸秦⑱，则亦既报旧德⑲矣。郑人怒君之疆埸，我文公帅诸侯及秦围郑⑳。秦大夫不询于我寡君，擅及郑盟㉑。诸侯疾之㉒，将致命于秦㉓。文公恐惧，绥静㉔诸侯，秦师克还无害㉕，则是我有大造于西也㉖。"

"无禄，文公即世，穆为不吊㉗，蔑死我君㉘，寡我襄公㉙，迭我殽地㉚，奸绝我好㉛，伐我保城㉜。殄灭我费滑㉝，散离我兄弟㉞，挠乱我同盟㉟，倾覆我国家。我襄公未忘君之旧勋，而惧社稷之陨㊱，是以有殽之师㊲。犹愿赦罪㊳于穆公，穆公弗听，而即楚谋我㊴。天诱其衷㊵，成王陨命㊶，穆公是以不克逞志㊷于我。"

"穆、襄即世，康、灵㊸即位。康公，我之自出㊹，又欲阙翦我公室㊺，倾覆我社稷，帅我蝥贼㊻，以来荡摇㊼我边疆，我是以有令狐之役㊽。康犹不悛㊾，入我河曲㊿，伐我涑川㉑，俘我王官㉒，翦我羁马㉓，我以是有河曲之战。东道之不通，则是康公绝我好也㊼。"

"及君之嗣也，我君景公引领西望曰：'庶抚我乎㉕！'君亦不惠称盟㉖，利吾有狄难㉗，入我河县㉘，焚我箕、郜㉙，芟夷我农功㉚，虔刘㉛我边垂，我以是有辅氏之聚㉜。君亦悔祸之延㉝，而欲徼福㉞于先君献、穆，使伯车㉟来命我景公曰：'吾与女同好弃恶㊻，复修旧德，以追念前勋㊿。'言誓未就㉘，景公即世，我寡君是以有令狐之会㉙。君又不祥㉚，背弃盟誓。白狄㉛及君同州，君之仇雠㉜，而我之昏姻㉝也。君来赐命曰：'吾与女伐狄。'寡君不敢顾昏姻，畏君之威，而受命于吏㉞。君有二心㉟于狄，曰：'晋将伐女。'狄应且憎㊻，是用告我㊼。楚人恶君之二三其德也㊽，亦来告我曰：'秦背令狐之盟，而来求盟于我："昭告昊天上帝㊾、秦三公㊿、楚三王㉛，曰：'余虽与晋出入㉜，余唯利是视㉓。'"不穀恶其无成德㉔，是用宣之㉕，以惩不壹㉖。'诸侯备闻㊇此言,斯是用痛心疾首㊈,昵就寡人㊉。寡人帅以听命㊀,唯好是求㊁。君若惠顾㊂诸侯,矜哀㊃寡人,而赐之盟㊄,则寡人之愿也,其承宁诸侯以退㊅,岂敢徼乱㊆?君若不施大惠,寡人不佞㊇,其不能以诸侯退矣㊈。敢尽布之执事㊉,俾执事实图利之㊊。"

【注释】　① "夏四月"句:鲁成公十三年(公元前578年)四月戊午。　② "晋侯"句:晋厉公派遣吕相(前往秦国)与秦断交。晋侯,即晋厉公,姬姓,名州蒲,公元前580年至公元前573年在位。吕相,即魏相,晋国大夫,周武子魏锜之子,封于吕,故又名吕相。　③ "昔逮我"句:从前我献公和穆公订立友好关系。献公,即晋献公,名诡诸,公元前676年至公元前651年在位。穆公,即秦穆公,嬴姓,名任好,公元前659年至公元前621年在位。　④ 戮力同心:齐心协力。　⑤ 申之以盟誓:表明同盟誓约。申,表明,表达。　⑥ 重(chóng)之以昏姻:再加上互为婚姻(以加深关系)。重,加上。昏姻,即"婚姻"。　⑦ "天祸"三句:上天降祸于晋国,文公奔往齐国,惠公逃往秦国。晋厉公偏信宠姬骊姬谗言,废弃并致死太子申生,公子重耳避祸于狄,后往齐国,而公子夷吾奔走梁国,后至秦。文公,姬姓,名重耳,曾流亡国外十九年,回国即位,为晋文公,励精图治,晋国大盛,称霸天下,为春秋五霸之一,公元前636年至公元前628年在位。如,往,去。惠公,晋惠公,名夷吾,公元前650年至公元前637年在位。　⑧ 无禄:不幸,这里指死亡。　⑨ 即世:去世。　⑩ "俾我"句:使我惠公因此能在晋国主持宗庙祭祀。俾,使。用,因而,因此。奉祀于晋,在晋国奉行宗庙祭祀之事,这里指夷吾在秦穆公帮助下,回国即位。　⑪ "又不能"句:(但是)又没能善始善终做好拥立晋惠公的功业。勋,功业。　⑫ 而为韩之师:而和晋国在韩地作战。鲁僖公十五年(公元前645年),秦、晋交战于韩国,获晋惠公入秦。　⑬ 悔于厥心:在心里后悔。厥心,此心。这里指秦穆公感到后悔,放还晋惠公,接纳重耳。　⑭ 用集我文公:因而(又)接纳我文公。用,因而。集,安定和睦。这里指鲁僖公二十四年(公元前636年)秦穆公接纳重耳。　⑮ 成:成就,成全。　⑯ 躬擐(huàn)甲胄:亲自穿戴甲胄。躬,亲身,亲自。擐,穿着。甲胄,铠甲和头盔。　⑰ 跋履山川:跋山涉水。　⑱ "征东"句:征伐东方诸侯国即虞、夏、商、周的后裔(使他们)到秦国朝拜。征,征讨,征伐。胤,子嗣,后代。虞、夏、商、周的后裔分别为陈(在今河南省淮阳县及安徽省亳州市一带)、杞(初在今河南省杞县,后迁至山东省安丘市东北一带)、宋(在今河南省商丘市一带)、鲁(在今山东省兖州市、曲阜市及江苏省沛县、安徽省泗县一带)。　⑲ 旧德:从前的恩德。　⑳ "郑人"二句:郑国侵犯秦国的疆界,我文公统率诸侯国军队与秦国一起围攻郑国。怒,触怒,这里指侵犯。疆埸(yì),疆土边界。埸,边界。其实,因郑国背晋而投向楚国,晋文公起兵伐郑,秦穆公出兵相助,其间并没有他国参与。　㉑ 擅及郑盟:擅自与郑国结盟。　㉒ 疾之:痛恨秦国的行为。　㉓ 将致命于秦:打算要与秦国拼命。致命,捐躯,这里是拼死的意思。　㉔ 绥静:安抚平定。　㉕ "秦师"句:秦军(才)得以还师而无伤害。克,能够,得以。　㉖ "则是"句:那是我们晋国对秦国有大恩(的事情)。大造,大功劳,大恩德。西,秦国在晋国的西边。　㉗ 不吊:不去吊唁。晋文公死后,秦穆公并未派人前往吊唁。　㉘ 蔑死我君:蔑视我已故的先君(晋文公)。　㉙ 寡我襄公:欺侮我继位的(晋)襄公。寡,弱小。襄公,即晋襄公,名欢,公元前627年至公元前621年在位。这里指秦穆公因晋襄公弱小而轻视、孤立他。 ㉚ 迭(yì)我崤地:侵犯我崤地。迭,侵犯。崤,九塞之一,在今河南省洛阳市一带,晋军、楚师必经之地。 ㉛ 奸(hàn)绝我好:抗拒与我友好。奸,即"捍",抗拒,抵制。 ㉜ 伐我保城:攻伐我保城。保城,小城。 ㉝ 殄灭我费滑:灭绝我滑国。殄灭,灭绝。费滑,滑国,姬姓,国都在费(在今河南省偃师市)。 ㉞ 散离我兄弟:离间、分散我兄弟。晋与滑皆为姬姓,故称兄弟。 ㉟ 挠乱我同盟:搅乱我同盟。挠乱,搅乱。郑、滑原本都听从晋,故称同盟。 ㊱ 社稷之陨:国家之亡。社稷,土神和谷神,指国家。 ㊲ 崤之师:鲁僖公三十三年(公元前627年),晋、秦在崤地交战,晋师大胜。 ㊳ 赦罪:赦罪宽恕。 ㊴ 即楚谋我:联合楚国来图谋我晋国。即,接近,这里是联合、结盟的意思。 ㊵ 天诱其衷:上天诱发了其(楚王)野心。衷,内心,这里是指野心、私心。 ㊶ 成王陨命:(楚)成王于鲁文公元年(公元前626年)遭弑而死。 ㊷ 逞志:如愿,野心得逞。 ㊸ 康、灵:秦康公、晋灵公。秦康公,名罃,公元前620年至公元前609年在位。晋灵公,名夷皋,公元前620年至公元前607年在位。 ㊹ 自出:秦康公之母为晋献公之女穆姬,是晋国的外甥,所以说"自出"。 ㊺"又欲"句:又企图损害我晋国。阙翦,削弱、损害。阙,除去。翦,斩断。公室,王室,这里指晋国政权。 ㊻ 帅我蝥(máo)贼:率领晋国的奸贼。秦康公支持晋公子雍回晋国与晋灵公争位。蝥贼,分别为吃庄稼的两种害虫,这里指危害国家的人。 ㊼ 荡摇:撼动,这里是侵犯的意思。 ㊽ 令狐之役:鲁文公七年(公元前620年),晋军与秦军战于令狐,大胜。令狐,晋地,在今山西省临猗县。 ㊾ 不悛:不悔改。悛,悔改。 ㊿ 入我河曲:侵入我晋国的河曲。河曲,晋地,在今山西省永济市至芮城县一带。鲁文公十二年(公元前615年),晋、秦有河曲之战。(51) 涑川:水名,在今山西省西南闻喜县一带。 (52) 王官:晋地名,在今山西省闻喜县。(53) 羁马:晋地名,在今山西省永济市。 (54)"东道"二句:东边之路不通,那是秦康公断绝与我晋国友好关系(的)缘故。晋国在秦国东面,所以说东道。 (55)"及君"三句:等到您(秦)桓公继位,我晋君景公翘首西望说:"大概(秦桓公)会安抚、体恤晋国吧。"嗣,继位。景公,即晋景公,名獳(rú),公元前599年至公元前581年在位。引领,翘首远望,形容非常企盼。庶,或许,大概。抚。安抚,体恤,爱惜。 (56) 不惠称盟:不愿惠爱(晋国),如晋国所愿订立盟约。惠,爱护,爱惜,这里指施予关爱。称,称心,如愿。 (57) 利吾有狄难:把我晋国与狄人交战当作好机会。 (58) 河县:靠近黄河的晋地。河,黄河。 (59) 箕部:箕、部均为晋地,靠近黄河,箕在今山西省蒲县,部在今山西省祁县。 (60) 芟(shān)夷我农功:除去、夷平我晋国的庄稼。芟,除去。夷,铲平。农功,农业生产,这里指农作物。 (61) 虔刘:抢掠,屠杀。虔,杀戮。刘,诛杀。 (62)"我以是"句:我晋国因此在辅氏聚集人马(抗御)。辅氏,晋地名,在今陕西省大荔县。 (63) 悔祸之延:后悔祸乱延绵不绝。 (64) 徼(yāo)福:祈福,求福。徼,通"邀",求。 (65) 伯车:秦桓公之子。 (66)"吾与女"句:我与你同结友好,摒弃嫌恶。女,通"汝",你。 (67) 前勋:(对秦晋友好)有功勋的前辈。(68) 未就:未成就。就,成功,成就。 (69) 令狐之会:鲁成公十一年(公元前580年),秦桓公与晋厉公相约会盟于令狐,晋厉公先往,然秦桓公不愿过黄河,派遣大夫史颗到河东与晋会盟,而晋则派遣大夫郤犨(chōu)到河西与秦会盟。秦桓公回国,立即背弃盟约。(70) 不祥:不善,不良。 (71) 白狄:狄族之一种。狄,古代北方民族,分白狄、赤狄、长狄三种。　⑦² 仇雠:仇敌。　⑦³ 昏姻:同"婚姻"。白狄伐赤狄,俘赤狄之女季隗,献与晋文公,所以晋国称与白狄是姻亲。　⑦⁴ 受命于吏:(违心)听命(来要求共同征伐白狄的)秦国使臣。吏,指秦国使臣。　⑦⁵ 二心:异心,不忠实。这里指秦国两面三刀,耍弄阴谋,在白狄与晋国之间挑拨离间。　⑦⁶ 狄应且憎:(白)狄(表面上)应承,(其实很)憎恨(秦国的离间手段)。　⑦⁷ 是用告我:因此(把情况)告诉我晋国。是用,因此。　⑦⁸ "楚人"句:楚国人厌恶你们在道德上的反复无常。二三,不专一,反复不定。　⑦⁹ 昊天上帝:天帝。昊天,苍天。　⑧⁰ 秦三公:秦穆公、秦康公、秦共公。　⑧¹ 楚三王:楚成王、楚穆王、楚庄王。　⑧² 出入:往来,交往。　⑧³ 唯利是视:只是看其利益(是否对己有利),唯利是图。　⑧⁴ "不穀"句:我厌恶秦人没有具备应有的品德。不穀,古代君王、诸侯的谦称。成德,应有的品德。　⑧⁵ 宣之:揭露(秦国的)恶德。　⑧⁶ 不壹:即不一,不专一。　⑧⁷ 备闻:都听到(楚王揭露秦人二三其德的话)。　⑧⁸ "斯是用"句:因此都痛心疾首(十分气愤)。　⑧⁹ 昵就寡人:亲近我。昵就,亲近。寡人,古代君王诸侯的谦称,这里是晋君自称。　⑨⁰ 帅以听命:率领众诸侯听命秦国。　⑨¹ 唯好是求:只是(要)求得(各国之间的)和好。　⑨² 惠顾:施予恩惠,关照,顾及。　⑨³ 矜哀:怜悯。　⑨⁴ 赐之盟:赐予我们订立友好盟约。　⑨⁵ "其承宁"句:(那就)安抚诸侯,率军退去。　⑨⁶ 徼乱:求乱。　⑨⁷ 不佞:不才。古人谦称,这里是晋君自称。　⑨⁸ "其不能"句:那就不能(无法、无力)率领诸侯退兵了。　⑨⁹ "敢尽"句:斗胆把所有的话都告诉您的手下。执事,具体执行事务的官员,其实是指秦君,称执事而不直接称秦君,是为了表示恭敬。　⑩⁰ "俾执事"句:使您的手下能实事求是地图谋考虑利害得失(以做出决策)。俾,使。

【赏析】　在春秋各诸侯国中,秦国素无信义,可谓十足的实用主义、功利主义霸道之国。在与各国的交往中,为了自己的利益,秦国出尔反尔,二三其德,祸害他国。晋国忍无可忍,遣大夫吕相前往严正抗议,并声称如秦国不改恶行,将与众诸侯国一起与秦断交。

全文以吕相一人之说辞组成。吕相历数秦、晋两国交往史上的几件大事,尤其是秦穆公助夷吾与重耳复国、晋国与秦国共同伐郑国(其实是秦国帮助晋国讨伐背晋向楚的郑国),晋国为秦国的崛起和不断强大作出了巨大贡献,而且两国订有友好盟约。秦国翻云覆雨,唯利是视,完全违背了诸侯国交往的准则。因此,吕相警告秦国,如此一意孤行,将众叛亲离,为各诸侯国所唾弃。

文中仅见吕相一人慷慨陈词,不见秦人反驳。吕相占尽道德高地,层层推进,陈述大义,批判谴责,分析利害,且指明出路,给出化解矛盾的方法,不容秦人有丝毫辩解余地。姑且不论吕相所言是否全为事实,仅就这篇说辞而言,我们看到了当时诸侯国外交官之独特风格,既性格坚定、言辞犀利,又有理有节、回旋裕如。当然,吕相之强硬不屈,也依仗着晋国是一个大国、强国,且得到其他诸侯国尤其是强楚的支持。否则,秦国是不会理会一个舌辩之士如此尖锐的指斥的。

　　文章语言畅达,行云流水,结构谨严,丝丝入扣,读者未见吕相其人是何模样,但通过其言,已有一鲜活吕相在心中。这就是本文在艺术上的一大成功。

祁奚荐贤

【题解】 本文选自《左传·襄公三年》。鲁襄公三年(公元前570年),晋国大臣祁奚在告老退休时,向晋悼公推举继任者,做到了"内举不避亲,外举不避仇",大公无私,唯德是举,唯才是举,深得后人赞赏。

【原文】

　　祁奚请老①,晋侯问嗣焉②。称解狐③——其雠④也。将立之而卒⑤。又问焉。对曰:"午⑥也可。"于是羊舌职死矣⑦,晋侯曰:"孰⑧可以代之?"对曰:"赤⑨也可。"于是⑩使祁午为中军尉,羊舌赤佐⑪之。

　　君子谓祁奚于是能举善矣⑫。称其雠,不为谄⑬;立其子,不为比⑭;举其偏⑮,不为党⑯。

　　《商书》⑰曰:"无偏无党,王道荡荡⑱。"其祁奚之谓矣⑲。解狐得举,祁午得位,伯华得官;建一官而三物成⑳,能举善也。夫为善,故能举其类㉑。《诗》云:"惟其有之,是以似之㉒。"祁奚有焉㉓。

【注释】　① 祁奚请老:祁奚请求告老(退休)。祁奚,晋国大臣,任中军尉(掌管军政,战时任主将的御者)。　② 晋侯问嗣焉:晋侯询问祁奚谁能接任。晋侯,即晋悼公,姬姓,名周(亦作纠),公元前587年至公元前558年在位。嗣,继任者。焉,代词兼助词,这里也指代祁奚。　③ 称解(xiè)狐:说是解狐(可以接任)。称,推举。解狐,晋国大臣。　④ 雠:仇敌。　⑤ 将立之而卒:打算立解狐(为中军尉),但他死了。将,打算,准备。卒,死。　⑥ 午:祁午,祁奚的儿子。　⑦ "于是"句:在这个时候羊舌职死了。于是,在此时。是,代词,这(时候)。羊舌职,晋国大臣,任副中军尉。羊舌,复姓。　⑧ 孰:谁。　⑨ 赤:羊舌职之子羊舌赤,字伯华。　⑩ 于是:就这样,因此。是,这样。　⑪ 佐:辅佐。　⑫ "君子"句:君子说祁奚在这样的事情上(可说是)能(做到)举荐贤能的人才。于是,在这件事情上。是,代词,指祁奚举荐贤能的事。善,贤能的人才。　⑬ 谄:奉承,献媚。　⑭ 比:勾结,这里指偏向、偏私亲人。　⑮ 偏:部下,部属。　⑯ 党:结党,结成小团体。　⑰《商书》:这里指《尚书·洪范》,相传为商代箕子所作,所以称为《商书》。　⑱ "无偏二句：不偏护部属，不结党营私，王道广博浩荡。王道，以仁义治天下的政治主张和制度。 ⑲"其祁奚"句：这说的是祁奚啊。 ⑳"建一官"句：任命一个官职，而成就三件好事。三物，指解狐被举荐、祁午得官位、羊舌赤得官职。 ㉑"夫为善"二句：那只是因为（祁奚有）贤德，所以（才）能推举和他一样的贤能人才。善，贤德，贤能。类，同类。 ㉒"惟其"二句：只因是有这样的贤德，所以能举荐与自己一样的贤能人才。这是《诗经·小雅·裳裳者华》中的诗句。 ㉓祁奚有焉：祁奚具有这样的贤德。

【赏析】 本文记载了一个出于公心为国举荐人才的故事。

在举荐为官执政者的问题上，能否做到一心为公，不仅关乎国家政治和治理的好坏，也是一个人道德品质高尚与否的试金石。祁奚在推举自己的继任者时，不谄不比，不偏不党，胸怀坦荡，为后人树立了一个为国为民忠诚无私的高尚君子楷模。在祁奚的心中，在为国家选择、举荐人才时，只有国家社稷利益，没有亲人、私敌的障碍。正因为如此，祁奚毫无顾忌地举荐仇敌、儿子及部属之子，其唯一的标准是这几个人在德与才上符合其职位的要求。事情过去近二十年，《左传·襄公二十一年》还由衷地赞扬祁奚："祁大夫外举不弃雠，内举不失亲。"于此可见祁奚的行为多么地被世人所敬佩。

任人唯贤，历来是人才使用和举拔的不二圭臬。今人在官员选拔上要求做到德才兼备，并且德是首要的条件。但要做到这一点，举荐、选拔者本身要摒弃一切私心杂念，否则，就没有任何公正可言。就这一点来说，两千五百年前的祁奚，为后世树立的榜样，依然有着巨大的现实意义，值得我们敬仰和学习。

驹支不屈于晋

【题解】 本文选自《左传·襄公十四年》。鲁襄公十三年（公元前560年）秋，吴国进攻楚国，大败。第二年春，吴国将此事告知晋国，并邀请各诸侯国会盟，共谋伐楚。晋国附属国姜戎国君驹支随晋国使臣范宣子前往。范宣子于会盟前指责驹支泄露晋国机密，以致晋国在诸侯国中地位不如以往，打算拘禁驹支。驹支据理力辨，维护了自己的尊严。

【原文】

吴告败于晋，会于向①，范宣子将执戎子驹支②。

宣子亲数诸朝③，曰："来④，姜戎氏！昔秦人迫逐乃祖吾离于瓜州，乃祖吾离被苫盖，蒙荆棘，以来归我先君⑤。我先君惠公有不腆之田⑥,与女剖分而食之⑦。今诸侯之事我寡君⑧,不如昔者,盖言语漏泄⑨,则职女之由⑩。诘朝之事,尔无与焉⑪!与,将执女!"

对曰:"昔秦人负恃其众⑫,贪于土地,逐我诸戎。惠公蠲其大德⑬,谓我诸戎,是四岳之裔胄也⑭,毋是翦弃⑮。赐我南鄙⑯之田,狐狸所居,豺狼所嗥。我诸戎除翦其荆棘,驱其狐狸豺狼,以为先君不侵不叛⑰之臣,至于今不贰⑱。昔文公与秦伐郑⑲,秦人窃与郑盟⑳,而舍戍㉑焉,于是乎有崤之师㉒。晋御其上,戎亢其下,秦师不复,我诸戎实然㉓。譬如捕鹿,晋人角之㉔,诸戎掎之㉕,与晋踣之㉖,戎何以不免㉗?自是㉘以来,晋之百役㉙,与我诸戎相继于时㉚,以从执政㉛,犹崤志㉜也。岂敢离逷㉝?今官之师旅㉞,无乃实有所阙㉟,以携诸侯㊱,而罪我㊲诸戎!我诸戎饮食衣服,不与华同㊳,贽币不通㊴,言语不达㊵,何恶之能为㊶?不与于会㊷,亦无瞢㊸焉!"赋《青蝇》㊹而退。

宣子辞㊺焉,使即事于会,成恺弟也㊻。

【注释】 ①会于向:在向地会盟。向,吴地,在今安徽省怀远县。 ②"范宣子"句:范宣子打算拘禁姜戎国君驹支。范宣子,即士匄(gài),晋国大夫,受命代表晋国参加会盟。将,打算,想要。姜戎,西北戎族的一支,姜姓,为晋国的附属国,居于晋国南部,受晋国保护。戎子,戎的国君,这里指驹支。 ③"宣子"句:范宣子在朝上亲自历数(驹支的)罪行。数,历数。朝,这里指高官大夫处理政务的地方。 ④来:这里作动词用,上前来。 ⑤"昔秦人"四句:从前秦国人逼迫、追逐你的祖先吾离在瓜州一带,你的祖先吾离披着茅草衣,冒着荆棘,前来投奔我们先君。乃祖,你的祖先。吾离,驹支祖先的名。瓜州,在今甘肃省敦煌市,或说在今陕西省秦岭南北两坡。被(pī),披。苫(shān)盖,这里指茅草编成的衣服。蒙,顶着,冒着。归,投奔,归向。先君,指晋惠公,姬姓,名夷吾,公元前650年指公元前637年在位。 ⑥"我先君"句:我们先君(虽然)拥有的土地不丰厚。不腆,不丰厚,不多。 ⑦"与女"句:(还是)与你们祖先共同分食。食(sì),给人吃。这里的意思是晋国虽然土地不多,还是收纳了前来投奔的姜戎,对姜戎是有大恩的。 ⑧事我寡君:奉事我们国君。事,奉事,供奉。寡君,对自己国君的谦称。晋国是春秋时霸主,所以受各国奉事。 ⑨盖言语漏泄:大概是(你)说话间泄露(晋国朝政机密)。盖,大概,恐怕。言语,说话,这里可能指说不满意的话。 ⑩职女之由:只(可能)是你(泄密)的原因。职,只,唯。由,原由,原因。 ⑪"诘朝"二句:明日(会盟)的事,你不要参与了。诘朝,明日。 ⑫负恃其众:依仗着人多势众。负恃,依仗,凭借。 ⑬蠲(juān)其大德:显示其大恩大德。蠲,明示,显示。 ⑭"是四岳"句:姜戎是四岳的后裔。是,代词,指姜戎。四岳,相传其是上古天神共工的后裔,因辅佐大禹治水有功,赐姓姜。裔胄,后裔,后代。 ⑮毋是翦弃:不能被(秦人)除去。翦弃,除掉,消灭。翦,斩断,消灭。 ⑯南鄙:南部边境。下文有"狐狸所居,豺狼所嗥"的话,也表明晋惠公赐予的居住之地是很荒凉偏僻的。　⑰ 不侵不叛：不超限度，不背叛。侵，超过（允许的范围）。这里是说姜戎在晋国没有任何越轨和背叛之举，是晋国先王的忠臣。　⑱ 不贰：没有二心。　⑲ "昔文公"句：从前晋文公与秦穆公联合伐郑。　⑳ 窃与郑盟：（秦人）暗地里同郑人结盟。窃，暗中，偷偷。　㉑ 舍(shè)戍：驻守。舍，宿营。戍，守卫。鲁僖公三十年（公元前630年），晋、秦联合伐郑，郑国大夫烛之武潜入秦营，说服秦穆公，于是，秦国与郑国结盟，派杞子等率军驻守郑国。　㉒ 崤之师：崤山之战。崤，山名，分东、西二崤，在今河南省洛阳市一带。师，军队，这里指战役。鲁僖公三十三年（公元前627年），秦穆公兴师伐郑，晋军在崤伏击秦军，大获全胜。　㉓ "晋御"四句：晋君在前面冲阻，我们姜戎在后面抗击，秦军无片甲不留，实在是我们姜戎（奋力）作战的结果。使，使得，使之。然，这样，这个（结果）。　㉔ 角之：迎面抓捕鹿。角，抓住（鹿角）。之，代词，指鹿。　㉕ 掎(jǐ)之：拖着鹿（尾巴）。掎，（从后面）拖拽。　㉖ 踣(bó)之：仆倒（擒获）鹿。踣，向前倒下。　㉗ 戎何以不免：我们姜戎为什么不能免罪。何以，即"以何"，为何。免，免罪，免于处罚。　㉘ 自是：自从崤之战。是，代词，这里指晋秦崤山之战。　㉙ 百役：百场战役。百，这里指多。　㉚ "与我"句：我们姜戎都不断地按时服役。相继，不间断。时，按时。这里是说姜戎为了晋国的战争等，从来都是尽力参加。　㉛ 以从执政：来服从晋君（的命令）。执政，掌管国家政务，这里指晋君。　㉜ 崤志：（如同参加）崤山之战一样的忠心。以上是说，姜戎自崤山之战以来，对晋国一直忠心耿耿，尽力效命。　㉝ 离逷(tì)：远离。逷，远。　㉞ 官之师旅：晋国的大夫将帅。官，国家，这里指晋国，具体指代表晋国的范宣子。师旅，属吏，这里指范宣子的属官。　㉟ "无乃"句：恐怕有什么过失。无乃，莫非，恐怕。阙，缺失，过失。　㊱ 以携诸侯：以致离散了诸侯（的心）。携，离间，离散。　㊲ 罪我：怪罪我（姜戎）。　㊳ 不与华同：不和华夏相同。华，华夏，中华，古代指中国中原地区。　㊴ 贽币不通：（也）不懂各种送礼（的规矩）。贽币，各种礼品。贽，持（礼物）。币，馈赠的礼品。不通，不了解，不懂。　㊵ 言语不达：语言也不通。达，通晓，明白。　㊶ 何恶之能为：能做什么坏事呢？恶，恶事，坏事。这里是说姜戎没有能力和条件做不利于晋国的事。　㊷ 不与于会：不让参与会盟。　㊸ 无憖(mèng)：不烦恼，不烦闷。憖，烦闷。这里是说不参与会盟，姜戎也无所谓，不在乎。　㊹ 《青蝇》：《诗经·小雅·桑扈之什》中有这样的句子："营营青蝇，止于樊。岂(kǎi)弟(tì)君子，无信谗言。"青，黑色。岂弟，即"恺悌"，和乐平易。诗歌的意思是说，苍蝇嗡嗡叫，止步于篱笆；平和欢乐的君子，不信毁谤的话。　㊺ 辞：道歉，请求宽恕。　㊻ "使即事"二句：让（驹支）参与会盟，证明君子不信谗言。即事，做事。成，证实。

【赏析】　晋国在晋文公时，国力达到鼎盛，称霸诸侯，傲视天下。然而，到了晋惠公时，国势日渐颓微，大不如前，称雄各国的霸主换成了秦穆公。此时，晋国使臣与各国会盟，自然就没有往日的威风和荣耀。但是，范宣子却不自内省，反而无端怪罪于姜戎，迁怒于驹支，实在是既武断又无理。

驹支作为姜戎之长，寄人篱下，仰人鼻息，日子过得不舒畅，但没有丢失自己的独立性和尊严。面对范宣子的无端指责和威胁，驹支据理力辩。确实，晋国在姜戎生死存亡之际，给予了救助，使得姜戎有了安身之地。但是，晋国给的地方是荒凉险恶之地，是姜戎努力开荒，尽心经营，才得以立足安顿。而且，姜戎也为晋国立下了汗马功劳，在晋国大大小小的征战中，姜戎与晋军戮力同心，奋勇作战。如果没有姜戎的鼎力相助，晋国也难以取得胜利和成功。换言之，晋国是有大恩大德于姜戎，但姜戎也有大功于晋，两家互相帮助，其实谁也不欠谁的。驹支虽然附庸于晋，但并不妄自菲薄，不卑不亢，以理服人，并表明，不参与会盟，于姜戎而言，无足轻重。一席话，说得范宣子无言以对，马上道歉赔罪。可是，在读者看来，所谓的"恺悌君子"，范宣子其实是够不上的。

文章由范宣子和驹支二人对话组成，读者虽然没有看到他们的容貌举止，但从言辞中看出了二人的性格：范宣子狂妄武断，不辨是非，自以为是，责罚不公；驹支无畏无惧，充满自信，正气浩然，有理有节。尤其是驹支所说的"不与于会，亦无瞢焉"，更是显示了其洒脱傲然之气。

祁奚请免叔向

【题解】 本文选自《左传·襄公二十一年》。晋国栾、范两大贵族，虽为亲戚，然争权夺利，互为仇雠。大夫栾盈得罪权臣范宣子，逃奔楚国。范宣子杀栾盈同党、大夫羊舌虎（即叔虎），囚禁羊舌虎之异母兄羊舌肸（xī，即叔向）。叔向之庶弟羊舌叔鱼（即乐王鲋）为范氏同党，愿帮叔向说情。叔向拒绝，认为唯有大夫祁奚方可为己辩请免罪。祁奚主动为之向晋悼公说情。事成，叔向谢君，祁奚返乡，二人未有谋面。

【原文】

栾盈出奔楚。宣子杀羊舌虎，囚叔向。人谓叔向曰："子离于罪，其为不知乎①？"叔向曰："与其死亡若何②？《诗》曰：'优哉游哉，聊以卒岁③。'知也。"

乐王鲋见叔向曰："吾为子请④。"叔向弗应⑤，出⑥，不拜⑦。其人皆咎⑧叔向。叔向曰："必祁大夫⑨。"室老⑩闻之曰："乐王鲋言于君无不行⑪，求赦吾子，吾子不许；祁大夫所不能⑫也，而曰必由之⑬。何也？"叔向曰："乐王鲋从君者⑭也，何能行？祁大夫外举不弃仇，内举不失亲，其独遗我乎⑮？《诗》曰：'有觉德行，四国顺之⑯。'夫子⑰，觉者也。"

晋侯问叔向之罪于乐王鲋。对曰："不弃其亲，其有焉⑱。"于是⑲祁奚老矣,闻之⑳,乘驲㉑而见宣子,曰:"《诗》曰:'惠我无疆,子孙保之㉒。'《书》曰:'圣有谟勋,明征定保㉓。'夫谋而鲜过,惠训不倦者,叔向有焉,社稷之固也㉔。犹将十世宥之,以劝能者㉕。今壹不免其身,以弃社稷,不亦惑乎㉖? 鲧殛而禹兴㉗;伊尹放大甲而相之,卒无怨色㉘;管、蔡为戮,周公右王㉙。若之何其以虎也弃社稷㉚? 子为善,谁敢不勉,多杀何为㉛?"

宣子说㉜,与之乘㉝,以言诸公而免之㉞。

不见叔向而归㉟,叔向亦不告免焉而朝㊱。

【注释】 ①"子离于罪"二句:你遭受获罪,这是因为你不明智吧。离,即"罹",遭受。知,即"智"。这里是有人说叔向没有依附权臣范宣子,是不明智的。 ②"与其"句:(被囚禁)和死亡相比,又怎么样呢? 这里是指叔向认为自己能保全性命,并非糊涂、不明智。 ③"《诗》曰"三句:《诗经》说:"优游自在,藉以终天年。"聊,姑且。卒,度过。岁,年岁。但现存《诗经》中没有这两句诗,或许是佚诗。《诗》,《诗经》。 ④吾为子请:我愿为你去说请(免罪)。 ⑤弗应:没有回应(乐王鲋的提议)。 ⑥出:这里是指乐王鲋告辞退出。 ⑦不拜:这里是指叔向不答谢乐王鲋的提议。 ⑧咎:这里作动词用,责怪。 ⑨必祁大夫:一定要祁大夫(才能为我说情)。祁大夫,即祁奚,字黄羊,晋国大臣,曾任中军尉(掌管军政,战时任主将的御者),此时已退休,在临退休时,举荐人才,出于公心,不避亲戚或仇人,为人所敬佩。 ⑩室老:卿大夫臣属、私臣(即家臣)之长,这里指羊舌氏家臣的领头人。 ⑪"乐王鲋"句:乐王鲋对国君说的事没有不成的。君,指晋悼公,姬姓,名周(亦作纠),公元前587年至公元前558年在位。 ⑫不能:没有能力,做不到。 ⑬由之:通过祁奚(来说请赦免)。 ⑭从君者:顺从君王(邀宠)的人。 ⑮"祁大夫"三句:祁大夫举荐外人,不回避其仇人;举荐内亲,也不回避其亲子,(所以)难道会单单遗忘我吗? 其,反问,加强语气,难道。这里是指祁奚在退休前,先后举荐仇敌、儿子等人任职,秉持公心,因此一定不会忘记自己。 ⑯"有觉"二句:贤良智慧有德行,天下顺从臣服。觉,贤智,下文"觉者",即是先知者的意思。四国,四方之国。 ⑰夫子:这里指祁奚。 ⑱"不弃"二句:不抛弃其兄弟之亲,或许有(同谋犯罪)的事。亲,指叔向与叔虎是兄弟。其,或许,大概。 ⑲"于是"句:那时祁奚已经退休回乡了。于是,在此时,那时。老,告老退休。 ⑳闻之:听到了这消息。之,代词,指叔向被问罪的事。 ㉑驲(rì):驿站的车或马。 ㉒"惠我无疆"二句:(周文王、周武王)恩惠我人民,子孙孙永保福昌。惠,恩惠,惠爱。疆,边,止境。这是《诗经·周颂·烈文》中的诗句。 ㉓"《书》曰"三句:《尚书》中说:"圣贤建有大功勋,就应明白证实(其贡献)且加以保护。"今传《尚书》不见此语,或为佚文。《书》,《尚书》。 ㉔"夫谋"四句:(善于)谋略而少有过失,善意训导他人而不知厌烦,(这两个优点)叔向都有,(这是使)国家安定、稳固的栋梁。谋,谋略。鲜(xiǎn),少。惠训,善意的训导、教诲。社稷,土神和谷神,指国家。固,国家安定稳固的根本。 ㉕"犹将"二句:(像叔向这样的功臣,)其十世子孙犯了罪,还应该宽恕赦免,用以鼓励有才能的人。犹,还,尚。宥(yòu),宽恕,赦免。劝,鼓励,勉励。 ㉖"今壹"三句:如今因为(叔虎)一件事就不免获罪,而毁弃国家(根本),不也很令人迷惑吗?壹,即"一",这里指仅仅因一件事。不免其身,不能免去身受其罪。惑,糊涂,迷惑,令人不解。 ㉗鲧(gǔn)殛(jí)而禹兴:鲧被放逐而(其子)禹被重用。传说上古时洪水滔天,舜命鲧治水,鲧未能完成任务,舜将之放逐(一说杀死)于羽山之野,任命鲧之子禹继续治水。禹最终不负使命,完成大业。兴,起用,任用。 ㉘"伊尹"二句:伊尹放逐了大甲,后来(大甲复位,伊尹)仍然为相辅佐,大甲没有任何怨恨之色。大甲是商朝汤王嫡长孙,继位后三年,即骄奢淫逸,紊乱朝政,辅佐大臣伊尹将之放逐到商汤墓地旁的桐宫(在今河南省偃师县),自己代为摄政。后三年,大甲悔过自新,伊尹将之迎回都城,继续辅佐他。大甲对伊尹毫无怨恨之意,励精图治,颇有建树,共在位二十三年。 ㉙"管、蔡"二句:(周公的弟弟)管叔、蔡叔被(周成王)诛杀和放逐,(但)周公仍然辅佐周成王。周武王死后,其子姬诵继位,为周成王,年幼,周公辅佐。周公的弟弟管叔和蔡叔散布流言,说摄政的周公将对周成王造成不利。周公避居。后管、蔡二人挟商纣之子武庚叛乱,周成王命周公征讨,杀武庚,诛管叔,放逐蔡叔。周公依旧辅佐周成王,周成王对之没有任何嫌疑。戮,杀。周公,姬姓,名旦,周文王姬昌第四子,周武王姬发的弟弟,大约活动于公元前十一世纪,周代著名政治家、贤臣。右王,辅佐周成王。右,助,辅佐。 ㉚"若之何"句:为何因为叔虎的事而毁弃国家(的栋梁)?若之何,为何。以,因为,为了。 ㉛"子为善"三句:您行善政,那还有谁敢不自我勉励(效忠国家),(所以)何必要多杀人呢?善,这里指善政。 ㉜说(yuè):喜悦,高兴。 ㉝与之乘(shèng):和祁奚同坐车。乘,车,这里指坐车。 ㉞"言诸"句:把这个道理禀告晋悼公且赦免了叔向。 ㉟"不见"句:(祁奚)不见叔向(就)回乡了。 ㊱"叔向"句:叔向也不(向祁奚)感谢为自己辩请赦免之恩,直接去朝见晋悼公。

【赏析】 祁奚与叔向,皆为晋国之贤臣栋梁。祁奚早已告老退休,理当安享晚年。但是,当叔向为其弟叔虎之罪连累,性命危在旦夕之际,祁奚不顾年老力衰,毅然挺身而出,为之辩请。及至叔向获得赦免,祁奚又径自回乡,并无丝毫得意之色,而叔向也并不特地向祁奚表示谢意。这就很清楚地告诉读者,二人之所作所为,都是出于公心,为了国家社稷,并不存在任何个人恩怨好恶。

祁黄羊(祁奚)举贤的故事,说明了他的正直和无私品格,为世人所敬佩。因此,叔向在遭受冤狱时,拒绝了同父异母的弟弟乐王鲋的所谓救助,而是希望祁奚能为之辩请。这并非是他和祁奚有什么特殊的交情,而是祁奚的高尚品德和磊落胸怀使之成了叔向最信任的人。事情果然不出叔向所料,最终因祁奚的辩请,叔向免于一死。而叔向之庶弟乐王鲋假意要为叔向说请,却在晋悼公面前诬陷叔向与叔虎共谋。文章没有一字贬斥乐王鲋,只是把他的言行如实勾勒出来,就将之丑陋面目暴露无遗。而且,相较祁奚的秉持公心,直言辩请,乐王鲋之卑鄙无耻更是突出。文章虽然不是刻意运用比照手法,但客观上取得了极佳的效果。

祁奚为叔向所做的一番辩护,旁征博引,语言犀利生动,令人不容置疑。而在人物的对话中,又能显现其个性特征,充分体现了《左传》独特的艺术风格,为人所称道。

子产告范宣子轻币

【题解】　本文选自《左传·襄公二十四年》。晋国范宣子执政,各诸侯国的进贡日益加重,不堪负担。郑国子产写信劝谏,不要重币而失德,以致诸侯离心,而要立德,以巩固国家根基,使国运长久。

【原文】

范宣子为政①,诸侯之币重②,郑人病之③。

二月④,郑伯如晋⑤。子产寓书于子西⑥,以告⑦宣子,曰:

子为⑧晋国,四邻诸侯,不闻令德而闻重币⑨。侨也惑之⑩。侨闻君子长国家者,非无贿之患,而无令名之难⑪。夫诸侯之贿,聚于公室⑫,则诸侯贰⑬;若吾子赖之,则晋国贰⑭。诸侯贰,则晋国坏⑮;晋国贰,则子之家坏。何没没也⑯?将焉用贿⑰?

夫令名,德之舆⑱也。德,国家之基⑲也。有基无坏⑳,无亦是务乎㉑?有德则乐,乐则能久㉒。《诗》云:"乐只君子,邦家之基㉓。"有令德也夫㉔!"上帝临女,无贰尔心㉕。"有令名也夫㉖!恕思以明德,则令名载而行之,是以远至迩安㉗。毋宁使人谓子,子实生我,而谓子浚我以生乎㉘?象有齿以焚其身,贿也㉙。宣子说㉚,乃轻币㉛。

【注释】　① 范宣子为政:范宣子执政。范宣子,即士匄(gài),晋国大夫,执政大臣。为政,执政。　② 诸侯之币重:诸侯向晋国纳币加重。晋国为当时诸侯霸主,各诸侯国要向晋国输送钱币。币,这里指纳币,求聘(这里是缔结两国友好关系的意思)所送的钱财。　③ 病之:以此为忧患。病,忧患,这里还有怨恨的意思。　④ 二月:鲁襄公二十四年(公元前549年)二月。　⑤ 郑伯如晋:郑简公到晋国。郑伯,这里指郑简公,姬姓,名嘉,公元前565年至公元前535年在位。因为郑国被封为伯爵,所以称郑伯。如,去,往,到。　⑥ "子产"句:子产写信让子西呈送给范宣子。子产,郑穆公之孙,郑国大夫,亦称公孙侨,是郑国执政者,也是贤相。子西,郑国大夫,此时跟随郑简公前往晋国。　⑦ 告:禀告。以下就是信件的内容。　⑧ 为:这里指执掌(政权)。　⑨ "不闻"句:不听说(您有)美德,只听闻要加重(诸侯进贡的)钱币。令德,美德。令,美好,善。 ⑩ 惑之:为此感到疑惑不解。之,指加重诸侯国进贡钱币的事。 ⑪"侨闻"三句:我听说君子执掌国家政权,不担心没有(进贡的)财物,而忧患没有美名(远扬)。长,执掌,主管,领头。无贿,这里是不贪财的意思。贿,他人赠送的财物,这里指诸侯国向晋国所纳的钱币。难,担心,忧虑。 ⑫ 公室:王室,这里指晋国。 ⑬ 贰:(有)二心,这里指诸侯国不会(对晋国)效忠。 ⑭"若吾子"二句:如果您把诸侯国多多纳币当作利好,那么,晋国人就会对您生二心。赖,利益,好处。 ⑮ 坏:败坏,衰亡。 ⑯ 何没没(mò mò)也:为何沉溺(贪财)之中呢?没没,糊涂,不明事理。 ⑰ 将焉用贿:贪财有什么用呢? ⑱ 德之舆:承载美德的车。舆,这里是指美名是美德的载体、根本,才能远播(美德)。 ⑲ 基:根基。 ⑳ 有基无坏:有牢固的根基,(国家就)不会败坏。 ㉑"无亦"句:不是也应该努力培育美德吗?是务,即务是。务,努力,致力。是,代词,这里指美德。 ㉒"有德"二句:具备美德,就能(与人)和乐;与人和乐,就能长久(在位)。 ㉓《诗》云"三句:《诗经》中说:"君子和乐,国家稳固。"《诗》,《诗经》。只,语气词,无义。邦家,国家。基,根基,基础。这两句诗见于《诗经·小雅·南有嘉鱼之什》之《南有嘉鱼》。 ㉔ 有令德也夫:这是有美德(才会这样)啊。 ㉕"上帝"二句:天帝看着你,不要有二心。临,从上往下看,监临,监视。这两句诗见于《诗经·大雅·文王之什》之《大明》。 ㉖ 有令名也夫:这样做才会有美名啊。 ㉗"恕思"三句:心存宽厚仁爱考虑(问题),彰明美德,那么,美名就会像车载远行而传播,因此就能使远方的人来归顺,近邻能安定感怀。恕思,以宽厚之心考虑事情。明德,彰明美德。远至,远方(的人慕名)而来。迩(ěr)安,近处(的人)安心感德。迩,近。 ㉘"毋宁"三句:宁可让人(这么)说您,(确实)是您生养了我们,而不是说您夺了我们的钱财来生养自己。毋宁,宁可。生,生养。浚,夺取,榨取。 ㉙"象有齿"二句:大象有牙齿(象牙)而毙命,那是因为有(珍贵的)财物。焚其身,毙命。焚,倒仆。后人以焚身比喻因贪财而丧身。 ㉚ 说(yuè):喜悦,高兴。 ㉛ 轻币:减轻诸侯国进贡的钱币。

【赏析】 范宣子贪图钱财,依仗晋国称霸诸侯,诛求无厌,以致诸侯国怨声载道,而郑国尤为不满。趁着郑简公前往晋国纳币访问的机会,子产给范宣子写信,阐申严正立场和主张。

子产在信中首先批评范宣子重币失德,接着指出失德者必然招人不满乃至生背离之心,而诸侯国对晋国产生二心,则晋国就会衰微败亡,而晋国一旦衰微败亡,那么,仗着强大的晋国索求各国钱财的范宣子,还能保住自己的家吗?其实,这是显而易见的道理。聚德则得人心,得人心则得天下,得天下则自身平安。子产所言,既为国家,亦利个人。而且,先哲早有教诲,立德传美名,和乐固本,宽厚仁爱,来远安近。子产的信,打动了范宣子,使之减轻了诸侯国纳币的负担。

作为弱国之相,子产并不畏惧,而是不卑不亢,如实指出重币的极大危害,并给予范宣子以严肃的警告。而范宣子倒也能从善如流,很高兴地接受了子产的批评,立即改变了重币这一不得人心的恶政。子产的一通话,层层推进,各各俱到,引经据典,有理有节,表现出一个谙于政事、体察民心的杰出政治家风范。而范宣子善于纳言,勇于纠错,也值得称道。

晏子不死君难

【题解】 本文选自《左传·襄公二十五年》。庄姜为齐棠公之妻,齐棠公死后,崔武子娶棠姜。齐庄公继位,与庄姜私通,为崔武子所杀。晏子以为齐庄公不是为了国家、社稷而死,所以不为之殉难。但是,作为臣子,晏子还是凭吊了齐庄公。崔武子因为晏子在齐国素有民望,故没有杀他。

【原文】
崔武子见棠姜而美之①,遂取②之。庄公通焉③。崔子弑④之。

晏子⑤立于崔氏之门外,其人曰:"死乎⑥?"曰:"独吾君也乎哉,吾死也⑦?"曰:"行乎⑧?"曰:"吾罪也乎哉,吾亡也⑨?"曰:"归乎⑩?"曰:"君死安归⑪?君民者,岂以陵民⑫?社稷是主⑬;臣君者,岂为其口实⑭?社稷是养⑮。故君为社稷死,则死之;为社稷亡,则亡之;若为己死,而为己亡,非其私昵,谁敢任之⑯?且人有君而弑之,吾焉得死之⑰?而焉得亡之?将庸何归?"

门启⑱而入,枕尸股⑲而哭,兴⑳,三踊㉑而出。

人谓崔子:"必杀之。"崔子曰:"民之望也,舍之得民㉒。"

【注释】 ①"崔武子"句:崔武子见到棠姜,觉得她很美。崔武子,即崔杼,齐国大夫,弑齐庄公后,扶立齐景公,称相专权,卒,谥号"武子"。棠姜,齐棠公之妻,姜姓。 ②取:即"娶",娶妻。 ③庄公通焉:齐庄公(与庄姜)私通。庄公,即齐庄公,姜姓,名光,公元前553年至公元前548年在位。 ④弑:卑幼杀尊长,臣子杀君王。 ⑤晏子:即晏婴,齐国大夫,曾辅佐齐灵公、齐庄公、齐景公。晏婴在春秋时很有影响,有关事迹与传说很多,后人有《晏子春秋》叙其事。 ⑥死乎:(为齐庄公而)死(殉难)吗? ⑦"独吾君"二句:(齐庄公)只是我的国君吗?我要为他而死吗?独,仅仅,只是。 ⑧行乎:走(流亡)吗? ⑨"吾罪"二句:我有罪吗?我(为何)要流亡? ⑩归乎:回去(归隐)吗? ⑪君死安归:国君都死了,(我)回到何处去?安,什么(地方)。 ⑫"君民者"二句:统治人民的(君主),难道可以欺侮人民吗?君,这里作动词用,统治。岂,难道。陵,侵犯,欺侮。 ⑬社稷是主:以社稷为根本(以国家利益为重)。社稷,土神和谷神,指国家。是,助词,有强调"主"的作用。主,根本。 ⑭"臣君者"二句:效忠君主的人,难道只是为了俸禄吗?臣,这里作动词用,臣服,效忠。口实,这里指俸禄。 ⑮社稷是养:以管治国家为职责。养,执掌,主持(政务)。　⑯"若为己死"四句:如果(君主)是为了自己而死,为了个人而流亡,(那么,如)不是他私下最亲近、最宠爱的人,谁能承担与之一起死、一起流亡的责任呢?私昵,非常亲近、宠爱的人。　⑰"且人有君"二句:况且人掌控这君主但又杀了他,我怎能为之而死呢?人有君,这里是指崔武子控制着齐庄公,齐庄公等于只是崔武子的君主。焉,怎么,哪里。　⑱启:开。　⑲枕尸股:(把齐庄公的)尸体放在大腿上。股,大腿。　⑳兴:起身,起来。　㉑三踊:跳了三下。踊,向上跳。　㉒"民之望"二句:(晏子是)人民的榜样,宽恕不杀他,可以得民心。望,榜样,在民众中有威望的人。舍,赦免。

【赏析】　一国之君,当以社稷人民为重;事君之臣,当以国事政务为要。齐庄公身为国君,却因私通臣子之妻而丧命;崔武子位居大夫,却因个人恩怨而弑君于家中。齐国政局、朝纲之紊乱,由此可见一斑。晏子作为齐国大夫,在君主被杀之后,面临一个何去何从的大问题。

按理说,君主死而臣子苟活,在古代是大逆不道之事。但是,晏子认为自己不该为齐庄公殉难。晏子认为,如果君主是为国为民而死、而流亡,那么,臣子应该毫不犹豫地跟着死、跟着流亡。如果君主是为一己之私而死、而流亡,那么,作为臣子就不该盲从。在这里,晏子提出了"君民者,岂以陵民?社稷是主;臣君者,岂为其口实?社稷是养"的观点,表明国家利益、人民福祉高于一切,而作为臣子,当以此为圭臬,以决定自己的行为。因此,晏子并没有为齐庄公殉难。但是,毕竟是君主死了,理当吊唁,以表哀忱。可是,这样做,面对的是权势炽盛的崔武子,很可能会有性命之虞。但晏子毫不畏惧,毅然前往崔武子宅第,枕齐庄公尸于股上,痛哭哀悼,尽礼而去。崔武子手下皆认为应该惩罚晏子,但崔武子却并没有这样做。

晏子在这件事上,表现得有理有节,大义凛然。崔武子之所以不杀晏子,一方面是慑于晏子的浩然正气,另一方面是为了笼络人心。而文章最让人感到精彩的是,虽然只有短短一百七十余字,却简明扼要地阐述了晏子的君臣观,同时,还通过行为描述,刻画了其不畏强暴、置个人安危于度外的英雄性格。而崔武子一句"民之望也,舍之得民",也让读者从侧面看到了其邀买民心的虚伪本质。因此,文章短小精悍,颇具艺术魅力。

季札观周乐

【题解】　本文选自《左传·襄公二十九年》。鲁襄公二十九年(公元前544年),季札出使鲁国,鲁人为之演出周室乐舞。季札在观看乐舞时,不时发出感叹,表达了他对乐舞的看法。周室的音乐舞蹈,今天已不得复见,但演唱的《诗经》流传至今,所以,季札的议论,实际上也是中国早期的《诗经》和诗歌文学批评。

【原文】

吴公子札来聘①,请观于周乐②。

使工为之歌《周南》、《召南》③,曰:"美哉!始基之矣,犹未也;然勤而不怨矣④。"

为之歌《邶》、《鄘》、《卫》,曰:"美哉!渊乎,忧而不困者也⑤。吾闻卫康叔、武公之德如是,是其卫风乎⑥?"

为之歌《王》,曰:"美哉!思而不惧,其周之东乎⑦?"

为之歌《郑》,曰:"美哉!其细已甚,民弗堪也,是其先亡乎⑧?"

为之歌《齐》,曰:"美哉!泱泱乎,大风也哉!表东海者,其大公乎?国未可量也⑨。"

为之歌《豳》,曰:"美哉!荡乎,乐而不淫,其周公之东乎⑩?"

为之歌《秦》,曰:"此之谓夏声⑪。夫能夏则大,大之至也⑫!其周之旧⑬乎?"

为之歌《魏》,曰:"美哉!沨沨乎,大而婉,险而易行⑭;以德辅此,则明主也⑮!"

为之歌《唐》,曰:"美哉!思深哉,其有陶唐氏之遗民乎⑯?不然,何忧之远也⑰?非令德之后,谁能若是⑱?"

为之歌《陈》,曰:"国无主,其能久乎?⑲"

自《郐》以下,无讥焉⑳。

为之歌《小雅》,曰:"美哉!思而不贰,怨而不言,其周德之衰乎㉑?犹有先王之遗民焉㉒!"

为之歌《大雅》,曰:"广哉!熙熙乎,曲而有直体,其文王之德乎㉓?"

为之歌《颂》,曰:"至矣哉,直而不倨,曲而不屈㉔;迩而不逼,远而不携㉕;迁而不淫,复而不厌㉖;哀而不愁,乐而不荒㉗;用而不匮,广而不宣㉘;施而不费,取而不贪㉙;处而不底,行而不流㉚。五声和,八风平㉛;节有度,守有序㉜。盛德之所同也㉝!"

见舞《象箾》㉞、《南钥》㉟者,曰:"美哉!犹有憾㊱。"

见舞《大武》㊲者,曰:"美哉!周之盛也,其若此乎㊳!"

见舞《韶》㊴、《濩》㊵者，曰："圣人之弘也，而犹有惭德！圣人之难也㊶。"

见舞《大夏》㊷者，曰："美哉！勤而不德㊸，非禹其谁能修之㊹！"

见舞《韶箾》㊺者，曰："德至矣哉㊻！大矣，如天之无不帱也，如地之无不载也㊼！虽有盛德，其蔑以加于此矣㊽。观止矣㊾！若有他乐，吾不敢请已㊿！"

【注释】　①"吴公子"句：吴国公子季札来访。季札，姬姓，吴国公子。春秋时吴王寿梦要他继位，坚辞；他的三位兄长也要相继把王位传于他，季札都避让不受。曾多次出访各国，会见过北方诸侯国贤臣晏婴、子产、叔向等，在鲁国观听周乐。季札品德高尚，深为孔子所仰慕。　②周乐：周朝王室的音乐舞蹈。　③"使工"句：令乐工为他（季札）演奏《周南》、《召南》。乐工，歌舞演奏艺人。《周南》、《召南》，《诗经》中的诗歌。《诗经》分为《风》、《雅》、《颂》三部分，其中《风》称为《国风》，也称为《十五国风》，指十五个诸侯国和地区的民风（民歌）：周南（周王室京畿之南，在今陕西省、河南省及湖北省之交界地区的民歌）、召南（周朝初年召公姬奭〈shì〉采邑的民歌，在今陕西省岐山县）、邶（bèi，在今河南省汤阴县一带）、鄘（yōng，在今河南省卫辉市）、卫（在今河南省淇县、滑县一带）、王（东周都城，在今河南省洛阳市）、郑（西周时在今陕西省华县，东周时在今河南省新郑市）、齐（在今山东省北部和胶东半岛）、魏（在今山西省西南）、唐（在今山西省翼城县）、秦（在今陕西省）、陈（在今河南省淮阳县及安徽省亳州市一带）、桧（guì，在今河南省新郑市）、曹（在今山东省西南部）、豳（bīn，在今陕西省彬县和旬邑县一带）。《雅》分为《小雅》、《大雅》。《颂》分为《周颂》、《鲁颂》、《商颂》。　④"美哉"四句：美啊，（这是）刚开始创立基业（时候的乐舞），还未成功，（但）勤奋而没有怨言啊。基，动词兼名词，创立基业。未，没有（建成，成功）。怨，怨言，不满。　⑤"渊乎"二句：悠远、深沉啊，忧虑但不困窘。忧，忧患。这里是说乐舞表现了卫国先君有忧患意识，但没有陷于困惑不解。　⑥"吾闻"三句：我听说卫康叔、武公的德行是这样的，这就是卫国民歌所表现的吧？康叔，姬姓，名封，又称卫康叔，建立卫国，是一个贤明君主。武公，名和，又称卫武公，卫国国君，治国理政有方，为人民拥戴。如是，像这样。是，代词，这样，这里指卫国民歌所唱正是歌颂卫康叔、武公的美德。　⑦"思而"二句：善于思索而没有恐惧，这是（演奏、表演）周室东迁的事吧？周平王为了避免战乱和少数民族的侵扰，将京师从镐（hào）京（在今陕西省西安市一带）前往雒邑（在今河南省洛阳市），因雒邑在镐京东面，所以史称迁都以后的周朝为东周，此前为西周。　⑧"其细"三句：其繁细已经过分了，人民不堪（重负）了，这是其灭亡（的）先兆吧？这里指郑国的赋税等过多过重。　⑨"泱泱乎"五句：洋洋气象，大国之歌。立国于东海边的，是姜太公啊，国运不可限量啊。泱泱，气势宏大。表，表彰，这里是说姜太公功勋卓著，被封赏于东海之滨，建立齐国。东海，即黄海，因在东方，所以称东海。大（tài）公，吕尚，姜姓，名尚，字子牙，其祖先曾封于吕（在今山东省莒县），所以称吕尚，是西周初年著名政治家、军事家。传其七十岁时遇见西侯伯姬昌（周文王），拜为师，姬昌认为他就是自己先祖盼望已久的圣贤,所以尊称之为太公望,后人也称他为姜太公。辅佐周文王、周武王父子灭商兴周,被封于齐(在今山东省北部一带),是齐国的创始人。大,"太"的古字。国,这里指国运。量,估量。　⑩"荡乎"三句:光大啊,欢乐而不过分,这是(演奏)周公前往东方吧?周公,姬姓,名旦,周武王姬发之弟,相传周武王死后,其子成王年幼,由周公摄政,辅佐成王治理天下,在成王成年后,把政权交与成王,为后世尊为圣贤。　⑪夏声:中原地区的民间音乐。　⑫"夫能"二句:能为(演奏)夏声就显得美好,美到了极点。大,美。这里是说秦国本来接近戎狄(少数民族)而唱戎狄之音,现在去除戎狄之音,而改为华夏之音,所以非常的美妙动听。　⑬周之旧:周室原有的(乐舞)。　⑭"沨(fēng)沨乎"三句:(乐声)悠扬,美而宛转,起起伏伏。沨沨,乐声宛转悠扬。险而易行,有险阻但治乱平定,所以,险易一词,后代用来比喻治乱。　⑮"以德"二句:以这样的美德来帮助理政,是贤明君主啊。辅,辅助,帮助。此,指治国理政。　⑯"思深"二句:思虑深远啊,这里有陶唐氏的后裔吧?陶唐氏,即唐尧,上古时圣君。　⑰"不然"二句:不然的话,为什么有这样深远的忧虑呢?　⑱"非令德"二句:不是美德之君的后代,谁能像这样(深思远虑)呢?如是,像这样。　⑲"国无主"二句:国家无明君,难道能长久吗?主,这里指贤明君主。其,反问,难道。这里是指陈国国君治国无方,没有培育良好的社会风尚。　⑳"自郐(kuài)":自《桧风》以下,就没有评论了。郐,即指《桧风》。讥,这里是评论的意思。《十五国风》中,除《郐风》外,尚有《曹风》季札也无评论,表示不值一评,因此后人以"郐下无讥"或"郐下"来指事物微不足道。　㉑"思而"三句:思考但没有二心,厌恨却不声张,这是周室德化衰微(时的表现)吧。不贰,没有二心,专一,忠诚。言,说。　㉒"犹有"句:仍然有周室先王的遗民在吧?这里的意思是说,虽然周室已失去了以往的辉煌和威权,但还是有继承先王遗教的人在。　㉓"熙熙乎"三句:和乐欢喜,曲而有直,是周文王的德化吧?熙熙,和乐,这里指普天下欢乐和谐。曲而有直体,是指虽曲但不弯折,象征周文王能屈尊体察民情,但不失王者尊贵。周文王,姬姓,名昌,商代末年为西部诸侯之长,故亦称西昌伯,招纳贤才,增强国力,为后来周武王姬发灭商兴周奠定了基础,周武王称天子后,追尊姬昌为文王。　㉔"至矣哉"三句:到了最美的境界了啊,正直而有威严但不倨傲,能屈尊但不随意屈挠迎合。　㉕"迩而"二句:能接近人但不逼迫、威胁,虽相隔遥远但不离心。迩,近,接近。逼,逼迫,威胁。携,离心,离间。　㉖"迁而"二句:有变迁(如迁徙)但不乱,长居一地也不排斥。淫,过度,乱。厌,排斥,嫌弃。　㉗"哀而"二句:哀伤但不忧愁,快乐但不迷乱。荒,纵欲迷乱,逸乐过度。　㉘"用而"二句:财用不缺乏,志向远大但不骄纵。用,财用。不匮,不缺乏。匮,穷尽,这里的意思是说要节省财用,不能奢侈浪费,不使财用缺乏,而志向要远大,但不能骄傲放纵。宣,宣扬,这里有骄傲放纵的意思。　㉙"施而"二句:施予恩惠但不过分浪费,取用财物但不贪求。施,给予。费,过分耗费。　㉚"处而"二句:安居但不留滞,行动但不流浪。处,安居,安身。底,滞留,停滞。流,移动不定,流浪。　㉛"五声和"二句:五声和协,八风平和。五声,宫、商、角、徵、羽五个音阶。八风,即八音,金、石、丝、竹、匏(páo)、土、革、木八种不同质材所制的乐器。　㉜"节有度"二句:节奏规范,遵守次序。这里是指五音、八风都各守其分,井然有序。　㉝"盛德"句:在表现盛德气象方面都是相同的。以上是说乐舞的演奏恪守中庸之道,没有偏差,完美地表现了周朝先王的盛德。　㉞《象箾(shuò)》:传为周文王时的乐舞。象箾,舞者所持的乐器。箾,类似箫的乐器。 ㉟《南钥(yuè)》:传为周文王时的乐舞。钥,一种管乐器,舞者持以表演。 ㊱犹有憾:还是有不满意的地方。憾,遗憾,不满意。 ㊲《大武》:传为周武王时的乐舞。 ㊳其若此乎:就像(《大武》所表演的)这样吧。 ㊴《韶》:虞舜时乐名。 ㊵《濩(chù)》:商汤时乐名。 ㊶"圣人"三句:圣人德行弘盛,但还是会因言行有缺失而内心感到惭愧,(所以)要做一个圣人是很难的。 ㊷《大夏》:传为夏禹时乐名,周代"六舞"之一。 ㊸勤而不德:勤奋但不自以为有德。不德,不自以为有德,不让人感激自己。 ㊹"非禹"句:不是大禹谁能做到啊。禹,姒(sì)姓,名文命,又称大禹、夏禹,奉舜命治洪水,后受舜禅让,即位建立夏朝,后世尊为圣王。 ㊺《韶箾》:虞舜时乐名。 ㊻德至矣哉:德化到了至高境界了啊。至,极点,最高。 ㊼"大矣"三句:美妙啊,就像苍天无不覆盖,大地无不承载。帱(dào),覆盖。载,承载。 ㊽"虽有"二句:即使还有盛德,也不能超过它了。虽,即使。蔑,没有,不能。加,改过,超过。 ㊾观止矣:所看到的好到了极点。止,极点。 ㊿"若有"二句:如还有其他的乐舞,我不敢请求演奏了啊。已,助词,啊。这里是说,季札已观听到了最好的乐舞,不需要再欣赏其他的乐舞了。

【赏析】 鲁国是孔子的家乡,对周室尤其是西周王室极为崇敬。在季札来访时,为季札演奏周室乐舞,体现了鲁人对季札的热情欢迎和对周乐的推崇。

　　季札和孔子一样,也是西周礼乐制度的忠实信奉者和实践者,因此,在观听周乐时,他不停地发出由衷的赞叹之声,并一一加以点评。季札对周乐的观点,在今天看来,自然并不一定是正确的,但确实代表了在周室日渐衰微、诸侯连年征战,霸主此起彼伏,社会动荡不安年代,人们盼望恢复西周礼乐制度、重返安宁和平生活的愿望。此外,季札认为周乐表现了不偏不倚、乐而不淫的中庸之道,有着怨而不怒、温柔敦厚的教育作用,与孔子的诗教理论也是一致的。

　　季札在当时被天下人视作南方圣人,与孔子齐名,可见他的影响之大与受人欢迎的程度。在本文中,很难确定所有的评论都是出于季札之口,但仅就有关《诗经》及周乐的批评而言,也是很有参考意义的,值得后人重视。

子产坏晋馆垣

【题解】 本文选自《左传·襄公三十一年》。鲁襄公三十一年(公元前542年),鲁襄公死。此时,子产陪同郑简公前往晋国进贡,但晋平公傲慢无礼,以鲁襄公之死为借口,不予接见。子产毁坏晋国宾馆的院墙,并严厉批评晋国的失礼,赢得了晋国君臣的尊重。

【原文】

公薨之月①,子产相郑伯以如晋②,晋侯以我丧故③,未之见④也。子产使尽坏其馆之垣⑤,而纳车马焉⑥。

士文伯让之⑦,曰:"敝邑以政刑之不修⑧,寇盗充斥⑨,无若诸侯之属辱在寡君者何⑩。是以令吏人完客所馆⑪,高其闬闳⑫,厚⑬其墙垣,以无忧客使⑭。今吾子坏之,虽从者能戒⑮,其若异客何⑯?以敝邑之为盟主⑰,缮完葺墙⑱,以待宾客。若皆毁之,其何以共命⑲?寡君使匄请命⑳。"

对㉑曰:"以敝邑褊小㉒,介于大国㉓,诛求无时㉔,是以不敢宁居㉕,悉索敝赋㉖,以来会时事㉗。逢执事之不闲㉘,而未得见;又不获闻命㉙,未知见时。不敢输币㉚,亦不敢暴露㉛。其输之,则君之府实㉜也,非荐陈之㉝,不敢输也。其暴露之,则恐燥湿之不时而朽蠹㉞,以重㉟敝邑之罪。侨闻文公㊱之为盟主也,宫室卑庳㊲,无观台榭㊳,以崇大诸侯之馆㊴,馆如公寝㊵,库厩缮修㊶,司空以时平易道路㊷,圬人以时塓馆宫室㊸。诸侯宾至,甸设庭燎㊹,仆人巡宫㊺。车马有所㊻,宾从有代㊼,巾车脂辖㊽,隶人、牧、圉,各瞻其事㊾,百官之属,各展其物㊿。公不留宾,而亦无废事(51),忧乐同之(52),事则巡之(53)。教其不知(54),而恤其不足(55)。宾至如归,无宁灾患(56)。不畏寇盗,而亦不患(57)燥湿。今铜鞮之宫数里,而诸侯舍于隶人(58),门不容车,而不可逾越(59)。盗贼公行,而天厉不戒(60)。宾见无时(61),命不可知(62)。若又勿坏(63),是无所藏币以重罪也(64)。敢请执事,将何所命之(65)?虽君之有鲁丧,亦敝邑之忧也(66)。若获荐币(67),修垣而行(68),君之惠也,敢惮勤劳(69)?"

文伯复命。赵文子(70)曰:"信(71)。我实不德(72),而以隶人之垣以赢(73)诸侯,是吾罪也。"使士文伯谢不敏(74)焉。

晋侯见郑伯,有加礼(75),厚其宴好(76)而归之。乃筑诸侯之馆(77)。

叔向(78)曰:"辞之不可以已也如是夫(79)!子产有辞,诸侯赖之,若之何其释辞也(80)?《诗》曰:'辞之辑矣,民之协矣;辞之怿矣,民之莫矣(81)。'其知之矣(82)。"

【注释】 ① 公薨(hōng)之月:鲁襄公死的那个月。公,鲁襄公,姬姓,名午,公元前572年至公元前542年在位。薨,诸侯死称薨。 ②"子产"句:子产陪同国君郑简公到晋国(访问)。子产,姬姓,郑穆公之孙,郑国大夫,亦称公孙侨,字子产,郑国执政者,是春秋时有名的贤相。郑伯,郑简公,姬姓,名嘉,公元前565年至公元前530年在位。 ③"晋侯"句:晋平公借口鲁襄公死了。晋侯,指晋平公,姬姓,名彪,公元前557年至公元前532年在位。 ④未之见:即未见之,不见他(郑简公),这里是指晋平公不接见、招待郑简公。 ⑤"子产使"句:子产派人毁坏了晋国宾馆的所有围墙。馆,招待宾客的屋舍。坏,毁坏。垣(yuán),矮墙,这里指围墙。 ⑥而纳车马焉:而把车马驶入那里。纳,进入。焉,介词兼代词,在那里,指宾馆。 ⑦士文伯让之:士文伯责问子产。士文伯,名匄(gài),晋国大夫。让,责问,责备。 ⑧"敝邑"句:我们国家因为政令刑罚修得不完备。政刑,政令刑罚。修,制定实行。 ⑨寇盗充斥:盗寇很多。 ⑩"无若"句:我们哪能像拒斥盗寇那样不接待屈驾前来访问寡君的诸侯呢。无若,不能像那样。诸侯之属,诸侯那样的(贵宾)。之属,之类。寡君,对本国君主的谦称。 ⑪"是以"句:所以命令负责(接待的)官吏修筑接待宾客的馆舍。是以,即以是,因此。完,修筑,修缮。 ⑫高其闬(hàn)闳:增高馆舍的大门。高,增高。闬闳,里巷的门。闬,里巷。闳,门。 ⑬厚:加厚。 ⑭无忧客使:让宾客使者不担忧(盗寇骚扰)。客使,宾客,使者。 ⑮虽从者能戒:虽说你的下人、随从能警戒保卫(你们的安全)。戒,警戒,防备。 ⑯其若异客何:但别的宾客(的安全)怎么办呢？异客,外宾,外来的客人。 ⑰"以敝邑"句:因为敝国是盟主国。敝邑,敝国,自谦辞。 ⑱缮完葺墙:修建院墙。完,通"院",院墙。葺,修理,修建。 ⑲其何以共命:那靠什么来接待、供给来访的宾客？共(gōng)命,恭恭敬敬地完成命令,这里指接待来宾。 ⑳"寡君"句:我们国君派我来问个明白。请命,请求指示,这里是请问原因的意思。 ㉑对:(子产)回答。 ㉒褊(biǎn)小:狭小。褊,狭小,不宽广。 ㉓介于大国:夹在大国之间。这里指郑国作为小国,处于大国之间,形势很不安全。 ㉔诛求无时:(大国)不时地强行索取。诛求,强制征收。无时,不时,随时。 ㉕宁居:安宁,安居。 ㉖悉索敝赋:带上敝国所有的钱赋。悉,全部。索,搜索,搜罗。赋,赋税,财赋。 ㉗来会时事:来参加进贡的事。时事,四时的进贡之事。诸侯对天子要四时进贡,晋国也是诸侯,但称霸各国,所以别国也向之进贡。 ㉘"逢执事"句:正好逢上贵国国君没有空。执事,执掌事务的官员,这里是不敢直接称晋侯,以此作为对晋侯的敬称。闲,空闲。 ㉙闻命:接受命令或教导,这里指晋侯下达接见郑简公的命令。 ㉚输币:贡献礼物。 ㉛暴(pù)露:露在外面,无所遮蔽。暴,晒。露,沾露水。 ㉜府实:府库所藏的财物。 ㉝非荐陈之:不进献陈列于宫殿上。这里是说,进贡之物,必须陈设于宫殿之上,以示郑重恭敬,否则,不敢进献。 ㉞"则恐"句:则恐怕时而干燥时而潮湿而(使物品)腐烂虫蛀。朽,腐烂。蠹,生蛀虫,被虫蛀。 ㉟重:加重。 ㊱文公:指晋文公,姬姓,名重(chóng)耳,建立强大晋国,为春秋五霸之一,公元前636年至公元前628年在位。 ㊲宫室卑庳(bì):宫室低矮。卑,低。庳,低矮。 ㊳无观台榭:没有修建观、台、榭等建筑。观,楼台。台,平台。榭,建在高台上的楼台。这里是指晋文公不求奢侈逸乐,不建游观场所。 ㊴"以崇大"句:来建造高大的接待诸侯、宾客的馆所。崇,高,高大。 ㊵馆如公寝:宾馆如同晋文公的寝宫一样。这里是指晋文公把接待诸侯的宾馆建得非常好。 ㊶库厩缮修:仓库马厩都修缮(得很好)。库,贮物的房子。厩,马厩,牲口棚。 ㊷"司空”句:司空按时平整道路。司空,官名,掌管工程,这里指管工程道路的官员。以时,按时,这里有及时的意思。平易,平治,平整。 ㊸“圬人”句:泥水匠按时涂刷宾馆宫室(的墙壁)。塓(mì),涂刷。 ㊹ 甸设庭燎:甸人在庭中点燃火炬。甸,甸人,这里指负责柴薪等的官员。设,设置。燎,火炬。 ㊺ 巡宫:在宾馆四周巡逻警卫。 ㊻ 有所:有安顿的处所。 ㊼ 宾从有代:宾客的随从有替代的人。这里是说,到了晋国,来访诸侯的随从就不用侍候自己的国君,而由晋国的仆从代为服务了。 ㊽ 巾车脂辖:车轴给涂上油脂(使之润滑)。巾车,有帷幕的车子。脂,油脂。辖,两边车轴的键。 ㊾“隶人”句:隶人、牧、圉(yǔ),各自管好分内的事。隶人,这里指做清扫厕所之类工作的奴仆。牧,放牧牛羊的人。圉,饲马的人。瞻,照看,管好。 ㊿“百官”句:百官们各自陈列所管之物(招待宾客)。之属,之类。 (51)“公不”二句:晋文公不使宾客久留(滞留),不让他们的政事荒废。这里是说晋文公很体恤来朝会进贡的诸侯,及时接见他们,不耽搁他们回国处理政务的时间。 (52) 忧乐同之:与诸侯同忧共乐。 (53) 事则巡之:有事就巡查处理。 (54) 不知:不懂的事。 (55) 恤其不足:救济诸侯的不足。恤,周济,救济。不足,不够,缺乏。 (56)“宾至”二句:宾客像回到自己的家中一样,没有灾祸(很安全)。宁,语气助词,无义。 (57) 患:担忧。 (58)“今铜鞮(tī)”二句:如今铜鞮宫造了数里之广,而(却)让来朝会进贡的诸侯住在仆人的屋舍。铜鞮,晋国邑名,在今山西省沁县,晋平公在此修铜鞮宫。隶人,这里是指仆人住的房子。 (59)“门不”二句:门太小,容不了车辆进入,(而围墙)又不可跨过去。逾越,跨越。 (60)“盗贼”二句:盗贼公然出没行动,而上天的警告和训示又不引起警戒。公行,公然行动,肆无忌惮。天厉,上天降下的灾祸,上天的警告。戒,警戒,警惕。 (61) 宾见无时:宾客等待接见但没有明确的时间。 (62) 命不可知:(什么时候下)命令(吩咐)接见也不可知。 (63) 若又勿坏:如果不毁坏(院墙)。 (64)“是无所”句:那就没有地方放置进贡的财物,是有重罪的。币,这里指进贡的货币财物。 (65)“敢请”二句:斗胆请问执事,打算怎样命令(我们)。 (66)“虽君之”二句:虽然晋侯有鲁襄公之丧(而悲伤),但这也是我国的哀忧。这里的意思是我们都为鲁襄公之死而哀悼,但不能因此而废弃朝会进贡大事。 (67) 若获荐币:如果获得同意献上进贡财物。荐,进献。 (68) 修垣而行:修好毁坏的院墙,我们动身回国。 (69)“君之惠”二句:(这是)晋侯的恩惠,我们岂敢怕劳苦。惮,畏难,畏惧。 (70) 赵文子:嬴姓,名武,母为晋成公之姊赵庄姬,晋国大夫。 (71) 信:确是如此。这里的意思是说,子产说得确实有道理。 (72) 不德:失德,缺乏德行。 (73) 赢:接待。 (74) 谢不敏:道歉说自己不才。谢,致歉。不敏,不才。 (75) 加礼:提高礼数,超越常规的礼仪。 (76) 厚其宴好:丰厚的宴请。宴好,设宴招待并馈赠礼物。 (77)“乃筑”句:于是修建接待诸侯的宾馆。 (78) 叔向:叔向,姓羊舌,名肸(xī),太傅,晋国贤臣。 (79)“辞之”句:辞令不可以不说(是很重要的),就像子产那样。已,停止。如是,像这样。这里指必须说的辞令,不能不说,就像子产所做的那样,证明其是十分重要和必要的。 (80)“子产”三句:子产发表了辞令,诸侯依赖子产(有了宾馆),(所以)为何要放弃辞令呢?这里的意思是说子产对晋国进行了交涉,使得诸侯有了宾馆可以居住,(辞令很有必要)为什么要放弃呢?若之何,为何。释,放手,放弃。 (81)“《诗》曰”五句:《诗经》说:“言辞和睦,人民和谐;言辞欢乐,人民安定。”《诗》,《诗经》。辑,和睦。协,和睦合作。怿,安定。这是《诗经·大雅》的《生民之什·板》中的诗句。 (82) 其知之矣:子产知晓这一道理。其,子产。

【赏析】 晋国作为一个大国、强国，称霸天下，那是晋文公创下的基业，距晋平公时，已近百年。晋平公恢复霸业，但也不复晋文公时的宏大景象了。晋文公在位仅九年，但谦虚好学，礼贤下士，拔贤擢能，克勤克俭，为晋国奠定了百年强盛的基础。而晋平公继承祖业，虽然亦有建树，但睥睨群雄而滋长傲慢轻靡之气，引起诸侯各国的强烈不满。

春秋诸侯各国，有大有小，有强有弱，都是周天子分封的臣民之国，都应向周天子朝贡。但是，随着周室的日渐衰微，诸侯中的强者，建立了自己的霸权，倚强凌弱，以致各国不以天子为尊，唯霸主马首是瞻。但是，作为独立的诸侯国，即使是小国、弱国，亦有自己的尊严。为了在大国、强国的夹缝中求生存，他们需要更多的智慧和勇气。子产是郑国一代贤相，面对晋国的轻慢和侮辱，做出了常人不敢做的举动——毁坏晋国迎宾馆院墙。晋国大夫奉命责备子产，子产却直斥晋国骄慢无礼，并列举晋文公当年身为盟主，善待、礼待诸侯，自己节俭，而慷慨周到地接待宾客的事例，且称扬晋文公治国理政有方，境内平安。相反，晋平公却是自身骄奢，荒于治理，国内盗贼公行，而且悭吝待客，侮慢诸侯。晋平公的行为，既招致各诸侯国的不满，也有悖于晋国先君的传统，于人于己，终是两害。子产得理在先，因而有勇气抗议晋国的无礼和无理。但子产又很好地把握分寸，在批评晋国失德时，不忘时时顾及其霸主身份，一再强调对晋国的尊重和忠诚。子产的一番陈词，警醒和感动了晋国君臣。于是，郑简公得到了晋平公超乎常礼的高规格接待。而子产的言论和行为也为晋国大夫贤臣高度赞赏，子产在维护郑国尊严和安全上，又一次获得了成功。

文章所写的情节很有戏剧性。在得不到晋国以礼相待的情况下，子产没有像一般人那样，在强权面前忍气吞声，而是以主动出击的方式来表达自己的诉求。在晋国派人谴责子产时，子产更是理直气壮，反驳和批评晋国的失礼、失德。最后的结局不是晋国勃然大怒，惩罚郑国，而是放下架子，赔礼道歉，以此为戒，弥补错误。事情的发展出人意料，却也合乎情理。在这一过程中，子产展现了超人的智慧和胆略以及雄辩才能，而晋平公的知错能改，也给人留下了较为深刻的印象。

子产择能使才

【题解】 本文选自《左传·襄公三十一年》，写子产根据属臣不同的才能，将他们置于合适的岗位，使之各得其所，更好地为国家服务。

【原文】

子产之从政也①,择能而使②之。冯简子能断大事③;子大叔美秀而文④;公孙挥能知四国之为⑤,而辨于其大夫之族姓、班位⑥、贵贱、能否⑦,而又善为辞令⑧;裨谌⑨能谋,谋于野则获⑩,谋于邑则否⑪。郑国将有诸侯之事⑫,子产乃问四国之为于子羽,且使多为辞令。与裨谌乘以适野⑬,使谋可否。而告冯简子,使断之。事成,乃授子大叔使行之,以应对宾客⑭。是以鲜有败事⑮。

【注释】 ①"子产"句:子产执政(的做法)。子产,姬姓,郑穆公之孙,郑国大夫,亦称公孙侨,字子产,郑国执政者,是春秋时有名的贤相。 ②择能而使:选择有才能的人而任命使用。 ③"冯简子"句:冯简子能决断大事。冯简子,郑国大夫。 ④"子大(tài)叔"句:子大叔仪态端秀美好,言辞富有文采。子大叔,郑国大夫。美秀而文,仪表美秀,言谈富于文采。 ⑤"公孙挥"句:公孙挥知晓、熟习外交事务。公孙挥,郑国大夫,字子羽。四国之为,四方诸侯的行动作为。 ⑥班位:职官爵位,朝班位次。 ⑦能否:能与不能。这里指才能的高下。 ⑧辞令:应对的辞令。这里指外交才能。 ⑨裨(pí)谌(chén):郑国大夫。 ⑩谋于野则获:谋划乡村的事得当。野,乡村。 ⑪谋于邑则否:谋划城市的事失当。邑,这里指都市。 ⑫诸侯之事:诸侯国之间的事,这里指外交活动。 ⑬乘以适野:乘车到乡村去。适,往,去。 ⑭应对宾客:接待来使。宾客,这里指使者。 ⑮鲜(xiǎn)有败事:少有失败的事。鲜,少。

【赏析】 一个总掌国家事务的人,高居相位,自然不可能事必躬亲,这就要求其善于识别人才,使用人才。子产对其属臣的优劣短长,了然于心,择能使才,表现出一个政治家良好的执政风格和用人策略。

冯简子、子大叔、公孙挥、裨谌四人,各有所长,也各有所短,如何避其所短、用其所长,这不仅需要用人者善于识别人才,还要能做到如何将不同的人才适时、适地、适事地加以使用。子产有着高超的领导才能,不仅把四人安置于他们各自最能发挥才干的岗位,而且适当协调四人的工作,以组成一个相互连贯的工作团队,既提高工作效率,也保障了工作的成功性。一个高官筹划和实施具体事务时,像子产那样善于使用人才并协调工作,就能做到"鲜有败事"。这也说明,任人须重才,尤须择能使才,这对于求取工作的成功是极为重要的。

文章虽然短小,但结构完整,叙述层次分明,语言简洁精练,是一篇叙事佳作。

子产不毁乡校

【题解】 本文选自《左传·襄公三十一年》,写子产执政坚持不取缔乡校,正确对待民众对执政当局的议论和批评。

【原文】

郑人游于乡校①,以论执政②。然明谓子产曰③:"毁乡校,何如?"子产曰:"何为?夫人朝夕退而游焉④,以议执政之善否⑤。其所善者,吾则行之;其所恶者,吾则改之。是吾师也,若之何毁之?我闻忠善以损怨⑥,不闻作威以防怨⑦。岂不遽止⑧?然犹防川⑨,大决⑩所犯,伤人必多,吾不克⑪救也,不如小决使道⑫,不如吾闻而药之⑬也。"

然明曰:"蔑也,今而后知吾子之信可事也⑭。小人实不才⑮。若果行此,其郑国实赖⑯之,岂唯二三臣⑰?"

【注释】 ① 乡校:地方上的学校,也是公众活动的场所。 ② 执政:掌管国家事务的人,执政当局。 ③ "然明"句:然明对子产说。然明,郑国大夫,即鬷(zōng)蔑。子产,姬姓,郑穆公之孙,郑国大夫,亦称公孙侨,字子产,郑国执政者,是春秋时有名的贤相。 ④ 夫人朝夕退而游焉:那是人们早晚工作之余游玩休息的地方。夫,那,这。 ⑤ 善否(pǐ):好坏。 ⑥ 忠善以损怨:行忠善而减少(人们的)怨恨。 ⑦ 作威以防怨:施加威力来防止(人们的)怨恨。 ⑧ 岂不遽(jù)止:难道不能立刻制止吗?这里是说,施加威力当然能立刻制止人们的议论。遽,快速。 ⑨ 防川:防止河道决口。 ⑩ 大决:大决口,大溃堤。 ⑪ 不克:不能。克,能。 ⑫ 道(dǎo):疏通,泄导。 ⑬ 闻而药之:听取民众的议论,把它作为良药。 ⑭ "今而后"句:今天才知道您确实可以承当国家大事的。信,确实。事,国家大事。这里指执政。 ⑮ 小人实不才:小人我实在是无才。小人,然明自谦辞。不才,无才,愚笨。 ⑯ 赖:依靠,依赖。 ⑰ 岂唯二三臣:岂止是几个身边的臣下(的依靠)。

【赏析】 子产作为郑国的执政者,处于国家权力的顶层,地位崇高,具有一般人不可企及的威望。如何对待民众对执政当局的议论甚至批评,往往是检验上层统治者能否真的执政为民、执政为国的一块试金石。

在面对下层民众对执政当局的议论甚至批评时,子产不仅采取了宽容的态度,还表示愿意虚心听取。子产有着清醒的政治头脑,他十分明白民众是执政的基础,执政者应当严肃认真地对待民众的好恶,且应该采取正确的态度,就像孔子说的那样:"择其善者而从之,其不善者而改之。"(《论语·述而》)子产坚持执政者必须行忠义来减少民众的不满,反对使用威力等高压手段来平息民众的怨恨。所以,当然明建议取缔乡校的时候,子产断然予以否定,不仅不毁乡校,而且还声明要把民众的批评当作纠正、医治执政者错误的良药,表现出一个优秀政治家良好的风度和执政理念,并对后代也产生了很好的影响。

文章通过对话完成,由对话表现和刻画人物不同的思想和个性。子产所说的话,富于哲理,深刻地总结和揭示了国家和社会政治生活中的道理,给人以深远的教育和启迪。全文比喻生动形象,言简意赅,说理清晰明了,增强了文章的可读性。

子产论尹何为邑

【题解】 本文选自《左传·襄公三十一年》,写子皮打算让属臣尹何去治理自己的领地。子产分析论述,认为尹何尚不适合担任地方官员,去治理一方都邑,表现了子产在用人上的明智和"学而后入政"的原则立场。

【原文】

子皮欲使尹何为邑①。子产②曰:"少③,未知可否。"子皮曰:"愿④,吾爱⑤之,不吾叛⑥也。使夫往而学焉⑦,夫亦愈知治⑧矣。"子产曰:"不可。人之爱人,求利之⑨也。今吾子爱人则以政⑩,犹未能操刀而使割⑪也,其伤实多⑫。子之爱人,伤之而已,其谁敢求爱于子⑬?子有美锦⑭,不使人学制⑮焉。大官、大邑,身之所庇⑯也,而使学者制焉⑰。其为美锦,不亦多⑱乎?侨闻学而后入政,未闻以政学者⑲也。若果行此,必有所害。譬如田猎⑳,射御贯㉑,则能获禽㉒。若未能登车射御,则败绩厌覆是惧㉓,何暇思获㉔。"

子皮曰:"善哉!虎不敏㉕。吾闻君子务知大者、远者㉖,小人务知小者、近者。我,小人也:衣服附在吾身,我知而慎之;大官、大邑,所以庇身也,我远而慢之㉗。微子之言㉘,吾不知也。他日㉙我曰:'子为郑国㉚,我为吾家,以庇焉,其可也。'今而后知不足。自今请,虽吾家,听子而行㉛。"子产曰:"人心之不同,如其面㉜焉。吾岂敢谓子面如吾面㉝乎?抑心所谓危㉞,亦以告也。"

子皮以为忠,故委政㉟焉。子产是以能为郑国㊱。

【注释】　①"子皮"句:子皮打算推举尹何担任自己原有官职,掌管都邑政务。子皮,名虎,郑国大夫。尹何,子皮的家臣。为邑,管理、治理采(cài)邑(古代卿大夫的封邑)。为,治理。　②子产:姬姓,郑穆公之孙,郑国大夫,亦称公孙侨,字子产,郑国执政者,是春秋时有名的贤相。　③少:年轻(不更事)。　④愿:质朴,恭谨,忠实。　⑤爱:喜欢。　⑥不吾叛:即不叛吾,不会背叛我。　⑦使夫往而学焉:去那儿学习(治理都邑的本领)。夫,他,指尹何。　⑧愈知治:(通过学习,尹何会)愈加懂得治理都邑的学问。　⑨利之:对他(所喜欢的人)有利。　⑩爱人则以政:喜欢一个人则把政务交给他。　⑪未能操刀而使割:还不会用刀就让他割东西。　⑫其伤实多:那伤害实在是多。　⑬求爱于子:求你喜欢他。子,古代对男子的美称。　⑭美锦:美好的彩色锦缎。　⑮学制:学习制作(衣物)。　⑯身之所庇:自身所庇护(的所在)。　⑰使学者制焉:让学习的人在那里练习。制,在这里是练习的意思。　⑱多:这里是指把美锦看得比政事(大官大邑)更重。　⑲以政学者:把实际理政让人当成学习(的方法、途径)。　⑳田猎:打猎,围猎。　㉑射御贯:惯于射箭、骑马驾车。贯,同"惯"。　㉒获禽:获得禽兽(猎物)。　㉓"则败绩"句:那就有(担心)车辆毁坏和倾覆的危险。败绩,这里指车辆毁坏。厌覆,倾覆,厌,同"压"。是,代词,指车辆倾覆。惧,害怕,担心,这里有危险的意思。　㉔何暇思获:哪有时间考虑获取猎物。　㉕不敏:自谦辞,不聪敏,不才。　㉖"吾闻"句:我听闻君子致力于了解、从事大的、远的事情。务,致力。知,交接,这里有考虑和从事的意思。　㉗远而慢之:疏远且轻忽它。　㉘微子之言:(如果)不是你的话(点拨提醒)。微,不是。　㉙他日:这里是以前有一天的意思。　㉚子为郑国:你治理郑国。为,治理。　㉛听子而行:(即使是我家的事,也)听您的意见而行事。　㉜面:脸。这里是指人各其貌,有差异。　㉝"吾岂敢"句:我难道敢说您的脸和我的脸一样?子面如吾面,您的脸和我的脸一样。这里是说两人的想法不一定相同。　㉞抑心所谓危:而是心里认为是危险的事。　㉟委政:把管治国家政事的大权委付(给子产)。　㊱"子产"句:子产所以能把郑国治理好。是以,即以是,因为这样。为,治理,执政。

【赏析】　做大事、成大业者,应该出于公心,高瞻远瞩,从大处着眼,而不是仅仅盯着小事、私事,用文章中的话说,就是要"务知大者、远者",决不可"务知小者、近者"。

子皮要把治理封邑的事情交给尹何,其中一个重要的原因是,他认为尹何显得恭谨忠实,喜欢他。这显然是仅凭自己对一个人的偏爱而贸然将大事托付,带有私心的成分。当子产提出"以政学者"不合适,并分析利害得失后,子皮欣然认识到自己想法的偏颇,从善如流,不仅接受了子产的规劝,甚至愿意在自己私人事务上也听取子产的建议和安排。但子产认为人与人的想法和观点各异,他只是把自己的真心话说出来而已。子产的真诚使得子皮很感动,进一步坚信自己把国家政事托付给子产来处理是正确的决定。

这篇文章也主要是通过人物对话完成的。子皮和子产,前后两任国家大政执掌者,能够赤诚相待,畅所欲言。子皮不以提携和重用子产而欣欣然有得色,而是虚心听取子产的意见甚至是批评;子产也不因受子皮青睐和奖掖而违心奉迎,而是依据原则,真诚诤言。由于二人均能做到真心诚意,所以,不仅没有造成双方的隔阂,反而增进了彼此的信任和友谊,这是人与人之间关系中极为值得赞赏的。

文章对话非常生动,尤其是子产的阐申,比喻妥切,深入浅出,富有哲理,极具说服力。

子产却楚逆女以兵

【题解】 本文选自《左传·昭公元年》。楚国公子围,以到郑国迎娶公孙段氏为由,率军而来,要入驻郑国国都,以灭郑国。子产识破楚人的险恶用心,派子羽揭穿楚人阴谋。公子围知道郑国已有戒备,不得已放弃了侵犯、消灭郑国的企图。

【原文】

楚公子围聘于郑①,且娶于公孙段氏②。伍举为介③。将入馆④,郑人恶之⑤。使行人子羽⑥与之言,乃馆于外⑦。

既聘⑧,将以众逆⑨。子产患之⑩,使子羽辞⑪曰:"以敝邑褊小⑫,不足以容从⑬者,请墠听命⑭!"令尹使太宰伯州犁对曰⑮:"君辱贶寡大夫围⑯,谓围:'将使丰氏抚有而室⑰。'围布几筵⑱,告于庄、共之庙而来⑲。若野赐⑳之,是委君贶于草莽也㉑!是寡大夫不得列于诸卿也㉒!不宁唯是㉓,又使围蒙其先君㉔,将不得为寡君老㉕,其蔑以复㉖矣。唯大夫图之㉗!"子羽曰:"小国无罪,恃实其罪㉘。将恃大国之安靖己㉙,而无乃包藏祸心以图之㉚。小国失恃而惩诸侯㉛,使莫不憾㉜者,距违君命,而有所壅塞不行是惧㉝!不然,敝邑,馆人之属也㉞,其敢爱丰氏之祧㉟?"

伍举知其有备㊱也,请垂櫜㊲而入。许之㊳。

【注释】 ①"楚公子"句:楚国公子围聘问郑国。公子围,楚公子,芈(mǐ)姓,名围,楚国令尹(执政官)。聘,聘问,天子与诸侯、诸侯与诸侯间互派使者交流通问。

② 公孙段氏:公孙段的女儿。公孙段,郑国大夫。 ③ 伍举为介:伍举做副使。伍举,楚国大夫,春秋名将伍子胥祖父。介,副。 ④ 将入馆:打算要入馆住下。将,打算,想要。馆,接待宾客的馆所。 ⑤ 恶(wù)之:厌恶他(公子围)。 ⑥ 行人子羽:外交官子羽。行人,掌管各国间朝觐聘问的官。 ⑦ 馆于外:住在城外。馆,这里是住的意思。 ⑧ 既聘:聘问结束。既,已经,过了。 ⑨ 将以众逆:打算用军队来迎娶(公孙段氏)。众,兵士,军队。逆,迎,这里是迎娶的意思。 ⑩ 子产患之:子产很担心这事。子产,姬姓,郑穆公之孙,郑国大夫,亦称公孙侨,字子产,郑国执政者,是春秋时有名的贤相。患,担心,忧虑。之,代词,指公子围率兵来迎娶公孙段氏。 ⑪ 辞:告知,告诉。这里有谢绝、婉拒的意思。 ⑫ 褊小:狭小。褊,狭小,不宽广。 ⑬ 容从:容纳众多(的人马)。 ⑭ 请墠(shàn)听命:请在城外宽阔的平地上听从您的命令(迎亲)。墠,郊外整治、打扫过的平地。 ⑮ "令尹"句:令尹派太宰伯州犁回应说。令尹,即公子围。太宰,官名,执掌辅佐国君治理邦国。伯州犁,楚国大夫,当时为公子围的随行官。对,回答,应答。 ⑯ "君辱贶(kuàng)"句:(承蒙)你们郑君恩赐公子围。辱,(让你们)受辱,这是对赐予方的谦辞。贶,赐予。 ⑰ "将使"句:要把丰氏娶为妻室。丰氏,公孙段的食邑在丰(在今陕西省长安县一带),所以把公孙段氏称作丰氏。抚而有室,娶为妻室。抚,爱护。有室,娶妻。 ⑱ 布几(jī)筵:进行祭祀。布,安排,布置,陈设。几筵,祭祀的席位,灵位。 ⑲ "告于"句:在宗庙向楚庄王、楚共王祷告。庄,楚庄王,公子围的祖父。共,楚共王,公子围的父亲。这里的意思说,公子围对郑君的赐婚十分重视。 ⑳ 野赐:在野外赐婚。 ㉑ "是委"句:这是把你们郑君的恩赐置于荒野草丛中。委,放置,付与。这里的意思是应该安排公子围在郑国宫殿上迎娶公孙段氏,而现在这样的做法太不恭敬了,是亵渎了郑君的赐婚。草莽,荒野草丛,这里亦指民间,与庙堂、朝廷相对。 ㉒ "是寡大夫"句:这是令我们大夫不能居于诸侯国大臣的行列。寡大夫,这里指公子围。寡,对自己的谦称。列于诸卿,位于诸侯国大臣之列。这里是说郑国在野外举行迎亲婚礼,是不把公子围当作诸侯国大夫相待。 ㉓ 不宁唯是:不但是这一点。不宁,不仅。唯是,只是这。是,代词,这,这里指郑国拒绝楚公子围进郑国国都(在今河南省新郑市)迎娶公孙段氏。 ㉔ 蒙其先君:欺蒙了先君。这里是说公子围行前已在祖庙把迎娶公孙段氏一事祷告禀知楚庄王、楚共王,但到了郑国,却不能在郑国的祖庙正式举行娶亲仪式,这是对先君的欺蒙。 ㉕ "将不得"句:将不能(继续)做楚君的大臣。为寡君老,为我们国君效力至老,这里的意思是要被楚君处罚罢免。寡君,对自己国君的谦称。 ㉖ 其蔑以复:这样的蔑视无以复加。蔑,轻蔑,蔑视。 ㉗ 图之:考虑这一点。图,考虑,斟酌。 ㉘ "小国无罪"二句:小国本无罪,(可是想要一味)依靠(大国保护)实在是一种罪过(错误)。恃,依靠,依赖。 ㉙ "将恃"句:想要依赖大国(的保护)而安定自己。将,想要,希望。安靖,安定平静。 ㉚ "而无乃"句:但是恐怕是大国包藏祸心来图谋我们。无乃,恐怕是,莫非。 ㉛ "小国失恃"句:小国失去(大国的)保护而使诸侯各国引以为戒。这里是指像楚国这样图谋郑国,意味着小国是不能依赖大国的保护的,这将使诸侯各国提高警惕,不再信任大国(的所谓保护)。 ㉜ 使莫不憾:使得大家无不恨(楚国)。憾,心怀怨恨。 ㉝ "距违"二句:我们担心(诸侯各国都)抗拒、违背楚君之命,使得楚君之命阻塞而不畅行。这里是说各诸侯国都害怕楚国、不信任楚国,而不听从楚君之命。是惧,即"惧是",害怕、担心这一点。是,代

词,指楚君之命不能畅行的情况。 ㉞"不然"三句:否则,我们郑国不过是为楚国看守馆舍的人而已。不然,不是这样的话。之属,之类。这里的意思是,如果楚国善待郑国,那么,郑国将是楚国的忠诚仆从。 ㉟"其敢爱"句:那里敢吝惜丰氏祖庙(而不在那里举行娶亲大礼)。爱,吝惜,舍不得。祧(tiāo),祖庙。 ㊱ 有备:有准备,有戒备。 ㊲ 垂橐(gāo):倒挂着橐,这里的意思是放弃了武力。橐,收藏弓矢、盔甲的袋子。 ㊳ 许之:(郑国)同意楚国的要求。许,同意。之,代词,这里指公子围提出的进城在庙堂上举行娶亲大礼的要求。

【赏析】 楚国作为南方的大国、强国,一直以郑国的保护国自居。此次,楚国上卿令尹公子围说是要在郑国的虢(在今河南省陕县一带)地与诸侯会盟,并向郑国交流通好,还要娶郑国公孙段的女儿。但是,公子围是带了军队人马而来的,兵临郑国国都城下,虎视眈眈,灭掉郑国,在此一举。面对着生死存亡的紧要关头,郑国执政大臣子产派出了外交官子羽,前往楚师进行交涉。于是,便有了本文所写郑国行人子羽与楚国太宰伯州犁的一番外交交锋。

伯州犁指责郑国不在宗庙大殿上举行娶亲大礼,违背礼仪,是对楚国的严重蔑视和轻侮。这是事实,但伯州犁隐瞒了一个阴谋,即楚国迎亲,却率大军前来,显然是借迎亲为名,行吞并之实。子羽一针见血地揭露了楚国的祸心,并指出,如果楚国用这样的手段来灭掉郑国,将使天下人知晓,小国、弱国依赖大国、强国,在大国、强国的羽翼下讨生活,无异是将自己置于任人宰割的地位,朝不保夕,天下人会引以为戒,而大国、强国也将失去小国、弱国信任,不再能号令天下,使小国、弱国臣服。最后,子羽还婉转地告诫伯州犁,如果楚国真正爱护、保护郑国,那么郑国就会忠诚于楚国,言下之意,假如楚国不能善待郑国,郑国将是楚国的敌对国,这表明,郑国已做好准备,要为自己的生存被迫一战。于是,在知道郑国已有戒备和抗战到底的决心后,公子围无奈放弃了原来的野心,罢兵弃武,迎娶了公孙段氏。子羽和伯州犁针锋相对,互相批驳。伯州犁诡言虚妄,子羽揭其祸心,言辞婉转,但立场坚定,柔中带刚。文章所写,层层推进,语言准确而富于个性,很好地揭示了人物地位、身份和性格特征,生动精彩。

春秋时期,大国、强国欺凌小国、弱国,屡见不鲜,自是常事。而小国、弱国在艰难维持生存时,如果一味委曲求全,苟延残喘,那只能加速自身的灭亡。子产执政郑国,内修政事,外御强敌,在夹缝中求生,显示了坚强的斗争勇气和高超的外交艺术,得到后人的赞誉。

子革对楚灵王

【题解】 本文选自《左传·昭公十二年》。楚灵王狂妄自大,肆意欺凌诸侯,攻伐小国徐国,企图震慑大国吴国。大夫子革苦心谏阻,楚灵王不为所动,一意孤行,终遭厄运。

【原文】

楚子狩于州来①,次于颍尾②,使荡侯、潘子、司马督、嚣尹午、陵尹喜帅师围徐以惧吴③。楚子次于乾溪④,以为之援⑤。

雨雪⑥,王皮冠⑦,秦复陶⑧,翠被⑨,豹舄⑩,执鞭以出⑪,仆析父从⑫。

右尹子革夕⑬,王见之。去冠、被,舍鞭,与之语曰:"昔我先王熊绎⑭,与吕伋⑮、王孙牟⑯、燮父⑰、禽父⑱,并事康王⑲,四国皆有分⑳,我独无有。今吾使人于周㉑,求鼎以为分㉒,王其与我乎㉓?"对曰:"与君王哉!昔我先王熊绎,辟在荆山㉔,筚路蓝缕㉕,以处草莽㉖,跋涉山林,以事天子,唯是桃弧、棘矢㉗,以共御王事㉘。齐,王舅㉙也;晋及鲁、卫,王母弟㉚也。楚是以㉛无分,而彼皆有。今周与四国服事㉜君王,将唯命是从㉝,岂其爱鼎㉞?"

王曰:"昔我皇祖伯父昆吾㉟,旧许是宅㊱。今郑人贪赖其田㊲,而不我与㊳。我若求㊴之,其与我乎?"对曰:"与君王哉!周不爱鼎,郑敢爱田?"

王曰:"昔诸侯远我而畏晋㊵,今我大城陈、蔡、不羹㊶,赋皆千乘㊷,子与有劳焉㊸。诸侯其畏我乎?"对曰:"畏君王哉!是四国者,专足畏也㊹,又加之以楚㊺,敢不畏君王哉?"

工尹路请曰㊻:"君王命剥圭以为鏚柲,敢请命㊼。"王入视之。析父谓子革:"吾子㊽,楚国之望㊾也!今与王言如响㊿,国其若之何㊿?"子革曰:"摩厉以须,王出,吾刃将斩矣㊿。"

王出,复语㊿。左史倚相趋过㊿。王曰:"是良史也,子善视之㊿。是能读《三坟》、《五典》、《八索》、《九丘》㊿。"对曰:"臣尝问焉㊿。昔穆王欲肆其心,周行天下,将皆必有车辙马迹焉㊿。祭公谋父作《祈招》之诗,以止王心,王是以获没于祇宫㊿。臣问其诗而不知也,若问远焉,其焉能知之[60]?"

王曰:"子能乎?"对曰:"能。其《诗》曰:'祈招之愔愔,式昭德音[61]。思我王度,式如玉,式如金[62]。形民之力,而无醉饱之心[63]。'"

王揖而入,馈不食,寝不寐,数日[64]。不能自克,以及于难[65]。

仲尼[66]曰:"古也有志[67]:'克己复礼,仁也[68]。'信善哉[69]!楚灵王若能如是[70],岂其辱于乾溪[71]?"

【注释】 ①"楚子"句:楚灵王出兵至州来。楚子,楚灵王,即公子围,楚共王庶出之子,公元前前540年至公元前529年在位。狩,打猎,这里是军事行动、战争的意思。州来,楚地,在今安徽省寿县。 ② 次于颍尾:驻扎在颍尾。次,军队驻扎。颍尾,颍水入淮河处,在今安徽省颍上县。 ③"使荡侯"句:派遣荡侯、潘子、司马督、嚣尹午、陵尹喜率军围困徐国来威慑吴国。使,派遣。帅,率领。师,军队。荡侯、潘子、司马督、嚣尹午、陵尹喜,均为楚国大夫。徐,徐国,在今安徽省泗县一带,是吴国的盟国。惧,使害怕,这里是威慑的意思。吴,吴国,姬姓诸侯国,占有今安徽省、浙江省一部分与江苏省、上海市大部分。 ④ 乾(qián)溪:楚地,在今安徽省亳州市。 ⑤ 以为之援:作为对荡侯他们的援军。 ⑥ 雨雪:下雪。雨,这里作动词用,下、降(雨雪)。 ⑦ 皮冠:(戴着)皮帽子。⑧ 秦复陶:(穿着)秦国(赠送)的羽衣。秦,秦国。复陶,毛羽制成的外衣,可御风雪严寒。⑨ 翠被(pèi):有翡翠羽的披肩。被,同"帔",披肩。 ⑩ 豹舄(xì):豹子皮制成的鞋子。舄,鞋子。 ⑪ 执鞭以出:手执鞭子出来。这里指楚王准备发号施令,一副趾高气扬的样子。 ⑫ 仆析父从:仆析父跟随楚王之后。仆析父,楚国大夫。仆,姓。 ⑬ 右尹子革夕:右尹子革晚上(求见)。右尹,复姓,亦是官名。子革,即郑丹,楚国大夫。夕,晚间。⑭ 熊绎:楚国始封君,芈(mǐ)姓。 ⑮ 吕伋:齐国始封君吕尚(姜太公)之子,齐国第二代国君,姜姓。 ⑯ 王孙牟:卫国国君,姬姓,卫国始封君康叔封之子,曾侍奉周康王为大夫。⑰ 燮父:晋国国君,姬姓,晋国始封君唐叔之子。 ⑱ 禽父:周公旦之子伯禽,鲁国始封君,姬姓。 ⑲ 并事康王:一起尊奉周康王。康王,姬姓,名钊,周成王姬诵之子,西周第三代天子。 ⑳ 四国皆有分:这四国都分到宝器。四国,即上文所说的齐、卫、晋、鲁。有分,有分器,指天子分珍藏于宗庙的宝器给诸侯国。 ㉑ 使人于周:派人到周王室去。㉒ 求鼎以为分:求取九鼎作为分给我们的宝器。鼎,这里指九鼎,相传为夏禹所铸造,自夏至周,被当作国家重器,是政权和地位的象征。 ㉓ 王其与我乎:周天子能给我吗?其,副词,表示推测、估计。 ㉔ 辟在荆山:(处在)偏僻的荆山。辟,荒僻。荆山,在今湖北省南漳县。 ㉕ 筚路蓝缕:驾着柴车,穿着破衣。筚路,驾着柴车行路。荜,荆条,竹条。蓝缕,破衣服。 ㉖ 草莽:草丛。 ㉗"唯(suī)是"句:即使(只有)这桃木做的弓、荆条制的箭。唯,即使,虽然。弧,弓。 ㉘ 共御王事:共同参与承担(保卫)王室的大事。御,抵御,抗御,这里有保卫的意思。王事,王室、天子的大事。 ㉙ 王舅:姜太公的女儿是周成王的母亲。舅,这里是岳父的意思。 ㉚ 王母弟:鲁、卫之祖是周武王的同母弟,晋之祖是周成王的同母弟。 ㉛ 是以:即"以是",因此。 ㉜ 服事:臣服侍奉。这里指楚国实力强大,周王室及齐、卫、鲁、晋都向之臣服。 ㉝ 唯命是从：绝对服从。唯，只要。命，命令。是，助词，起到把宾语（命）提前并加以强调的作用。从，听从。 ㉞ 岂其爱鼎：难道（会）吝惜（其）鼎吗。岂，难道。其，助词，加重语气。爱，吝惜。 ㉟ "昔我"句：从前，我的皇祖伯父昆吾。皇，对先代的敬称。昆吾，己姓，夏代陆终氏长子，封于濮阳（今河南省濮阳市），夏代末期，迁于旧许（今河南省许昌市）。楚国祖先季连是陆终氏少子，所以楚王称昆吾为皇祖伯父。 ㊱ 旧许是宅：安居于旧许。是，代词，复指旧许。宅，这里作动词用，定居，安居。 ㊲ "今郑人"句：如今郑人贪图并赖居这块土地。贪赖，贪图。田，土地。旧许现属郑国。 ㊳ 不我与：即"不与我"，不（还）给我（楚国）。 ㊴ 求：求取。 ㊵ 远我而畏晋：疏远我楚国而畏惧晋国。 ㊶ "今我"句：如今我楚国在陈、蔡、不羹（láng）大修城墙。大城，大规模地修建城墙。陈，诸侯国，在今河南省淮阳县及安徽省亳州市一带。蔡，诸侯国，在今安徽省凤台县。不羹，分东、西不羹，东不羹在今河南省舞阳县，西不羹城在今河南省襄城县。 ㊷ 赋皆千乘（shèng）：军队（数量）达到战车千辆。赋，这里指军队。乘，这里指战车。 ㊸ 子与有劳焉：你在这事上是有功劳的。子，对男子的美称。与，参与其中。劳，功劳。焉，代词兼助词，这事。 ㊹ "是四国"二句：这四国完全足以使诸侯惧怕了。是，这。四国，指陈、蔡与东、西不羹。专，完全。 ㊺ 又加之以楚：再加上楚国（的国力）。 ㊻ 工尹路请曰：楚国大夫工尹路请示说。工尹，楚国官名，掌管百工及官营手工业。请，请示。 ㊼ "君王"二句：君王您命令破裂圭玉来装饰斧柄，斗胆请指示（制作的样式）。剥，破，裂。圭，诸侯、君王朝聘、祭祀时使用的一种玉制礼器。戚，兵器，斧。柲（bí），柄。敢，胆敢，斗胆。请命，请指示。 ㊽ 吾子：我的先生，指子革，这里是对子革的敬称。 ㊾ 望：德高望重的榜样。 ㊿ "今与王"句：今天（您）和君王说话，就像回声一样附和。响，回声，随声附和。这里是说仆析父对子革没有谏阻楚灵王的言行感到不满。 51 国其若之何：（那）国家怎么办呢？其，其，助词。若之何，如何，怎么办。 52 "摩厉"三句：磨快刀刃来等待（时机），（一会儿）王出来，我的利刃将要（把他的狂妄念头）斩断。摩厉，即磨砺。须，等待。将，想（要），准备（要）。这里是指子革做好了谏阻、规劝楚灵王的准备。 53 复语：再次交谈。复，再次，这里也有恢复的意思。 54 "左史"句：左史倚相恭敬地走过。左史，官名，负责记事，记录行动事件。倚相，人名。趋，用小碎步快速地走，以示恭敬。 55 "是良史"二句：他是好史官，你要善待他。是，代词，他，这里指倚相。善视，好好看待。 56 "是能"四句：他能读《三坟》、《五典》、《八索》、《九丘》（这些经典）。三坟，传为中国最早经典，是三皇之书。五典，传为上古时的五部经典。八索，古代经典，或指八卦。九丘，传为上古经典。这里指倚相学识渊博。 57 臣尝问焉：臣下我曾经问过他。尝，曾经。焉，代词，这里指倚相。 58 "昔穆王"三句：从前周穆王想要放纵自己的心志，走遍天下，打算到处都要留下自己车辙马迹。穆王，周天子，姬姓，名满，周昭王之子，在位五十五年，相传曾乘坐八匹神马驾驭的车，由造父作御者，西征至昆仑，后又战东南，巡视四方。肆，放纵。将，打算，想要。 59 "祭（zài）公谋父"三句：祭公谋父作《祈招》之诗来谏阻他（周穆王），穆王因此得以善终于祗（zhī）宫。祭公谋父，周王室谋士。《祈招》，相传是祭公谋父所作，已逸失传。止，谏止，阻止。获，得到。没（mò），死，这里是善终的意思。祗宫，周朝宫殿名，在今陕西省华县。 60 "臣问其诗"三句：臣下问（倚相）他《祈招》诗，（但他）不知道；如问他远古的典籍，他怎能知道呢？祈，祈父，周代武官名称。招,人名。焉,前一个焉是代词,指远古的书,后一个焉是疑问词,怎么,怎能。 ⑥"祈招"二句:祈父招安详和悦,彰显善言美德。愔(yīn)愔,和悦,安舒。式,助词,无义。昭,显示,彰显。德音,善言,合符美德的言语。 ⑥"思我"三句:我周天子的德行器度,像玉一样,像金一样。王度,君王的德行器度。思,助词,无义。这里是说,周天子的高尚德行如同宝玉和黄金一样坚固厚重。 ⑥"形民"二句:按照人民的需求和情况来用民力,没有贪求醉饱之心。形,比照,按照。 ⑥"王揖而入"四句:楚灵王行了个礼而进去,不吃不睡好几天。揖,拱手行礼。馈,这里指送进来的饭食。寝,寝宫,卧室。这里指楚灵王被子革的进谏所打动,内心发生激烈斗争。 ⑥"不能"二句:(楚灵王最终)不能自我克制,而遭到了灾难。克,克制。及于难,遭受灾难。这里指第二年楚灵王在乾溪自杀。 ⑥仲尼:孔子,仲尼是他的字。 ⑥志:记载。 ⑥"克己复礼"二句:克制、约束自己(的欲望),使自己能合符先王圣贤的礼。复,回复,回到。礼,社会生活中应遵守的道德规范和准则。仁,人与人之间的和谐、相亲相爱。这两句见于《论语》的《颜渊》篇。 ⑥信善哉:(说得)真好啊。信,确实,真。善,好。 ⑦如是:像这样(做)。是,代词,这里指祭公谋父作的《祈招》之诗。 ⑦"岂其"句:难道会在乾溪遭到耻辱吗?这里是指楚灵王最终落难,无奈而自杀。

【赏析】 作为春秋时大国、强国的君王,楚灵王穷奢极欲、残暴凶狠,而且骄傲自大、刚愎自负,在公元前529年被楚人推翻,众叛亲离,最终自缢于乾溪。

作为一国之君,楚灵王不以人民福祉利益为重,肆意妄为,对内欺压人民,对外傲慢无礼,甚而不自量力,穷兵黩武,到头来落得个走投无路、自经身亡的下场,也是必然的结果。子革是楚国的忠臣,头脑清醒,言辞智巧便给,在楚灵王采取围徐惧吴行动并亲临前线时,极力谏阻。针对楚灵王的狂妄轻率,子革多方讽喻,用心良苦。楚灵王尽管一时受到感动,但终究未能彻悟,依然一意孤行,以失败且自缢而告终。虽然楚灵王落得如此悲惨下场是其一贯作为的必然结果,但出师围徐惧吴显然是个直接的导火索。因此,子革谏阻楚灵王的狂妄举动,其实是在挽救其失败的命运。子革没有成功,这不是子革的失败,而是楚灵王的自取灭亡,正应了"天作孽,犹可活;自作孽,不可活"那句俗话。

文章主要由楚灵王和子革的对话组成,并从两人的话语中显现各自的思想性格。然而,还有一些细节,也非常生动形象地把人物独特的心理表现了出来。楚灵王率师驻扎乾溪,穿戴高贵华丽,"执鞭以出",一派趾高气扬、不可一世的狂傲心态。在接见子革、与之交谈时,去衣冠,放下鞭子,似乎很有点礼贤下士的样子,但实际上是在显示其轻松自然的神态,似乎战争尚未打响,而胜券已经在握,骄傲自负,表露无遗。在与子革交谈过程中,且不说楚灵王轻视周王室、蔑视诸侯国的轻狂言辞,仅从其检视工匠破玉装饰斧柄、要子革"善视"史官两个细节上,我们就不难看出楚灵王是多么的沾沾自喜,自以为可炫耀天下,称霸诸侯,而且还能名垂史册。富于个性的言辞,加上独特的行为举动,使得人物形象栩栩如生,这是《左传》在叙事和写人方面的杰出成就,令人赞叹。

子产论政宽猛

【题解】 本文选自《左传·昭公二十年》。子产是郑国有名的贤相,宽以为政,深得民心。本文写其临终告诫继任者子太叔,为政唯宽为难。子太叔执政以宽,盗患不止,乃转而用兵杀盗弭患。孔子对此发表议论,高度肯定和赞赏子产为政须宽猛相济的方针策略。

【原文】

郑子产①有疾。谓子大叔②曰:"我死,子必为政。唯有德者能以宽③服民,其次莫如猛④。夫火烈,民望而畏之,故鲜⑤死焉。水懦弱,民狎而玩之⑥,则多死焉,故宽难。"疾数月而卒。

大叔为政,不忍猛而宽。郑国多盗,取人于萑苻之泽⑦。大叔悔之,曰:"吾早从夫子,不及此。"兴徒兵⑧以攻萑苻之盗,尽杀之,盗少止⑨。

仲尼⑩曰:"善哉!政宽则民慢⑪,慢则纠之以猛。猛则民残⑫,残则施之以宽。宽以济⑬猛,猛以济宽,政是以和⑭。《诗》⑮曰:'民亦劳止,汔可小康;惠此中国,以绥四方⑯。'施之以宽也。'毋从诡随,以谨无良;式遏寇虐,惨不畏明⑰。'纠之以猛也。'柔远能迩,以定我王⑱。'平之以和⑲也。又曰:'不竞不絿,不刚不柔,布政优优,百禄是遒⑳。'和之至也。"

及子产卒,仲尼闻之,出涕曰:"古之遗爱㉑也。"

【注释】 ① 子产:姬姓,名侨,字子产,郑国大夫,有名的贤相,提出执政应视具体情况,要做到宽猛相济。 ② 子大(tài)叔:即子太叔,游姓,名吉,继子产在郑国为相执政。大,"太"的古字。 ③ 宽:宽厚,宽大。 ④ 猛:严厉。 ⑤ 鲜:少。 ⑥ 狎而玩之:接近并戏弄,这里是指对国家法度不以为然、随意戏弄的意思。狎,接近。玩,戏弄,轻侮。 ⑦ 萑苻(huán pú)之泽:郑国泽名,盗贼多聚于此泽劫掠。 ⑧ 徒兵:步兵。 ⑨ 少止:稍稍止息。少,稍稍。止,这里是减少的意思。 ⑩ 仲尼:孔子,字仲尼。 ⑪ 慢:轻慢,不尊重。 ⑫残:(受)摧残。 ⑬济:调剂,补充。 ⑭政是以和:国政因此而和谐。是以,即以是,因此。 ⑮《诗》:即《诗经》。 ⑯"民亦"四句:百姓已经很辛劳,大致可以稍安康。恩惠施加在中国,绥靖安抚到四方。这四句与下文六句是《诗经·大雅·民劳》中的第一节文字。劳,辛劳。止,语气词。汔(qì),大致,差不多。惠,恩惠。中国,这里指周朝京师一带,中原地区。绥,安抚,平定。 ⑰"毋从"四句:不要轻随无善恶,谨防不善与无良。遏止强寇与暴虐,竟不畏惧法明朗?毋,无。从,(无原则的)跟随。诡随,不辨善恶是非,轻易随人愿望。无良,不善之徒。式,句首助词。遏,遏制,制止。憯,竟然。畏明,畏惧严明的法令。 ⑱"柔远"二句:安抚远方亲近邦,高枕无忧我君王。柔远,安抚远方邦国。迩,近,这里指近的邦国。 ⑲平之以和:以和谐来平定天下。 ⑳"不竞"四句:不争不急,硬软适宜。施政宽和,百福聚集。此四句见《诗经·商颂·长发》。竞,争。绿(qiú),急躁。布政,施政。优优,宽和。百禄,百福。遒,聚集,聚合。 ㉑遗爱:遗留给后世的仁爱、恩德。

【赏析】 怎样施政,才能使得政通人和?这是古来摆在执政者面前的一个大问题。子产的做法是宽猛相济,这得到了孔子的热情赞赏和肯定。

文章的前半部分,写子产临终时托政于子大叔,在如何施政一事上,对之做了一番告诫。宽以待民,容易使人民缺失敬畏之心,甚至轻忽法度,触犯法律,遭受惩罚;而猛以待民,民畏惧之,不敢以死冒犯,但也往往导致人民与统治者如水火不容,难以平和相处。其中,尤以宽以待民为难,不是有大德之人,是很难做到以宽厚仁德来使人民宾服。子产是一个德高望重且施政艺术高超的大夫,能做到"以宽服民",而一般的统治者,只能在"宽"与"猛"之间,依据具体情况做选择。因此,"宽"与"猛"两者如何调剂互补,是一个很棘手的问题。子大叔执政后,没有遵循子产的遗嘱行事,始而宽,却引发了盗寇肆虐。继之以兴兵镇压,也仅仅缓解了盗患而已,没有从根本上解决问题。

文章的后半部分,写孔子对子产施政应该"宽猛相济"的思想观点进行评判。孔子认为,只要完全做到施政"宽猛相济",就能实现柔远亲近的局面,政权就会稳固和平。子产所言所为,与儒家之中庸思想是一致的,得到孔子的认同也是情理之中的事。这也是古代中国人的施政哲学,对后人也不乏借鉴意义。子产逝世后,孔子出涕而言:"古之遗爱也。"也正表明了孔子希望这一思想能对后世产生积极影响的企盼。

《国语》

祭公谏追犬戎

【题解】 本文选自《国语·周语上》。《国语》传亦为春秋末期左丘明作,司马迁《史记·报任安书》云:"左丘失明,厥有《国语》。"这是中国早期的一部国别体史著,全书分别记载周室和鲁、齐、晋、郑、楚、吴、越八国历史,记事自公元前990年至公元前453年。本文叙周穆王打算征伐犬戎,祭公谋父认为不可,指出炫耀武力,既失德,又无震慑作用,只会失去人心。只有宣扬德化,才能安抚天下。但是,周穆王一意孤行,西征犬戎,结果远方之国都不来朝贡了。

【原文】

穆王将征犬戎①。

祭公谋父谏曰②:"不可。先王耀德不观兵③。夫兵,戢而时动④,动则威⑤;观则玩⑥,玩则无震⑦。是故周文公之《颂》曰⑧:'载戢干戈,载櫜弓矢;我求懿德,肆于时夏。允王保之⑨。'先王之于民也,懋正其德⑩,而厚其性⑪;阜其财求⑫,而利其器用⑬;明利害之乡⑭,以文修之⑮,使务利而避害⑯,怀德而畏威⑰,故能保世以滋大⑱。昔我先王世后稷⑲,以服事虞、夏⑳。及夏之衰㉑也,弃稷弗务㉒,我先王不窋,用失其官㉓,而自窜于戎狄之间㉔。不敢怠业㉕,时序其德㉖,纂修其绪㉗,修其训典㉘;朝夕恪勤㉙,守以惇笃㉚,奉以忠信㉛,奕世载德㉜,不忝前人㉝。至于武王㉞,昭前之光明㉟,而加之以慈和㊱,事神保民㊲,莫不欣喜㊳。商王帝辛㊴,大恶于民㊵,庶民弗忍㊶,欣戴㊷武王,以致戎于商牧㊸。是先王非务武㊹也,勤恤民隐㊺,而除其害也。夫先王之制㊻:邦内甸服㊼,邦外侯服㊽,侯、卫宾服㊾,蛮、夷要服㊿,戎、狄荒服㉛。甸服者祭㉜,侯服者祀㉝,宾服者享㉞,要服者贡㉟,荒服者王㊱。日祭,月祀,时享,岁贡,终王㊲,先王之训㊳也。有不祭,则修意㊴;有不祀,则修言㊵;有不享,则修文㊶;有不贡,则修名㊷;有不王,则修德㊸。序成而有不至,则修刑㊹。于是乎有刑不祭㊺,伐不祀㊻,征不享㊼,让不贡㊽,告不王㊾。于是乎有刑罚之辟⑦⁰,有攻伐之兵⑦¹,有征讨之备⑦²,有威让之令⑦³,有文告之辞⑦⁴。布令陈辞⑦⁵,而又不至,则又增修于德⑦⁶,无勤民于远⑦⁷。是以近无不听⑦⁸,远无不服⑦⁹。今自大毕、伯士之终也⑧⁰,犬戎氏以其职来王⑧¹,天子曰:'予必以不享征之⑧²!'且观之兵,其无乃⑧³废先王之训,而王几顿⑧⁴乎?吾闻夫犬戎树惇⑧⁵,能帅旧德⑧⁶,而守终纯固⑧⁷,其有以御我矣⑧⁸。"

王不听,遂征之,得四白狼⑧⁹、四白鹿⑨⁰以归。自是荒服者不至⑨¹。

【注释】 ①"穆王"句:周穆王打算征讨犬戎。穆王,周穆王,姬姓,名满,西周天子,公元前976年至公元前922年在位,后世亦称之为穆天子,有关传说甚多。将,打算,想要。犬戎,位于今中国西北的一个民族。 ②"祭(zhài)公"句:祭公谋父谏阻说。祭公谋父,姬姓,周公姬旦之后,西周卿士(总管王朝的政事的官员,执政官)。祭,姓,谋父是他的字。谏,劝阻。 ③"先王"句:先王宣扬德化,不炫耀武力。耀德,宣扬德化。观兵,显示兵力。这里是说先王以德服人,以德治天下,从不靠武力征服他人。 ④戢(jí)而时动:藏匿起来,在需要时才出动。戢,聚拢。时,必要时。动,出(兵),出动。 ⑤威:威慑,世人畏惧而震服。 ⑥玩:轻慢,不严肃。 ⑦无震:没有震慑力。 ⑧"是故"句:因此周文公作的《颂》唱道。是故,因此。周文公,姬姓,名旦,亦称周公旦,周武王之弟,周武王死后,辅佐侄子周成王,死后谥号文,所以也称周文公。《颂》,这里指《诗经·周颂》中的《清庙之什·时迈》,下文的五句诗均见于此篇。 ⑨"载戢干戈"五句:藏好干戈,收起弓箭,我王追求美德,广施于华夏,安定人民。载,发语词,加强语气。櫜(gāo),收藏弓矢、盔甲的口袋,这里作动词用,用袋子装起。懿(yì)德,美德。允,助词,无义。王,周代先王。保,安定(人民)。 ⑩懋(mào)正其德:劝勉(人民)端正德行。懋,劝勉。 ⑪厚其性:加深人民的好性情。厚,增益,加深。性,情性。 ⑫阜其财求:扩大人民的财用。阜,扩大,使丰富。财求,财货。 ⑬利其器用:锋利人民的兵器和农具。利,使锋利。器,兵器。用,农具。这里是说,让人民的兵器和农具使用更便利。 ⑭明利害之乡:明白利害关系。乡(xiàng),通向,方向。这里是说,让人民懂得什么是有利的,什么是有害的。 ⑮以文修之:用礼法教化人民。文,礼法,礼乐制度。修,学习,培养,这里有教化的意思。 ⑯"使务利"句:使(人民)致力于有利的事而避开有害的事。务,致力。 ⑰怀德而畏威:感怀(先王的)恩德,畏惧礼法的威严。威,令人畏惧慑服的力量,这里应指道德和礼法的力量。 ⑱"故能"句:所以能保有天下,滋长增大。故,因此,所以。 ⑲"昔我"句:从前我先王世代为官。世,世代,父子相继。后,君。稷,官,主管农事的官,这里作动词用,做主管农事的官。这里指周的始祖弃做虞舜的农官,其子不窋(chú)做夏禹的农官,两位先王相继为农官。 ⑳服事虞、夏:在虞舜和夏禹时担任官职。服事,担任公职。 ㉑衰:衰微,衰落。 ㉒弃稷弗务:废弃了农官(这一职务)不再致力(农事)。 ㉓用失其官:因而失去了官职。用,因而,因此。 ㉔"而自窜"句:而自我躲避在戎、狄之间。

窜，逃避，躲藏。戎狄，对北方少数民族的称呼。不窋失去官职后，逃到接近于戎的邠(bīn)地，在今陕西省彬县。 ㉕ 怠业：荒废本职。怠，懈怠，懒惰。 ㉖ 时序其德：按时有条理地继续发扬光大德化。时序，按顺序承续，是有条不紊的意思。 ㉗ 纂修其绪：继续做致力农事的事业。纂，继承。修，实行，从事，这里是致力的意思。绪，前人没有完成的事业，这里指致力于农事。 ㉘ 修其训典：修撰礼制法典。训典，教导民众的法则和典制的书。 ㉙ 朝夕恪勤：早晚恭敬勤恳（地处理事务）。恪，恭敬。 ㉚ 守以惇笃：恪守敦厚笃实（的品德行为）。 ㉛ 奉以忠信：奉行忠实诚信。 ㉜ 奕世载德：累世积德。奕世，累世，代代。载德，积德。 ㉝ 不忝(tiǎn)前人：不愧于前人。不忝，不愧于，不辱。忝，羞愧，有愧于。 ㉞ 至于武王：到了周武王时。至于，到达，到了。武王，周武王，姬姓，名发，西周开国之君，约公元前1056年至公元前1043年在位，被后人尊为明君。 ㉟ 昭前之光明：发扬前代（先王）的风范。昭，光大，发扬。光明，前贤的风范、榜样。 ㊱“而加之”句：而加上仁慈和蔼。 ㊲ 事神保民：敬事神鬼，保育人民。事，恭敬地祭祀、侍奉。保，保护、养育。 ㊳ 莫不欣喜：（人民）无不欢欣喜悦。 ㊴ 商王帝辛：商纣王帝辛，子姓，名受，商朝最后一位君主，公元前1075年至公元前1046年在位，传为暴君。 ㊵ 大恶于民：被人民极大地憎恶。恶，厌恶，憎恨。 ㊶ 庶民弗忍：人民无法忍受。庶民，众民，平民。 ㊷ 欣戴：欢欣拥戴。 ㊸“以致戎”句：以至于在商朝京师郊外牧野用兵作战。戎，征伐，战争。牧野，在今河南省淇县。牧野，离商朝京师朝歌南七十里，所以说是商郊。朝歌，在今河南省淇县、汤阴县一带。 ㊹ 务武：致力用武。 ㊺ 勤恤民隐：忧悯人民痛苦。勤恤，忧虑怜悯，关怀。民隐，民众痛苦、苦难。 ㊻ 制：礼法制度。 ㊼ 邦内甸服：京畿之内为甸服。邦，这里指京畿，京师所辖地区。甸服，周制，距京师五百里之内为甸服。甸，王田。服，顺服，侍奉。这里指此地区人民要致力于王田，所以称甸服。 ㊽ 邦外侯服：甸服外五百里为侯服。侯，诸侯。 ㊾ 侯、卫宾服：自侯圻(jí)到卫圻为宾服。侯圻，侯服。卫圻，卫服。圻，方圆千里之地。自侯服至卫服，共有五圻（侯圻之外是甸圻，再到男圻，又到采圻，然后到卫圻），则有二千五百里之遥。这里指极远之地，为边境地区，因此要进贡宾见天子，所以称宾服。 ㊿ 蛮、夷要服：夷蛮之地为要服。蛮、夷，对南方地区少数民族的称呼。自夷圻到蛮圻又有千里，距京师有三千五百里。要，需要。这里指要服之地，离京师遥远，需要结好，使之臣服。 (51) 戎、狄荒服：戎狄之地为荒服。戎、狄，对北方少数民族的称呼。要服以外，是镇圻和蕃圻，距京师有四五千里之远了，是荒远之地，与戎、狄同俗，所以称荒服。 (52) 甸服者祭：在甸服者每日要祭祀。这里指在甸服的君主，要祭祀先祖。 (53) 侯服者祀：在侯服者每月要祭祀。 (54) 宾服者享：在宾服者（按时）祭祀进献。享，供祭品奉祀祖先。 (55) 要服者贡：在要服者要（按礼制）进贡。 (56) 荒服者王(wàng)：在荒服者要（臣服）尊天子为王。王，统治，称王。 (57)“日祭”五句：每日祭祀、每月奉祀、按时进献、每年（或说是六年）进贡、十二年来朝见天子（一次）。终，十二年，或说是荒服者一世来朝见一次，则终的意思是终身、一辈子。 (58) 训：教诲，教导。 (59)“有不祭”二句：（如）有不祭者，那就要他内省自责。修意，内修意念，进行自责。 (60)“有不祀”二句：（如）有不按月奉祀的，那就要告诫他服从统一的号令（不可违背）。修言，统一号令。 (61)“有不享”二句：（如）有不按时祭祀进献的，那就要他采取措施做好文治，加强礼乐教化。修文，采取措施加强礼乐教化。 (62)“有不贡”二句：（如）有不按时进贡的，那就要他纠正尊卑职贡的名号。修名,纠正尊卑职贡名号,意思是不可忘了天子和诸侯应有的名分。　○㊿"有不王(wàng)"二句:(如)有不来朝见的,那就要他认真修养德行。修德,修养、培育德行。　○㊿"序成"二句:依次教育、训诫但仍然不改者,那就要施以刑罚。序,次序,这里是指将以上措施依次施行。成,完成。修刑,执行刑罚。　○㊿刑不祭:惩罚不祭者。刑,处罚,惩罚。　○㊿伐不祀:讨伐不祀者。伐,讨伐。　○㊿征不享:征讨不享者。征,征讨。　○㊿让不贡:责备不贡者。让,责备,批评,谴责。　○㊿告不王:告诫不以周天子为王者。告,告诫,训诫。　○㊿刑罚之辟:处罚的刑法。辟,刑法。　○㊿攻伐之兵:攻打、讨伐的军队。兵,军队。　○㊿征讨之备:征讨的装备。备,装备。　○㊿威让之令:有威慑力的责备、批评的训令。　○㊿文告之辞:礼乐教化的文辞(来教育感化,使人知晓)。文告,文德,即礼乐教化。　○㊿布令陈辞:发布号令,陈述文辞。辞,这里指陈述礼乐教化的文辞。　○㊿增修于德:再次修明文德。　○㊿无勤民于远:不要劳民远征。勤,劳。　○㊿"是以"句:因此,近者没有不听命的。是以,即"以是",因此。　○㊿远无不服:远者没有不臣服的。　○㊿"今自"句:如今是大毕、伯士到了来朝见尊王的时候了。大毕、伯士,犬戎氏的两位国君。　○㊿"犬戎氏"句:犬戎国君派他们的主管官员来朝见进贡尊王。职,主管(官员),或说是犬戎国君的太子。王,尊王。　○㊿"予必以"句:我一定要以不(亲自)来朝见、进献(为罪名)征伐他们。　○㊿无乃:恐怕(是)。　○㊿几顿:危险而失败。　○㊿树惇(dūn):树立敦厚的品性、德行。惇,敦厚、笃实(的德行)。　○㊿能帅旧德:能遵循先人的恩德。帅,遵循,这里有不忘却的意思。旧德,先前的恩德、恩泽。　○㊿守终纯固:终身坚守,纯粹坚定。这里是说犬戎国君对周室忠心臣服,绝无二心。　○㊿"其有以"句:他们是有能力抵御我们的。　○㊿白狼:白色的狼,古人以为是祥瑞之物。　○㊿白鹿:白色的鹿,古人以为是祥瑞之物。　○㊿荒服不至:远方之国不再来朝见进贡。这里是说因为周穆王无端征伐犬戎,违背道义,毁掉威信,使得远方之国不再尊崇周室了。

【赏析】　周朝开国君王——文、武二王以武力灭商兴周后,君临天下,分封诸侯。在这一过程中,无论是周文王、周武王,还是周公旦,圣君先贤,始终没有忘记以礼乐教化为治国之道,以德治天下。但是,周穆王却反其道而行之,要以武力来征服荒远之国,遭到了卿士祭公谋父的批评和谏阻。

周室对各方诸侯有一整套严格的礼法制度来进行约束。按照诸侯辖地的远近,周室规定了诸侯各自祭祀、进献、朝贡的时间和仪式。而对于不以礼法制度恭行祭祀、进献、朝贡义务者,周室也是先进行礼义教化方面的教育和训诫,并不轻言动武征伐。只有在教化、劝诫、训示等没有效果的情况下,才不得已动用武力惩戒。即便如此,对于远在蛮夷之地者,虽有不恭,但念其地处偏远,也不严加责罚,而是再次以德化教育,不轻言劳民远征。这样做,既体现严明的礼法制度,又充分体恤臣属,能使各方诸侯忠心臣服,尊奉周室。君臣大纲不紊乱,君慈臣忠,以德治国,更是维系天子权威、统摄天下的法宝。

祭公谋父的一席话,层层深入,反复论证,逻辑清晰,言辞畅利,令人信服。所说虽然并非全是史实,但是,他反对穷兵黩武,认为动辄以武力相向的行为会产生极坏的后果,而提倡各国既严守礼仪制度,又敦睦友好,互相体谅,和平共处,四方安宁,其理念在今天仍然有一定的借鉴意义。

召公谏厉王弭谤

【题解】 本文选自《国语·周语上》。周厉王(周夷王之子,名胡,公元前878年至公元前841年在位)暴虐,用酷政镇压人民,为人民所不满。召公劝谏周厉王开启言路,不为采纳,最终周厉王遭到了被放逐的下场。

【原文】
厉王虐,国人谤王①。召公②告曰:"民不堪命③矣!"王怒,得卫巫④,使监谤者。以告,则杀之。国人莫敢言,道路以目⑤。

王喜,告召公曰:"吾能弭谤⑥矣,乃不敢言。"召公曰:"是障之⑦也。防民之口,甚于防川⑧。川壅而溃⑨,伤人必多,民亦如之。是故为川者决之使导,为民者宣之使言⑩。故天子听政⑪,使公卿至于列士献诗⑫,瞽献曲⑬,史献书⑭,师箴⑮,瞍赋⑯,矇诵⑰,百工谏⑱,庶人传语⑲,近臣尽规⑳,亲戚补察㉑,瞽、史教诲㉒,耆、艾修之㉓,而后王斟酌㉔焉,是以事行而不悖㉕。民之有口,犹土之有山川也,财用于是乎出㉖;犹其原隰之有衍沃也,衣食于是乎生㉗。口之宣言也,善败于是乎兴㉘。行善而备败,其所以阜财用衣食者也㉙。夫民虑之于心而宣之于口,成而行之,胡可壅也㉚?若壅其口,其与能几何㉛?"

王不听,于是国人莫敢出言。三年㉜,乃流王于彘㉝。

【注释】 ① 谤王:批评周厉王。谤,这里是指责、批评的意思。王,周厉王,姬姓,名胡,约公元前878年至公元前841年在位。 ② 召(shào)公:召穆公,名虎,周朝卿士。召,一作邵。 ③ 民不堪命:人民忍受不了(严酷的)政令。不堪,不能忍受。命,政令,王命。 ④ 卫巫:卫国的巫师。 ⑤ 道路以目:人们在路上见面,只是用眼睛互相看看,比喻不敢说话。 ⑥ 弭谤:制止批评指责。弭,止息。 ⑦ 障之:阻止批评。障,阻碍,阻止。 ⑧ "防民"二句:堵住人民的口(不让说话议论),(其后果要比)堵住河川更严重。 ⑨ 川壅而溃:河川因壅塞而溃决。 ⑩ "是故"二句:因此治理河川的人,要挖通水道,使河水泄流;治理人民的人,要引导人民,让人民说话,发表言论。决,开挖,开通。宣,宣导,开导。 ⑪听政:过问、处理政务,执政。 ⑫"使公卿"句:让臣子们都献上讽谏的诗。公卿,三公六卿,高官。列士,官员。 ⑬瞽(gǔ)献曲:盲人乐师献上歌曲。瞽,盲人,先秦时,乐官由盲人担任。 ⑭史献书:史官献上史书(使君主能以史为鉴)。 ⑮师箴(zhēn):乐师进献针砭政务的言论。箴,规劝、告诫(的言语)。 ⑯瞍(sōu)赋:乐师献赋。瞍,盲人,担任乐师,所以也用以称乐师。赋,诵读(大臣进献的诗)。 ⑰矇诵:盲人诵诗。矇,失明。 ⑱百工谏:百工进谏。百工,百官。 ⑲庶人传语:平民(因地位低而)传话(给君主)。 ⑳近臣尽规:君主左右的人尽到规劝、进谏之责。 ㉑亲戚补察:亲戚纠正弥补君主过失,督察君主行为。亲戚,与君主同宗的臣子。 ㉒瞽史教诲:乐师和史官(用歌曲、历史)教诲(君主)。 ㉓耆(qí)、艾修之:年长的大臣(对之)作警戒。耆,六十岁;艾,五十岁:这里指朝廷老臣。修,警戒,告诫。 ㉔斟酌:考虑取舍,最后决定。 ㉕"是以"句:因此政事实行而不会违背正理。悖,违背正道,错误。 ㉖"民之有口"三句:人民有口,就像大地上有山川,(人的)财富及所用的一切都从中产出。 ㉗"犹其原隰(xí)"二句:就如原野有平原沃土,(人们的)衣食从中生产出来。原,广阔平原。隰,低洼之地。衍,低下的平地。沃,有水的沃土。 ㉘"口之宣言"二句:(人民)用口说出意见,国家政务的好与不好才能显现出来。兴,产生,这里是显现的意思。 ㉙"行善"二句:(人民说)好的就实行,不好的就要戒备(不能去做),这样才能丰裕和增加财富及日用衣食物资。阜,丰厚,丰富。 ㉚"夫民"三句:人民心中所想,用口说出来,应予鼓励并(按人民所言)实行,怎么可以堵塞(人民的口)呢? 成,成全,这里是鼓励的意思。胡,何,怎么。 ㉛其与能几何:能有多少作用呢? 其与,其作用、帮助。 ㉜三年:过了三年。 ㉝流王于彘(zhì):把周厉王放逐到彘地。彘,属晋国,在今山西省霍州市。

【赏析】 周厉王施政暴虐,残害人民,招致人民不满乃至批评,理所当然。召公向周厉王禀报人民已无法忍受酷政的舆情,目的是希望周厉王改弦更张,弃恶向善。然而,周厉王反其道而行之,采用了监控、镇压人民的手段,暂时封住人民的嘴,且自鸣得意,以为在自己暴力的威慑下,可以使人民忍气吞声,逆来顺受,匍匐在其暴政下苟延残喘。

召公是个头脑清醒、思虑周详、洞察民心、深悉民意的大臣,他对周厉王的一番劝谏,话语简括凝练,比喻生动形象,富于哲理,具有极强的说服力。但是,周厉王不为所动,最终落得个被流放的可悲下场。

"防民之口,甚于防川。"这在先秦时,就已是有识之士的共识,如《左传·襄公三十一年》中记载郑国著名政治家子产就有这样的认识:"我闻忠善以损怨,不闻作威以防怨。岂不遽止? 然犹防川。大决所犯,伤人必多,吾不克救也。"子产能做到鼓励人民畅所欲言,像孔子所说的那样"择其善者而从之,其不善者而改之"(《论语·述而》),得到人民拥戴,治国理政,卓有成效。这与周厉王的暴政形成了鲜明的对比,其结果自然也就截然不同。

"施民所善,去民所恶。"(《国语·吴语》)这是每个统治者必须时刻牢记于心的箴言,也是《召公谏厉王弭谤》一文留给后人的珍贵教示。

单子知陈必亡

【题解】 本文选自《国语·周语中》。周定王六年(公元前601年),周定王派遣单襄公出使宋国、楚国,途经陈国。单襄公见陈国朝政荒废,君臣淫乱,预言陈国必将覆灭。不久,陈国国君死于大臣之手,国家也被楚国灭亡。

【原文】
定王使单襄公聘于宋①。遂假道于陈②,以聘于楚③。火朝觌矣④,道茀⑤不可行。候不在疆⑥,司空不视涂⑦,泽不陂⑧,川不梁⑨,野有庾积⑩,场功⑪未毕,道无列树⑫,垦田若蓺⑬,膳宰不置饩⑭,司里不授馆⑮,国无寄寓⑯,县无旅舍⑰。民将筑台于夏氏⑱。及陈⑲,陈灵公与孔宁、仪行父南冠以如夏氏,留宾不见⑳。

单子归,告王曰:"陈侯不有大咎,国必亡㉑。"王曰:"何故?"对曰:"夫辰角见而雨毕㉒,天根见而水涸㉓,本见而草木节解㉔,驷见而陨霜㉕,火见而清风戒寒㉖。故先王之教曰:'雨毕而除道㉗,水涸而成梁㉘,草木节解而备藏㉙,陨霜而冬裘具㉚,清风至而修城郭宫室。'故《夏令》㉛曰:'九月除道,十月成梁。'其时儆㉜曰:'收而场功㉝,待而畚梮㉞,营室之中㉟,土功其始㊱,火之初见,期于司里㊲。'此先王所以不用财贿,而广施德于天下者也㊳。今陈国火朝觌矣,而道路若塞㊴,野场㊵若弃,泽不陂障㊶,川无舟梁,是废先王之教也。"

"周制㊷有之曰:'列树以表道㊸,立鄙食以守路㊹,国有郊牧㊺,疆有寓望㊻,薮有圃草㊼,囿有林池㊽,所以御灾也㊾,其馀无非谷土㊿,民无悬耜[51],野无奥草[52]。不夺民时[53],不蔑民功[54]。有优无匮[55],有逸无罢[56]。国有班事[57],县有序民[58]。'今陈国道路不可知[59],田在草间,功成而不收[60],民罢于逸乐[61],是弃先王之法制也。"

"周之《秩官》[62]有之曰:'敌国宾至[63],关尹[64]以告,行理以节逆之[65],候人为导[66],卿出郊劳[67],门尹除门[68],宗祝执祀[69],司里授馆[70],司徒具徒[71],司空视涂[72],司寇诘奸[73],虞人入材[74],甸人积薪[75],火师监燎[76],水师监濯[77],膳宰致飨[78],廪人献饩[79],司马陈刍[80],工人展车[81],百官以物至[82],宾入如归。是故小大莫不怀爱[83]。'其贵国之宾至,则以班加一等,益虔㊱。至于王吏,则皆官正莅事,上卿监之㊲。若王巡守,则君亲监之㊳。'今虽朝也不才㊴,有分族于周㊵,承王命以为过宾于陈㊶,而司事莫至,是蔑先王之官也㊷。"

"先王之令有之曰:'天道赏善而罚淫㊸,故凡我造国㊹,无从非彝㊺,无即慆淫㊻,各守尔典㊼,以承天休㊽。'今陈侯不念胤续之常㊾,弃其伉俪妃嫔㊿,而帅其卿佐[99]以淫于夏氏,不亦渎姓[100]矣乎?陈,我大姬[101]之后也。弃衮冕[102]而南冠以出,不亦简彝[103]乎?是又犯先王之令也。昔先王之教,懋帅其德[104]也,犹恐殒越[105]。若废其教而弃其制,蔑其官而犯其令,将何以守国[106]?居大国之间,而无此四者[107],其能久乎?"

六年,单子如楚[108]。八年,陈侯杀于夏氏[109]。九年,楚子入陈[110]。

【注释】　①"定王"句:周定王派遣单襄公赴宋国访问。定王,即周定王,姬姓,名瑜,公元前606年至公元前586年在位。单(shàn)襄公,名朝,周天子的大臣。聘,派遣使节访问。宋,诸侯国,在今河南省商丘市。　②假道于陈:借道于陈国。假道,借道,经由。陈,妫姓,诸侯国,在今河南省淮阳县一带。此时国君陈灵公,名平国,公元前613年至公元前599年在位。　③楚:诸侯国,在今湖北省、河南省、安徽省及河南省、河南省南部等地。　④火朝(zhāo)觌(dí)矣:心星在早上就能见到了。火,心宿,夏正十月在早上就出现了。觌,见,显现。　⑤茀(fú):草多阻塞道路。　⑥候不在疆:礼宾官不在边境迎候。候,负责迎送宾客的官吏。　⑦司空不视涂:司空不视察道路。司空,负责道路工程等的官员。涂,道路。　⑧泽不陂(bēi):湖泊等不修筑堤防。陂,堤防,堤岸。　⑨川不梁:河流上不架设桥梁。川,河流。梁,桥梁,这里作动词用,架设桥梁。　⑩野有庾积:田野中有露天的谷堆。野,田野。庾,露天谷堆。　⑪场功:修筑场地及收粮等各种农事。　⑫列树:(道路两旁)种植排列的树木。　⑬垦田若蓺(yì):垦殖的土地上的禾苗稀疏。蓺,种。　⑭膳宰不致饩(xì):厨师不供应饭菜。膳宰,负责宰杀畜禽及膳食之事的人。饩,款待宾客的食物。　⑮司里不授馆:司里不提供馆舍。司里,负责宾馆和民居的官员。馆,接待宾客的馆舍。　⑯国无寄寓:都城中没有可供寄寓的旅舍。国,国都。寄寓,这里指供来往宾客居住的旅舍。　⑰县无旅舍:地方行政区没有旅舍。县,地方行政区。　⑱"民将"句:(征集)民夫准备在夏征舒家修筑台榭。民,服劳役的民夫。将,打算。台,高的建筑物。夏氏,指陈国大夫夏征舒。国君陈灵公与夏征舒之母私通,所以要在夏征舒家修房舍。　⑲及陈:到了陈国(国都)。及,到。　⑳"陈灵公"二句:陈灵公与孔宁、仪行父戴着南方式样的帽子到夏征舒家去(淫乐),让宾客久留而不见。孔宁、仪行父,陈国大夫,皆与夏征舒之母私通。南冠,楚国人的帽子,这里指南方人戴的帽子。留宾,让客人滞留。　㉑"陈侯"二句:陈灵公(即使)没有大错,陈国也必定会灭亡。陈侯,陈灵公。咎,过失,错误。　㉒"夫辰角见(xiàn)"句:辰角出现而雨水停止。辰角,星宿名,即角宿。见,“现”的古字。 ㉓“天根见(xiàn)”句:天根出现,水就干涸了。天根,星宿名,即氐(dī)宿。 ㉔“本见(xiàn)”句:本出现,草木就枯萎了。本,即氐宿。节解,(草木枝叶)凋落。 ㉕驷见(xiàn)而陨霜:驷一出现,就会降霜。驷,星宿名,即房星。陨,降落。㉖“火见(xiàn)”句:心宿出现,清风渐凉,要戒备防御寒冷。 ㉗除道:清扫、整修道路。除,清扫,修治。 ㉘成梁:建成桥梁。 ㉙备藏:储备收藏(粮食等物资)。 ㉚冬裘具:准备、置办冬天穿的皮衣。具,准备,置办。 ㉛《夏令》:传为夏朝的月令书。 ㉜时儆:及时的警告。儆,告戒,警告。 ㉝收而场功:结束你们的农活。而,你,你们(的)。㉞待而畚梮(jú):拿上你们盛土、抬土的工具。待,准备,持拿。梮,抬土的工具。 ㉟营室之中:营室到正中时。营室,星宿名,即室宿,夏十月时出现在正中,表示可以营造宫室。㊱土功其始:开始土木工程(建造宫室)。土功,这里指建造宫室的工程。 ㊲“火之”二句:心宿刚开始出现时,(就)聚集于负责宾馆和民居的官员那里。期,会合,聚集。㊳“此先王”二句:这就是先王不用财货(收买人心),而是广施恩德于天下(的原因)。财贿,财物,财货。 ㊴塞:堵塞,阻塞。 ㊵野场:田野中的谷场。 ㊶陂障:以堤防作屏障。 ㊷周制:周代的制度。 ㊸表道:标明道路(远近距离)。 ㊹“立鄙食”句:设立鄙食,守候路人(以供其饮食)。鄙食,周代制度,在王城郊外四鄙之地,每十里设庐(房舍),供行人饮食,称鄙食。鄙,周代制度,王城郊外以五百家为“鄙”,这里应指在王城郊外。 ㊺国有郊牧:都城郊野有放牧之地。 ㊻疆有寓望:边境上设有瞭望、迎送(宾客)的场所。寓望,设于边境的瞭望、迎送的楼馆。 ㊼薮(sǒu)有圃草:湖泊水泽有茂密的水草。薮,湖泊,沼泽。圃,这里是繁茂的意思。 ㊽囿有林池:园林中有林木水池。囿,帝王诸侯畜养禽兽以供观赏的园林。 ㊾所以御灾也:所用来抵御灾害的。所以,所用来。 ㊿“其馀”句:别的无非就是农事了。谷土,谷物、土地,指农事。 (51)民无悬耜(sì):人民没有人把农具挂起来(不干活的)。悬,挂。耜,做农活用来铲土的工具,这里应泛指农具。 (52)野无奥草:茂密的荒草。奥,深,繁密。 (53)不夺民时:不(因劳役等与人民)抢夺农事(而耽误耕种)。民时,农时。 (54)不蔑民功:不轻视人民的事务。蔑,轻视,抛弃。民功,人民的事情,这里应指农事。 (55)有优无匮:(物资)富饶而不匮乏。优,多,富饶。匮,少,缺乏。 (56)有逸无罢(pí):有安逸(但)没有疲乏。罢,疲乏,疲惫。 (57)国有班事:国都有位次排列清楚的官员(各司其职)。国,国都。班,位次。事,执掌职责的官吏。 (58)县有序民:郊外有(生活)安乐的人民。县,这里应指都城以外的地方。序,或应读为“豫”,欢乐。以上二句指国家治理和谐,人民生活安乐。 (59)不可知:(道路)不能知(其远近距离)。 (60)功成而不收:农事已毕(谷物成熟)而不去收获(任其遗弃在田间)。(61)民罢(pí)于逸乐:人民因(贪图)安逸享乐而疲惫不堪。 (62)《秩官》:书名,记载周代有关常任官职制度。 (63)敌国宾至:地位相等国家的宾客(使节)来临。敌,对等,相当。(64)关尹:守关的官吏。尹,主管官吏。 (65)“行理”句:行理持符节(以外交礼节)迎接。行理,外交人员,这里指负责聘问交往的官吏。节,符节,古代使节所持的凭证。逆,迎接。(66)候人为导:礼宾官作向导。候人,负责迎送宾客的官吏。导,向导,引导。 (67)卿出郊劳:大夫(出都城)到郊外慰劳(问候)。卿,大夫。 (68)门尹除门:门尹打扫(进)城门的(道路)。门尹,看城门的官吏。 (69)宗祝执祀:宗祝主持祭祀之礼。宗祝,宗伯和太祝,主管祭祀的官吏。执,掌管,主持。 (70)司里授馆:司里为宾客安排行馆。 (71)司徒具徒:司徒(为宾客)配备仆役。司徒,掌管差役的官吏。具,配备。徒,仆役。 ⑫ 司空视途:司空视察道路(的情况)。 ⑬ 司寇诘奸:司寇查办奸人,歹徒。司寇,掌管刑狱、纠察等的官吏。诘,查办。 ⑭ 虞人入材:虞人供上木材。虞人,掌管山泽苑囿的官吏。 ⑮ 甸人积薪:甸人积聚木柴。甸人,掌管田野之事的官吏。 ⑯ 火师监燎(liào):火师监看火炬(等照明事宜)。火师,掌管火事的官吏。 ⑰ 水师监濯:水师监看盥洗等事。水师,掌管盥洗等事的官吏。 ⑱ 膳宰致饔(yōng):膳宰献上食物。膳宰,掌管宰割牲畜、膳食等的人,厨师。饔,熟食,熟肉,这里指食物。 ⑲ 廪人献饩:廪人献上粮食。廪人,掌管粮仓的官吏。 ⑳ 司马陈刍:司马献上喂马的草料。司马,掌管马匹的官吏。陈,献。刍,喂牲口的草料。 ㉑ 工人展车:工人查看、检查车辆。工人,即工人士,司空属下的官吏。 ㉒ 百官以物至:百官各各将供奉物品送至。 ㉓ "是故"句:因此(宾客无论)大小尊卑无不感怀喜悦。怀爱,心中喜爱、高兴。 ㉔ "其贵国"三句:那尊贵国家宾客来临,则按位次加一等的官吏和礼节(迎接款待),更加虔诚。贵国,大国。班加,按地位加等级。益,更加。 ㉕ "至于"三句:至于天子的使节来临,则都是主管部门的官长来查看、主持(迎接、款待),由上卿监督(接待)。官正,官吏的长官。莅事,亲自主持事务。上卿,官员中地位最高者。 ㉖ "若王"二句:如果是天子巡视莅临,那就要由国君亲自监管、主持(接待)。 ㉗ "今虽"句:今天我单朝虽然无才。不才,没有才能,这里是单朝自谦。 ㉘ 有分族于周:是周朝廷的宗族。分族,小宗(非嫡长子)之族。以上二句是说我单朝虽然不是什么大人物,但毕竟是周天子的宗亲。 ㉙ "承王命"句:奉天子之命作为过路使节经过陈国。过宾,过路的使节。 ㉚ "是蔑"句:这是轻视、侮慢先王的官制啊。蔑,蔑视,侮慢。先王,指周代先君。 ㉛ "天道"句:天道奖赏善德而惩罚恶行。天道,天意,天理。 ㉜ 造国:建立国家。造,创建。 ㉝ 无从非彝:不随从不符常规的事理。彝,常规,常理。 ㉞ 无即慆(tāo)淫:不做侮慢淫乐的事。即,接近,这里有做的意思。慆淫,怠慢淫乐。 ㉟ 各守尔典:各自恪守自己(应该奉行)的法典。 ㊱ 以承天休:以承受上天的降福。休,降福,保佑。 ㊲ "今陈侯"句:如今陈灵公不念继位做国君的常理(法度)。胤续,继承,子孙相继。 ㊳ 伉俪妃嫔:夫妻妃嫔。伉俪,夫妇。 ㊴ 帅其卿佐:率领其官员。帅,率领。卿佐,辅佐国君的执政大臣,这里指孔宁、仪行父等。 ㊵ 媟(dú)姓:亵渎了自己的姓。媟,亵渎。夏征舒之父夏御叔是陈灵公的堂祖父,娶妻夏氏,夏氏为姬姓,是周朝宗室之女,而陈灵公与夏氏私通,所以说"媟姓"。 ㊶ 大姬:周武王的长女,陈国开国君主陈胡公妫满之妻。 ㊷ 衮冕:衮衣和冕,君主与上卿的礼服和礼帽。 ㊸ 简彝:简易。彝,易。 ㊹ 懋(mào)帅其德:努力遵循其德行。懋,努力。帅,遵循,这里有带头遵循以作表率的意思。 ㊺ 陨越:颠坠,丧失。 ㊻ "若废"三句:如果废弃先王的教化和抛弃其制度,侮慢其官制且违犯其禁令,那打算靠什么来守护国家?将,打算,想。 ㊼ 四者:这里指先王的教化、制度、官制、训令。 ㊽ "六年"二句:周定王六年(公元前601年),单襄公前往楚国。如,往,去。 ㊾ "八年"二句:周定王八年(公元前599年),陈灵公被夏征舒所杀。 ㊿ "九年"二句:周定王九年(公元前598年),楚庄王进入(灭掉)陈国。楚子,楚庄王,芈(mǐ)姓,名侣,公元前613年至公元前591年在位。

【赏析】　　治国理政,要求执政者以国为重,以民为本,唯德是尚。但是,

单襄公奉天子之命聘问诸侯，经由陈国，却见陈国君臣耽于淫乐而荒废国政，立即敏锐地看到了陈国的危机，而后来陈灵公的下场及陈国的覆灭，无情地证实了单襄公的预言。据史书记载，夏征舒杀了陈灵公后，自立为陈侯。陈国太子妫午逃往晋国，奸佞孔宁与仪行父逃往楚国。翌年，楚庄王讨伐陈国，诛杀夏征舒，迎回妫午，立为陈成公。至陈成公二年，陈灵公才得以下葬。《诗经·国风·陈风》有《株林》一篇，亦是写陈灵公事，可见世人对之的警戒。

在单襄公看来，遵循先王的遗训，恪守治国理政的礼仪原则，才能保障一个国家的长治久安。而像陈灵公那样践踏礼仪道德，恣意淫乐，国家哪有不亡之理。

单襄公列举陈国朝纲紊乱，政令松弛，君臣纵情淫逸，官员玩忽职守的种种败象。尤为严重的是，作为国计民生根本的农事，被荒弃田野。一国上下，疲于逸乐，从而得出陈灵公即使没有大过错，国家政权也已朝不保夕的结论。接着，单襄公又阐述了立国执政者必须遵先王之教，践行法制礼仪，方能保国安民。单襄公的分析和议论，切合实际，有理有据，鞭辟透彻，令人信服，足为治国理政者所借鉴。

全文语言质朴而不乏精练，阐论虽不见跌宕起伏，但逻辑严密，丝丝入扣，精彩动人。

里革断罟匡君

【题解】 本文选自《国语·鲁语上》。鲁宣公夏季张网捕鱼，大夫里革割断渔网，力陈自然界万物皆有生长规律，须按季节捕猎，不可贪得无厌，滥捕滥杀。鲁宣公欣然接受里革的意见，停止夏季捕鱼的活动。

【原文】

宣公夏滥于泗渊①，里革断其罟②而弃之，曰："古者大寒③降，土蛰发④，水虞于是乎讲罛罶⑤，取名鱼⑥，登川禽⑦，而尝之寝庙⑧，行诸国人⑨，助宣气⑩也。鸟兽孕⑪，水虫成⑫，兽虞于是乎禁罝罗，猎鱼鳖，以为夏槁，助生阜也⑬。鸟兽成，水虫孕，水虞于是乎禁罝䍡，设阱鄂，以实庙庖，畜功用也⑭。且夫山不槎蘖⑮，泽不伐夭⑯，鱼禁鲲鲕⑰，兽长麑䴠⑱，鸟翼鷇卵⑲，虫舍蚳蝝⑳，蕃庶物㉑也，古之训㉒也。今鱼方别孕㉓，不教鱼长，又行网罟㉔，贪无艺㉕也。"

公闻之，曰："吾过而里革匡我㉖，不亦善乎㉗！是良罟也！为我得法㉘。使有司藏之㉙,使吾无忘谂㉚。"师存侍㉛,曰:"藏罟不如置里革于侧之不忘也㉜。"

【注释】　①"宣公"句:鲁宣公在夏季设罟于泗水深渊(捕鱼)。宣公,鲁宣公,姬姓,名俀(tuǐ),公元前608年至公元前591年在位。滥,通"槛",在水中布槛来捕鱼,与江南水乡的簖相似。泗,即泗水,发源于今山东西南部。　②罟(gǔ):网,这里指渔网。　③大寒:二十四节气之一,在阳历1月20日或21日。　④土蛰发:蛰伏土中的昆虫等动物开始萌动。发,生长。　⑤"水虞"句:水虞在此时准备准备大的渔网和鱼笼。水虞,掌管水泽渔业政令的官。讲,谋画,准备。罛(gū),大渔网。罶(liǔ),捕鱼的竹篓,鱼笼。　⑥取名鱼:捕捞大鱼。名鱼,大鱼。名,大。　⑦登川禽:进献鳖蛤。登,进献。川禽,鳖、蛤之类的水生动物。　⑧尝之寝庙:供奉在宗庙。尝,食用,这里是祭祀的意思。寝庙,宗庙的正殿称庙,后殿称寝,合称寝庙。　⑨行诸国人:(然后)赏赐给国都的人民。行,这里是给予、赏赐的意思。国人,指居住于国都内的人。　⑩助宣气:有助于宣发阳气(生长万物)。　⑪鸟兽孕:飞禽走兽(需要)怀卵坐胎(生育)。　⑫水虫成:鱼鳖等水生动物(需要)生长养成。　⑬"兽虞"四句:兽虞在此时禁止(人们)用兔网、鸟网等(捕猎),(禁止)用渔叉刺取鱼鳖,来制成夏天吃的鱼干,这有助于动物的生长。兽虞,掌管山林捕猎政令的官。罝(jū),兔网,这里泛指捕兽的网。罗,捕鸟的网。矠(zé),矛叉一类的渔具。夏槁,夏天食用的干鱼。生阜,生长。　⑭"水虞"四句:水虞在此时禁止(人们)用小鱼网捕鱼、设置陷阱和笼子等(捕猎),来充实宗庙的厨房,这有助于蓄积(大自然的)功用。罜(dú),小渔网。䍡(lù),用小鱼网捕鱼。阱鄂,捕野兽的陷坑和笼子。庙庖,宗庙里的厨房。　⑮"且夫"句:况且在山上不能砍伐树木新枝。且夫,况且。槎(zhà)蘖(niè),砍伐小树。槎,砍伐。蘖,树木被砍伐后长出的新枝条。　⑯泽不伐夭:在水泽不砍伐、捕杀幼小的植物、动物。夭,幼小的动植物。　⑰鱼禁鲲鲕(ěr):捕鱼要禁止捕捞幼鱼。鲲,鱼子。鲕,小鱼,鱼苗。　⑱兽长麑(ní)麌(yǎo):捕猎要留下幼兽使其生长。长,使生长。麑,幼鹿。麌,幼小的麋鹿。　⑲鸟翼鷇(kòu)卵:捕鸟(不捉幼鸟)要保护幼鸟。翼,遮护,保护。鷇卵,待哺的雏鸟和尚未孵化的鸟蛋,这里泛指幼鸟。　⑳虫舍蚳(chí)蝝(yuán):捕食虫子要舍弃幼虫。蚳蝝,蚂蚁卵和蝗虫子,这里泛指幼虫。　㉑蕃庶物:滋生繁殖万物。蕃,生息,繁殖。庶物,天地万物。　㉒古之训:古代(传下来的让人遵循的)准则。　㉓方别孕:正离开母体。这里指小鱼需要生长。方,刚,正。别,生育,生下来。　㉔网罟:这里作动词用,用网捕捞。　㉕贪无艺:贪得无厌。无艺,没有限度、限制。　㉖"吾过"句:我有错而里革匡正我。过,过失,错误。匡,匡正,纠正。　㉗不亦善乎:不也很好吗?　㉘为我得法:为我提供了可以遵循的法则。　㉙使有司藏之:让有司藏好这渔网。有司,有关主管机构(的官员)。之,代词,指渔网。　㉚谂(shěn):规劝。　㉛师存侍:师存在一旁侍候。师存,鲁国乐师,名存。　㉜"藏罟"句:把渔网藏起来,还不如安排里革在(您)身边,(更能使您)不忘古训。

【赏析】　保护自然,平衡生态,是人类赖以生存的唯一基础。读罢此文,我们不能不感叹,中国古人对自然生态重要性的认识和理解,竟是如此的清醒和深刻。

　　针对鲁宣公违背自然万物生长孕育规律,意欲肆意捕捞的错误行为,里革毅然决然地予以阻止,不仅割断其渔网而弃之,而且还为鲁宣公上了一堂保护自然、合理利用自然资源、维持生态平衡、使人类得以持续生存和发展的自然和社会生态学课程。里革清晰地阐明了自然生态平衡的重要性,人类对自然有所取,也要有所养,任何竭泽而渔的行为都是必须禁止的。从里革的论述中,我们看到,在中国古代,早就有了保护自然、维持生态平衡的一整套行之有效的规则和做法。里革告诉我们,这是"古之训也",是先人总结、制定和流传后世的法则,要求自国君以至平民都要严格遵循,无人可以例外。里革为保护自然生态,不惜冲犯国君,其坚决态度和勇敢精神,令人钦佩。但同样让人赞赏的是,鲁宣公在听了里革的一番劝谏后,不仅没有发怒,而是欣然接受里革所言,放弃了夏季往泗水张网捕鱼的计划,并且,还要收藏标志自己错误认识和行为的渔网,以时时提醒自己不要再犯破坏自然生态的错误,这尤使人感到欣慰和感动。

　　生态问题,古已有之,中国古人对之早有精深共识。正是因为世世代代的先人对大自然的保护,今人才有美好的家园。同样,今天的人们也有责任和义务保护好大自然,为后代子孙留下更美好的天地。

敬姜论劳逸

【题解】　本文选自《国语·鲁语下》。公父文伯之母敬姜告诫其子,善恶之心,在于劳逸之间。文章言简意赅,颇具警醒意义。

【原文】

　　公父文伯①退朝,朝其母,其母方绩②。文伯曰:"以歜之家而主犹绩③,惧忓季孙之怒也④。其以歜为不能事主⑤乎?"

　　其母叹曰:"鲁其亡⑥乎？使僮子备官而未之闻耶⑦？居⑧,吾语女⑨。昔圣王之处民⑩也,择瘠土⑪而处之,劳⑫其民而用之,故长王⑬天下。夫民劳则思⑭,思则善心生;逸则淫⑮,淫则忘善;忘善则恶心生。沃土之民不材⑯,淫也。瘠土之民,莫不向义⑰,劳也。是故天子大采朝日⑱,与三公九卿,祖识地德⑲,日中考政⑳,与百官之政事㉑。师尹、惟旅、牧、相㉒,宣序民事㉓。少采夕月㉔,与大史、司载纠虔天刑㉕。日入㉖，监九御㉗，使洁奉禘、郊之粢盛㉘，而后即安㉙。诸侯朝修天子之业命㉚，昼考其国职㉛，夕省其典刑㉜，夜儆百工㉝，使无慆淫㉞，而后即安。卿大夫朝考其职㉟，昼讲其庶政㊱，夕序其业㊲，夜庀㊳其家事，而后即安。士朝受业㊴，昼而讲贯㊵，夕而习复㊶，夜而计过㊷，无憾㊸，而后即安。自庶人㊹以下，明而动㊺，晦而休㊻，无日以怠㊼。王后亲织玄紞㊽。公侯之夫人加之纮、綖㊾。卿之内子为大带㊿。命妇成祭服[51]。列士之妻加之以朝服[52]。自庶士[53]以下，皆衣[54]其夫。社而赋事[55]，烝而献功[56]。男女效绩[57]，愆则有辟[58]，古之制也！君子劳心，小人劳力[59]，先王之训也！自上以下，谁敢淫心舍力[60]？今我，寡[61]也，尔又在下位[62]，朝夕处事[63]，犹恐忘先人之业。况有怠惰，其何以避辟？吾冀而朝夕修我曰[64]：'必无废先人[65]。'尔今曰：'胡不自安[66]？'以是承君之官，余惧穆伯之绝祀也[67]？"

仲尼[68]闻之曰："弟子志之[69]，季氏之妇不淫[70]矣！"

【注释】　① 公父文伯：鲁国大夫，公父文穆之子，名歜(chù)。其母为敬姜。② 方绩：正在纺织。方，正，正在。绩，把麻分成细线连接起来，纺麻线。　③ "以歜之家"句：像歜这样的官宦人家，主人还在纺织。主，这里指公父文伯母亲敬姜。　④ "惧忤(gān)"句：担心会触怒季孙。忤，触犯。季孙，季康子，鲁国上卿，最高执政大臣。　⑤ 事主：伺候、奉养主人（母亲）。事，侍奉。　⑥ 亡：灭亡。　⑦ "使僮子"句：让小孩子做官，而（他）还不曾听说过正确的道理。僮子，未成年人，这里指年幼无知者。备官，居于官位。未之闻，即未闻之，没有听说，领受过道理。之，这里指正确的道理。　⑧ 居：坐。　⑨ 语(yù)女：告诉你，对你说。女，通"汝"，你。　⑩ 处民：安置人民。处，安置，这里有统治、管理的意思。　⑪ 瘠土：贫瘠的土地。　⑫ 劳：劳作，辛劳。　⑬ 长王(wàng)：长久称王。王，这里作动词用，称王，统治。　⑭ 思：思索，思考。这里有经思索而形成良好道德的意思。　⑮ 逸则淫：安逸则会使人放纵。淫，放纵，恣肆无度。　⑯ 不材：不成材。⑰ 向义：向慕道义。　⑱ "是故"句：所以，天子身穿礼服，在春分时祭日。大采，祭日时所穿五彩礼服。朝日，祭日。　⑲ "与三公"二句：与众大臣（一起）熟习知悉土地（养育人民的）恩德。三公，中央政府三个最高的官职。九卿，九个高级官职。这里泛指众大臣。祖，熟习。识，认识，了解。　⑳ 日中考政：中午时考察国政。㉑ 政事：这里指官员负责的政务之事。　㉒ 师尹、维旅、牧、相：师尹，大夫。维旅，众士。牧，地方长官。相，相国。这里亦泛指百官。　㉓ 宣序民事：宣布依次办理的民事。　㉔ 少采夕月：（身穿）三彩礼服，祭祀月亮。少采，三彩礼服。夕月，祭祀月亮的仪式。　㉕ "与大史"句：和太史、司载恭恭敬敬地观察天刑。大史，即太史，主管记史和历法的官。大，"太"的古字。司载，考察天文的官。纠虔，恭敬。天刑，上天的法则。　㉖ 日入：太阳下山。　㉗ 监九御：监察九御。九御，宫中侍奉的女官。　㉘ "使洁"句：令（九御）洁净供奉祭祀的谷物。禘，祭天、宗庙等大祭。郊,冬、夏时分别在南郊、北郊祭天、祭地。粢、盛(chéng),置于容器中的谷物。㉙ 安:安息,或指心安。 ㉚“诸侯”句:诸侯清晨起(认真)从事天子所赋使命。业命,国事,政令。 ㉛ 昼考其国职:白天履行其国家职责。昼,白天,这里也可指中午。考,完成。㉜ 夕省其典刑:傍晚省察其常刑。典刑,常刑,常规的刑法。 ㉝ 夜儆百工:夜间儆戒众官。儆,告戒,警戒。百工,百官。 ㉞ 慆(tāo)淫:过度逸乐。慆,怠慢。淫,过度,无节制放纵。 ㉟ 朝考其职:早上考察自己的职事。 ㊱ 昼讲其庶政:白天谋划办理各种日常事务。讲,谋划。庶务,各类政务、事务。 ㊲ 夕序其业:傍晚时分依次完成分内事务。序,依次。业,事务。 ㊳ 庀(pí):治理,办理。以上几句讲处理公私之事先后缓急有序。㊴ 受业:从师学习。 ㊵ 讲贯:讲习。 ㊶ 习复:复习。 ㊷ 计过:检讨过失。计,这里是计核、检讨的意思。 ㊸ 无憾:没有遗憾。 ㊹ 庶人:平民,普通民众。 ㊺ 明而动:天亮就劳作。 ㊻ 晦而休:天暗就休息。晦,暗,晚上,夜。 ㊼ 无日以怠:没有一天懈怠。㊽ 玄纨(dǎn):黑色丝绳。玄,黑色。紞,冠冕上用以系瑱(tiàn)的丝绳。瑱,一种玉耳坠。 ㊾ 纮綖(yán):纮,帽子上用于装饰的带子。綖,覆盖在帽子上的装饰物。㊿“卿之”句:卿的夫人制作大带。内子,卿大夫的嫡妻。大带,贵族礼服用的带子。(51) 命妇成祭服:有封号的妇人制作祭祀所穿的礼服。命妇,有封号的卿大夫的夫人或宫内妃嫔。 (52)“列士”句:列士之妻(则)制作上朝所穿的礼服。列士,元士,天子之士(有别于诸侯之士),或指所有的士。 (53) 庶士:众士。 (54) 衣(yì):(给人)穿(衣服)。 (55) 社而赋事:春社时分配做劳作之事。社,春社,春耕前祭祀土神,以祈求丰收的活动。赋,赋予,安排。事,这里指农桑之事。 (56) 蒸而献功:冬祭时奉献谷、帛等祭品。蒸,冬祭。(57) 效绩:效劳,做出功绩。 (58) 愆(qiān)则有辟:犯了错误罪过要受惩处。愆,罪过,过失。辟,刑罚。 (59)“君子”二句:君子动脑筋(管理、治理),小人做体力活。 (60) 淫心舍力:贪心偷懒。淫心,贪念。舍力,不舍得花力气。 (61) 寡:守寡。 (62) 下位:低下的官位。 (63) 处事:办事,做事。 (64)“吾冀”句:我望你早晚(不忘)告戒自己。冀,希望。而,你。修,儆,告戒。我,自己。 (65) 必无废先人:一定不背弃先人教诲。废,废弃,抛弃,背弃。 (66) 胡不自安:为何不自己自在安逸。 (67)“以是”二句:如此(态度想法)去承担国君的任命,我担心会有断绝家族祭祀的危险。以是,用这样的态度、做法。穆,古代宗庙排列,始祖居庙中,父、子依序为昭、穆,左为昭,右为穆。伯,长子、长兄。这里指家族延续的香火祭祀。 (68) 仲尼:孔子。 (69) 志之:记住这一点。志,记住。 (70) 不淫:不贪,没有贪图安逸之心。

【赏析】 人在安逸的环境中,容易产生懒惰和贪欲的念头,从而丧失进取之志和防范之心,最终堕入失败深渊。本文中的公父文伯,担任大夫之职,自以为身居高位,对其母敬姜犹操持家务、不忘劳作大不以为然,甚至觉得母亲这样做是丢了面子。这就引发了敬姜的一番训诫。

敬姜虽是一位居家的寡妇,但有着清醒的头脑和明晰的思考,秉持居安思危、养善祛恶的理念,对儿子做了为人处世必须谨记的教诲。敬姜的中心论点是“民劳则思,思则善心生;逸则淫,淫则忘善;忘善则恶心生”,立足点是一个人要常记劳作,不可贪图安逸,以培养善心,摒除恶念。为此,敬姜列述自君王以至庶人,都必须朝夕操劳的重要性。无论是国家朝廷,还是庶人之家,"劳"则保安全,延国祚,续香火,否则,就可能国危家亡。文章层层推进,步步深入,反复阐释,立论明确,申述有力,在给人教益的同时,也为读者树立了一位深明义理、教子有方的良母形象,令人印象深刻。

其实,敬姜所言,是从历史和现实生活中总结出来的道理,也是人人都明了的,但是,人一旦处于优裕的环境,也就不免飘飘然而忘乎所以,理所当然地只顾享乐而不思劳作,渐而久之,善心泯灭而恶念滋长,走向自我毁灭的穷途末路。两千多年前的古训,直至今日,仍然有着发人警醒的意义,值得我们记取。

叔 向 贺 贫

【题解】 本文选自《国语·晋语八》。为人在世,德行第一。本文通过叔向向韩宣子祝贺清贫的事例,以二人对话的形式,阐申了这个人生至理。

【原文】

叔向见韩宣子①,宣子忧贫②,叔向贺之。宣子曰:"吾有卿之名,而无其实③,无以从二三子④,吾是以⑤忧,子贺我何故?"

对曰:"昔栾武子无一卒之田⑥,其宫不备其宗器⑦,宣其德行⑧,顺其宪则⑨,使越于诸侯⑩,诸侯亲之⑪,戎、狄怀之⑫,以正晋国⑬。行刑不疚⑭,以免于难。及桓子骄泰奢侈⑮,贪欲无艺⑯,略则行志⑰,假贷居贿⑱,宜及于难⑲,而赖武之德,以没其身⑳。及怀子改桓之行,而修武之德,可以免于难㉑;而离桓之罪,以亡于楚㉒。夫郤昭子㉓,其富半公室㉔,其家半三军㉕,恃其富宠㉖,以泰于国㉗,其身尸于朝㉘,其宗灭于绛㉙。不然㉚,夫八郤,五大夫三卿,其宠大矣㉛,一朝而灭,莫之哀也㉜,惟无德也㉝。今吾子有栾武子之贫,吾以为能其德矣,是以贺㉞。若不忧德之不建,而患货之不足,将吊不暇,何贺之有㉟?"

宣子拜稽首㊱焉,曰:"起也将亡,赖子存之㊲,非起也敢专承之㊳,其自桓叔以下,嘉吾子之赐㊳!"

【注释】 ①"叔向"句:叔向遇见韩宣子。叔向,姓羊舌,名肸(xī),太傅,晋国贤臣。韩宣子,名起,晋卿。　②忧贫:为清贫而忧虑、苦恼。　③"吾有"二句:我有卿的名分,但没有(与卿匹配的)财富。卿,高官称卿。实,财富,财物。　④"无以"句:没法和大夫们往来。二三子,诸位,这里指卿大夫。子,对男子的美称。　⑤是以:即以是,因此。　⑥"昔栾武子"句:从前栾武子没有一卒的土地。栾武子,名书,晋上卿。一卒,一百人或二百人、三百人为一卒,说法不一,这里指土地数量少,不需要很多人耕种。　⑦"其宫"句:他的宫室中没有置备祭祀的礼器。宗器,在宗庙祭祀的礼器。　⑧宣其德行:彰显他的德行。宣,彰显,发扬。　⑨顺其宪则:顺应法则。宪则,法则,法律制度,规则,准则。　⑩使越于诸侯:使(自己的美誉)远播于诸侯间。越,传播。　⑪诸侯亲之:诸侯(都)亲近他。　⑫戎、狄怀之:戎、狄(都)感怀而归向他。戎、狄,少数民族居于西部的称戎,居于北方的称狄。怀,归向。　⑬以正晋国:因此而(很好地)治理晋国。正,治理。　⑭行刑不疚:执行刑罚不会内疚。这是指执法公正得当,所以不会产生负疚心理。　⑮"及桓子"句:到了栾桓子,(则)骄恣放纵,肆意奢侈。桓子,栾武子之子,名黡(yǎn)。泰,骄纵。　⑯贪欲无艺:贪欲而没有止境。无艺,没有限制,无节制。　⑰略则行志:触犯法则,肆行贪欲之志。略,触犯。　⑱假贷居贿:借贷钱财,积聚财物。假,借。　⑲宜及于难:理当蒙受灾难。宜,理当,应该,应当。　⑳"而赖武"二句:但(因为)靠了栾武子的美德,(免于灾难)得以善终。赖,依靠,依赖。没,尽,终。　㉑"及怀子"三句:到了栾怀子,(如果)改变了栾桓子的做法,而修栾武子的德行,(原本是)可以免于灾难的。怀子,栾桓子之子,名盈。　㉒"而离桓"二句:然而因为栾桓子的罪孽,而逃亡到楚国。离,即"罹",遭受。这里指栾怀子尽管有善德,但受累于栾桓子之过,还是不能免遭逃亡命运。　㉓郤(xì)昭子:名至,晋卿。　㉔其富半公室:其家之富,抵得上晋国的一半。　㉕其家半三军:其家臣仆之多,抵得上晋国三军的一半。　㉖恃其富宠:依仗其既富又(得到国君恩宠而)地位尊崇。宠,贵宠,被尊崇。　㉗以泰于国:在国内骄纵横行。　㉘其身尸于朝:(结果)他横尸于朝廷。　㉙其宗灭于绛:他的宗族被灭绝在绛。绛,春秋时晋国旧国都,在今山西省绛县。　㉚不然:(如果)不是这样(的话)。然,这样。　㉛"夫八郤"三句:这八位郤姓,五个是大夫,三个是卿,他们受到的恩宠也很大啊。　㉜莫之哀也:即莫哀之,没有人同情哀伤他们。　㉝惟无德也:只是(因为)没有德行。　㉞"今吾子"三句:如今你像栾武子那样的清贫,我以为你能有他一样的美德,所以我恭贺你。　㉟"若不忧"四句:如果不担心德行不建立,而是忧虑财富的不足,(那我)将祭奠凭吊慰问你都来不及,还有什么(理由)恭贺你呢?　㊱稽首:磕头至地,表示恭敬。　㊲"起也"二句:我韩起将要败亡,依靠了你(的教导才)生存(下来)。亡,失败,灭亡。　㊳"非起也"句:不是我韩起一个人承受(您教导)的恩惠。专,仅仅,只是。　㊴"其自"二句:从(我祖先)桓叔以下,(都要)歌颂、嘉许您的恩赐。桓叔,韩起在曲沃(在今山西省曲沃县)的祖先。嘉,赞颂。

【赏析】　孔子教育学生,有"德行、言语、政事、文学"(《论语·先进》)四科,德行第一。所以,人生在世,当以德行为重。但是,无论官、民,日常所需,均离不开物质财富,面对开门七件事,富者自可不以为虑,然贫者不免愁肠百结。韩宣子身为晋国高官,而家财不足,自然也忧心忡忡。然而,当叔向得知此情后，不但不予以同情慰问，一伸援手，反而向他恭贺，这不仅令韩宣子大为不满，就连读者也大惑而不解。可是，当我们听到叔向的一番议论后，又不能不为其真知灼见所折服。

贫穷不可怕，而失去德行，对一个人而言，却隐藏着巨大的危险。如若权高位重，而自以为可纵欲肆志，骄奢淫佚，全不顾修身励志，为民尽瘁，那么，被人民唾弃，甚而走上犯罪的不归路，身陷囹圄，也是常见的事。到时候，虽悔恨已莫及矣。这样的事例和教训，代不乏见，足以令人警醒。

文章举例宜当，言简意赅，论理精要。叔向的话语，即使置于今日，也有十分重要的警示意义，堪称警世、醒世箴言。因此，对待贫富，就要做到"不汲汲于富贵，不戚戚于贫贱"（陶渊明《五柳先生传》）、"贫而无谄，富而无骄"（《论语·学而》），这也是我们每个人都应该牢记的。

王孙圉论楚宝

【题解】　本文选自《国语·楚语下》。王孙圉出使晋国，晋国大夫赵简子向之夸耀佩玉等华丽服饰。王孙圉不以为然，指出保国安民，靠的是是圣人君子和典章制度及地大物博，表明了楚国的治国理念。

【原文】

王孙圉聘于晋①，定公飨之②。赵简子鸣玉以相③，问于王孙圉曰："楚之白珩④犹在乎？"对曰："然⑤。"简子曰："其为宝也，几何⑥矣？"曰："未尝⑦为宝。楚之所宝⑧者，曰观射父⑨，能作训辞⑩，以行事⑪于诸侯，使无以寡君为口实⑫。又有左史倚相⑬，能道训典⑭，以叙百物⑮，以朝夕献善败于寡君⑯，使寡君无忘先王之业；又能上下说⑰于鬼神，顺道其欲恶⑱，使神无有怨痛⑲于楚国。又有薮⑳曰'云'，连徒洲㉑，金木、竹箭㉒之所生也，龟、珠、角、齿、皮、革、羽、毛㉓，所以备赋㉔，以戒不虞者也㉕。所以共币帛，以宾享于诸侯者也㉖。若诸侯之好币具㉗，而导之以训辞，有不虞之备，而皇神相之㉘，寡君其可以免罪于诸侯，而国民保焉。此楚国之宝也。若夫白珩，先王之玩㉙也，何宝之焉？"

"圉闻国之宝，六而已：明王圣人能制议百物㉚，以辅相国家，则宝之；玉足以庇荫嘉谷㉛，使无水旱之灾，则宝之；龟足以宪臧否㉜，则宝之；珠足以御火灾㉝，则宝之；金足以御兵乱㉞，则宝之；山林薮泽足以备财用㉟,则宝之。若夫哗嚣㊱之美,楚虽蛮夷㊲,不能宝也。"

【注释】　①"王孙圉(yǔ)"句:王孙圉(奉楚王之命)出使晋国。王孙圉,楚国大夫,王孙,复姓。聘,天子与诸侯或诸侯与诸侯间派使节通问。　②定公飨之:晋定公宴请他(王孙圉)。晋定公,姬姓,名午,公元前511年至公元前475年在位。飨,宴请。　③"赵简子"句:赵简子鸣响着配饰来做赞礼官。赵简子,名鞅,晋国大夫。鸣玉,鸣响着佩戴的玉,这里指赵简子炫耀自己的既富且贵。相,赞礼者,负责接待宾客的官员。　④白珩:佩玉上方的横玉,这里是指楚国拥有的宝玉。　⑤然:是,这里是在的意思。　⑥几何:多少,这里是价值多少的意思。　⑦未尝:未曾,不曾。　⑧宝:宝贵,这里作动词用,以之为宝。　⑨观(guàn)射(yì)父:楚国大夫,贤臣。　⑩能作训辞:能作训导、教育的文辞,这里指观射父善于外交言辞。　⑪行事:出使、外交的事务。　⑫"使无以"句:使得(各国诸侯)不把我们国君作为话柄。寡君,谦辞,指楚君。口实,话柄,谈笑的资料。　⑬左史倚相:楚国大夫。左史,记行的史官,这里是复姓。　⑭能道训典:能述说先王的典章制度之书。训典,先王的典章制度之书。　⑮以叙百物:来叙述各种事物(应遵循的道理)。叙,叙述、述说。百物,这里指各种事物。　⑯"以朝夕"句:来早晚向敝国国君献上(事务)成败(的经验教训)。善败,成败。　⑰说(yuè):喜悦,高兴,这里有取悦的意思。　⑱顺道其欲恶:对鬼神的喜好和厌恶加以引导。顺道,因势利导。欲,喜好,爱好。恶,厌恶。　⑲怨痛:怨恨,痛恨。　⑳薮:湖泊,这里即指下文的"云",也就是云梦泽,古代在今湖北省、湖南省一带的大湖泊。　㉑连徒洲:连着徒洲。连,连接。徒洲,水中陆地。徒,或是洲的名称。这里是指云梦泽之大。　㉒金木竹箭:金属、木材、竹子(等)。这些都是重要的原材料,可以制作兵器、屋舍等。竹箭,一种竹子。　㉓龟、珠、角、齿、皮、革、羽、毛:(各种)禽兽的皮毛等。龟,大龟,灵龟。珠,珍珠。角,犀牛角。齿,象牙。皮,兽(虎豹等)皮。革,犀牛皮。羽,鸟毛。毛,带毛的兽皮。这些都是制作生活和军事用品的重要原材料。　㉔备赋:以备军队(所需)。赋,兵,军队。　㉕"以戒"句:用以防备意料不到的情况(发生)。戒,防备,准备。不虞,意料不到的事,这里指突发战争等。　㉖"所以"二句:所用以供上钱财(等礼物),遣宾进献给各诸侯国。共,通"供"。币帛,财物。以,这里是派遣的意思。宾,这里指掌管朝觐的外交人员。享,进献,贡献。这里都是指物产丰富,可用来满足各种需求。　㉗好币具:(诸侯)喜好的币帛备齐了。好,喜好。具,具备,全部准备妥当。　㉘相之:辅助,佑助。　㉙玩:玩赏之物。　㉚"明王"句:明君圣人能把各种事物、事务安排妥当。制议,安排妥当,使万事各得其所、各得其宜。　㉛庇荫嘉谷:庇护、保佑丰收。荫庇,庇护,保佑。嘉谷,美好的谷物,这里指丰收。古人以玉为祭祀之供品,来祝祷丰收,所以这样说。　㉜宪臧否(pǐ):揭示善恶、得失、吉凶。宪,揭示。臧,善,好,吉祥,成功。否,恶,不顺利,不吉利。古人用龟甲等占卜吉凶,所以这样说。　㉝御火灾:防御火灾。古人认为珍珠是水精,所以这样说。　㉞御兵乱:抵御战争。兵乱,兵荒马乱,战争。因金属如铜、铁可以制作兵器,所以这样说。　㉟备财用:储备财用。财用,这里指对国计民生有用的财物。　㊱哗嚣:浮华喧闹,这里指佩玉这类东西。　㊲蛮夷:古代对居于南方地区民族的称呼。楚国位于南方,所以这样说。这里是王孙圉的谦辞。

【赏析】 晋国是个大国、强国,在诸侯间称雄;楚国也是个大国,但位于南方,被北方各国视作不开化的蛮夷。当王孙圉作为楚国使节来到晋国时,晋国大臣赵简子得意洋洋向他鸣响自己的佩玉,以此来夸耀自己及晋国的富裕和高贵,并表现出对楚国的鄙夷。

赵简子以玉为宝,但王孙圉不以为然。在王孙圉看来,真正可宝贵的有六种:明君圣人及其教化礼仪,可保佑无水旱之灾、五谷丰登的祭祀之玉,可揭示吉凶的龟甲,可抵御水灾的珍珠,可制作兵器抵御战乱的金属,可供给万物财用的山林薮泽。而像赵简子用来炫耀富贵奢华的佩玉,则被王孙圉视作哗嚣之物,徒增喧嚣而已。原本想要贬低和羞辱王孙圉的晋国大臣赵简子,在王孙圉的一番批驳面前,显出了浮夸轻薄的本色。

王孙圉能言善论,不仅自豪地宣说了楚国的地大物博,更重要的是申明了楚国以圣人君子、典章制度为宝的理念,指出这才是保国安民的正确做法。王孙圉自尊自信,从容应对,层层批驳,处处立论,摈斥谬见,弘明大道。全文文气通贯,语言精彩,说理透彻。我们虽然看不到王孙圉和赵简子二人的表情,但至少能感受到王孙圉的正气和智慧。唐代的柳宗元在《非国语下·左史倚相》中说:"圉之言楚国之宝,使知君子之贵于白珩可矣。"对王孙圉给予了褒扬。

勾践灭吴

【题解】 本文选自《国语·越语上》。周敬王二十四年(公元前496年),吴王阖闾称霸诸侯,攻打越国,兵败,伤指身亡。死前,命其子夫差报仇。夫差继位,遵父嘱,立志复仇。后三年,夫差起兵伐越,大获全胜。越王勾践求降,率众臣为吴王奴仆,得夫差信任。勾践归国,十年生聚,富国强兵,终于灭掉吴国,亦称霸天下。

【原文】

越王勾践栖于会稽之上①,乃号令②于三军曰:"凡我父兄、昆弟及国子姓,有能助寡人谋而退吴者,吾与之共知越国之政③。"大夫种④进对曰:"臣闻之:贾人夏则资皮⑤,冬则资絺⑥,旱则资舟,水则资车,以待乏⑦也。夫虽无四方之忧⑧,然谋臣与爪牙之士⑨,不可不养而择⑩也。譬如蓑笠⑪,时雨既至⑫,必求之。今君王既栖于会稽之上，然后乃求谋臣，无乃后乎⑬？"勾践曰："苟得闻子大夫之言，何后之有⑭？"执其手而与之谋。

遂使之行成于吴⑮，曰："寡君勾践乏无所使⑯，使其下臣种，不敢彻声闻于天王，私于下执事⑰，曰：'寡君之师徒，不足以辱君矣⑱，愿以金玉子女赂君之辱⑲，请勾践女女于王⑳，大夫女女于大夫，士女女于士，越国之宝器毕从㉑；寡君帅越国之众以从君之师徒。惟君左右之㉒。若以越国之罪不可赦也，将焚宗庙，系妻孥㉓，沉金玉于江，有带甲㉔五千人，将以致死㉕，乃必有偶㉖，是以带甲万人事君也㉗，无乃即伤君王之所爱乎㉘？与其杀是人也，宁其得此国也，其孰利乎㉙？'"

夫差将欲听㉚，与之成㉛。子胥㉜谏曰："不可！夫吴之与越也，仇雠㉝敌战之国也；三江㉞环之，民无所移㉟。有吴则无越，有越则无吴。将不可改于是矣㊱！员闻之：陆人居陆，水人居水，夫上党㊲之国，我攻而胜之，吾不能居其地，不能乘其车；夫越国，吾攻而胜之，吾能居其地，吾能乘其舟。此其利也，不可失也已。君必灭之！失此利也，虽悔之，必无及已。"

越人饰㊳美女八人，纳之太宰嚭㊴，曰："子苟赦越国之罪，又有美于此者将进之㊵。"太宰嚭谏曰："嚭闻古之伐国者，服之而已；今已服矣，又何求焉？"夫差与之成而去之㊶。

勾践说于国人曰："寡人不知其力之不足也，而又与大国执仇㊷，以暴露百姓之骨于中原㊸，此则寡人之罪也。寡人请更㊹！"于是葬死者，问伤者㊺，养生者；吊有忧㊻，贺有喜；送往者，迎来者；去民之所恶，补民之不足㊼。然后卑事夫差㊽，宦士㊾三百人于吴，其身亲为夫差前马㊿。

勾践之地，南至于句无〔51〕，北至于御儿〔52〕，东至于鄞〔53〕，西至于姑蔑〔54〕，广运〔55〕百里。乃致其父兄、昆弟而誓之："寡人闻古之贤君，四方之民归之，若水之归下也。今寡人不能，将帅二三子夫妇以蕃〔56〕。"令壮者无取老妇，令老者无取〔57〕壮妻；女子十七不嫁，其父母有罪；丈夫二十不取，其父母有罪。将免者以告，公令医守之〔58〕。生丈夫〔59〕，二壶酒，一犬；生女子，二壶酒，一豚〔60〕；生三人，公与之母〔61〕；生二子，公与之饩〔62〕。当室者〔63〕死，三年释其政〔64〕；支子〔65〕死，三月释其政：必哭泣葬埋之，如其子⑥⑥。令孤子、寡妇、疾疹⑥⑦、贫病者，纳官其子⑥⑧；其达士，絜其居，美其服，饱其食，而摩厉之于义⑥⑨。四方之士来者，必庙礼⑦⑩之。勾践载稻与脂于舟以行⑦①。国之孺子之游者，无不铺也，无不歠也⑦②，必问其名。非其身之所种则不食，非其夫人之所织则不衣⑦③。十年不收于国，民俱有三年之食⑦④。

国之父兄请曰："昔者夫差耻吾君⑦⑤于诸侯之国，今越国亦节⑦⑥矣，请报之⑦⑦！"勾践辞⑦⑧曰："昔者之战也，非二三子之罪也，寡人之罪也。如寡人者，安与知耻⑦⑨？请姑无庸战⑧⑩！"父兄又请曰："越四封之内，亲吾君也，犹父母也⑧①。子而思报父母之仇，臣而思报君之仇，其有敢不尽力者乎？请复战！"勾践既许之⑧②，乃致其众而誓之，曰："寡人闻古之贤君，不患其众之不足也，而患其志行之少耻也⑧③。今夫差衣水犀之甲者亿有三千⑧④，不患其志行之少耻也，而患其众之不足也。今寡人将助天灭之。吾不欲匹夫之勇也，欲其旅进旅退⑧⑤也。进则思赏，退则思刑，如此，则有常赏⑧⑥；进不用命，退则无耻，如此，则有常刑⑧⑦。"

果行⑧⑧，国人皆劝⑧⑨。父勉其子，兄勉其弟，妇勉其夫，曰："孰是吾君也，而可无死乎⑨⑩？"是故败吴于囿⑨①，又败之于没⑨②，又郊败之⑨③。

夫差行成，曰："寡人之师徒不足以辱君矣！请以金玉、子女，赂君之辱！"勾践对曰："昔天以越予吴，而吴不受命⑨④；今天以吴予越，越可以无听天之命，而听君之令乎？吾请达王甬、句东⑨⑤，吾与君为二君乎⑨⑥！"夫差对曰："寡人礼先壹饭矣⑨⑦。君若不忘周室，而为弊邑宸宇⑨⑧，亦寡人之愿也。君若曰：'吾将残汝社稷⑨⑨，灭汝宗庙⑩⑩。'寡人请死！余何面目以视于天下乎？越君其次也⑩①。"

遂灭吴。

【注释】　①"越王"句：越王勾践栖留在会(kuài)稽山上。勾践，越国国君，姒姓，公元前496年至公元前465年在位。越国先祖为夏后少康庶子，被封在今浙江省一带，建都会稽(今浙江省绍兴市)。勾践被吴国国君夫差打败，率残军五千人溃退至会稽。夫差，吴国国君，姬姓，公元前495年至公元前473年在位。吴国，亦称勾吴、攻吴，为周太王之子太伯所建，建都吴(今江苏省苏州市)，据有今江苏省、上海市大部及安徽省南部、浙江省北部。栖，这里是退守的意思。　②号令：发布号召、命令。　③"凡我"三句：凡是我的父兄、兄弟以及全国民众,(只要)有能够帮助我出谋划策退去吴军的,我(就)和他共享治国大政。昆弟,兄弟。子姓,这里指民众。谋,谋划,出谋划策。知,执掌,主持。 ④ 大夫种(zhǒng):越国大夫,文种。 ⑤ "贾(gǔ)人"句:商人(在)夏天(就要)准备(冬天用的)皮衣。资,蓄积,这里是提前置办的意思。 ⑥ 资絺(chī):准备细葛布。絺,细葛布,这里指夏天穿着的细而薄的衣物。 ⑦ 待乏:以备匮乏不足(之需)。待,备,供。 ⑧ 四方之忧:外忧,外来的侵略、纠纷。四方,这里指各诸侯国。 ⑨ 爪牙之士:勇武之士。爪牙,比喻勇猛的人。 ⑩ 养而择:供养而挑选(适宜使用的人)。 ⑪ 蓑笠:雨具,蓑衣和斗笠。 ⑫ 时雨既至:应时而下的雨一旦下了。时雨,应时而下的雨。既,已经。 ⑬ "今君王"三句:如今君王您已经栖留在会稽山上,然后(再来)寻求谋臣,恐怕是太晚了。无乃,恐怕是。后,晚。 ⑭ "苟得"二句:只要得到大夫您的话,有什么晚呢? 苟,只要。子,表示尊敬。 ⑮ "遂使之"句:于是派遣文种到吴国去订立和约。行成,议和。 ⑯ 乏无所使:人才贫乏,派不出别人(只能由我充任)。这是文种自谦。 ⑰ "不敢"二句:不敢把(求和的)事直接告诉您,只是私下里对您手下的人(说)。彻声,声音达到。彻,达。天王,恭维吴王的称呼。执事,主管事务的人,下属。 ⑱ "寡君"二句:我们国君的军队,不足以有劳您来讨伐了。寡君,谦称,指越王勾践。师徒,士卒,即军队。辱,辱没,玷辱。这里是说不值得吴王再费力征伐了。 ⑲ 赂君之辱:赠送财物来报答您的降临。赂,赠送(财物)。辱,这里是指让吴王(受辱、屈尊)操劳了。 ⑳ "请勾践女"句:请求将勾践的女儿嫁与吴王(为妾)。第二个女读第四声,嫁。 ㉑ 毕从:全部(作随嫁)献上。 ㉒ 惟君左右之:只是听从您的处置。左右,支配,处置。 ㉓ 系妻孥(nú):捆绑上妻儿。系,捆绑,束缚。孥,儿女。 ㉔ 带甲:披上盔甲的兵士。 ㉕ 致死:拼死。 ㉖ 有偶:有陪伴。这里的意思是越国士卒死一个,就有一个吴国士卒也被杀,这样,五千越甲,加上五千吴卒,就是一万人。 ㉗ "是以"句:所以(如果允许求和,那等于)有一万名士卒听您调遣指挥。是以,即以是,因此,所以。事,服务于,供奉。 ㉘ "无乃"句:(如果双方决一死战)恐怕会伤及您珍爱的士兵。无乃,恐怕,可能。爱,珍惜,珍爱。 ㉙ "与其"三句:与其杀了此人,不如得到越国,(您觉得)哪个(更)有利呢? 是人,此人(勾践)。是,此。孰利,哪个(更)有利。孰,谁,何,哪个。 ㉚ 听:同意,接受。 ㉛ 与之成:和他(文种)订立和约。成,和解,媾和。 ㉜ 子胥:伍子胥,名员(yún),原为楚国人,父兄遭楚平王杀害,遂逃至吴国,得吴王重用,为谋臣。 ㉝ 仇雠(chóu):仇敌,死对头。 ㉞ 三江:吴江(吴淞江)、钱塘江、浦阳江。一说为长江、吴淞江、钱塘江。这里是指今长江三角洲地区。 ㉟ 民无所移:人民没有地方可迁移。是,指吴、越为邻,有吴无越,有越无吴的局面。 ㊱ "将不可"句:那是永远不可能改变的。 ㊲ 上党:中原的诸侯国。党,所在地。上党即居上所之国,指中原各国。 ㊳ 饰:装饰打扮。 ㊴ "纳之"句:赠送给太宰嚭(pí)。纳,献。嚭,即伯嚭,吴国太宰(辅佐国君治国的大官),为吴王所宠信。 ㊵ "子苟"二句:您如果能(帮助)赦免越国之罪,还有比这更美的准备献上。子,对男子的美称。苟,如果,只要。 ㊶ "夫差"句:夫差和文种订立和约而后撤军。去,离开,撤离。 ㊷ 执仇:结仇。 ㊸ "以暴(pù)露"句:使得百姓的尸骨曝露在原野中。暴露,露在外面,无所遮蔽。暴,即"曝",晒。中原,原野之中。 ㊹ 请更:请(允许我)改正(错误)。更,改变,改正。 ㊺ 问伤者:慰问受伤的人。 ㊻ 吊有忧:凭吊有丧事的人家。 ㊼ "去民"二句:革除人民所厌恶、不满的事,弥补人民的不足。去,除去,去掉。恶(wù),厌恶,讨厌。 ㊽ 卑事夫差:自甘卑贱,侍候夫差。 ㊾ 宦士:奴仆,这里是指勾践派往吴国伺候吴王的人。㊿“其身”句:他自身亲自为吴王做前导。前马,奔走马前牵马做引导。 (51) 句无:地名,位于会稽之西,在今浙江省诸暨市。 (52) 御儿:即“语儿”,地名,位于会稽西北,在今浙江省桐乡市。 (53) 鄞:地名,位于会稽之东,在今浙江省宁波市。 (54) 姑蔑:地名,位于会稽西南,在今浙江省龙游县。 (55) 广运:(疆域)广袤。 (56)“将帅”句:打算率领你们使(国家)人口兴旺。将,打算,想要。二三子,大家,各位,这里指越国全国人民。蕃,生息,繁殖。 (57) 取:即“娶”。 (58)“将免者”二句:快要分娩者报告官府,(派)公家医生守候。免,通“娩”。 (59) 丈夫:这里指男婴。 (60) 豚:猪。 (61) 公与之母:公家供给(孩子)乳母。母,这里指乳母。 (62) 公与之饩(xì):公家供给(孩子)粮食。饩,粮食。 (63) 当室者:代父主持家事的儿子,指嫡子。 (64) 三年释其政(zhēng):免除其三年之内的徭役。政,这里指徭役,为公家服役。 (65) 支子:嫡长子以外的其他儿子。 (66)“必哭泣”二句:(勾践)一定哭泣哀悼并埋葬他,像死了自己的孩子那样。 (67) 疾疹:疾病。 (68) 纳官其子:把孩子送到官府(教养)。 (69)“其达士”五句:(至于)那见识高远、不同流俗的人士,(则)打扫干净他们的房屋,让他们穿上好衣服,(使)他们吃饱,而与他们讨论大道。絜,通“洁”,清洁,这里与下文“美”、“饱”都是作动词用,打扫干净。美,美好,给人穿上好衣服。饱,让人吃饱。摩厉,切磋,讨论。义,事物的大道。 (70) 庙礼:在庙堂上接见,以表示恭敬礼貌。 (71)“勾践”句:勾践用船载着稻米和油脂出行。稻、脂,这里指食物。(72)“国之孺子”三句:国内小孩子在外游玩的,都给他们吃,给他们喝。餔,给食,喂食。歠(chuò),喝,饮。 (73) 不衣(yì):不穿。衣,这里作动词用,穿(衣物)。 (74)“十年”二句:十年不征收人民的赋税,人民都储积了可供三年生活的粮食。 (75) 耻吾君:羞辱我君,指上次被吴国打败,使我君蒙受耻辱。 (76) 节:时期,指(越国也已强盛)到了复仇的时节了。 (77) 请报之:请同意向吴国报仇。 (78) 辞:辞谢,推辞。 (79)“如寡人者”二句:像我这样的人,怎么能也如大家一样知道耻辱呢?这是勾践自谦的话。 (80) 请姑无庸战:请暂且不要开战。姑,暂且,姑且。 (81)“越四封”三句:越国四境之内,亲近我君,就像(亲近)父母一样。四封,四境。 (82) 既许之:答应了起兵复仇。既,已经。许,同意。 (83)“不患”二句:不担心他的人民(和军队)人数不足,而是担心他们的志向和行为缺少耻辱心。患,担心,忧虑。 (84)“今夫差”句:如今夫差(拥有)穿着犀牛皮(制作的)衣甲的士兵十万三千。衣,穿。水犀,生活于水中的一种犀牛,古代有水犀军,身穿水犀甲的水军。亿,这里指十万。 (85) 旅进旅退:一起前进,一起后退。旅,共同,一起。 (86)“进则”四句:前进(则可以)考虑得到赏赐,后退(则要)考虑受到刑罚(军法处置)。这样的话,就会有固定(循例规定)的赏赐。常赏,固定的赏赐。常,固定不变。 (87)“进不”四句:前进不拼命,后退不知耻,这样的话,就会有固定(循例规定)的刑罚。 (88) 果行:真正到了出行(的时候),这里指起兵出师。果,实行。 (89) 劝:鼓励。 (90)“孰是吾君也”二句:谁像我们国君(那样有这么大的恩惠),能不为他献上生命的吗?孰,谁,哪个。 (91)“是故”句:于是,在吴淞江打败了吴军。囿,笠泽,即吴淞江,在今江苏省和上海市。 (92) 又败之于没(mò):又在没地打败吴军。没,在今江苏省苏州市南部。 (93) 又郊败之:又在(吴国都城)郊外打败了吴军。 (94)“昔天”二句:以前上天把越国给予吴国,但吴国不接受天命。 (95)“吾请"二句:我请求将王送到甬和句(gōu)东去。达,送达,送到。甬,今浙江省宁波市一带。句东,今浙江省舟山市一带。 ⑯"吾与君"句:我和您仍旧像两个国君那样。 ⑰"寡人"句:在礼节上(而论)我比您年长一些。壹饭,一顿饭的时间。 ⑱"君若"二句:您如果不忘记周室而给吴国留下一点破地方、破房子(让吴国得以存在)。这里是说考虑到周室,不灭掉吴国,因为吴国也是姬姓,与周室同姓。弊邑,偏僻破旧的小地方。宸宇,屋檐,可以庇荫的地方。 ⑲残汝社稷:毁坏你的社稷。社稷,土神和谷神,指国家。残,摧毁,消灭。 ⑳灭汝宗庙:毁灭你的宗庙。宗庙,诸侯祭祀祖先的庙宇,指朝廷政权。 ㉑"越君"句:越君请(安心地)进驻(我们吴国)吧。次,驻扎,停宿。

【赏析】 勾践灭吴,是春秋时发生在中国江南的一次重大事件,颠覆了吴越两国在诸侯国的地位,在历史上颇为著名。

强大的吴国,在打败越国后,原本可以乘胜一举灭掉越国,但是,被胜利冲昏头脑的夫差,却轻信了越国使臣的求和,养虎成患,终于落得个亡国下场。而濒临灭亡的越国,却是痛定思痛,立志恢复,君臣与黎民上下一心,忍辱负屈,十年生聚,完胜吴国,并接受吴王教训,将吴国彻底灭掉,以绝后患。

文章塑造了两个在思想性格上截然相反的国君形象。吴王骄傲自满,得意忘形,刚愎自用,亲小人、远君子,导致了国破家亡的恶果;越王自省改过,与民同苦乐,礼贤下士,深得民心,终获复国振兴的胜利。非常有意思的是,在吴国覆灭之际,夫差恳求勾践效吴国赦越故事,被勾践断然拒绝。这个情节让读者不仅见识了勾践的理智和清醒,而且也看到了吴王的愚蠢和可笑。文章把重点放在越国君臣和黎民方面,详细地描述了勾践与臣民同心同德,力求做到"去民之所恶,补民之不足",与民生息,且"非其身之所种则不食,非其夫人之所织则不衣",与吴王贪图金玉美女、淫佚奢靡的行为形成鲜明的对比。因此,当越国决定兴师伐吴时,出现"国人皆劝,父勉其子,兄勉其弟,妇勉其夫"的感人场面,三战而吴军溃败,也就是情理之中的事了。这一系列的描述,完整地勾勒了吴越相争的历史画卷,且通过情节的层层推进和转换,不断刻画和深化人物个性,树立人物形象,圆满地做到了事与人的结合,不仅具有强烈的历史真实感,也有着打动人心的文学魅力。尤其值得指出的是,文章通过具体历史事实的铺叙,揭示出蕴存于历史中的深刻教训,也足以引发后人深思。

司马迁《史记》有《越王勾践世家》,记载此事,尤为详备生动,更是留下了"卧薪尝胆"等勉励后人发愤图强的感人故事,影响久远。

《战国策》

苏秦始将连横

【题解】 本文选自《战国策·秦策一》。《战国策》是中国早期的一部国别体史著,成书于战国末年至秦汉间,由西汉刘向编定。全书分别记西周、东周、秦、齐、楚、赵、魏、韩、燕、宋、卫、中山等国史事,自战国初年至秦并六国,凡240年许。本文叙苏秦作为战国时纵横家,开始时主张连横,游说秦惠王,愿辅佐秦国称帝天下,但不为所用。归乡刻苦攻读,揣摩兵书,学有所成。转而致力合纵,游说赵国,赵王大为赞赏,授以相位,终成大事。

【原文】

苏秦始将连横①,说秦惠王②曰:"大王之国,西有巴、蜀、汉中之利③,北有胡貉、代马之用④,南有巫山、黔中之限⑤,东有肴、函之固⑥。田肥美,民殷富⑦,战车万乘⑧,奋击⑨百万,沃野千里,蓄积饶多⑩,地势形便⑪。此所谓天府,天下之雄国⑫也。以大王之贤,士民之众,车骑⑬之用,兵法之教⑭,可以并诸侯,吞天下,称帝而治。愿大王少留意⑮,臣请奏其效⑯。"

秦王曰:"寡人闻之,毛羽不丰满者不可以高飞,文章不成者不可以诛罚⑰,道德不厚者不可以使民⑱,政教不顺者不可以烦大臣⑲。今先生俨然⑳不远千里而庭教之㉑,愿以异日㉒。"

苏秦曰:"臣固疑㉓大王之不能用㉔也。昔者神农伐补遂㉕,黄帝伐涿鹿而禽蚩尤㉖,尧伐驩兜㉗,舜伐三苗㉘,禹伐共工㉙,汤伐有夏㉚,文王伐崇㉛,武王伐纣㉜,齐桓任战而伯天下㉝。由此观之,恶有不战者乎㉞?古者使车毂击驰㉟,言语相结㊱,天下为一㊲,约从连横㊳,兵革不藏㊴。文士并饬㊵,诸侯乱惑㊶,万端俱起㊷,不可胜理㊸。科条既备㊹,民多伪态㊺,书策稠浊㊻,百姓不足㊼。上下相愁㊽,民无所聊㊾。明言章理,兵甲愈起㊿。辩言伟服,攻战不息㉛。繁称文辞,天下不治㉜。舌弊耳聋,不见成功㉝。行义约信,天下不亲㉞。于是乃废文任武㉟,厚养死士㊱,缀甲厉兵㊲,效胜于战场㊳。夫徒处而致利,安坐而广地㊴,虽古五帝三王五伯㊵,明主贤君,常欲坐而致之⁶¹，其势不能⁶²，故以战续之⁶³。宽则两军相攻，迫则杖戟相橦⁶⁴，然后可建大功。是故兵胜于外，义强于内⁶⁵，威立于上，民服于下⁶⁶。今欲并天下，凌万乘⁶⁷，诎敌国⁶⁸，制海内⁶⁹，子元元⁷⁰，臣诸侯⁷¹，非兵不可⁷²。今之嗣主⁷³，忽于至道⁷⁴，皆惛于教，乱于治⁷⁵，迷于言，惑于语⁷⁶，沈于辩，溺于辞⁷⁷。以此论之，王固不能行也。"

说秦王书十上⁷⁸而说不行，黑貂之裘弊⁷⁹，黄金百斤⁸⁰尽，资用乏绝⁸¹，去秦而归⁸²。嬴縢履蹻，负书担橐⁸³，形容枯槁⁸⁴，面目犁黑⁸⁵，状有愧色⁸⁶。归至家，妻不下纴⁸⁷，嫂不为炊⁸⁸，父母不与言⁸⁹。苏秦喟叹⁹⁰曰："妻不以我为夫，嫂不以我为叔，父母不以我为子，是皆秦之罪也！"乃夜发书，陈箧数十⁹¹，得太公《阴符》之谋⁹²，伏而诵之，简练以为揣摩⁹³。读书欲睡，引锥自刺其股，血流至足，曰："安有说人主，不能出其金玉锦绣，取卿相之尊者乎⁹⁴？"期年⁹⁵，揣摩成，曰："此真可以说当世之君矣⁹⁶。"

于是乃摩燕乌集阙⁹⁷，见说赵王于华屋之下⁹⁸，抵掌而谈⁹⁹，赵王大悦，封为武安君⁽¹⁰⁰⁾。受相印⁽¹⁰¹⁾，革车百乘⁽¹⁰²⁾，锦绣千纯⁽¹⁰³⁾，白璧百双⁽¹⁰⁴⁾，黄金万溢⁽¹⁰⁵⁾，以随其后⁽¹⁰⁶⁾，约从散横⁽¹⁰⁷⁾，以抑强秦⁽¹⁰⁸⁾。故苏秦相于赵而关不通⁽¹⁰⁹⁾。

当此之时，天下之大，万民之众，王侯之威，谋臣之权，皆欲决苏秦之策⁽¹¹⁰⁾。不费斗粮，未烦一兵，未战一士，未绝一弦，未折一矢，诸侯相亲，贤于兄弟⁽¹¹¹⁾。夫贤人在而天下服，一人用而天下从⁽¹¹²⁾。故曰：式于政，不式于勇；式于廊庙之内，不式于四境之外⁽¹¹³⁾。当秦之隆⁽¹¹⁴⁾，黄金万溢为用⁽¹¹⁵⁾，转毂连骑⁽¹¹⁶⁾，炫熿于道⁽¹¹⁷⁾，山东之国⁽¹¹⁸⁾，从风而服，使赵大重⁽¹¹⁹⁾。且夫⁽¹²⁰⁾苏秦，特穷巷掘门桑户棬枢之士耳⁽¹²¹⁾，伏轼撙衔⁽¹²²⁾，横历⁽¹²³⁾天下，廷说诸侯之王⁽¹²⁴⁾，杜左右之口⁽¹²⁵⁾，天下莫之能伉⁽¹²⁶⁾。

将说楚王⁽¹²⁷⁾，路过洛阳⁽¹²⁸⁾，父母闻之，清宫除道⁽¹²⁹⁾，张乐设饮⁽¹³⁰⁾，郊迎三十里⁽¹³¹⁾；妻侧目而视⁽¹³²⁾，倾耳而听⁽¹³³⁾；嫂虵行匍伏⁽¹³⁴⁾，四拜自跪而谢⁽¹³⁵⁾。苏秦曰："嫂何前倨而后卑也⁽¹³⁶⁾？"嫂曰："以季子之位尊而多金⁽¹³⁷⁾。"苏秦曰："嗟乎！贫穷则父母不子⁽¹³⁸⁾，富贵则亲戚畏惧。人生世上，势位富贵⁽¹³⁹⁾，盖可忽乎哉⁽¹⁴⁰⁾！"

【注释】　①"苏秦"句：苏秦开始时打算（主张）连横（之术）。将，打算，这里是主张的意思。苏秦,战国时洛阳(今河南省洛阳市)人,研习纵横之术,起先主张连横,后转为合纵。战国时,位于东西的秦国、齐国以及楚国等联合进攻他国,称为连横,位于南北的齐国、楚国、燕国、赵国、韩国、魏国等联合共同抗击秦国,称为合纵(亦称约纵)。当时,研习纵横之术并游走各国,以求重用者,称为纵横家。　②说(shuì)秦惠王:游说秦惠王。秦惠王,嬴姓,名驷,公元前337年至公元前311年在位。　③"西有"句:西边有巴、蜀、汉中的地理形势之利。巴、蜀,今四川省一带。汉中,在今陕西省南部。这些地方有秦岭山脉,交通不便,后人有"蜀道难,难于上青天"的说法。　④"北有"句:北边有胡貉、代马供使用。貉,产于北方少数民族地区的一种似狐的野兽,皮毛可用来制裘。代,在今河北省西北部、山西省东北部一带,产良马。　⑤"南有"句:南边有巫山、黔中为边界。巫山,在今长江三峡;黔中,指今贵州省一带。这些地方多高山峻岭,地理形势险要。限,界限,边界。　⑥"东有"句:东边有崤、函这样的关塞。崤,同"殽",亦即崤,有名关塞,在今河南省洛宁县一带。函,函谷关,有名关塞,在今河南省灵宝市一带。固,指关塞牢不可破。⑦殷富:繁盛,富足。　⑧万乘(shèng):万辆。乘,车,这里指战车,军事力量。万乘之国,在战国时是大国、强国。　⑨奋击:奋力攻击,这里指英勇作战的军队将士。　⑩蓄积饶多:积聚(的粮食、财富)很丰富。饶,丰足。　⑪地势形便:地理形势很有利。形便,敌方难于攻打(自己),己方守卫不会被攻破。　⑫雄国:称雄于天下的强国。　⑬车骑:车马,这里指军队。　⑭兵法之教:兵法的教授、学习。　⑮少留意:稍加留意,这里的意思是请秦惠公对自己的陈述予以重视。　⑯请奏其效:请允许我奏说(连横之术的)成效。　⑰"文章"句:礼法制度未健全者不可以诛罚(用刑罚)。文章,这里指礼仪法令制度。诛罚,惩治。　⑱"道德"句:道德不深厚者不可以统治人民。使,役使,支配,统治。⑲"政教"句:政教不合事理、不和顺者不可以烦劳大臣(出征打仗)。　⑳俨然:严肃庄重。　㉑庭教之:当庭指教。　㉒愿以异日:希望等到他日(再议)。以上话语表明秦惠王认为秦国国力尚未强盛(毛羽不丰满),因此不愿立即采纳苏秦的主张,以武力并吞他国。　㉓固疑:原本(就)怀疑。固,本来,原本。　㉔用:采用,采纳。　㉕"昔者"句:从前,神农氏讨伐补遂。神农氏,一说即炎帝,发明医药和农业,传为古代五帝之一,有名的圣贤帝王,为国人尊为始祖。补遂,古国名,不详所在。　㉖"黄帝"句:黄帝(在)涿鹿讨伐并擒获蚩尤。黄帝,即轩辕氏,姓公孙,传为古代五帝之一,有名的圣贤帝王,为国人尊为始祖。涿鹿,在今河北省涿鹿县一带。蚩尤,传为古代九黎族首领,与黄帝战于涿鹿,失败被杀,后人以蚩尤比喻恶人。　㉗尧伐驩(huān)兜:尧讨伐驩兜。尧,陶唐氏之号,姓伊祁,名放勋,称唐尧,传为古代五帝之一,有名的圣贤帝王。相传尧、舜时有四凶:浑敦、穷奇、梼杌、饕餮,浑敦即驩兜,穷奇即共工,饕餮即三苗,梼杌即鲧。后来,共工被流放到幽洲(即幽州,在今河北省北部及辽宁省一带),驩兜被放逐于崇山(在今广西省凌云县和西林县一带,亦说在今湖南省张家界市一带),三苗被驱逐至三危(在今甘肃省敦煌市一带,亦说在今甘肃省岷山西南,或说在今云南省),鲧被逐置在羽山(不详所在,或说在今山东省临沭县和江苏省东海县交界处)。古人认为四凶其实都被杀死。今人多认为这四凶都是当时的部落领袖。后人把四凶比喻凶狠贪婪的佞臣。　㉘舜伐三苗:舜讨伐三苗。舜,姚姓,有虞氏,名重华,称虞舜,受尧禅(shàn)让为君,后禅位于禹,传为古代五帝之一,有名的圣贤帝王。　㉙禹伐共工:禹讨伐共工。禹,姒(sì)姓,名文命,鲧之子,称大禹,奉虞舜之命治水,疏浚江河,兴修水利,发展农业,勤勉尽心,三过家门而不入,得舜禅位,建立夏朝,故又称夏禹,有名的圣贤帝王。 ㉚ 汤伐有夏:汤讨伐夏朝。汤,商朝开国君主,子姓,名履,又称成汤,建立商朝,定都于亳(在今河南省商丘市一带,亦说在今河南省偃师县一带),有名的圣贤君主。后盘庚迁都至殷(在今河南省安阳市一带),又称殷商。有夏,夏朝。有,无义,用于词头。桀,夏朝最后一个君主,姒姓,名履癸,传为暴君,为汤所灭。 ㉛ 文王伐崇:文王讨伐崇。文王,即周文王,姬姓,名昌,周朝开国君主,为后来的周武王灭商奠定了基础,周武王建立周朝后,追尊为文王。崇,殷商的盟国,在今陕西省西安市西南一带,为周文王所灭。 ㉜ 武王伐纣:武王讨伐纣。武王,即周武王,周文王之子,名发,灭商建立周朝,登天子位,分封诸侯。纣,商朝最后一个君主,子姓,名受,传为暴君,为周武王所灭。 ㉝ "齐桓"句:齐桓公(因)善战而称霸天下。齐桓,即齐桓公,齐国国君,姜姓,名小白,公元前685年至公元前643年在位,春秋五伯(五霸)之一。任战,善战。伯,通"霸",称霸(天下)。 ㉞ "恶(wū)有"句:那有不通过战争而成功的?恶,何,怎么。 ㉟ "古者"句:古时候(各国派遣的)使者的车辆(往来)疾驰。毂,车轮中心插轴的圆孔,这里指车。 ㊱ 言语相结:通过外交来相互结盟。言语,这里指外交辞令。 ㊲ 天下为一:天下合为一体,这里是指天下和平,和谐如一家。 ㊳ 约从连横:即合纵连横。这里是指自从合纵连横之说盛行(天下就不太平了)。 ㊴ 兵革不藏:武器就不再藏起来了,这里指战争连绵不绝。兵甲,兵器和铠甲,这里指武器。 ㊵ 文士并饰(shì):文士们纷纷巧言辩说。文士,辩士,纵横家。并,纷纷。饰,一作饬,即饰,巧饰,指纵横家修饰文辞,进行游说。 ㊶ 诸侯乱惑:诸侯各国国君(都)混乱迷惑。乱惑,混乱迷惑,不知所向。 ㊷ 万端俱起:各种事端都发生了。 ㊸ 不可胜理:理不胜理(来不及处理)。胜,能承受。 ㊹ 科条既备:法令条文制度已经完备。科条,法令条文。 ㊺ 伪态:虚伪的作态。 ㊻ 书策稠浊:(各类)条文记载既多又浑浊。书策,各种记载(科条等)的书册。稠浊,纷繁而混乱。 ㊼ 不足:(物资)不丰足。 ㊽ 上下相愁:(朝中君臣)上下都发愁怨恨。愁,这里有怨恨的意思。 ㊾ 民无所聊:人民无所依靠。聊,依靠,依赖。 ㊿ "明言"二句:明白的话,显而易懂的道理,(使)战争越来越(多地)发生。明言,明白易懂的话。章理,显明的道理。这里指文士(辩士)的游说辩说越多越明白通达,越能激发战争。 ㈤ "辩言"二句:(辩士们)穿着奇装异服,说着大话,而战争(根本)不能停息。伟服,奇装异服。 ㈥ "繁称"二句:(辩士们)说的文辞(道理越)繁复,天下越是不太平。文辞,(游说的)言辞。不治,治理不了。 ㈦ "舌弊"二句:(辩士们)说破了舌头,(诸侯们)听聋了耳朵,(也)不见成功。弊,破损。 ㈧ "行义"二句:恭行仁义,诚信相约,天下各国(却)不能和解相亲。 ㈨ 废文任武:废弃文治,起用武力。任,使用。 ㈩ 厚养死士:以优厚的待遇来供养勇武敢死之士。 ㈦ 缀甲厉兵:缝制战衣,磨快兵器。缀,连缀,这里指缝制。厉,即"砺",磨刀石,这里作动词用,磨砺。 ㈧ "效胜"句:在战场上取胜。效胜,获胜。 ㈨ "夫徒处"二句:这样,无所作为而(奢望)获利,哪有安坐(宫内)而扩展疆土(的)。徒处,只是静静地待着。广地,拓展、扩充土地。 ㈩ 五帝三王五伯:古代圣明帝皇和强国国君,说法不一。五帝,一般是指上古时的黄帝、颛(zhuān)项(xū)、帝喾(kù)、唐尧、虞舜。三王,一般是指夏、商、周三代开国之君夏禹、商汤、周武王。五伯(bà),即春秋时五位先后称霸天下的诸侯国领袖齐桓公、晋文公、宋襄公、楚庄公、秦缪公(即秦穆公)。 ㈥ 坐而致之:安坐朝中(不用武力)而达到(天下大治的)目的。致,达到。 ㉒ 其势不能:(但)情况却不允许这样。势,形势,实际情况。 ㉓ 以战续之:接着(只能)用战争来实现目的。 ㉔ "宽则"二句:(战场)宽阔,则两军相互进攻,(战场)狭小,则用杖棒相互刺杀。杖,棍棒状兵器。戟(jǐ),带有尖刃的棍棒状兵器。撞(chōng),刺杀,击杀。 ㉕ "是故"二句:因此(用)军队决胜于外,(行)仁义强民于内。是故,即"故是",因此。 ㉖ "威立于上"二句:威权树立于(朝廷之)上,人民服从于下。 ㉗ 凌万乘(shèng):凌驾于万乘之国之上。万乘,有万辆战车的国家,指大国、强国。乘,车。 ㉘ 诎(qū)敌国:(使)敌国屈服。诎,屈服,臣服。 ㉙ 制海内:控制海内(天下)。制,控制。海内,古人以为,中国四面临海,所以称天下为四海之内。 ㉚ 子元元:统治人民。子,把人民当作自己的孩子一样爱护,其实即支配、统治的意思。元元,(众多善良的)人民。元,善良。 ㉛ 臣诸侯:(使)诸侯称臣。 ㉜ 非兵不可:非用武力不可。 ㉝ 嗣主:继位的国君。 ㉞ 忽于至道:忽略了至道。至道,真理。至,最高,最好。 ㉟ "惽(hūn)于教"二句:对正确的教导(很)糊涂,对国家的治理没有清醒的认识。惽,糊涂,不明事理。乱,迷乱。 ㊱ "迷于言"二句:迷惑于那些(辩士的)花言巧语。 ㊲ "沈于辩"二句:沉溺于(辩士们的)辩说(之中)。沈,即"沉"。 ㊳ 十上:(向秦惠王)上(书)十次。 ㊴ 弊:破旧。 ㊵ 黄金百斤:黄金一百斤,指钱比较多。黄金,这里指黄铜,古人用作货币。 ㊶ 资用乏绝:钱财费用用完了。 ㊷ 去秦而归:离开秦国而回去。去,离开。 ㊸ "赢縢(téng)"二句:裹着绑脚布,穿着草鞋,背着书籍,担着口袋,赢縢,裹着绑脚布。赢,通"累",缠绕。縢,绑腿。履,这里作动词用,穿。蹻(jué),鞋,草鞋。负,背着。橐(tuó),装东西的袋子。这里是指苏秦疲惫不堪,很狼狈的样子。 ㊹ 形容枯槁:模样憔悴。形容,外貌,模样。枯槁,消瘦,憔悴。 ㊺ 面目犁黑:面色黑黝黝的。犁黑,黧(lí)黑,黑色。犁,通"黧"。 ㊻ 状有愧色:样子露出惭愧的神色。状,形状,形态,脸色。 ㊼ 下纴(rèn):下织机(迎接苏秦)。纴,纺织,这里指织机。 ㊽ 为炊:做饭。炊,烧火做饭菜。 ㊾ 与言:和(他)说话。以上三句是说苏秦一无所获回家,家人都表示鄙视,不愿理睬他。 ㊿ 喟叹:叹息,叹气。喟,叹。 ㉛ 陈箧数十:打开数十个(书)箱。陈,摆开,陈列,这里是打开的意思。箧,箱子。 ㉜ "得太公"句:找得到姜太公的兵书。太公,即吕尚,姜姓,名尚,字子牙,其祖先曾封于吕(在今山东省莒县),所以称吕尚,是西周初年著名政治家、军事家。传其七十岁时遇见西侯伯姬昌(周文王),拜为师,姬昌认为他就是自己先祖盼望已久的圣贤,所以尊称之为太公望,后人也称他为姜太公。《阴符》之谋,姜太公的兵书。 ㉝ "简练"句:择取精要,揣摩研习。简,寻捡,选择。练,熟习。 ㉞ "安有"三句:哪有游说君主,不能(使他们)拿出(赏赐)金玉锦绣,不能取得高官的尊贵地位的呢?这里是指苏秦发誓一定要游说成功,获得高官厚禄。卿相,执掌国家大政的大臣。 ㉟ 期(jī)年:一整年。期,周而复始,整。 ㊱ "此真"句:这是真正(可以用来)说服当代诸侯国国君(的主张)。 ㊲ "于是"句:于是(苏秦)到燕乌集宫阙。摩,迫近,接近,这里是到的意思。燕乌集,宫阙名,上有门楼的宫称阙。燕乌,白颈而群飞的鸦,用以称宫阙,取安闲的意思。 ㊳ "见说(shuì)"句:在华屋拜见赵王并说动他。赵王,即赵肃侯,嬴姓,名语,公元前349年至公元前326年在位。华屋,华丽的房屋,这里指燕乌集宫阙。 ㊴ 抵(zhǐ)掌而谈:击掌相谈,指谈得十分投机、兴奋。抵掌,击掌。抵,击,拍。 ㊵ 武安君:武安的领主。武安,在今河北省武安市。君,大夫以上、据有土地的统治者通称君。这里是说把武安封给了苏秦。 ⑩ 受相印:授予(苏秦)相印,即封他为相。 ⑩ 革车百乘(shèng):包装有皮革的车辆(战车)百辆。乘,数量词,辆。 ⑩ 锦绣千纯(tún):锦绣绫罗一千纯。纯,丝织品或布,一段称一纯。 ⑩ 白璧百双:白玉璧一百对。 ⑩ 黄金万溢:黄金一万溢。黄金,即黄铜,钱财。溢,即"镒"(yì),二十两为一溢。 ⑩ 以随其后:跟随在苏秦之后。这里是指赵王派苏秦到各国去游说。 ⑩ 约从散横:订立合纵盟约,离散连横同盟。 ⑩ 以抑强秦:来抑制强大的秦国。抑,抑制,阻止。 ⑩ "故苏秦"句:所以苏秦在赵国为相,函谷关就不通了。关,函谷关,在今河南省灵宝市,秦国通往东方各国的要塞。 ⑩ "当此"六句:这六句的意思是当时天下所有的国君、谋臣都要由苏秦来决策。 ⑪ "不费"七句:这七句的意思是没有耗费任何粮食、武器,诸侯之间相亲和睦,比兄弟还要(亲善)。贤,胜过。 ⑫ "夫贤人"二句:这(证明)有贤人在,天下就顺从,任用一个贤人,天下就会追随。贤人,德才兼备的人,这里有溢美之嫌。服,降服,顺从。从,追随。 ⑬ "式于"三句:(要)用政治(的力量)而不是用勇(武)力,用在朝廷内(筹划谋略的方法),而不用在境外(打仗的方法)。式,用。政,政治(手段)。勇,武力。廊庙,宫殿和太庙,这里指朝廷。四境,四方疆界,指国家疆土。 ⑭ 当秦之隆:当苏秦位高权重、如日中天之时。隆,隆盛显赫。 ⑮ 为用:为(苏秦)所用,所支配。 ⑯ 转毂连骑:飞驰的车辆和随从接连不断,络绎于途。转毂,车轮飞转。连骑,骑马的随从(之多)。 ⑰ 炫熿(huáng)于道:炫耀于(奔走往来的)道路上。炫熿,即"炫煌",显耀。 ⑱ 山东之国:华山以东的诸侯国。山东,华(huà)山(在今陕西省华阴市),或指崤山(在今河南省洛宁县)以东战国七雄中除秦国外的其他六国——楚、燕、齐、韩、赵、魏。 ⑲ 重:被看重,被推崇。 ⑳ 且夫:况且。 ㉑ "特穷巷"句:(苏秦)只是一个穷巷陋室中的穷人而已。特,只是,仅仅。掘(kū)门,在矮墙上挖个洞为门。掘,同"窟"。桊(quān)枢,用木条当门枢。桊,曲木。 ㉒ 伏轼撙衔:乘着车,拉着马嚼子。伏轼,靠伏在车前的横木上。轼,车前供乘坐者凭靠的横木。撙衔,拉着马笼头。撙,控制。衔,马嚼子。 ㉓ 横历:横行(天下),这里指苏秦气势凌厉盛大。 ㉔ "廷说(shuì)"句:在朝廷上说动诸侯国国君。 ㉕ 杜左右之口:封住左右大臣的嘴。杜,封闭,堵塞。 ㉖ "天下"句:天下无任可与之对抗。莫之能伉(kàng),即莫能伉之,没有(人)能对抗他(苏秦)。伉,通"抗",对抗。 ㉗ 将说(shuì)楚王:准备(去)游说楚王。楚王,即楚威王,芈姓,名商,公元前339年至公元前329年在位。 ㉘ 洛阳:在今河南省洛阳市,苏秦家乡。 ㉙ 清宫除道:清扫房屋、道路。宫,房屋。清和除,是清洗打扫的意思。 ㉚ 张乐设饮:奏乐设宴。张,设置,奏。饮,这里指酒宴。 ㉛ 郊迎三十里:来到郊外三十里相迎。 ㉜ 侧目而视:斜着眼睛看,形容战战兢兢的样子。 ㉝ 倾耳而听:侧着耳朵听,也是形容战战兢兢的样子。 ㉞ 虵(shé)行匍伏:像蛇一样爬在地上匍匐行进,形容卑下恭敬的样子。虵,即"蛇"。 ㉟ 四拜自跪而谢:拜了四拜,跪着而自我责备。谢,认错,道歉。 ㊱ "嫂何"句:嫂子为何以前那么傲慢无礼,而今天则如此自卑呢?倨,傲慢不恭。 ㊲ "以季子"句:因为叔叔您地位崇高而且钱财丰厚。季子,小叔。 ㊳ 不子:不(把我)当成儿子。子,这里作动词用,当作儿子。 ㊴ 势位富贵:权势地位(高),富有而尊贵。富,财富多。贵,地位高。 ㊵ 盖(hé)可忽乎哉:怎么可以轻忽呢?盖,通"盍",何,怎么。

【赏析】《苏秦始将连横》是《战国策》中颇为有名的篇什,不仅形象地再现了战国时纵横家逞志纵才,游说诸侯,无视仁义道德,谋求高官厚禄的生动史实,也塑造了苏秦这样出身低贱而发迹变泰的人物典型。

苏秦只是一个"穷巷掘门桑户棬枢之士",但他不甘身处底层,穷老牖下。于是,他不辞千里,去游说秦王,以连横对抗关东六国。然秦王不为所动,苏秦怏怏而归,不料被家人所鄙视,父母、妻、嫂均冷落他。这极大地刺激了苏秦,从此发奋攻读兵书,研习机谋战术,其刻苦坚韧,已到了常人所难以承受的地步,在累了困了时,竟然"引锥自刺其股,血流至足"。苏秦的努力终于得到了丰厚的回报。在被赵王青睐而委以重任后,苏秦果然不负所望,以合纵之术游走于诸侯之间,鼓唇摇舌,折冲樽俎,一时间天下风从,声望如日中天,无人能及。《孟子·滕文公下》中这样说苏秦之类的纵横家:"一怒而诸侯惧,安居而天下熄。"虽有点夸大其词,但也说明纵横家在当时确实有着不容忽视的能量和影响。

文章中极具戏剧性的是,当苏秦衣锦回乡时,又一幕令人惊讶的情景发生了:苏秦父母张乐设宴,远迎至郊外三十里,他的妻子不敢直面向他,而其嫂子更是匍匐蛇行,并直言不讳地说:今非昔比,叔叔如今不是一无所获的穷光蛋,而是权高位重、金银满溢的达官贵人了。这使得苏秦百感交集,发出了"贫穷则父母不子,富贵则亲戚畏惧。人生世上,势位富贵,盖可忽乎哉"的慨叹。

在这里,需要指出的是:首先,苏秦是一位纵横家亦即辩士,虽然善于审时度势,辨明利害,但并没有什么战略远见,更没有什么是非标准,只是以谋取高官厚禄为目的,因此,他既可以用连横之术游说秦王,也可以用合纵之术说服赵王,也就是说,无论谁给他权位金钱,他都可以为之效命,这是先秦一般纵横家的共同特性。其次,苏秦父母、妻、嫂前倨后恭的态度和行为,也真实反映了当时社会希羡功名利禄、荣华富贵的心态,令人深思。

苏秦两次远游,得到两种不同的结果,并受到家中亲人截然相反的待遇,文章于此做了精妙的描述和刻画,尤其是苏秦前后外出游说后的回乡场景,对比鲜明,反差强烈,细节典型如其嫂蛇行而言"以季子之位尊而多金",对人物形象的塑造和心理刻画,起到了画龙点睛的效果,在令人哑然失笑的同时,也发人深省。

司马错论伐蜀

【题解】 本文选自《战国策·秦策一》。秦惠王时,就秦国应该先攻伐二周、取中原之地,还是应该先伐蜀国、拿下西南,大臣司马错与客卿张仪在秦惠王前激烈争论。最终，秦惠王采纳了司马错的意见，起兵伐蜀，广地、富民、强兵，为后来秦国吞并六国、统一天下奠定了基础。

【原文】

司马错与张仪争论于秦惠王前①。司马错欲伐蜀②，张仪曰："不如伐韩③。"王曰："请闻其说④。"

对⑤曰："亲魏善楚⑥，下兵三川⑦，塞轘辕、缑氏之口⑧，当屯留之道⑨，魏绝南阳⑩，楚临南郑⑪，秦攻新城⑫、宜阳，以临二周之郊⑬，诛周主之罪⑭，侵楚、魏之地⑮。周自知不救⑯，九鼎宝器必出⑰。据九鼎，按图籍⑱，挟天子以令天下⑲，天下莫敢不听，此王业⑳也。今夫蜀，西僻㉑之国也，而戎狄之长㉒也，敝兵劳众㉓不足以成名，得其地不足以为利。臣闻：'争名者于朝，争利者于市㉔。'今三川、周室，天下之市朝㉕也，而王不争焉，顾争于戎狄㉖，去㉗王业远矣。"

司马错曰："不然㉘。臣闻之：'欲富国者，务广其地㉙；欲强兵者，务富其民；欲王者，务博其德㉚。三资者备㉛，而王随之矣㉜。'今王之地小民贫，故臣愿从事于易㉝。夫蜀，西僻之国也，而戎狄之长也，而有桀、纣之乱㉞。以秦攻之，譬如使豺狼逐㉟群羊也。取其地足以广国也，得其财足以富民，缮兵不伤众㊱，而彼已服㊲矣。故拔一国，而天下不以为暴㊳；利尽西海，诸侯不以为贪㊴。是我一举而名实两附㊵，而又有禁暴止乱㊶之名。今攻韩劫㊷天子，劫天子，恶名㊸也，而未必利㊹也，又有不义㊺之名。而攻天下之所不欲㊻，危㊼！臣请谒其故㊽：周，天下之宗室㊾也；韩，周之与国㊿也。周自知失九鼎，韩自知亡三川，则必将二国并力合谋㉛，以因于齐、赵，而求解乎楚、魏㊾。以鼎与㊿楚，以地与魏，王不能禁㊾。此臣所谓'危'，不如伐蜀之完㊾也。"

惠王曰："善㊾！寡人听子㊾。"卒㊾起兵伐蜀，十月取之㊾，遂定蜀㊾，蜀主更号为侯㊾，而使陈庄相蜀㊾。蜀既属㊾，秦益强富厚㊾，轻诸侯㊾。

【注释】 ①"司马错"句：司马错与张仪在秦惠王前相互争论。司马错，秦国大将，公元前316年，率军灭蜀国。张仪，魏国人，秦国客卿，秦惠王时为秦相。秦惠王，嬴姓，名驷，公元前337年至公元前311年在位。秦惠王为秦孝公之子，自他开始，秦国国君称王。　②蜀:古族名,建立蜀国,在今四川省一带,传最早首领名蚕丛,公元前316年并于秦国,置蜀郡。　③韩:战国七雄之一,在今山西省东南部和河南省中部一带,公元前230年为秦所灭。　④愿闻其说:愿意听听你(张仪)的说法。　⑤对:回答,应答,这里是张仪应答秦惠王的问话。　⑥亲魏善楚:亲近魏国,交好楚国。魏,战国七雄之一,在今山西省西南部一带,公元前225年为秦所灭。善,交好,亲善。楚,战国七雄之一,在今湖北省、湖南省、河南省南部、安徽省一带,公元前223年为秦所灭。　⑦下兵三川:出兵三川。下兵,出兵。三川,黄河、洛川、伊川,这里指三川汇合处的宜阳(在今河南省宜阳县),是军事要冲,兵家必争之地。　⑧"塞轘辕"二句:阻塞轘辕、缑(gōu)氏的山口。轘辕,山名,在今河南省登封市,关口险要。缑氏,山名,在今河南省偃师市。　⑨当屯留之道:挡住屯留的道路。当,阻挡。屯留,地名,今山西省屯留县。　⑩魏绝南阳:魏国阻绝南阳(的军队)。绝,阻绝。南阳,地名,在今河南省新乡市一带。　⑪楚临南郑:楚国兵临南郑。南郑,地名,在今河南省新郑市。　⑫新城:今河南省伊川县。　⑬二周之郊:二周的郊外。二周,战国末期,周室分为东周、西周两个小国。　⑭诛周主之罪:讨伐周天子之罪。这里指周天子分裂周室有罪,所以要讨伐。　⑮侵楚、魏之地:(然后)侵占楚国、魏国的土地。　⑯不救:不能获救。　⑰"九鼎"句:必定献出九鼎宝器。九鼎,传夏禹铸九鼎,象征九州,夏、商、周三代奉为国家政权的传国之宝。宝器,祭器,祭祀天地及先王所用,象征天子之位。　⑱按图籍:按照地图和户籍。图籍,地图和户籍,这里实际上是指疆土和人民、钱财及粮食。　⑲"挟天子"句:挟持天子,以天子名义来号令天下。　⑳王业:帝王之业,这里指统一天下的大业。　㉑西僻:西部偏僻之地。　㉒戎狄之长:是戎狄在掌控。戎狄,对少数民族的称呼。长,这里是掌控的意思。　㉓敝兵劳众:使兵士和人民劳累疲惫。敝,疲惫。劳,疲劳。　㉔"争名者"二句:要博取好名声的人在朝廷上,要获取财利的人在市场上。这里是说要获得什么利益,要找对合适的地方。　㉕市朝:市场和朝廷。这里是说,去攻伐周室,才是秦国应该努力的所在。　㉖顾争于戎狄:反而去戎狄那里争什么好处。顾,反而,却。　㉗去:离,距离。　㉘不然:不对。然,对,是。　㉙务广其地:致力于扩充他的土地。务,致力。广,这里作动词用,扩大,扩充。　㉚"欲王(wàng)者"二句:想要称王天下的人,致力于扩大自己的德行。王,这里作动词用,称王,统治。　㉛三资者备:这三者都具备。三资,指称王的三个必备条件:地广、民富、德博。备,具备。　㉜而王(wàng)随之矣:(那么)称王天下的大业就随之而实现了。　㉝易:容易做的事,指征伐蜀国。　㉞桀、纣之乱:桀、纣的乱政。桀,姒姓,名癸,一名履癸,公元前1652年至公元前1600年在位,夏朝最后一位君主,传为暴君。纣,子姓,名受,公元前1075年至公元前1046年在位,商朝最后一位君主,传为暴君。乱,横暴无道。　㉟逐:追逐。　㊱缮兵不伤众:整治武备而不劳民伤众。缮,整治。兵,武器,也指军队。这里指通过征伐蜀国,演练了军队。　㊲服:投降,使降服。　㊳"故拔"二句:因此攻取一国,而天下各国不以为(这样做)是暴虐(欺凌弱者的暴行)。拔,攻占,攻取。暴,欺凌,暴虐。　㊴"利尽"二句:得到西海之利,而天下诸侯不以为我们是贪婪。尽,尽得。西海之利,蜀国的物产财物。　㊵"是我"句:这是我秦国一举而名、利两得。是,代词,指攻伐蜀国。一举,一战。名实,名誉和实际利益。附,附着,这里是得到的意思。　㊶"而又有"句:而又有禁暴止乱的好名声。禁暴止乱,制止暴虐和乱政。　㊷劫:劫持,这里是挟持(天子)的意思。 ㊸ 恶名:恶劣的坏名声。 ㊹ 未必利:未必是好处。利,好处,利益。㊺ 不义:不合道义、礼义。 ㊻ “而攻”句:而攻伐(周室)是天下人都不愿意看到的。这里指天下人都尊周室,秦国如起兵攻伐,是冒天下之大不韪。 ㊼ 危:危险,这里是指把自己置于危险境地。 ㊽ 请谒其故:请让我陈述其中的缘故。谒,禀告,陈述。故,缘故,原因。 ㊾ 宗室:天下的大宗,天下都奉为宗主。 ㊿ 与国:盟国。 (51)“则必将”句:那必将会使(韩、周)二国合力共谋。 (52)“以因于”句:来亲近齐国、赵国,求救于楚国、魏国。因,亲近,这里有联合的意思。齐,战国七雄之一,在今山东省中北部,公元前221年为秦国所灭。解,解救。 (53) 与:给与,献与。 (54) 禁:制止,阻止。 (55) 完:完美,完满,妥善。这里指伐蜀既不伤己,也不招人怨恨指责,又有利可图,所以说完满。 (56) 善:好。(57) 听子:听你的。听,同意。 (58) 卒:最终。 (59) 取之:攻取了蜀国。之,代词,指蜀国。(60) 定蜀:平定了蜀国。 (61)“蜀主”句:蜀国之主改号为侯。更,更改。侯,国君。这里是说,秦国封蜀国之主为侯,是以天子自居。 (62)“而使”句:而派遣陈庄到蜀国为相。陈庄,秦国大臣。 (63) 既属:已为属国。既,已经。 (64) 益强富厚:更加强大富厚。厚,大。(65) 轻诸侯:轻视其他诸侯国。轻,轻视,鄙视。

【赏析】 秦惠王时,秦国军力强大,但楚、燕、齐、韩、赵、魏六国国力亦不能小觑,尤其是六国联合,对秦国有着很大的威胁。但是,秦国的终极目标是吞并六国,成为天下之主。所以,秦国必须有所作为,问题在于先做什么、怎么做。秦国大臣与客卿张仪都主张秦国不能被动等待,而要积极行动,但在先做什么、怎么做上,却有着截然不同的看法。

张仪力主先行攻打二周,逼二周献出九鼎宝器,挟天子以令诸侯,然后将六国吞并,完成统一大业,称王天下。这是秦国的既定目标,但是,在当时的情况下,天下表面上还是尊奉周室,攻打二周,强取九鼎宝器,则在道义上处于众矢之的;其次,六国国力,联合起来,远超秦国,以一对六,秦国决无胜算。因此,以秦国现有的实力,还远未到覆灭周室、吞并六国的时候。张仪的观点明显不符实际,也有悖秦国的根本利益。

司马错是秦臣,站在秦国现实利益的立场上,审时度势,明确提出秦国目前最紧要的是广地、富民、博德,这是为了实现称王天下必须要扎实做好的三件大事。如果这三件大事做好了,那么,君临天下也就是水到渠成的事了。否则,会激起六国与二周的联合,拼死与秦国对抗,则秦国不仅不能完成“王业”,连自身地位都岌岌可危。所以,司马错力主先伐蜀国,拿下西南僻地,广地、富民,又博得禁暴止乱的美名,一举而名实两得,何乐而不为。

显然,司马错的谋略符合秦国当时的实际和最大利益。秦惠王从善如流,采纳了他的主张,大获成功,进一步增强了秦国的实力,为将来的一统天下奠定了坚实的基础。

司马错既高瞻远瞩,洞察天下各国大势,又脚踏实地,深晓事情轻重缓急,有所为有所不为,是秦国利益的真诚维护者。而张仪作为一个纵横家,游说诸侯国君以博高官厚禄,诚然也是足智多谋、洞晓利害,但是,也不可避免有急于求成、为自己谋求更大利益的心理,他急切劝说秦惠王完成"王业",也暴露了其所说的"市朝"心态。文章由张仪和司马错的争论文字组成,说理透辟精警,充分体现了《战国策》语言明快流畅、犀利直率的风格特点。

范雎说秦王

【题解】 本文选自《战国策·秦策三》。纵横家范雎来到秦国,游说秦昭王真正掌控国家大权。在范雎的一番分析和鼓励下,秦昭王虚心求教于范雎,决心依靠范雎,谋划废除操纵国柄的母亲宣太后,翦除把持朝政的魏冉,夺回国家权力。

【原文】

范雎至秦①,王庭迎②,谓范雎曰:"寡人宜以身受令久矣③。今者义渠之事急④,寡人日自请太后⑤。今义渠之事已⑥,寡人乃得以身受命。躬窃闵然不敏⑦。"敬执宾主之礼⑧,范雎辞让⑨。

是日见范雎⑩,见者无不变色易容者⑪。秦王屏左右⑫,宫中虚无人,秦王跪而请⑬曰:"先生何以幸教寡人⑭?"范雎曰:"唯唯⑮。"有间⑯,秦王复请,范雎曰:"唯唯。"若是者三⑰。

秦王跽⑱曰:"先生不幸⑲教寡人乎?"

范雎谢⑳曰:"非敢然㉑也。臣闻始时吕尚之遇文王也㉒,身为渔父而钓于渭阳之滨耳㉓。若是者,交疏也㉔。已一说而立为太师㉕,载与俱归者,其言深㉖也。故文王果收功㉗于吕尚,卒擅天下而身立为帝王㉘。即使文王疏吕望而弗与深言,是周无天子之德,而文、武无与成其王也㉙。今臣,羁旅㉚之臣也,交疏于王,而所愿陈㉛者,皆匡君臣之事㉜,处人骨肉之间㉝。愿以陈臣之陋忠㉞,而未知王心也,所以王三问而不对㉟者是也。臣非有所畏而不敢言也,知今日言之于前,而明日伏诛于后,然臣弗敢畏也㊱。大王信行臣㊲之言,死不足以为臣患㊳,亡不足以为臣忧㊴,漆身而为厉㊵,被发而为狂㊶,不足以为臣耻㊷。五帝之圣而死㊸,三王之仁而死㊹,五伯之贤而死㊺,乌获之力而死㊻,奔、育之勇焉而死㊼。死者,人之所必不免也㊽。处必然之势,可以少有补于秦,此臣之所大愿也,臣何患乎[49]?伍子胥橐载而出昭关[50],夜行而昼伏[51],至于菱水[52],无以饵其口[53],坐行蒲伏[54],乞食于吴市[55],卒兴吴国[56],阖庐为霸[57]。使臣得进谋如伍子胥[58],加之以幽囚[59],终身不复见,是臣说之行也[60],臣何忧乎?箕子[61]、接舆[62],漆身而为厉,被发而为狂,无益于殷、楚[63]。使臣得同行于箕子、接舆[64],漆身可以补所贤之主[65],是臣之大荣也,臣又何耻乎?臣之所恐[66]者,独恐臣死之后,天下见臣尽忠而身蹶也[67],是以杜口裹足[68],莫肯即秦[69]耳。足下上畏太后之严[70],下惑奸臣之态[71],居深宫之中,不离保傅[72]之手,终身暗惑[73],无与照奸[74],大者宗庙灭覆[75],小者身以孤危[76]。此臣之所恐耳!若夫穷辱[77]之事,死亡之患,臣弗敢畏也。臣死而秦治,贤[78]于生也。"

秦王跽曰:"先生是何言也[79]!夫秦国僻远,寡人愚不肖[80],先生乃幸至此,此天以寡人恩[81]先生,而存[82]先王之庙也。寡人得受命于先生,此天所以幸先王而不弃其孤也[83]。先生奈何而言若此!事无大小,上及太后,下至大臣,愿先生悉[84]以教寡人,无疑[85]寡人也。"

范雎再拜[86],秦王亦再拜。

【注释】 ① 范雎(jū)至秦:范雎到秦国。范雎,战国时魏国人,谋略家。因在魏国遭遇险恶,于是入秦国,游说秦昭王,得重用,拜为相,帮助秦国远交近攻,后失宠,辞归封地,病死。秦,秦国,嬴姓,在今陕西省一带,战国七雄之一,后吞并六国,统一天下,建立秦朝。 ② 王庭迎:秦王在宫廷殿前迎接。王,秦昭王,嬴姓,名则,一名稷,公元前306年至公元前251年在位。庭,堂前,院子。 ③ "寡人"句:我很久前就应该亲自向您请教了。寡人,君王、诸侯的谦称。宜,应当,应该。以身受令,亲自受教。令,命令,这里指教诲。 ④ "今者"句:近来义渠战事很紧张。今者,这里是近来的意思。义渠,古代民族国家,在今陕西省和甘肃省交界一带,曾臣服于秦国,后来逐渐强大,常与秦国交战。秦昭王时,其母宣太后与义渠王通,生有二子。后宣太后诱杀义渠王,秦昭王灭义渠。 ⑤ "寡人"句:我每天向太后请命。请,拜见,请命。太后,即宣太后,芈(mǐ)姓,秦昭王之母,政权的实际掌控者。 ⑥ 已:结束。 ⑦ "躬窃"句:私下里想我很昏昧愚蠢。躬,自身。窃,私下,偷偷地。闵然,昏昧的样子。不敏,不聪明。这是秦昭王自谦的话,含有与范雎相见恨晚的意思。 ⑧ "敬执"句:恭恭敬敬地行宾主之礼。 ⑨ 辞让:推辞,不敢当。 ⑩ 是日见范雎:这天(秦昭王)接见范雎。是,代词,此,这。 ⑪ "见者"句:看见的人无不脸色大变。这里是形容秦国的大臣们对秦昭王接见范雎感到十分惊讶。易,换。 ⑫ 屏左右:屏去左右的人(让左右的人退下)。屏,让退避。 ⑬ 跪而请:跪下来请教。跪,单膝或双膝着地,屁股抬起,一种很恭敬的礼节。 ⑭ "先生"句:先生教诲我什么呢?幸,庆幸,高兴,这里是说秦昭王以能得到范雎的教导而感到庆幸。 ⑮ 唯唯:是是。这里是指范雎不知道秦王是否有诚意,不敢回答,发表看法,只是虚加敷衍。 ⑯ 有间:(过了)一会儿。间,一会儿,顷刻。 ⑰ 若是者三:像这样有三次。是,代词,这样。 ⑱ 跽:长跪,即两膝着地,上身挺直。古人席地而坐,屁股置于脚后跟。挺直上身,是表示恭敬。 ⑲ 不幸:不喜欢。这里是说范雎不愿意。 ⑳ 谢:赔罪,道歉。 ㉑ 非敢然:不敢这样。然,……的样子。 ㉒ "臣闻"句:我听闻当年吕尚遇见周文王(的事)。始,当初,当年。吕尚,姜姓,名尚,字子牙,其祖先曾封于吕(在今山东省莒县),所以称吕尚,是西周初年著名政治家、军事家。传其七十岁时遇见西侯伯姬昌(周文王),拜为师,姬昌又认为他就是自己先祖盼望已久的圣贤,所以尊称之为太公望,后人也称他为姜太公。辅佐姬昌父子灭商兴周,被封于齐(在今山东省北部一带),是齐国的创始人。文王,姬姓,名昌,商代末年为西部诸侯之长,故亦称西昌伯,招纳贤才,增强国力,为后来周武王姬发灭商兴周奠定了基础,周武王称天子后,追尊姬昌为文王。 ㉓ "身为"句:作为渔父而垂钓于渭河北岸边。身为,作为。渭河北岸,阳,河的北边称为阳。滨,水边,岸边。传吕尚在渭河边钓鱼,西伯侯姬昌遇见,认为他就是自己先祖盼望已久的圣贤,于是尊称为太公望,与他一起乘车回去,拜为师。 ㉔ "若是者"二句:像这样的情况,是交往不深啊。是,这样。交疏,交情疏浅,交往不密切。疏,生疏,不亲近。 ㉕ "已一说"句:一谈就拜为太师。已,完毕。一说,进言一次,谈了一次。 ㉖ 言深:言谈深入恳切。这里是指西伯侯与吕尚虽然初次见面,没有什么交情,但双方都很真诚,深入交谈。范雎这样说,也是试探秦昭王是否真心求教。 ㉗ 果收功:结果收获大功。果,果然。这里是指周文王、周武王最终实现灭商兴周的大业。 ㉘ "卒擅"句:最终专有天下而自身立为帝王。卒,最终。擅,独揽,据有,占有。 ㉙ "即使"三句:假使西伯侯疏远吕尚而不与他深入交谈,(那么表明)周文王没有天子之德,而周文王、周武王也就不能成为帝王了。即使,假使,设想退一步。 ㉚ 羁(jī)旅:客旅,寄居异乡。羁,同"羇",旅居。 ㉛ 愿陈:愿意,打算陈述(的想法)。 ㉜ "皆匡"句:都是纠正君臣关系的事。 ㉝ "处人"句:(也是)处于人骨肉亲情之间(的事)。 ㉞ 陋忠:粗陋的忠心。这是范雎的谦辞。陋,粗陋,浅陋。 ㉟ 对:应答,回答。 ㊱ "知今日"三句:明知今天说在前面,明天被杀在后面,但我不敢有畏惧。伏诛,被杀,被处死。这里的意思说,范雎是因为不知道秦昭王内心的真实想法而不敢说,并不是因为怕被杀。 ㊲ 行臣:即行人,使者,出行者。范雎来自他国,所以这样自称。 ㊳ "死不足"句:死不足以让我有顾虑。患,考虑,担忧。 ㊴ "亡不足"句:流亡不足以令我忧虑。亡,逃亡,流亡。 ㊵ 漆身而为厉(lài):浑身像涂了黑漆生了疥疮一样。厉,生癞疮,疥疮。 ㊶ 被发而为狂:披散着头发像发疯一样。狂,狂乱,发疯。 ㊷ 耻:耻辱,羞耻。以上六句是说,只要秦昭王信任范雎所说的话,那么,什么样的恶劣后果他都不会考虑,都不怕承受。 ㊸ "五帝"句:五帝是圣王也要死。五帝,上古时的五位圣王,说法不一,一般指黄帝、颛顼、帝喾、唐尧、虞舜。 ㊹ "三王"句:三王是仁君也要死。三王,上古时的三位仁君,说法不一,一般指夏禹、商汤、周文王。 ㊺ "五伯(bà)"句:五伯是贤主也要死。五伯,春秋时五个强国的国君,相继称霸诸侯,说法不一,一般指齐桓公、晋文公、宋襄公、楚庄公、秦缪公。 ㊻ "乌获"句:乌获力能扛鼎也要死。乌获,传说中的大力士。 ㊼ "奔、育"二句:孟贲和夏育是勇士也要死。奔,孟贲。育,夏育。二人都是战国时的勇猛之士。 ㊽ "死者"二句:死亡是人所不能避免的。 ㊾“处必然”四句:(如果)我身处必然(要死的)境地,(但)可以对秦国有一点点小小的帮助,这是我心中最大的愿望,我有什么可担心的呢?必然之势,必然的处境,这里指必死。补,补益,有助。 ㊿“伍子胥”句:伍子胥藏在口袋里逃出昭关。伍子胥,名员(yùn),字子胥,初为楚国大夫,受楚平王迫害,父、兄被杀,他逃奔吴国,为吴王重用,率吴军入楚国都城,报仇雪恨。橐(tuō),口袋。昭关,地名,在今安徽省含山县,关隘险要。传说伍子胥为了躲避楚人的追捕,藏在牛皮口袋里,是用车载了偷偷逃出去的。 (51) 夜行而昼伏:晚上行动,白天藏伏。 (52) 菱水:即溧水,在今江苏省南京市溧水区。 (53) 饵其口:(食物)给嘴巴吃。饵,给吃。 (54) 坐行蒲伏:坐着行走,趴在地上。蒲伏,伏地而行。这里是指伍子胥又饿又累,已经没有力气了。 (55) 乞食于吴市:在吴国要饭。吴市,吴国集市,这里指在吴国城市的大街上。吴,吴国,在今江苏省南部、安徽省一部、上海市和浙江省北部一带。 (56) 卒兴吴国:最终使吴国兴盛。 (57) 阖庐为霸:阖庐成为霸主。阖庐,亦作阖闾,姬姓,名光,吴国国君,公元前 514 年至公元前 496 年在位。 (58)“使臣”句:假使能让我像伍子胥向吴王献策那样,向您进献谋略。使,假如,假使。 (59) 加之以幽囚:(就是)加给我幽禁(的刑罚)。幽囚,幽禁,囚禁。 (60)“是臣说”句:只要我的谋略能得以实行。是,只。说,这里指谋略。 (61) 箕(jī)子:殷纣王的叔父,后人尊为仁人君子。商朝末年,箕子不满殷纣王无道,远走朝鲜,建立东方君子国。 (62) 接舆:春秋时楚国隐士,不满社会,剪去头发,佯狂不仕,被称为楚狂接舆。 (63) 无益于殷、楚:对殷商、楚国没有帮助、益处。这里是指箕子和接舆没有出来为国家尽责任和义务。 (64)“使臣得”二句:假使我能像箕子、接舆那样行事。 (65) 所贤之主:所尊崇的贤主。贤,这里作动词用,尊崇。以上二句是说如果可以对秦昭王有帮助的话,范雎也可以做箕子、接舆那样的行为。 (66) 恐:恐惧,担心。 (67)“天下”句:天下的人见到我范雎尽忠(于秦)而身亡。蹶,跌倒,这里指死亡。 (68)“是以”句:因此而闭口,止步不前。杜,堵塞,封闭。裹足,把脚包裹起来,形容有顾虑而止步不前。这里指人们看到范雎的遭遇,都有了顾虑,不敢来投奔秦国了。 (69) 即秦:投奔秦国。即,接近,靠近,这里是投奔的意思。 (70)“足下”二句:您上畏惧太后之威。足下,对人的尊称。太后,即秦昭王之母宣太后。 (71)“下惑”句:下迷惑于奸臣的邪恶行为。奸臣,这里指当时秦国外戚魏冉,受宣太后信任而执掌朝中大权。态,邪恶,欺诈。 (72) 保傅:保育教导太子、未成年帝王、诸侯等的男女官员,这里应指女保、女傅。这里是指秦昭王未能独立亲政。 (73) 终身暗惑:一辈子(被蒙蔽而)昏昧迷乱。暗惑,昏昧迷乱。 (74) 无与照奸:无法察见奸佞。照,察知,察见。 (75)“大者”句:从大的方面来说是国家灭亡。宗庙,帝王、诸侯祭祀祖宗的庙宇,这里指称朝廷和国家政权。 (76)“小者”句:从小的方面来说是您自身难保。孤危,孤立危急,处于险境。 (77) 穷辱:困穷耻辱。穷,处于下层。 (78) 贤:(胜)过。 (79)“先生”句:先生说的是什么话啊。这里的意思是先生您何必这么说呢,太客气了。 (80) 愚不肖(xiào):愚昧不成器。不肖,不成材,不成器。 (81) 慁(hùn):打扰,这里是秦昭王的客气话。 (82) 存:保存。这里是指使秦国不被灭亡。 (83)“此天”句:这是上天恩宠先王而不抛弃我啊。幸,这里是恩宠、垂怜的意思。 (84) 悉: 都,全部。 (85) 无疑:不要怀疑(我的诚心诚意)。(86) 再拜:拜了两次,拜了又拜,表示恭敬。

【赏析】 秦昭王于公元前306年登上国君宝座,连年攻伐,开拓疆土,使秦国成为军事强国,展现出傲视六国的雄才大略,为后代一统天下奠定了坚实的基础。但是,其母宣太后一直垂帘听政,而宣太后异父同母弟魏冉为相,深受宣太后宠信,独揽大权。这种情况一直延续到秦昭王三十六年(公元前270年),这不仅对秦昭王而言极为不利,也严重影响和阻碍了秦国的不断进取。

作为一个以合纵(游说六国联合抗秦)或连横(游说六国共同听命秦国)游说各国诸侯、谋求政治权力的谋士,范雎在秦国及秦昭王那里看到了机会和可能性。他来到秦国,要说动秦昭王完全夺回国家权力,并按照自己的谋划来治国理政。

文章写范雎到秦国,秦昭王接见他时,遭到朝廷上下的猜疑和警惕,这显然对范雎构成了威胁。所以,尽管秦昭王退去了旁人,单独与范雎交谈,面对秦昭王的求教,范雎仍不敢轻言雌黄,擅加评议。在秦昭王再三表明诚意后,他才款款而论,指出秦国国内政局的主要困境在于"太后之威"和"奸臣之态",而作为一国之君、在位已长达三十六年的秦昭王却仍然被当作幼主,"不离保傅之手"。范雎所言,一针见血,切中肯綮。秦昭王大为赞赏,恭恭敬敬地拜请范雎赐教,谋划夺回大权、开创秦国新的前途的大计。

文章主要由范雎的谈话组成。范雎的分析,当然触及了问题的症结,但也摇动了秦昭王母子、亲戚的关系,所以,隐含着很大的风险,稍一不慎,不免杀身之祸。这也是范雎一开始不敢直言的根本原因。但是,他又不愿放弃这个难得的好机会。所以,范雎充分显示了他能言善辩的才华。首先,范雎举了周文王初见吕尚,言谈甚欢,即车载以归,共襄大业的故事,说明交疏而言深,得不世之材,是天子之德,但自己不知秦昭王的真实想法,所以不敢妄言;接着,声明自己将真话献上,是为了对秦国和秦昭王有所补益,虽死亦不辞;再次,说如果自己因为进忠言而伏诛,那么将断绝秦国招贤纳士之路,于秦国是莫大损失;最后,他揭示了秦国朝政的根本问题和弊端,并告诫秦昭王,这些问题如不解决,"大者宗庙灭覆,小者身以孤危"。一席话,对秦昭王而言,犹如醍醐灌顶,感奋异常,决定"事无大小,上及太后,下至大臣",均请范雎教导。此后,范雎就为秦昭王谋划了"远交近攻"的策略,交好齐国,兼并韩国和魏国。

范雎的一番议论,层层推进,逻辑严密,语意委婉但表达清晰,且情谊诚恳,富含智慧和机警,是先秦纵横家审时察势、游说君主的成功典范。

吕不韦贾于邯郸

【题解】 本文选自《战国策·秦策五》。商人吕不韦说服秦国握有实权的华阳夫人及赵国国君，帮助在赵国当人质的秦国公子异人返国，并顺利当上太子。子异人继位后，吕不韦也如愿当上丞相，获得了最大利益。

【原文】

濮阳人吕不韦贾于邯郸①，见秦质子异人②，归而谓父曰："耕田之利几倍③？"曰："十倍。""珠玉之赢几倍④？"曰："百倍。""立国家之主赢几倍⑤？"曰："无数⑥。"曰："今力田疾作⑦，不得暖衣馀食⑧；今建国立君，泽可以遗世⑨。愿往事之⑩。"

秦子异人质于赵，处于聊城⑪。故往说之，曰："子傒有承国之业，又有母在中⑫。今子无母于中⑬，外托于不可知⑭之国，一日倍约⑮，身为粪土⑯。今子听吾计事⑰，求归，可以有秦国⑱。吾为子使秦⑲，必来请子。"

乃说秦王后弟阳泉君曰⑳："君之罪至死㉑，君知乎？君之门下无不居高尊位㉒，太子门下无贵者㉓。君之府藏珍珠宝玉㉔，君之骏马盈外厩㉕，美女充后庭㉖。王之春秋高㉗，一日山陵崩㉘，太子用事㉙，君危于累卵㉚，而不寿于朝生㉛。说有可以一切，而使君富贵千万岁㉜，其宁于太山四维㉝，必无危亡之患㉞矣。"

阳泉君避席㉟，请闻其说㊱。不韦曰："王年高矣，王后无子，子傒有承国之业，士仓㊲又辅之。王一旦山陵崩，子傒立，士仓用事，王后之门，必生蓬蒿㊳。子异人，贤材㊴也，弃㊵在于赵，无母于内，引领西望㊶，而愿一得归。王后诚请而立之㊷，是子异人无国而有国，王后无子而有子也㊸。"阳泉君曰："然㊹。"入说王后，王后乃请赵㊺而归之。

赵未之遣㊻，不韦说赵曰："子异人，秦之宠子也，无母于中，王后欲取而子之㊼。使秦而欲屠赵，不顾一子以留计，是抱空质也㊽。若使子异人归得而立，赵厚送遣之㊾，是不敢倍德畔施㊿，是自为德讲[51]。秦王老矣。一旦晏驾[52]，虽有子异人，不足以结秦[53]。"赵乃遣之。

异人至，不韦使楚服而见(54)。王后悦其状(55)，高其知(56)，曰："吾楚人也。"而自子之(57)，乃变其名曰楚(58)。王使子诵(59)，子曰："少弃捐在外(60)，尝无师傅(61)所教学，不习(62)于诵。"王罢之，乃留止(63)。间(64)曰："陛下尝轫车(65)于赵矣，赵之豪杰，得知名者不少。今大王反国(66)，皆西面而望(67)。大王无一介之使以存之(68)，臣恐其皆有怨心(69)。使边境早闭晚开(70)。"王以为然，奇其计(71)。王后劝立子(72)。王乃召相(73)，令(74)之曰："寡人子莫若楚(75)。"立以为太子。

子楚立(76)，以不韦为相，号曰"文信侯"(77)，食蓝田十二县(78)。王后为华阳太后，诸侯皆致秦邑(79)。

【注释】 ①"濮阳人"句：濮阳人吕不韦在邯郸做买卖。濮阳，在今河南省濮阳市，战国时属卫国。吕不韦，战国末年大商人、政治家，后为秦国丞相，权倾朝野。秦王嬴政称之为仲父。尝组织门客撰杂著《吕氏春秋》（《吕览》），为先秦杂家代表人物。贾（gǔ），做买卖。邯郸，战国时赵国都城，今河北省邯郸市。 ②"见秦"句：见到秦国（在赵国）的人质子异人。秦质子，秦国人质。质子，派往别国做人质的王子。子异人，嬴姓，又名楚，秦孝文王之子，不为父亲所宠爱，被祖父秦昭王派往赵国为人质，后回国。秦孝文王死后，继位为秦庄襄王，是秦王嬴政（即后来的秦始皇）之父，公元前250年至公元前247年在位。 ③"耕田"句：种田获利能有几倍？ ④"珠玉"句：贩卖珍珠宝玉获利能有几倍？赢，经商获得的利益。 ⑤"立国家"句：扶立一个国君获利能有几倍？ ⑥无数：无数倍。 ⑦力田疾作：致力种田，劳苦耕作。力，致力。疾，尽力。 ⑧暖衣馀食：穿暖而粮食有余。 ⑨泽可以遗世：恩泽可以延及后世子孙。泽，恩德，恩惠。遗，遗留，给予。世，后世，子孙。 ⑩愿往事之：希望前往侍奉他（子异人）。愿，希望。事，侍奉，服务。 ⑪房（liáo）城：即聊城，在今山东省。 ⑫"子傒"二句：子傒有继承王位的资格，又有母亲在朝中（受宠有地位）。子傒，子异人之同父异母兄，太子。母，子傒母亲，已死。业，继承。其时秦昭王在位，太子安国君宠妃华阳夫人，芈（mǐ）姓，楚人，无子，以子傒为嗣。秦昭王死后，安国君即位为秦孝文王，但三天即死去，子异人继位，为秦庄襄王，尊华阳夫人为华阳太后。 ⑬无母于中：子异人生母夏姬无宠，所以说在宫内无人，等于没有母亲。夏姬在子异人继位后，被尊为夏太后。 ⑭不可知：（安危吉凶）不可知。 ⑮一日倍约：有朝一日背弃盟约。一日，有朝一日，一旦。倍，通"背"，背弃，背叛。约，盟约，条约。 ⑯身为粪土：你就一文不值。身，指子异人。粪土，低贱，受人鄙视。 ⑰计事：谋划，计议。 ⑱有秦国：拥有秦国，登上王位。 ⑲使秦：出使秦国。 ⑳"乃说（shuì）"句：于是（去）游说华阳夫人的弟弟阳泉君。乃，于是。说，游说。秦王后，即华阳夫人。此时秦昭王在位，华阳夫人还未当上王后。阳泉君，华阳夫人之弟，芈姓，名宸，楚人。 ㉑至死：到死（的地步），这里是说如果不考虑将来的事，就有死的危险。 ㉒居高尊位：居高位，地位尊贵。 ㉓贵者：做高官而地位尊贵的人。 ㉔"君之府藏（zàng）"句：您的府上仓库里装满了珍珠宝玉。府藏，贮物的仓库。 ㉕盈外厩：马厩里都安放不下。盈，充满，溢出。外厩，马厩。 ㉖ 充后庭：充斥后宫。后庭，后宫。 ㉗ 王之春秋高：秦昭王年事已高。王，指秦昭王，嬴姓，名则，一名稷，公元前306年至公元前251年在位。春秋，这里是年龄的意思。 ㉘ 山陵崩：死。山陵，帝王或王后的陵墓，也称本朝的先王。崩，帝王或王后死。这里指秦昭王如果一旦死了。 ㉙ 用事：（继位）执政。 ㉚ 危于累卵：危险如同累叠的鸡蛋（一旦坍下，就全碎了）。 ㉛ “而不寿”句：而您将命不保朝夕。不寿，短命。朝（zhāo）生，即木槿，一种树木，夏秋季开花，早上开，傍晚落，形容寿命短。 ㉜ “说有”二句：可以有一个权宜之计而使您保持富贵千万年。一切，权宜（之计）。 ㉝ “其宁于”句：安宁有如泰山的四边。宁，平安，安宁。太山，即东岳泰山，五岳之首。四维，四边。这里的意思是如泰山一样稳固。 ㉞ 患：担忧，忧患。 ㉟ 避席：离开坐席。古人席地而坐，起身离开坐席，表示恭敬。 ㊱ 请闻其说：请求恭听吕不韦的论说。说，论说，分析。 ㊲ “士仓”句：士仓又辅佐他（子傒）。士仓，秦国大臣。 ㊳ “王后”二句：华阳夫人的门庭，一定是长满野草。王后，指华阳夫人。蓬蒿，蓬草和蒿草，草丛，野草。这里的意思是一旦子傒继位，华阳夫人必定受冷落，不再有权势。 ㊴ 贤材：贤良之人。 ㊵ 弃：弃置。这里是说被弃置在赵国为人质。 ㊶ 引领西望：伸长脖子向西望。引领，伸颈远望。秦国在赵国西面，所以这样说。 ㊷ “王后诚请”句：王后（如果）诚恳地把他（子异人）请回来而立为太子。 ㊸ “是子异人”二句：那就是王子异人本来无国而变成有国，王后本来无子而变成有子了。是，这样，指让子异人回国当太子的事。无国，无继承君位的资格。 ㊹ 然：（说得）是，对。 ㊺ 请赵：请求赵国。 ㊻ 未之遣：即不遣之，不同意把子异人送回去。 ㊼ 取而子之：取回（他）并把他立为太子。子，这里作动词用，立为太子。 ㊽ “使秦”三句：假如秦国想要攻伐赵国，是不会顾及有王子留在赵国做人质的，（那就等于赵国）空有一个人质。使，假使，如果。屠，毁灭，灭亡。 ㊾ 厚送遣之：馈赠厚礼送他回去。厚，优待。这里是说要好好厚待子异人，隆重地送其回国。 ㊿ “是不敢”句：他一定不敢背弃（赵国的）恩德而倒行逆施。畔，通“叛”，背叛。 (51) 自为德讲：自当因为（赵国的）恩德而与（赵国）媾和。讲，和好，和解。 (52) 晏驾：车驾晚出来，指国君去世。 (53) “虽有”二句：（赵国）虽然有子异人这个人质，仍然不能够与秦国结交友好关系。 (54) “不韦”句：吕不韦让子异人穿上楚国服饰去拜见（安国君和华阳夫人）。 (55) 悦其状：喜欢他的打扮。华阳夫人是楚人，所以见了楚服很高兴。 (56) 高其知：认为子异人很有智慧。高，这里作动词用，认为高。知，通“智”，智慧，聪明。 (57) 子之：（把子异人）当作自己的儿子。 (58) “乃变”句：于是给他改名为楚。 (59) 王使子诵：秦孝文王让子异人诵读经书（典籍）。王，秦孝文王，此时尚未继位，还是安国君。诵，诵读经书。 (60) 弃捐在外：抛弃在外。捐，舍弃。这里指被派往赵国做人质。 (61) 师傅：这里指老师。 (62) 习：学习，练习。 (63) 留止：留下来，这里指留子异人居于宫中。 (64) 间：一会儿，顷刻。 (65) 轫（rèn）车：停车。轫，阻止车轮滚动的木头。这里是婉转地指秦孝文王也曾在赵国做人质。 (66) 反国：回国。反，返。 (67) 皆西面而望：都仰望着西方。这里是指各国人才都向往着投奔秦国。秦国在西部，所以这样说。 (68) “大王”句：大王不派遣一个使臣去看望慰问他们。一介，一个。存，慰问，问候。 (69) 怨心：埋怨之心。 (70) 早闭晚开：早点关闭，晚一些开放。这里是说要警惕安全，边境的城门要早闭晚开。 (71) 奇其计：以异人所说的策略为奇妙。奇，这里作动词用，以为奇。 (72) 立子：立子异人为太子。 (73) 相：丞相，这里应是指士仓。 ⑭令:诏令,下令。 ⑮"寡人"句:我的儿子中没有比子楚更好的(更适合当太子的)。 ⑯立:即位。 ⑰"号曰"句:封号为"文信侯"。 ⑱"食蓝田"句:采(cài)食蓝田十二个县。食,采食,以封地的赋税等为生。蓝田,地名,在今陕西省蓝田县。古代君王封给大臣或贵族的土地,称为封邑、食邑,受封者是食邑的主人,有权收取赋税等,是其生活所需的基本来源。 ⑲"诸侯"句:诸侯都送给秦国土地。致,奉献,献上。邑,土地。这里是说诸侯因害怕强秦,纷纷送上土地,作为华阳太后的养邑。

【赏析】 吕不韦出身于商人家庭,自身也是一名商贾。出于商人对逐利的敏感,他在秦国人质子异人身上看到了天大的商机。

于是,吕不韦奔波于秦、赵二国之间,巧言舌辩,终于使在赵国充当人资的子异人回国,立为太子,后又继位为秦庄襄王。当然,吕不韦得到了"无数倍利",被封为"文信侯",获食邑十二县,并当上了秦国的两朝丞相,被秦王政尊为"仲父",可谓荣宠之极。

子异人在赵国当人质,自然是因为不被国君恩宠所致。原本子异人也不存有多少幻想,能取代子傒的太子位置。但是,吕不韦却看准了落难中的子异人的潜在价值,企图使之登上太子之位,最终继位为国君,从而收获无以估量的利益。于是,吕不韦首先说动了子异人,让他认同并坚定返国争当太子的计划和决心;接着他又拜访有着实权的秦国华阳夫人之弟阳泉君,告诫没有子嗣的华阳夫人及其亲族,一旦子傒即位,将终结华阳夫人和亲族们的富贵生涯;在阳泉君表示愿听其教后,吕不韦立刻提出了迎回子异人并立其为太子的计划;在赵国不愿放走人质的情况下,吕不韦又将其中的利害关系,对赵人详加分析,指出遣回子异人对于赵国实为有利之事;而子异人返国见华阳夫人时,吕不韦特意让他穿上楚服,以博得华阳夫人的欢心。就这样,在吕不韦的精心策划和稳步实施下,子异人当上了太子,最后继位成为秦王。吕不韦也如愿以偿,收获了他平生最大一笔买卖的最大收益。

吕不韦是一个商人,商人以逐利为目的,不做赔本的买卖。吕不韦扶立子异人登上国君宝座,不仅充分表露了商人的本性,也让我们看到了其特殊又非凡的"经商"技巧,或者说,他将经商技巧娴熟地运用于政治舞台,获得了财货经商无法比拟的巨大利益。文章非常生动地描述了这一过程,为我们塑造了一个富于胆识,深谋熟虑,善于抓住问题关键,准确把握他人心理,逻辑严密,步步深入,成功达到目的的商人和政客形象。而细节的运用,如让子异人着楚服见华阳夫人,更是体现了吕不韦揣摩他人心理之细、做事滴水不漏的性格行为特征,让人印象深刻。

邹忌讽齐王纳谏

【题解】 本文选自《战国策·齐策一》。邹忌从妻子、姬妾、访客等对自己的不同赞美中,领悟到必须听取真话诤言,才能正确判明事理,从而规劝齐威王放开言路,多方面听取意见,更好地治国理政。

【原文】
邹忌修①八尺有馀,身体昳丽②。朝服衣冠③,窥镜,谓其妻曰:"我孰与城北徐公美④?"其妻曰:"君美甚,徐公何能及公也!"城北徐公,齐国之美丽者也。忌不自信,而复问其妾曰:"吾孰与徐公美?"妾曰:"徐公何能及君也?"旦日,客从外来,与坐谈,问之:"吾与徐公孰美?"客曰:"徐公不若君之美也!"明日,徐公来,孰视之⑤,自以为不如;窥镜而自视,又弗如远甚。暮寝而思之,曰:"吾妻之美我者,私我也⑥;妾之美我者,畏我也;客之美我者,欲有求于我也。"

于是入朝见威王⑦,曰:"臣诚知不如徐公美。臣之妻私臣,臣之妾畏臣,臣之客欲有求于臣,皆以美于徐公。今齐地方千里,百二十城,宫妇左右莫不私王,朝廷之臣莫不畏王,四境之内莫不有求于王:由此观之,王之蔽⑧甚矣。"

王曰:"善。"乃下令:"群臣吏民,能面刺寡人之过者,受上赏⑨;上书谏寡人者,受中赏;能谤议于市朝⑩,闻寡人之耳者,受下赏。"令初下,群臣进谏,门庭若市⑪;数月之后,时时而间进⑫;期年⑬之后,虽欲言,无可进者。

燕、赵、韩、魏⑭闻之,皆朝于齐⑮。此所谓战胜于朝廷⑯。

【注释】 ① 修:长,修长,这里指身材高。 ② 身体昳(yì)丽:身材体貌光彩照人。昳丽,美丽,光彩照人。 ③ 朝(zhāo)服衣冠:早上穿衣服、戴帽子。朝,早上。 ④ 孰与城北徐公美:与城北徐公比,谁美?孰,谁。 ⑤ 孰视之:仔细看(镜子中自己的)形象。孰视,即"熟视"。孰,"熟"的古字。 ⑥ "吾妻"二句:我的妻子说我美,是有私心而偏爱我。美,以为美。私,(出于私心而)偏爱。 ⑦ 威王:齐国国君,姜姓,名田婴,一名婴齐,一作因齐,公元前356年至公元前320年在位。 ⑧ 蔽:被蒙蔽。 ⑨ "群臣"三句:群臣和官吏、民众,能当面批评我的,给予上赏。面刺,当面批评指责。刺,指责,批评,揭发。寡人,君主自称。上赏,最高的赏赐,重赏。 ⑩ 谤议于市朝:在市场上非议、讥刺。

市朝,市场与朝廷,这里应该偏指市场。　⑪ 门庭若市:门前像市场一样(热闹)。　⑫ 时时而间(jiàn)进:有时会有人来。间,间或、偶尔。　⑬ 期(jī)年:一整年。期,时间周而复始。　⑭ 燕、赵、韩、魏:均为战国时诸侯国。　⑮ 皆朝于齐:都向齐国朝拜。　⑯ 战胜于朝廷:(不用出兵)在朝廷上就能战胜对方。这里指把自己国家治理好了,国家安宁强盛,别国就会畏惧宾服。

【赏析】　邹忌是个美男子,而城北徐公比他更美。然而,邹忌的妻妾以及来客不约而同地夸赞邹忌的美丽胜过城北徐公。对此,邹忌却很有自知之明,对妻妾及来客的谀辞,认为不外乎出于私心、畏惧心以及求助心,并因此进行了反省和深思,以小见大,从而引发到对国家安危、朝政大事的思考上。

偏听偏信,足以使人受蒙蔽而自以为是,导致做出错误的判断和行为,这对于身居高位的统治者说来,是极其危险的事。邹忌深深明白这一点,而在听了邹忌的劝谏后,齐威王欣然接纳,并立即采取措施,广开言路,以民意为镜,果然收到了明显的效果,不仅国内政治昌明,而且影响远播国外,使得"燕、赵、韩、魏闻之,皆朝于齐"。

文章最后不无感慨地总结道:"此所谓战胜于朝廷。"其实,这并没有在武力或财力上对齐国有多少的增强,但使齐国的精神面貌发生了极大的改变,用今人的话来说,是"软实力"得以空前提升,自然对他国形成了一种感召力甚至是威慑力。

文章短小精悍,语言生动,寓意深刻,历代为人传诵。

冯谖客孟尝君

【题解】　本文选自《战国策·齐策四》。孟尝君在齐国为相,权高位重,但政坛波涛险恶,冯谖为之谋划安排,使之在齐国地位巩固,数十年安然无恙。《史记》有《孟尝君列传》,亦载此事。

【原文】

齐人有冯谖①者,贫乏不能自存②,使人属孟尝君,愿寄食门下③。孟尝君曰:"客何好④?"曰:"客无好也。"曰:"客何能?"曰:"客无能也。"孟尝君笑而受之,曰:"诺!"左右以君贱之也,食以草具⑤。

居有顷⑥,倚柱弹其剑,歌曰:"长铗归来⑦乎!食无鱼!"左右以告⑧。孟尝君曰:"食之,比门下之客⑨。"居有顷,复弹其铗,歌曰:

"长铗归来乎！出无车！"左右皆笑之，以告。孟尝君曰："为之驾⑩，比门下之车客。"于是，乘其车，揭其剑⑪，过其友，曰："孟尝君客我⑫！"后有顷，复弹其剑铗，歌曰："长铗归来乎！无以为家⑬！"左右皆恶之⑭，以为贪而不知足。孟尝君问："冯公有亲乎？"对曰："有老母。"孟尝君使人给其食用⑮，无使乏。于是冯谖不复歌。

后，孟尝君出记⑯，问门下诸客："谁习计会，能为文收责于薛者乎⑰？"冯谖署⑱曰："能。"孟尝君怪之⑲，曰："此谁也？"左右曰："乃歌夫'长铗归来'者也。"孟尝君笑曰："客果有能也。吾负之⑳，未尝见㉑也。"请而见之，谢㉒曰："文倦于事㉓，愦于忧㉔，而性懧愚㉕，沈于国家之事㉖，开罪㉗于先生。先生不羞㉘，乃有意欲为收责于薛乎？"冯谖曰："愿之。"

于是，约车治装㉙，载券契㉚而行，辞㉛曰："责毕收㉜，以何市㉝而反？"孟尝君曰："视吾家所寡有㉞者。"驱而之薛。使吏召诸民当偿者㉟，悉来合券㊱。券遍合，起，矫以责赐诸民㊲，因㊳烧其券，民称万岁。

长驱到齐，晨而求见㊴。孟尝君怪其疾㊵也，衣冠而见之㊶，曰："责毕收乎？来何疾也？"曰："收毕矣。""以何市而反？"冯谖曰："君云'视吾家所寡有者'，臣窃计：君宫中积珍宝，狗马实㊷外厩，美人充下陈㊸。君家所寡有者，以义耳㊹！窃以为君市义。"孟尝君曰："市义奈何㊺？"曰："今君有区区之薛，不拊爱子其民，因而贾利之㊻。臣窃㊼矫君命，以责赐诸民，因烧其券，民称万岁，乃臣所以为君市义也。"孟尝君不说㊽，曰："诺，先生休矣㊾！"

后期年㊿，齐王谓孟尝君曰："寡人不敢以先王之臣为臣(51)！"孟尝君就国于薛(52)，未至百里，民扶老携幼，迎君道中。孟尝君顾(53)谓冯谖曰："先生所为文市义者，乃今日见之。"

冯谖曰："狡兔有三窟，仅得免其死耳。今君有一窟，未得高枕而卧也，请为君复凿二窟。"孟尝君予车五十乘(54)，金(55)五百斤，西游于梁(56)，谓惠王曰："齐放其大臣孟尝君于诸侯(57)，诸侯先迎之者富而兵强。"于是，梁王虚上位(58)，以故相(59)为上将军，遣使者，黄金千斤，车百乘，往聘孟尝君。冯谖先驱(60)，诫(61)孟尝君曰："千金，重币也；百乘，显使(62)也，齐其闻之矣(63)！"梁使三反(64)，孟尝君固辞(65)不往也。

齐王闻之，君臣恐惧，遣太傅⑥⑥赍⑥⑦黄金千斤，文车二驷⑥⑧，服剑⑥⑨一，封书谢孟尝君曰："寡人不祥⑦⑩，被于宗庙之祟，沈于谄谀之臣⑦①，开罪于君，寡人不足为⑦②也。愿君顾先王之宗庙，姑反国，统万人乎⑦③？"冯谖诫孟尝君曰："愿请先王之祭器，立宗庙于薛⑦④。"庙成，还报孟尝君曰："三窟已就，君姑高枕为乐矣！"

孟尝君为相数十年，无纤介⑦⑤之祸者，冯谖之计也。

【注释】 ① 冯谖(xuān)：齐国人。谖，或作煖，音同；又作驩(huān)。 ② 自存：依靠自己力量生存。 ③ "使人"二句：请人告诉孟尝君，愿意在(孟尝君)门下生活。属，同"嘱"，(委托)嘱咐，告诉。孟尝，田姓，名文，齐国贵族，与赵国平原君赵胜、楚国春申君黄歇、魏国信陵君魏无忌并称为战国四公子。寄食，依附别人生活。 ④ 好(hào)：爱好，喜好。 ⑤ "左右"二句：仆人们以为孟尝君看不起他(冯谖)，就用劣质的餐具盛食物给他吃。左右，指主人身边的人，仆人，侍从。贱之，看不起他(冯谖)。食(sì)以草具，用劣质的餐具盛食物给他吃。食，给人吃。草具，劣质餐具。 ⑥ 居有顷(qǐng)：住了不多久。顷，不长的时间。 ⑦ 长铗归来：长剑回去吧。铗，剑。归来，回去。 ⑧ 左右以告：手下的人把(冯谖的话)告诉(孟尝君)。 ⑨ "食之"二句：给他吃(鱼)，与门下食鱼的门客一样(待遇)。 ⑩ 为之驾：给他配备车。 ⑪ 揭其剑：高举他的宝剑。揭，高举。 ⑫ 客我：把我当(上等的)门客。客，这里作动词用，当作(门客)。 ⑬ 无以为家：不能养家。 ⑭ 恶(wù)之：厌恶他(冯谖)。 ⑮ 给(jǐ)其食用：供给冯谖家食用物品。 ⑯ 记：公文，文告。 ⑰ "谁习"句：谁熟习会计业务，能为我(田文)到薛地收债？习，熟习。计会(kuài)，即"会计"。薛，孟尝君的封邑(领地)，在今山东省枣庄市薛城区。责(zài)，即"债"。 ⑱ 署：(在文告上)署名(愿意受命前往)。 ⑲ 怪之：(因从未见过冯谖而觉得)惊异、奇怪。 ⑳ 负之：对不起他(冯谖)。 ㉑ 未尝见：未曾见过他(冯谖)。 ㉒ 谢：道歉，致歉。 ㉓ 倦于事：为国事操劳而疲倦。倦，疲惫，劳累。 ㉔ 愦于忧：因为(国事而)忧虑，心思昏乱。愦，迷乱，神志不清。 ㉕ 性㤖(nuò)愚：性格懦弱愚昧。㤖，同"懦"，懦弱。 ㉖ "沈于"句：沉浸于国家政务。沈，即"沉"。 ㉗ 开罪：得罪。 ㉘ 不羞：不(因被得罪而感到)羞辱。 ㉙ 约车治装：置办车辆，准备行装。约，置办。 ㉚ 券契：债券合同。 ㉛ 辞：告辞，辞行。 ㉜ 毕收：全部收齐。 ㉝ 何市：即"市何"，买什么。市，这里是买的意思。 ㉞ 寡有：少有，少的。 ㉟ 当偿者：应当偿还的。 ㊱ 合券：核对债券。借贷双方各执一半债券，合起来验证。 ㊲ "矫以责"句：假借(孟尝君的)命令把债务全赐给债民。矫，假称。 ㊳ 因：从而，于是。 ㊴ "长驱"二句：长途驰驱，一早就回到了齐都。齐，齐国国都，在今山东省淄博市。 ㊵ 怪其疾：惊讶他(冯谖回来得)快疾。这里是说孟尝君冯谖因办事快捷而感到惊讶。 ㊶ 衣冠而见之：穿戴好衣服帽子见冯谖。这里是表示尊重的意思。 ㊷ 实：充实，充满。 ㊸ 充下陈：充塞于庭中。下陈，宫室厅堂陈放礼品和站立侍妾的地方。 ㊹ 义耳：是礼义而已。以，是。耳，而已。 ㊺ 市义奈何：买义怎么说(解释)？ ㊻ "今君"三句：现今您有一小小的薛地，不爱惜您的人民,而是像商贾那样向他们牟利。拊(fǔ)爱,抚爱。子其民,把人民当子女一样(对待)。贾利之,像做买卖那样在人民身上求利。贾,做买卖。利,求利。 ㊼窃:私下,这里是自作主张的意思。 ㊽不说(yuè):不高兴。说,高兴,喜悦。 ㊾先生休矣:先生(您)算了吧。 ㊿期(jī)年:一周年。期,周而复始。 ㉛"齐王"二句:齐愍王对孟尝君说,我不敢用先王的旧臣为大臣。齐愍王,妫(guī)姓,名地,约公元前300年至公元前284年在位。这里是齐愍王婉转地说,不再任用孟尝君为相。 ㉜就国于薛:前往属国(封邑)薛。就,赴。国,属国,封邑。 ㉝顾:回过头。 ㉞乘(shèng):车。这里用作量词,辆。 ㉟金:金钱,货币,以铜制成。下文"黄金千斤",也是指钱币,而不是今天所谓的黄金。 ㊱梁:诸侯国魏国迁都于梁(在今河南省开封市),故亦称梁。当时国君是梁(魏)惠王,姬姓,名䓨,公元前369年至公元前319年在位。 ㊲"齐放其"句:齐国免去其大臣孟尝君(的相位)给各诸侯国(有了重用他的机会)。 ㊳虚上位:空着上位(相位,等待孟尝君来就任)。 ㊴故相:原来的首相。 ㊵先驱:先行一步(回来)。 ㊶诫:告诫。 ㊷显使:显赫的使者。使者地位高,聘礼丰厚,表示郑重、隆重。 ㊸"齐其"句:齐国应该听到这个消息了。其,或许。 ㊹三反:三次往返。反,通"返"。 ㊺固辞:坚辞。 ㊻太傅:辅弼君主的高官名。 ㊼赍(jī):带,携带。 ㊽文车二驷(sì):彩色的马车二辆。文,文采,彩饰。驷,套有四匹马的车。 ㊾服剑:随身佩带的宝剑。 ㊿不祥:不善,做了不好的事。 ㉛"被于"二句:遭受祖宗神灵的惩罚,沉于谄谀之臣的迷惑。被,蒙受,遭受。宗庙,祖庙(神灵)。祟,鬼神的祸害。沉,沉迷。谄(chǎn)谀(yú),献媚拍马,虚伪奉迎。 ㉜不足为:不值得帮助。 ㉝"愿君"三句:希望您顾恋到先王的江山社稷,受委屈姑且返回国都,来治理国家,管理人民。宗庙,祖宗神庙,这里指祖先留下的江山。姑,姑且。国,国都。 ㉞"愿请"二句:希望请得先王祭祀的法器,在薛地建立宗庙。这里是孟尝君要取得齐愍王的重视,进一步巩固正统地位。 ㉟纤介:细微,微小。

【赏析】 战国时,达官贵族养士风气盛行,尤以"四公子"为最。孟尝君门下食客,最多时据说达三千之众。这些食客,平时大多无所事事,但在紧要关头、危急时刻,却可为主人出谋划策,甚至能化险为夷。本文所写冯谖一事,十分典型地描述了当时的养士之风及门客的作用,也真实地反映了上层政治斗争的波澜起伏。

文章集中刻画描写冯谖其人其事,大致可分为三个层次。首先,作为一个无名之辈,冯谖投靠于孟尝君门下,表现出与众不同的傲气,在一无贡献的情况下,却希望得到最高的待遇。这遭到了众多门客的不满和非议,但孟尝君却完全满足了冯谖的要求。从这一点上说,孟尝君"买"到了冯谖的心。得人青睐或厚待,自然应该为人效力做事。所以,接着在孟尝君需要有人为其赴封邑收债时,冯谖自愿前往。然而,令人意想不到的是,冯谖并没有把领地臣民的欠债收回来,而是私自蠲免了欠债人所有的债务,称之为"市义",实即收买人心。这使得孟尝君颇为不悦,但并未多加责怪。最后,在齐国新君继位后,孟尝君失去恩宠,被免去相位,政治上处于险境之时,冯谖为之在诸侯国间活动游说,渲染抬高孟尝君的国际地位和声望,从而迫使齐愍王恢复孟尝君相位,并立宗庙于薛地,营造了所谓的"狡兔三窟",保障了孟尝君的高枕无忧。

全文通过冯谖"弹铗高歌"、"焚券市义"(一窟)、"游说梁王"(二窟)、"立庙于薛"(三窟)等一系列言谈行为,为读者塑造了一个才智出众、深谋远虑的谋士典型,其个性独特,形象鲜活,加之结构精巧,情节起伏有致,语言生动,不愧为一篇富有文学魅力的优美历史散文。

颜斶说齐宣王

【题解】 本文选自《战国策·齐策四》。齐宣王召见齐国隐士颜斶(chù),态度傲慢。颜斶不畏君权,不慕荣华富贵,捍卫和坚持"士贵于君"的理念,表现了凛然正气和人格尊严。

【原文】

齐宣王见颜斶①,曰:"斶前②!"斶亦曰:"王前!"宣王不说③。左右曰:"王,人君也。斶,人臣也。王曰'斶前',亦曰'王前',可乎?"斶对曰:"夫斶前为慕势④,王前为趋士⑤。与使斶为慕势,不如使王为趋士⑥。"王忿然作色⑦曰:"王者贵乎?士贵乎⑧?"对曰:"士贵耳,王者不贵。"王曰:"有说⑨乎?"斶曰:"有。昔者秦攻齐,令曰:'有敢去柳下季垄五十步而樵采者,死不赦⑩。'令曰:'有能得齐王头者,封万户侯,赐金千镒⑪。'由是观之,生王之头,曾不若死士之垄也⑫。"宣王默然不说⑬。

左右皆曰:"斶来,斶来!大王据千乘之地⑭,而建千石钟⑮,万石簴⑯。天下之士,仁义皆来役处⑰;辩知并进,莫不来语⑱;东西南北,莫敢不服⑲。求万物无不备具,而百姓无不亲附⑳。今夫士之高者,乃称匹夫,徒步而处农亩㉑,下则鄙野、监门、闾里,士之贱也,亦甚矣㉒!"

斶对曰:"不然㉓。斶闻古大禹之时,诸侯万国㉔。何则㉕?德厚之道㉖,得贵士㉗之力也。故舜起农亩,出于岳鄙,而为天子㉘。及汤之时,诸侯三千㉙。当今之世,南面称寡㉚者,乃二十四。由此观之,非得失之策与㉛?稍稍诛灭,灭亡无族之时,欲为监门、闾里,安可得而有乎哉㉜？是故《易传》不云乎㉝：'居上位，未得其实，以喜其为名者，必以骄奢为行㉞。据慢骄奢，则凶从之㉟。'是故无其实而喜其名者削㊱，无德而望其福者约㊲，无功而受其禄者辱㊳，祸必握㊴。故曰：'矜功不立㊵，虚愿不至㊶。'此皆幸乐其名㊷，华而无其实德㊸者也。是以尧有九佐㊹，舜有七友㊺，禹有五丞㊻，汤有三辅㊼，自古及今而能虚成名于天下者，无有㊽。是以君王无羞亟问，不愧下学㊾。是故成其道德而扬功名于后世者，尧、舜、禹、汤、周文王是也㊿。故㉛曰：'无形者，形之君也㉜。无端者，事之本也㉝。'夫上见其原㉞，下通其流㉟，至圣人明学㊱，何不吉之有哉㊲！老子㊳曰：'虽贵，必以贱为本㊴；虽高，必以下为基㊵。是以侯王称孤、寡、不穀，是其贱之本与㊶？'非夫孤寡者，人之困贱下位也，而侯王以自谓，岂非下人而尊贵士与㊷？夫尧传舜，舜传禹，周成王任周公旦，而世世称曰明主，是以明乎士之贵也㊸。"

宣王曰："嗟乎㊹！君子焉可侮㊺哉，寡人自取病耳㊻！及今闻君子之言㊼，乃今闻细人之行㊽，愿请受为弟子㊾。且㊿颜先生与寡人游㉑，食必太牢㉒，出必乘车，妻子衣服丽都㉓。"颜斶辞去曰："夫玉生于山，制则破焉，非弗宝贵矣，然夫璞不完㉔。士生乎鄙野，推选则禄焉，非不得尊遂也，然而形神不全㉕。斶愿得归，晚食以当肉㉖，安步以当车㉗，无罪以当贵㉘，清静贞正以自虞㉙。制言者㊀王也，尽忠直言者斶也。言要道已备矣㊁，愿得赐归，安行而反臣之邑屋。"则再拜㊂而辞去也。

君子曰："斶知足㊃矣，归真返璞㊄，则终身不辱㊅也。"

【注释】　①"齐宣王"句：齐宣王接见颜斶。齐宣王，妫(guī)姓，名辟疆，齐威王之子，公元前319年至公元前301年在位。见，接见，召见。　②斶前：颜斶向前来(到我跟前来)。前，这里兼作动词，向前。　③不说(yuè)：不高兴。说，愉快，喜悦。下文"宣王默然不说"的"说"，也是"悦"。　④"夫斶前"句：我颜斶(主动)向前(到你跟前)是追慕你的权势。慕势，趋附权势。　⑤趋士：礼贤下士。士，这里指读书知礼仪的人。　⑥"与使"二句：与其让我颜斶向前追慕权势，不如让君王您到我跟前表示礼贤下士。与，与其。使，让。　⑦作色：变了脸色，发怒。　⑧"王者"二句：是王高贵呢，还是士高贵？贵，高贵。　⑨有说：有说法、道理，这里是说可有什么根据。　⑩"有敢"二句：(如)有人胆敢到距离柳下季坟墓五十步地方去砍柴，处死而决不饶恕。柳下季，即柳下惠，姓展，名获，字季，又字禽，鲁国贤人，居于食邑柳下，据说女子坐于其怀而不乱。垄，坟墓。

⑪"有能"三句:(如)有人能(砍)得齐王的头颅,就封他为万户侯,赏赐黄金千镒。万户侯,食邑万户的侯,这里应指很高的爵位。镒,重量单位,二十两或二十四两为一镒。 ⑫"由是"三句:由此看来,一个活着的大王(国君)的头,还不如一个已死的士的坟墓(高贵和值得珍重)。由是,由此。是,代词,这,此。曾不若,竟不如。曾,竟,乃。 ⑬默然不说:沉默无语,不高兴。然,(默默的)样子。 ⑭千乘(shèng)之地:拥有千辆战车国家的土地。乘,四匹马拉的车。千乘之国并非大国,而齐国是万乘大国,所以这里的千乘之地应是指土地辽阔。 ⑮千石(dàn)钟:重千石的钟。石,一百二十斤为一石。钟,礼乐器。 ⑯万石簴(jù):重万石的编钟。簴,悬挂钟鼓木架的两侧立柱,这里应指乐器钟鼓,一组钟鼓为一簴。 ⑰"天下"二句:天下的士,知行仁义的都来(齐国)效劳并居住。仁义,这里作名词兼动词用,知晓并实行仁义的士。役,服务效劳。处,居处。或说是"仁义"二字应在"之士"之前,则为"天下仁义之士",亦可通。 ⑱"辩知"二句:善于辩论、富有智谋的士,没有不来(齐国)出谋划策。知,即"智",聪明,有智谋。语,说话,这里指贡献智谋。 ⑲"东西"二句:东西南北(各地的诸侯),没有敢不服的。 ⑳亲附:亲近而相互依附。这里是团结和睦的意思。 ㉑"今夫"三句:如今士中,好一点的(也仅被)称为匹夫,(没有车)步行且居住于农村田间乡野之中。高,地位高一点。匹夫,平常的人。徒步,这里是指没有车坐。农亩,乡野。 ㉒"下则"五句:低下的(或是)居于乡野,(或是)当个看门人,(或是在城里)做平民,士低贱(到这个程度),是多么的严重啊。下,低下。鄙野,乡野僻远的地方。监门,看门。闾里,城市里巷,这里指平民。甚,严重,厉害。 ㉓不然:不对。然,对,是。 ㉔"颙闻"二句:颜颙听闻在古代大禹时,诸侯国有上万个。大禹,即禹,姒(sì)姓,名文命,又称夏禹、夏禹,奉舜命治洪水,后受舜禅让,即位建立夏朝,后世尊为圣王。 ㉕何则:为什么?这里用于自问自答。 ㉖德厚之道:仁厚的规范准则。德厚,仁厚。道,这里指道德规范。 ㉗贵士:尊重士。贵,这里作动词用,以(士)为贵。 ㉘"故舜起"三句:所以舜兴起于农村乡野,出生于山岳偏僻处,(最终)贵为天子。舜,上古部落领袖,五帝之一,受尧禅让为天子。起,发起,兴起。农亩,农村田间。岳鄙,靠近山岳的偏僻地方。 ㉙"及汤"二句:到了汤的时代,诸侯国有三千个。及,到。汤,子姓,名履,商朝开国君主,公元前1617年至公元前1588年在位,有名贤君。 ㉚南面称寡:面向南方称帝。南面,坐北朝南,古代以此为尊贵。称寡,称帝,古代帝王、诸侯谦称寡、寡人。这里指诸侯国国君。 ㉛"由此"二句:从这个角度看问题,(这)不是(实施)得士或失士的政策(造成的后果)吗?由此,从这一点、这个角度。观之,看(诸侯国兴衰的)问题。与,表示疑问或反问。 ㉜"稍稍"五句:(当贵族诸侯)渐渐被诛杀消灭,不复存于世上而家族尽亡之时,想要当个看门人或里巷平民,哪里能如愿以偿呢?稍稍,渐渐。灭亡,被消灭,不再存在。无族,家族没有了,消亡了。欲,想(要),希望。安,怎么,哪里(能)。得而有,得到且拥有(这种机会)。 ㉝"是故"句:因此《易传》不是说吗。是故,因此。易传,对《周易》经文的解释,也是《周易》的组成部分。 ㉞"居上位"四句:居于高位,(治国理政)未能有实效却欣慕虚名,必然会走上骄奢的邪路。上位,高位,高官,这里应指诸侯国国君。实,实际成就。名,虚名。以骄奢为行,把骄奢作为行事、行进的准则,即走上骄奢的邪路。骄奢,骄横奢侈。行,道路。 ㉟"据慢"二句:依仗傲慢和骄奢,那么,凶险就会随之而来。据慢,傲慢。据,同"倨",傲慢不逊。慢,骄傲。凶,死亡、灾难等不吉祥的事。

㊱“是故”句：因此，（治国理政）未能有实效却欣慕虚名的人，（必然会）衰弱失地。削，国力削弱而失地。 ㊲“无德”句：没有仁德而奢望福分的人，（必然会）走向穷途末路。约，贫苦困窘。 ㊳“无功”句：没有功劳而得到俸禄的人，（必然会）自取其辱。辱，被羞辱。 ㊴ 祸必握：灾祸必定不离开（他）。握，拿在手中，这里指摆脱不开。一说即“渥”，厚重，指灾祸多。 ㊵ 矜功不立：徒有好大喜功之心（的人）不会有建树。矜功，自认为功高。立，建立，建树。 ㊶ 虚愿不至：无所作为而想成功，这样的愿望是不会实现的。虚愿，不作努力而得到成功的愿望。至，到来。 ㊷ 幸乐其名：喜好其虚名。幸乐，喜好。 ㊸ 实德：实实在在的好处、恩惠。 ㊹ 尧有九佐：尧有九位辅佐的贤臣。尧，上古部落领袖，五帝之一，禅让帝位于舜。九佐，传尧有舜、契、禹、后稷、夔、倕、伯夷、皋陶、益九位辅佐大臣。 ㊺ 七友：传舜有雄陶、方回、续牙、伯阳、东不訾、秦不虚、灵甫七位友人。 ㊻ 五丞：传禹有益、稷、皋陶、契、垂五位辅佐贤臣。 ㊼ 三辅：传汤除伊尹、仲虺（huī）二相外，还有谊伯、仲伯、咎单三位辅佐贤臣。 ㊽“自古及今”二句：从古到今，能凭藉华而不实而扬名于天下的，是从来没有的事。虚，虚假，说空话，不做真正的实事，华而不实。名，扬名。 ㊾“是以”二句：因此君王不以常常咨询（臣下）为羞耻，不以向臣下学习为羞愧。亟，屡次，一再，这里有经常的意思。下，臣下。 ㊿“是故”六句：因此，修成其高尚的道德而建树功勋扬名后世，尧、舜、禹、汤、周文王就是这样的人。周文王，姬姓，名昌，周朝开国君主，为后来的周武王灭商奠定了基础，周武王建立周朝后，追尊为文王。 51 故：所以。 52“无形”二句：思想是行为的主宰。无形，看不见的物体，这里指人的观念、思想。形，看得见的事物，这里指人的行为，亦即上文所说的实德。 53“无端”二句：道义和德行是事物的根本。无端，起点，这里是道义、德行的意思。 54 上见其原：向上可察见事物的本原。原，本原，根本。 55 下通其流：向下可通察事物的流变。通，通察，通晓。流，流变，演变。 56 至圣人明学：达到圣明的学问。 57“何不”句：何尝不是大吉大利。 58 老子：春秋时思想家，道家学派创始人，其所著亦名《老子》。 59“虽贵”二句：即使再高贵，（也）一定以低贱为基础。虽，即使。本，根本，基础。 60“虽高”二句：即使再高（的物体），（也）一定以底下为根基。 61“是以”句：所以诸侯、王侯自称孤、寡、不穀（gǔ），不（都）是以低贱为根本吗。孤、寡、不穀，均是古代帝王、君侯的谦称。与，表示疑问或反问。 62“非夫”四句：这孤、寡等，是人困于低贱而处下位（的称呼），但王侯用以自称，难道不是放低自家身段而尊重宝贵士吗？夫，代词，这。自谓，自己称自己。下人，居于人下、人后。尊贵，作动词用，尊重且使之高贵。与，表示疑问或反问。 63“夫尧传舜”四句：这尧禅让于舜，舜禅让于禹，周成王任用周公旦，因而世世代代称颂（他们）为圣明帝王，由此（可）明白士的高贵和珍贵。周成王，姬姓，名诵，公元前1042年至公元前1021年在位。周公旦，姬姓，名旦，周文王姬昌第四子，周武王姬发的弟弟，大约活动于公元前十一世纪，周代著名政治家、贤臣。 64 嗟乎：感叹声。 65 焉可侮：怎能侮辱。焉，哪里，怎么。 66“寡人”句：我自取其辱而已。这里是说齐宣王羞辱士的地位低下，但反被颜斶斥为低贱。病，耻辱。 67“及今”句：到今日听了君子的良言。及，到。君子，指颜斶。 68“乃今”：如今明白了小人的行为。这里指懂得了什么是小人的行为。乃今，如今。闻，这里是知晓、明白的意思。细人，不明事理、见识短浅的人。 69“愿请”：诚恳请求接受（我）为（您的）弟子。受，接受，接纳。 70 且：况且。 71 游：交游，交往。 72 太牢：古代祭礼

用的牛、羊、猪各一头,称为一牢,这里指丰盛的食物。　⑬丽都:美丽,华贵,这里指华丽的衣饰。　⑭"夫玉"四句:那璞玉生长于山中,取出来制作就破坏了(原来的面貌),不是说(这玉)不珍贵了,但那璞玉就不完整了。这里是说宁愿保持本来的样子,不愿改变。夫,这,那。玉,指璞玉,未经加工的玉石。然,但。完,完善、完美,这里指纯朴的原貌。　⑮"士生乎"四句:士生活在乡村僻壤,(一旦被)推举选拔就要做官受俸禄,不是说不尊贵发达,但身躯和精神就缺失了。推选,推举选拔。禄,这里作名词兼动词用,做官,受俸禄。遂,成功、发达。形神,形体和精神。全,完整。这里指颜斶不愿为了享受富贵生活而丢失自己的高贵精神理念。　⑯晚食以当肉:晚点吃饭,权当吃肉,这里的意思是吃饭晚了,有饥饿感,粗茶淡饭吃起来也像肉一样美味。　⑰安步以当年:安闲地步行,权当是坐车。⑱无罪以当贵:没有罪过,权当是高贵。　⑲"清静"句:清静并坚贞端方而自以为乐。贞正,坚贞而品格端方。虞,通"娱",娱乐。　⑳制言者:制定决策、命令的人。言,命令。㉑"言要道"句:所(要)说的道理已经都说了。言,说。要道,重要的道理、方法。备,全部。　㉒再拜:拜了两拜,表示隆重。　㉓知足:知道满足,不做过分追求。　㉔归真返璞:回归原本淳朴真实的状态。　㉕不辱:不遭受耻辱。

【赏析】　士,在春秋战国时代是一个相对独立的特殊阶层,在当时有着相当大的政治影响。士,有在朝者,有在野者,《颜斶说齐宣王贵士》一文所说的士,则是专指在野的贤者、智者。颜斶自己就是这样一位处于下层、过着贫困生活却甘之若饴的士。

齐国是战国七雄之一,齐宣王依仗祖先余威,趾高气扬,并不把所谓的士放在眼里。在齐宣王看来,所谓的士,应当拜倒在君王的权杖下,乞求分得荣华富贵一杯羹。而当时这样的士,确实也不在少数。

如有名的商鞅,原先是卫国人,入秦为相,实行变法,使秦国成为战国强国,乃至后来一统天下,商鞅之功甚巨,但后来被诬谋反,战败身亡,尸身遭车裂;张仪为魏国人,亦在秦为相,连横破纵,为秦国立下大功,后失宠,逃至魏国,任魏相,对抗秦国;苏秦为周王室直隶洛阳人,先说秦,不为所用,复至赵,得为相,游说六国,挑拨离间,合纵抗横,在燕、齐等国皆受重用,后因反间面目暴露,被齐国车裂而死。战国时的这些所谓士,没有祖国的信念,一心谋取高官厚禄,不择手段,在先秦时为儒、道家所鄙视,也被如颜斶这样的清高狷介之士所不齿。

中国有句老话:"士可杀不可辱。"这是原见于《礼记》的话("儒者可亲而不可劫也,可近而不可迫也,可杀不可辱也。"),历来为有节气的士奉为处世圭臬。颜斶不慕富贵,甘愿"晚食以当肉,安步以当车,无罪以当贵",正是体现了中国古代士的高尚节操和品质。

《战国策》作为纵横家书,文笔汪洋恣肆,辩说捭阖纵横,具有浓厚的文学色彩。本文充分体现了《战国策》的这一特色。颜斶所论,逻辑严密,语言生动,很好地表现了其不畏权势、安于贫困、不慕名利、坚守气节的高贵理念,树立起尊严形象。而前人评论此文"起得唐突,收得超忽",则是指文章结构独特,起伏跌宕,是《战国策》艺术风格的极佳体现。

赵威后问齐使

【题解】 本文选自《战国策·齐策四》。赵威后是赵国惠文王之妻。赵惠文王死后,太子丹继位,即孝成王,但年纪尚幼,由赵威后执政。文章写齐王建派使者出使赵国,赵威后接见齐国使者时的问话,表达了其民本思想。

【原文】

齐王使使者问赵威后①。书未发②,威后问使者曰:"岁亦无恙邪③?民亦无恙邪?王亦无恙邪?"使者不说④,曰:"臣奉使使威后,今不问王而先问岁与民,岂先贱而后尊贵者乎?"威后曰:"不然⑤,苟⑥无岁,何以有民?苟无民,何以有君?故有舍本而问末者耶⑦?"

乃进而问之曰:"齐有处士曰钟离子⑧,无恙耶?是其为人也,有粮者亦食⑨,无粮者亦食;有衣者亦衣⑩,无衣者亦衣。是助王养⑪其民也,何以至今不业⑫也?叶阳子⑬无恙乎?是其为人,哀鳏寡⑭,恤孤独⑮,振困穷⑯,补不足⑰。是助王息⑱其民者也,何以至今不业也?北宫之女婴儿子⑲无恙耶?彻其环瑱⑳,至老㉑不嫁,以养父母。是皆率民而出于孝情者也㉒,胡为至今不朝也㉓?此二士弗业,一女不朝,何以王齐国㉔,子万民㉕乎?於陵子仲㉖尚存乎?是其为人也,上不臣于王㉗,下不治其家㉘,中不索交诸侯㉙。此率民而出于无用㉚者,何为至今不杀乎?"

【注释】 ①"齐王"句:齐王派使者通问赵威后。齐王,即齐王建,妫(guī)姓,名建,公元前264年至公元前221年在位,齐国最后一位国君。使使者,派遣使者。前一个使作动词用,派遣。 ②书未发:信未拆开(阅读)。书,信。发,打开,开启。 ③岁亦无恙邪:年岁收成没有什么可担心的吧?恙,忧虑,灾祸。这里是说年成好不好,丰收不丰收。 ④不说(yuè):不愉快,不高兴。说,喜悦,高兴。 ⑤不然:不对,不是。然,是,对。 ⑥苟:假如。 ⑦"故有"句:难道有舍弃根本(的问题)而问枝叶(小事)的吗?故,难道。本,根本。末,枝叶。 ⑧钟离子:齐国处士(德才兼备而隐居不仕的人)。钟离,复姓。 ⑨有粮者亦食(sì):有粮食的人也给他吃。食,这里作动词用,拿食物给人吃。这里指齐国处士钟离子普施恩惠,帮助他人。　⑩衣(yì):这里指拿衣物给人穿。　⑪养:养育。　⑫不业:没有做官(以建功立业)。　⑬叶(xié)阳子:齐国处士。　⑭哀鳏(guān)寡:同情鳏夫寡妇。哀,怜悯,同情。鳏,无妻或失偶的男人。　⑮恤孤独:救助孤独的人。恤,周济,救济。　⑯振困穷:救济困穷的人。振,救济,赈济。　⑰补不足:补助(生活困难有)不足的人。补,补助。　⑱息:孳息,繁殖生息。　⑲婴儿子:齐国有名孝女,北宫氏,名婴儿子。　⑳彻其环瑱(tiàn):除去她的首饰。彻,除去。环,圆形物品,这里指耳环、手镯之类的首饰。瑱,玉制的耳坠类的首饰。　㉑老:这里是年纪大的意思。　㉒"是皆"句:这都是带领人民奉行孝道。率,带领。这里指婴儿子是人民孝顺父母长辈的楷模、表率。　㉓"胡为"句:为何至今不让(她)受国君召见上朝。胡为,即为何。不朝,不让(她)受国君召见上朝。这里的意思是国君为什么不接见孝女。　㉔王(wàng)齐国:统治齐国,在齐国称王。王,这里作动词用,统治,称王。　㉕子万民:统治人民。子,这里作动词用,把人民当成子女。　㉖於(yú)陵子仲:於陵,地名,在今山东省邹平县。子仲,人名,战国时有名隐士,甘愿为人浇灌园圃,坚辞做官。　㉗上不臣于王:上不向国君臣服,这里是说不愿到朝廷做官。　㉘下不治其家:下不好好治家,这里是说也不是孝子。　㉙"中不"句:中间不(为国)与诸侯交好,这里是说也不为国出力。索交,求交(与他人交好)。　㉚"此率民"句:这都是带领人民成为于国于家没有用的人。这里是指於陵子仲是让人民不为国家效力的坏榜样。

【赏析】　赵威后是战国时有名的女政治家,其治国理念坚持以民为本,为后人所赞赏和肯定。

齐国是当时的一个大国、强国,历史上曾是"五霸"之一,颇有傲气和霸气。赵威后接见齐国使者,在尚未开启齐国国君来信时,首先问的是齐国的年成,然后问齐国的人民,最后才问到齐国国君。这自然就引起了齐使的不满,认为赵威后把齐君放在最后,是"先贱而后尊贵",是本末倒置。对此,赵威后反驳道,没有丰收的年岁,哪有人民的活路,没有人民,哪来的国君,认为齐使才是舍本求末。不仅如此,赵威后对齐国对待贤不肖的错误做法也提出了尖锐的批评,毫不留情地指责齐国无视和埋没品德高尚、为国为民尽忠尽孝的杰出人士,而对不忠不孝、于国于民无补的人却不予惩治。

全文以对话构成,主要是赵威后阐申治国为民的观点,话语简洁,但铿锵有力,掷地有声,且层层推进,逻辑严密,不容置疑。虽然不见刻画赵威后性格特征的文字,但文中女主人公刚直爽快、坚持真理、威气逼人的音容神貌已经跃然纸上。

《孟子·尽心下》有这样的话:"民为贵,社稷次之,君为轻。"赵威后的思想与孟子是相同的。可见,以民为重、以民为本,在中国上古时代即是贤人达士的共识,也是留给后人的珍贵思想文化遗产,值得我们继承和发扬光大。

齐后破环

【题解】 本文选自《战国策·齐策六》。本文描述太史敫之女慧眼识公子,辅佐两代国君治国理政,果敢地击破秦国欺犯齐国的企图,塑造了一个智勇双全的女性形象。

【原文】

齐闵王之遇杀,其子法章变姓名,为莒太史家庸夫①。太史敫女奇法章之状貌,以为非常人,怜而常窃衣食之,与私焉②。莒中及齐亡臣相聚,求闵王子,欲立之③。法章乃自言于莒④。共立法章为襄王⑤。襄王立,以太史氏女为王后,生子建⑥。太史敫曰:"女无谋⑦而嫁者,非吾种⑧也,污吾世⑨矣。"终身不睹⑩。君王后贤⑪,不以不睹之故⑫,失人子之礼⑬也。

襄王卒,子建立为齐王。君王后事秦谨⑭,与诸侯信⑮,以故建立四十有余年不受兵⑯。

秦始皇尝使使者遗君王后玉连环⑰,曰:"齐多知,而解此环不⑱?"君王后以示群臣⑲,群臣不知解。君王后引椎椎破之⑳,谢秦使㉑,曰:"谨以解矣㉒。"

及君王后病,且㉓卒,诫㉔建曰:"群臣之可用者某㉕。"建曰:"请书之㉖。"君王后曰:"善㉗。"取笔牍受言㉘。君王后曰:"老妇已亡矣㉙!"

君王后死,后后胜相齐㉚,多受秦间金玉㉛,使宾客入秦㉜,皆为变辞㉝,劝王朝秦㉞,不修攻战之备㉟。

【注释】 ① "齐闵王"三句:齐闵王被杀,他的儿子法章改姓换名,到了莒地太史家做仆人。齐闵王,亦称齐愍王,妫(guī)姓,名地,约公元前300年至公元前284年在位。法章,后继位为齐襄王,公元前283年至公元前265年在位。莒(jǔ),诸侯国,战国初为楚所灭,在今山东省莒县。太史,复姓。庸夫,即佣夫,仆人。 ② "太史敫(jiǎo)"四句:太史敫的女儿觉得法章的相貌很奇特,认为他不是普通人,(因此)爱怜他(并)常偷偷地给他衣服和食物,和他有了私情。敫,太史的名。奇,(认为)奇特。常人,一般的人,普通人。怜,爱怜。窃,偷偷地拿。食之,给他吃。食,这里是给食用的意思。私,私下相好。 ③ "莒中"三句:莒地的人以及流亡在莒中的齐国臣子聚集一起,寻求齐闵王之子,打算立他为王。 ④ "法章"句:法章于是自己向莒地的人说(表明自己的真实身份)。 ⑤ 襄王:即齐襄王。 ⑥ 子建:即齐王建,公元前264年至公元前221年在位,齐国最后一位国君。 ⑦ 无谋(méi):没有媒人。谋,通"媒"。 ⑧ 种(zhǒng):族类。 ⑨ 污吾世:玷污了我的家世。污,玷污。 ⑩ 不睹:不见(面)。 ⑪ 贤:贤惠。 ⑫ "不以"句:不因为(父亲)不见面的缘故。故,原因,缘故。 ⑬ 人子之礼:为人子女应尽的礼节。 ⑭ 事秦谨:尊奉秦国很恭谨。事,侍奉,供奉。秦,秦国。谨,恭敬。 ⑮ 与诸侯信:与诸侯(交往)恪守诚信。 ⑯ "以故"句:因此齐王建在位四十余年间没有遭受过战争。以故,因此。有,通"又"。兵,战争,兵火。 ⑰ "秦始皇"句:秦始皇曾派使者赠送齐后玉连环。尝,曾经。使使者,前一个使是动词,派遣。 ⑱ "齐多知"二句:齐国人聪明多智,能不能解开这个玉连环。知,"智"的古字。而,通"能"。 ⑲ 以示群臣:把玉连环拿给群臣看。 ⑳ "君王后"句:君王后拿楎子击破玉连环。以楎楎,后一个楎作动词用,拿楎击打。 ㉑ 谢秦使:告知秦国使者。谢,告知。 ㉒ 谨以解矣:恭敬地解开了。 ㉓ 且:临近,将近。 ㉔ 诫:告诫。 ㉕ "群臣"句:众大臣中可以(信赖)使用的是某某、某某。某,某人,某些人。 ㉖ 请书之:请写下他们的姓名。书,写。 ㉗ 善:好(的)。 ㉘ 取笔牍受言:齐王建取过笔墨文具请君王后写下来。牍,写字用的木板。受言,君王后接受谏言,这里指子建准备让君王后写下忠臣名单。 ㉙ "老妇"句:(君王后却说)老妇人已经忘记了。亡,通"忘"。这里或许是君王后不满齐王建不把名单记在心里,而一定要自己写下来。 ㉚ 后后胜相齐:后来后胜做齐国的相国。后胜,可能是齐后族亲。 ㉛ "多受"句:大量地接受秦国间谍贿赂的金玉财宝。间(jiàn),间谍。 ㉜ 使宾客入秦:派使臣到秦国去。宾客,春秋战国时指使者。 ㉝ 皆为变辞:(齐国宾客回来后)都说些好诈不实的话(来恐吓齐王建)。 ㉞ 劝王朝秦:鼓动齐王建朝拜秦国。劝,鼓励,鼓动。 ㉟ "不修"句:不整修战备的事。这里指放弃保卫国家的战争整备。

【赏析】《齐后破环》一文,通过三个事例,塑造了一个辅助两代国君、有胆有识、坚毅果敢的女性形象,栩栩如生,令人赞叹。

　　第一个事例是慧眼识公子。齐公子法章落难为奴,在一般人看来,即使明知其为齐君之子,如今落到如此地步,恐怕也不会看好其前程无限。但是,太史敫之女却认定法章非平常人,同情他,怜惜他,在法章最困难的时候,给予其温暖和爱情,即使不为父亲容忍,甚至断绝父女亲情,也丝毫不为动摇。所以,她最终成为齐王之后,虽有其偶然性,但她那种明于主见、坚定执着的性格,显然是她必然成功的保证。

　　第二个事例是本文的中心事件。尽管君王后很恭谨地对待秦国,但秦王从来没有放弃过灭亡齐国的野心。秦王让齐人解开玉连环,显然是故意刁难,目的在寻找借口,攻伐齐国。在洞悉强敌险恶企图的情况下,君王后沉着应对,果断处置,毫不犹豫地击破玉连环,并告知秦国使者,此环已解。这个举动,完全出乎所有人的意料,但细细想来,却又在情理之中:因为秦王并没有规定要用何种方法解开玉连环。这让秦国吃了个哑巴亏。

第三个事例是临终之时,君王后为儿子举荐了可靠的辅政大臣。但是,令人不解的是,在儿子要她书写辅政大臣姓名时,她却说自己已经不记得了。其实,这也是说,她说的只是个建议名单,需要儿子记在心中,一切还是要靠国君自己来掌控和决定。君王后很清醒,在世时,她可以发挥决定性的作用,但离世后,她的建议再好,是否能被接受和实施,也全取决于在世国君的认识和行动了。至于后来齐王建违背了君王后的遗嘱,那是后话了。

文章通过这三个事例,多侧面地刻画了君王后的独特性格,赞扬了古代女性超人的胆识、胆略和智慧,令人钦佩。

江乙对荆宣王

【题解】 本文选自《战国策·楚策一》。楚国大臣昭奚恤为名将,手握重兵,北方各诸侯国都畏之如虎,楚宣王对此感到不解。江乙以狐假虎威比喻,指出诸侯畏惧的实际上是昭奚恤所依仗的楚国强大的实力,并非昭奚恤本人。

【原文】

荆宣王①问群臣曰:"吾闻北方之畏昭奚恤也,果诚何如②?"群臣莫对③。江一④对曰:"虎求百兽而食之⑤,得狐。狐曰:'子无敢食我也。天帝使我长百兽⑥,今子食我,是逆⑦天帝命也。子以我为不信⑧,吾为子先行⑨,子随我后,观百兽之见我而敢不走⑩乎?'虎以为然⑪,故遂与之行。兽见之皆走。虎不知兽畏己而走也,以为畏狐也。今王之地方五千里,带甲百万,而专属之于昭奚恤⑫。故北方之畏昭奚恤也,其实畏王之甲兵⑬也,犹百兽之畏虎也。"

【注释】 ① 荆宣王:楚宣王,芈(mǐ)姓,名良夫,公元前369年至前340年在位。楚地又称荆,所以楚宣王也称荆宣王。 ② "吾闻"二句:我听说北方各国都惧怕昭奚恤(xù),真正(情况是)怎么样的?北方,这里指位于中原的各诸侯国,因为楚国在南方,所以这样说。畏,畏惧、惧怕。昭奚恤,楚国贵族、名将。果,果真。诚,真正、确实。何如,怎么样。 ③ 莫对:没有能回答的。莫,没有(人)、无(人)。对,应对、回答。 ④ 江一:即江乙,魏国人,在楚国做官,是一个富于智谋的人。 ⑤ "虎求"句:老虎索求(捕捉)百兽来吃。求,这里是寻找、捕获的意思。 ⑥ 长(zhǎng)百兽:领导百兽。长,这里作动词用,主管、执掌。 ⑦ 逆:违逆、违背。 ⑧ "子以我"句:你不信我(的话)。以为,把……

当作……。信,真实,不是谎言。 ⑨吾为子先行:我为(你)在前面走。行,走,步行。 ⑩走:逃走,逃跑。 ⑪然:对,正确。 ⑫"今王之地"三句:如今大王的疆土方圆五千里,军队百万,但专归昭奚恤(指挥)。方,这里指南至北(五千里),东至西(五千里),是说国土辽阔。带甲,披戴铠甲(的将士)。专属(zhǔ),专门委托。 ⑬甲兵:铠甲与兵器,这里指军队。

【赏析】 本文是中国著名成语"狐假虎威"的出典。

昭奚恤是楚国贵族、重臣,手握重兵,威权炙手可热,北方诸国畏之如虎。这引起了楚宣王的疑问。当楚宣王将这一疑问询问众大臣时,无人能加以解释。于是,江一(江乙)向楚宣王讲了一个"狐假虎威"的寓言。依照江一所言,道理其实是很显白的,百兽怕的不是狐狸,而是在狐狸身后的猛虎。同样,北方各国畏惧的不是昭奚恤,而是畏惧占有无垠疆土和百万雄师的楚君。昭奚恤本身并不可怕,一旦失去了楚王的信任,将毫无价值。

且不论历史上昭奚恤对楚国的忠诚、贡献和功绩,以及江一作为魏人,是否真心忠于楚王,仅就这则谈话,我们却得到了有益的启示:当有人气焰嚣张、横行霸道、欺压良善、多行不义之时,我们每每发现其后面有着黑恶势力在撑腰。后人用"狐假虎威"这个成语来贬斥依仗他人威势欺压别人的恶劣行径,也表现了对这种行为的痛恨。

江一作为一个智谋之士,善于比喻,剖析事理,深入浅出,生动灵巧,给后人留下了如此鲜活的成语,还是十分值得赞赏的。

庄辛论幸臣

【题解】 本文选自《战国策·楚策四》。楚顷襄王时,楚国已经走向衰微,但他仍不思进取,亲近幸臣。楚臣庄辛劝告楚襄王远离小人,励精图治,以免国破身亡。楚襄王不听,结果被秦军攻破都城郢都(在今湖北省江陵市),东迁至陈(在今河南省淮阳县与安徽省亳州市一带)。后悔之余,楚襄王请回庄辛,虚心求教。

【原文】

庄辛谓楚襄王曰:"君王左州侯、右夏侯①,辇从鄢陵君与寿陵君②,专淫逸侈靡③,不顾国政,郢都必危矣。"襄王曰:"先生老悖④乎!将以为楚国袄祥⑤乎?"庄辛曰:"臣诚见其必然者也,非敢以为国袄祥也。君王卒幸四子者不衰⑥,楚国必亡矣。臣请辟于赵⑦,淹留⑧以观之。"

庄辛去,之赵⑨。留五月⑩。秦果举鄢郢、巫、上蔡、陈之地⑪,襄王流揜于城阳⑫。于是使人发驺⑬,征⑭庄辛于赵。庄辛曰:"诺。"

庄辛至。襄王曰:"寡人不能用先生之言,今事至于此,为之奈何⑮?"庄辛对曰:"臣闻鄙语⑯曰:'见兔而顾犬,未为晚也⑰;亡羊而补牢,未为迟也⑱。'臣闻:昔汤、武以百里昌⑲,桀、纣以天下亡⑳。今楚国虽小,绝长续短㉑,犹以数千里,岂特㉒百里哉?"

"王独不见夫蜻蛉乎㉓,六足四翼,飞翔乎天地之间,俯啄蚊虻㉔而食之,仰承甘露㉕而饮之。自以为无患,与人无争也;不知夫五尺童子,方将调饴胶丝㉖,加己乎四仞㉗之上,而下为蝼蚁㉘食也。"

"夫蜻蛉其小者㉙也,黄雀因是以㉚。俯噣白粒㉛,仰栖茂树㉜,鼓翅奋翼。自以为无患,与人无争也;不知夫公子王孙,左挟弹,右摄丸㉝,将加己乎十仞之上,以其类为招㉞,昼游乎茂树,夕调乎酸咸㉟,倏忽㊱之间,坠于公子之手。"

"夫黄雀其小者也,黄鹄㊲因是以。游于江海,淹乎大沼㊳,俯噣鳝鲤㊴,仰啮菱衡㊵,奋其六翮㊶,而凌清风㊷,飘摇乎高翔。自以为无患,与人无争也;不知夫射者,方将修其碆卢㊸,治其矰缴㊹,将加己乎百仞之上,被礛磻㊺,引微缴㊻,折清风而抎矣㊼。故昼游乎江河,夕调乎鼎鼐㊽。"

"夫黄鹄其小者也,蔡灵侯㊾之事因是以。南游乎高陂㊿,北陵乎巫山㉟,饮茹溪流㉒,食湘波㉓之鱼,左抱幼妾,右拥嬖女㊾,与之驰骋乎高蔡㊿之中,而不以国家为事㊽;不知夫子发方受命乎宣王,系己以朱丝而见之也㊿。"

"蔡灵侯之事其小者也,君王之事因是以。左州侯,右夏侯,辇从鄢陵君与寿陵君,饭封禄之粟㊿,而载方府之金㊿,与之驰骋乎云梦㊿之中,而不以天下国家为事;不知夫穰侯方受命乎秦王,填黾塞之内,而投己乎黾塞之外㊿。"

襄王闻之,颜色变作㊿,身体战栗。于是乃以执珪而授之为阳陵君,与淮北之地也㊿。

【注释】　①"君王"句:君王您左边是州侯,右边是夏侯。君王,即楚顷襄王,芈

(mǐ)姓,名横,公元前298年至公元前263年在位。州侯、夏侯均是楚襄王身边的宠臣。 ② "辇从"句:坐车时,宠臣鄢陵君和寿陵君也跟随在车后。辇,这里指国君所坐的车。 ③ 专淫逸侈靡:一味无节制地淫乐,奢侈浪费(的生活)。专,一味。 ④ 老悖:老糊涂。悖,混乱,糊涂。 ⑤ "将以为"句:莫非以为楚国有灾祸。祅(yāo)祥,灾祸与祥瑞,这里指灾祸。祅,同"妖",凶兆。 ⑥ "君王"句:君王您始终宠幸这四人。卒,最终,这里是始终的意思。不衰,不减弱。 ⑦ 辟(bì)于赵:避难到赵国。辟,躲避。 ⑧ 淹留:逗留,停留。 ⑨ 之赵:到赵国去。之,去,往。 ⑩ 留五月:逗留了五个月。 ⑪ "秦果举"句:秦国果然攻下了鄢(yān)、郢(yǐng)、巫、上蔡、陈等地。鄢,楚国别都,在今湖北省宜城市。郢,楚国都城,在今湖北省江陵县。巫,巫山,在长江三峡,属楚国。上蔡,在今河南省上蔡县。陈,在今河南省淮阳县及安徽省亳州市一带。 ⑫ "襄王"句:楚襄王逃亡躲藏在城阳。流揜(yǎn),逃亡藏匿。流,逃走。揜,藏匿。城阳,在今山东省青岛市,或即为成阳,在今河南省汝南县。 ⑬ 发驺(zōu):发车。驺,驾车人或车上的随从。 ⑭ 征:(国君)征聘(贤士)。 ⑮ 奈何:怎么办。 ⑯ 鄙语:俚语,俗语。 ⑰ "见兔"二句:见到野兔,才回过头来找猎狗,不算太晚。比喻虽然情势突然或危急,但急寻对策,还来得及。 ⑱ "亡羊"二句:失去羊以后,再来修补羊圈,不算太迟。比喻虽然事情已经发生,但立即修补漏洞,还不算晚。 ⑲ "汤、武"句:汤、武开始时仅有百里之地,虽然疆域狭小,力量不强,但最终分别灭掉夏朝和商朝,繁荣昌盛。汤,商汤王,名履,商朝开国之君,又称成汤、成唐、武汤、武王、天乙等。武,周武王,姬姓,名发,周文王之子,周朝开国之君。 ⑳ "桀纣"句:桀、纣虽然拥有天下,疆域辽阔,力量强大,但最终不免灭亡。桀,名履癸,夏朝末代天子,暴君,为商汤所灭。纣,名辛,商朝末代天子,暴君,为周武王所灭。 ㉑ 绝长续短:截长补短(拼凑)。 ㉒ 岂特:岂止。特,仅仅,只是。 ㉓ "王独"句:君王您唯独没见到蜻蛉吗?独,唯独,单单。蜻蛉,蜻蜓。 ㉔ 俯啄蚊虻(méng):俯身啄食蚊虻。蚊虻,蚊子和牛虻之类的小昆虫。 ㉕ 甘露:甘美的露水。 ㉖ "方将"句:正准备调制饴糖糖浆做胶丝网。饴糖有黏性,能黏住蜻蜓。 ㉗ 仞:七尺或八尺为一仞。 ㉘ 蝼蚁:蝼蛄和蚂蚁之类的小昆虫。 ㉙ "夫蜻蛉"句:蜻蛉(的遭遇)还是一件小事。夫,这。 ㉚ 黄雀因是以:黄雀的事也是跟蜻蛉一样的。因是以,也是这样。因,沿袭。 ㉛ 俯噣(zhuó)白粒:俯身啄食米粒。白粒,白米。噣,同"啄"。 ㉜ 茂树:枝叶繁茂的树。 ㉝ "左挟弹"二句:左手握着弹弓,右手夹着弹丸。挟,握持。弹,弹弓。摄,执持,拿着。丸,弹丸。 ㉞ 以其类为招:把它(黄雀)的脖子当作目标。类,繁体作"頪",应为颈,脖子。招,目标,靶子。 ㉟ "昼游"二句:白天还在茂树林中翱翔游玩,晚上就成了盘中餐。酸咸,这里指食物调味品。 ㊱ 倏(shū)忽:一会儿。 ㊲ 黄鹄(hú):黄色天鹅。鹄,天鹅。 ㊳ 淹乎大沼:在大湖中游乐。淹,逗留。 ㊴ 鳣鲤:鳝鱼和鲤鱼一类的鱼。 ㊵ 仰啮(niè)薐(líng)衡:仰头啄食菱叶和香草。啮,咬,啃。薐,即"菱"。衡,即"蘅",杜蘅,亦即杜若,一种香草。 ㊶ 六翮(hé):翅膀。翮,鸟双翅中的正羽称翮,这里指翅膀。 ㊷ 凌清风:驾驭清风。凌,驾驭,乘。 ㊸ 修其碆(pō)卢:修整好石箭头。碆卢,石制箭头,用弓发射,用以打鸟。 ㊹ 治其矰缴(zēng zhuó):整治好射鸟的箭。矰,系有生丝绳来射飞鸟的箭。缴,系在箭上的生丝绳。 ㊺ 被礛(jiǎn)磻(bō):中了锐利的箭头。被,遭受。礛,锐利。磻,石箭头。 ㊻ 引微缴:被丝绳牵引。 ㊼ "折(zhē)清风"句:在清风中翻着跟头而坠落。折,翻转。抎(yùn),坠落。 ㊽"故昼游"二句:因此白天游翔于江湖,晚上就被人烹调了。鼎鼐(nài),古代烹制食物的两种用具。 ㊾蔡灵侯:蔡国(在今河南省上蔡县)国君,姬姓,名般,鲁襄公三十年(公元前543年),弑父蔡景侯后自立,淫逸侈靡,鲁昭公十一年(公元前531年),楚灵王名大夫子发率师围蔡,捕而杀之。 ㊿南游乎高陂:南游高坡。高陂,高坡。陂,山坡。 ㋉北陵乎巫山:北登巫山。陵,登上。 ㋊饮茹溪流:饮着茹溪的清水。茹溪,水名,在今重庆市巫山县。 ㋋湘波:湘江,在今湖南省。 ㋌"左抱"二句:左手抱着年幼的姬妾,右手拥着宠爱的侍女。嬖(bì),身份卑下但得宠的人。 ㋍高蔡:即上蔡,蔡国国都,在今河南省上蔡县。 ㋎"而不以"句:不把(治理)国家当作大事。 ㋏"不知"二句:不知子发正奉楚宣王之命,率师包围蔡国,把蔡灵侯捆绑起来去见楚王呢。朱丝,红色的丝绳,这里指捆绑俘虏囚犯的绳索。 ㋐"饭封禄"句:吃着封邑贡奉的粮食。饭,这里作动词用,吃,食用。封禄,所封属地进奉的财物。 ㋑"而载"句:车上载着国库里的金钱。方府,国库,因为是四方所进贡,因此称方府。 ㋒云梦:古代大湖,在今湖北省。 ㋓"不知"三句:不知秦国穰(ráng)侯(秦昭王舅父,姓魏名冉)正奉秦昭王之命,占领黾(méng)塞之内(南)的地域,把自己赶到黾塞之外(北)去呢。填,通"镇",安定,这里有占领的意思。黾塞,当时的军事要塞,在今河南省信阳市一带。 ㋔颜色变作:脸色大变。颜色,脸色。变作,突然变化。 ㋕"于是"二句:于是就授予庄辛执珪爵位,封为阳陵君,并把淮河以北的地方封给他。执珪,楚国爵位名,因得此爵位的大夫执珪上朝,故名。

【赏析】 三国时蜀国丞相诸葛亮在《出师表》中这样告诫后主刘禅:"亲贤臣,远小人。"因为就一个统治者而言,这是涉及政治清明、国家兴盛的大事。本文实际上就是阐申了这样一个众所周知但极为深刻的话题。

楚襄王宠信幸臣,沉溺于安逸奢靡而不能自拔。这对一个兴旺强大的国家来说是十分危险的,何况当时楚国已步入衰微,强秦觊觎已久,国势岌岌可危,更是到了直接导致国破家亡的危险境地。庄辛作为楚国同姓后裔,于此颇为忧虑,劝诫楚襄王远离幸臣,励精图治,无奈楚襄王充耳不闻,我行我素,结果被秦军攻破都城,仓皇出逃。痛定思痛,楚襄王召回庄辛,虚心求教,并一改前非,封庄辛为阳陵君。

全文可分为两部分:第一部分写庄辛力谏楚襄王远小人而致力国事,不听,于是远避赵国;第二部分写在楚襄王失败后,庄辛被征召回国,对楚襄王的一番进谏,这是全文的重点。

庄辛在进谏中,列举一些自然界及社会、国家生活中的例子,反复说明一个道理——居安思危。而要做到居安思危,首先必须远离小人,亲近贤臣。弱肉强食,虽说是自然界中的不二法则,但蜻蜓、黄雀、黄鹄之所以不免落入他人之手而毙命,更主要的直接原因是丧失警惕,全无防范之心,蹈险境而恬然自安,沦为他人盘中之餐也是必然的事了。如果说自然界中的几个例子还不能使楚襄王警醒，那么，宠幸媵妾、耽于享乐、荒废朝政的蔡灵侯却是被楚国所灭，则是一个活生生的现实教训了，这使得楚襄王脸色突变，不寒而栗。在庄辛的苦心劝诫下，楚襄王终于幡然醒悟。

　　庄辛的论述，层层推进，说理缜密但毫不枯燥。以寓言或小故事来说明或阐发一个道理，是先秦诸子或纵横家常用的手法，让人在形象生动的故事中领悟到人生或社会的真谛。此文在讲述故事或举例时，从小及大，从动物到人，从自然界到国家朝廷，始终围绕主旨，将摒斥幸臣、居安思危的道理阐申得淋漓尽致，具有无可置疑的说服力。而文章层次的分明，语言的精彩，又很好地帮助作者达成了上述目的。直至今日，"见兔顾犬"、"亡羊补牢"等成语，以其富有哲理的语言魅力，依然为国人所习用。

赵武灵王胡服骑射

【题解】　本文选自《战国策·赵策二》。赵国地处今山西省东部与河北省西南部一带，东、西、南为列国包围，北有胡人觊觎。国君武灵王审时度势，革新礼法制度，倡导胡服骑射，以富国强兵，但遭到守旧大臣、贵族的反对。赵武灵王既坚持原则，推行新政，与时俱进，又耐心说服反对者，终于展开改革，推行胡服骑射。

【原文】

　　武灵王平昼闲居①，肥义侍坐②，曰："王虑世者之变③，权甲兵之用④，念简、襄之迹⑤，计胡、狄之利乎⑥？"王曰："嗣立不忘先德，君之道也⑦；错质务明主之长，臣之论也⑧。是以贤君静有道民便事之教，动有明古先世之功⑨。为人臣者，穷有弟长辞让之节，通有补民益主之业⑩。此两者，君臣之分⑪也。今吾欲继襄主⑫之业，启胡、翟之乡⑬，而卒世不见⑭也。敌弱者⑮，用力少而功多，可以无尽百姓之劳⑯，而享往古之勋⑰。夫有高世之功⑱者，必负遗俗之累⑲；有独知之虑⑳者，必被庶人之怨㉑。今吾将胡服骑射以教百姓，而世必议寡人矣㉒。"肥义曰："臣闻之：'疑事无功，疑行无名㉓。'今王既定㉔负遗俗之虑，殆毋顾㉕天下之议矣。夫论至德者不和于俗，成大功者不谋于众㉖。昔舜舞有苗㉗，而禹祖入裸国㉘，非以养欲而乐志也㉙，欲以论德而要功也㉚。愚者暗于成事㉛，知者见于未萌㉜，王其遂行之㉝。"王曰："寡人非疑胡服也，吾恐天下笑之。狂夫之乐，知者哀焉;愚者之笑,贤者戚焉㉞。世有顺我者,则胡服之功未可知㉟也。虽驱世㊱以笑我,胡地中山㊲,吾必有之。"

王遂胡服㊳。使王孙绁告公子成曰㊴:"寡人胡服,且将以朝,亦欲叔之服之也。家听于亲,国听于君,古今之公行也㊵。子不反亲,臣不逆主,先王之通谊也㊶。今寡人作教易服㊷,而叔不服㊸,吾恐天下议之也。夫制国有常㊹,而利民为本;从政有经㊺,而令行为上。故明德在于论贱,行政在于信贵㊻。今胡服之意,非以养欲而乐志也。事有所出,功有所止㊼。事成功立,然后德且见㊽也。今寡人恐叔逆从政之经,以辅公叔之议㊾。且寡人闻之,事利国者行无邪,因贵戚者名不累㊿。故寡人愿慕公叔之义㉛,以成胡服之功。使绁谒之㉜,叔请服焉。"公子成再拜㉝曰:"臣固㉞闻王之胡服也,不佞寝疾㉟,不能趋走,是以不先进㊱。王今命之,臣固敢竭其愚忠㊲。臣闻之,中国者,聪明睿知之所居也㊳,万物财用之所聚也,贤圣之所教也,仁义之所施也,诗书礼乐之所用也㊴,异敏技艺之所试也㊵,远方之所观赴也㊶,蛮夷之所义行也㊷。今王释此而袭㊸远方之服,变古之教㊹,易古之道㊺,逆人之心㊻,畔学者㊼,离中国㊽,臣愿大王图之㊾。"

使者报王。王曰:"吾固闻⑰叔之病也。"即之⑱公叔成家,自请之⑲曰:"夫服者,所以便用⑳也;礼者,所以便事㉑也。是以圣人观其乡而顺宜,因其事而制礼,所以利其民而厚其国也㉒。被发文身㉓,错臂左衽㉔,瓯、越㉕之民也。黑齿雕题㉖,鳀冠秫缝㉗,大吴㉘之国也。礼、服不同,其便一也㉙。是以乡异而用变㉚,事异而礼易㉛。是故圣人苟㉜可以利其民,不一其用㉝;果可以便其事,不同其礼㉞。儒者一师而礼异㉟,中国同俗而教离㊱,又况山谷之便㊲乎?故去就之变㊳,知者不能一㊴;远近之服㊵,贤圣不能同。穷乡多异㊶,曲学多辩㊷,不知而不疑㊸,异于己而不非者㊹,公于求善㊺也。今卿之所言者,俗㊻也;吾之所言者,所以制俗⑩也。今吾国东有河、薄洛⑪之水,与齐⑫、中山同之,而无舟楫之用⑬。自常山以至代、上党⑭,东有燕、东胡之境⑮,西有楼烦、秦、韩之边⑯,而无骑射之备⑰。故寡人且聚舟楫之用,求水居之民⑱,以守河、薄洛之水;变服骑射,以备燕、东胡、楼烦、秦、韩之边。且昔者简主不塞晋阳以及上党⑲,而襄王兼戎取代以攘诸胡⑩,此愚智之所明也⑪。先时中山负齐之强兵⑫,侵掠吾地,系累⑬吾民,引水围鄗⑭,非社稷之神灵,即鄗几不守⑮。先王忿之,其怨未能报也。今骑射之服,近可以备上党之形⑯,远可以报中山之怨。而叔也顺中国之俗,以逆简、襄之意,恶变服之名,而忘国事之耻,非寡人所望于子⑰!"公子成再拜稽首⑱曰:"臣愚不达于王之议,敢道世俗之闻⑲。今欲继简、襄之意,以顺先王之志,臣敢⑳不听令。"再拜,乃赐胡服。

赵文㉑进谏,曰:"农夫劳力,而君子养焉,政之经也㉒。愚者陈意,而知者论焉,教之道也㉓。臣无隐忠㉔,君无蔽言㉕,国之禄㉖也。臣虽愚,愿竭其中㉗。"王曰:"虑无恶扰㉘,忠无过罪㉙,子其言乎。"赵文曰:"当世辅俗㉚,古之道也;衣服有常,礼之制也㉛;循法无愆,民之职也㉜:三者,先圣之所以教。今君释此㉝,而袭㉞远方之服,变古之教,易古之道,故臣愿王之图之㉟。"王曰:"子言世俗之间㊱。常民溺于习俗,学者沉于所闻㊲。此两者,所以成官而顺政也㊳,非所以观远而论始也㊴。且夫三代不同服而王㊵,五伯不同教而政㊶。知者作教㊷,而愚者制焉㊸;贤者议俗㊹,不肖者拘焉㊺。夫制于服之民,不足与论心㊻;拘于俗之众,不足与致意㊼。故世与俗化㊽,而礼与变俱㊾,圣人之道也;承教而动㊿,循法无私㉑,民之职也。知学之人㉒,能与闻迁㉓;达于礼之变,能与时化㉔。故为己者不待人,制今者不法古㉕,子其释㉖之。"

赵造㉗谏曰:"隐忠不竭,奸之属㉘也;以私诬㉙国,贼㉚之类也。犯奸者身死,贼国者族宗㉛。反此两者,先圣之明刑㉜,臣下之大罪也。臣虽愚,愿尽其忠,无遁㉝其死。"王曰:"竭意不让,忠也㉞。上无蔽言,明也㉟。忠不避危,明不距人㊱。子其言乎。"赵造曰:"臣闻之,圣人不易民而教㊲,知者不变俗而动㊳。因民而教者,不劳而成功㊴;据俗而动者,虑径而易见也㊵。今王易初不循俗㊶,胡服不顾世㊷,非所以教民而成礼也。且服奇者志淫,俗辟者乱民㊸。是以莅国者不袭奇辟之服,中国不近蛮夷之行㊹,非所以教民而成礼者也。且循法无过,修礼无邪㊺,臣愿王之图之。"王曰:"古今不同俗,何古之法㊻?帝王不相袭,何礼之循㊼?宓戏、神农教而不诛㊽,黄帝、尧、舜诛而不怒㊾。及至三王,观时而制法,因事而制礼㊿,法度制令,各顺其宜⑱,衣服器械,各便其用⑱。故礼世不必一其道⑱,便国⑱不必法古。圣人之兴也,不相袭而王⑱;夏、殷⑱之衰也,不易礼⑱而灭。然则反古未可非⑱,而循礼未足多⑱也。且服奇而志淫,是邹、鲁无奇行也⑲;俗辟而民易,是吴、越无俊民也⑲。是以圣人利身之谓服,便事之谓教⑲。进退之节,衣服之制,所以齐常民,非所以论贤者也⑲。故圣与俗流⑲,贤与变俱⑲。谚⑲曰:'以书为御者,不尽于马之情⑰;以古制今者,不达于事之变⑱。'故循法之功,不足以高世⑲;法古之学,不足以制今⑳。子其勿反也㉑。"

【注释】 ①"武灵王"句:武灵王(有一日)白天里闲居无事。武灵王,赵国国君,嬴姓,名雍,公元前325年至公元前299年在位。平昼,白天,中午。 ②肥义侍坐:肥义在旁边陪坐(侍候)。肥义,赵国大臣,历仕赵肃侯、赵武灵王、赵惠文王三代,赵武灵王时为相。在赵惠文王时,公子章作乱(沙丘之乱),肥义为保护赵惠文王而殉难。侍坐,这里指在旁边陪坐侍候。 ③"王虑"句:大王考虑到世事的变化吗?世事之变,世事变化(的问题)。 ④权甲兵之用:权衡用兵打仗(的大事)。甲兵,战衣和兵器,这里指战争。 ⑤念简、襄之迹:念及简、襄的业绩。念,怀念,思念。简,赵简子,名鞅;襄,赵襄子,名无恤:二人均是赵国的祖先。 ⑥"计胡狄"二句:考虑到胡、狄的利和害吗?计,考虑。胡、狄,古人对北方少数民族的称呼。 ⑦"嗣立"二句:继承者不可忘记先祖的功德,这是为君者(必须遵循)之道。嗣立,继位(为君)者。 ⑧"错质"二句:臣下力求彰显君主的优点(功绩),这是为臣者(必须遵循)之道。错质,(委身于)君主(为臣)。务,致力,努力。论,道理。 ⑨"是以"二句:因此,贤明君主平时有引导(教导)人民(礼仪)、便于行(对国家有利的)事的职责,(一旦有事)行动,就要建立光耀古今、超越先世的功绩。静,安静,太平无事,平日里。道(dǎo),引导,开导,教导。明,光照,光耀。 ⑩"为人臣者"三句:做臣子的,未曾发达时,要孝敬尊长,进退有礼,(一旦)发达就该做补益人民、帮助君王的大业。穷,居于底层,不发达。悌长,孝敬、尊重长辈,悌,敬爱兄长,泛指敬爱长辈。辞让,谦虚退让。通,发达,做官。 ⑪君臣之分(fèn):君臣(不同的)职分。分,职分,本分。 ⑫襄王:即赵襄子。 ⑬启胡、翟之乡:开启胡、翟的土地。启,开启,开发,这里是指征服和占有。翟,同"狄"。 ⑭卒世不见:大家都看不到。这里指人们都不理解武灵王的志向。卒,尽。 ⑮敌弱者:对抗弱者的人。敌,对抗,为敌。 ⑯"可以"句:用不着穷尽百姓的力量。劳,操劳,用力。 ⑰"而享"句:获得以往(帝王)的功勋。往古,从前,以往。 ⑱高世之功:卓绝的功业。高世,超越世俗,卓绝。 ⑲"必负"句:必定背负抛弃世俗的过失(而受指责)。遗俗,丢弃、抛弃世俗、流俗。累,过失,错误。 ⑳独知之虑:有独到的见解。知,即"智"。虑,思考,思想。 ㉑"必被"句:必定遭受一般人的埋怨。被,遭受,蒙受。庶人,平民。怨,不满。 ㉒"今吾"二句:如今我打算教人民穿胡服、骑马射箭,而举世一定会对我议论纷纷。将,打算,想要。世,举世,全社会。 ㉓"疑事"二句:谋事犹疑不决不会成功,行动疑虑则不能成就功业。疑,犹疑,迟疑。 ㉔既定:已经决定。既,已经。 ㉕殆毋顾:可以不必顾虑。殆,这里是可以的意思。 ㉖"夫论"二句:有至德的人,不和流俗相合;成就大功业的人,不与众人相谋。至德,至高无上的道德。谋,商讨。 ㉗舜舞有苗:舜(在宫廷上)表演有苗的舞蹈。舜,古代圣贤帝君。有苗,古代南方的民族。相传,舜在宫廷上表演有苗的舞蹈,有苗即来归顺。 ㉘"而禹"句:大禹裸身进入不穿衣服的国家。禹,古代圣贤帝君,建立夏朝。袒,裸身。裸国,传说位于西方(亦说位于南方),人民披发文身,不穿衣服。 ㉙"非以"句:不是放纵欲望来愉悦心志。养欲,放纵(滋长)欲望。乐志,愉悦心志。 ㉚"欲以"句:想要评判道德优劣,建立功业。欲,希望,想要。论德,评判道德。要(yāo)功,建立功业。要,求取。这里是指要追求高尚道德,建功立业。 ㉛"愚者"句:愚昧的人对已成功的事业不明白。暗,愚昧,不明白。成事,已成功的事业。 ㉜"知者"句:智慧的人对未露出苗头的事(也能)看到(察觉)。知,"智"的古字。未萌,尚未露出苗头。 ㉝王其遂行之:大王就实行吧。其,这里有加重语气的作用。遂行,实行,进行。 ㉞"狂夫"四句:无知之人的狂乐,有识之士为之悲哀;愚昧之人的嘲笑,贤良之人为之伤悲。狂夫,无知妄为的人。戚,悲伤,忧愁。 ㉟未可知:尚未可以预知,即不能估量的意思。 ㊱驱世:举世。 ㊲胡地中山:胡人之国中山。胡,对少数民族的呼称。中山,春秋末期北方民族所建国家,在今河北省定州市、唐县一带,后为赵国所灭。 ㊳王遂胡服:赵武灵王于是就穿上了胡人的服装。 ㊴"使王孙緤(xiè)"句:派王孙緤对公子成说。王孙緤,赵国贵族。緤,同"绁",牵牲畜的绳子。公子,赵国贵族,赵武灵王的叔父辈,所以下文赵武灵王称之为公叔。 ㊵"家听于亲"三句:家事要听从父母,国事要听命于君,这是古今公认的正道。亲,父母。公行,这里指正道。 ㊶"子不反亲"三句:子女不反对父母,臣子不违抗君王,这是先王(传下来)的共通大义。通谊,同"通义",共通(普遍认可)的道理。 ㊷作教易服:(对人民)进行教化,更换服装。作,发起。易,更换。 ㊸不服:不穿(胡服)。服,穿。 ㊹制国有常:治国有常规。制,执掌。常,固定原则(典章制度)。 ㊺从政有经:参与、处理政事(也)有一定的规矩。经,典章法令,原则。 ㊻"故明德"二句:因此,彰明、弘扬德行在于考虑到人民,执行政令要取信于贵族。故,所以,因此。明德,彰显德行。论,考虑。贱,下层人民。信,取信。贵,上层贵族。 ㊼"事有"二句:事情有开始,(就)有成功。出,产生,发生。止,停止,结束,这里是成功的意思。 ㊽德且见(xiàn):德行(成功)而且彰显。见,即"现",彰显,显露。 ㊾"今寡人"二句:如今我担心叔父您违背从政之道,(所以派人来告诉您这些话)供您考虑。辅,辅助,帮助,这里是指赵武灵王希望所说的话有助于公子成正确思考问题。 ㊿"事利国者"二句:事情对国家有利,做起来就不会走邪路;依靠贵族而做,名望(声誉)就不会受到损害。累,受害。 ㊑"故寡人"句:所以我仰仗叔父您的高德大义。慕,仰慕,这里是因仰慕而依靠的意思。 ㊒谒(yè)之:拜见禀告您。谒,拜见,禀告。 ㊓再拜:拜了两拜,表示恭敬。 ㊔固:本来,已经。 ㊕不佞寝疾:我病了。不佞,不才,不成器,自谦辞。寝疾,因病卧床。 ㊖先进:先行一步。这里指公子成听说赵武灵王要倡导胡服骑射,由于生病,不能事先提出反对意见。 ㊗竭其愚忠:尽忠(说出自己的意见)。竭,完全,尽。 ㊘"中国"二句:中国是智慧者所聚居的地方。中国,指位于今中原一带的诸侯国。睿知,明智,见识聪慧。这里是指中国是人才汇聚之地,人才多。 ㊙"诗书"句:是诵读《诗》、《书》和施行礼、乐的地方。《诗》,《诗经》,儒家经典。《书》,

《尚书》,儒家经典。礼,礼节,用来教育施行尊卑有序的制度。乐,音乐,也有教育施行尊卑有序的制度的作用。用,施行。 ⑩"异敏"句:是各种灵敏技艺所运用的地方。试,使用,运用。 ⑪"远方"句:是远方(未开化的人)所来观摩学习的地方。 ⑫"蛮夷"句:是蛮夷所学习效法的地方。蛮夷,古代对未开化部族的蔑称。义行,同"仪形",效法。 ⑬释此而袭:舍弃这些(中国的优秀文化)而采用胡人的服饰骑射。释,舍弃,放弃。袭,因袭,采用。 ⑭变古之教:改变古代(祖先)的政教。 ⑮易古之道:变易古代(祖先)的(执政)正道。道,做法,方法,途径。 ⑯逆人之心:违背人心。逆,违背。 ⑰畔(pàn)学者:违背学者(的教导)。畔,通"叛",违背。学者,这里指有学问的圣贤。 ⑱离中国:背离中国(的传统)。 ⑲图之:考虑这些问题。图,考虑,谋划。 ⑳固闻:已经听说、知道。固,原本,本来,这里有意料之中的意思。 ㉑即之:便到(公子成家)。即,便,就。之,往,到。 ㉒自请之:亲自请教他。 ㉓便用:便于使用。 ㉔便事:便于行事。 ㉕"是以"三句:因此,圣人观察乡俗而顺其所宜(入乡随俗),顺应其事(的便利)而制定礼仪、规章,这是所用以利民利国(的做法)。因,顺应,根据(实际情况)。厚,增益。 ㉖被发文身:散发而纹身。 ㉗错臂左衽:手臂上画着纹饰,衣襟开在左边。错,这里是画的意思。左衽,古代一些民族衣襟向左,后指未开化的部族。 ㉘瓯、越:指今东南沿海浙江省和福建省一带。 ㉙黑齿雕题:染黑牙齿,额上绘有花纹(作装饰)。雕,彩绘。题,额头。 ㉚鳀(tí)冠秫(shù)缝:(戴着)鳀人的帽子,(穿着)长针缝制的衣服。鳀,古代在东海上的种族。秫缝,长针缝制,指粗制的服饰。秫,长针。 ㉛大吴:吴国,在今江苏省南部一带。 ㉜"礼、服"二句:礼教和服饰(虽然)不同,(但)其利国便民是一样的。 ㉝"是以"句:所以地方不同(行事)用的方法也要变化。是以,即"以是",因此,所以。乡,区域,地方。用,做事的方法以及器用物品等。 ㉞事异而礼易:事情(性质情况)不一样,礼制、规章也要变易。易,改变。 ㉟苟:假如,如果。 ㊱不一其用:不采用一样的方法。一,统一。 ㊲"果可以"二句:(只要)真正能够便于做事的,(就会根据不同情况采用)不同的礼仪制度。确实,真正。不同,这里的意思是用不同的方法。 ㊳"儒者"句:儒者都是师从一个老师(孔子),但他们对礼仪、礼制的看法(也)不同。 ㊴"中国"句:中国有同样的习俗文化,但教化(也有)不同。俗,习俗文化。教,教化,政教。离,区别,不同。 ㊵山谷之便:(处于)山谷之中(要)因地制宜。便,顺应情况而制定适宜的方法(行事)。 ㊶去就之变:舍弃和接受的不同变化。这里指要依据实际情况作选择。 ㊷"知者"句:智者也不能(做到)统一。知,"智"的古字。一,统一,一致。 ㊸服:服饰。 ㊹穷乡多异:荒远之地更是多不同。这里指赵国情况特殊。 ㊺曲学多辩:(越是)不正确的观点、学说,(越是)多辩论。曲学,见识浅陋的学说、观点。 ㊻"不知"句:不懂的话不要(随便)质疑。不知,不知晓,不懂。 ㊼"异于己"句:与自己(的观点)不一致,不要(随意)非议。非,批评,非议,否定。 ㊽公于求善:(要)出于公心,追求真理。善,美善(之道)。 ㊾俗:世俗(传统)。 ㊿制俗:改革世俗传统。制,制约,这里有改革的意思。 ⓐ河、薄洛:黄河、薄洛口。河,黄河。薄洛,即薄洛口,漳河上的一个渡口。漳河,山西省古有清漳、浊漳二水,流至今河北省、河南省交界处,合为漳河,今已湮枯。 ⓑ齐:齐国,在今山东省北部。 ⓒ"而无"句:没有行船的条件。这里应指没有水军。舟楫,船。 ⓓ"自常山"二句:从常山到代、上党。常山,在今河北省元氏县一带。代,代州,在今山西省代县一带。上党,在今山西省长治市一带。 ⑯"东有"句:东边是燕和东胡的边境。燕,燕国,在河北省西部、北京市、辽宁省东部一带。东胡,当时在赵国东北方的一个民族。 ⑯"西有"句:西面是楼烦、秦国、韩国的边境。楼烦,当时在今山西省西北部狄人所建国家,其人善于骑射。秦,秦国,在今陕西省一带。韩,韩国,在今山西省东南部和河南省中部一带。以上二句是说赵国所处地理位置和环境很不利,面临邻国的威胁。 ⑰骑射之备:骑马射箭的武备,这里指要像胡人那样,有骑兵军队。 ⑱水居之民:临水而居的人民,这里是指要建立水军。 ⑲"且昔者"句:况且以前简主不把自己封闭在晋阳以及上党之内。简主,即赵简子。塞,封闭,闭塞。晋阳,在今山西省太原市一带。这里指赵简子有开拓精神。 ⑳"而襄王"句:而赵襄子兼并戎狄,掠取代地。兼,兼并。戎,戎狄,位于北方的民族。代,即代县。攘(ráng),抵御,驱逐。这里指赵襄子开拓疆域。 ⑪"此愚知"句:这是愚昧者和聪慧者都明了的事。愚知,愚昧者和智慧者。知,智。明,知晓,懂得。 ⑫"先时"句:从前中山国依仗着齐国强大的军力。负,依仗,依靠。这里是指中山国在齐国的支持下,侵扰赵国。 ⑬系累:捆绑。这里是俘掳、抓获的意思。 ⑭鄗(hào):赵国地名,原属晋国,在今河北省柏乡县一带。 ⑮"非社稷"二句:(假如)不是社稷神灵(的保佑),那么鄗就几乎失守。社,土神。稷,谷神。几,几乎。 ⑯"近可以"句:近可以守卫上党(险要的)地理优势。形,地理形势,这里指上党地势优越险要。 ⑰"而叔也"五句:而您公叔安于中国的旧俗,违背赵简子、赵襄子(变革的)理念,厌恶、反对变易服饰的政令,忘记国家的耻辱,(这)不是我对您的期望啊。顺,顺从,这里有安于(现状)的意思。逆,违背。恶(wù),厌恶,憎恶,这里有反对的意思。名,号令,政令。耻,指中山国对赵国的侵犯。 ⑱稽首:磕头至地,表示恭敬。 ⑲"敢道"句:胆敢(斗胆)把世俗一般的意见禀告您(知晓)。 ⑳敢:哪敢,怎么敢。 ㉑赵文进谏:赵文规劝。赵文,赵国贵族,大夫。进谏,(向君主直言)规劝,这里有劝阻的意思。 ㉒"农夫"三句:农夫劳作用力,而君子受供养,是为政的常道。经,常道,准则,法制。 ㉓"愚者"三句:愚昧的人陈述意见,而智慧的人加以分析和评定,这是教化之道。知者,智慧者。知,即"智"。愚者,这里是赵文自谦辞。教,政教,教化。 ㉔隐忠:隐蔽、隐藏的忠心,这里是指不把忠心表示出来。 ㉕蔽言:堵塞言路。 ㉖禄:福分,福运。 ㉗愿竭其中:愿意尽我的忠心(进言)。竭,尽,倾尽。中,通"忠"。 ㉘虑无恶扰:考虑周详的意见不会扰乱事情。恶,为变,变乱,搞乱。 ㉙忠无过罪:忠心是没有过失和罪过的。以上二句是赵武灵王鼓励赵文直言。 ㉚当世辅俗:顺随世事,辅助风俗。这里是指顺着时代风俗做事。当,顺随。 ㉛"衣服"二句:衣服有常规,是礼仪制度所规定的。常,常规,固定的制式。制,制定,规定。 ㉜"循法无愆(qiān)"二句:遵循(已定)法制(就)不会有错,这是民众的本分。愆,错误,过失。职,职分,本分。 ㉝释此:放弃这(固定的原则和做法)。 ㉞袭:因袭,这里是仿效的意思。 ㉟图之:考虑这个问题。 ㊱"子言"句:您说的是世俗的看法。世俗之间,世俗的观点。间,之间,是说赵文所言还是局限于世俗的观点里。或说间应为闻,见闻。 ㊲"常民"二句:普通人民沉溺于(固有)习俗,读书人沉迷于自己所闻。这里的意思是指二者皆墨守成规,局限于个人见闻。 ㊳"所以"句:(这是)这些在位的官员之所以墨守成规、按部就班做事(的原因)。所以,原因,缘故。成官,这里指已在位的官员。顺政,这里指只是按部就班做事,不会变化改革。 ㊴"非所以"句:(这是他们)没有远大眼光思考开创事业的(原因)。观远而论始,高瞻远瞩,思考创新。论,考虑,分析。始,创始,开创(新局面)。　⑭"且夫"句:三代服饰不同(但都)称王天下。三代,夏、商、周。王(wàng),统治,称王。　⑭"五伯(bà)"句:五霸用不同的教化(但都)称霸天下。五伯,春秋五位称霸的诸侯国君,说法不一,一般指齐桓公、晋文公、宋襄公、楚庄公、秦缪(穆)公。伯,通"霸"。教,教化。　⑭知者作教:智能者制作教化制度。知,即"智"。　⑭愚者制焉:愚昧者只是遵从奉守(不知变通、变化)。制,(盲目)遵从。　⑭贤者议俗:贤德多才者斟酌选择习俗制度。议,斟酌,商议(而决定取舍)。　⑭不肖者拘焉:而不成材者拘泥成习(不知改变)。不肖,不成材,愚笨。　⑭"夫制于"二句:那些拘泥于服饰(不愿改变)的人,不能够随着他们讨论思想。夫,那,这。论心,探讨思想。论,研究,探讨。　⑭致意:明白道理,懂得变化。　⑭世与俗化:习俗要与世事变化而变化。　⑭礼与变俱:礼法要随时代前进而变化。以上二句是指习俗和礼法都要与时俱进、与世俱变。　⑮承教而动:秉承教化而行动。　⑮循法无私:遵循法制而不存私心。　⑮知学之人:(真正)懂得学问的人。　⑮能与闻迁:能够随着新的见闻(知识)而变化。迁,变更,变化。　⑭"达于礼"二句:通达礼法变化(的人),(才)能够随着礼法的变化而(一起)变化。　⑮"故为己者"二句:因此做自己的事的人不会等待他人,治理今天政事(制定法度)的人不效法古人的成规。这里是指不要等待和犹豫。　⑮释:放心。释,放下。　⑮赵造:赵国贵族,大夫。　⑮奸之属:奸臣一类(的人)。属,同类,同一类人。　⑮诬:欺骗。　⑯贼:奸贼,这里有危害、祸害的意思。　⑯族宗:灭绝宗族。族,这里作动词用,灭绝,灭族。　⑯明刑:明确的法令,严明的刑罚。　⑯遁:逃脱,逃避。　⑭"竭意"二句:完全说出自己的意见而不躲避,是忠诚的表现。让,辞让,推辞。这里是说不隐瞒自己的看法。　⑯"上无"二句:在上者不堵绝臣下的意见,是贤明的表现。蔽,阻挡,堵绝。　⑯"忠不"二句:忠臣不避危险,明主不拒绝臣下(进谏)。避危,躲避危险。距人,拒绝别人(的意见)。距,通"拒"。以上也是赵武灵王在鼓励赵造大胆发表意见。　⑯"圣人"句:圣人不改变人民(原来的思想)而教化他们。易民,改变人民(的心志)。易,改变。　⑯"知者"句:智慧者不会改变旧俗而行动。知,即"智"。变俗,改变原来的风俗。　⑯"因民"二句:顺应人民(的固有思想)而教化的,不用费力就能成功。因,顺应。　⑰"据俗"二句:依照(旧有的)习俗而行动(做事)的,谋画容易,也更容易见效。虑,考虑,谋画。径,路径,这里是说有路可循,快捷。见(xiàn),见效,显现成效。　⑰"今王"句:如今大王您改变原初的法制。易初,这里指改变原有的法制、做法。易,改变。　⑰胡服不顾世:穿胡服而不顾世俗(反对)。　⑰"且服奇者"二句:而且穿奇装异服的人会心志不正,习俗邪僻的人会扰乱人民(的思想)。辟,邪道,邪僻。　⑰"是以"二句:因此国君不因袭继承奇异邪僻的服饰,中国不接近仿效蛮夷的行为。莅国者,治理国家的人,指国君。莅,治理。袭,因袭,继承。近,这里有仿效的意思。　⑰"且循法"二句:而且遵循法制(就)不会有过错,修整礼仪(就)不会走邪道。　⑰"古今"二句:古今习俗不同,为何要效法古代。法,效法。　⑰"帝王"二句:帝王不世代相袭,为何要遵循(前代)礼制。循,遵循。　⑰"宓(fú)戏"二句:宓戏和神农(只对人民)进行教育而不施加刑罚。宓戏,宓戏氏,亦作宓羲氏,即伏羲氏,传说中的上古帝王。神农,神农氏,传说中的上古帝王。诛,惩罚,责罚。　⑰"黄帝"三句:黄帝、尧、舜(虽然对人民)施有惩罚,但不会超越(制度)。

黄帝,传说中的上古帝王。尧、舜,上古时两位圣明帝王。怒,这里是超越、过度的意思。⑱"及至"三句:到了三王时,察看时机(根据当时实际情况)制定法制。三王,说法不一,这里应指夏禹王、商汤王、周文王,分别为夏、商、周三代开国君主。 ⑱各顺其宜:各自顺应时世,各得其宜。 ⑱各便其用:各自方便使用。 ⑱"故礼世"句:因此为(各自)时代制定礼制,不必统一做法。一,相同,一样。 ⑱便国:有利于国家。便,有利。 ⑱王(wàng):称王,统治(天下)。 ⑱夏、殷:夏朝和殷朝。 ⑱不易礼:不改变礼法制度。易,改变,更换。以上二句是说夏、殷的衰亡,是因为没有根据时世的变化而改变礼制。⑱"然则"句:那么,违反古制不可非难、责备。然则,那么,这样说来。反古,违反古制。非,责备。 ⑱循礼未足多:而遵循(祖先)礼法制度也不一定要赞许。多,称赞。 ⑲"且服奇"二句:况且穿奇装而(导致)志向、思想放纵犯错,(那么)邹、鲁两国就没有违背礼法的行为了。淫,恣肆,放纵。邹、鲁,国名,在今山东省。奇行,这里指不合礼法的行为。这里是说邹、鲁是儒家宗师孟子、孔子的家乡,固守旧德礼仪制度,难道就没有不合法度的行为了吗? ⑲"俗辟"二句:(如果说)习俗奇异,人民就会改变品性(变坏),(那么)吴越之地就没有才俊之士了。僻,邪僻,不合正道。吴、越,国名。吴,在今江苏省南部。越,在今浙江省北部。这里是说,吴、越是蛮夷之邦,穿着奇装异服,难道就没有德行才能杰出的的人了吗? ⑲"是以"二句:因此圣人把对身体有利称之为穿戴,把便于做事称之为教。这里的意思是服饰和教育都是要依照对人和事是否有利来判定。 ⑲"进退"四句:进退的礼节,服饰的制度(样式),是用于使一般人民大体一致,而不是用来衡量贤人的。齐,整齐,统一。 ⑲圣与俗流:圣人与一般人一起前进演变。流,演变。⑲贤与变俱:贤人和时代一起(变化)。 ⑲谚:谚语。 ⑲"以书"二句:用书本(上的知识)来驾车,不能(完全了解马的习性而)充分发挥马的能力。 ⑲"以古"二句:用古法来制约、规范今天的情况,不能通晓世事的变化。制,制约,规范。达,通晓,明白。 ⑲"故循法"二句:因此,遵循(旧)法所得的结果,不足以超越世俗。高世,出类拔萃,超越世俗。 ⑳"法古"二句:效法古代的学问,不能用来制定今天的礼法制度(规范今天的事情)。 ⑳"子其"句:(请)您不要反对了。其,有加重语气的作用。

【赏析】 东周威烈王二十三年(公元前403),晋国大臣赵、韩、魏三姓瓜分晋国领土,各自成为诸侯国。史称"三家分晋"。赵国位于今山西省东部与河北省西南部一带,四周列国及胡人环立,威胁着其安全。如果赵国不励精图治,增强国力,则时刻有灭亡之虞。赵武灵王审时度势,高瞻远瞩,决意实行改革,以胡服骑射为突破口,谋求国民思想精神的焕然一新,来激励人民和增强实力。但是,他的思想和决策遭到了一些贵族大臣的抵制和反对。

面对反对派,赵武灵王没有妥协和退缩,但也没有采取强力手段予以遏制,而是让反对者充分发表异见,然后非常耐心和细致地反复阐释和申述。赵武灵王观点明确,即执政者应"观时而制法,因事而制礼",认为"礼世不一其道,便国不必法古",批评"以古制今者,不达事之变"、"法古之学,不足以制今"。他既坚持原则,毫不动摇,又循循善诱,以理服人。作为一个国君,赵武灵王表现出一种坚毅的精神,同时也十分讲究领导艺术。于是,在他的坚持和说服下,赵国上下统一思想,扫除思想障碍,其改革和发展最终取得了成功。

两千四百多年前的赵武灵王所提出的思想,即便在今天看来,依然有着积极的现实意义。反对墨守成规、不思进取,力求与世俱变、与时俱进,"反古未可非","循礼未足多",一切要随着时世演进而变化,就像《礼记·大学》所记商汤《盘铭》说的那样:"苟日新,日日新,又日新。"

《战国策》的一大艺术特点,就是主要用对话来表现人物思想,并从中凸显人物性格特征。在本文中,通过富于论辩色彩的言辞,严密的逻辑分析,不容置疑的例证,丰富和深化了赵武灵王的形象及性格,使我们看到了一位雄才大略又通达人情的贤明君主。

鲁仲连义不帝秦

【题解】　本文选自《战国策·赵策三》。赵孝成王九年(公元前257年),秦国大军围困赵国国都邯郸(今河北省邯郸),形势危急。赵王向楚国和魏国求救。魏国惧怕秦国,虽然派出援军,但不敢前进,且令说客辛垣衍赴赵国,希望说服赵国尊秦国为帝,以使秦国退兵。而此时有齐国高士鲁仲连(又作鲁连),游于赵国,挺身而出,力劝赵国放弃幻想,奋起抵抗,并驳斥和说服辛垣衍,使魏国坚定救赵的意志。后赵国在魏公子无忌率军救助下,使秦退兵而解围。

【原文】

秦围赵之邯郸①。魏安釐王使将军晋鄙救赵②,畏秦,止于荡阴③不进。

魏王使客将军辛垣衍间入邯郸④,因平原君谓赵王曰⑤:"秦所以急围赵者,前与齐闵王争强为帝⑥,已而复归帝⑦,以齐故⑧;今齐闵王已益弱⑨,方今唯秦雄天下⑩,此非必贪邯郸,其意欲求为帝⑪。赵诚发使尊秦昭王为帝,秦必喜,罢兵去。"平原君犹豫未有所决。

此时鲁仲连适⑫游赵,会⑬秦围赵,闻魏将欲令赵尊秦为帝,乃见平原君,曰:"事将奈何矣?"平原君曰:"胜也何敢言事!百万之众折于外⑭,今又内围邯郸而不去。魏王使客将军辛垣衍令赵帝秦⑮,今其人在是⑯。胜也何敢言事!"鲁连曰:"始⑰吾以君为天下之贤公子也,吾乃今然后知君非天下之贤公子也。梁客辛垣衍安在?

吾请为君责而归之⑱!"平原君曰:"胜请为召而见之于先生。"平原君遂见辛垣衍曰:"东国⑲有鲁连先生,其人在此,胜请为绍介,而见之于先生。"辛垣衍曰:"吾闻鲁连先生,齐国之高士也。衍,人臣也,使事有职,吾不愿见鲁连先生也。"平原君曰:"胜已泄之⑳矣。"辛垣衍许诺。

鲁连见辛垣衍而无言。辛垣衍曰:"吾视居此围城之中者,皆有求于平原君者也。今吾视先生之玉貌,非有求于平原君者,曷为㉑久居此围城中而不去也?"鲁连曰:"世以鲍焦无从容而死者,皆非也㉒。今众人不知,则为一身㉓。彼秦,弃礼义,上首功㉔之国也,权使其士㉕,虏使其民㉖,彼则肆然而为帝,过而遂正于天下㉗,则连有赴东海而死耳,吾不忍为之民也!所为见将军者,欲以助赵也。"辛垣衍曰:"先生助之奈何?"鲁连曰:"吾将使梁及燕㉘助之,齐、楚则固助之矣㉙。"辛垣衍曰:"燕则吾请以从㉚矣;若乃梁,则吾梁人也,先生恶㉛使梁助之耶?"鲁连曰:"梁未睹秦称帝之害故也,使㉜梁睹秦称帝之害,则必助赵矣。"辛垣衍曰:"秦称帝之害将奈何?"鲁仲连曰:"昔齐威王㉝尝为仁义矣,率天下诸侯而朝周。周贫且微,诸侯莫朝,而齐独朝之。居岁馀,周烈王崩,诸侯皆吊,齐后往。周怒,赴于齐曰:'天崩地坼,天子下席㉞,东藩之臣田婴齐后至,则斮之㉟!'威王勃然怒曰:'叱嗟!而母㊱,婢也!'卒㊲为天下笑。故生则朝周,死则叱之,诚不忍其求㊳也。彼天子固然㊴,其无足怪。"

辛垣衍曰:"先生独未见夫仆乎?十人而从一人者,宁力不胜、智不若耶㊵?畏之也。"鲁仲连曰:"然梁之比于秦,若仆耶㊶?"辛垣衍曰:"然。"鲁仲连曰:"然则吾将使秦王烹醢梁王㊷!"辛垣衍怏然㊸不悦,曰:"嘻!亦太甚矣,先生之言也!先生又恶能㊹使秦王烹醢梁王?"鲁仲连曰:"固㊺也!待吾言之:昔者,鬼侯、鄂侯、文王,纣之三公也㊻。鬼侯有子而好㊼,故入之于纣,纣以为恶,醢鬼侯;鄂侯争之急,辨之疾,故脯鄂侯㊽;文王闻之,喟然㊾而叹,故拘之于牖里之库㊿百日,而欲令之死。曷为与人俱称帝王,卒就脯醢之地也㉛?"

"齐闵王将之鲁㉜,夷维子执策而从㉝,谓鲁人曰:'子将何以待㉞吾君?'鲁人曰:'吾将以十太牢㉟待子之君。'夷维子曰:'子安取礼㊱而来待吾君?彼吾君者,天子也。天子巡狩㊲,诸侯辟舍㊳,纳筦键⁵⁹,摄衽抱几⁶⁰,视膳于堂下⁶¹;天子已食,退而听朝也⁶²。'鲁人投其钥⁶³,不果纳⁶⁴,不得入于鲁。将之薛⁶⁵,假涂于邹⁶⁶。当是时,邹君死,闵王欲入吊⁶⁷。夷维子谓邹之孤⁶⁸曰:'天子吊,主人必将倍殡柩⁶⁹,设北面于南方⁷⁰,然后天子南面吊⁷¹也。'邹之群臣曰:'必若此,吾将伏剑而死。'故不敢入于邹。邹、鲁之臣,生则不得事养,死则不得饭含⁷²,然且欲行天子之礼于邹、鲁之臣,不果纳。今秦万乘之国⁷³,梁亦万乘之国,交有⁷⁴称王之名。睹其一战而胜,欲从而帝之,是使三晋⁷⁵之大臣,不如邹、鲁之仆妾也。"

"且秦无已而帝⁷⁶,则且变易诸侯之大臣⁷⁷,彼将夺其所谓不肖⁷⁸,而予其所谓贤⁷⁹,夺其所憎,而与其所爱⁸⁰;彼又将使其子女谗妾⁸¹,为诸侯妃姬,处梁之宫⁸²,梁王安得晏然⁸³而已乎?而将军又何以得故宠⁸⁴乎?"

于是辛垣衍起,再拜谢⁸⁵曰:"始以先生为庸人⁸⁶,吾乃今日而知先生为天下之士也!吾请去,不敢复言帝秦!"

秦将闻之,为却军⁸⁷五十里。适会公子无忌夺晋鄙军以救赵击秦⁸⁸,秦军引而去⁸⁹。

于是平原君欲封鲁仲连。鲁仲连辞让者三⁹⁰,终不肯受。平原君乃置酒,酒酣,起,前,以千金为鲁仲连寿⁹¹。鲁连笑曰:"所贵于天下之士者,为人排患释难、解纷乱而无所取也。即⁹²有所取者,是商贾之人也。仲连不忍为也。"遂辞平原君而去,终身不复见。

【注释】 ① 邯郸:赵国都城,在今河北省邯郸市。 ② "魏安釐(xī)王"句:魏国安釐王派将军晋鄙(领兵)救赵国。安釐王,亦作安僖王,魏国国君,姬姓,名圉(yǔ),公元前276年至公元前243年在位。晋鄙,魏国大将。 ③ 荡(tāng)阴:当时魏国与赵国的交界处,在今河南省汤阴县。 ④ "魏王"句:安釐王派客将军辛垣衍偷偷进入邯郸。辛垣衍,辛垣,复姓。辛垣衍不是魏国人,而在魏国为将,所以称客将军。间入,(由小道)偷偷进入,潜入。 ⑤ "因平原君"句:通过平原君对赵王说。因,通过,凭借。平原君,即赵国贵族赵胜,赵孝成王的叔父,是赵国执政大臣,与魏国信陵君魏无忌、齐国孟尝君田文、楚国春申君黄歇并称为战国四公子。赵王,即赵孝成王,嬴姓,名丹,公元前265年至公元前245年在位。 ⑥ "秦所以"二句:秦国之所以急切围攻赵国,是因为以前和齐闵王争强为帝。秦,战国七雄之一,当时国君为秦昭王,嬴姓,名则,公元前306年至公元前251年在位。齐闵王,妫(guī)姓,名地,公元前300年至公元前284年在位。争强为帝,指秦昭王在周赧王二十七年(公元前288年),无视周朝天子权威,自称西帝,派使臣魏冉赴齐,立齐闵王为东帝。大臣苏代劝说齐闵王放弃帝号,迫使秦昭襄王也不得不放弃西帝称号。 ⑦ 归帝:归还帝号。 ⑧ 以齐故:因为齐国的缘故。这里是指秦昭王不称帝,是因为齐闵王放弃帝号。 ⑨ 今齐闵王已益弱:此句可能有误。其时齐闵王已死,其孙齐王建在位。所以,这里的意思应该是"如今齐国较之齐闵王时更为衰弱"。益,更加。 ⑩ 雄天下:称雄天下。 ⑪ 求为帝:要求的是称帝。 ⑫ 适:正好,恰好。 ⑬ 会:恰好遇上。 ⑭ 折于外:赵孝成王六年(公元前260年),秦将白起在长平(今山西省高平县)大破赵军,将赵国四十万降卒全部坑杀。折,失败,损伤。 ⑮ 帝秦:尊秦为帝。帝,这里作动词用,尊奉为帝。 ⑯ 在是:在这里。是,这里,这儿。 ⑰ 始:起先,以前。 ⑱ 责而归之:批评责备其错误,让他回去。 ⑲ 东国:齐国在今山东半岛,位于赵国东面,所以这里称东国。 ⑳ 泄之:(把消息)泄露给他了。 ㉑ 曷(hé)为:何为,为什么。 ㉒ "世以"二句:人们以为鲍焦因器量太小而死,都是不对的。世,举世。鲍焦,指周朝鲍焦,不满时政,隐居不仕,以打樵和采橡实为生。孔子学生子贡说鲍焦既然对周朝不满,那就不应该生活在周朝的土地上。鲍焦于是就抱木而死。人或说鲍焦度量太小,亦即本文说的"无从(cóng)容而死"。从容,这里指度量。 ㉓ 则为一身:(以为他)只是为个人(利益)。则,只,仅。 ㉔ 上首功:崇尚以斩获敌人首级来论功。上,即"尚",崇尚。首功,以斩获敌人头颅多少来论功。这里指秦国只是崇尚武力,不讲礼义。 ㉕ 权使其士:以权谋来使用、利用其将士。 ㉖ 虏使其民:像对待俘虏那样驱使其人民。 ㉗ "过而"句:通过(先称帝然后)君临天下(做天子)。正,治理。 ㉘ 梁及燕:梁国和燕国。 ㉙ "齐、楚"句:齐国和楚国已经帮助赵国了。固,本来,已经。 ㉚ 请以从:(至于燕国已经尊秦为帝的说法)请允许我认同。 ㉛ 恶(wū)能:何能,怎么能。 ㉜ 使:假如,假使。 ㉝ 齐威王:齐国国君田婴,妫姓,名婴,一名婴齐,一作因齐,齐闵王祖父,公元前356年至公元前320年在位,在其治下,齐国国力强盛。当时周朝朝廷积贫积弱,已名存实亡,诸侯均不以为然,不去朝觐,而齐威王恪守礼仪,独自前往朝觐。一年多后,周烈王(名喜,公元前375年至公元前369年在位)死,诸侯国纷纷前往吊祭,而齐国去得晚了些,继位者周显王(名扁,公元前368年至公元前321年在位)为此大怒,派使臣赴齐国问罪。 ㉞ 下席:下到草席上,这是说因为守孝,离开原有住所,睡于草席上。 ㉟ 斮(zhuó)之:断足,砍掉其脚。斮,砍,斩。 ㊱ 而母:你母亲。而,你,这里有轻蔑的意思,下文说周显王母亲是婢(这里的婢是对女性的侮辱称呼)。 ㊲ 卒:最终。 ㊳ 不忍其求:忍受不了他(周朝天子)的(过分)要求。 ㊴ 彼天子固然:他是天子,本来就是这样的。固,原本。 ㊵ "宁力不胜"句:难道是勇力不能超过及智力也不如(对方)吗?宁,难道。 ㊶ "然梁"二句:如此说来,梁与秦相比,就像是仆人与主人的关系。然,这样,如此。 ㊷ "然则"句:那么,我要让秦王把梁王煮死并剁成肉酱。烹,煮。醢(hǎi),剁成肉酱。 ㊸ 怏然:不服气和不高兴的样子。 ㊹ 恶(wū)能:怎么能。恶,何,怎么。 ㊺ 固:一定,必然。 ㊻ "昔者"三句:从前,鬼侯、鄂侯、文王,是纣王的三公。鬼侯,其国在今河北省临漳县。鄂侯,其国在今河南省沁阳市。文王,指周文王姬昌,曾被纣王囚禁于羑(yǒu)里,下文牖(yǒu)里即羑里,在今河南省汤阴县。这三人皆为当时诸侯。纣王,暴君,商朝末代天子。 ㊼ 有子而好:有女儿而且美丽。子,这里指女儿。好,漂亮,美丽。 ㊽ 脯侯:杀了鄂侯把他做成肉脯。脯,肉干,这里作动词用,是制成肉干的意思。 ㊾ 喟然:叹气的样子。 ㊿ 库:监牢。

206

(51)“曷为”二句:为何同样有资格可以与人一样称帝王的,最终落得被煮食的下场呢?卒,最终。(52)之鲁:往鲁国。之,去,往,到。(53)“夷维子”句:夷维子拿着马鞭子跟随而行。夷维子,齐人。夷维,地名,在今山东省潍坊市。子,对男子的美称。此人以邑为姓。(54)何以待:即以何待,用什么来接待、招待。(55)十太牢:牛、猪、羊各一口为一太牢,款待诸侯用十太牢。(56)子安取礼:你怎么用这种(规格的)礼节。安,怎么。(57)巡狩:即“巡守”,指天子巡视各地。守,因诸侯是为天子守卫国土,所以称守。(58)辟(bì)舍:退出正宫。辟,退避。舍,宫室。这里是指因天子驾到,诸侯不敢再以国君自居而居于宫室。(59)纳筦(guǎn)键:交出钥匙。纳,献上。筦键,这里指钥匙。(60)摄衽(rèn)抱几:提起衣襟,捧着小几(表示恭敬)。摄衽,提起衣襟。几,小桌子。(61)视膳于堂下:在厅堂下面侍候(天子)吃饭。视,照料,侍候。(62)“天子”二句:天子吃完饭,诸侯才能退出去处理政务。已食,膳食已毕。听朝,办理朝政事务。(63)投其钥:锁上城门。投,投下,这里是指下锁。(64)不果纳:最终不接受(来访)。果,最终。纳,接纳。(65)薛:诸侯国,在今山东省滕州市。(66)假涂于邹:借道于邹国。假涂,即“假途”,借道。邹,诸侯国,在今山东省邹县。(67)入吊:进去凭吊。(68)孤:这里指已故邹国国君之子。(69)倍殡柩:背向棺材。倍,同“背”。殡柩,棺材。(70)“设北面”句:(把灵柩)安放在南面(坐南向北)。(71)南面吊:面向南而凭吊。(72)“生则”二句:活着时不能奉养,死后不能使其饭含。饭含,人死后,在其口中放置珠玉和米粒之类物品。以上二句是说邹、鲁两个小国的臣子,虽然没有能力和条件,不能很好地侍奉他们的国君,但也还是要坚守自己的尊严和原则,不尊齐闵王为帝。(73)万乘(shèng)之国:有万辆战车的国家,指大国、强国。乘,车,这里指战车。(74)交有:互有。(75)三晋:晋国后来分为韩、赵、魏三国,所以称三晋。(76)无已而帝:不止于称帝。无已,不止。这里指秦国的野心不仅是称帝于天下。(77)“则且”句:还要更换各诸侯国的大臣。则且,进一步。(78)不肖:不成材,不好。(79)贤:贤良。(80)爱:喜爱(的人)。(81)谗妾:爱挑弄是非的姬妾。(82)处梁之宫:(嫁到梁国)居于梁国宫中。(83)晏然:舒适悠闲的样子。(84)故宠:原来的宠爱。故,原来。这里指原来的地位官爵。(85)再拜谢:再三拜谢道歉。再拜,拜了两次。谢,谢罪,这里是道歉的意思。(86)庸人:平庸无见识的人。(87)却军:退兵。(88)“适会“句:正逢上魏无忌夺过晋鄙军权,击秦救赵。晋鄙奉魏安釐王之命救赵,但驻兵不前。魏公子信陵君无忌在安釐王宠姬如姬的帮助下,窃得调动军队的虎符,夺了晋鄙的兵权,率军出击救赵。(89)引而去:撤退而离开。引,后退,这里是撤退的意思。去,离去。(90)辞让者三:再三推辞。(91)寿:祝福。这里指以祝福名义赠送礼金。(92)即:倘若。

【赏析】《鲁仲连义不帝秦》是《战国策》中的名篇。文章虽然稍长,但叙述清晰,层次分明,议论深刻,颇有启迪意义。

首先,文章开门见山,交代了事件的由来,直接将人物置于国与国交错冲突的风口浪尖,秦国、魏国、赵国基于各自的利益诉求,采取不同的策略行动,矛盾错综复杂,似乎已经无法解决,于赵国而言,局势危在旦夕;接着,写鲁仲连突然登场,主动请见平原君赵胜,并声称可使秦国退兵,这不仅令赵胜不敢相信,也让读者感到疑惑,不知这位仲连先生到底是何方神仙;而在鲁仲连与辛垣衍辩论时,随着鲁仲连论述和阐申的步步深入,傲慢的辛垣衍逐渐改变态度,读者也开始消释疑团;最终,辛垣衍完全接受了鲁仲连的观点,放弃了强逼赵国尊秦为帝的企图。矛盾到此解决,但文章并未告结,对于救了赵国的鲁仲连,赵胜自然是感激万分,要封赐鲁仲连,却被鲁仲连坚辞。至此,鲁仲连的"义"得到了充分的体现,也使得其行为有了一个精神上的升华。

诚然,文章似乎有点夸大了鲁仲连的作用,因为秦军的最终退兵,与魏无忌的出兵有着极大的关系。但是,我们在文中看到,鲁仲连与辛垣衍辩论,揭破秦国野心,剖析各国利害休戚,纵论古今,收放自如,不仅表现出他对天下大势和各国实力、处境以及统治者心理的准确判断和精细把握,同时也展现了一个辩士的出色口才。这时候,鲁仲连是何许人已经不重要了,一个抑强扶弱、不谋私利的侠义之士的高大形象,已经活生生地在读者面前树立起来了。

触龙说赵太后

【题解】 本文选自《战国策·赵策四》。赵惠文王死,其子孝成王继位,年幼,由太后(赵威后)执政。在秦军入侵、国家危亡之际,赵国求救于齐国,齐国以赵威后幼子入质于齐为出兵救助条件。赵威后不允,大夫触龙力谏赵威后,说服其送幼子前往齐国为质,以解赵国之危。《史记·赵世家》于此亦有记载。

【原文】

赵太后新用事①,秦急攻之。赵氏求救于齐②,齐曰:"必以长安君为质③,兵乃出。"太后不肯,大臣强谏。太后明谓左右:"有复言令长安君为质者,老妇必唾其面。"

左师触龙④言:"愿见太后。"太后盛气而揖之⑤。入而徐趋⑥,至而自谢⑦,曰:"老臣病足⑧,曾不能疾走,不得见久矣。窃自恕⑨,而恐太后玉体之有所郄⑩也,故愿望见⑪太后。"太后曰:"老妇恃辇⑫而行。"曰:"日食饮得无衰⑬乎?"曰:"恃粥耳⑭。"曰:"老臣今者殊不欲食⑮,乃自强步⑯,日三四里,少益耆食⑰,和于身⑱。"太后曰:"老妇不能。"太后之色少解⑲。

左师公曰:"老臣贱息⑳舒祺,最少,不肖㉑;而臣衰,窃爱怜㉒之。

愿令得补黑衣㉓之数，以卫王宫。没死以闻㉔。"太后曰："敬诺㉕。年几何矣？"对曰："十五岁矣。虽少，愿及未填沟壑㉖而托之。"太后曰："丈夫㉗亦爱怜其少子乎？"对曰："甚于妇人。"太后笑曰："妇人异甚㉘。"对曰："老臣窃以为媪之爱燕后贤于长安君㉙。"曰："君过㉚矣！不若长安君之甚。"左师公曰："父母之爱子，则为之计深远㉛。媪之送燕后也，持其踵㉜，为之泣，念悲其远㉝也，亦哀之㉞矣。已行，非弗思也，祭祀必祝之，祝曰：'必勿使反㉟。'岂非计久长，有子孙相继为王也哉？"太后曰："然㊱。"

左师公曰："今三世以前，至于赵之为赵，赵主之子孙侯者，其继有在者乎㊲？"曰："无有。"曰："微独赵㊳，诸侯有在者乎？"曰："老妇不闻也。""此其近者祸及身，远者及其子孙，岂人主之子孙则必不善哉㊴？位尊而无功，奉厚而无劳，而挟重器多也㊵。今媪尊长安君之位，而封之以膏腴㊶之地，多予之重器，而不及今令有功于国㊷，一旦山陵崩㊸，长安君何以自托㊹于赵？老臣以媪为长安君计短也，故以为其爱不若燕后。"太后曰："诺，恣君之所使之㊺。"于是为长安君约车百乘㊻，质于齐，齐兵乃出。

子义㊼闻之曰："人主之子也，骨肉之亲也，犹不能恃无功之尊、无劳之奉，而守金玉之重㊽也，而况人臣乎。"

【注释】 ①"赵太后"句：赵太后刚执政。赵太后，即赵威后，赵国惠文王之妻。赵惠文王死后，太子丹继位，即孝成王，但年纪尚幼，由赵威后执政。新用事，刚刚执政。用事，执政，当权。 ②齐：齐国，为战国七雄之一，在今山东省北部及胶东半岛。 ③"必以"句：一定要以长安君为人质。长安君，赵太后的小儿子。为质，做人质。质，(两国间订立盟约)作为担保的人或物。 ④左师触龙：左师，官名。触龙，旧作触詟(zhé)，但据湖南长沙马王堆出土竹简《战国策》及《史记·赵世家》作"触龙言"，故当为触龙。 ⑤"盛气"句：满怀怒气地等着(触龙)。盛，旺盛，大。胥，等待。 ⑥徐趋：缓缓挪步向前。徐，缓行。 ⑦自谢：自我谢罪。谢，道歉。 ⑧病足：脚有病。 ⑨窃自恕：私下里自己宽恕自己。窃，私自。 ⑩郄(què)：这里是疲劳的意思。 ⑪望见：探望，谒见。 ⑫恃辇：依靠(坐)车。辇，帝王后妃所坐的车。 ⑬得无衰：是否减少。得无，莫非，这里有询问是不是的意思。衰，减少。 ⑭恃粥耳：依靠(喝)粥而已。耳，而已。 ⑮殊不欲食：很不想吃(饭)。殊，很，极。 ⑯乃自强(qiǎng)步：于是自己强迫自己走路。强，强迫，勉强。 ⑰少益耆(shì)食：稍稍增加一点食欲。少，稍稍。益，增加，增多。耆，同"嗜"，喜好。 ⑱和于身：使身体和畅。 ⑲少解：(脸色)稍稍缓解。 ⑳贱息：对自己子女的谦称。 ㉑不肖：不成器，不成材。这里是对自己儿子的谦称。 ㉒爱怜：疼爱。

㉓黑衣：宫中侍卫。战国时赵国宫内侍卫身穿黑衣。　㉔没(mò)死以闻：冒死把这个请求告诉您。没死，冒着死罪，没，通"昧"，冒着。以闻，把（这使您）听到。　㉕敬诺：遵命。这里是赵太后很客气的回答（同意）。　㉖未填沟壑：未死。沟壑，（死在）野外的地方。　㉗丈夫：男子。　㉘异甚：特别厉害、严重。　㉙"老臣"句：老臣私下里认为太后疼爱燕后，要超过疼爱长安君。媪(ǎo)，老妇人。燕后，赵太后的女儿，嫁为燕国王后。贤，胜过，超过。　㉚过：错。　㉛计深远：考虑长远的利益。　㉜持其踵：拉着她（燕后）的脚（不让其离开）。持，握着。踵，脚后跟，这里指脚。　㉝念悲其远：为她（燕后）远嫁燕国而思念悲伤。　㉞哀之：悲伤和怜爱她（燕后）。　㉟必勿使反：一定不要让她（燕后）回来。这里是说赵太后希望女儿在燕国立稳根基，巩固地位，在燕国安然无恙，所以下文说赵太后为燕后"计久长，有子孙相继为王"（考虑久远，希望有子孙相继在燕国为王）。　㊱然：是，是的。　㊲"今三世"四句：从现在上溯三代，直至赵国第一代国君被封在赵地为君算起，赵国历代君主的子孙被封侯的，其继承者还有在的吗？赵之为赵，赵国第一代国君赵肃侯，嬴姓，名语，公元前349年至公元前326年在位。赵氏原为晋国大夫，后与韩、魏一起，三家分晋，各自建国。　㊳微独赵：不仅是赵国。微独，不仅，不只是。微，不。　㊴"此其"三句：这就是说，从近处看，灾祸就降临到他们自己身上；往远处看，则祸害到他们的子孙。难道这一定是他们的子孙不好吗（这并非是他们的子孙无德无能）？　㊵"位尊"三句：地位尊贵但无功劳，俸禄丰厚但不劳而获，且执掌大权。重器，国家宝器，指权力，国家政权。　㊶膏腴：都是脂肪、肥肉的意思，这里指土地肥沃。　㊷"而不及"句：而不让他们为国立功。这里的意思是何不乘着今天的机会让（长安君）为国建功。　㊸山陵崩：婉转地说赵太后死亡。山陵，帝王皇后的陵墓，这里指赵太后。崩，帝王皇后死称崩。　㊹自托：自我托身，立足。　㊺"恣君"句：任凭你让他（长安君）去哪儿。恣，听凭。　㊻约车百乘：整理、安排百辆车。约，置办。乘，车。　㊼子义：赵国贤人。　㊽金玉之重：珍贵重器，这里指国家政权。金玉，比喻珍贵。

【赏析】　　上至高官贵族，下至平民百姓，在怜爱子女上，人同此情，无可厚非。但是，因怜爱而至溺爱，不想让子女吃苦锻炼，经历风浪，历练本领，健康成长，而是把他们养成温室里的花朵，这实际上不是爱子女，而是害子女。这一点，人人都懂，但不是人人都能正确处理的。《触龙说赵太后》就讲了这个道理。

　　文章富有戏剧性。起先，赵太后盛怒之下，似乎堵住了臣下进谏的言路，事情也已经不可挽回了。但是，老臣触龙却主动求见，不过得到的是赵太后的怒脸相待。出乎赵太后意料的是，触龙没有提令长安君入质于齐的事，而是谈起了老年人的身体保养问题。这不仅使赵太后怒气消解，而且饶有兴趣地与触龙互相交流身体健康状况。在这里，读者看到的是两个老人在讨论共同关心的老年保健问题。接着，由于年事已高，自然就引出了为子女着想的话题。触龙请求赵太后为自己幼子安排一个职务，以解后顾之忧。作为人母的赵太后爽快地答应了触龙的请求，只是很好奇地问道："男人也是那么疼爱自己的幼子吗？"而触龙的回答却不为赵太后所认可。这样，就给了触龙切入正题的机会。最后，触龙从赵太后为燕后和长安君所做不同安排入手，分析了两者的利弊，指出赵太后的做法实际上是害了长安君。于是，当触龙问及赵国历代贵族后代现今境况时，赵太后豁然大悟，立即让长安君入质齐国，换取齐兵救赵，这实际上也是给长安君创造了一个为国立功的大好机会，对巩固其在赵国的地位有着至关重要的作用。就这样，矛盾完满化解，于国、于君、于民均有大利，皆大欢喜。

文章由触龙和赵太后的对话构成。在二人的互为答问中，情节得以深入推进和发展，从赵太后的"盛气而胥之"到"色少解"，进而"笑曰"，随着谈话的深入，赵太后的情绪逐步改善，而触龙又乘势把话题引到劝说长安君为质于齐上去，成功地达到了劝谏赵太后的目的。触龙的机敏智慧，高瞻远瞩，赵太后的爱子情深，从善如流，就在这二人的对话中，得到生动酣畅的刻画和展示，不仅给人以教育和启迪，也使两位主人公形象凸显在读者面前，印象深刻。

鲁共公择言

【题解】 本文选自《战国策·魏策二》。梁惠王宴请诸侯，鲁共公祝酒献词，无丝毫歌功颂德之言，而是以史为鉴，告诫梁惠王要戒除奢靡游佚之心，以避免亡国之虞。

【原文】

梁王魏婴觞诸侯于范台①。酒酣②，请鲁君③举觞。鲁君兴④，避席择言曰⑤：

昔者⑥，帝女令仪狄作酒而美⑦，进之禹⑧，禹饮而甘之⑨，遂疏⑩仪狄，绝旨酒⑪，曰："后世必有以酒亡其国者⑫。"齐桓公夜半不嗛⑬，易牙乃煎熬燔炙⑭，和调五味⑮而进之，桓公食之而饱，至旦不觉⑯，曰："后世必有以味亡其国者⑰。"晋文公得南之威⑱，三日不听朝⑲，遂推南之威而远之⑳，曰："后世必有以色亡其国者㉑。"楚王登强台而望崩山㉒，左江而右湖㉓，以临彷徨㉔，其乐忘死，遂盟㉕强台而弗登，曰："后世必有以高台陂池亡其国者㉖。"今主君之尊㉗，仪狄之酒也；主君之味，易牙之调也；左白台而右闾须㉘，南威之美也；前夹林而后兰台㉙，强台之乐也。有一于此，足以亡国。今主君兼此四者，可无戒与㉚！

梁王称善相属㉛。

【注释】 ①"梁王"句:梁王魏婴在范台宴请诸侯。梁王,即梁惠王,魏姓,名婴(亦作罃),公元前369年至公元前319年在位。觞,酒樽,这里作动词用,宴请。范台,即繁(pó)台,古台名,在今河南省开封市,传为春秋时音乐家师旷的吹台,有繁姓居住,故名。 ②酒酣:喝酒正快乐时。酣,尽兴,高兴。 ③鲁君:即鲁共公,姬姓,名奋,公元前377年至公元前353年在位。 ④兴:起来,起身。古人席地而坐,起身说话,以示尊重、恭敬。 ⑤"避席"句:离开座位严肃认真地说。避席,离开坐席,以示尊重。择言,选择适当的话语,这里指严肃认真地发表看法。 ⑥昔者:从前。 ⑦"帝女"句:帝女仪狄酿造美酒。帝女,或为舜女,禹时善于酿酒之人。 ⑧进之禹:进献给禹。 ⑨甘之:(觉得)酒很甘美。甘,这里做动词,认为、觉得甘美。之,代词,指酒。 ⑩疏:疏远。 ⑪旨酒:佳肴美酒。旨,美味,佳肴。 ⑫"后世"句:后世必定会有因为耽于饮酒而亡国的人。 ⑬"齐桓公"句:齐桓公半夜不满意(食物的味道)。齐桓公,姜姓,名小白,春秋霸主,公元前685年至公元前643年在位。嗛(qiè),满意,快意。 ⑭"易牙"句:易牙精心烹调。易牙,又称狄牙、雍巫,齐桓公的宠臣,善于烹饪调味,阿谀逢迎,传说曾烹煮自己的儿子为羹献给桓公品尝。煎熬燔(yán)炙,烹饪方法,煎熬烤炙。燔,烤炙。 ⑮和调五味:调和美味。五味,酸、甜、苦、辣、咸,这里指各种合口的味道。 ⑯至旦不觉:到天明而不醒,这里指睡得很香。旦,天明。觉,醒来。 ⑰"后世"句:后世必定会有因为贪食美味而亡国的人。 ⑱"晋文公"句:晋文公得到南之威。晋文公,姬姓,名重耳,春秋霸主,公元前636年至公元前628年在位。南之威,或作南威,美女。 ⑲听朝:临朝听政。听,审察,治理。 ⑳"遂推"句:于是拒绝南之威(并)疏远她。推,拒绝。远,这里作动词用,远离。 ㉑"后世"句:后世必定会有因为贪恋美色而亡国的人。 ㉒"楚王"句:楚庄王登上强台以观望崩山。楚王,即楚庄王,芈(mǐ)姓,名旅,公元前613年至公元前591年在位。强台,台名,一作荆台,即章华台,在今河北省监利。崩山,山名,或说即猎山,亦名崇山,在今湖北省京山县一带。 ㉓左江而右湖:左边是长江,右边是洞庭湖。江,长江。湖,这里指洞庭湖。 ㉔以临彷徨:在那里徘徊、盘桓。彷徨,徘徊,盘桓,这里有快乐而不愿离开的意思。 ㉕盟:发誓。 ㉖"后世"句:后世必定会有因为贪爱高台池塘而亡国的人。陂(bēi)池,池塘。高台陂池在这里是指宫室台榭池塘的奢华。 ㉗尊:酒杯。 ㉘"左白台"句:左右美女环绕侍候。白台、闾须,美女名。闾须,即闾姝。 ㉙"前夹林"句:前有夹林,后有兰台。夹林、兰台,楚国台名,传在今湖北省钟祥市。这里均指游观之所。 ㉚可无戒与:难道可不引以为戒吗。与,语气词,表示反问。 ㉛相属(zhǔ):(与鲁共公)相敬和。属,相类,相继,这里是赞同的意思。

【赏析】 为人君者,必须时时保持清醒的头脑,力戒奢华侈靡的生活方式,否则,必然导致奸佞当道,朝纲紊乱,失政亡国是迟早的事。梁惠王身为国君,耽于游观,纵情美酒佳肴,显然有违为政者之道,引发了鲁共公一番肺腑之言。

首先，鲁共公列举了历史上禹、齐桓公、晋文公、楚庄王四位君王的故事，他们分别在啜饮美酒、品尝佳肴、偎依美女、观赏好景后，幡然警觉，从此远离奢华，阻绝糜烂，因而励精图治，终成大业，国祚绵延。但是，处于战国列强纷争、诸侯弱肉强食危险境地中的梁惠王，却以宴客饮酒为乐，无疑是在走向自取灭亡的深渊。接着，鲁共公告诫梁惠王，美酒、佳肴、美女、好景，贪恋其中一点，即足以亡国，何况四者兼具，所以必须以此为戒，远离祸害。最后，梁惠王听了鲁共公一番诤言，称善相从。

文章短小，但在用语、句式及修辞等方面，皆有特色。鲁共公以前人故事说理，重复使用"后世必有如何如何"句子，虽然所言贪爱不同，但结论都在亡国一事上，语气坚定，令人不容置疑。而以古律今，又皆落在梁惠王重蹈前人覆辙却不知醒悟上。全文错落有致，整饬而不失疏朗，且语言简练，表现力极强，刻画人物的精神品貌，生动传神。当梁惠王请鲁共公举杯时，鲁共公并未呼应，而是即席发表劝诫之言。文章用了"兴"、"避席"二词，精准地表现了鲁共公进言时的郑重态度，其"择言"一词，又说明鲁共公并非泛泛而言，而是严肃端方，尽显真诚诤友本色。梁惠王从善如流，知错即改，也是值得赞许的。

唐且不辱使命

【题解】 本文选自《战国策·魏策四》，题目或作《唐且为安陵君劫秦王》。文章写唐且奉魏安陵君之命，出使秦国，以大无畏的英勇气概，挫败秦王的骄横欺凌，维护了安陵君的利益安全。

【原文】

秦王①使人谓安陵君②曰："寡人欲以五百里之地易安陵③，安陵君其许寡人！"安陵君曰："大王加惠④，以大易小，甚善；虽然⑤，受地于先王，愿终守之，弗敢易！"秦王不说⑥。安陵君因使唐且⑦使于秦。

秦王谓唐且曰："寡人以五百里之地易安陵，安陵君不听寡人，何也？且秦灭韩⑧亡魏，而君以五十里之地存者，以君为长者，故不错意也⑨。今吾以十倍之地，请广于君⑩，而君逆寡人者，轻寡人与⑪？"唐且对曰："否，非若是也。安陵君受地于先王而守之，虽千里不敢易也，岂直⑫五百里哉？"

秦王怫然怒⑬,谓唐且曰:"公亦尝闻天子之怒乎⑭?"唐且对曰:"臣未尝闻也。"秦王曰:"天子之怒,伏尸⑮百万,流血千里。"唐且曰:"大王尝闻布衣之怒乎?"秦王曰:"布衣之怒,亦免冠徒跣⑯,以头抢地⑰耳。"唐且曰:"此庸夫之怒也,非士之怒也。夫专诸之刺王僚也,彗星袭月⑱;聂政之刺韩傀也,白虹贯日⑲;要离之刺庆忌也,仓鹰击于殿上⑳。此三子者,皆布衣之士也,怀怒未发,休祲㉑降于天,与臣而将四矣㉒。若士必怒,伏尸二人,流血五步,天下缟素,今日是也㉓。"挺剑而起㉔。

秦王色挠㉕,长跪而谢之㉖,曰:"先生坐!何至于此!寡人谕㉗矣:夫韩、魏灭亡,而安陵以五十里之地存者,徒以有先生也㉘。"

【注释】　①秦王:秦国国君,嬴姓,名政,后统一六国,建立秦朝,为始皇帝,共在位36年(公元前246年至公元前210年)。　②安陵君:安陵国君。安陵,魏国所封的一个小国,仅五十里,在今河南省鄢(yān)陵县。　③"寡人"句:我打算用五百里土地来换取安陵一地。秦王在公元前225年灭掉魏国,以为小小安陵会害怕屈服,所以威胁安陵君,意欲将安陵吞并。寡人,帝王谦称。易,交换。　④加惠:施加恩惠。　⑤虽然:即使如此。　⑥不说(yuè):不高兴。说,高兴,喜悦。　⑦唐且(jū):人名,或为安陵人。且,或作雎(jū)。　⑧灭韩:秦国于公元前230年灭韩。　⑨"而君以"三句:而你们安陵仅仅以五十里的小国存留,是因为你们是长者,所以(我秦国)没有放在心上。长者,德高望重的人。错意,亦作措意,在意、留意。　⑩请广于君:请求增加、拓宽您的土地。　⑪"而君逆"二句:而您拒绝我,是轻视我吧？逆,违背,拒斥。轻,看不起。　⑫岂直:岂但,难道仅仅是。只是,仅仅。　⑬怫(fèi)然怒:勃然大怒。怫,愤怒。　⑭"公亦尝"句:您也曾听说过天子发怒吗。此时秦王嬴政尚未登基为帝,所以,自称天子,极为狂妄。尝,曾经。　⑮伏尸:伏地的尸体。　⑯免冠徒跣(xiǎn):脱去帽子,光着脚。跣,光脚。　⑰抢(qiāng)地:头撞地。抢,撞。　⑱"夫专诸"二句:专诸刺杀王僚时,有彗星冲击月亮。专诸,吴国勇士。吴公子光(即后来的吴王阖闾)为谋夺国君之位,遣专诸于宴席间刺杀吴王僚,专诸亦当场被杀。彗星,俗称扫帚星,古人以为不祥之兆。　⑲"聂政"二句:聂政刺杀韩傀时,有白虹穿透太阳。聂政,齐国勇士。韩烈侯时,大夫严遂与相国韩傀争权,派聂政潜入相府,刺杀韩傀,聂政随后自杀。白虹贯日,其实是一种天文现象,是日月周围的白色晕圈,与下文"苍鹰击殿"一样,古人以为是将有异常事件发生的征兆。　⑳"要(yāo)离"二句:要离刺杀庆忌时,有苍鹰撞击大殿之上。要离,吴国勇士。吴王僚被杀后,其子庆忌逃往卫国。阖闾派要离前往刺杀,要离请阖闾砍断自己右手,杀了自己妻子。这样,要离到了卫国,取得庆忌信任,成为亲信,在二人一起乘舟渡江时,杀死庆忌,随后自杀。　㉑"休祲(jìn)"句:不祥之兆。休,美善。祲,不祥之气。这里重点在不祥之气上。　㉒"与臣"句:(前述三人)加上我将成为四人了。　㉓"若士"四句:如果是(勇士真的发怒,倒下的尸体是两具,血流五步远,天下要戴孝,今天就是这种情况。这是唐且在威胁要刺杀秦王。缟素,白色丧服,这里指秦国全国要举丧,穿上丧服。 ㉔挺剑而起:拔剑而起。秦国宫殿之上不可携带武器,这里写唐且带剑上殿,或与史实不符。 ㉕色挠:脸色屈服。挠,屈服,这里指秦王害怕而脸色大变,表示屈服。 ㉖"长跪"句:挺起身子而道歉。古人席地而坐,屁股置于脚后跟上,抬起屁股,挺直身子,称为长跪,表示尊敬。谢,致歉,道歉。 ㉗谕:明白,懂得。 ㉘"徒以"句:只是因为有先生您(的原因)。徒,只是,仅仅。

【赏析】 秦国为战国七雄之一,而且国力强盛,军队骁勇,被人称为虎狼之国。在秦王政的统率下,秦国先后削平韩、魏、齐、晋、赵、楚六个大国,统一天下。然而,在这过程中,对安陵这样一个只有区区五十里地的小国,秦王却不得不暂时却步,这全然是慑于唐且不畏强暴、视死如归的英勇气概。

秦国作为大国、强国,挟灭韩亡魏之馀威,逼迫安陵,以为安陵君必然战战栗栗,匍匐求降,将安陵国土拱手呈上。然而,令秦王万万没有想到的是,唐且的一席话,惊得其胆颤色变,无奈而暂时放弃了侵吞安陵的计划。在文中,我们看到,面对秦王的狂妄凶焰、踌躇满志,唐且毫不畏惧、针锋相对,"若士必怒,伏尸二人,流血五步,天下缟素,今日是也",短短数语,充溢着一股舍身成仁的凛然正气,使得秦王脸色大变,肃然起敬,并领悟到,国家之安危,其疆域大小、国力强弱固然重要,但人的勇敢无畏、宁死不屈的精神更是赢得尊重、保障安全的立国之本。

文章虽为史著,但故事情节生动,人物个性鲜明,颇具小说意味。秦王之骄横凌人、不可一世,唐且之据理力争、步步进逼,通过对话表现得淋漓尽致。而秦王从居高临下、藐视安陵及唐且到色挠谢罪,其精神角色的转换,更是形象地反衬了唐且傲然独立、为国捐躯的英雄形象。

燕昭王复国求贤

【题解】 本文选自《战国策·燕策一》。燕王哙受大臣子之蛊惑而禅位,子之为王,国内大乱。齐宣王趁机入侵灭燕,哙与子之均死于乱中。燕人拥立哙太子平即位,为燕昭王。燕昭王广招贤士,励精图治,振兴燕国,终于战胜齐国,报仇雪恨。

【原文】

燕昭王收破燕后即位①,卑身厚币②,以招贤者,欲将以报仇。故往见郭隗③先生,曰:"齐因孤国之乱,而袭破燕。孤极知燕小力少，不足以报。然得贤士与共国④，以雪先王之耻，孤之愿也。敢问以国报仇者奈何⑤？"

郭隗先生对曰："帝者与师处，王者与友处，霸者与臣处，亡国与役处⑥。诎指而事之，北面而受学，则百己者至⑦。先趋而后息，先问而后嘿，则什己者至⑧。人趋己趋，则若己者至⑨。冯几据杖⑩，眄视指使⑪，则厮役⑫之人至。若恣睢奋击⑬，呴籍叱咄⑭，则徒隶⑮之人至矣。此古服道致士⑯之法也。王诚博选⑰国中之贤者，而朝其门下⑱，天下闻王朝其贤臣，天下之士必趋于燕矣。"

昭王曰："寡人将谁朝而可⑲？"郭隗先生曰："臣闻古之君人，有以千金求千里马者，三年不能得。涓人⑳言于君曰：'请求之㉑。'君遣之㉒。三月得千里马，马已死，买其首五百金，反㉓以报君。君大怒曰：'所求者生马，安事死马而捐五百金㉔？'涓人对曰：'死马且买之五百金，况生马乎？天下必以王为能市马，马今至矣㉕。'于是不能期年㉖，千里之马至者三。今王诚欲致士，先从隗始。隗且见事，况贤于隗者乎㉗？岂远千里哉㉘？"

于是昭王为隗筑宫而师之㉙。乐毅自魏往㉚，邹衍自齐往㉛，剧辛自赵往㉜，士争凑燕㉝。燕王吊死问生㉞，与百姓同甘共苦。二十八年㉟，燕国殷富，士卒乐佚轻战㊱。于是遂以乐毅为上将军，与秦、楚、三晋㊲合谋以伐齐，齐兵败，闵王㊳出走于外。燕兵独追北㊴，入至临淄㊵，尽取齐宝，烧其宫室宗庙。齐城之不下者，唯独莒㊶、即墨㊷。

【注释】　①"燕昭王"句：燕昭王收复残破的燕国后即位。燕昭王，姬姓，名职，公元前311年至公元前279年在位。　②卑身厚币：降低身份，（带上）丰厚的聘礼。币，金钱，这里指财物、聘礼。　③郭隗(wěi)：燕国人。　④与共国：和（他）一起执掌燕国国家政权。　⑤"敢问"句：斗胆询问为国报仇该怎样做。敢，胆敢，这里是燕昭王自谦的说法。奈何，怎样，怎么办。　⑥"帝者"四句：为帝王者与师长相处，为王者与良友相处，为霸主者与大臣相处，为亡国之君者与奴仆相处。　⑦"诎(qū)指"三句：降低身份，侍奉贤士，朝着北面而接受教学，那么，（才能）超过自己百倍的人才就会来到（身边）。诎指，降低身份，卑恭谦虚，侍奉他人。北面，坐北朝南，受人面北行礼，表示尊贵。百己，百倍于己。　⑧"先趋"三句：先于别人操劳，后于别人安息，（不懂就）先问（请教），（懂了就）静默（不夸耀），那么，（才能）超过自己十倍的人才就会来到（身边）。趋，有服役的意思，这里指劳作。什(shí)，十。　⑨"人趋"二句：他人劳作，自己也去劳作，那么，和自己才能相仿的人就会来到(身边)。若,相若,差不多。　⑩ 冯(píng)几据杖:倚靠着小桌子,拄着手杖。这里是说态度傲慢。冯,即凭,倚、靠。　⑪ 眄(miǎn)视指使:斜眼看人,以手指差遣人。眄,斜视,不用正眼看,表示不尊重。　⑫ 厮役:差役。厮,仆役。　⑬ 恣睢(suī)奋击:放纵暴戾,武力动粗。恣睢,放纵暴戾。　⑭ 呴(hǒu)籍叱咄(duō):吼叫践踏,大声呵斥。呴,吼叫。籍,侮辱,践踏。叱咄,呵斥。　⑮ 徒隶:罪犯奴隶。徒,服徭役的罪犯。　⑯ 服道致士:任用有道之士,罗致人才。服,任用,使用。　⑰ 博选:广泛征召选拔。　⑱ 朝(cháo)其门下:到其家中拜访。　⑲ "寡人"句:(那么)我将(先)拜访谁合适呢？　⑳ 涓人:亲近国君的内侍,也指宦官。　㉑ 请求之:请允许让我去找千里马。　㉒ 遣之:派遣他去。　㉓ 反:即"返",归返。　㉔ "安事"句:哪有买个死马,而浪费了五百金。安,哪有。事,这里指买马。捐,抛弃,扔掉。　㉕ "天下"二句:天下(的人)一定会认为大王舍得出高价买马,良马如今就会来了。能,善于。市,买。　㉖ 不能期(jī)年:不到一年。期,周而复始,整。　㉗ "隗且"二句:我郭隗尚且能得到尊奉,况且远胜于我郭隗的人。见事,得到侍奉,重视。贤,胜过。　㉘ 岂远千里哉:难道还会因为千里之遥(而不来燕国)吗？　㉙ "于是"句:于是燕昭王为郭隗修建宫室(府邸)并拜之为师。师,这里作动词用,拜之为师。　㉚ 乐毅自魏往:乐毅从魏国来到燕国。乐毅,魏国人,军事家。　㉛ 邹衍自齐往:邹衍从齐国来到燕国。邹衍,齐国人,著名阴阳学家。　㉜ 剧辛自赵往:剧辛从赵国来到燕国。剧辛,赵国人,善于攻战,后为燕国打败齐国立下大功。　㉝ 凑燕:齐集燕国。凑,会合,聚集。　㉞ 吊死问生:哀悼死者(家庭),慰问活着的人。　㉟ 二十八年:周赧(nǎn)王三十一年,即燕昭王二十八年,公元前284年。　㊱ 乐佚轻战:悠闲安乐,愿意打仗。这里指燕国人民生活安定,心情愉快,愿意为燕王出战复仇。　㊲ 三晋:晋国赵、韩、魏三姓大夫,分晋各立为国,所以称三晋。　㊳ 闵王:即齐闵王,妫(guī)姓,名地,公元前301年至公元前284年在位。　㊴ 追北:追击败兵。北,败逃。　㊵ 临淄:齐国国都,在今山东省淄博市。　㊶ 莒(jù):齐国地名,在今山东省莒县。　㊷ 即墨:齐国地名,在今山东省即墨市。

【赏析】　一个国家和政权的兴衰,其物质条件固然必不可少,但人才的归向抑或流失,更是生死攸关的大事。因此,求才纳贤,历来是统治者必须重视的大事。何况燕昭王继承的是一个濒于灭亡边缘的残破弱国,更是亟需杰出人才来重整旗鼓,复兴国家。然而,如何才能吸引和求得人才来为自己效力,却成为燕昭王的一道难题。郭隗的一番开导,使燕昭王如醍醐灌顶,豁然开朗。于是,我们看到,各国贤士良才蜂拥而至,而燕国又海纳百川,善加任用。结果,燕国迅速振兴,击败强齐,重获大国、强国地位。

通读全文,读者不难看到,郭隗所言道理,其实尽人皆知,但他请燕昭王先礼遇自己,以作楷模,造成标的效应,从而使得各国人才纷至沓来,却是一个颇为大胆和新颖的举措,而其出于公心,非为个人谋取名利,尤可赞赏。同样,燕昭王从善如流,广纳各方才俊,在国内"吊死问生,与百姓同甘共苦",内外政策得当,深孚民心,燕国之殷富强盛,必然是指日可待。文章的描述,既说明人才对国家社会至关重要的作用,也告诉统治者要想获得人才,必须虚心求教,情意真切,为人才提供和创造尽可能好的条件。这些,都是留给后人的宝贵教益。

燕昭王求贤是历史佳话,后代流传的黄金台的故事,也说明了人们对燕昭王礼贤下士美德的嘉许。

乐毅报燕惠王书

【题解】 本文选自《战国策·燕策二》。魏将乐(yuè)毅在投奔燕国后,为燕昭王所重用,屡建大功,受高官厚禄。但在燕惠王继位后,乐毅被猜忌而出走。燕惠王责备乐毅背恩,乐毅回信辩解,并表示不会以燕国为敌。

【原文】

昌国君乐毅①,为燕昭王合五国之兵而攻齐②,下七十馀城,尽郡县之以属燕③。三城未下,而燕昭王死。惠王④即位,用齐人反间⑤,疑乐毅,而使骑劫代之将⑥。乐毅奔赵⑦,赵封以为望诸君⑧。齐田单诈骑劫⑨,卒⑩败燕军,复收七十馀城以复齐⑪。燕王悔,惧赵用乐毅乘燕之弊以伐燕⑫。

燕王乃使人让⑬乐毅,且谢⑭之曰:"先王举国而委将军⑮,将军为燕破齐,报先王之仇,天下莫不振动⑯,寡人⑰岂敢一日而忘将军之功哉!会先王弃群臣⑱,寡人新即位,左右⑲误寡人,寡人之使骑劫代将军,为将军久暴露于外⑳,故召将军且休计事㉑。将军过听㉒,以与寡人有隙㉓,遂捐燕㉔而归赵。将军自为计则可矣,而亦何以报先王之所以遇将军之意乎㉕?"

望诸君乃使人献书报㉖燕王曰:

臣不佞㉗,不能奉承先王之教㉘,以顺左右之心㉙,恐抵斧质之罪㉚,以伤先王之明㉛,而又害于足下之义㉜,故遁逃㉝奔赵。自负以不肖之罪㉞,故不敢为辞说㉟。今王使使者数之罪㊱,臣恐侍御者之不察先王之所以畜幸臣之理㊲,而又不白于臣之所以事先王之心㊳,故敢以书对㊴。

臣闻贤圣之君,不以禄私其亲,功多者授之㊵;不以官随其爱,能当者处之㊶。故察能㊷而授官者,成功㊸之君也;论行而结交者㊹,立名之士也㊺。臣以所学者观之㊻,先王之举错㊼,有高世㊽之心,故假节于魏王㊾,而以身得察于燕㊿。先王过举[51],擢之乎宾客之中[52],而立之乎群臣之上[53],不谋于父兄[54],而使臣为亚卿[55]。臣自以为奉令承教[56],可以幸无罪[57]矣,故受命[58]而不辞。

先王命之曰:"我有积怨深怒于齐[59],不量轻弱[60],而欲以齐为事[61]。"臣对曰:"夫齐,霸国之馀教[62],而骤胜之遗事也[63],闲于兵甲[64],习于战攻[65]。王若欲攻之,则必举天下而图之[66]。举天下而图之,莫径于结赵矣[67]。且又淮北、宋地、楚、魏之所同愿也[68]。赵若许[69],约楚、魏、宋尽力,四国攻之,齐可大破也[70]。"先王曰:"善[71]。"臣乃口受令[72],具符节[73],南使臣于赵[74]。顾反命[75],起兵随而攻齐[76]。以天之道[77],先王之灵[78],河北之地[79],随先王举而有之于济上[80]。济上之军奉令击齐,大胜之。轻卒锐兵,长驱至国[81]。齐王逃遁走莒[82],仅以身免[83]。珠玉财宝,车甲珍器,尽收入燕[84]。大吕陈于元英[85],故鼎反于历室[86],齐器设于宁台[87]。蓟丘之植,植于汶篁[88]。自五伯[89]以来,功未有及[90]先王者也。先王以为惬其志[91],以臣为不顿命[92],故裂地而封之[93],使之得比乎小国诸侯[94]。臣不佞,自以为奉令承教,可以幸无罪矣,故受命而弗辞。

臣闻贤明之君,功立而不废,故著于春秋[95];蚤知之士,名成而不毁,故称于后世[96]。若先王之报怨雪耻,夷万乘之强国[97],收八百岁之蓄积[98],及至弃群臣之日,馀令诏后嗣之遗义[99],执政任事之臣[100],所以能循法令[101]、顺庶孽[102]者,施及萌隶[103],皆可以教于后世[104]。

臣闻善作者不必善成[105],善始者不必善终[106]。昔者伍子胥说听乎阖闾,故吴王远迹至于郢[107];夫差弗是也[108],赐之鸱夷而浮之江[109]。故吴王夫差不悟先论之可以立功,故沉子胥而不悔[110]。子胥不蚤见主之不同量,故入江而不改[111]。夫免身全功[112],以明先王之迹者[113],臣之上计[114]也。离毁辱之非,堕先王之名者,臣之所大恐也[115]。临不测之罪,以幸为利者,义之所不敢出也[116]。

臣闻古之君子,交绝不出恶声⑰;忠臣之去⑱也,不洁其名⑲。臣虽不佞,数奉教⑳于君子矣。恐侍御者之亲左右之说㉑,而不察疏远之行也㉒,故敢以书报。唯君之留意焉㉓。

【注释】 ① 昌国君乐毅:乐毅,战国时中山(在今河北省灵寿县)人,拜燕国(战国七雄之一,在今河北省北部和辽宁省西部一带)上将军,封昌国君。昌国,即昌城,今山东省淄博市,乐毅在此大败齐国军队,燕昭王封其为昌国君。 ② "为燕昭王"句:为燕昭王联合五国军队攻打齐国。燕昭王,姬姓,名职,公元前311年至公元前279年在位,筑黄金台招纳贤才,增强国力,曾大败齐国。齐,战国七雄之一,在今山东省北部和胶东半岛。 ③ "尽郡县之"二句:把齐国七十余城尽归燕国,成为燕国的郡县。郡县,这里作动词用,作为郡县。 ④ 惠王:燕惠王,公元前278年至公元前271年在位。燕惠王在做太子时,就与乐毅不合,所以继位后,很容易受人挑拨,怀疑乐毅。 ⑤ 用齐人反间:因为(中了)齐国人的反间计。用,因为。反间,反间计。 ⑥ "而使"句:而改任骑劫取代(乐毅)为将(统率军队)。骑劫,燕国大将,被齐军大败于即墨(今山东省即墨市),死于战场。 ⑦ 奔赵:投奔赵国。赵,战国七雄之一,在今山西省中部、陕西省东北部及河北省西南部一带。 ⑧ 望诸君:封号。望诸,泽名,战国时为齐地,后归赵,在今河南省睢县与山东省菏泽市之间。 ⑨ "齐田单"句:齐国田单(用计)欺骗骑劫(上当)。田单,齐国大将,在即墨以火牛阵大败骑劫率领的燕军,骑劫阵亡。 ⑩ 卒:最终。 ⑪ "复收"句:重新收回七十餘城,复归齐国。 ⑫ "惧赵"句:(燕惠王)害怕赵国任用乐毅,趁燕国被打败而疲困,趁机攻伐燕国。弊,疲困,衰落。 ⑬ 让:责备。 ⑭ 谢:致歉。 ⑮ "先王"句:先王把整个国家都委托您。先王,指燕昭王。举国,全国。委,委托,委付。这里指燕昭王对乐毅的信任和恩遇,也委婉说明自己对乐毅还是信任的。 ⑯ 振动:(人心)振动,兴奋。 ⑰ 寡人:君主自称。 ⑱ 弃群臣:抛弃了群臣,这是对国君死亡的委婉说法。 ⑲ 左右:这里指侍奉在左右的官员。 ⑳ "为将军"句:是因为将军长期在野外,无所遮蔽。暴露,即"曝露",露在外面,无所遮蔽。这里是说乐毅长期征战在外,十分辛苦。 ㉑ "故召"句:因此召将军回来休整,并商议大事。故,因此。且,暂且。休,休息,休整。计事,计议大事,谋划策略。 ㉒ 过听:错误地听取。过,(对听到的话)过分(理解、猜测)。 ㉓ 有隙:有嫌隙。隙,嫌隙,(因猜疑而产生的)怨恨。 ㉔ 捐燕:抛弃燕国。捐,舍弃,放弃。 ㉕ "将军"二句:将军您(弃燕奔赵)为自己考虑尚可,但您(这样做)用什么来报答先王对您的恩遇呢?何以,即"以何",拿什么。 ㉖ 报:回复,复信。 ㉗ 不佞(nìng):不才,自谦辞。 ㉘ "不能"句:不能够遵行先王的教诲。奉承,敬受,遵行。教,教导,教诲。 ㉙ "以顺"句:来顺迎左右大臣的心意。顺,顺迎,这里有讨好的意思。 ㉚ "恐抵"句:恐怕获杀身之罪。恐,恐怕,担心。抵,处以与所犯罪行相当的惩罚。斧质,刑具,把人置于锧(zhēn)上,用斧子砍杀。质,后来作锧(zhì),铡刀的垫座,腰斩人用的砧板。锧,砧板。 ㉛ "以伤"句:而伤害了先王的英明(美誉)。明,圣明,英明。 ㉜ "而又":而又损害了您的大义。害,损害。足下,对男子的尊称。义,道义,大义。 ㉝ 遁逃:逃跑。遁,逃走,逃亡。 ㉞ "自负"句:因此自己承担了小人的罪行。不肖(xiào),小人,不正派的人。这里是说,乐毅因为背叛了燕国,所以自己说自己是小人。　㉟ 辞说:用言辞来辩说,这里是辩解的意思。　㊱"今王"句:如今大王您派使者来谴责我的罪行。前一个使,动词,派遣。数(shǔ),数落,责备。　㊲"臣恐"句:我担心使者不能明察先王为什么要宠幸重用我的原因。侍御者,侍奉(国君的)人,这里指使者。察,明察,知晓。畜(xù)幸,宠幸重用。理,道理,原因。　㊳"而又"句:而又不能明白我为什么要侍奉先王的忠心。白,明白,明了。事,侍奉。这里是说,恐怕使者因为不懂乐毅侍奉先王的忠心,而不能向燕惠王如实禀告。　㊴ 以书对:用书信来回答(您的责备)。书,书信。对,回答。　㊵"臣闻"三句:我听说圣贤之君,不把俸禄私自给亲戚,而是给功劳多的人。禄,俸禄,这里也指田地、粮食、财物等。私,这里作动词用,偏向,(因)偏爱(而给予)。　㊶"不以"二句:不把官位任意给所喜爱的人,而是授予能担当的人。随,任意。当,承当,(能力)配得上。　㊷ 察能:考察才能。　㊸ 成功:成就功业。　㊹"论行"句:衡量、评定德行才与人结交的。论,衡量,评定。这里的意思所说,和人结交与否以德行高低为标准。　㊺ 立名之士也:(考虑和依照人的品性而决定是否与之结交的)是树立好名声的人。立名,树立美名。　㊻"臣以"句:我以我所学到的知识和道理来看这个问题。之,代词,指选用人才之事。　㊼ 举错(cù):即"举措",任用和罢免。举,选拔,推举,任用。错,同"措",舍弃不用,这里指罢免官员。　㊽ 高世:高超卓绝,超越世俗。　㊾"故假节"句:因此受燕王派遣出使(燕国)。假节,使臣出访,持符节作为凭信。假,借助,持有。节,这里指使臣所持的符节,以金玉或竹木制成,刻有文字,作为出访的凭信。魏王,即魏昭王,姬姓,名遫(sù),公元前295年至公元前277年在位。乐毅初在魏国,后作为魏国使臣,出访燕国,受燕昭王礼待,遂留在燕国,为客卿。　㊿"而以身"句:而被燕国赏识。察,被考察(而赏识,得以提拔)。　㉛ 过举:误加提拔重用。过,错误。举,选拔,举用。这是乐毅谦虚的说法。　㉜"擢(zhuó)之乎"句:提升于宾客之中。擢,举拔,提升。宾客,他国使者。这里的意思是说,燕昭王特别把乐毅从来访的使者中选拔出来,加以重用。　㉝"而立之"句:而使我位于群臣之上。　㉞ 不谋于父兄:不与父兄商议。谋,商议。　㉟ 亚卿:高级官员职位,仅次于上卿。　㊱ 奉令承教:尊奉命令,承受教诲。　㊲ 幸无罪:希望没有罪,不会有罪。幸,希望。　㊳ 受命:领命,接受任命。　㊴"我有"句:我于齐国有积怨深怒。积怨深怒,积压已久的怨忿和深深的怒恨。燕国曾因内乱,被齐国趁机攻入,几乎灭亡,所以这里说有积怨深怒。　㊵ 不量轻弱:不考虑自己力量的轻弱。轻弱,(力量)弱小。这里的意思是即使力量弱小,也要报仇。　㊶ 以齐为事:以攻打、灭掉齐国为(要做的)大事。　㊷ 霸国之馀教:(齐国)是霸主之国的继承者。馀教,遗教,前人遗留的教诲等。齐国曾是春秋五霸之一,历来是强国,所以说其是有强国传统的。　㊸"而骤胜"句:而有屡屡打胜仗的遗业。骤胜,屡胜。骤,屡次,数次。遗事,遗业,前代遗留下来的事业。这里是说齐国有屡战屡胜的历史。　㊹ 闲于兵甲:娴熟于战争。闲,通"娴",娴熟,熟习。这里指齐国是善于打仗的国家。　㊺ 习于战攻:熟习于征战攻伐。　㊻"则必"句:那就必须发动天下(各国)来谋取它(齐国)。举,发动,联合。图,谋取,达到目的。　㊼"莫径于"句:没有比直接与赵国结盟(更好的了)。径,直接,快速。赵国是燕国的西南边邻国,结盟后能使燕国快速增强力量。　㊽"且又"二句:况且(攻打齐国)又是淮北、宋地、楚国、魏国所共同愿意的事。淮北,在今安徽省北部一带。宋地,原来宋国的土地。宋,诸侯国,子姓,在今河南省商丘市和江苏省徐州市一带,为齐所灭。楚国想要得到淮北,魏国想要得到宋国原来的地盘,而这些地方都被齐国占有控制,所以说攻打齐国是楚、魏两国共同的愿望。 ⑩许:同意,答应。 ⑪"约楚"三句:邀请楚、魏、宋所有的力量,联合(加上赵国)四国攻打,可以大破齐国了。约,邀请。宋国虽已灭亡,但其遗民怨恨齐国,希望复国,也会出力助战。尽力,竭尽全力。 ⑫善:好。 ⑬口受令:获得(燕昭王)亲口授予的命令。口受,接受亲口授予(的命令)。 ⑭具符节:持具符节。符节,这里是使者出访他国所持有的凭信。 ⑮南使臣于赵:派我往南边到赵国(访问)。 ⑯顾反命:回来后复命。顾,回来,返回。反命,复命。反,回来汇报。 ⑰"起兵"句:(赵国)起兵随燕国攻打齐国。随,跟随。 ⑱以天之道:凭借天道的保佑。 ⑲先王之灵:依赖先王在天之灵的庇佑。 ⑳河北之地:河北的土地。河,黄河。 ㉑"随先王"句:随着先王进兵到济水上都占有了。 ㉒国:国都,这里指齐国国都临淄,在今山东省淄博市。 ㉓"齐王"句:齐王逃到了莒(jù)地。齐王,即齐闵王,妫(guī)姓,名地,公元前301年至公元前284年在位。逃遁,逃走,逃亡。莒,在今山东省莒县,齐闵王在此被楚将所杀。 ㉔仅以身免:仅仅免于自身一死。这里的意思是齐国已经溃败,全军覆灭。 ㉕"珠玉"三句:珠玉财宝、车辆兵甲、珍玩宝器等,全部收缴入燕国。 ㉖"大吕"句:大吕陈放在元英殿上。大吕,齐国钟(一种打击乐器)名。元英,燕国宫殿名。 ㉗"故鼎"句:燕国原来的鼎返回了历室。故鼎,原来的鼎,齐国大败燕国时携去的燕国宝鼎。鼎,一种容器,多用作宗庙的礼器,与钟等都是国家权力的象征。反,返回,回归。历室,燕国宫殿名。 ㉘"齐器"句:齐国的宝器陈设在宁台。宝器,象征王位的祭器。宁台,燕国台名。 ㉙"蓟(jì)丘"二句:蓟丘的竹子,种了在汶上的竹田里。蓟丘,燕国国都所在地,在今北京市。植,种植的植物,下一个植是种植的意思。汶,汶水,属齐国,在今山东省。皇,即篁,竹林,竹田。这里的意思是齐国的土地成了燕国的疆土,燕国的东西可以遍及齐国了,燕国的边境得以扩展至汶水边上了。 ㉚五伯(bà):指春秋时五个称霸天下的强国国君:齐桓公、晋文公、宋襄公、楚庄公、秦缪(穆)公。伯,通"霸"。 ㉛及:比得上。 ㉜"先王"句:先王认为满足了愿望。慊,快意,满足。这里指燕昭王灭了齐国,报了大仇,非常高兴。 ㉝不顿命:没有败坏命令。顿,毁坏,败落。这里指乐毅完成了燕昭王灭掉齐国的命令。 ㉞"故裂地"句:因此划分土地封给乐毅。裂地,划分土地。 ㉟"使之"句:使我能够比得上一个小诸侯。 ㊱"臣闻贤明"三句:我听说贤明的国君,论功赏赐授封后不会黜免、放逐,因此(美德)写在了史册上。废,黜免,放逐,这里指剥夺封赏加以惩罚的意思。春秋,鲁国史书称《春秋》,相传为孔子删定,后代尊为儒家经典,这里指史书,史册。 ㊲"蚤知"三句:有先见之明的人,名声成就后,不会毁掉美名,所以称名于后世。蚤知,预见,先知。蚤,通"早"。 ㊳"夷万乘(shèng)"句:夷平万乘强国。夷,破坏使之成为平地,这里指灭掉。扫平。万乘,万辆战车。乘,车,战车。有万辆战车者为大国强国,中等国家则称千乘之国,小国则称百乘之国。 ㊴"收八百岁"句:收缴了齐国八百年的积蓄。八百岁,八百年,这里是指齐国自姜尚立国至此,有八百年历史。 ㊵"馀令"句:临终遗诏告诫后代继位者的教诲、命令。馀,遗留。诏,告诫,教导。后嗣,后代,继位者。嗣,这里是继任君位者的意思。遗义,遗令,遗嘱,留下的教诲。 ㊶"执政"句:掌管国家政事和任职主管事务的大臣。 ㊷循法令:遵循法令制度。 ㊸顺庶孽:理顺与庶孽的关系。庶孽,妃妾所生之子,地位较低,在新君即位之初,容易作乱。这里是指要事先警惕,防止庶孽作乱。　⑩⒊施及萌隶:(恩德)施予百姓。施,教育。萌隶,百姓。　⑩⒋"皆可以"句:(这些)都可以教育后世(铭记遵奉)。　⑩⒌"臣闻"二句:我听说有好作为者,不一定有好的成功。善,好。作,制作,这里是作为的意思。成,成功。　⑩⒍"善始"句:有好的开端的人,不一定有好的结果。始,开始,开端。终,结束,结局,结果。　⑩⒎"昔者"二句:以前伍子胥的谋略被阖闾所采纳,所以吴王的足迹远至于郢(yǐng)。伍子胥,名员(yún),字子胥,初为楚国大夫,受楚平王迫害,父、兄被杀,他逃奔吴国,为吴王重用,率吴军入楚国都城,报仇雪恨。说,这里是谋略、计划的意思。听,这里是采纳的意思。阖闾,亦作阖庐,姬姓,名光,吴国国君,公元前514年至公元前496年在位。远迹,远游,这里是指远大的功绩、功业。郢,楚国都城,在今湖北省江陵县。这里是指吴王阖闾采纳了从楚国投奔而来的伍子胥的谋略,使伍子胥率领吴军远征楚国,攻入郢都,几乎灭掉楚国。　⑩⒏夫差弗是也:夫差不是这样。是,代词,指阖闾对伍子胥这样的客卿深信不疑。夫差,阖闾之子,公元前495年至公元前473年在位。这里是说夫差听信谗言,不信任伍子胥。　⑩⒐"赐之"句:赐给伍子胥革囊并将之浮于江上。鸱(chī)夷,皮革制成的口袋。传夫差赐伍子胥自尽后,又命人把伍子胥的尸体装入皮囊,抛浮在钱塘江水面上。　⑾⓪"故吴王"二句:吴王夫差不明白从前的建议、谋略可以建立功业,因此把伍子胥沉于江而不后悔。悟,明白,理解。先论,先前的建议、论说,这里指伍子胥先前向阖闾提出的谋略和计划。立功,建立功业。江,这里指钱塘江,在今浙江省北部。　⑾⒈"子胥"二句:伍子胥不早预见到王与王的器量是不一样的,因此被抛入江中仍不改原先的想法。同量,同等器量。不改,这里是说伍子胥始终认为自己是被冤杀的,不认为自己有错。或说是伍子胥痛惜吴国被奸臣所乱,必然灭亡,要家人在他死后,挖出双眼,置于城门上,以亲眼看到越国军队进入吴都姑苏(今江苏省苏州市),并化为江神,后来吴国果为越国所灭,今江南民间仍有在端午节纪念伍子胥的风俗,苏州市区有城门名胥门(今已毁)。　⑾⒉免身全功:脱身免祸,保全功业。免身,免祸。全功,成就、建立功业。　⑾⒊"以明"句:来昭明先王的功绩。明,昭明,彰显。迹,业绩,功业。　⑾⒋上计:上策,最佳选择。　⑾⒌"离毁辱"三句:蒙受诋毁污辱(燕惠王)的罪过,毁掉先王(燕昭王)的英名,这是我最大的担心。离,通"罹",遭受。毁辱,诋毁污辱。堕(huī),损毁,败坏。恐,畏惧,担心。这里是说乐毅担心自己再留在燕国,会被人责难他诋毁污辱燕惠王,从而也毁了燕昭王的一世英名。　⑾⒍"临不测"三句:面对着无法预测的罪过,而求取利益,是道义所不容许产生的事。不测,预料不到。幸,希望,期望。出,产生。这里是说乐毅不敢冒着大罪,做不符合道义的事来谋求利益。　⑾⒎"交绝"句:交往断绝,但不说对方的坏话。恶声,攻击、诋毁的话。　⑾⒏去:离开。　⑾⒐不洁其名:不(故意)宣扬自己清白的名声。这里的意思是说,忠臣离开原来的国家,不会特意说自己是清白的,是忠臣,从而使原来的国家和君王蒙上不辨忠良奸佞的坏名声。　⑿⓪数奉教:屡屡敬奉(先王的)教诲。　⑿⒈"恐侍御者"句:恐怕来使偏信(您)左右的人的一面之词。侍御者,燕惠王派来送信责备乐毅的使者。　⑿⒉"而不察"句:而不体察我离开(燕国)之举(的原因)。疏远,这里指离开。行,行为,举动。　⑿⒊"唯君":祈求您多加注意(考虑)。唯,希望,祈求。留意,关心,注意。这里是乐毅请求燕惠王好好想一想,谅解乐毅。

【赏析】《乐毅报燕惠王书》是《战国策》中的名篇,全文由前面的叙述文字和乐毅的书信两部分组成。

文章的第一部分交代了乐毅给燕惠王写信的原因。乐毅才智出众,谋略过人。深感燕昭王招贤诚意,本为魏将的乐毅弃魏投燕,受到重用,大败齐国,功勋卓著,得燕昭王重赏。然而,燕昭王死后,燕惠王继位,接连犯了两大错误,不仅使燕国前功尽弃,而且还受到更大威胁:一是中了齐国反间之计,猜忌乐毅,迫使乐毅避祸而逃离燕国,投奔赵国;一是任用庸将骑劫,结果被齐军打败,丧失了乐毅为燕国夺取的齐国七十余城。这样,燕国大伤元气,又惧怕乐毅为赵国率军攻燕,于是,燕惠王派使臣携信前往赵国,会见乐毅,责备他背弃燕国,有负于燕昭王的深恩。于是,乐毅就写了一封长信,详细阐述了自己去燕投赵的原因,并委婉批评了燕惠王亲小人、远忠臣的错误做法,最终表明自己再也不会回到燕国的决心。

文章第二部分是重点,大致可以分为六个段落:第一,乐毅申明自己投赵,是为了避免被诛,从而保全燕昭王和燕惠王的贤明和道义,这本不想辩白,只是如今受到燕惠王的责难,才不得已申辩说明。第二,乐毅说燕昭王选择贤能,授予大任,自己被燕昭王重用,是燕昭王任免人才的英明决策。第三,详述燕昭王采纳乐毅建议,命乐毅率军大破齐国,获齐国七十余城,宝物无数。乐毅藉此婉转说明自己在燕国身居高位,建立大功,因此受到燕昭王重赏和封赐,是理所应当的。第四,论说贤明之君之所以名垂史册,是因为论功行赏,不废弃有功之臣;而智慧之士不肯毁掉自己的名节,所以被后世所称道。燕昭王行道义,建勋业,临终遗命还要求后世继位者遵循此道,隐约批评燕惠王违背了先王的教诲。第五,以伍子胥的遭遇为例,说明忠臣不一定得好报,再次为自己的去燕投赵做辩解。最后,乐毅表明,自己虽然离开了燕国,但不会做对燕国不利的事。燕惠王非常担心乐毅会帮助赵国攻打燕国,因此,乐毅的这一表态,其实也在宽慰燕惠王。据史载,在收到乐毅复信后,燕惠王把乐毅的儿子乐间封为昌国君,而乐毅往来于赵国、燕国之间,在两国都任客卿。最终,乐毅终老于赵国。

乐毅此书,洋洋洒洒千余言,反复陈述和阐释,缅怀自己与燕昭王如鱼得水般的君臣关系,表白对燕昭王恩遇的感激之情,表明自己不得已离开燕国的苦衷,并表达了对燕国的眷恋之心。全书文意,真率中见凄婉,深沉中显平和,真切感人。语言雅洁洗练,行文既通畅又委婉。在先秦书信中,这是一篇不可多得的好文章。

公输盘为楚设机

【题解】 本文选自《战国策·宋卫策》。公输般为楚国国君制造了攻城用的云梯,准备攻打宋国。墨子认为这是不义之举,赶往楚国劝阻。在墨子的劝诫下,楚王终于放弃了进犯宋国的计划。

【原文】

公输般为楚设机①,将以攻宋②。墨子③闻之,百舍重茧④,往见公输般,谓之曰:"吾自宋闻子⑤。吾欲藉子杀王⑥。"公输般曰:"吾义固不杀王⑦。"墨子曰:"闻公为云梯⑧,将以攻宋。宋何罪之有?义不杀王而攻国,是不杀少而杀众。敢问攻宋何义也?"公输般服焉⑨,请见之王⑩。

墨子见楚王,曰:"今有人于此,舍其文轩⑪,邻有敝舆⑫而欲窃之;舍其锦绣⑬,邻有短褐⑭而欲窃之;舍其粱肉⑮,邻有糟糠⑯而欲窃之。此为何若人⑰也?"王曰:"必为有窃疾⑱矣。"墨子曰:"荆之地方五千里⑲,宋方五百里,此犹文轩之与敝舆也⑳。荆有云梦㉑,犀㉒、兕㉓、麋㉔、鹿盈之㉕,江、汉㉖,鱼、鳖、鼋㉗、鼍㉘,为天下饶㉙,宋所谓无雉兔㉚、鲋鱼㉛者也,此犹粱肉之与糟糠也。荆有长松㉜、文梓㉝、楩㉞、枏㉟、豫樟㊱,宋无长木㊲,此犹锦绣之与短褐也。恶以王吏之攻宋㊳,为与此同类也㊴。"

王曰:"善哉㊵!请无攻宋。"

【注释】 ①"公输般"句:公输般为楚国制造了一种机械。公输般,或称公输盘,即鲁班,春秋战国之际时著名工匠、发明家。楚,楚国,芈(mǐ)姓,春秋战国时大国,处长江中下游直至今河南省南部、安徽省和江苏省北部一带,地域辽阔,物产富饶。设,设计、制造。机,这里指机械。 ②将以攻宋:准备用来攻打宋国。将,打算,准备,想要。宋,诸侯国,子姓,在今河南省东部及皖、鲁、苏三省之交,建都彭城(今江苏省徐州市)。 ③墨子:春秋战国之际思想家,墨家学派创始人,名翟(dí),宋国人,提出"兼爱"、"非攻"等十大主张,自成一家,与孔子的儒家相对立,墨学亦成为先秦的显学。 ④百舍(shè)重(chóng)茧:百里一舍,脚上都起了重重茧子。百舍,行百里而停下休息。舍,住宿。重茧,一层又一层的茧子,厚厚的茧子。这里是说长途跋涉,十分辛苦。 ⑤闻子:听到您(为楚君设机攻打宋国这件事)。子,对人的尊称。 ⑥藉(jiè)子杀王:借您(之手)杀楚王。藉,同"借"。王,这里指楚王,可能是楚惠王或楚昭王。 ⑦"吾义"句:我奉行礼义所以不能杀楚王。义,礼义。固,通"故",因而,所以。 ⑧云梯:攻城时用以攀登城墙的长梯。 ⑨服焉:拜服于墨子。这里是说公输般词穷理屈,只能拜服于墨子。 ⑩请见之王:请(公输般把)我引见给楚王。见,介绍,荐举,引见。 ⑪文轩:有彩绘的车,华美的好车。轩,大夫以上官员、贵族坐的前顶较高而有帷幕的车。 ⑫敝舆:破旧的车。敝,破烂,破旧,舆,车。 ⑬锦绣:花纹色彩精美鲜艳的丝织品,这里指华美的衣服。 ⑭短褐(hè):短衣服。褐,粗布做成的衣服,古代平民所穿。 ⑮粱肉:谷子为饭,肉为菜,这里指精美的饭菜。粱,谷子,小米。 ⑯糟糠:酒滓、谷皮等粗劣食物,穷人所吃。糟,酒滓。糠,谷皮。 ⑰何若人:什么样的人。 ⑱窃疾:盗窃上瘾成癖,盗窃狂。 ⑲"荆之地"句:楚国的土地纵横五千里。荆,春秋时楚国的旧称。方,计量土地纵横多少面积的用语。 ⑳"此犹"句:这就好比好车与破车相比。 ㉑云梦:古代大湖,在今湖北省。 ㉒犀:犀牛。 ㉓兕(sì):一种皮很厚,可以制甲的野兽。或说是雌犀牛。 ㉔麋(mí):一种野兽,俗称四不像。 ㉕盈之:充斥楚国。盈,充斥,充满,形容多。 ㉖江、汉:长江和汉水。汉,长江支流,汉水,发源于秦岭,流至今湖北省武汉市而注入长江。 ㉗鼋(yuán):大鳖,俗称癞头鼋。 ㉘鼍(tuó):扬子鳄,也称鼍龙、猪婆龙。 ㉙为天下饶:是天下最富饶(的地方)。 ㉚雉(zhì)兔:野鸡和兔子。雉,野鸡。 ㉛鲋(fù)鱼:鲫鱼。 ㉜长松:生于古松下的药材,据说服用后,可以使头发变黑亮。 ㉝文梓(zǐ):有纹理的梓木,是上好木材。 ㉞楩(biǎn):生于南方的大树,木质坚密,是上好木材。 ㉟楠(nán):即楠树,木质坚密,有芳香,是贵重木材。 ㊱豫樟:樟树,木质,有樟脑香气,是上好木材。 ㊲长木:大树。木,树,树木。 ㊳"恶以"句:我以为楚国攻打宋国(这个举动)。恶,应该是"臣"字之讹。 ㊴为与此同类也:这里的意思是说楚国地大物博,宋国地窄物寡,而楚国还要侵犯、吞并宋国,就像是上述那个偷窃成癖的人犯了一样的病,是一类人。 ㊵善哉:(说得)好啊。

【赏析】 战国期间,各国战争不绝,弱肉强食,小国、弱国随时会遭受大国、强国的陵逼和侵犯,难逃被吞并的噩运。在春秋战国之际,楚国作为疆域辽阔、形势优越、物产富饶、军力强大的大国、强国,要攻打小国、弱国,其实是不需要什么借口的,何况能工巧匠公输般已经为之造好了新的进攻工具——云梯。因此,为了扩充疆土,即使为了试验这种工具的性能,也是值得打上一仗的。但是,作为一位竭力倡导兼爱、非攻的思想家,墨子对此十分气愤,他不辞辛劳,长途跋涉,来到楚国,要制止这场侵略战争。

墨子认为楚国就像一个拥有巨大财富的富翁,但患上了偷窃邻居破烂的恶疾。这样的比喻非常恰当,连楚王也不得不承认墨子说得很有道理。

文章所写,似乎是楚王被墨子的一番话打动了,心悦诚服,才放弃了攻打宋国的计划。如果是这样,实在是没有多少说服力和可信性。在《墨子》一书的卷十三中,有《公输》一篇,亦写此事,但更为详细,也更加生动。《公输》篇写楚王虽然认可墨子所言,但托词公输般已造好云梯,因此战争是必打不可了。于是,墨子与公输般进行了一场楚、宋交战推演,结果是墨子发明的防御、破坏云梯攻城的机械获得胜利。同时,墨子还警告楚国,说是墨子弟子三百人与宋国军民已持此守卫之械,严阵以待楚军来犯,这才迫使楚国最终放弃攻打宋国的图谋。由此可见,墨子的干涉和劝阻成功,还是有可靠的实力做后盾的。

《公羊传》

吴子使札来聘

【题解】 本文选自《公羊传·襄公二十九年》。《春秋》是鲁国的史书,相传为孔子所删定,是儒家经典,但记事简略。春秋战国时,有《左传》、《公羊传》、《穀梁传》,称《春秋》三传,均为解释和补充《春秋》而作。《公羊传》传为战国时齐人公羊高所撰。本文叙鲁襄公二十九年(公元前544年),吴国公子季札访问鲁国,观听周乐,《左传》有载。本文则说明吴国作为夷狄之国,因为有贤者季札,才被承认有君有臣;又解释为何《春秋》"贤者不名",季札是贤者,却仍然径称之为札。文章歌颂季札避国让位,是仁义之士。

【原文】

吴无君,无大夫,此何以有君,有大夫?贤季子也①。

何贤乎季子②?让国③也。其让国奈何④?谒也,馀祭也,夷昧也,与季子同母者四⑤。季子弱而才⑥,兄弟皆爱⑦之,同欲立之以为君。谒曰:"今若是迮而与季子国,季子犹不受也⑧。请无与子而与弟,弟兄迭为君,而致国乎季子⑨。"皆曰:"诺⑩。"故诸为君者皆轻死为勇⑪,饮食必祝⑫,曰:"天苟有吴国,尚速有悔于予身⑬。"故谒也死,馀祭也立。馀祭也死,夷昧也立。夷昧也死,则国宜之季子者也⑭,季子使而亡焉⑮。

僚者,长庶也,即之⑯。季子使而反,至而君之尔⑰。阖庐⑱曰:"先君之所以不与子国,而与弟者,凡为季子故⑲也。将从先君之命与,则国宜之季子者也⑳;如不从先君之命与,则我宜立者也㉑。僚恶得㉒为君乎?"于是使专诸㉓刺僚,而致国㉔乎季子。季子不受,曰:"尔杀吾君,吾受尔国,是吾与尔为篡也㉕。尔杀吾兄,吾又杀尔,是父子兄弟相杀,终身无已也㉖。"去之延陵㉗,终身不入吴国。故君子以其不受为义,以其不杀为仁,贤季子㉘。

则吴何以有君,有大夫?以季子为臣,则宜有君者也㉙。札者何?吴季子之名也。《春秋》贤者不名㉚,此何以名㉛?许夷狄者,不壹而足也㉜。季子者,所贤也,曷为不足乎季子㉝?许人臣者必使臣㉞,许人子㉟者必使子也。

【注释】　①"吴无君"五句:吴国没有君,没有大夫,在这里为何有君,有大夫,(是因为)尊崇季札的贤良。吴,诸侯国,姬姓,在今江苏省、上海市和安徽省中南部、浙江省北部。贤,这里作动词用,赞扬,尊崇。季子,即季札,吴国公子,春秋时吴王寿梦要他继位,坚辞,他的三位兄长也要相继把王位传于他,季札都避让不受。曾多次出访各国,会见过北方诸侯国贤臣晏婴、子产、叔向等,在鲁国观听周乐。季札品德高尚,深为为孔子所仰慕。虽然吴国国君寿梦已称王,但中原各诸侯国出于对南方国家的鄙视,一直不承认吴国的地位,所以说其无君无臣。但《春秋》在这里又说有君有臣,是因为有一位贤良的季札。"吴子季札来聘"是《春秋》原文,而本篇就是公羊氏对《春秋》原文的解释和补充。聘指诸侯国之间派遣使者通好问候,是国与国之间一种正式的外交活动。《春秋》既然承认季札的活动是聘,那么,也就是承认了吴国的诸侯国地位。　②何贤乎季子:为何尊崇季札。　③让国:推让继位国君。　④奈何:怎么样,怎么一回事。　⑤"谒(yè)也"四句:谒、馀祭(zài)、夷昧和季札是同母兄弟四人。谒,吴王寿梦长子。馀祭,吴王寿梦次子。夷昧,吴王寿梦三子。　⑥弱而才:年少但有才华。弱,年幼,年少。　⑦爱:怜爱,这里有感情深厚的意思。　⑧"今若"二句:如今如果像这样仓促地把君位给季札,他还是不愿接受的。是,代词,这样。迮(zé),仓促。国,这里指君位。　⑨"请无"三句:请不要把君位传与子而传与弟,弟兄们更相为君,(最终)把国家(君位)传给季札。这里是说谒和馀祭、夷昧商议,君位的继承,传弟不传子,这样就可以依次传下去,把君位传给季札。　⑩诺:好,应允,同意。　⑪"故诸"句:因此每个当国君的都看轻死亡而勇敢无畏。这里是指谒、馀祭、夷昧相继为君,但都希望早点死,可以把君位传给季札。　⑫饮食必祝:饮食时必定祷告。祝,祝愿,祷告。　⑬"天苟有"二句:上天如果还让吴国存在,那就把给我们的保佑快快收回去。苟,假如,如果。有,活着,这里是让存在的意思。尚,保佑。悔于予身,后悔给我们保佑。这里的意思祈求上天快快让我们死去,好把君位传与季札,使得吴国强盛,能生存于世上。　⑭"则国"句:那君位就应该到季札身上了。宜,应该,应当,顺理成章。　⑮"季子"句:季札借出访而逃亡了,这里指季札不愿继承吴国君位。　⑯"僚者"三句:僚是庶出长子,即继位为君了。僚,吴王寿梦姬妾所生的长子。　⑰"季子"二句:季札出访回来,到了就尊僚为君。君,这里作动词用,尊(僚)为君。　⑱阖(hé)庐:亦作阖闾,名光,吴国国君,公元前514年至公元前496年在位。诸樊之子,也有说他是夷昧之子,杀死僚后继位。　⑲故:原因,缘故。　⑳"将从"二句:如遵从先君的遗命,那君位理应是季札的。将,如果。　㉑"如不从"二句:如不遵从先君的遗命,那理应是我立为君。　㉒恶(wū)得:怎么能。恶,怎么。　㉓专诸:刺客,为公子光刺杀僚。　㉔致国:把君位(给季札)。致,给予。国,这里指君位。　㉕"尔杀吾君"三句:你杀了我的国君,我接受了你给我的君位,这是我和你一起篡国。篡,篡夺,不正当夺取。　㉖"尔杀吾兄"四句:你杀了我的兄长,我又杀你,这是父子兄弟相残杀,终生没完没了。这里的意思是说,如果季札接受君位,惩处公子光,等于是亲人互相残杀,永无终止。已,停止,结束。　㉗去之延陵:离开(吴都)到延陵。去,离开。之,往,到。延陵,吴国地名,在今江苏省常州市。这里是说季札为了躲避君位的继承,就离开吴国都城(今江苏省苏州市),到了延陵,再也不入国都。 ㉘ "故君子"三句:因此君子认为季札不受君位是义,不愿互相残杀是仁,(于是)尊崇季札。君子,德才兼备的人。 ㉙ "以季子"二句:(既然)把季札当作臣,那就应该有君。 ㉚ 贤者不名:(对)贤明之人不直呼其名。不名,直呼其名。这里的意思是说《春秋》对于贤者非常尊重,不直接称他的名。 ㉛ 此何以名:(那么)在这里为什么直呼其名?这是指《春秋》原文"吴子季札来聘"。 ㉜ "许夷狄"二句:赞许夷狄,不能认为仅仅一事一物就可以满足所有条件了。不壹而足,即不一而足,不是一事一物可以满足。这里的意思是说,吴国是夷狄之国,虽然季札是贤者,但其所作还不足以改变吴国夷狄的地位。 ㉝ "季子者"三句:季札为人尊崇,但为何还没有满足不直呼其名的条件呢?曷,何,为什么。 ㉞ "许人臣"句:赞许做臣子的,那他必定要合乎做臣子的所有条件。使,这里有美、好的意思。 ㉟ 人子:他人之子。

【赏析】《春秋》为鲁国史书,以中原诸夏为文化正宗,将四方邦国视为戎狄蛮夷。如楚国、吴国,虽然国土辽阔,物产丰饶,也曾经称霸天下,荀子就说过,楚国、吴国等,"虽在僻陋之国……威动天下,强殆中国"(《王霸》)。但因地处南方的长江流域,也照样被鄙视。《春秋》有"贤者不名"的原则,而季札被尊为南方圣人,在孔子的故乡鲁国也极受尊崇,可是,《春秋》依然直呼其名,可见偏见之深。

《公羊传》显然是要为《春秋》的这一做法辩解。首先,文章指出,《春秋》从来就认为吴国没有国君,自然也没有大夫。现在承认吴国有君,有大夫,是因为表彰、尊崇季札的贤良。那么,季札的贤良表现在何处呢?主要在于他的辞让继任吴国国君的高尚行为和品德。为了强调季札的贤,文章甚至还把季札的三位兄长也写成了不恋君位、一心要禅让给季札的贤君,说定下君位传弟不传子的规矩,为了早日使季札登上君位,都盼望自己早点死去。其实,季札的三位兄长诸樊(谒)、馀祭、夷昧分别在位十三年、五年、十八年,《公羊传》所写,只是为了证明自己的论说,与史实不符。至于《春秋》为何要直呼季札这位贤者的名呢?文章的解释是"不壹而足",但是,并没有说贤者季札要做到什么样的程度,才能真正被《春秋》视为贤者。因此,文章曲为解析,强作论断,实在是难圆其说。在刻意寻找挖掘《春秋》微言大义上,文章也真是煞费苦心。不过,文章在赞颂季札为贤士仁人的同时,在一定程度上也颠覆了视吴国为夷狄的落后观念,值得肯定。

文章叙事条理分明,辞意畅达,首尾呼应,一气呵成,且多有设问,笔法灵活。

《晏子春秋》

二桃杀三士

【题解】 本文选自《晏子春秋》第二卷《内篇谏下》,题目是编者拟的。《晏子春秋》是记录春秋时期齐国政治家晏婴事迹的史籍。晏婴生活在公元前6世纪(公元前578年至公元前500年),在齐灵公、齐庄公、齐景公三朝为上卿,是当时有名的政治家、外交家。其生平事迹多见于《晏子春秋》一书,但后人多以为此书为六朝人伪撰。然又发现有汉初竹简《晏子》,可见此书在汉前已有流传。近今人或认为《晏子春秋》成书于战国末年,作者亦非一人,所记晏婴事迹则多有史实依据,有可与《左传》等先秦史著相印证者。本篇写晏子设计,齐景公以二桃赐三勇士,要他们论功受赏,结果三勇士皆耻于居人之下而自杀。

【原文】

公孙接、田开疆、古冶子事景公①,以勇力搏虎闻。晏子过而趋,三子者不起②。

晏子入见公曰:"臣闻明君之蓄③勇力之士也,上有君臣之义,下有长率之伦④,内可以禁暴⑤,外可以威敌⑥,上利⑦其功,下服其勇,故尊其位⑧,重其禄⑨。今君之蓄勇力之士也,上无君臣之义,下无长率之伦,内不以禁暴,外不可威敌,此危国之器⑩也,不若去之⑪。"公曰:"三子者,搏之恐不得⑫,刺之恐不中⑬也。"晏子曰:"此皆力攻勍敌⑭之人也,无长幼之礼⑮。"因请公使人少馈⑯之二桃,曰:"三子何不计功而食桃⑰?"

公孙接仰天而叹曰:"晏子,智人⑱也!夫使公之计吾功者,不受桃,是无勇也,士众而桃寡,何不计功而食桃矣。接一搏狷而再搏乳虎⑲,若接之功,可以食桃而无与人同⑳矣。"援桃㉑而起。

田开疆曰:"吾仗兵而却三军者再㉒,若开疆之功,亦可以食桃,而无与人同矣。"援桃而起。

古冶子曰:"吾尝从君济于河㉓,鼋衔左骖以入砥柱之流㉔。当是时也,冶少不能游㉕,潜行逆流百步,顺流九里,得鼋而杀之,左操骖尾㉖,右挈鼋头㉗,鹤跃而出㉘。津人㉙皆曰:'河伯㉚也!'若冶㉛视之,则大鼋之首。若冶之功,亦可以食桃而无与人同矣。二子何不反桃㉜?"抽剑㉝而起。

公孙接、田开疆曰:"吾勇不子若㉞,功不子逮㉟,取桃不让,是贪也;然而不死,无勇也。"皆反其桃,挈领㊱而死。古冶子曰:"二子死之,冶独生之,不仁㊲;耻人以言,而夸其声,不义㊳;恨乎所行,不死,无勇㊴。虽然㊵,二子同桃而节,冶专其桃而宜㊶。"亦反其桃,挈领而死。

使者复曰:"已死矣。"公殓之以服,葬之以士礼焉㊷。

【注释】　①景公:即齐景公,姜姓,名杵臼,春秋时齐国国君,公元前547年至公元前490年在位。　②"晏子"二句:晏子经过(三人身边)而快走,(但)公孙接、田开疆、古冶子三人(在晏子经过时)不起身(表示敬意)。晏子,即晏婴。趋,古代礼节,小步快走,表示敬意。不起,不起来。古人席地而坐,违背礼节。这里是说晏子很尊重公孙接、田开疆、古冶子三人,但公孙接等三人蔑视晏子。　③蓄:蓄养,养育。这里是指齐景公优待、养育公孙接、田开疆、古冶子三位勇士。　④长(zhǎng)率(shuài)之伦:上下级的关系。长,长官;率,(领导)下属,这里指下属。伦,这里指人与人之间的礼仪关系。　⑤禁暴:制止暴乱或暴虐(之徒)。　⑥威敌:威慑敌国、敌人。　⑦利:得益,利用。　⑧尊其位:给予高位(高官)。尊,尊奉,提高。　⑨重其禄:给予厚重的俸禄。　⑩危国之器:危害国家的人。　⑪去之:除去他们。去,除掉。　⑫搏之恐不得:抓捕他们恐怕不能成功。搏,捕捉,抓获。　⑬刺之恐不中(zhòng):刺杀他们恐怕(也)不成。中,刺中,杀死。　⑭力攻勍(qíng)敌:(凭)武力攻战的强敌。力攻,武力攻打。勍敌,强敌,强有力的对手。　⑮长(zhǎng)幼之礼:长辈和晚辈之间的礼节。这里指上下级应有的礼仪规矩。　⑯少馈:少量的赐予。馈,赠送,这里指赐予。　⑰计功而食桃:计量(自己的)功劳,来吃桃子。齐景公赐予三人二桃,所以说要三人估量一下谁的功劳大,功大者有资格吃桃子。　⑱智人:聪明人,有智慧的人。公孙接等三人知道这里是晏子的计谋,所以这样说。　⑲"接一搏"句:(我)公孙接一是搏杀猂(jiān),二是搏杀幼虎。猂,三岁的野兽。再,又,第二次。乳虎,吃奶的虎,幼虎。这里是公孙接认为自己功劳很大,有资格食桃。　⑳无与人同:跟别人不一样。　㉑援桃:拿起桃子。援,持,拿。　㉒"吾仗兵"句:我握持兵器打退敌营三军有两次。仗,执持,拿。　㉓"吾尝从"句:我曾经跟随国君(齐景公)渡黄河。尝,曾经。济,渡河。河,这里指黄河。　㉔"鼋(yuán)衔"句:大鼋咬着车左边的马,沉入黄河砥柱的水中。鼋,大鳖。骖,拉车时位于两边的马。砥柱,山名,位于今河南省三门峡市黄河的激流中,矗立如柱,今已炸毁不存。　㉕少(shào)不能游:年轻,不会游泳。　㉖左操骖尾:左手拿着马尾巴。　㉗右挈(qiè)鼋头:右手高举着鳖头。挈,高举,提起。　㉘鹤跃而出:像鹤一样跃出水面。　㉙津人:摆渡人。津,渡口。　㉚河伯:传说中的黄河之神。　㉛若冶:二字似为衍文。联系下文,这里的意思应该是津人以为河伯从水中出来了,仔细一看,原来是大鼋的头。　㉜反桃:归还桃子。反,即返,返还。　㉝抽剑:拔出宝剑。　㉞不子若:即不若子,不如您。若,如。子,古代对男子的美称。　㉟不子逮:即不逮子,比不上您。逮,赶得上。　㊱挈(qiè)领:断颈,割断脖子。挈,断绝。　㊲"二子"三句:(他们)二位死于此事(食桃),而我古冶子独自活着,是不道德的。仁,这里可解释为仁德。　㊳"耻人"三句:以言语羞辱别人,夸耀自己,是不义(的行为)。义,正义,道德规范。　㊴"恨乎"三句:痛恨自己的行为,但不敢死(自杀),是没有勇气(的表现)。　㊵虽然:即便如此。　㊶"二子同桃"二句:(他们)二位同吃(共享)一桃是可以的,我古冶子独吃一桃也是适宜(应该)的。节,礼节,这里是合理的意思。宜,适宜,这里的理所当然,应该的意思。　㊷"公殓(liàn)之"二句:齐景公(命人)给三人穿上(合适的)衣服,以武士(应该享有)的礼仪规矩安葬了三人。殓,给死去的人穿上衣服,放入棺木。士,这里指武士。

【赏析】　"二桃杀三士"是一个流传深远广泛的历史故事,为人所熟知,成为用阴谋杀人最有名的典故,给人颇多启迪。

公孙接、田开疆、古冶子三人是齐国勇士,都曾经为齐国和齐景公立下大功。但是,晏子认为此三人居功自傲,甚至不把身为上卿的自己放在眼里,于是向齐景公进言,说三人虽然是勇力之士,但既无"君臣之义",又无"长率之伦",对内不能制止暴乱,对外不能威慑敌国,是"乱国之器"。这个罪名足以使齐景公做出除掉三勇士的决断了。但是,顾忌到三勇士的勇力,齐景公不免有些踌躇。于是,深谙三勇士性格的晏子献上了"二桃杀三士"的"妙计"。结果,事情的发展和结局,完全如晏子所设想的那样,三勇士为了尊严和荣誉,选择了自杀。

晏子的目的达到了,计谋的实现可说十分完美。但是,晏子所说三勇士为"乱国之器",是否合乎事实呢?指责三勇士无"君臣之义"、"长率之伦",但三勇士各自陈述了如何为国效力,舍命救主,而且,明知是晏子用"二桃"来羞辱自己,面对陷害,也没有辩驳,可见,所谓的"君臣之义"、"长率之伦",他们并没有全然忘记。仅就"晏子过而趋,三子者不起"一事来看,说三人不顾"君臣之义"、"长率之伦",进而贬斥他们"内不以禁暴"、"外不可威敌",乃至于判断三人为"乱国之器",显然是晏子的私见,真所谓"欲加之罪,何患无辞",其真实用意极为险恶。无怪乎后人对晏子此举多有议论,三国蜀汉诸葛亮诗云:"一朝被谗言,二桃杀三士。"(《梁甫吟》)唐李白亦感叹:"二桃杀三士,讵假剑如霜?"(《惧谗》)

文章在艺术上也颇有特色。文中人物有五个:齐景公,虽然形象最为单薄,但他采纳晏子计谋,是三勇士命运的决策者,而且最终厚葬三勇士,也暴露了他的虚伪面目。晏子则是个阴谋家,直接导致了三勇士的毁灭,杀人于唇吻之间,令人扼腕。三勇士各有特性,形象最为生动。公孙接、田开疆在陈述了自己的功劳后,都认为有资格食桃,但听到古冶子舍命救主之事,立即甘拜下风,舍桃而自杀,古冶子见二人已死,不愿贪生,亦"絜领而死"。三人之所以都宁可一死,又都是为了"仁"、"义"、"勇"。由此可见,三勇士倒是真正的仁义之士,反衬了晏子的阴险小人面貌。

"二桃杀三士"故事,在后代的文学作品如诗词、小说、戏曲中多有改编、创作,如明冯梦龙《喻世明言》第二十五卷即为《晏平仲二桃杀三士》,颇著影响。

社鼠猛狗

【题解】 本文选自《晏子春秋》第三卷《内篇问上》,题目是编者拟的。文章借社鼠猛狗为喻,说明人主身边的佞幸之徒和朝廷上的权臣是治国理政最大的祸害和障碍,告诫人主必须远小人、亲贤能,有着深刻的警戒意义。

【原文】

景公问于晏子曰:"治国何患①?"晏子对曰:"患夫社鼠②。"公曰:"何谓也?"对曰:"夫社,束木而涂之③,鼠因往托焉④,熏之则恐烧其木,灌之则恐败其涂⑤,此鼠所以不可得杀者,以社故也。夫国亦有焉,人主左右⑥是也。内则蔽善恶于君上,外则卖权重于百姓⑦,不诛之则乱,诛之则为人主所案据⑧,腹而有之⑨,此亦国之社鼠也。人有酤酒⑩者,为器⑪甚洁清,置表⑫甚长,而酒酸不售。问之里人其故,里人云:'公狗之猛,人挈器⑬而入,且⑭酤公酒,狗迎而噬⑮之,此酒所以酸而不售也。'夫国亦有猛狗,用事者⑯是也。有道术之士,欲干万乘之主,而用事者迎而龀之⑰,此亦国之猛狗也。左右为社鼠,用事者为猛狗,主安得无壅⑱,国安得无患乎?"

【注释】 ① 何患:即患何,担心什么。患,担心,忧虑。 ② 社鼠:社庙中的老鼠。社,土地神,先秦时封土为社坛,种上树木,作为祭祀社神的场所。古代把社神和谷神(稷)合称,以社稷指国家,故亦以社鼠指危害国家的小人。 ③ 束木而涂之:捆绑木柱且用泥土涂抹(而建成)。 ④ 鼠因往托焉:老鼠于是前往那里寄宿。因,由此。托,寄托,寄宿。 ⑤ "熏之"二句:用烟熏老鼠,担心烧了木柱;用水灌(鼠穴)又恐怕毁了(涂抹的)泥土。败,毁坏。 ⑥ 人主左右:君主左右(的人)。人主,君主。左右,指侍奉在君主身边的人。 ⑦ "内则"二句:在宫内则是向君主隐瞒善恶,对外则是向百官以权谋利。百姓,这里指百官。权重,大权。　⑧案据:庇护。　⑨腹而有之:包容他们。腹,这里是容纳的意思,指君主将他们当做心腹之臣。　⑩酤(gū)酒:卖酒。下文"酤"字,则是买(酒)的意思。　⑪为器:置备的器皿(盛酒器)。　⑫置表:所挂的酒幌。置,这里是树立或悬挂的意思。表,标帜,这里指酒幌子。　⑬挈器:拿着酒器。　⑭且:打算,准备,将要。　⑮噬(shì):啃咬。　⑯用事者:这里指掌权执政的官员。　⑰"有道术"二句:有道德、有才能的人,想要拜谒君主(以求效力),(但)那些用事者却(像猛狗一样)迎上去咬他。龁(hé),咬。　⑱壅(yōng):遮蔽,堵塞。这里是指人主被小人蒙蔽。

【赏析】　治理一个国家最要戒惧的是什么,恐怕是所有统治者日夜思索、萦绕心头的大事。齐景公问政于晏子,就是关于治国所要担心、防范的大问题。

晏子并没有直接回答齐景公的问题,而是举了一个极为通俗的、常见的例子:社鼠。社鼠寄居于社坛之中,以社木为穴,啃噬祭品,损毁社坛,人人皆欲灭杀之,但也无计可施,坐视社鼠猖獗而一筹莫展。那么,原因何在呢?晏子说,这是因为"熏之则恐烧其木,灌之则恐败其涂",烟熏也熏不得,水灌也灌不得,就是担心坏了社木,毁了社坛,即所谓"投鼠忌器"是也。接下来,晏子话锋一转,连到了人主身边的"左右"身上。这些围绕在人主身边的"左右",其实是佞幸之徒,依仗着人主的宠幸,对内蒙蔽人主,对外欺压百官,实为万恶之辈,必须剪除诛杀,以免搅乱国家,祸害人民。但是,他们得到人主的庇护,视作心腹干城,因而有恃无恐,肆意妄为,而旁人对之无可奈何,不啻就是国家之"社鼠"。此外,非但人主左右之"社鼠",还有"猛狗"。晏子对齐景公讲了一个寓言:有一个善于酿造美酒的店家,器具清洁,酒幌醒目,但就是卖不掉,没有顾客上门。究其原因,原来是店主人豢养之狗甚为凶猛,凡见有客前来酤酒,即迎面啃咬,以致酤酒者畏而却步,店家美酒久而不售,也是必然的了。晏子进而指出,人主左右的"社鼠"为非作歹,败坏国政,而当朝执政的大臣则专擅大权,犹如"猛狗",威吓、噬咬良善,堵塞贤路,道德高尚的才俊之士报国无门。"社鼠"与"猛狗",国之两大害,蔽塞人主,国无宁日,如若不除,谈何治国。

晏子的比喻生动恰切,论说透彻明晰,令人信服。他要求人主治国理政、摒斥小人、亲近贤能的思想理念,也值得后人警戒和借鉴,富于现实意义。

此篇文字亦见于《韩非子·外储说右上》,可见,晏子的这种主张和谏议,在先秦时,是一些政治家和思想家的共识,有着广泛的影响力。

晏子不与崔、庆盟

【题解】 本文选自《晏子春秋》第五卷《内篇杂上》,题目是编者拟的。崔杼弑齐庄公,扶立齐景公,事在《左传》有记载。本篇写崔杼在齐景公即位后,与庆封一起把持朝政,令文武官员与他二人结盟。晏子大义凛然,拒不屈从,表现出士大夫的浩然正气。

【原文】

崔杼既弑庄公而立景公①,杼与庆封相之②,劫诸将军大夫及显士庶人于太宫之坎上③,令无得不盟④者。为坛三仞⑤,埳其下⑥,以甲千列环其内外⑦,盟者皆脱剑而入⑧。维晏子不肯⑨,崔杼许之⑩。有敢不盟者,戟拘其颈⑪,剑承其心⑫,令自盟⑬曰:"不与崔、庆而与公室者,受其不祥⑭。言不疾、指不至血者,死⑮!"所杀七人。次及⑯晏子,晏子奉杯血⑰,仰天叹曰:"呜呼!崔子为无道,而弑其君,不与公室而与崔、庆者,受此不祥。"俯而饮血⑱。

崔子谓晏子曰:"子变子言⑲,则齐国吾与子共之⑳;子不变子言,戟既在脰㉑,剑既在心㉒。维子图之㉓也。"晏子曰:"劫吾以刃,而失其志,非勇也㉔;回吾以利,而倍其君,非义也㉕。崔子!子独不为夫《诗》乎㉖!《诗》云:'莫莫葛藟,施于条枚,恺恺君子,求福不回㉗。'今婴且可以回而求福乎㉘?曲刃钩之㉙,直兵推之㉚,婴不革㉛矣。"

崔杼将杀之,或曰㉜:"不可!子以子之君无道而杀之,今其臣有道之士也,又从而杀之,不可以为教㉝矣。"崔子遂舍之。晏子曰:"若大夫为大不仁,而为小仁,焉有中乎㉞!"趋出㉟,授绥而乘㊱。其仆将驰,晏子抚其手曰:"徐之㊲!疾不必生,徐不必死。鹿生于野,命县于厨,婴命有系矣㊳。"按之成节而后去㊴。《诗》云:"彼己之子,舍命不渝㊵。"晏子之谓也㊶。

【注释】 ①"崔杼"句:崔杼弑杀齐庄公并扶立齐景公。崔杼,齐国大夫,先后扶立齐庄公和齐景公,执政达二十多年。因齐庄公与其妻私通,故弑君,立齐景公,为右相,庆封为左相。后家族内讧,庆封灭崔氏,崔杼自杀。既,已经,(事情)终了。 ②庆封:齐国大夫，齐景公时为左相，后出逃至吴地，最终为楚灵王所杀。 ③“劫诸将军”句：（崔杼和庆封）挟持诸位将军、大夫以及名士、吏役到太宫的大坑前。显士，有名望的人。庶人，供职、服务于官府的吏役。太宫，祭祀祖先的地方，太庙。坎，坑，这里应是用于祭祀的坑穴。 ④ 无得不盟：不能有不结盟的。这里是指崔、庆强令诸人听命和服从于他们，与之同流合污。 ⑤ 为坛三仞：建了三仞高的坛。仞，七尺或八尺为一仞。 ⑥ 埳（kǎn）其下：在下面挖了坑穴。埳，坑穴，这里作动词用，挖坑穴。 ⑦“以甲千列”：用千名兵士里里外外包围起来。甲，甲士，兵士。列，行列，这里应是指兵士，千列，言其多。环，环列，包围。 ⑧“盟者”句：（被挟持来）参加结盟的人都解下武器而进入（结盟场所）。脱剑，解下佩带的宝剑。 ⑨ 维晏子不肯：唯有晏子不肯脱剑。维，同唯，仅，独。 ⑩ 许之：允许他（不脱剑）。 ⑫ 戟（jǐ）拘其颈：（用）戟禁锢他（不肯结盟者）的脖子。戟，古代一种合戈、矛为一体的兵器。拘，这里是拘禁、限制的意思。 ⑫ 剑承其心：（用）剑抵着他（拒绝结盟者）的心口。 ⑬ 自盟：自己发誓（与崔、庆）结盟。 ⑭“不与”二句：不与崔、庆结盟而忠于国君者，（要）遭受不祥（的报应、惩罚）。公室，国君之家，王室。不祥，灾难。这里是崔、庆对众人的威胁。 ⑮“言不疾”三句：发誓不爽快、手指未蘸血（盟誓）者，杀。古人歃（shà）血为盟，即宣读盟约，然后手蘸所宰牲畜之血，以示诚意。 ⑯ 次及：轮到。⑰ 杯血：盛在杯子中的血。 ⑱ 俯而饮血：低身饮了（杯中之）血。这里是说晏子不以手指蘸血发誓结盟，而是将血饮下，以示抗议和拒绝。 ⑲ 子变子言：你改变你说的话。子，对男子的美称。这里的意思是崔杼要晏子改变意志，与自己结盟。 ⑳ 共之：共同拥有齐国。之，代词，指齐国。崔杼承诺晏子如与己合作结盟，则与之共享掌控齐国国政的权力。㉑ 戟既在脰（dòu）：戟已经架在（钩在）脖子上了。脰，脖子，颈项。 ㉒ 剑既在心：利剑已经指在（你的）心口。 ㉓ 维子图之：（希望）你（好好）考虑这个事情。维，助词，无义。㉔“劫吾”三句：用兵刃来劫持、胁迫我，（企图）使我丧失气节，这不是勇武。 ㉕“回吾”三句：用利益来（作为）迷惑我，使我背叛国君，这不是仁义。回，这里是迷惑的意思。倍，通“背”，背叛。 ㉖“子独”句：子（难道）没学过《诗》吗？独，难道。《诗》，指《诗三百篇》（后代称为《诗经》）。 ㉗“莫（mò）莫葛虆（léi）”四句：茂密的葛藤，缠绕树枝；和乐平易的君子，祈求福分，但不为奸邪（之事）。这四句见于《诗经·大雅·旱麓之诗》。莫莫，茂盛的样子。葛虆，葛藤。施（yì），延伸，这里是缠绕的意思。恺恺，《诗经》作“恺悌（tì）”，和乐平易。回，这里是奸邪的意思。 ㉘“今婴”句：今天我晏婴难道可以用奸邪（的行为）来求得福分吗？且，这里是难道的意思。 ㉙ 曲刃钩之：弯曲的兵刃（戟）钩着颈项。 ㉚ 直兵推之：笔直的兵器（剑）抵在心口。 ㉛ 不革：不变（忠于王室的坚心）。革，变，更改。 ㉜ 或曰：有人说。或，有人。 ㉝ 不可以为教：不能教化百姓。教，教化，政教。这里的意思是说，如果杀了仁人君子晏子，那就不能使大家信服，也就不能执政了。㉞“若大夫”三句：身为大夫，做了大不仁的事，（又）做小仁义之事，这合适吗？小仁，指崔杼不杀晏子。中，适宜，合适。这里的意思是说崔杼是假仁假义。 ㉟ 趋出：碎步走出（盟誓场所）。 ㊱ 授绥（suí）而乘（shèng）：（接过仆人递给的）绳索登上车。授，或作“援”，牵拉。绥，供人拉着登车的绳索。乘，车。 ㊲ 徐之：慢慢走。徐，缓慢。 ㊳“鹿生于野”三句：鹿生长在野外，但命运（却）掌握在厨子那里，（我）晏子的命也是系在他人手中。县（xuán），悬挂，系挂，这里是决定的意思。 ㊴“按之成节”句：按着一定的节奏

（徐徐）离去。节,节奏。　　㊵"彼己之子"二句：那个人啊,舍命也不变。《诗经》之《曹风·候人》《郑风·扬之水》等均有"彼其之子"句。　　㊶晏子之谓也：说的就是晏子啊。

【赏析】　齐国大臣崔杼、庆封弑杀齐庄公,扶立齐景公,为了达到专擅大权的目的,胁迫大臣与己结盟。面对刀剑,众大臣皆战栗惶恐,解除武器,俯首听命。有不听命者,即被杀死。晏子虽然目见已有七人被杀,但毫不畏惧。他大义凛然,威武不能屈,带剑进入崔、庆盟誓的场所,且断然拒绝与乱臣贼子同流合污,表现出令人钦敬的浩然正气。

崔杼与庆封对晏子的抗拒,先是采取了利诱之计,他们不仅同意晏子携带兵器入场,还应诺与晏子分享把持朝政大权,但条件是与他们合作。然而,晏子忠于王室,断然拒绝。当刀戟加于颈项、直指心口时,晏子毅然声明,自己决不做奸邪之事。崔杼恼羞成怒,意欲杀害晏子,但被人谏止。这不是崔杼被晏子的不怕死震慑住了,而是顾忌到晏子巨大的人格力量与影响力。晏子作为一个有道之士,无论在齐国还是诸侯之间,都是为人所敬佩的君子。如若崔杼将之处死,那么,将会使崔杼、庆封在国内和诸侯间遭到舆论的谴责,不利于他们的专权。所以,晏子免于一死,究其原因,还是晏子本身的力量,并非是崔、庆的突发善心。

文中的晏子,临危不惧,处处站在道德高地,斥责奸邪,回护正义,固守原则,坚持信念,凸显其真正的士大夫本色,给人印象深刻。文章在描写盟誓场面时,营造了恐怖血腥的气氛,读来令人不寒而栗。而文末写到晏子离开盟誓场所时,作者将仆役急欲逃离的心情与晏子从容不迫的神态做了鲜明的对比,又进一步表现了晏子置生死于度外的勇敢无畏性格。因此,整篇文章无论在场面描绘、人物塑造、性格刻画等方面,都极具艺术魅力,富于可读性。

《左传·襄公二十五年》载有"晏子不死君难"事迹,写崔杼杀齐庄公而立景公,可与此篇相印证。

晏子荐御者为大夫

【题解】　本文选自《晏子春秋》第五卷《内篇杂上》,题目是编者拟的。文章写晏子看到自己的御者听从妻子规劝,一改傲慢自大的陋习,于是推荐其当上大夫,表现了晏子出于公心、为国举贤的独特做法。

【原文】
晏子为齐相①,出,其御之妻从门间而窥②,其夫为相御,拥大盖③,策驷马④,意气扬扬,甚自得⑤也。既而归⑥,其妻请去⑦。夫问其故,妻曰:"晏子长不满六尺,相齐国⑧,名显诸侯⑨。今者妾观其出,志念深矣⑩,常有以自下者⑪。今子长八尺,乃为人仆御,然子之意,自以为足⑫,妾是以⑬求去也。"

其后,夫自抑损⑭.晏子怪而问之⑮,御以实对⑯,晏子荐以为大夫⑰。

【注释】 ①晏子为齐相:晏子当齐国的执政大臣。晏子在齐灵公、齐庄公、齐景公三朝均当过上卿(执政大臣),相当于后代的宰相。 ②"其御"句:(为)晏子驾车的车夫的妻子从门缝中窥探。御,车夫。门间(jiàn),门的缝隙。 ③拥大盖:持着大的华盖。拥,这里是置身于大盖之下的意思。大盖,这里指张于车上的伞盖,也指高贵者所乘之车,古代国君或达官贵族可拥有。 ④策驷马:鞭策着四匹拉车的马。驷马,驾车的四匹马。用四匹马拉车,以显示车主人地位的高贵。 ⑤自得:自鸣得意。这里是说晏子的车夫因为是给上卿(相国)驾车,非常骄傲,洋洋自得。 ⑥既而归:不久回到家中。既而,不久,这里是指御者(车夫)工作结束后(回家)。 ⑦请去:请求离开丈夫(御者),分手。去,离开。 ⑧相(xiàng)齐国:做齐国的上卿(相国)。相,这里作动词用,做相国。 ⑨名显诸侯:声名显赫于诸侯间。指晏子在各国享有盛名。 ⑩志念深矣:思想深沉。这是指晏子的思想很深刻和沉稳。志念,意念,思想。 ⑪"常有以"句:经常(表现出)自居人下(的样子)。这里是说晏子虽然位居上卿,但非常谦虚,表现得像地位很低的样子。 ⑫自以为足:自我感觉很满足。这里的意思是说御者只是一个驾车的仆役,却满足于此,且洋洋得意(不知谦虚,不求上进)。 ⑬是以:即以是,因此。 ⑭自抑损:自我贬损,这里是说御者听了妻子的话以后,变得十分谦逊了。抑损,贬低,贬损,这里是谦虚、谦逊的意思。 ⑮怪而问之:(晏子看到御者态度的变化)感到很奇怪而问他(原因)。 ⑯以实对:用实话回答(晏子的疑问)。 ⑰荐以为大(dà)夫:推举他(御者)当了大夫。大夫,古代官名。这里是指晏子推荐御者做官。

【赏析】 齐国是春秋时的大国、强国,晏子在齐国为相,深得齐国国君信任,位高权重,声名远播,尤其是出使各国,娴于辞令,不畏强暴,捍卫国家利益和尊严,功劳卓著。但在平时,晏子却表现得异常谦虚谨慎,乘车外出,从不张扬,而犹如下层人士,没有丝毫的上卿威仪。倒是为晏子赶车的仆役,却摆出了一副大派头,坐在套着四匹高头大马、张着华盖的豪车上,洋洋得意,自命不凡。这一情景被御者的妻子看到了,她极为反感,要求离开丈夫。御者不解,问其缘故,御者之妻告诉丈夫:晏子为相,谦卑如下人;而你身为仆役,却趾高气扬:这就是自己要离开的原因。听了妻子的一番话后,御者幡然醒悟,于是一扫往日傲气,成为一个谦恭有礼之人。这引起了晏子的注意和好奇。当晏子知道个中原委后，就力荐御者当了大夫。

故事很短，读来却发人深省。旧时代的官员，多有两张面孔：在上司跟前卑躬屈膝，一副奴才相；在下属面前颐指气使，一派霸王气。清人蒲松龄《聊斋志异·梦狼》中，写贪官白甲有这样的"名言"："黜陟之权，在上台不在百姓。上台喜，便是好官；爱百姓，何术能令上台喜也？"白甲将之视为"仕途之关窍"。这样贪渎的赃官污吏，自然是高高在上，视民众如草芥，欺压良善，无恶不作，为民众所切齿痛恨；而对于谦卑和顺、善待他人的官员，人们则是充满了敬佩之心。是非公道，自在人心。御者之妻敬佩晏子的谦恭和善，反感自己丈夫的浅薄无知及傲慢，就是最好的例证。同时，令人欣喜的是，晏子见到御者从善如流，就推举他从政为官，也算是不拘一格，为国举贤了。而且，在这短短的一百余字中，文章不仅为我们讲述了一个为官做人的道理，还塑造了晏子、御者、御者之妻三个各具个性的人物形象，颇有文学意味。

晏子使楚不入小门

【题解】 本文选自《晏子春秋》第六卷《内篇杂下》，题目是编者拟的。晏子出使楚国，楚国因为晏子身材短小，故意不让他从大门进入，而是特意修建了一个小门来接纳晏子，意在取笑、羞辱他。但是，晏子机智又坚定地维护了齐国和自己的尊严，并使楚国受到了贬斥和侮辱。

【原文】
晏子使①楚，以晏子短，楚人为小门于大门之侧而延晏子②。晏子不入，曰："使狗国者，从狗门入；今臣使楚，不当从此门入。"傧者更道从大门入③，见楚王。

王曰："齐无人耶④？"晏子对曰："临淄三百闾⑤，张袂成阴⑥，挥汗成雨⑦，比肩继踵⑧而在，何为无人？"王曰："然则⑨子何为使乎？"晏子对曰："齐命使，各有所主⑩，其贤者使使贤王⑪，不肖⑫者使使不肖王．婴最不肖，故直⑬使楚矣。"

【注释】 ① 使：(奉命)出使。　② "楚人"句：楚国官员造了一个小门在城墙的大门旁边来迎接晏子。延，(引导)进入，迎接。　③ "傧(bìn)者"句：迎宾官改道(请晏子)从大门进入。傧者，这里指引导、迎接宾客的礼仪官员。　④ 齐无人耶：齐国没有人了吗？楚王的意思是齐国没有其他的人可充作使者，只能派遣晏子这样身材短小的人出使吗？这里明显是在讽刺和贬损齐国和晏子。　⑤ 临淄三百闾：临淄城有三百闾(之多)。临淄,齐国国都,在今山东省淄博市,据说总面积达十五平方公里,是春秋时有名的大都市。闾,里巷的大门,这里指民户聚居的地方,古代二十户或二十五户为一闾。三百闾,是极指临淄城之大。 ⑥张袂(mèi)成阴:张开衣袖能遮蔽太阳而造成阴凉之处。袂,衣袖。这里是极言临淄城内居民之多。 ⑦挥汗成雨:(人们)挥汗就成了下雨。这也是说临淄城住着极多的人口。 ⑧比肩继踵:(人们)肩碰肩,脚挨脚。比,相连接,紧挨着。继,前脚与后脚相连不绝。踵,脚后跟,这里指脚。这也是说临淄城内人口之多,已经挨挤不开。 ⑨然则:(即是如此)那么。 ⑩"齐命使"二句:齐国任命、派遣使者,(不同的人)各有特定的对象。这里是说,齐国是根据对方国家的情况,来选择不同的人充任使者。 ⑪"其贤者"句:那些有贤德的人被派遣出使贤德之君(的国家)。前一个"使"是派遣、任命的意思,后一个"使"是出使的意思。 ⑫不肖:不正派,不成材。这里是没有贤德的意思。 ⑬直:径直,直接。这里是说,因为(晏子)最不成材、无贤德,所以,不用考虑,必然是出使楚国。

【赏析】 晏子是春秋时期有名的政治家,也是杰出的外交家,娴于辞令,但身材短小,在出使他国时,每每为人耻笑。但是,晏子以自己的聪敏与机智,予以巧妙的反击,不仅维护了齐国的尊严,也为自己博得了他国的尊重。本篇就是一个极佳的例子。

齐、楚作为春秋时的大国、强国,自然在称霸天下的战略上会有竞争,但在当时,双方谁也没有实力打败对方,而是多有往来,维持着一定的合作关系。晏子是个出色的外交家,自然也就会常常承担出使之命,访问一些与齐国有重大利害关切的国家,而楚国就是晏子往访的重要国度之一。

为了应对来访的晏子,楚国也是煞费苦心,但这并不是要以隆重的礼节来接待贵宾,而是想方设法地要羞辱晏子,从而达到贬抑、侮辱齐国的目的。楚国首先让晏子从大门旁的小门进城,以此嘲笑晏子的矮小身材。但被晏子严词拒绝,声明小门是"狗门",出使"狗国",才要从"狗门"进入,言下之意,如果晏子从小门进城,那楚国不就成"狗国"了。于是,楚国的礼宾官立即乖乖地请晏子堂堂正正地从大门入城。第一步,楚国就自招羞辱,已落下风。及至见到楚王,楚王还是拿晏子的身材做文章,一句"齐无人耶",意谓齐国派来的使者竟然是如此的丑陋不堪,是否齐国人才匮乏,实在是派不出合适的人来了,满是鄙夷不屑的口吻。面对楚王如此的无礼,晏子告诉楚王,齐国是个大国,尤其是国都临淄,更是人口稠密,怎么会没有好的人才呢?楚王又发一问:"然则子何为使乎?"言下之意,既然你说齐国人才济济,那像你这样的丑陋之徒又怎么会充任使者呢?针对楚王的荒唐发问,晏子款款道来:齐国派遣使者出访他国,是根据对方国家国君的贤不肖的情况,分别派出适合对方国君的人。"其贤者使使贤王,不肖者使使不肖王",而自己是"最不肖",因此就直接派往楚国来了。这就等于说,楚国国君是最最没有贤德的人。聪明的晏子避己之短,没有在自己的身材上作辩护,而是从道德贤不肖上做文章,直斥楚王的无礼无德。可以说,此番晏子出使楚国,完败楚王,为自己、也为齐国赢得了尊严。

结合晏子出使楚国的另一则短文《南橘北枳》来看,有关晏子与楚国君臣言语交锋的描述,活泼有趣,颇足解颐。同时,还有值得指出的是,文中晏子所谓"临淄三百间,张袂成阴,挥汗成雨,比肩继踵"的夸耀,隐约开了汉代大赋描写都市风物铺张扬厉风格的先河。

南橘北枳

【题解】 本文选自《晏子春秋》第六卷《内篇杂下》,题目是编者拟的。相传晏子身材短小,但为人机智,能言善辩,言辞锋利,是有名的外交家。本篇写晏子出使楚国,楚王欲羞辱他,但晏子以"橘生淮南则为橘,生于淮北则为枳"为例,说明环境对人的影响,使楚王自取其辱。

【原文】

晏子将至楚。楚闻之,谓左右曰:"晏婴,齐之习辞者①也,今方来②,吾欲辱之③,何以④也?"左右对曰:"为其来也,臣请缚一人,过王而行。王曰:'何为者也?'对曰:'齐人也。'王曰:'何坐⑤?'曰:'坐盗⑥。'"

晏子至,楚王赐晏子酒。酒酣,吏二缚一人诣王。王曰:"缚者曷为⑦者也?"对曰:"齐人也,坐盗。"

王视晏子曰:"齐人固⑧善盗乎?"晏子避席⑨对曰:"婴闻之,橘生淮南则为橘,生于淮北则为枳⑩,叶徒⑪相似,其实味不同。所以然者何⑫?水土异也⑬。今民生长于齐不盗,入楚则盗,得无⑭楚之水土使民善盗耶?"

王笑曰:"圣人非所与熙也,寡人反取病焉⑮。"

【注释】 ①习辞者:善于言辞的人。习,熟习。辞,言辞。这里指晏子是一个能言善辩的人。 ②方来:将要来。方,将,将要。 ③辱之:羞辱他(晏子)。之,代词,指晏子。 ④何以:即"以何",用什么方法(羞辱晏子)。 ⑤坐:犯罪,因犯罪而被判刑。 ⑥盗:盗窃。这里是指犯了盗窃罪(而被抓)。 ⑦曷(hé)为:为什么。曷,表示疑问,相当于"何"。 ⑧固:原本,原来。这里是说盗窃是齐人的本性。 ⑨避席:离开坐席。

避,离开。席,这里指坐席。古人铺席于地,坐在席上,起身离开席位,以示敬意。　⑩"橘生"二句:橘树生长于淮南,就长橘子;生长于淮北,则长枳(zhǐ)子。淮,淮河,发源于今河南省,流经今安徽省、江苏省,是中国的一条大河。枳,也称枸橘、臭橘,似橘树,果实比橘子小,味道酸苦,不能食,但可入药。　⑪徒:仅仅,只是。　⑫所以然者何:为什么会这样呢? 然,这样。　⑬水土异也:(淮南、淮北的)水土(有)差异啊。　⑭得无:难道,岂不,莫非(是)。　⑮"圣人"二句:(对)圣人是不可以和他开玩笑的,我反而自取其辱了。圣人,品德高尚、智慧出众的人,这里指晏子。熙,通"嬉",(开)玩笑,嬉戏,这里指不严肃、不恭敬的做法。病,这里是耻辱的意思。

【赏析】　春秋时的楚国和齐国,一在南,一在北,彼此都是大国、强国,相互争霸天下,自然在交往上也互有争锋。本篇即写晏子出使楚国,面对楚国君臣羞辱齐人的无礼之举,针锋相对,巧作譬喻,反击了楚国君臣的侮辱,成功地捍卫了国家的尊严。

在晏子到访楚国之前,楚国君臣策划了一场丑剧,企图以此来贬损、污辱齐国。但是,这出丑剧从一开始就注定会尴尬收场。首先,将一个人的偷盗犯罪,来判定一国人皆是盗贼,显然是以偏概全,丝毫经不起任何推敲,更何况此人是否齐国人,亦未可知;其次,在外交场合,羞辱他国使者,更是违背礼仪,极为荒唐。可是,楚国君臣自以为得计,想要看晏子的羞愧窘状。然而,楚国君臣忘了他们面对的是机智聪敏、富于辩才的晏子,自取其辱也是不可避免的了。

针对楚王"齐人固善盗"的荒谬结论,晏子并没有做正面的反驳。晏子所讲的"橘生淮南则为橘,生于淮北则为枳"之事,是否确实存在,并不重要,因为晏子是要借此说明由于水土的相异,一个物种会呈现出不同特征,甚或会有质的变化,犹如在淮南甘甜的橘子,移至淮北,即成苦涩的枳子,进而指出,在齐国是一个诚信守法的良善之人,到了楚国就变成偷盗之徒,那就是楚国的"水土"所致了。在这里,"楚之水土"显然是指楚国的风俗、民情,当然也是楚王治理国家不当所导致的鄙陋结果。这实际上说明,一个人是否良善,不是天生的,而是后天造成的,而其中环境的影响起到了决定性的作用。毫无疑问,楚王所绑缚的"齐人盗贼",是楚国的环境所致,言下之意,楚国才是滋生偷盗之徒肆意盛行的"沃土"。

晏子的譬喻富于哲理,充分显示了他的超人敏才。楚国君臣"聪明反被聪明累",本想笑看晏子的窘状,却不料反招羞辱,自讨没趣。但是,楚王的一句笑言"圣人非所与熙也,寡人反取病焉",轻松化解了自己的尴尬窘相,倒也不失可爱。文章虽然短小,但情节有趣,话语生动,为人喜爱,历代传诵不已。

李 斯

> 李斯(？—前208)，战国时楚国上蔡(今河南省上蔡县)人，有名谋略家。为秦王嬴政重用，秦王政统一天下，李斯有很大的功劳。秦王政登基，为始皇帝。秦始皇死后，李斯与宦官赵高合谋，害死长子扶苏，立胡亥为二世。后被赵高陷害，腰斩灭族。

谏逐客书

【题解】 秦王政十年(公元前237年)，韩国水工(管理治水工程的官员)郑国，奉命游说秦国开凿水渠，灌溉农田，企图藉此耗竭秦国国力，使之不能攻伐韩国。阴谋败露后，宗室大臣认为客卿都是为游间秦国而来。秦王政于是下令驱逐客卿。李斯亦在被逐者之列，因而写下此书，最终使秦王政撤销了逐客令。

秦宗室大臣皆言秦王曰："诸侯人来事秦者①，大抵为其主游间②于秦耳。请一切逐客③。"李斯议亦在逐中。斯乃上书曰：

臣闻吏议逐客，窃以为过矣④。昔穆公求士⑤，西取由余于戎⑥，东得百里奚于宛⑦，迎蹇叔于宋⑧，来丕豹、公孙支于晋⑨。此五子者，不产于秦，而穆公用之，并国二十⑩，遂霸西戎。孝公用商鞅之法⑪，移风易俗⑫，民以殷盛，国以富强，百姓乐用⑬，诸侯亲服⑭，获楚、魏之师⑮，举地⑯千里，至今治强⑰。惠王用张仪之计⑱，拔三川之地⑲，西并巴、蜀⑳，北收上郡㉑，南取汉中㉒，包九夷㉓，制鄢、郢㉔，东据成皋㉕之险，割膏腴之壤㉖，遂散六国之从㉗，使之西面事秦㉘，功施到今㉙。昭王得范雎㉚，废穰侯㉛，逐华阳㉜，强公室㉝，杜私门㉞，蚕食诸侯㉟，使秦成帝业。此四君者，皆以客之功。由此观之，客何负于秦哉？向使四君却客而不内，疏士而不用㊱，是使国无富利之实，而秦无强大之名也。

今陛下致昆山之玉㊲，有随、和之宝㊳，垂明月之珠㊴，服太阿之剑⁴⁰,乘纤离之马⁴¹,建翠凤之旗⁴²,树灵鼍之鼓⁴³。此数宝者,秦不生一焉,而陛下说之⁴⁴,何也?必秦国之所生然后可⁴⁵,则是夜光之璧⁴⁶,不饰朝廷⁴⁷;犀、象之器⁴⁸,不为玩好⁴⁹;郑、卫之女⁵⁰,不充后宫⁵¹;而骏良駃騠⁵²,不实外厩⁵³;江南金锡不为用,西蜀丹青⁵⁴不为采。所以饰后宫、充下陈⁵⁵、娱心意、说耳目⁵⁶者,必出于秦然后可,则是宛珠之簪⁵⁷、傅玑之珥⁵⁸、阿缟之衣⁵⁹、锦绣之饰⁶⁰,不进于前;而随俗雅化⁶¹、佳冶窈窕赵女⁶²,不立于侧也。夫击瓮叩缶⁶³,弹筝搏髀⁶⁴,而歌呼呜呜⁶⁵,快耳目者,真秦之声也。郑、卫桑间⁶⁶,《昭虞》、《武象》⁶⁷者,异国之乐也。今弃击瓮叩缶而就郑、卫,退弹筝而取《昭虞》,若是者何也⁶⁸?快意当前,适观而已矣⁶⁹。今取人则不然,不问可否,不论曲直,非秦者去,为客者逐。然则是所重者,在乎色乐珠玉;而所轻者,在乎人民也。此非所以跨海内、制诸侯之术也⁷⁰。

臣闻地广者粟多,国大者人众,兵强则士勇。是以太山不让土壤,故能成其大⁷¹;河海不择细流,故能就其深⁷²;王者不却众庶,故能明其德⁷³。是以地无四方,民无异国,四时充美,鬼神降福,此五帝、三王⁷⁴之所以无敌也。今乃弃黔首以资敌国⁷⁵,却宾客以业诸侯⁷⁶,使天下之士,退而不敢西问,裹足不入秦,此所谓藉寇兵而赍盗粮者也⁷⁷。

夫物不产于秦,可宝者多;士不产于秦,而愿忠者众。今逐客以资敌国,损民以益仇⁷⁸,内自虚而外树怨于诸侯⁷⁹,求国无危,不可得也。

秦王乃除⁸⁰逐客之令,复李斯官。

【注释】　①"诸侯人"句:诸侯(各国)来奉事、效命秦国的人(客卿)。　②游间(jiàn):游说离间。　③请一切逐客:请把客卿统统驱逐。一切,一概,一律,全部。　④窃以为过矣:私下里认为过分了。窃,私下。过,过失,错误。　⑤穆公求士:穆公征求贤才。穆公,即秦穆公,嬴姓,名任好,春秋五霸之一,公元前650年至公元前621年在位。　⑥"西取"句:从西方戎地得到由余。由余,晋国人,亡走西戎,后为秦穆公招致。戎,对位于西部的民族的称呼。　⑦"东得"句:从东方得到百里奚。百里奚,本虞国人。晋灭虞,被俘。晋献公将之作为女儿的陪嫁入于秦。百里奚逃出秦国,到楚国边境,被执获。秦穆公以五张黑羊皮换回,任为相。宛(yuān),今河南省南阳市,位于秦国东部。　⑧迎蹇(jiǎn)叔于宋:迎接蹇叔于宋国。百里奚推荐正游于宋的蹇叔,秦穆公用重金迎致。　⑨"来丕豹"句:从晋国招来丕豹、公孙支。丕豹、公孙支当时均在晋国,归秦后,为秦穆公分别任为大将和上卿。 ⑩ 并国二十:并吞了二十国(拓展疆土)。 ⑪“孝公”句:孝公采用了商鞅的变法(主张)。孝公,即秦孝公,嬴姓,名渠梁,公元前361年至公元前338年在位。商鞅,卫国人,姬姓,公孙氏,故又称卫鞅、公孙鞅,战国时有名法家,为秦孝公重用,实行变法,秦国国力大增,屡有功,封于商(在今陕西省商洛市),因此称之为商鞅。秦孝公死,秦惠王立,被诬受车裂而死。 ⑫ 移风易俗:转移风气,改变习俗。 ⑬ 乐用:乐于用命、效命。 ⑭ 亲服:亲附,归顺。 ⑮ 获楚、魏之师:俘获了楚国、魏国的军队。这里指战胜了楚、魏二国。 ⑯ 举地:攻占土地。举,攻克,占领。 ⑰ 治强:治理安定强盛。⑱“惠王”句:惠王采用了张仪的计划。惠王,即秦惠文王,嬴姓,名驷,公元前337年至公元前311年在位。张仪,魏国人,战国时有名纵横家,秦惠王时为相,游说各国,连横破纵,被封为武信君。秦惠王死,秦武王立,失宠而亡入魏,任魏相,卒于魏。 ⑲ 拔三川之地:攻占三川之地。拔,攻取。三川,指黄河、洛川、伊川,均在今河南省。 ⑳ 西并巴、蜀:向西并吞了巴、蜀。巴、蜀,小国名,位于今四川省。 ㉑ 上郡:本属魏,在今陕西省榆林市。㉒ 汉中:本属楚,在今陕西省汉中市。 ㉓ 包九夷:并吞九夷。包,囊括,这里是并吞的意思。九夷,位于东方的民族,这里指主要属于楚地的民族。 ㉔ 制鄢(yān)郢(yǐng):占领鄢和郢。鄢,楚国别都,在今湖北省宜城市。郢,楚国都城,在今湖北省江陵县,或说在今安徽省寿县。 ㉕ 成皋:本属韩地,在今河南省荥阳市。 ㉖ 割膏腴之壤:割取肥沃的土地。膏腴,土地肥沃。 ㉗“遂散”句:离散齐、楚、燕、韩、赵、魏六国的联合同盟。从(zòng),即纵,指六国的抗秦同盟。 ㉘“使之”句:使他们(六国)西面侍奉秦国。事,侍奉,供奉,这里是投降称臣的意思。六国均在秦国的东部。 ㉙ 功施(yì)到今:(建立的)功劳(的影响一直)延续到现在。施,延续。 ㉚ 昭王得范雎(jū):昭王得到范雎。昭王,即秦昭襄王,嬴姓,名稷,公元前306年至公元前251年在位。范雎,战国时魏国人,有名谋略家,得秦昭王重用,任为相,继承商鞅变法精神,为后来秦王政及李斯扫平六国、统一天下奠定了坚实的基础。 ㉛ 废穰(rǎng)侯:废除了穰侯的职位。穰侯,即魏冉,秦昭王之母舅,擅权诸侯,富比王室,为秦昭王罢黜。 ㉜ 逐华阳:驱逐了华阳君。华阳,即华阳君,与魏冉均为秦昭王母舅,为秦昭王所逐走。 ㉝ 强公室:增强了王室(权力)。公室,王室。 ㉞ 杜私门:杜绝了私人(势力的强大)。杜,杜绝,阻塞。 ㉟ 蚕食诸侯:蚕食诸侯(领土)。蚕食,蚕食桑叶,比喻逐步侵占。 ㊱“向使”二句:假使(秦穆公、秦孝公、秦惠王、秦昭王)四位君王拒绝客卿而不接纳,疏远贤士而不重用。向,假如。 ㊲ 昆山之玉:昆山的宝玉。昆山,昆仑山,产美玉。 ㊳ 随、和之宝:随侯之珠、和氏之璧,均为稀世珍宝。 ㊴ 垂明月之珠:垂挂真明月珠。明月之珠,夜光珠。 ㊵ 服太阿(ē)之剑:佩带这太阿宝剑。太阿,宝剑名,相传为春秋时欧冶子、干将所铸。 ㊶ 乘纤离之马:乘坐纤离之马。纤离,良马名。 ㊷ 建翠凤之旗:树立翠凤之旗。建,树立。翠凤,以翠羽制成的凤形旗饰,帝王所用。 ㊸ 树灵鼍(tuó)之鼓:树立灵鼍之鼓。灵鼍之鼓,用鼍龙皮制成的鼓。鼍龙,即扬子鳄。 ㊹ 说(yuè)之:喜欢这些(珍宝)。说,即悦。 ㊺ 可:认可。 ㊻ 夜光之璧:宝玉名。 ㊼ 不饰朝廷:不装饰于朝廷(之上)。 ㊽ 犀、象之器:用犀牛角、象牙雕琢的宝器。 ㊾ 不为玩好:不当作玩赏之物。 ㊿ 郑、卫之女:郑国、卫国的美女。郑、卫,诸侯国名,均在今河南省,传说产美女。 (51) 不充后宫:不充实后宫。充,这里指在帝王后宫充任嫔妃、宫女。 (52) 骏良駃(jué)騠(tí):良马名。 (53) 不实外厩:不充实在马厩。实，这里是畜养的意思。 (54) 丹青：画画的颜料。 (55) 下陈：殿堂下陈放礼品、站列婢妾的地方，这里指后宫。 (56)“娱心意”句：愉悦心目。说（yuè），即悦。 (57) 宛珠之簪：宛地产的宝珠插在头上。宛，楚地。簪，一种用来绾定发髻或冠的长针，头饰。 (58) 傅玑（jī）之珥（ěr）：缀有珠子的耳饰。傅，通“附”，缀。珥，珠玉做的耳饰。 (59) 阿缟之衣：齐国东阿（今山东省东阿县）所出的细缯制作的衣服。 (60) 锦绣之饰：精美的衣饰。锦绣，花纹色彩精美鲜艳的丝织物。 (61) 随俗雅化：随着时尚打扮而高雅。 (62)“佳冶”句：美丽的赵国女子。佳冶，娇美妖冶。冶，艳丽。 (63) 击瓮叩缶：击打瓮缶（一类的乐器）。瓮、缶，皆是泥土烧制的瓦器。 (64) 弹筝搏髀（bì）：弹筝并击打大腿。筝，一种弦乐器。搏，击打。髀，大腿。这里指演奏音乐。 (65) 歌呼呜呜：歌唱、演奏的声音。呜呜，象声词，音乐声。 (66) 郑、卫桑间：郑国、卫国桑间（的歌曲和音乐）。桑间，卫国男女约会歌咏的地方，在濮水（在今河南省滑县和延津县一带）边。古代把桑间之音称为靡靡之音。 (67)《昭虞》、《武象》：《昭虞》，昭应为“韶”，《韶》和《虞》都是舜时的音乐。《武象》，《武》和《象》都是周代的音乐。 (68) 若是者何也：像这样是为什么呢？这里的意思是说，为什么要采纳和欣赏来自异国他乡的音乐呢？ (69) 适观而已矣：适合（秦人）欣赏而已。 (70)“此非”句：这不是驾凌天下、制服诸侯的帝王之术。这里的意思是说，秦国对来自别国、别地的珠玉珍宝、美色音乐等，欣然接纳享受，却不分曲直驱逐客卿，这是重珠玉美色音乐而轻人才，不是帝王应有的做法。 (71)“是以”二句：因此泰山不推辞（细小的）土壤，才成为巍巍大山。太山，即泰山。让，推让，推辞。 (72)“河海”二句：黄河、东海不舍弃细小的涓流，所以能成为深广（的大河大海）。河，黄河。海，这里指中国东部的大海。择，舍弃。 (73)“王者”二句：帝王不拒绝众民。却，拒绝。众庶，百姓，这里应着重指各方人才。 (74) 五帝、三王：五帝，上古帝王，一般指黄帝、颛（zhuān）顼（xū）、帝喾（kù）、唐尧、虞舜。三王，上古帝王，一般指夏禹、商汤、周文王。 (75)“今乃”句：如今是抛弃百姓而去资助敌国。黔首，指百姓，秦百姓以黑布裹头，所以称黔首。黔，黑色。 (76)“却宾客”句：拒绝客卿而去帮助敌国成就大事。业，基业，功业。 (77)“此所谓”句：这就是所说的把兵器、粮食借给和接济盗寇。藉，借。赍（jī），送。 (78) 损民以益仇：损害（自己的）人民去助益敌人。 (79)“内自虚”句：国内虚空，国外树敌。 (80) 除：撤除。

【赏析】 李斯是先秦著名的政治谋略家，是秦王政统一天下的大功臣。同时，他在文学上和书法上也有很大的名声。《谏逐客书》就是李斯留下来的一篇佳作。

秦王政偏信秦国大臣谗言，下令驱逐所有非秦国籍官员（客卿），李斯出于对自己前途和命运的考虑和维护，上书力谏逐客之非。

李斯在文中，首先列举了秦穆公、秦孝公、秦惠王、秦昭王四位秦国君王广纳各国贤才，善用客卿，为秦国的强盛作出巨大贡献，来说明客卿对秦国统一大业无可替代的重要性。接着指出，如今秦国搜罗各国、各地的奇珍异宝、美人歌乐，以供享受，却要驱逐为秦国尽忠效力的客卿，是重珠玉而轻贤才，完全违背了驾凌天下、统一宇内的宗旨。然后陈述了驱逐客卿对秦国的重大危害,指明这样做无异于削弱自身力量,反过来增强敌国国力,不仅不能一统天下,甚至还会危及秦国生存。通过这三个层次的论述,李斯已经不容置疑地阐明了逐客之非。

李斯在文中没有一字为自身辩护,也没有提到自己在秦国的利益和去留。文章字字句句都是站在秦国国家安危和统一大业的基础上,为秦王政和秦国着想,表现出对秦王政和秦国的赤胆忠心。这是李斯的高明之处。同时,文章说理透彻,层次分明,结构谨严,气势雄劲。尤其是在论述秦国广搜奇异珍宝和美女音乐一节,多见骈体对仗,既流畅通达,又跌宕起伏。加之全文辞藻华美,语言富赡,使之成为富于文学魅力的佳作,流传千古,脍炙人口。

鲁迅对此文评价甚高:"秦之文章,李斯一人而已。"(《汉文学史纲要》)信非溢美之辞。